U0530673

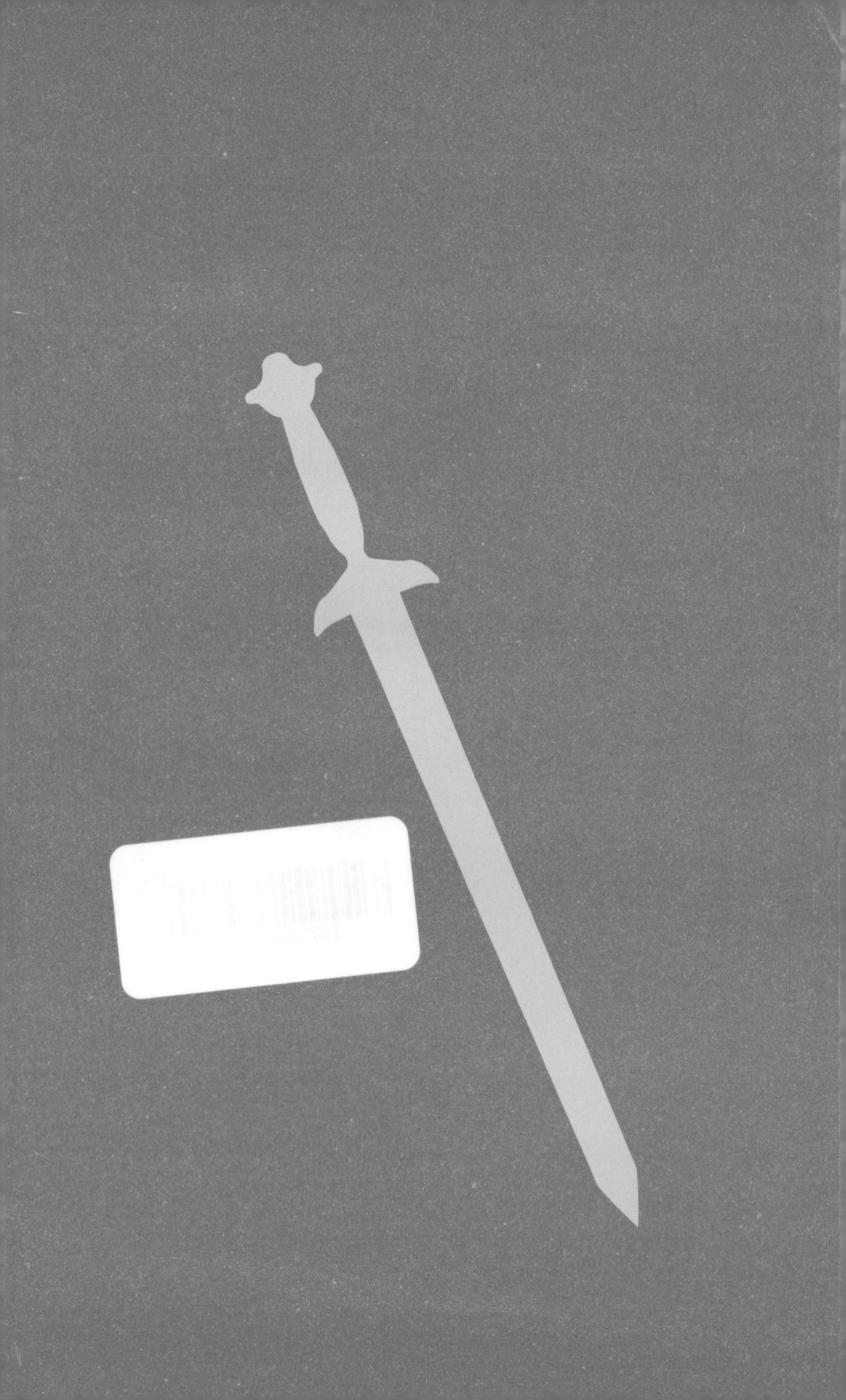

剑名不奈何

淮上 ——— 著

广东旅游出版社
中国·广州

卷二 兵者诡道	◆ 219
卷一 美人艳骨	◆ 001

目录

时光尽头的风扑面而来，懿舒宫春末的阳光穿过树荫，斑斓照进敞开的雕花窗。

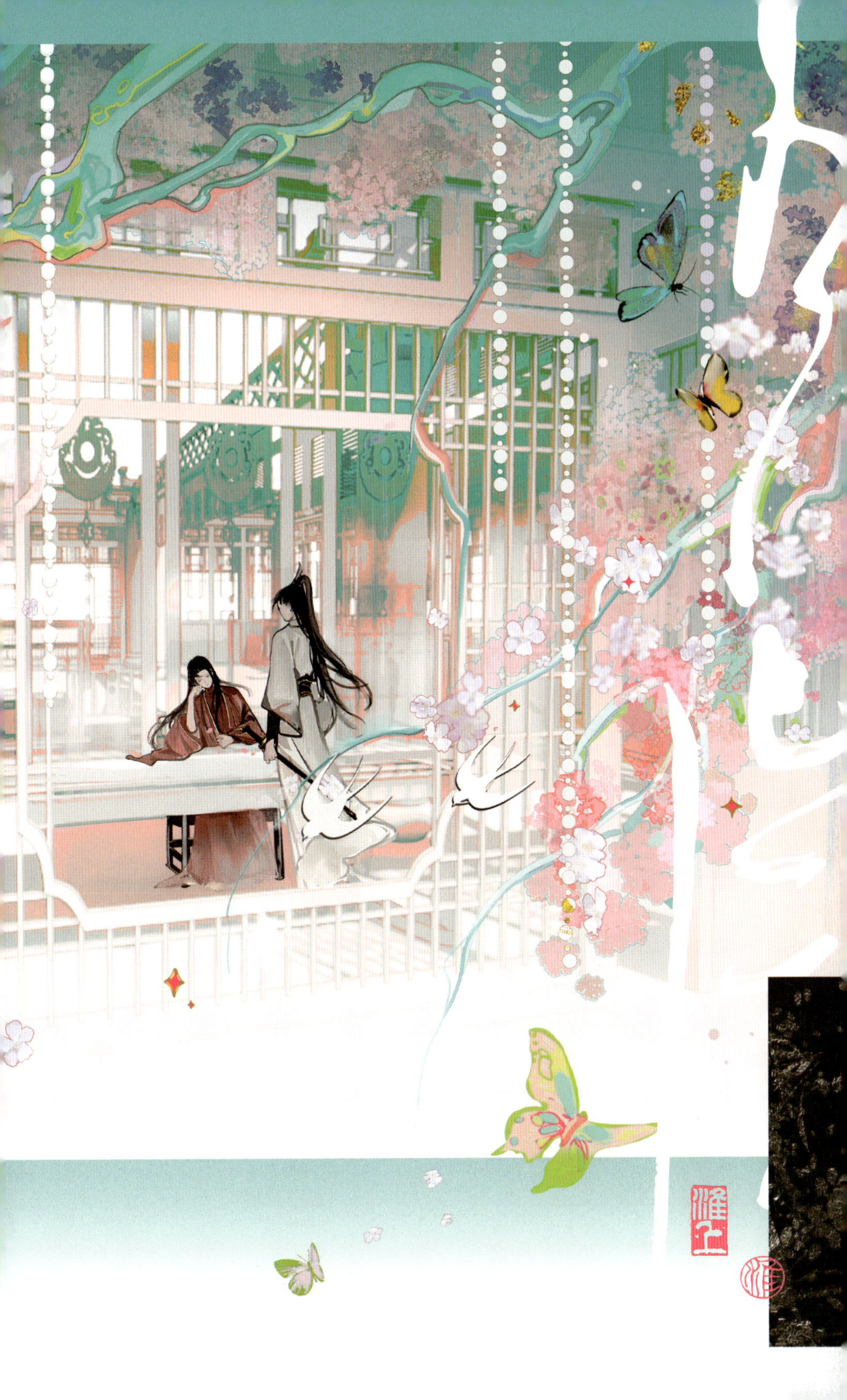
淮上

庭院如积水空明，竹影交错微微冕动。这里太安静了，月光青纱般覆盖着旧日房舍，回廊幽深看不到尽头，往昔繁华与笑闹旧影都像落花流水，从虚空中一瞬淡去，归于沉寂。

岁月

旦夕祸福，大道无常。
生死与离别都只在一瞬间。

剑名不奈何

卷一 · 美人艳骨

第 1 章

扑哧——

鲜血随长剑喷出，宫惟踉跄退后半步，颓然倒地。

"叮当"一声脆响，是那柄淬毒的匕首从他手中滑出去，摔在了脚边。

"大院长！""徐宗主？！""这是怎么回事，这——"

升仙台上众人疾步上前，然而他们大惊失色的面孔都已经看不清晰了。宫惟倒在地上，顺着鲜血横流的长剑向上望去，雕刻着"不奈何"三字的剑柄正被一只修长有力的手死死紧握，手背指节筋骨暴起，煞是吓人。

而顺着手臂再往上，是徐霜策那张居高临下、常年冰封的面孔："你想杀我？"

宫惟闭眼急促喘息，继而睁开眼睛，望向远方深冬的山林。

徐霜策的声音似乎大了一点儿，也许是他靠近了些，每个字都像是从齿缝间发出来的："为什么？"

宫惟没有回答，鲜血急速流失的寒冷让他感官麻痹，甚至连视线都很模糊了。恍惚中他听见远处传来沸腾的喧哗声，还有好几位宗师同时抢步上前，强行为他输入灵力续命，然而那其实都无济于事。

徐霜策已御大乘境，天下第一人，不奈何剑下从不走生魂。

"对不起。"宫惟断断续续地笑起来，鲜血不断从嘴角涌出，那丝笑纹在他苍白的脸上有点儿触目惊心，"对不起，你……你看……"

"别动！""宫院长！""别乱动！"

宫惟仿佛没有听见周围呼喊，喘息着抬起手，顺着他所指的方向望去，只见凛冬山林灰白岑寂，寒风呼啸吹动山川与松海，消失在遥远的地平线上："你看，桃花。"

——徐霜策的面孔甚至呼吸都像是被冻住了。

就在那瞬间，宫惟右眼瞳孔奇异地现出红色，同时细长的指尖上飞出千万绯红花瓣，犹如闪着光的蝶群随风而去，从高高的白玉台上掠向被严冬覆盖的大地。

仿佛霎时春回人间，山川田野桃林盛放，灿烂至极的绯云铺向地平线，映在了每个人惊恐的眼底:"这……这是什么?!""幻、幻术!"

"你永远都飞升不了。"宫惟就这么躺在血泊中,笑起来眼睛弯弯地望着徐霜策,但每一个字都清晰得可怕,"你这辈子的修为……就到此为止了。"

他已经看不见徐霜策的表情,那个可怕的天地大幻术耗尽了他最后一丝灵力。宫惟的手摔落回地,在漫天纷飞的桃花中闭上眼睛,陷入了黑沉的长眠。

此生最后一幕,是徐霜策终于探下身,把手伸向他的咽喉——

但他并不知道自己死后都发生了什么。

太乙二十八年初,升仙台盛会,仙盟刑惩院大院长宫惟身怀利刃,暗刺沧阳宗主徐霜策,被不奈何剑反杀当场。

天下震动,世人皆知。

十六年后。

"师弟!""师弟醒了!""快叫大师兄来!"

身边乱糟糟的,好似无数鸡崽扯着嗓子叽叽喳喳,撕扯得宫惟太阳穴突突地跳着疼。

他的第一个念头是:大师兄?我掌门师兄来了?

但紧接着他意识到不对,因为仙盟里除了掌门师兄应恺,是不会有那么多人闹哄哄叫他师弟的。

宫惟勉强睁开眼睛,首先感觉到的是疼——四肢百骸仿佛被人打断了再接起来的疼,典型修炼不慎走火入魔的后遗症。

这疼痛让他头脑昏沉、视线模糊,好一会儿才渐渐清醒起来,首先跃入眼帘的是素白床幔,然后是整间狭小朴素、但还算干净的屋子。一名约莫及冠、束发佩剑的青年人在五六个少年的簇拥下疾步上前,一叠声问:"师弟你怎么样了?快躺下!不要乱动!"

好像临死前听见的最后一句怒吼也是"院长别乱动",这熟悉的巧合真是让人心生亲切啊……

宫惟晕头涨脑地躺了回去,只见那位大师兄叮嘱几个少年都去门外守着,然后抓起他一只手仔细探了探脉,不胜欣慰:"师弟灵脉虽弱,但已无性命之虞,实在是太好了!"

我是谁?

我在哪儿?

我不是已经死了吗?

"师弟千万切记,修仙问道乃是险中之险,若是下次再走火入魔,全部修为毁于一旦都是轻的,甚至可能就此身死殒命!——唉,师兄知道你伤心过度,但尉迟骁那厮毁约一事已无转圜余地,师弟还是放宽心吧。血统出身并非你所选,亦非你之过错;别说你只有一半魅妖血统,即便你完全是个魅妖,咱们大家也不会因此改变对你的看法,更不会有任何轻视之意……"

正直直瘫着"挺尸"的宫惟突然听见了什么了不得的东西:"等等?"

大师兄充耳不闻,大概是趁他昏迷时排练过无数遍,此刻劝得是慷慨激昂、苦口婆心:"虽说自古以来魅妖从没结出过金丹,但师弟你起码还有一半是人,所以一定还有希望!只要今后悬梁刺股、刻苦勤勉,我们大家相信你一定能修成正果!待未来扬眉吐气的那一天,我们——师弟你怎么了?师弟你又犯病了吗?!来人啊,救命!!"

宫惟垂死病中惊坐起,一把拉住大师兄,眼底闪烁着一丝难以掩饰的震惊:"魅妖?!"

师兄比他还惊恐:"师弟!师弟你失忆了吗?!"

半个时辰后,宫惟终于凭借旁敲侧击得来的信息和原身留下的零星记忆,勉强拼凑出了大概。

原身名叫向小园,是个刚筑基的初阶小弟子,天资平平,修为低下,然而在门派中却非常有名。

因为脑子缺根弦。

大凡有灵根能修仙的弟子,天生智力都差不到哪里去,向小园却是个万里挑一的例外。十六年前守门弟子在山脚下发现了尚在襁褓的他,发着高烧,气若游丝,连哭都哭不出声,身边除了鲜血写的四柱八字之外一无所有。宗门长辈们延医问药地忙活了半个月,那场差点儿将婴儿置于死地的高烧才退下去,但不可避免地伤到了他的智力——大家都一致认为那就是如今这孩子脑子不对劲的罪魁祸首。

向小园六七岁才学会说话,十三四岁才勉强筑基,至今结不出金丹,于是没有正式拜师的资格,一直是个外门弟子。

如果说这孩子生来一无是处,那倒也不至于,比方说他乖巧懵懂、勤勤恳恳,不论多艰难的修行都吭哧吭哧认真完成,从来不叫苦叫累,宗门里没有哪位师长不喜欢他;但可怕的是,这些优点并不能补足他身上另一个致命的行为缺陷。

他喜欢看漂亮姐姐。

这孩子对漂亮姐姐的热爱是浑然天成的,路上只要碰见秀丽仙女,他能呆呆地尾随人家姑娘半个时辰,别人问他话也不作声,简直如同入了魔障。以前他年纪小的时候不用讲究男女大防，姐姐们大多一笑置之，并不认真同他计较；结果后来这毛病愈演愈烈，渐渐地，他不仅尾随漂亮的小姐姐，连漂亮的小哥哥也开始吸引他的注意了。

这要是换作十六年前仙盟刑惩院院长官惟还活着的时候，早在向小园第一次犯病时就亲自驾到，一巴掌扇得他回炉重塑去了。再敢犯病，直接绑回刑惩院去，接受院长大人汹涌澎湃的"爱的改造"。

但出奇的是，向小园周围的人竟然都没有严加责备他，甚至有一次他迷迷糊糊尾随一群医宗弟子出诊下山，直走出二十来里才发现不认识路了，人家医宗弟子好吃好喝地照顾了半个月才把他送回去，临走还依依不舍地送了他满满一包袱丹药。

向小园就这么顺风顺水，毫无挫折，在所有人的溺爱纵容中长到了十六岁，直到半年前跟师兄下山买东西，半路遇见了尉迟世家夫人出行。

师兄一个眼错不见，向小园就毫不犹豫地钻进了人家马车里。这种无礼的行为让他当场被拖出去打个半死都不为过，然而被撞个正着的尉迟夫人还来不及发作，所有惊怒突然就化作了惊喜，两眼放光地招手让向小园依偎到她身边，摸着他的头发感叹："江湖传言诚不欺我，你真是太太太好看了！"

她的第二句话是："我有一子尉迟骁，年已及冠，你与他结为道侣可好？"

尉迟骁，剑宗世家嫡传子侄，出类拔萃，美名在外，玄门各家年轻一代领军者。

以向小园的心智可能都不太懂这是什么意思，但所有人都知道这事是大大的高攀，要不是剑宗世家内部情况特殊，本应是绝对不可能的。于是各位师长立刻就应了尉迟夫人所请，火速交换了四柱八字与命契信物。

就在成大礼的当口儿，却突然遭到了一个人的强烈反对。

谁呢？尉迟骁自己。

"在下已心有所属，因此无法遵从父母之命，万请谅解。另外据我所知，贵门派向小公子有一半魅妖之血，所以行为举止有诸多怪异之处。如此非人之物，在下实在无法与之同求大道，敬请恕罪！"

尉迟骁这话实在是说得太快太不留情面了，连他自己亲娘都没来得及阻止，"魅妖"两字便脱口而出，向小园登时呆若木鸡。

魅妖是最低等的妖怪之一，相貌姣好、心智不全，除了极易唤起别人心中的好感之外没有任何妖力，其他与凡人几乎没有不同。仙盟法规中严令见妖必除，但对魅妖却是个例外，因为两点：第一是它们与人双修，对修士大有裨益；第二是魅妖智力实在太低了，害人这种高级的事情它们学不会，蠢得让人心生不忍。

向小园辛辛苦苦修炼多年，从不知道自己是魅妖，所有努力从最开始就是竹篮打水一场空。

长辈们怕伤他心，都没敢告诉他。

这孩子浑浑噩噩地回去，半夜突然吐血三升，然后就走火入魔了。幸亏各位师兄师姐早已有所准备，一天十二个时辰排了班盯着这小孽障，才及时发现把人救了回来，否则他当场就有爆体而亡的危险。

昏迷整整半个月后，向小园才终于从浑浑噩噩中醒来，所有人都松了口气。

没人知道醒来的是十六年前死在徐霜策剑下的仙盟刑惩院大院长——宫惟。

室内死一样安静，宫惟一手扶额，久久无言。

师兄提心吊胆地捏着被角，准备他一有发疯的迹象就随时冲出去叫人："师弟？师弟你还好吧？"

师弟不好，师弟已经死了，魂都过完奈何桥了！

宫惟终于长叹一口气，抬头望向师兄，诚恳地说："这位兄台，有一件事我必须告诉你。其实我不是——"

师兄紧张地瞪着宫惟。

宫惟面无表情回视师兄。

"不行。"下一刻宫惟改变了主意，说，"我想先见见尉迟骁。"

师兄一脸"我就知道你要犯病"的表情："万万不可！！"

宫惟妥协了："尉迟夫人也行。"

"更加不可！师门严令你必须静养，避免心情波动，不准再见这世上任何一个姓尉迟的人！！"

宫惟："……"

这次宫惟沉默了足足一盏茶时间，才再次抬头诚恳地望向师兄，说："那我们还是回到刚才那件必须告诉你的事情吧。其实我不是——"

咚咚咚！门外响起弟子紧张的声音："钱师兄，钱师兄！剑宗来客已至前堂，师尊唤你去禀告向师弟情况好转了没！"

剑宗尉迟家，真是瞌睡碰见了枕头！

钱师兄却立马把他按回榻上，生怕他闹事似的，不由分说往他脖子上掖了好几层被角："师弟好好休养，千万莫要多想。待会儿师长们、你师兄师姐们都来陪你，不准乱跑知道吗？"

宫惟乖巧点头："知道了。"

钱师兄万万想不到眼前这厮最擅长的就是见人说人话、见鬼说鬼话，闻言

"老怀大慰"，又端水倒茶叮嘱了半天，才急急忙忙去了。

结果他这边一走，那边宫惟立刻一骨碌翻身下榻，整整衣襟、拍拍袖口，"吱呀"一声打开门，还没来得及往外走，门外两名标枪般笔直站着的少年同时唰唰回头，异口同声："师弟为何下床走动，快快回去休息静养！""师弟可是饿了渴了，告诉师兄要上哪儿去？"……

用得着这么严防死守吗？！

六目相对，空气凝固，两名少年的脸同时诡异地微微一红。

宫惟识时务地一拱手，道声"打扰了"，低眉顺眼关门退回屋内，环顾周围一圈，目光落在了被铁链锁死的窗上。

数息后，铁链无声无息断成几截，宫惟仗着身单体轻，灵活地钻出缝隙，然后拍拍灰、跺跺脚，习惯性地将手负在身后，从容不迫直奔前堂去也。

宫惟上辈子主持刑惩院，为促进修仙界教育水平、提高仙盟的招牌形象、维护各大门派和平发展，鞠躬尽瘁，死而后已，做出了杰出的贡献——以徐霜策为首的各大门派表示根本没这回事——但四舍五入一下是这样没错的。

所以他跟尉迟家打交道不少，其家主乃是当世"一门二尊三宗"中的剑宗尉迟锐，手握重权、实力强横、地位超然，论辈分是尉迟骁大兄弟的亲叔叔，也是宫惟上辈子吹牛、惹事、看戏、嗑瓜子的"老铁"——他吹牛、惹事、看戏，尉迟锐嗑瓜子。

这么多年过去了，他不知道徐霜策死没死，如果没死的话估计是很愿意再提剑杀他一次。但宫惟倒不是很害怕这点，只要及时抱上"老铁"的大腿，以剑神尉迟锐的地位罩住他妥妥的，两人还能想办法把向小园的魂魄从地府救出来弄回这具躯体里。

宫惟远远跟着钱师兄，闲庭信步地绕过后山来到前堂，见远处凝神伫立着一众青色衣衫的外门弟子，个个法度森严，一副"闲杂人等近十丈以内立刻抓起来"的样子。

他眼珠一转，纵气直上房顶，屏声静气地掀开了两片琉璃瓦。

"此妖孽平生罕见，吊诡非常，临江都已有二十八人离奇横死。在下知道贵宗如今是什么态度，若非人命关天，也不敢在这时贸然上山打扰……"

厅堂内分席列坐着几位中年修士，个个眉头紧锁，刚被叫来的钱师兄肃立在旁，眉头不易察觉地皱着，像是颇不赞同却又不敢出声的样子。

而此刻说话的是个二十岁出头的年轻人，宫惟仔细打量了一眼，只见这帅哥剑眉星目、气势超群,只是眉宇间隐约有些年轻人特有的傲气,一身鹰背褐色滚镶金边的剑宗门派校服,左箭袖上赫然有金线绣的精美纹路,围着上臂绕成六环,宫惟心内不由得"咦"了一声。

这六道金环来头不小。

剑宗子弟行走江湖,最开始是没资格用金线的,只有立下大功、扬名立万时才开祠堂、告祖宗,用金线在校服箭袖上密密实实地绣一道家纹。立下大功的标准非常高,包括但不限于抗击天灾、化解刀兵战乱之祸、斩杀祸患级别的妖鬼、发现并及时向仙盟通报大魔的踪迹等。值得注意的是,这个"等"字非常有"灵性",剑宗尉迟锐本人年轻时游历江湖,不巧顺手救了偷逛青楼又没钱付账险些被抓去洗盘子的小皇帝,因此也被昭告江湖,往袍袖上绣了一道金环。

当然皇帝不是天天逛青楼的,因此正常情况下金环得之不易,剑宗子弟中能绣一道的已属良才,绣两道以上的更是凤毛麟角。

眼前这年轻人竟然有六道,在尉迟世家乃至整个仙盟的地位之高,可想而知。

宫惟正透过瓦缝打量,只听钱师兄终于忍不住了:"尉迟公子所言极是,但你也许有所不知,我向师弟走火入魔昏迷半月,方才堪堪醒来,如何能——"

"茂章!休得无礼!"首座上长辈修士斥道。

可怜的钱师兄扑通一跪,不敢吭声了。

宫惟大奇,心说:这里面还关小魅妖什么事?

"在下知道,但此事确属迫不得已。"年轻人面上不卑不亢,淡淡地道,"大凶之年阴月阴日阴时阴分出生的,我只知道贵宗弟子向小园一人,此时绝无空闲再另外去寻。临江都二十八条人命尸骨未寒,此刻擒住真凶乃是十万火急,我保证……谁在偷听?"

宫惟刚听到"大凶之年阴月阴日阴时阴分",心神不由一动。

体质这么阴的大多是炉鼎,以剑宗世家的特殊情况而言,确实难怪尉迟夫人一见向小园就如获至宝——不过这倒不重要。关键在于,向小园这倒霉孩子竟然生在十六年前自己死去的同一天!

他呼吸只稍微重了那么半分,便见年轻人敏锐至极地一抬头,紧接着向外飞身掠来:"站住!"

宫惟心念电转,轻功遁走,瞬间掠去二十丈外,闪进远处的桃花林里,只听身后众弟子此起彼伏道:"谁在那里?""啊,是向师弟!""尉迟骁那厮追上去啦!快拦住他!!"

宫惟:"噗——"

就在这时身后劲风来袭,宫惟一偏头,一把未出鞘的剑贴耳擦过,闪电般重砸在他面前的树干上。轰!

树影摇晃,落英缤纷,宫惟的去路被结结实实挡住,只得一顿,转过身,里衣雪白的袍袖当空而下。

只见身后年轻人剑眉紧锁:"果然是你!"

宫惟对他铁青的脸色视若无睹,笑嘻嘻确认:"尉迟骁公子?"

桃林深处隐约传来人声,但众弟子还没追上来。年轻人嗖地收回剑,唰唰唰往后退了三大步,视线下移到宫惟腰间,半晌终于咬着牙硬生生挤出几个字:"向小公子,可以把信物还给我了吗?!"

宫惟顺着他的视线低头一看。

里衣腰间原来藏着一枚血玉佩,此时随动作滑了出来,只见它有半个巴掌大小,雕工精细至极,赫然是剑宗世家的家徽麒麟。

是尉迟夫人系在向小园身上的信物,小魅妖昏倒后众人兵荒马乱,应该是还没来得及还回去。

宫惟双手负在身后,挑起半边眉角:"我以为你的第一句话应该是'对不起'呢,尉迟公子。"

尉迟骁皱眉反问:"我有什么好对不起你的?"

宫惟:"……"

是啊,魅妖血统,非人之物,高攀不起——尉迟骁哪句话都没说错,有什么好对不起的?

宫惟张了张口,有一瞬间似乎想说什么,但又把话咽了回去,用两根细长手指夹着那枚血玉在尉迟骁面前一晃:"想要?"

尉迟骁俊脸微沉:"血玉麒麟是尉迟世家祖传信物,你我既无瓜葛,便当立刻归还,还请小公子谅解!"

宫惟点点头,随手把玉佩高高一抛,又"啪"一声单手接住,终于浮起一脸毫不掩饰恶意的、"有种你来打我呀"的笑容:

"嘻嘻,不给。"

尉迟骁:"……"

尉迟骁盯着"向小园",眼神震惊得如同见了恶灵附体。

宫惟立马清了清嗓子,迅速搜刮原身所剩无几的记忆,推测可能符合原身性格的表现,然后瞬间脸色一变,泫然泪下:"嘤嘤,不给。"

空气安静得像是尉迟骁马上就要窒息而死了。

就在这时,身后脚步纷沓而至,刚才在厅堂上的几位师门长辈终于带着一众弟子赶了过来。为首那名中年修士还没来得及出声分开两人，视线突然越过他，瞥见了远处的什么，立马肃容欠下身来："宗主大人！"

众弟子齐刷刷伏倒，尉迟骁一看"向小园"身后，脸色登时一变，单膝跪地按剑在身侧："晚辈见过徐宗主！"

宫惟的瞳孔慢慢放大了。

随着身后的人一步步走近，魂魄撕裂的剧痛竟然从左胸位置复苏，就像冰凉剑锋再次穿心而过，连血带肉爆出胸膛。

——不奈何。

周围没人注意到宫惟衣底开始微微发抖，他死死按住心口，指尖嵌进肉里，筋骨暴起、关节发白，踉跄跪倒在地。

那个冰冷的声音再次从头顶响了起来："何事在此喧哗？"

第 2 章

竟然是徐霜策的门派，竟然是……沧阳山！

为什么偏偏在这里？

偌大个仙盟，双尊并立，三宗四圣，六大家八门派，最不济还有鬼垣十二府，玄门逾百家——为什么偏偏是沧阳山？

宫惟耳朵里嗡嗡作响，听不清尉迟骁答了什么，也听不清众人是如何回答的。神剑不奈何留下的重创直接铭刻在死者魂魄上，永世不消，剧痛几乎淹没了他所有的感官。

仿佛只有短短数息时间，又漫长好似熬过了数载；徐霜策镶嵌金纹的袍裾终于经过他身侧，向远处走去。

宫惟剧烈痉挛的心脏总算有了一丝缓解，颤抖着长长吐出了一口气，只听尉迟骁紧绷的声音正从不远处传来："晚辈路过临江都，恰逢孟少主发信求援，听闻此等惨事，自然不能置之不理……"

尉迟骁当堂退约后，被他母亲揪着耳朵离开了沧阳山，原本要回谒金门去开祠堂，请剑宗本人拿家法严惩这忤逆的不肖子，途中经过临江都却遇上了怪事。

临江都是历史悠久的江淮名城，因王气深重，号称城中八十年太平，从没听说有任何邪祟闹鬼之事。然而近半个月来却惨祸频出，接连死了二十八个人。

二十八个绝色美人。

第一名死者是临江都第一花魁，年方二九，国色天香，一曲《霓裳》值千金，王孙公子竞折腰。半个月前王府召她抚琴，席间觥筹交错，无尽风雅，花魁笑意盈盈告罪更衣，此后大半个时辰不见人影。王爷派人四处去寻，才发现她已躲在内室悬梁自尽，面上泪痕未干，死前曾经大嚼大咽过树皮树叶，头上的珠宝钗环扔了一地。

花魁横死当夜，城中富豪嫁女。金宝明珠红妆十里，新郎还在前堂宴客，美貌的新娘却突然发狂惨叫着冲出洞房，手里拿一柄锋利剪刀，见人杀人、见狗杀狗，见了手足无措的新郎官，更是疯了一般扑上去要杀。惊恐的新郎被众人一窝蜂救下，但还没来得及制住新娘，便见她仰天悲愤、尖叫数声，一剪子捅进了自己的咽喉。

两起命案并没有结束这个血腥的夜晚。天蒙蒙亮时，临江都本地一修仙门派中，一名俊俏的少年修士突然如走火入魔般狂奔出门，风度仪态尽失，拔剑在自家校场上疯狂砍击石块。闻声而来的师尊同门无人能近，眼睁睁见证他耗尽灵力后纵身跳下寒潭，在水中横剑自刎，血水倾泻如瀑，被救起时已经没了呼吸。

三名诡异的死者只是临江都混乱的起始。接下来的半个月内，城中每日都有一起甚至多起惨案，临死有哀泣者，有惊恐者，有心胆俱裂者，甚至还有一个容貌极美的清倌是对着空气拼命磕头，把自己天灵盖活活磕碎而死的。

尉迟骁接到好友孟云飞来信求援后，立刻带人赶往临江都，他在对付妖邪这方面经验堪称老辣，亲自开棺验了二十具美人尸，发现所有死者的四柱八字都带重阴，因此幕后真凶必然不是胡乱动手，而是有目的地选择性杀人。半个月内连杀二十人的邪祟已有入魔的苗头，如不立刻斩尽杀绝，其后必然祸患百年，但蹊跷的是尉迟骁用尽法宝，都完全无法在临江都城中搜到半丝阴气，什么邪气妖气魔气鬼气更是统统没有。

就在众位修士怀疑邪祟已望风而逃的时候，昨天深夜，它却突然再次露出了狰狞的面目。仿佛刻意挑衅这些修仙之士，一夜之间八人横死，甚至有一位出身名门、芳名远播的女修士就死在尉迟骁隔壁屋内——她把脸埋在洗脸盆里，活生生把自己溺毙了。从头到尾没有任何一个同门发现端倪，甚至连仅仅一墙之隔的尉迟骁自己，都没察觉到任何邪祟接近的影子！

凡是邪祟害人，必然留下阴气，就像人有活气、鬼有鬼气、尸体有尸气一样。如果什么气都没有，那只能说明根本没有东西害人，二十八名死者就是突然发疯自戕的。但这怎么可能？

整个修仙界都知道自己遇到了平生罕见的厉害对手，众人一筹莫展之际，尉迟骁突然想到了一个肯定能将此邪祟钓出水面的办法。

——四柱八字一色全阴，命格阴得不能再阴，容貌无伦的向小园。

"时至今日，死者已有八男二十女，多半出身玄门，甚至包括四名金丹修士。我已下令将临江都内所有命格带重阴的修士转移出城，但事态已十万火急，片刻耽误不得。"尉迟骁单膝跪地，诚恳道，"世人说'一门二尊三宗'，沧阳宗号称天下第一门。晚辈恳请徐宗主施以援手，救临江都于水火之中，不胜感激！"

徐霜策仿佛什么都没听到。

众人尽皆跪地俯首，连呼吸都不敢出声，桃花林中安静得一根针掉在地上都听得见。只有徐霜策不疾不徐的脚步声在一排排低垂的头颅间，他仿佛在寻找什么，突然停在一名弟子身前，淡淡道："抬头。"

那弟子战战兢兢抬起头来，徐霜策一手搭在剑柄上，不带情绪地打量片刻，转向另一名弟子："抬头。"

空气中流淌着疑惑而惊惧的气息，只有宫惟能听见另一道隐秘的颤音——剑鸣。

不奈何感应到了它曾在附近某个魂魄上烙下的伤痕。

宫惟双手死死按着地面，连每一下呼吸都牵动出剧痛，不知过了多久，余光终于看见徐霜策的衣摆在自己眼前停下了。

他说："抬头。"

宫惟："……"

宫惟一寸寸缓缓抬起眼睛，在撕心裂肺的痛楚中，终于看清了十六年后徐霜策那张他仍然熟悉的面孔。

徐霜策的眼睛黑得可怕，像是两口没有生命的古井，令人触之心惊。那张冰冷的脸仿佛被岁月所凝固了，尤其当他凝视着什么的时候，就好像立在冰峰雪原之上，从遥远的角度俯视着众生。

宫惟透过向小园天真的脸，疑惑而畏惧地仰视着他，不见一丝异样。

良久，徐霜策终于转身，语调冷淡平稳："日后在此林中喧哗者，重罚。"

他举步走向来处，尉迟骁满是错愕，猝然抬头："徐宗主！晚辈恳请您施以援手，救临江都于水火之中！诸多人命危在旦夕——"

徐霜策脚步经过他面前，视线自上而下投来："生死有命，荣枯有时，此道法自然。"

尉迟骁瞳孔紧缩。

徐霜策背手而行，再没多看众人一眼，隐入了桃林深处。

第 3 章

半日后，沧阳山下。

一位身着青衫、背负古琴的年轻修士在路边徘徊良久，不住向下山方向张望，终于远远望见自己熟悉的身影，扬声道："元驹！"

尉迟骁疾步上前："云飞？我不是和你说了在临江都等消息吗，何必亲自来跑一趟？"

来人正是数日前发信求援的好友孟云飞，相貌俊朗斯文，身量个头儿与尉迟骁相似，但气质儒雅得多。他闻言坦诚道："焦灼难耐，束手无策，索性来探探情况。"又问，"沧阳宗怎么说？"

尉迟骁摇摇头，把方才在山上见到徐宗主的经过简单说了，艰难道："我还是第一次听人用'道法自然'来形容这种事情……"

孟云飞宽慰他："徐宗主脾性与常人有异，这个全天下都知道。再者，自十六年前宫院长死后，剑宗便与沧阳山交恶至今，人家不待见你也是正常的。那向小公子答应帮忙了吗？"

尉迟骁刚想答，突然感觉到什么，唰地一回头。

——山路不远处，一个十五六岁少年盘腿坐在树梢头，脸色雪白、眼圈乌青，肩上扛着硕大的碎花包袱，一边嗑瓜子一边幽幽望着他俩。

尉迟骁："你怎么收拾得这么快？！"

废话，能不快吗？谁见了徐霜策跑得不快？

宫惟谢绝了诸位师长欲派人随身保护他的好意，满腔热血要为民除害，坚定表示信任尉迟少侠，迅速收拾好行李果断开溜，临走前还被诸位师姐拉着强塞了无数点心吃食，连半人高的大圆包袱都没耽误他夺路狂奔的步伐。

他倒不怕被徐霜策认出来再二话不说弄死一次，但向小园是无辜的。万一弄残了这具身体，小魅妖以后用什么？

"这就是向小公子了吧？"孟云飞看见宫惟，直呆了片刻。

尉迟骁偷觑他的反应，有点儿吃味地冷冷道："你只要看见一个小傻子到处跟人跑，甩都甩不掉，那肯定就是他了，还用问吗？"

孟云飞不赞成地道："元驹！怎么能这么说！"

宫惟上辈子与徐霜策交恶，尤其死前最后四年，两人更是针锋相对、势同水火。当时徐霜策对宫惟有个严厉的评价流传甚广，说他"享受玩弄人心的乐趣，此为心术不正之故"。

但这其实是冤枉他了，官惟连对人心的认识都有限，更别提有本事去玩弄它——他体察旁人微妙的情绪变化主要靠连蒙带猜以及观察。比方说现在他两只无神的眼下挂着黑眼圈，在尉迟骁、孟云飞两人面上来回瞄了几眼，便突然对空气中涌动的暗流醍醐灌顶，差不多懂了。

尉迟骁嫌弃向小园时所言，可能也不完全是托词。

不过对官惟而言不重要了，反正尉迟贤侄这欠削的玩意儿，注定要付出代价。

官惟嗑完最后一个瓜子，拍拍手跳下树，果然落地时被那巨大的包袱坠得一个趔趄，险些摔倒。孟云飞一把扶住他："小心！"

向小园年纪太小了，孟云飞习武之人，一掌能抓住他整个手肘。

官惟不论何时何地，眼睛一眨就能立刻进入状态。他就着这个姿势抬起眼梢，片刻后抿着唇角微微笑了，小声说："我没有剑。"

孟云飞愣了下："你……"

"我是非人之物，结不出金丹，没有剑。"官惟歪头望着他，天真坦荡得似乎都不明白"非人之物"四个字意思是什么，然后问，"你可以御剑带我吗？"

尉迟骁如遭雷殛，立刻强烈反对："这怎么行？！临江都路远，云飞的剑不够载两人。你过来！"

官惟一下钻到孟云飞身后，只露出两个眼睛偷觑他，孟云飞只得道："好了元驹，向公子还小，你不要老吓他。"

尉迟骁简直冤屈："我吓他？你知不知道在沧阳宗的时候这家伙有多能装，他明明——"

孟云飞一回头，"向小园"眼梢迅速泛起绯红，眼睛一眨，泪雾盈盈而下。

尉迟骁："……"

孟云飞："……"

孟云飞说："好了，元驹，你离向小公子远点儿，就这么决定了。"

尉迟骁："什么？！"

官惟抬头仰视孟云飞，一边抽着通红的鼻尖，一边抿着唇角勉强笑了笑，然后警惕地瞅了尉迟骁一眼，满面胆怯无辜。

那瞬间尉迟骁清清楚楚看见他做了个口型："嘻嘻。"

尉迟骁连毛都要奓起来了，死命扯着孟云飞的袖子："你看！你看！！你看他对我是什么嘴脸，你看！！"

孟云飞一把挣脱，简直一个头两个大："我不看！你不准再说话了，快走！"

三个人两把剑，御风而行半日千里。宫惟舒舒服服地裹在孟云飞的披风里，不知从哪里又掏出一把瓜子开始嗑，边嗑边扬声问："孟前辈，你方才说剑宗跟徐霜……跟我们徐宗主交恶，是怎么回事呀？"

　　孟云飞可能因为是琴修，不像剑修那般锋芒毕露，相反有种邻家兄长似的温和，一手提着披风后领防止他掉下去，笑道："这么大的事情你都不知道吗？也难怪，那时候你才出生没两天吧。你知道仙盟'一门二尊三宗'中的法华仙尊，宫院长吗？"

　　宫惟激动地道："嗨呀那怎么不知道，我们宗主可恨他了！"

　　徐霜策这人其实跟任何"爱""恨""高兴""悲伤""嫉妒"等情绪相关的词都扯不上关系，从很多年前开始，他就把自己活成了一个冰冷抽象的精神符号。

　　孟云飞笑起来，但没有纠正他："也许吧！总之十六年前发生了一些意外，宫院长便仙逝了。他仙逝之后几天，剑宗亲自从谒金门赶到沧阳山，见徐宗主闭门不应，便一剑将山门口的门派石碑劈成了齑粉——你们现在的石碑，还是后来重新刻的呢。"

　　宫惟一颗瓜子在齿间，却没有嗑，静了片刻。

　　也许是风声之故，他清亮的嗓音变得有些沉缓："后来呢？徐宗主如何报复的？"

　　山门石碑，宗派脸面。此仇绵延十载不多、百载不少，端看徐宗主是不是个心胸开阔的人——徐宗主从来不是。

　　孟云飞刚要回答，尉迟骁"嗖"一声从远处飞近，几乎贴着他的耳朵大声道："别跟这小子说话！"然后弯腰冲宫惟怒吼："休想带坏云飞！云飞是老实人！！"

　　孟云飞："向公子你怎么了？醒醒啊向公子！——他好像被你吓晕过去了！！元驹！！"

　　三人傍晚才抵达临江都。这座江淮名城一反往日富贵风流的气象，青楼妓舫惨淡萧条，朱门大户家家紧闭，连煊赫的临江王府都锁死了中门。留在城中的各家修士早已齐聚在王府前堂，焦急恭候尉迟公子与孟少主大驾，一见他们御剑落地，顿时蜂拥而至，七嘴八舌把这半日以来城中的情况说了。

　　青楼妓舫自然是不敢开门了，各家头牌惶恐不安，各自环佩叮当地来围堵修仙门派，一时满街珠翠莺声燕语，堵得少年修士们连出个门都面红耳赤。富贵些的人家则消息灵通，知道死最多的就是玄门仙女，因此不敢把希望寄托在这帮没用的修仙之士身上，早已哭天喊地把家里女眷和清俊儿郎都送出了城。

　　连临江王府都人心惶惶，言说王爷贵体不适，从午后起便闭门谢客了。

　　孟云飞剑眉一挑，转向堂上一名二十来岁朱红华袍的年轻男子，揶揄道："王

015

爷,您身体不适?"

临江王倒也一表人才,且风度极佳,可惜此时眉梢眼角都挂着苦笑:"两位仙师,本王之前情急,是答应过将那姑娘投缳的屋子让出来由仙家作法。但今日朝廷文书已至,言辞甚为严厉,已有诸多不满。仙师之前说要将那厉害的邪祟勾引过来,再设法擒之,可万一、万一……"

尉迟骁没孟云飞那么好的脾气,一针见血地问:"王爷是见徐宗主没有亲至,因此才改变了主意,是吧?"

临江王笑起来跟哭似的:"仙师你就非要本王直接说出来是吧?"

徐宗主天下第一人,权威无可撼动。多年前先帝曾朝拜沧阳山,遥封其国师之位,虽然被徐霜策冷淡回绝了,但他威名深入皇室的程度由此可见一斑。临江王敢把整个王府送给徐霜策屠戮群妖,但面对尉迟骁却未必敢轻举妄动,也是人之常情。

宫惟从进王府起就一直背着手站在窗棂前,打量玉盆里刚开的白鹭兰,闻言唇角勾了起来。

孟少主实力如何他不知道,尉迟骁臂上那六道金环却不是假的,单论斩妖除魔的业务熟练度可能不比年轻时的剑宗本人差。临江王显然对玄门内事不甚了解,不知道如果今天放走了尉迟骁,往后再请就得是三宗四圣这个级别的大宗师亲自出马了——但这几位轻易是不会理他的。

尉迟骁闭了闭眼睛,再睁开时已经明显压住了火气:"此刻已过酉时,天马上就要黑了。昨晚死了八个人,若是今晚再不解决的话可能会死十个、十二个,甚至二十个,王爷心里是明白的,对吧?"

临江王真诚道:"仙师不用担心,这两日还有不少其他地方死过人,本王这就亲自带路送诸位过去。来,请。"

尉迟骁说:"在下告诉过王爷,邪祟初次害人之地血气最重,亦是最有可能再次引它出来的地方,王爷心里是明白的,对吧?"

临江王说:"明白明白,本王今晚就麻溜地带全家女眷移居别庄,仙师要不要先去其他死人的地方看看?"

尉迟骁那火气眼见是要压不住了:"除邪祟务必一击即中,最忌拖泥带水,否则一旦化魔遗患百年,王爷不用我再多解释了,对吧?"

临江王亲手倒了一盏茶:"仙师真是见多识广,来,喝茶。要不待会儿咱们先去其他死过人的——"

"王爷。"宫惟笑吟吟道。

他的声音又轻又和气,像是一片在耳边徘徊不去的梦。

满屋子的喧杂仿佛同时静了一静,只见宫惟在那盆白鹭兰前回过头,穿过周遭众人,温柔地望向临江王。

"王爷养的好兰花。我饿了,可以送给我吃吗?"

没有任何人注意到他右眼瞳深处掠过一丝绯红,像是初春桃花飘下枝头,旋即消失得无影无踪。

周围所有人都呆呆看着宫惟,表情都好像凝固住了,仿佛过了很久,才听见轻轻的吸气声从四面八方响起来。

"……吃……吃什么?"临江王好似坠入了某个飘忽的梦中,直勾勾看着宫惟的眼睛,下意识喃喃地重复,"可以……可以吃吗?"

宫惟说:"可以的呀。"他摘下那朵白鹭兰,撕下半朵雪白的兰花慢条斯理地吃了,微笑道,"王爷,我累了,今晚想睡你家死过人的那间屋子,可以吗?"

临江王眼睛一眨不眨地盯着他,连移都移不开,结结巴巴地连声说:"好……好,本王带你去,这就……这就带你们去。"

宫惟眉眼一弯。

那笑容即便在向小园脸上出现都毫不违和,他就这么笑嘻嘻地吃了剩下半朵花,说:"那有劳王爷啦。"

临江王一路上都没能把视线从"向小园"身上移开,他亲自将诸位名门修士领进当初花魁投缳的屋子,再三攀谈,殷勤不已,直到天色完全黑沉下来,尉迟骁不得不出声赶人,这位年轻王爷才如梦初醒,依依不舍地告辞了。

尉迟骁挥手令门生退出房间,然后劈头盖脸第一句话就是:"你刚才是不是对他用了精魅之术?"

这间富丽堂皇的屋子还维持着案发之后的场景,梁上悬着一条白绫,地上是被踢倒的板凳,摆设凌乱、珠翠满地,厚厚的波斯地毯上滴着几滴暗红色的血。宫惟正绕着屋子到处转悠,闻言眉尖一挑,唰地回头,一脸天真讶异地望着他:"尉迟少侠何出此言?我是非人之物,擅用非人的伎俩,也没有什么错呀。"

坐在一旁的孟云飞终于听不下去了,"啪"一声合上书:"向小公子,你与我等一样皆是常人,那些轻贱言论切记不可放在心上。到底谁跟你说你是非人之物的?"

尉迟骁:"……"

宫惟:"……"

宫惟抽了抽微红的鼻尖,小声说:"没,没什么人。"

孟云飞狐疑道："真的吗？向小公子放心，这里只有我们三人。若是曾有人对你出言不逊，我与元驹一定……"

尉迟骁："云飞，时辰到了！你去外面守阵，我在房中护法，切记不可分心！"

孟云飞满头雾水，被尉迟骁一掌拍出屋。尉迟骁啪地把门关上了，瞬间只听身后宫惟："扑哧——"

"向小园你！"

宫惟一手扶额，满面笑容地问："怎么了尉迟少侠？'向公子非人之物，举止常有怪异之处'，这话不是你毁约时自己说的？"

尉迟骁："……"

尉迟骁深吸一口气，足念了半刻静心咒，告诫自己等事情一了就立刻把这个非人之……把这个见鬼的沧阳宗弟子送回去，然后才睁眼冷冷道："酉时已过三刻，那厉鬼随时会来。为了防止你发狂自戕，我要封住你全身经脉，使你不能移动分毫，明白了吧？"

宫惟笑意未歇："不急不急，我还有点儿饿呢。"说着他将临江王刚才眼巴巴捧来的白鹭兰一朵朵地从枝头上扯下来，还没来得及送进嘴里，被尉迟骁一掌拍在身上，顿时"嗷"的一声摔倒在榻，直挺挺地定住了。

咚咚咚。屋外修士怯生生地敲了敲门："尉、尉迟公子，临江王又派人送了两盆牡丹花，问向小公子要吃吗。"

"他不吃！谁整天吃这些乱七八糟的东西！"尉迟骁一腔怒火终于找到了发泄口，"滚回去守阵！"

修士连滚带爬跑了。

宫惟又"扑哧"一声笑起来，盯着床顶的帷帐道："尉迟少侠，你这样可不好。当年剑宗有言，花草树木乃是天地灵气所化，食之可汲取自然之精华。你说我是非人之物可以，说剑宗可不行，人家毕竟是你的亲叔叔呢。"

尉迟骁一手仗剑在屋内打坐，从表情看是不太想搭理的，但还是没忍住："没有后面那句。"

"什么？"

"没有'食之可汲取自然精华'。"尉迟骁冷冷道，"后面那句是宫院长说的，为了找理由吃我家的碧玉桃花。"

碧玉桃花？

宫惟轻轻地"啊"了声，心说还真有那么一回事，可当年尉迟骁也才几岁大，原来那时候他也在场吗？

那是官惟临死前一年发生的事了。有门派进献尉迟世家一盆罕见的碧玉桃花，仙盟盟主应恺听说后非常感兴趣，便将官惟和徐霜策邀来共赏，其实是想借这个由头为两人说和。那时他们的矛盾还不那么尖锐——至少在旁人眼里还不那么尖锐，应恺便借此机会，苦口婆心地劝两人化干戈为玉帛，说："你们又不是真有血海深仇，何必成天与彼此针锋相对，让众家门派看笑话呢？"

官惟对应恺的老调重弹不感兴趣，但对碧玉桃花很是垂涎欲滴。他从小就喜欢吃花，应恺在教养他的过程中几经训诫，直到长大他才勉强改了一些，但没人的时候他经常偷偷吃。剑宗尉迟锐早把这个狐朋狗党看穿了，便说"碧玉桃花百年难遇，谁敢偷吃我就弄死谁"。谁想侍女前来上个茶的工夫，满盆桃花突然消失不见，只剩下了光秃秃的枝杈。尉迟锐刚拍桌暴起要把官惟抓起来弄死，便听"咚"一声响，端坐在不远处的徐霜策重重放下了茶杯。

那白瓷盅里不知何时漂了好几朵娇艳欲滴的碧玉桃花，其中一朵已经顺着茶水被他喝进了口，不用问也知道是谁干的。

周围安静得一根针掉在地上都听得清清楚楚。只见徐霜策那双锋利黑沉的眼睛盯着官惟，许久咽喉一动，将噙在齿间的桃花生生咽下了，然后起身拂袖而去。

那天尉迟锐提着剑把官惟追打出了二里地。

所谓的"化干戈为玉帛"自然是成了泡影。从那次起，以沧阳宗为首的北方各大名门联合一致，在仙盟中处处针对官院长，各种摩擦日益白热化，最终酿成了太乙二十八年初升仙台上的惨剧。

尉迟骁沉默良久，不知想起了什么，叹了口气："世上再也没有桃花了。"

官惟没反应过来："什么？"

"官院长临死前，天下桃花一瞬盛放，隔日转而又谢，此后这世上就再也没开过一株桃花，距今已经十六年了。"尉迟骁说着轻蔑地瞟了他一眼，"知道曾经有种水果叫桃子吗？呵。"

官惟："……"

官惟愕然瞪着房梁，心说：什么？全天下桃树都不开花了？难道天人感应是真的？连老天都觉得该死的是徐霜策而不是我？啊……怪不得这一路集市见人卖的都是李子跟枇杷……这么乱七八糟地想了一圈之后，他突然又意识到什么：

"不对呀尉迟少侠，那徐——那我们徐宗主门前开的是什么？你在那儿还差点儿捅了我一剑呢。"

尉迟骁："我没有捅你一剑！求求你别在云飞跟前添油加醋了！那是这世上最后的桃花林，不分四季，一年到头都开着！"

宫惟突然怔住了，心头猛地一颤。

花开四季不败，必然是有灵力维持，且终年不断。

他本来还以为徐霜策会在自己死后把那片桃林给铲了。

窗外夜风徐徐，屋内却安静无声，一坐一躺的两人各怀着不同的心思。良久后尉迟骁悻悻叹了口气，满是不赞同的神情："传说是因为宫院长死后，徐宗主在此林中戮尸，鲜血渗入桃花而成。唉，一代仙尊，何至于此啊！"

宫惟："……"

宫惟费力地扭过头，幽幽盯着尉迟骁："你家剑宗把沧阳山石碑劈成粉的事能再说说吗？我突然好想听细节啊。"

尉迟骁立马自上而下瞪过来，一脸"劈都劈了你奈我何"的表情，刚想说"你个外门弟子还想替徐宗主出气不成"，突然屋子里的烛火无端晃了两下。

尉迟骁动作如电，一指遥遥定住火苗。此时榻上的宫惟却突然神情一变："别动。"

这两字如击金断玉，与他平时口吻迥异，尉迟骁眉峰顿时压紧了："怎么？"

宫惟："……"

宫惟的视线越过他肩头，眉头一点点皱紧，轻声说："你背后好像有人。"

第 4 章

尉迟骁不待他说第二遍，拔剑出鞘、气势如虹，太极八卦金光乍现，咆哮着冲向四面八方！

轰——

王府地面剧震，宫惟被气流推得直挺挺撞上墙，只听尉迟骁怒道："下次这种事要直接说！你想害死我吗？！"

宫惟："动手前先观察懂吗？！你们剑修太粗暴了！"

周遭砖石簌簌而落，尉迟骁头也不回，啪啪打出八张符箓，一触空气金火爆燃，唰地铺成一张凌厉电网——瞬间却网了个空。

没有？！

尉迟骁眼皮一跳，只见电网消释，剑光散尽，屋内除了他自己和"向小园"之外别无他人："邪祟呢？"

宫惟仰躺在榻上，瞳孔中映出面前越来越近的鬼影，意外道："你看不见它？"

这"鬼影"仿佛是从空气中慢慢渗出来的,慢条斯理又不动声色,全身都裹在一层烟雾蒙成的灰袍中,巨大兜帽下空无一物。

　　——它没有脸,甚至也没有头,兜帽深处是微缩的、缓缓转动的血红微光。

　　它慢慢地俯下身来,像是在仔细打量向小园的脸。不知怎的宫惟觉得它仿佛在笑,但那绝不是让人舒服的笑容,随即它张开宽大的袍袖——

　　宫惟猝然意识到它想要干什么:"尉迟骁!把我解开!"

　　吼声尚未落地,尉迟骁飞身横斩,剑锋如遇无物一般穿过了鬼影,轰然劈塌半面墙壁,砖石如雨,烟尘漫天;孟云飞全身沐浴青光而出,一掌将琴横拍在案,五指疾拨,音律暴起!

　　杀伐戾气如暴雨决堤,鬼影发出无声的怒吼,烟雾身躯剧烈扭动,猛地冲向琴修。除了宫惟之外根本没人能看见它,但说时迟那时快,孟云飞十指重重一扫琴弦,音律化形如水波冲向前方,竟然将鬼影一阻。

　　"水波"在虚空中激起人形的"浪花",孟云飞喝道:"元驹,在那儿!"

　　尉迟骁长剑"勾陈"已竖在眉间,唰地一横,锃亮剑身映出他锋利的眉眼,低声道:"万剑归宗。"

　　他倒真不愧是谒金门少主,及冠就修出了剑诀。下一刻,被猝然唤醒的勾陈剑剑魂爆出金芒,犹如为他披上了无坚不摧的黄金铠甲,裹挟巨浪拦腰横斩,霎时将那浓烟滚滚的鬼影烧成了灰烬!

　　尉迟骁一脚重踏在地,头也不回向宫惟喝问:"走了吗?!"

　　宫惟盯着鬼影消失的虚空,瞳孔一分分缩紧:"不,它还在。"

　　尉迟骁、孟云飞同时色变,与此同时,偌大王府所有火把同时剧晃,四面八方传来鬼哭,比刚才更巨大、更清晰的鬼影当空闪现,铿锵一声清响,竟然拔出了一柄雪亮长剑。

　　区区邪祟,怎么可能有剑?!

　　形势不容宫惟细思,脱口喝道:"尉迟骁!"

　　然而这时已经迟了。尉迟骁只觉磅礴杀气当头而至,多少次出生入死的本能让他仓促发动,随即——锵!!

　　勾陈剑诀极具攻击性,一旦发动,尉迟骁整个人就像是座活炮台。然而此刻两剑重重相撞,气流狂掀四起,尉迟骁居然被那把鬼剑横扫了出去!

　　"嘭"一声惊天动地,尉迟骁砸塌了王府大半面红墙。孟云飞拍弦而起,青光刺来,鬼影却霎时消散于无形,然后瞬间出现在榻边,对着宫惟的眉心高高举起鬼剑——

所有变故都发生在这闪电间。

尉迟骁和孟云飞从不同方向疾奔而来,但那注定是徒劳,因为鬼剑已破空刺下,剑柄上三个熟悉的篆文瞬间映在了宫惟惊愕的眼底。

白、太、守!

宫惟的右眼瞳猝然放大,没人发现它霎时转为血红,同时一口心头血自唇间喷出。

鬼剑铿锵定住,剑尖与血色眼珠只差半厘。

紧接着,被溅上血雾的剑身骤然蹿出浓烟,犹如被火焚烧一般飞速蔓延到鬼影手臂、全身,霎时将它完全吞没!

明明是没有声音的,但所有人都仿佛听到了厉风足以将耳膜震裂的啸叫,紧接着它化作一团滚滚浓烟,在尖锐的呼哨声中消散于无形。

另两人冲破浓烟赶到,连尉迟骁都难以掩饰地露出了一丝后怕,一掌拍开宫惟被定住的灵脉:"你没事吧?!"

孟云飞两指按住宫惟手腕,以真气迅速查看他全身灵脉,松了口气:"没事,没受伤。那邪祟是怎么消失的?"

宫惟:"……"

宫惟已经在他们两道炯炯视线中闭上了眼睛,再睁开时右眼已经恢复正常,再无丝毫异状,但脸上却白得一丝血色也没有。

"我不知道。"他喘息着,沙哑地道,"那不是……那不是邪祟,它有一把剑。"

尉迟骁愕然道:"什么?"

宫惟冰凉的嘴唇紧紧抿直,没有说出剑名。

北望天狼白太守,这把威震九霄的剑分明应该在他死后就消失了,没人知道它在哪里,更没人能提炼出它独一无二的剑魂,它怎么会出现在一个鬼影的手上?

我的尸体呢?宫惟忍不住想。

徐霜策在沧阳山屠戮我遗骨,血入桃花终年不败,然后呢?

他们把我的尸骨弄到哪里去了?

深夜,沧阳山。

徐霜策睁开眼,落英缤纷,漫天桃雪。

他徐徐吐出一口气,与以往重复过无数遍的梦境一样,再次踏进眼前这片广袤的桃花林,听见远处传来应恺的声音:"在那儿!快点儿霜策,那东西要跑了!"

不要过去,他想。

所有诡谲离乱都从这一幕揭开，但他却无法阻止一切悲剧从最开始的时候发生，只能眼睁睁看着年轻的自己从身侧走向前方："来了！"

远处及腰深的草丛无风疾动，就好像隐藏其后的猎物受了惊，拼命向南窜去。但应恺早已有所准备，甩手掷出四道熊熊燃烧的符箓，白金尾焰扑面而来，猎物在惊吓中陡然掉转方向，慌不择路冲向北面一片闪着粼粼波光的温泉水潭。

应恺："霜策！别让它下水！"

他两人自少时交好，一同下山游历、一同寻道修仙，配合自是无隙可乘。应恺话音未落，徐霜策一剑出鞘，霎时只见剑气破空，水浪化作千万利刃当空刺下，在猎物不顾一切扑进水里的前一刻硬生生挡住了它。

说时迟，那时快，应恺撒出一道闪着幽幽红光的鲛丝网，精准无误兜头一罩，水边顿时响起小兽尖厉的嘶叫。

应恺："抓住了！"

他两人都落了地，向草丛中兀自不断被挣动的鲛丝网走去。应恺笑道："我倒要看看是哪儿来的精怪敢闯沧阳山，还偷喝了徐宗主酿的桃子酒，该不会是个小猴儿吧……嗯？"

应恺蹲下身，声音突然顿住。

身后传来徐霜策的声音："怎么了？"

应恺回过头，面上竟然满是惊愕："是……是个人。"

鲛丝网中的"猎物"终于随着应恺转身而露了出来，徐霜策脚步一顿，对上了一双惊惧到极点的眼睛。

那是个少年。

他年纪极小，不过十五六岁，如初生婴儿般一丝不挂，雪白得近乎妖异，蜷缩在网中急剧发抖，抱着瘦削肩头的手指用力到发青。那双瞪圆的眼睛里映出他们两人的影子，右眼珠是血液般澄澈的红色，连瞳孔都因为恐惧而不断战栗。

徐霜策静默良久，才听见自己的声音说："不。不可能是人。"

应恺大拇指在少年眉心间一按，不顾对方浑不似人的呜咽和挣扎，闭眼查探了数息，睁眼愕然道："三魂七魄俱全，真是人。"

徐霜策走上前，半跪下身，刚向他眉心伸手，少年骤然发出尖厉的嘶喊，连滚带爬就要往水潭里摔下去。应恺眼疾手快一把拉住，三两下撕掉捕妖网，解下外袍兜头裹在了少年身上，问："你叫什么名字？何方人氏？为何会跑到沧阳宗里？"

少年："……"

少年紧紧扒着袍角，视线不住在他两人之间徘徊，许久才短促地张了张口，但只发出几个毫无意义的音节，然后就紧紧咬住了打战的牙关。

"你不会说话吗？别怕，别怕，嘘。"应恺不断重复安抚，试探着把手放到少年湿漉漉的短发上，耐心拍抚他的头顶，微笑道，"别怕，你躲在桃林里多久了？想不想出去？"

可能是他和善的笑容起了作用，少年全身剧烈的颤抖终于慢慢平息下来，警惕地来回望着他们两个，半晌不知意识到了什么，突然闭上眼睛，再睁开时那只妖异的右眼已经变成了和他俩一样的黑色。

"他在观察我们。"徐霜策自上而下俯视着他，轻声说，"他在学怎么当人。"

名山大川灵气充足的地方化出小精怪来不奇怪，但应恺摇了摇头："妖魔精怪化不出人魂，他的魂魄却是完整的，可能是有些其他原因——我带他回仙盟，请医宗穆兄看看吧。"说着向少年伸出手，温和地问："我带你出去好吗？"

这个动作让刚平静下来的少年身体向后一耸，似乎随时准备逃跑。但应恺笑容不变，毫不设防地掌心平摊向上，足足半刻工夫后少年终于慢慢地、几乎是一寸一寸地靠过来，犹犹豫豫地抬起一只手，然后偏过头来看了看徐霜策。

他似乎在等待什么，但徐霜策看见年轻的自己只是站在那里，微微眯起眼睛，一言不发。

少年终于扭回头，把手放在应恺掌心里。

就在相触碰的那一瞬间，他全身皮肤那罕见的透明感突然消失了，变成了异常白皙但具有温度和实感的模样。但这变化实在太微妙且难以察觉，应恺撑着手把人扶起来，发现他根本无法用脚站住，只能把他打横抱起来往山下走。

徐霜策跟在后面，看见少年越过应恺的肩膀，歪着头看向自己，许久嘴角动了一动，像是生涩模仿着刚才应恺的表情，小心翼翼露出了一个讨好的笑容。

那应该是宫惟学会的第一个表情。

在那之前宫惟并不知道怎么用神态和语言来表达自己的意愿，因此徐霜策也无法确定，当他蜷缩在水潭边看向自己的时候，是不是想要跟自己说，想继续留在有着那片桃林的沧阳山。

徐霜策睁开眼睛，黑夜正从一层层帷幕中流泻进床榻。

他从榻上坐起身，走下九级青玉台阶，挥开了厚重的寝殿门。左右弟子竟皆不见，月晕一圈圈映照星河，桃花林如月下飞雪，纷纷扬扬。

远处林梢簌簌，魍魉般的窃窃私语声正从风中传来："……咱们宗门的桃花真盛啊，怎么就从来不凋谢呢？""你听过那个传闻吗？""什么传闻？""就是十六年前……"

徐霜策眉头一动，觅声望去。

"十六年前官大院长死的时候，咱们宗主发了狂，千里扼尸御剑至此，在此林中毁坏了尸身，血飞溅到枝杈花蕊中，因此才有这桃花终年盛开不败的奇景。都说这千万花海是官院长十六年不散的怨恨凝成的呢！"

一人发出低低的惊叹："为什么？两位仙门宗师，何至于此呀？"

后面那声音轻轻的、细细的，月夜下带着说不出来的诡谲："那么多年前的往事，如今谁还敢提呀？谁知道二十年前，徐宗主欲娶一哑女为妻，红烛高悬拜堂成亲当日，官院长却突然赶到，将新娘一剑杀了！"

树海摇曳，簌簌作响，吸气声四下响起。

林中空地上，两名弟子头对头凑在一处，但似有无数鬼魅随着他们争相私语，在风中远远传向四方："可徐宗主娶妻这么大的事，世人都没听说啊。""徐宗主不是一直待在沧阳山吗，何时有传说娶妻？""为何要娶一名哑女呢？"……

那尖尖细细的、带着得意的声音又响了起来："璇玑殿内室墙上供奉着一幅红衣女子像，便是宗主亲手所画。宗主少时命中多有杀障，传说……啊！"

风中无数魍魉喧嚣戛然而止，两名弟子同时跪下，发着抖道："宗主！"

徐霜策一言不发，月下眼底如布寒霜，良久一闭眼。

两名弟子七窍同时流出鲜血，却连求饶声都发不出来，"扑通"两声闷响，双双痛苦地倒在地上，树下厚厚的落叶都在他们的挣扎扭动中被碾碎，发出令人心惊胆战的细响。

徐霜策转身踏过被血浸染的碎叶，跨过一段段闪烁着月华的长阶。

玉柱高耸、寝殿宽广，墙上一幅女子画像在重重纱幕后隐约现出，她背对着人，只能见嫁衣下的身姿极其窈窕绰约。

徐霜策站住了脚步，静静地望着她。

"这是你画的吗，徐白？"他听见身侧虚空中传来官惟轻佻的笑声，那个熟悉的身影慢慢地浮现出来，背着手站在画像前，探身仔细打量半晌，然后笑嘻嘻回过头。

他说："你画得不像，一点儿也不像。你是故意这样的吗？"

官惟生得非常单薄，总是给人一种要随风而去的错觉。但他每次出现却都很鲜活生动，像是从未离去过，每个带着笑意的音节都一下下敲打在人的心尖上。

徐霜策问："谁让你上沧阳山的？"

官惟轻盈一转，那胭脂色绣着枫叶的外袍在月光下画出弧线，像是熠熠生光的羽翼，下一刻他从徐霜策另一边身侧探出头，兴致勃勃地说："徐白，徐白，你这个人可真奇怪呀。看上去这么冷酷，私下里又那么多情，你还在生我的气吗？"

徐霜策："……"

宫惟琉璃似的眼珠一转，又靠近了些，右瞳不易察觉地慢慢变红，嘴唇几乎贴着他耳朵问："我帮你再画一幅吧，我知道正面长什么样。你想要一张正面像吗？我……"

徐霜策猝然拔剑，寒光冲天暴起。

电光石火间宫惟急速飞退，脊背砰地撞上寝殿石柱，紧紧捂住自己的右眼，血从他指缝间一下渗了出来！

徐霜策"铿"一声把长剑钉在他身侧的地面上，居高临下地看着他："宫徵羽。"

不奈何剑锋雪亮，映得宫惟侧脸森白，鲜血顺着指缝蜿蜒而下，从手腕没进宽大的袍袖里。

"他们都说你是人，但我知道你不可能是。"徐霜策俯身盯着他，声音轻而狠，"你那些非人的伎俩，要是再敢往我身上用，就别怪我往后不把你当人对待了。"

空气都仿佛凝固了，大殿石壁反射出清冷的幽光，徐霜策那双黑沉的眼睛深不见底。宫惟抬头怔怔望着他，良久突然一笑，松开了沾满鲜血的手，只见他那只妖异的右眼已然恢复如常，眼角下却有一道不奈何剑气划出的伤，伤口极深，还在不断涌出血丝。

宫惟道："徐宗主，你弄疼我啦。"

他仰着脸，抱怨里带着少年特有的娇憨，懒洋洋拖长的尾音就像月光下飘扬的轻纱。

徐霜策俯视着他，梦境重复无数次之后他已经知道接下来会发生什么，最后一丝意识在尖锐地警醒他立刻抽身离开，但实际上他仍然定定地站在那里，纹丝未动——

一阵春晓桃花清洌的气息，向着他扑面而来。

就在这刹那，徐霜策猝然从床榻上坐起身。

"宗主！""宗主！"

徐霜策挥开重重帷幔，走出九重深殿，外面广阔夜空深蓝，两三星子寥落，远方地平线上正泛起朦胧的鱼肚青。

两名守殿弟子白衣银甲，完全不知道自己方才出现在了梦境中，慌忙单膝跪地俯身行礼。半响才听见一道低沉的声音从头顶传来："一个人梦醒的时候，怎么分辨自己所在的世界是现实，还是另一层梦境呢？"

两名弟子都愣住了，忍不住面面相觑，更高阶些的那个迟疑道："回宗主，人做梦的时候……应该是感觉不到悲伤和疼痛的。若是受了伤也不痛，那应当就是梦境了。"

破晓前的大地一片安静，唯有山风簌簌穿过树林，拂起徐霜策的袍袖。

两名弟子紧盯着自己面前的青砖，各自脊背不由绷紧。仿佛过了很久很久，才听见徐霜策低哑地笑了一声，听不出是什么情绪，隐隐带着嘲讽的尾音。

第 5 章

"邪祟精魅修不出金丹，因而不能炼出仙剑；妖修虽能炼出剑来，但昨夜出现的断不会是妖修。"孟云飞皱眉疑道，"难道在临江都内作祟之物是鬼修吗？——那得要下鬼垣十二府才能继续追查，怕是麻烦了。"

临江王那口如释重负的气还没出来，直接就吸了回去："鬼、鬼垣什么？"

孟云飞道："鬼垣十二府。就是黄泉地府。"

临江都昨夜破天荒地没死人，消息一经确认，全城都轰动了，挤在修仙门派前的歌姬名伶们又一窝蜂地来围堵王府，长街上嘤嘤之声不绝于耳。可怜的王爷更是喜极而泣，一大清早就从城外别庄飞奔而来，拉着诸位仙君非要设宴酬谢。奈何以尉迟骁与孟云飞这两位的境界，都肯定是已经辟谷了的，只有官惟一人津津有味啃着一大盆口水鸡，筷子已经不够他使了，两只手上沾满了红油。

"若要捉拿鬼修，必下黄泉地府。"孟云飞叹了口气说，"但活人肉身如何下黄泉？除非徐宗主、应盟主或三宗四圣这样的当世大能，以折损自身寿元为代价强闯鬼垣大门，否则绝无任何可能办到。"

临江王仿佛被一桶凉水浇了头："那如今怎么办？那鬼修今夜还会回来吗？"

孟云飞道："不好说。鬼修作乱百年罕见，而且他专门挑绝色美人这一点，我怎么也想不……元驹？你怎么了？"

圆桌另一侧，官惟整个人已经埋进了小山般冒尖儿且还在不断增加高度的鸡骨头之后，尉迟骁难以置信地望着他，半晌才表情空白地回头问："在下心中十分好奇，王爷，请问你现在对你心中不食人间烟火的小仙君是什么看法呢？"

临江王对着鸡骨头山坚定道："仙风道骨！出尘脱俗！！"

尉迟骁："……"

孟云飞："……"

尉迟骁小声对孟云飞道:"要不还是把人送回沧阳山吧,那鬼修不是只挑绝色美人吗?应该是看不上这小子了……"

官惟从前就特别喜欢人间美食,且尤其爱吃鸡,当世修仙大能中只有他一人死活也不肯辟谷,为此被各大门派世家明嘲暗讽了好久——唯有挨过辟谷,方能修成仙身,五谷轮回是不洁净的。因此各大门派收徒的第一个要求就是要能忍受辟谷之苦。堂堂刑惩院院长自己整天没个正形,一顿零食能吃两斤卤鸡爪,揣一把瓜子走到哪儿嗑到哪儿,甚至把当世剑宗也给拖下了水,还拿什么规束别家犯错的子弟?

官惟终于啃完最后一块鸡骨头,意犹未尽地擦了擦手指头,问:"还有吗?"

实在太丢脸了,他上辈子是不是只狐狸!

尉迟骁眉峰一竖刚要呵斥,"向小园"突然捂住右眼,语气虚弱道:"我眼睛疼。昨晚那鬼修打得我好疼。"

"……"英雄气短的尉迟少侠立刻凭空矮了三寸。

临江王忙不迭吩咐下人:"鸡都杀了!传厨房!"

孟云飞银冠束发,一身月白底色嵌银丝箭袖长袍,身形精悍而气质温文,闻言俯身亲自查看了下官惟那只其实连根睫毛都没掉的右眼,愧疚道:"向小公子仗义相助,我等应当一力保全,将你连累到如此险境中,是在下的错。下次绝不会了。"

官惟感激地望着他,心说:你看上去是个谦谦君子,实际也是丧心病狂把我找来当鱼饵的罪魁祸首之一。要等你俩来救,小魅妖的肉身昨晚就凉了,动手的事情下次还是本院长亲自来吧!

"王、王爷!"这时门外传来喧哗,少顷一名长随疯了般狂奔入内,"王爷不好了!外面又死人了!"

满屋人瞬间色变,尉迟骁霍然起身:"在哪儿?"

"府府府外,那、那群姑娘!"

王府朱门轰然大开,尉迟骁率一众门生快步走下石阶,只见青石长街上嘤嘤哭声震天,一众花魁歌姬的轿子纷乱挤攘,中间让出一大片空地,三四名女子头破血流倒在地上,生死不知。

一名湖蓝衣裙女子疯了般挥舞金钗,几个惊惧的丫鬟竟拉不住,只听她满面赤红地哭喊:"我岂是你们能欺辱的?!"又哀哀道:"甄郎,甄郎!你既不爱我,又为何要赎我?你误了我啊!"说着将那滴血的锋利钗尖往自己右眼狠命一刺!

她竟也刺自己右眼!

宫惟疑云顿起，说时迟，那时快，尉迟骁隔空劈手一挥，金钗脱手而出，女子刺了个空。她还不罢休，一头向王府门前拴马桩撞去，眼见就要血溅当场，尉迟骁站在几步外反手向下一压，女子瞬间萎靡倒地，兀自大睁双眼不住抽搐。

尉迟骁低声喝令："去拦住她，她要咬舌！"

王府下人恐在自己门前出事，几个人同时扑上去扳她的下巴。这时门里突然"铮——"一声琴弦回响，初听如松间明月、石上清泉，再听又有一股不容置疑的威压之气扑面压来，剧烈挣扎要咬舌的女子瞬间直挺挺向下一倒，珠玉钗环竹扇香囊撒了一地。

是孟云飞！

孟云飞一手托琴一手拨弦，举步跨出王府门槛。他平素都非常斯文，但此刻满面寒霜，微微侧耳聆听，似乎在无形的音波中仔细分辨着什么，突然道："不好。"

尉迟骁心神一凛："怎么？"

"它来了。"

它来了。

尉迟骁身后，宫惟仿佛感觉到了什么，缓缓回头向巍峨的王府望去。

这时街上尖叫四起，只见离那女子最近的几名王府下人突然齐齐僵住，紧接着表情扭曲起来，一个发着抖奔向侍卫，夺了腰刀便横刀自尽，旁人甚至来不及阻拦，便见"咕咚"一声头颅落地；其他几个则疯牛般抄刀冲向人群，场面顿时轰然而炸，眼见要酿成大祸！

所有人都在仓皇奔逃、四散踩踏，然而宫惟却仿佛置身于一切混乱之外，眯起眼睛望向高处。

远处王府琉璃瓦顶，一个无头、无脸、手持长剑的灰袍鬼影居高临下，穿过暴乱的长街，静静地与他对视。

没人能看见它，仙家符箓也感应不到它。

你到底是个什么东西？宫惟眯起眼睛想。

鬼影兜帽内无数转动的猩红光点一闪，像是个诡秘的笑容。

"轰"一声重响，孟云飞猛地将琴拍在身前，十指重拨，音调陡变，刹那间如滔天巨浪当头压下，几个发疯砍人的男子同时两眼一白，恍恍惚惚停下脚步，"当啷"几声砍刀落地。临江王挣脱侍卫阻拦，从朱门内匆忙狂奔出来，见状一声"好"还未出口，突然另一侧不远处又爆发出尖叫！

只见以那倒地的女子为圆心，周遭一圈圈的人突然像同时得了疯病一般，有

029

跪地撕扯胸口的，有痛极打滚哭号的，有拔了金簪刺向咽喉的，眨眼间惨况骤变，五六个人同时倒地毙命！

孟云飞怒极："来者何人？岂敢如此！"言罢霍然起身，五指重重一拍精钢弦，曲调由舒缓浩瀚的《定息》猛然拔高，赫然转为杀机重重的《甲光》，向石阶下昏迷的女子大步走去。

就在这时，鬼影蓦地转向孟云飞的背影，像是发现了极感兴趣的东西。

宫惟猝然喝止："别过去！"

已经太迟了。

孟云飞每走一步，琴音高一调，杀伐戾气就转厉十分，周遭发狂的人群随之脱力倒地，就像生生被压平的海面。然而就在他走到人群中心的那一刻，层层阴云中刚巧漏下一丝日头，那女子身侧似有反光一闪。

孟云飞的脚步陡然停了，整个人静止般僵立在原地。

尉迟骁立刻发现了不对："云飞？"

孟云飞一寸一寸转过头，动作无比僵硬，像是在用全部意志与某种可怕的力量抗衡。他的目光一时涣散，一时挣扎，一时僵直，突然两眼迅速蔓起血丝，铿锵长剑出鞘。

仙剑青光大盛，犹如龙出深渊，竟然毫不犹豫对着惊恐的人群斩了下去。

他竟也中魔了！

"哐当"一声震耳欲聋，尉迟骁仓促拔剑，死死架住孟云飞的剑，头也不回向吓呆了的人群吼道："还不快跑！"

就在女子身侧那道反光闪过的瞬间，宫惟眼前一花，脑中完全空白，紧接着心脏不受控制地狂跳起来。

中招了。

尽管他心里清清楚楚地知道不能被这邪物控制，必须立刻挣脱，但神志却难以遏制地恍惚起来。紧接着眼前场景就像被水洇了的色块一般模糊化开，浓雾四下弥散，远方地平线上的寒风席卷而来——

呼！

风将雾气撕裂，宫惟瞳孔霎时放大。

眼前赫然已不是混乱的王府大街，而是一座白玉广铺、金柱林立的宽阔高台，台下遥遥可见凛冬灰白的山川与松海。

——太乙二十八年初，升仙台。

是他死的那一天。

宫惟喘息着低下头,明明知道是幻境,左心处却再次传来极其真实的剧痛,顺着染血的不奈何剑身向上望去,一只熟悉的手正紧握着剑柄,再向上是徐霜策居高临下的脸。

是假的,都是假的,其实我已经死了。

这只是邪祟创造出的影像,我都已经死去十六年了!

宫惟像是被困在了濒死的身体里,突然感觉手不由自主地动了,紧接着"啪"的一声死死抓住了还在不断往心脏刺入的剑身,任凭鲜血顺五指嘲地流下来:"你……不能……"

徐霜策的表情像是被笼罩在了阴影里,模糊不清。

宫惟听见幻境中自己不断剧喘的声音,带着走投无路的哽咽:"我……徐霜策,你不能这么对我……"

仿佛一记重锤砸得灵魂发颤,宫惟不可置信地想:我在说什么?

他条件反射地想从这具躯体中挣扎出来,但幻象中的自己却虚弱到了极点,连抬头仰望对方这么简单的动作都难以维持。他只能绝望地看着徐霜策俯下身,那双冰冷熟悉的眼睛终于从阴影中露出来,不知为何带着一点儿不明显的血丝。

"宫惟,"他持剑的手不顾阻拦,缓慢而冷酷地一丝一丝往下用力,低沉地道,"你只是——"

啪!

骤然一声响亮耳光,剧痛把宫惟的神志瞬间抽了回来,灵魂从半空哐当摔回"向小园"的身体,差点儿跟跄瘫倒在地。

尉迟骁抓着他怒吼:"给我醒来!还不快逃!"扬手刚要打第二下,宫惟霎时一个激灵,想也不想,条件反射胳膊抡圆了就是一记响亮十倍的——啪!!

尉迟骁:"……"

宫惟:"……"

尉迟骁半边脸迅速浮起五个红指印,被原地打蒙了。

宫惟如梦初醒,赶紧摆手:"对不起,对不起……"

他耳边轰轰直响,只见周围长街上满地狼藉,数十人横七竖八地躺着,完全看不出死活。孟云飞单膝跪地全身浴血,用"肃青"一剑插在地上支撑身体,正勉强站起身。

不远处是他那把要命的琴,已在缠斗中被尉迟骁拼死挑断了两根钢弦,还在发出令人头痛欲裂的嗡嗡回声。

"快跑！你留在这里会送命！"尉迟骁来不及计较那一巴掌了，狼狈不堪喝道，"云飞是乐圣嫡徒，我制不住他，拿你腰间信物去谒金门请剑宗出山！快！！"

远处王府顶上，那无脸鬼影似乎靠近了些，不知为何给人一种似笑非笑的感觉。
官惟用力呼了口气，剧烈眩晕下呕吐的欲望终于被稍微压平："我知道了。"
尉迟骁不解："什么？"
"是恐惧。"

官惟很少讨厌谁，以前进刑惩院的各家顽劣子弟他见多了，几乎没有能让他发火动气的。甚至连徐霜策都没有被他真心憎恶过，连被杀死的十六年里都没有。
然而幻境却激起了无穷的惊惧、愤怒和绝望，急欲报仇的怒火像猛兽般，在他的胸腔中燃烧咆哮。
甚至直到现在，只要他一回忆起幻境中徐霜策那双带着血丝的冷厉的眼睛，心中都会不由自主涌现出巨大的恨意。
你怎能如此待我？
我明明——我明明——
官惟用力闭上眼睛，心里突然浮起一个匪夷所思的念头：我看到的场景真是幻境吗？
那绝望和愤怒都如此真实，会不会它才是真的，而我自以为清楚的记忆反倒是假的？
我当真已经从黄泉地狱深处回来了吗？现在这身躯里的到底是官惟还是向小园？
"向小园？"尉迟骁急了，"向小园！"
官惟猛地睁开眼睛，借此把自己从混乱的情绪中强行抽离出来，沙哑道："这是一种让人看见自己心中最恐惧场景的幻术，一旦中魔便分不清幻象和现实，因此有人含恨自戕，有人拼命厮杀，最终力竭而亡，纯粹取决于每个人看到的不同场景。"
所以花魁投缳时嘴里塞满了树皮、树叶，她看见了自己年老色衰后当掉首饰，流落街头食不果腹；新嫁娘拿一把剪刀追刺新郎，她看见的是丈夫负心毒打自己，走投无路之下奋起反抗；至于其他自戕而死的受害者，看到的多多少少与他们中魔时正经历的事情，或者与自身最难忘的境遇有关。
而官惟看见了十六年前的升仙台。
对他来说，没有什么是比重温死亡更可怕的了。

但有一个问题他怎么也想不通：幻术发动必须有一个特定的条件，或是说了同一句话，或是做了同一件事。之前那二十八名死者都是如何中招的呢？

"地上那女子怀里有个东西，是发动幻术的'引子'，一旦看见它发光就会中招，小心。"宫惟吸了口气，挥开尉迟骁的搀扶，跟跄站起身道，"不能跑。那个东西已经来了，它就在这里，我们必须在这里解决它。"

尉迟骁虽然自大，但道德水准决定了他不会让这么一个低阶弟子拿命冒险，立刻要强行阻止，这时却见另一边孟云飞摇摇晃晃站了起来，面色僵硬铁青，眨眼间肃青剑芒已至眼前——

宫惟紧盯着远处的鬼影，那千钧一发的时间里他没看尉迟骁，甚至没看孟云飞。

就在青色剑光当头而来的瞬间，他就那么随手一挥，只听"当"一声闪电般撞响，指尖打偏了剑身，紧接着宫惟"啪"一声抓住孟云飞胳膊，劈手夺了剑，当胸一脚把人踹向措手不及的尉迟骁："按住他。"

紧接着他一振袖，素面如霜雪，手提肃青剑，纵身扑向了远处居高临下的鬼影！

第6章

鬼影大概没想到他会主动来，略微歪了歪头，那个细微的动作乍看竟然有点儿像宫惟他自己。

紧接着，它一拔剑，白太守铮然出鞘，瞬间掀起周遭旋涡般庞大的气劲，迎面重重撞上了肃青剑锋！

"轰隆"一声震天巨响，无形的冲劲呈环形扫荡出去，无数树木唰地歪斜，砖瓦尘土平地扬起。

肃青剑承受不住来自顶级仙剑白太守的威压，立刻发出不堪重负的嗡鸣声，但宫惟全然不惧，眨眼工夫已过了百招。厉鬼被迫向后飞退，两人如流星般划过了半个临江都，直至出了城区。"当"一声，宫惟双手持剑，生生将白太守剑锋格住了，他近距离逼视着厉鬼那空无一物的头颅处："你是怎么拿到我尸体的？"

高空狂风呼啸，鬼影凑近了些，头颅位置闪动的猩红光点似乎是在笑，然后伸手探向宫惟右眼。

这鬼影虽然没有形体，灵力却惊人地凶猛澎湃，甚至远超黄泉鬼修。宫惟困在小魅妖修为低微的身体里，不出声地骂了一句，偏头回避它的尖锐指爪，鬼影却像是很熟悉他惯用的剑招套路，三两下逼得肃青剑节节败退，突然毒蛇般一剑挑向宫惟右眼。

向小园的躯壳限制了宫惟的灵力,即便他本身功底再深厚灵敏,也敌不过白太守这么气劲磅礴的一击,匆忙飞身疾退向后,眼前鬼影却突然消失。

下一瞬寒光袭来,鬼影竟然出现在了他身后,巨力横斩向他后颈!

就在即将血溅三尺的时候,一道剑光由远而近,尉迟骁厉喝:"万剑归宗——"勾陈剑魂霎时被唤醒,为他全身罩上金光铠甲,千钧一发之际硬生生撞上白太守,尉迟骁抓着宫惟连人带剑地飞了出去!

"哐当"一声尉迟骁把地面砸出个大坑,咳嗽着爬起来,只听宫惟兴高采烈道:"来得好!炮台兄!速速将它那鬼剑给我夺来,快!"

尉迟骁:"我不是叫你快跑吗?!炮台兄是谁?!那东西在哪儿?!"

"上面!小心!"

鬼影似乎也没想到这二十出头的年轻人能挡下神剑白太守,当即发出一声划破空气的呼啸,一剑刹向尉迟骁头顶——勾陈在巨大的剑压下仓促相抗,霎时间飞沙走石、飓风四起,霸道无匹的黄金剑魂竟然被压制得左支右绌,"锵"一声被远远打飞。

尉迟骁破口大骂,话音未落只见宫惟甩手抛来一道青光:"接着!"

是肃青!

尉迟骁一把接住,同时怒吼一声"勾陈",黄金光芒转瞬而来。他两手双剑同时重扫,在惊天动地的巨响中死死扛住白太守,脚下方圆数丈的大地竟然"咔嚓"一声,齐齐开裂。

宫惟咬破中指,用鲜血在半空中迅速画出一张巨大复杂的符箓,声情并茂地道:"炮台兄!坚持住!"

尉迟骁咬牙艰难道:"你管谁……叫……炮台……"

最后一字未落,只见鬼影被彻底激怒了,白太守剑身闪现绯光,将尉迟骁与勾陈、肃青双剑一同掀飞到了数十丈外!

宫惟立刻翻脸不认人:"呔!没用!"

他来不及画完符箓了,挥手一捞将赤色箓字凭空印在掌心,紧接着在鬼影当空而来的一刻抛袖迎击,"啪"一声抓住白太守。

鬼影的动作被迫僵在半空,与宫惟那张森白的面孔近距离对视。只见无数细小符咒如有生命,从少年掌心向上、向下蔓延,眨眼间完全覆盖了整把剑身,幽幽赤光映出了宫惟转为血色的右眼:"白太守不是这么用的,我来教你。"

厉鬼似乎感觉到了什么,但宫惟动作更快,握住剑锋的五指一紧,鲜血从掌心顺剑身哗然而下,只听他轻声道:"北望天狼。"

白太守剑诀！

鬼影立刻松手回撤，就在这个时候，沉睡了十六年的白太守剑魂被猝然唤醒，清啸直上九霄，千万道绯光在虚空中投射出深红的袍裾、繁复的暗金绣枫，翻飞袍袖随风而落，露出一名面容俊秀、紧闭双眼的仙尊幻影。

他年纪似乎还很轻，肩膀单薄，身形挺直，面色苍白不似活人，睫毛根根纤毫毕现。绯光迅速为他全身罩上护肩、臂甲、钣金腰封，旋即虚影当空落在"向小园"身后，犹如一尊所向披靡的护法神。

是前世的仙盟刑惩院院长、法华仙尊宫惟！

"看到了吗，"宫惟冷冷道，"是这么用的。"

他一把夺过白太守，剑身灵力成倍暴涨，仅单手一道横斩，便将鬼影生生剖成两半，鬼影尖啸着被烧成了滚滚浓烟！

黑烟眨眼间消失在虚空之中，宫惟咽喉那口血气终于吐了出来，踉跄落地，身后那被剑诀召唤出的仙尊虚影随之消散于无形。

他用白太守支撑住身体，精疲力尽地喘了会儿，才转身走向老远以外的尉迟骁。

尉迟骁把平地砸出了个深坑，坑顶上灰烟袅袅，他人在坑底已经半晕了。一般修仙者对上神剑白太守，基本当场剑断人亡，而这位大兄弟竟然还有一口气在，不愧是尉迟锐的亲大侄子，很有继承剑宗衣钵成为新一代"人间炮台"的潜力。

"喂，"宫惟蹲在深坑边上，居高临下冲着尉迟骁，微笑问，"大侄儿？还醒着吗？"

尉迟骁芳魂一缕悠悠醒转，艰难地问："你……你又管……管我叫什么？"

宫惟说："没什么。尉迟公子，你还好吗？"

尉迟骁用力甩了甩昏昏沉沉的脑袋："那鬼修呢？"

"不知道，跑了吧，不过肯定没死。"宫惟没什么责任心地随口道，站起身笑着说，"临江都内之事已超出你我能力范围，当务之急是请尉迟公子回谒金门，三拜九叩请您亲叔叔出山。话说回来我对剑宗大人仰慕已久，能帮忙引荐一下吗？听闻他英明神武，年少有为，境界高深……"

向小园的过往战绩太彪炳，导致尉迟骁立刻把马屁理解到了错误的方向："你想干什么？！我叔叔是正经人！"

宫惟说："少侠你可真想多了。"

尉迟骁提着勾陈与肃青双剑，头晕目眩地爬起来，活动了下肩膀肌肉："那鬼修是怎么消失的？别是你又损耗心头血了吧？"

童子心头血是克制鬼修的利器之一，但心头血难得，且使用会严重折损寿元。宫惟眨了眨眼睛说："那还能怎么办呢？我以为尉迟少侠英俊潇洒、修为了得，各路邪祟望风而逃，定能保护我这本领低微的非人之物。谁知……"

　　尉迟骁："好了别说了对不起是我的错我这就把你送回沧阳山！"

　　"那倒不必。"宫惟笑吟吟道，"咱们先回去收拾临江王府门前那堆烂摊子，想办法弄醒孟少主，然后一齐上谒金门请剑宗。我们徐宗主那张冰脸是指望不上的，只要尉迟剑宗出关——"

　　只要跟他死党尉迟锐接上头，再找应恺声泪俱下地认个错，徐霜策就算知道他借尸还魂了也没办法，还能抄着不奈何亲自打上谒金门去把他抓回来凌迟了？

　　突然他似乎感觉到脑后有什么，一丝冰凉的寒意向后心袭来。

　　宫惟神情一变，下意识闪身，肩胛骨霎时一凉！

　　他喘息着垂下视线，只见一截赤红剑尖从左肩窝透出来，紧接着大股鲜血喷涌而出。

　　那厉鬼并未走！

　　变故令人措手不及，宫惟耳边轰响，时间仿佛被无限拉长。

　　他看见自己的血顺着剑尖成串打在地上，看见身侧扬起厉鬼阴森的灰袍，看见坑底里尉迟骁的表情由迷惑、惊愕到难以置信。

　　紧接着，尉迟骁暴怒而起，一把拉住他拽向身后，惊天一剑斩向鬼影！

　　宫惟双膝撞在土地上，死死抓着白太守支撑身体，咬牙发不出声。

　　鬼影失了白太守，不知从哪里又拔出一把通体赤红的剑，那赤色绝不自然，像是不知何故在剑身表面镀了一层血色的膜。尉迟骁满腔暴怒，虽然看不见鬼影，但凭敏锐耳力听风辨位，竟与它打得不分上下。鬼影数次扑向他身后的宫惟，都被尉迟骁硬生生绞杀而回，不由越发暴戾起来，猝然隔空向宫惟一伸手。

　　白太守霎时感应，然而宫惟此时已经没有力气控制住它了，眼睁睁见它在掌中化作灰烟，原地消失。

　　扑通。

　　失去唯一的支撑，宫惟颓然倒地，看见鲜血汩汩涌出创口，很快在草地上聚起一小摊血洼。

　　下一刻，白太守凭空出现在鬼影手中，左右双剑同时向尉迟骁斩去，情势瞬间倒转！

　　就在这电光石火之间，风带来一阵甜香。

官惟愕然睁大了眼睛。

——只见血滴从他垂落的指尖落下，掉进身侧草丛中一朵摇曳的不知名野花中。花蕊似乎被烫了一下，随即数道纵横交错的红线犹如血脉，向四面八方延伸出去，泛着绯光隐入大地。

漫山遍野的树木突然都开花了。

桃花成苞、绽放、吐蕊，绯云铺向远方，层层叠叠延伸成海。王府朱门墙里墙外、千家万户、大街小巷，风扬起千万纷飞桃雪，映在每个人惊叹的眼底。

世间绝迹十六年的桃花，一夕间全开了。

沧阳山，天极塔。

九重高塔，铜檐深殿，天穹在上伸手可触。

安静的殿堂中无数幻影交错重叠，以高台为中心缓缓盘旋，细看是山川地理、河流村落，蚂蚁般的行人车马清晰可见，三千世界竟都微缩呈现在此，犹如仙家壶中日月，玄妙至极。

高台玉座上，打坐的徐霜策突然睁开眼睛，伸手在半空一拂。

千万幻象中的一幅图景随着他的动作放大，现出熙熙攘攘的九重都城，大片大片绯云疾速向全城蔓延，赫然是临江都。

"桃祸？"殿中一名守卫弟子失声惊道，简直不敢相信自己的眼睛，"怎、怎么可能是桃祸？！"

北方各世家曾用"桃祸"暗指官惟——可那妖异诡谲如狐、与沧阳宗处处作对的刑惩院大院长，已经死了十六年了！

话音刚落他脊椎一凉，只见是徐霜策意义不明地瞥了他一眼。这名弟子膝盖一软，来不及告罪自己失态，只见徐宗主大步走下高台，袍裾随步伐而拂起，三千红尘幻象随之收拢于他袖中，壮观恢宏异常。

徐霜策站在高逾百丈的玉栏边一伸手，沉声道："不奈何。"

一剑寒光从璇玑殿方向呼啸而来，被他握在掌中，随即他御剑而起，流星般划破天际，投向临江都方向。

"宗主出关了！"

"恭迎宗主出关！"

沿途弟子纷纷拜倒，震愕有之，惶恐有之，更多的是激动和好奇。

徐霜策一向极少离开沧阳山，早年唯有大事才露面，近年来更是轻易不现身人前。当不奈何剑壮丽的气劲掠过苍穹时，这个消息也随之长了翅膀一般，在世人饱含着兴奋和恐惧的口耳相传中,迅速流向整个修仙界。

徐宗主所去为何?

临江都发生了什么?

——千里山河弹指瞬间,不奈何如白金色的闪电向下俯冲。在越过巍峨城墙的一刹那,漫天绚丽桃花扑面而来。

徐霜策剑眉微微压紧,猝然一甩手,将袖中一枚绣着"徐"字的淡金剑穗抛向临江都城池。

下一刻,一层常人无法看见的透明保护罩拔地而起,从四面八方团团围住了巨大的临江都,随即高耸直上九霄,于天穹下唰地显出了一个金戈铁戟般的——"徐"!

"徐霜策封了临江都?"

岱山仙盟,惩舒宫中,一名身穿深色布衣、身材挺拔的男子皱起眉头,他面相俊朗而温和,但此时有些难以置信,又问了一句:"用的'大乘印'吗?"

方才那名飞奔来报的弟子俯首道:"回盟主,是大乘印,已确认无误。"

那布衣男子正是统御仙盟多年的武元尊,应恺。

大乘印,顾名思义,是宗师级别人物突破金丹期、提升大乘境后,才有资格使用的一件仙家法宝,乃是做标记之用。不论哪里发生邪祟作乱之事,只要有宗师投下大乘印,便说明他已将此地、此事划进自己的保护范围,所有行动由他一人决定,随之产生的任何风险也都是他一力承担。

这是为了避免在决策的过程中人多口杂产生纷争,也是为了各位大宗师能毫无避忌地施展自家秘法。按仙盟的规矩,在动乱解决之前,其他宗师是不能轻易进入被大乘印保护的地界的。

"报——盟主!"又一名弟子疾步上堂,高举一枚发光的传信令牌,"谒金门剑宗大人请见!"

应恺一扬手,令牌抛向半空,青玉方砖的地面上顿时铺开千里显形阵,一个身着檀色箭袖、衣袍配深金护臂轻铠的青年现身于阵中,容貌与尉迟骁有四五分相似,但年长几岁,眉眼更加冷峻桀骜。正是当世"一门二尊三宗"中的剑宗尉迟锐。

应恺心头隐隐升起不好的预感:"出什么事了,长生?"

"临江都,鬼修现世,死伤者众。"

尉迟锐从少年起就寡言少语,说话言简意赅,经常几个字几个字地蹦,紧接着下一句话让在场所有人都变了颜色:"满城桃夭尽放,已成异象。"

——与此同时,临江都。

鬼修似是惊呆了,尉迟骁趁机一剑将它逼得退后,同时飞出数丈,挡在宫惟身前,从袖中摸出止血圣药胡乱往他左肩创口上倒:"你没事吧?!这桃花是怎么回事?"

宫惟沙哑道:"不知道。"

越来越强烈的战栗正从脊椎蹿起,似乎预示着某种不祥。很快他感觉到左胸心口处传来熟悉的刺痛,仿佛再次被某种锋利冰凉的兵刃贯穿。

是不奈何。

满城桃夭恰似十六年前,惊动了他这辈子最不想再见的人!

尉迟骁抬头远望:"徐宗主?!"

宫惟大脑空白,下意识就往后退,然而剧痛已在刹那间迫近——

汹涌剑气摧山裂海,有一人当空而下,仗剑而立、眉目森寒,正是徐霜策!

第 7 章

"宗主小心!"尉迟骁常年云游,斩妖除魔,惯于面对各种突发情况,第一反应就是,"鬼修没有形体,常人不可眼见,务必当心偷袭!"

徐霜策充耳不闻。

风中漫天桃瓣映在他那双形状锋利的眼睛里,随即他眸光一转,先是一瞥尉迟骁,排除了怀疑,再一瞥跪地俯首的"向小园"。这次停顿了足足数息,似乎不太拿得准。

"向小园"紧盯着眼前的地面,身躯微微发抖,好似敬畏惊惧得连头都不敢抬起来。

仿佛过了无限漫长的光阴之后,他才感觉头顶上那道可怕的威压移开了。徐霜策道:"桃夭从何来?"

宫惟脊背不易察觉地一松。

尉迟骁明显迟疑了下:"晚辈也不……宗主当心后面!"

一道血红流光从后刺来,快得就像夜幕闪电,然而徐霜策连头都没回——不奈何剑不动自鸣,半节出鞘,狠狠撞上了鬼修的血红剑锋。

雷霆气势随剑一涌而出,徐霜策这才伸手握住剑柄,反手压得血剑动弹不得,随便一剑便将鬼修当胸捅穿!

宫惟心头漫起寒意。

徐霜策的"不奈何"与应恺的"定山海"一样，是世人公认有神性的兵刃。不奈何一旦感应杀气迫近，便会自发护主，其势如白龙降世。十六年前试图暗刺徐霜策的宫惟就是因此功亏一篑，死在了这无坚不摧的神兵之下。

换句话说，也是这么被一剑戳死的。

虽然在世人看来应是咎由自取。

鬼影几次被剖开都是化作浓烟消失，再出现时毫发无损，这次却被不奈何硬生生钉出了前后贯穿的巨大裂口。它根本不是徐霜策的对手，哪怕没有形体也无济于事，很快节节败退，却不甘心就此逃走，电光石火间用血色鬼剑架住不奈何，白太守出鞘刺向对方咽喉！

徐霜策如能亲见，一偏头避开剑锋，鬼影可能都没看清他的动作，便被他左手两指捏住了剑锋，刹那间感应到了什么。

"白太守。"他一字一顿低声道。

紧接着他抬眼"望"向鬼影，那张冰封的面孔上终于出现了某种情绪："宫惟？"

"向小园"跪在他身后，十指青白发抖，深深抓进泥土。

鬼影身体定住，通体遽然发出夺目的红色电流，尉迟骁敏感地察觉到了不祥："宗主小心偷袭！"

——徐霜策竟然完全没有动。

如果仔细看的话，他紧握不奈何的手竟然向后微微一收，轻得仿佛是个错觉。

就在尉迟骁大惊想要冲上来的时候，只见鬼影四分五裂，冲天飓风平地四起，消失在了虚空中！

没人能看见徐霜策的表情，他一动不动地站在那里，好似整个人都冻住了，发丝与袍袖随风落下，飘零落英打着旋儿落在脚边。

许久才听"锵"一声清响，他将不奈何收剑回鞘，回头却没看任何人，声音沙哑沉郁："死伤者何在？"

临江王府门前中魇的无辜民众已经被救起，孟云飞神志不清，被徐霜策随手在太阳穴一叩，似是拍散了某种浓郁不去的黑雾，瞬间喷出两三口鲜血来，昏迷了过去。

尉迟骁立刻令人将好友扶下去服药休养，只见徐霜策一掀袍坐下，头也不抬道："把过去十二个时辰内的所有经过报上来，不可有丝毫隐瞒。"

他根本不用加后半句，在场所有人都如见救星，恨不能把过去半个月以来全城发生的各种"异端",包括东家的狗没咬人、西家的鸡没下蛋等全都事无巨细报给他知道才好。尉迟骁却知道徐宗主的脾性,说一个字就是一个字,绝不允许一笔减少,也不允许一画添加,忙肃立俯首按规矩答了,又道:"那鬼修似乎很惧怕童子心头血,昨晚贵宗高徒向小公子便是在情急之下,将心头血喷在那鬼剑之上……"

"向小园。"徐霜策突然打断了尉迟骁。

满堂修士的目光都向后投来,宫惟霎时成了所有视线的焦点。

徐霜策说:"过来。"

宫惟左肩可怕的贯穿伤已经被城内的医宗弟子处理了,肌骨生连,止血止疼,敷了厚厚的仙家圣药,但此时还是酸软隐痛使不上劲,走起路来蹒跚摇晃,说话也畏畏缩缩:"宗主。"

徐霜策上下打量他一眼,问:"只有你一人能看见那鬼修的模样?"

"向小园"连头都不敢抬:"是。"

"之前只有入夜才死人,但从你来临江都的第二天,鬼修便开始白日作乱?"

"是。"

徐霜策沉默片刻,大堂上众人噤声,连彼此紧张的呼吸都清晰可闻。

宫惟耸肩缩背地盯着自己脚尖,不知过了多久,只见徐霜策一手将不奈何递到了自己眼前,语调平平地说:"拔出来。"

他竟然还在怀疑!

这要换作从前宫院长敢跟他作对的时候,宫惟肯定在眨眼间把不奈何藏到身后,然后笑嘻嘻地背着手,歪头问:"想要吗?求我呀徐白。"

徐霜策当然不会理他,更不会动手强行从他身上搜。他最多居高临下地注视宫惟片刻,转身径自而去,过几天应恺自然会一边敲打宫惟的脑袋一边把不奈何还回沧阳山。

但这辈子的小魅妖低如蝼蚁,连在徐宗主面前开口说话的资格都没有。宫惟咽喉上下一动,闭了闭眼睛,才缓缓伸手按住剑柄——

咔嚓!

一泓寒光熠熠流出,宫惟的指关节因为剧痛而泛出青白。

"左心有伤痛?"徐霜策突然问。

"向小园"儒弱胆怯地看着他,因为疼痛而发颤的声音听起来与畏惧无异:"禀……禀告宗主,弟子学艺不精,方才左肩负了伤。"

说着他略微褪下左衣襟,露出了血迹狰狞的绷带。

徐霜策的视线落在那血迹上,无声地眯起了眼睛。

不奈何对魂魄的伤害是直接而致命的，很多死在剑下的人，转世之后魂魄仍有残缺，不奈何剑一旦靠近便可能会产生感应。

会被发现吗？

宫惟被剧痛折磨得眼前发黑，心里却迅速转着各种念头，突然余光瞥见自己腰间那枚麒麟血玉，脑海中浮现出一个荒唐的念头：等等，我现在好像还是堂堂剑宗世家准继承人"尚未来得及退约"的道侣呢。

要是徐霜策敢抓我回去凌迟，我就在这大堂上抱着尉迟骁狂喊"徐宗主为老不尊，强抢晚辈"，不知道他跟尉迟大兄弟两人哪一个会先气得厥过去？

尉迟骁心说：你盯着我是什么意思？他用眼神示意宫惟：徐宗主这是干吗呢？你这小子是不是得罪过他？

宫惟疼得连表情都要维持不住了，没法理他，有气无力把头一摇。

两人正你来我往，突然剑宗世家一名扈从急匆匆跨过门槛，弯腰奉上一只红木漆盘："徐宗主！尉迟公子！临江王府外那名女子随身之物都收拾齐了，请过目！"

——方才让孟云飞等人中招的幻术"引子"！

刚才那短暂的诡谲气氛被陡然打破，徐霜策突然在漆盘中发现了什么，注意力一转："拿来。"

扈从连忙躬身捧上漆盘，宫惟顺势退后两步，紧绷的脊背不易察觉地微微一松。

虽然鬼修已经走了，"引子"应该也就没用了，但捧盘里所有钗环珠玉、绢扇香片都被重重符箓压住，防止再次发生异变。徐霜策在琳琅满目的女子妆饰中一翻，拣出一把小小的菱花绞丝水银镜，"当啷"一声丢在案上，面色很不好看。

他薄唇中吐出两个字："镜术。"

满堂修士没一个听明白的，只有尉迟骁突然联想到了另一件东西："千度镜界？"

"镜术"属于幻术的一种，本身非常冷僻，近年来更是没人修习了。也只有尉迟骁这样的豪门世家子弟，打小耳濡目染，见过无数法器珍玩，知道镜术中最复杂高深、效力也最惊怖骇人的神器——千度镜界。

它是一组千面镜宫。

仙盟三大顶级幻术之一——镜通阴阳，指的就是当千度镜界威力发挥到极致时，迷失在镜宫中的人会彻底混淆现实与幻境的区别，甚至在虚幻的世界里读书长大、结婚生子、生老病死，一生都不会察觉自己的父母、妻儿、知交同僚全是幻界里虚假的镜中物。

这法器要是落在别有用心之徒手里，怕是能害人一生。因此应恺将镜宫锁在仙盟刑惩院，并亲自封住了它的绝大部分威力，日常只开放仅有几块镜片的小角落，主要是用来教训、考验被送进刑惩院的弟子们，借用种种幻境来磨炼他们的意志心力。

而这世上唯一经常使用千度镜界的人，便是刑惩院院长宫惟。

尉迟骁嘴巴张合了几次，才艰难道："宗主方才所见的鬼剑是白太守，难道那鬼修真是……真是……"

底下已有人恐惧地失声："是宫院长？！"

宫惟一闭眼，心说：诸君，你们可真是哪壶不开提哪壶。

徐霜策深恨镜术，这世上没人比宫惟更清楚他曾经在千度镜界里吃过多大的亏。要是把徐宗主平生最想做的事情排个榜，把宫院长挖出来再杀一遍只能排第二，冲进刑惩院捣碎千度镜界怕是能排第一。

只见徐霜策神情阴晴不定，一只手握住了不奈何剑柄，不易察觉地抚摸着，良久才道："不。只是普通镜术，不是千度镜界。"

他语气里有些低沉难辨的情绪，乍听上去会让人生出微许错觉，好像他其实更希望重现世间的是千度镜界似的。

但那错觉过去得太快了，只听他突然问："二十八具尸身何在？"

尉迟骁说："城内医宗别庄。云飞与我已全部开棺验过，全部尸身都确认是自戕无误……宗主您这是上哪儿去？"

只见徐霜策霍然起身，头也不回道："招魂。"

尉迟骁还以为自己没解释清楚，赶紧拔脚追在后面："禀宗主，被邪术害死的冤魂残缺不全，是无法应召的！晚辈刚到临江都时已经试过多次了，确实——"

很好，宫惟想，又来个自取其辱的。

果然尉迟骁话没说完便差点儿撞上徐霜策的背，忙不迭停下脚步，只见徐宗主回头冷漠地瞥了他一眼，说："那是你。"

尉迟骁："……"

宫惟差点儿幸灾乐祸地笑出声，幸好被剧痛压住了——叫你们这些年轻人整天徐宗主长徐宗主短的，恨不能把姓徐的捧上神坛敬三炷香，该！就该让你们也领教领教徐宗主的脾气！

徐霜策不再搭理剑宗家的小辈，他视线越过周围众人，蓦地落在了正偷偷摸摸往后躲的"向小园"身上，那冰冷的眸光一动不动半晌，淡淡道："你也过来。"

咔嚓一道天雷当空而下。

宫惟笑不出来了。

第 8 章

簌簌几声轻响,两名浅紫纱袍的医宗弟子点燃阴烛,幽幽绿光照亮了昏暗的殓房。

"徐宗主,请。"

修仙界各大门派都着重驻守自己家的地盘,唯独"三宗"中的金船医宗穆夺朱,一方面自称秉承悬壶济世之心,另一方面也是为了多多赚钱,因此在各地都设有医铺和别庄。此刻外面是正午白昼,屋里却黑得伸手不见五指,只有四排绿烛投下摇晃的光晕,映照着整整齐齐二十八具形制不同的棺材。

宫惟就像只敏捷的狐狸,趁着人多往角落一钻,这才感觉不断痉挛的心口松缓了些,却不防挤到了身后的人,肩膀被一拍:"钻什么呢?"

宫惟扭头一看,只见是尉迟骁,立刻脸色一变捂住绷带,满面痛苦道:"少侠我不是故意的,少侠饶命!"

尉迟骁:"……"

尉迟骁手僵在半空,嘴角微微抽动,半晌终于勉强忍下了这口哽在喉咙里的气,低声问:"不是给你上了医宗圣药了吗?!"

宫惟可怜巴巴地说:"不行,我没用,我还是疼。"

尉迟骁差点儿没忍住翻个白眼,抬手按住宫惟左肩,随即一股强劲有力的灵气输入,迅速抚平支离破碎的经脉,被不奈何影响而紊乱的心跳终于完全平稳下来。

宫惟一脸真挚地感激涕零,作势去拉他的手:"少侠你真是个好人,我……"

尉迟骁汗毛登时竖了:"好好说话,别动手动脚!"

这时只听徐霜策问:"尸体保存如何?"

医宗弟子躬身道:"送来时便灌注了水银,尉迟公子来时又用大量灵力维持了尸身不腐。虽然死在邪术之下的魂魄按理不能应召,但我们还是设下法阵试过数次,均无功而返。徐宗主既肯出手相助,又仙力盖世,定与我等不同。"

宫惟小声说:"你瞧瞧人家怎么说话的。"

尉迟骁用同样低的音量道:"我还是让你继续疼着吧。"

宫惟立刻说:"少侠我错了您别停。"

徐霜策缓缓走过几具棺材,低垂的眼睫下看不清是什么神情,少顷抬手按在棺盖上,涟漪似的幽光迅速由掌心散开,裹住整具棺材,低声道:"鬼垣不回顾,死生如朝暮。起！"

霎时二十八具棺盖齐齐翻开，轰然震动不绝，一具具艳尸仿佛被无形的绳索吊着，接连从棺木中凌空站起，幽绿火光映在他们一张张惨白的绝色美人面上，紧接着二十八双眼睛同时一睁，浑浊的目光齐刷刷对准了徐霜策！

所有人同时头皮发麻，最前排几名修士甚至忍不住向后一退，只听徐霜策道："报上名来。"

一名颈间横着勒痕的女子僵硬地动了动，正是那个在临江王府投缳的花魁，全身骨头发出生锈般咯吱咯吱的战栗声响，足以令人头皮发麻，随即不顾满身水银，强行拜了下去："奴家姚玉晴。"

她身侧凤冠霞帔的少女咽喉破了个血肉淋漓的洞："民女于小梦。"

第三名白衣少年修士弯下腰，拱手抱剑，声线颤抖似有悲意："晚辈成元乐。"

…………

徐霜策视线一一扫过二十八名死者，直到全数报完，才回望第一名花魁："你在王府筵席上告退更衣，妆容有损，于是对镜重梳了，是不是？"

花魁颤声道："是！"

徐霜策转向新娘："你在洞房久候新郎不至，摘了盖头对镜自赏，是不是？"

"是！"

"你是仙门弟子，每日清晨要早起打坐，打坐前需沐浴熏香，梳洗时对着屋里镜子了？"

"是！"

…………

不用徐霜策一个个问过去，所有人都已经恍然大悟。

同一种幻术发动必须有相同的特定条件，而所有被害者临死前果然都做了同一件事情——看见了镜子中的自己。

有修士想起自己房里的铜镜，登时骇得心胆俱裂："难道、难道只要有镜子，它都能、都能——"

宫惟轻声道："不，须得是水银镜。"

镜术之所以冷僻，便是必须使用水银镜的原因。铜镜无法精准捕捉魂魄，水面又不能连通阴阳，因此都无法作为幻术发动的媒介。而能够清晰照出人影的水银镜稀少价贵，寻常人家不可得，所以临江都城内二十八名死者都是有头有脸、有一定声名地位的人物，普通百姓家即便有命格重阴的美貌佳人，也不会成为鬼修的目标。

尉迟骁小声说："你倒懂得挺多。"

宫惟瞟了他一眼，心说：那是自然，等尉迟锐赶紧把我从这姓徐的身边捞出去，本院长再让你见识见识我到底懂多少，非见识得你跪在地上叫"世叔"不可。

尉迟骁不自在地揉了揉鼻子："说话归说话，老看我干吗？"

徐霜策吸了口气，闭上眼睛。所有人都提心吊胆地看着他，半刻后才见他深深地把这口气吐了出来，仿佛是终于做好了某种心理准备。

他睁眼环顾周围二十八具美艳的死尸，问出了最关键的问题："害你者何人？"

死魂灵们同时躁动起来，似有千言万语同时要说，花魁抢先发出一声尖厉的："是仙——"

"仙盟——"

"仙盟的——"

刹那间所有泣血尖叫都像被人扼住咽喉般断了，花魁剧烈颤抖着握住脖子，新娘徒劳张嘴吐出"啊、啊"哑声，清倌最先受不住，抱头发出惨绝人寰的鬼啸，被灵力强行保鲜的尸身迅速萎缩腐化，"扑通"一声摔回了棺材里！

这一变故来得太快，眨眼间刚才还好好的死魂灵像是被无形的魔爪控制住了，接二连三化作腐尸，颓然倒地。徐霜策眼疾手快，一掌按住先前那白衣少年修士，强行注入灵力，正爬满尸体全身的尸斑顿时来势一缓，只见少年青黑色的嘴唇战栗张合，只勉强发出几个字："他说他是……仙盟……法……华……"

周遭修士纷纷色变，法华仙尊？

竟真是死了十六年的宫院长？

少年修士魂魄骤裂，周遭阴烛无风狂摇，发出令人无法直视的耀眼绿光。紧接着在徐霜策的钳制中四分五裂，凭空化灰，只听"砰"的一声——

骨灰纷纷扬扬落进棺材，其中隐约有一星绯光闪烁。

徐霜策俯身从骨灰中捡出那物，竟然是一朵娇嫩欲滴的桃花。

"这、这里也有……"有人难以置信指着另一具棺材，只听旁人纷纷失声："这里也有！""都、都出现了桃花！"

所有魂魄都同时耗尽灵力，仿佛被一只无形的魔爪强行剥离，抢回了黄泉——而且都留下了同样的桃花！

"怎么会……"有人抽着凉气道，"怎么突然就……"

是啊，怎么会？宫惟比谁都想知道。

他扪心自问，上辈子除了徐霜策外没得罪过任何人，就算有些名门大派的老头儿老太太看他不顺眼，也只是背地里骂两句而已。哪怕北方世家总跟他处处作对，那也只是仙盟与各家族的利益之争，与他本人没有丁点儿关系，他一死，恩怨就都了结了。

谁会在十六年后顶着他的名义到处作乱？

有人偷觑徐霜策脸色，但仅一眼就心惊胆战，不敢再看。只听他冷冷吐出两个字："出去。"

修士们面面相觑，还没来得及反应，徐霜策厉声道："出去！"

众人霎时毛骨悚然，连声都不敢吭，争相躬身倒退出了殓房，好几个人差点儿因为步子太急而踉跄跌倒。尉迟骁随人流走了两步，见宫惟站在原地一动不动，赶紧拉了他一下，压低声音提醒："还不快走！"

"向小园"如梦初醒，苍白着脸轻轻"啊"了声，低头向外退去。

尉迟骁从没见过小魅妖这个模样，竟然有点儿不习惯，不由自主问了句："伤口还疼？要不再请医宗弟子给你看看？"

唰一下宫惟抓住尉迟骁的手，满面红晕："少侠我就知道你是个好人，我……"

尉迟骁刚没夯的汗毛这下全夯了："说了不要动手动脚！"然后把手一抽，啥都顾不上了，同手同脚地冲出房门，连头都没敢回。

宫惟刻意等他走远了，才脚步一缓落在最末。众人争先恐后跨出停尸间高高的门槛，没人注意到他身子一闪，躲在了门后的阴影里，像个贴着墙角的幽魂。

像徐霜策这个级别的当世大能，感知周遭情况主要靠阴阳灵力，靠眼睛看反而是次要的。向小园命格极阴，完美融进了停尸间浓郁不散的尸气中，任凭大罗金仙下凡都不一定能发现他——宫惟从伸手不见五指的角落里向外望去，只看见徐霜策站在二十八具棺材的包围中，侧影高瘦悍利，侧脸线条凌厉，眼梢在黑暗中微微闪烁着一星寒光，但看不清是什么表情。

"咔嗒"一声轻响，门被人小心翼翼地关上了。

徐霜策双肩僵硬到挺直，但那也许是烛火摇晃带来的错觉。他的声音像是从齿缝里逼出来的："宫惟……"

宫惟不带感情地眯起了眼睛。

"宫——惟——"

尾音嘶哑好似怒吼，徐霜策悍然拔剑，气劲撼动大地，当空重重斩了下去！

——轰隆！！

无声巨响惊天动地，不奈何剑破碎虚空，在剧烈震荡中劈开了黄泉！

阴风席卷天地，拖曳而来，地狱烈火如瀑布般当空而下。一扇高达九丈的血漆大门浴火而出，自虚空中轰然立在眼前，纵横各九排由骷髅人头做成的青绿门

047

钉，龙头铺首衔青铜环，密密麻麻成千上万具无头骷髅紧扒着门框，齐齐发出凄厉的鬼哭。

徐霜策面色如冰，毫不犹豫再次重劈。

这次九丈巨门四分五裂，暴雨般的巨大石块横冲出去，连门框也彻底碎成了齑粉！

一丝寒意终于无声无息地从宫惟心头升起。他猜测得没错，徐霜策单独留下果然是为了打开这道隔绝生死的门——

鬼垣地府！

不知何时周遭已经变了模样，停尸房消失不见，取而代之的是黄泉入口。地狱烈风从破碎的鬼垣府门冲出来，那场景与地火井喷无异。徐霜策发丝袍袖飞扬，"锵"一声将不奈何剑重重钉在了脚下。

无数鬼垣府兵手持幽绿火把、斧钺叉戟，潮水般从大门冲出来："大胆狂徒！"

"来者何人！"

鬼垣兵刃密如丛林，反射出阴森绿光，将徐霜策团团围绕在中间。但徐霜策视若无物，眉峰一挑，似乎是个微微的冷笑："滚出来。"

话音刚落，府兵便分海一般退向两边，中间空出一条道。道路尽头八十八个骷髅正抬着一顶车舆急急奔来，舆上坐着一名赤色蟒袍、玄铁梁冠的判官，身形如小山般庞大，袍底下却不是身躯手脚，而是一团团鬼哭狼嚎却无法挣脱的魂烟。

"原是徐仙君，多年不见，别来无恙！"

判官那张脸笑容可掬，开口时胸腔中气十足，震得人耳膜轰响。八十八个抬舆骷髅在咔嚓声中齐齐下跪。只见他向满地狼藉的府门扫了一眼，青色面孔上现出了明显的感动之情："仙君，你如今脾气甚好，比十六年前斩黄泉、屠万鬼、连闯鬼垣十二府那次要和缓多了。幸甚！幸甚！"

宫惟削薄的侧影藏在碎石之后，眉梢不由一动，徐霜策当年把鬼垣十二府全扫了一个遍？

为什么？

徐霜策仗剑而立，神色不惊："生死簿拿来，找人。"

判官动作顿时停住，一张笑脸神奇地垮成了愁眉苦脸，长叹了口气。

"仙君啊，十六年前我们已与你说清楚了，你要找的魂魄并不在地府——想必是不奈何剑神威通天，那人连转世投胎都不可能，早已魂飞魄散啦！"

048

第 9 章

　　宫惟以性情开朗脾气好而在民间著称，心情从来没像现在这么复杂过。
　　比被宿敌一剑戳死更惨的是什么？死后被宿敌戮尸，而且全世界都知道你被戮了尸。
　　比被戮尸更惨的是什么？戮完尸不解气，宿敌亲自闯鬼垣、赴黄泉，想把你的魂魄拎出来再折腾一遍；直到确定你已经神魂俱灭，连转世投胎都投不了，他才安心踏实地回家去了……

　　徐霜策正背对着他，看不见是什么表情。
　　他沉默了须臾才开口，不知何故尾音略哑："我要找的是临江都半月来横死者共二十八名，有话问他们。魂魄在何处？"
　　出乎意料的是判官一怔："临江都？临江都这半个月来有横死者吗？"
　　宫惟心说这判官怕是鬼头烧喝高了。果然徐霜策也懒得跟他废话，只吩咐："不用多说，将生死簿拿来。"
　　判官慌忙命骷髅："还不快去！"
　　鬼垣十二府，每府一名判官，每月轮值守在黄泉入口处，即魂魄通向死亡的中转站。上一次徐霜策把十二座府邸扫荡了个遍，既公正又公平，谁也没迟到谁也没落下；这次眼前这位判官就比较惨，独自面对沧阳山徐宗主，堪称是倒了血霉。
　　少顷骷髅咔吱咔吱地奔回来，手捧一本厚厚的黄纸簿册。判官从庞大身躯中费力掏出法杖，对簿册一点："开！"
　　九九八十一道磅礴金卷从虚空中唰地铺开，一落而下，组成了八十一条流光灿烂的瀑布！
　　闯鬼垣是损寿元的，宫惟不惜冒险偷偷跟徐霜策下来，就是为了这一刻——通过生死簿找到小魅妖的魂。如果还没过奈何桥，就想办法把小魅妖拉回到原身里来，如果已经投胎转世了，起码要知道对方投到了哪里，会不会过得不好。
　　然而他定睛一看，整个人都愣住了。
　　——八十一道卷轴空空如也，一个字都没有。
　　无人生，无人死，这半个月的地府记录一片空白！
　　"……"徐霜策皱起了修长的眉角："这是怎么回事？"
　　判官莫名其妙反问："仙君，什么怎么回事？"
　　"为何生死簿上一片空白？"

判官肯定地道:"一片空白说明无人生死,记录是不会出错的!"

徐霜策眉头皱得更紧了,少顷道:"十六年前我下黄泉寻找法华仙尊魂魄的时候,你们说死者不在生死簿,就代表他神魂俱灭,亦不入轮回了。难道全天下所有死者都神魂俱灭不入轮回了不成?"

判官辩解:"可是生死簿是不会出错的……"

官惟心头突然浮现出一个不祥的预感。

徐霜策明显也想到了同样的事,当即打断了他:"把十六年前至今的所有记录都拿出来,去!"

骷髅忙不迭又咯吱咯吱地往回跑,少顷摇摇晃晃捧着一大堆黄纸簿册回来。判官再掏法杖一点,霎时满天金卷展开,庄严壮观至极。

然而官惟的瞳孔却难以置信地缩紧了。

人间的所有生卒记录在太乙二十八年初戛然而止。

从十六年前开始,准确地说是从他死在不奈何剑下那天开始——鬼垣生死簿上就再也没人出生,也没人死过!

如果说刚才只是心头发凉,那么此刻就是真正的不寒而栗了。官惟下意识看向徐霜策,只见他薄唇紧抿,脸色森白,紧握不奈何的那只手筋骨凸起,半晌终于道:"世上众生攘攘万千,怎可能十六年来无一人生,亦无一人死?"

判官肯定地道:"既无人生,亦无人死,生死簿是不会出错的!"

"你……"

"既无人生,亦无人死,生死簿是不会出错的!"判官加重语气强调,说着重复了几遍,哈哈大笑起来,"既无人生,亦无人死,生死簿是不会出错的——"

他神情明显已经开始不对劲了,就像所有神志只够支撑他正常回答到这里,只听众鬼齐声唱喏:"生死在簿,从无一错——"

"生死在簿,从无一错——"

声浪汇聚成洪流,顺三途河滔滔而下,冲刷着忘川两畔漆黑苍凉的巨石。寒鸦惊飞四起,扑棱棱遮蔽了阴霾血灰的天空,将黄泉笼罩在黑暗中。

"生死在簿,从无一错——"

回响此起彼伏,直上九霄,大地在可怕的共振中剧烈摇撼。

"生死在簿,从无一错——"

骷髅大张齿骨,众鬼如痴如醉。鬼判官好似已浑然忘记一切,痴痴向后倒去,海面般的阴火摇晃闪烁,骤然幻化为无数绯红花瓣,巨浪般层叠掀起。

——是殓房那二十八名死者魂魄消失时出现过的桃花!

明明是绯云漫天的奇景，此刻却充满了难以言喻的吊诡阴森。下一刻，桃花掀起吞天巨浪，一拨更比一拨凶猛浩瀚，铺天盖地吞噬了整座鬼垣！

宫惟啪地抓住身前岩石，但无济于事。他就像是被人迎面狠狠打了一拳，眼前发黑、耳膜轰鸣，遽然向后摔去，飓风从耳边呼啸刮过——

扑通！

他跪倒在坚硬的地面上，膝盖撞得生疼，眼前天旋地转，一阵阵想呕的欲望直冲脑髓，突然只听头顶传来一道噩梦般的声音：

"谁在那里？"

宫惟削瘦的脊背一下绷直，慢慢抬起头。

眼前果然已经恢复成了昏暗的医庄殓房，二十八具棺椁还打开停在那里，不远处徐霜策目光似霜雪，正自上而下地盯着他，说："出来。"

宫惟："……"

空气仿佛凝固住了。

宫惟膝行向前磨蹭了两步，脸色苍白如纸，嘴唇发着抖："宗、宗主饶命，我只、我只是……"紧接着"哇"的一声干呕起来！

这番表现起码有五分真——宫惟的身体一向很皮实，这要换作以前，鬼垣三日游都不带喘一下的。但小魅妖体质实在是太弱了，神魂抽离鬼垣时不可避免受到了冲撞，靠近不奈何更是让他心口急剧抽搐，因为喘不过气而眼前阵阵发黑。

他其实吐不出什么来，只喉头痉挛干呕，突然咽喉一凉，被不奈何剑鞘抬起了下巴。

徐霜策略俯下身，宫惟被迫仰头直视他那双沉冷的黑眼睛，顿时什么呕吐的欲望都没了。

——徐霜策有洁癖，性极严苛。

他要敢吐在不奈何剑鞘上，小魅妖这具肉身今天就得碎尸万段。

"向小园。"徐霜策一字字道。

宫惟维持着这个姿势，白金剑鞘映出他因为惊恐而微微睁大的眼睛。

"那鬼修追着你，是想得到什么？"徐霜策盯着他的瞳孔，缓缓地问，"如果它是法华仙尊，那你是谁？"

"宗、宗主饶命……""向小园"懵懵懂懂的声音响起来，带着颤抖的哭腔，"我不是故意的，我再也不敢了，宗主饶命……"

门外响起急促的脚步声，但徐霜策置若未闻，眯起眼睛问："你刚才跟我下鬼垣了？"

"我……我……我什么都没……"

徐霜策加重了语气:"你刚才看见了什么?!"

砰!

门被大力推开,尉迟骁快步跨过门槛,迎面撞见眼前的景象,失声道:"徐宗主饶命!向小园肩上有伤,难以行动,所以刚才被我等疏忽留了下来,不是故意忤逆您的!万请宗主高抬贵手!"

剑拔弩张的气氛顿时被打破了。

徐霜策意义不明地瞥了尉迟骁一眼,终于深吸一口气,直起身松开了对"向小园"的钳制。

官惟啥都顾不上,立马拔腿扑向尉迟骁,伤口带血、瑟瑟发抖,把尉迟骁吓了一跳,赶紧使眼色示意他躲到自己身后去。

徐霜策问:"你有何事?"

尉迟骁其实是走到半道发现丢了小魅妖才找回来的,但他哪敢再提这茬,只得赶紧想办法岔开徐霜策的注意力:"禀……禀宗主,晚辈听闻鬼哭,猜想是徐宗主开了黄泉之门,因此匆匆赶来,不知宗主在鬼垣中是否有所发现……"

"没有。"

"啊?"

徐霜策淡淡道:"没有任何发现。"

尉迟骁硬着头皮道:"是吗?那看来查清此事非一日之功了。那晚辈……晚辈这就先告退了?"

徐霜策连答都没答。

尉迟骁唯恐惹他不快,赶紧一拉官惟,拽着他向屋外溜。

官惟跌跌撞撞地跨过门槛,殓房结界之外天光大亮。他被尉迟骁提溜着后衣领,扭头向门里一看,徐霜策正站在一排排棺椁的包围中,侧影如剑一般挺直孤拔。

"官惟。"突然他开口道。

官惟心里一紧,却只见徐霜策正望着自己面前昏暗、沉凝的空气,像是在对虚空中某个不存在的幽灵说话,每个字都极其冷静清晰:

"要是你再骗我一次,我就让你后悔自己当年竟敢去死。"

"咔嗒"一声雕花门关上,将殓房留在了浓郁的黑暗中。

"你是怎么想的?你不赶紧出来留在那屋里干吗?那么想找死是不是?"尉迟骁拎着官惟的后领训斥。

官惟有气无力地捂着头:"我受了伤,我走不快,你又自己先跑了不等我……

哎哟！"

　　尉迟骁敲了他个栗暴："再这样我就真不管你了！徐宗主的命令你也敢违背？活腻歪了是吧？"

　　两人回到客栈，已是傍晚时分。宫惟又渴又累，本想顶嘴说"本来就没敢指望少侠你罩我，瞧你把我罩得这病那痛全身是伤"；但转念一想，还指着尉迟少侠把他亲叔叔剑宗召来，救自己一条小命于徐宗主魔爪之中，于是立马可耻地变了副嘴脸，满面感动地说："少侠你可真是个好人，千万别跟我这非人之物计较，你就是我情深义重的再生父母……"

　　尉迟骁被他感激得起了一身鸡皮疙瘩："住口！太假了！"

　　宫惟："呔！挑三拣四！"

　　尉迟骁突然站住脚步，高大身影堵在客栈走廊上，一瞥周围没人，才正色道："有件事我还没来得及问你。"

　　"什么？"

　　"临江王府外与那鬼修正面相抗时，你是怎么控制'肃青'的？"

　　宫惟装糊涂："什么肃青？"

　　"一门二尊三宗四圣，名门世家年轻一代的子弟当中，论战力我忝居前三，我之下是徐宗主的外门大弟子温修阳，温修阳之下便是孟云飞。云飞的'肃青'剑虽然不如他舜弦古琴之威，但也是这天下有名号的仙剑之一。你一个刚筑基的小魅妖，是怎么把肃青剑从他手里夺来的？"

　　尉迟骁比宫惟起码高一个头，剑眉浓密，目若寒星，微蹙眉头直直盯着他。

　　宫惟："……"

　　宫惟沉默片刻，闭上眼睛说："你看错了。"

　　尉迟骁皱眉道："你背地里到底有什么古怪？我不可能看——"

　　他话音戛然而止，只见宫惟睁开眼，右眼珠赫然殷红如血！

　　"你看错了。"宫惟柔声道。

　　声、光、意识都被迅速抽离，尉迟骁像突然跌进了没有尽头的深渊，下坠让他大脑空白，唯有无边无际的狂风从耳边掠过，宫惟那张微笑的、秀美的面孔在头顶越来越远，直到一发无声的巨响——

　　嘭！

　　尉迟骁猝然趔趄，被宫惟单手一把扶住："公子？你怎么了？"

　　眼前仍然是客栈走廊，时值晚膳时分，小二跑堂声从楼下传来，咫尺之际是宫惟关切的目光，双眼黑白分明。

尉迟骁神志微微恍惚,似乎刚才突然丢了什么,但好像又什么都没发生;他已经浑然忘记临江王府门口发生过的事,下意识用力闭了闭眼睛,再睁开时只见官惟微笑起来,少年风流轻裘缓带,那面容浑然不似凡间能有。

他戏谑道:"公子,你小心呀。"

尉迟骁猛地心如擂鼓,猝然挣扎退后半步,一时说不出话来。

"你——"他急促道,"你干什么靠那么近!"

两人距离一下被拉开了,官惟也不介意,无辜地负起手:"扶你呀。"

他行止时袍袖间飘出若有若无的芬芳,像照进世间的第一缕春晓。但尉迟骁不确定那是不是自己的错觉,只能下意识强迫自己别开目光,仓促一挥手:"我回屋了,你赶紧回去歇着吧。"

官惟笑眯眯应了声。

尉迟骁掉头就走,走两步又想起来什么,回头刻意盯着地面,声色俱厉地道:"不想死就别去招惹徐宗主了!"

官惟:"哎,知道了!"

话音未落就见尉迟骁一个箭步冲回房,仿佛逃跑似的,"砰"一声重重关上了门。

官惟耸耸肩:"奇怪。"

总算打发了尉迟少侠,官惟口干舌燥全身都疼,揉着后脖颈回到自己屋,首先就咚咚咚灌了一大杯水,然后才倒在榻上,长长地舒了口气。

尉迟骁当初来时便拒绝了留宿在临江王府或当地修仙门派的提议,花钱包下了一家位置僻静的客栈。此举可谓明智,至少能避开当地小门派、小散修络绎不绝的造访和套近乎,房门一关便落得个清静,什么喧杂都听不见。

官惟望着客栈天花板,已经把奇怪的尉迟家大公子抛到了九霄云外,脑子里转着无数杂念,一会儿想那十六年来一片空白的诡异生死簿,一会儿想当年徐霜策是如何一剑荡平鬼垣十二府的,一会儿又琢磨谁会顶着他的名义、拿着他的剑四处杀人……乱七八糟想了半天,终于渐渐平静下来,不可抑制地冒出一个念头:

我骗过徐霜策吗?

可二十年前是他自己要进千度镜界的,幻境里发生的事,怎么能叫骗呢?

官惟打心底里觉得冤屈,在床上翻了个身,心想他最开始见到徐霜策的时候,这个人脾气明明还很好,并没有后来那么冷酷无情。他刚被应恺从沧阳山桃林中捡回去那阵子,不知何故徐霜策经常来仙盟惩舒宫做客,每次做客都给他带吃食点心、画本书籍,手把手教他写字,有一次还送了一把小唢呐给他玩儿。

那应该是他们之间相处最融洽的几年。

然而好景不长，后来他渐渐长大了，身上诸多"殊异非人"的表现并没有随着时间推移而渐渐淡化，反而越发突兀明显。他仍旧喜欢吃花，喜欢模仿身边人的行为，妖异的血红右瞳总时不时出现；徐霜策似乎敏锐地感觉到了什么，对他的态度渐渐冷淡疏远起来，很多细微的裂痕也随之悄然浮出了水面。

但宫惟没有放在心上。

宫惟从小脾气奇好无比，对自己见到的每一个人都充满了好奇、友善和宽容，仿佛这世间没有任何事能让他真正生气。他对徐霜策尤其亲昵，虽然一直不明白自己得罪徐宗主的点在哪儿，但从不因为对方的冷淡而产生不满，最多只感觉疑惑。

——直到后来那次意外发生。

宫惟因故遭人刺杀，应恺震怒之余，决定一杀各世家不正之风，于是传令天下成立大刑惩院，任命宫惟为刑惩院院长。

那个时候宫惟心智根本没长成，能管好自己都不错了，更遑论去管别人家子弟。因此应恺的本意是亲自监管刑惩院，并让宫惟跟着自己学习各种事务，这样他以后与各大名门子弟接触时，至少有个让人不敢得罪的身份，不至于吃暗亏。

想法本身是好的，只是没料到，这个决定遭到了徐宗主从未有过的坚决反对。

那天徐霜策驾临仙盟，在惩舒宫与应恺爆发了激烈的争执。刚巧宫惟高高兴兴跑来找徐霜策献宝，一字不落把两人的争执听进了耳朵里，包括徐霜策那些从来没有当他面说出来过的、极其伤人的重话。

宫惟平生第一次生气了。

那是他跟徐霜策之间第一次刀兵相见的冲突。

这次冲突来得快去得也快，因为一向强硬的徐宗主罕见地退让了——他一言不发拂袖而去，甚至都没还手。

也幸亏他没还手，矛盾没有从一开始就发展到针锋相对的地步。

在随后的数年间，沧阳宗与宫惟摩擦不断，各种不愉快频频被激发，应恺再怎么居中调节都没用，徐霜策跟宫惟两人不和的事最终闹得人人皆知。

如果没有千度镜界的话，也许这种大矛盾没有、小摩擦不断的状态会一直持续下去，日后那个让他俩不共戴天的契机也不会出现。

但可惜，徐宗主命中合该有此一劫。

二十年前，徐霜策修为突破大乘境中期，必须进入千度镜界幻世中去破障，才能更进一层到大乘境后期。

全天下只有宫惟一人能完全控制千度镜界这上古神器，因此应恺也没办法，只得千叮咛万嘱咐，严令宫惟全程护送，不得有失：

"……沧阳宗主命中多杀障，不除杀障恐难飞升，反之又恐伤及无辜性命……千度镜界幻境强到极致时，能令人投胎转世、生老病死，幻世百年光阴不过现实弹指瞬间。因此你让沧阳宗主进幻世后，投生成将门虎子或一代枭雄，待战场杀敌过万，自可功德圆满，届时便能杀障尽除地回到现世中来……"

徐霜策命中多杀障不是什么秘密，有人说如果不是因为这一点，他早就已经得道飞升去了。

修仙者要成大道，必须破掉命中的各种障——有人是情障，有人是心障，最难的是杀障。命带杀障的修仙者大多实力强横，但自古以来得到好下场的很少，因为大多数都在杀障降临时走火入魔，有夫妻相残的，有屠戮师门的，还有的长期心态扭曲，慢慢沦为了七情六欲灭绝的魔头。

徐霜策为了压制杀障，从少时便修无情道，他天资冠绝于世，百年内便升到了大乘境。但如果不想办法彻底破除杀障，他就永远无法飞升，更可怕的是，修为越高破障越难，如果他走火入魔大开杀戒，那么怕是有上千上万人要横遭非命。

应恺当然不能让他在现世中大开杀戒，只能送进千度镜界，在幻境的引导和保护下发泄掉他心中那恐怖的杀欲。

"我确实解决了他的杀障呀。"宫惟枕着自己的手，迷迷糊糊地想，"我跟着他在幻境里劳心劳力跑前跑后，结果他一回到现世，就抄着不奈何对我喊打喊杀，还叫我偿命——怎么就变成我的错了？"

他打了个哈欠，不知不觉合上眼皮，意识渐渐黑甜起来。

这一觉睡得极不安稳，恍惚间似乎做了很多梦，都是些零碎片段。他看见战场烽烟血色漫天，层层叠叠的死尸堆积成小山，一个银铠白甲的年轻将军蜷缩在战壕下，一手紧紧捂住双眼，鲜血正不断从掌心顺手臂蜿蜒而下，肩膀因为痛苦而战栗着。

宫惟在满地血肉中小心踮着脚，走到这将军面前，弯下腰端详半晌，碰了碰对方捂在眼前的筋骨凸出的手指，感觉很有意思，忍不住轻轻笑了一声。

那将军警惕地向后一仰："什么人？"

风沙里挟铁锈和血腥，向远方混沌的天际掠去，除此之外静默无声。

良久后将军干涸开裂的嘴唇勉强动了动，沙哑道："你是……这里的鬼魂吗？"

转眼间青山绿水，炊烟袅袅，农家小院鸡犬相闻。井上绳索嘎吱嘎吱地转动，吊出满满一桶水，宫惟泼泼洒洒地拎出来，只剩下了半桶。他随手撕了块布帛，沾上水轻轻擦拭将军光裸的胸膛，纵横交错的血肉迅速将半桶水都染成了浅红。

他也不计较，把水泼了，要再去挑，手腕却突然被人扣住。

窸窸窣窣的声音传来，是面前这个蒙住眼睛的男子，从右手腕上解下一只金环，然后摸索着扣在了他左臂手肘以上的位置。

那金环造型非常罕见，三道波浪形螺旋首尾相连，呈不规则环状，上面雕刻着密密麻麻复杂精巧的符咒篆字。

"我记事起就佩戴它，已经忘记了是从哪里来的。"男子声音非常低，但醇厚好听，说，"谢谢你救我一命。"

官惟歪头看着他，又看看手臂上的金环，似乎感觉非常新奇，半晌眉眼弯弯地一笑。

时光带着画面再变，他好像在睡梦中沉沉浮浮，看见斗转星移、变故陡生，又看见红烛高照、血光乍现。

最终震塌幻世的是一道磅礴剑光，如烈焰穿透寒夜、闪电破开迷雾，森寒剑锋瞬至眼前；徐宗主雷霆震怒的面孔出现在剑光后，每个字都满含杀意："你敢杀我妻子，今日就让你偿命，官惟！！"

官惟猛地睁眼，冷汗涔涔，湿透重衣。

窗外天光大亮，赫然已是第二天晌午。

咚咚咚，屋外传来叩门声，一道清朗温和的声音响起："向小公子？你还好吗？"

是孟云飞。

官惟有瞬间不知今夕何夕，呆呆坐了片刻，直到孟云飞连唤几声不应，拍门声急促起来，他才如梦初醒："没事，我……"

"呼"的一声门响，孟云飞已脸色铁青地破门而入，迎面撞见官惟好端端坐在床上，紧绷的神情这才遽然松弛下来："冒犯了！我还以为——"

还好他把"你横遭不测了"这几个字硬咽了回去。

官惟仅着雪白中衣，一头乌发乱糟糟的，抱着被子一脸迷茫望着他。孟云飞不由脸有点儿热，咳了声问："向小公子没事吧，难道病了？"

第 10 章

官惟蔫蔫地摇摇头，一头倒在床上，拿被子捂脸长叹了一声。

孟云飞道："许是徐宗主坐镇的缘故，昨夜城内没有死人，元驹已令人收集全城的水银镜,以防那鬼修利用镜术再次作乱……向小公子?你真的没事吧?"

宫惟瓮声瓮气地"唔"了一声,从被子起伏来看应该是摇了摇头。

孟云飞想了想,大概是组织了下语言,才赧然道:"昨天的事情我都已经听人说了。是我一时不察,中了镜魇,险些害了在场的修士和民众。幸亏你及时发现触发幻术的引子,元驹又倾力搭救,才没有让我做出悔恨终生的事来……"

这话倒没说错,他那把古琴要是真发起狂来,整条街的人都不够死的。宫惟埋在被子里无精打采地说:"孟公子误会了,是炮台……是尉迟少侠给力,跟我没什么关系。"

孟云飞静了片刻。

"向小公子为了驱赶鬼修而折损寿元,又受了伤,桩桩件件我都知晓。"他声音不觉低了下去,道,"我出主意把你从沧阳山上请下来,却没能履行诺言,保证你的安全。每每思及此处,心内都十分羞惭……"

宫惟立马从被子里露了双眼睛出来瞅着他,心说:哎哟,这个品种的人我见过!

应恺就是这种类型的,谦谦君子,如琢如磨,路见不平定要拔剑相助。事事都要讲礼节、讲道义,品德纯善,严于律己,一旦产生歉疚就比黄金还值钱,倾其所有也要补偿回去。

"深恩大义,铭记于心。"孟云飞顿了顿,看着宫惟只露出一双眼睛滴溜溜转的模样,忽而又有点儿好笑,"向小公子,你看什么呢?我想想,你都已经睡到现在了,不饿吗?"

宫惟知道这种君子自有一套道德体系,劝是劝不动的,懒洋洋地打了个哈欠说:"小事而已,孟公子不必介怀。我还行,再睡会儿。"

孟云飞却道:"已经快申时了,再睡怕是晚上要走了困,不如我带你去吃临江鱼?"

宫惟又"唔",被子随摇头而起伏。

"醉鸡吃吗?"

宫惟一下来了精神:"在哪儿?"

孟云飞笑道:"五里以外城中,我御剑带你去。"

话音未落,宫惟一骨碌爬起来,瞬间把满脑子的徐霜策抛到了九霄云外:"走走走。"

宫惟匆匆洗漱,随手一绑头发,一边披衣一边往外走。这动作虽然急急忙忙的,但他举手投足间却有种奇异的韵律感,似乎做什么都很轻巧,也就更从容。乍看很难发觉,细看却能感受到他与寻常修士微妙的不同。

孟云飞下楼时跟在他身后,不由有些愣神,这时客栈门口突然风尘仆仆地进来一人，迎面一撞见："云飞？你们干吗去？"

竟然是刚忙完赶回来的尉迟骁。宫惟高高兴兴背着手道："孟前辈请我吃醉鸡。少侠来吗？"

尉迟骁见到他的第一反应仍然是目光躲闪，躲到一半又不知自己为何要如此，便强迫自己转回视线直盯着他，面颊依然微微发热，所幸无人察觉："还吃鸡？你是个狐狸托生的吗？！"

宫惟说："不来算了，反正孟前辈有钱，孟前辈买单。"

"哟，"尉迟骁倒吸一口凉气，陡然一脸警惕，强行挤进两人中间，"不行我得跟你们走，云飞是个老实人！你别把他带坏了！"

孟云飞扶额不语，宫惟笑嘻嘻说："行了少侠，知道你不是老实人了，走吧。"

尉迟骁："胡说八道，你又知道我什么！"

两人一边斗嘴一边出了客栈，御剑而行至临江都城中心，满街行人熙熙攘攘，城内最华丽气派的"太白楼"正矗立在眼前。掌柜的见了玄门修士，不敢怠慢，立刻亲自将他们引至二楼珠帘隔开的雅座，宫惟还在一脸柔弱地捂着心口跟尉迟骁哭诉："少侠你心里竟然是这么想我的，我好歹是你……"

尉迟骁面红耳赤："不！没这回事！把玉佩还给我！"

尉迟少侠只是跟来监视的，孟云飞也轻易不沾人间水米，只有宫惟点了只又肥又嫩的醉鸡，啃得津津有味。尉迟骁用小火炉温了壶花雕酒与孟云飞对酌，见状又忍不住要训他："你瞧你都这么大了还不辟谷，一辈子靠吃化食丹吗？就这样你还想炼出金丹，还想得道成仙？"

化食丹能化去腹中五谷，但很损灵力，寻常修士不敢多吃。宫惟以前是拿化食丹当糖豆嗑的人，闻言毫不在意，兴致勃勃地拿了把小银叉剔鸡翅膀肉："你这么想就不对了尉迟少侠。何谓大道？大道乃顺应自然。有生有死，有喜有怒，有得有失，有聚有散；对人对事都别太执着，有缘相聚固然喜悦，缘分尽了就随它去吧。譬如说我喜欢吃这只鸡，但世间万物皆有定时，待会儿它就会被我吃光……"

尉迟骁简直哭笑不得："你这样一辈子也修不成仙，过几十年老了死了怎么办？"

宫惟却狡黠地瞟了他一眼，反问："你修仙求道就是为了避死吗？这么想是飞升不了的哦。"

孟云飞拊掌笑叹："听君一席话，胜读十年书。大智若愚，大智若愚！"

尉迟骁一拍桌："他这明明是'大愚若智'吧！"

宫惟说："你听我再举个例子就明白了。当年仙盟宫大院长，与应盟主并称双尊，算是比你们更接近'大道'对吧？还不是被徐宗主一剑戳死了。虽然这算横

059

遭非命吧,但至少说明修仙求道是不能避死的,而且死后还被戮了尸……话说我突然想起来,之后怎么样了?"

尉迟骁道:"你这都离题八万里了!——什么之后?"

"戮尸之后呀。"官惟自然地问,"那么大一仙尊,难道死后埋在沧阳山桃花林里?"

这话问的时机和对象都太巧妙了,毕竟世上再没人能比剑宗的亲侄儿更知道后续内情是如何发展的。果然尉迟骁皱眉道:"当然不会,这话你可千万别傻乎乎跑去问别人,传到徐宗主耳朵里你这条小命就算是废了——法华仙尊仙逝后,剑宗亲自登门讨还尸身落葬,见徐宗主闭而不应,就一剑劈碎了沧阳山石碑。正要冲突起来的时候,应盟主从岱山仙盟一剑驾临,亲自冲上璇玑殿,与徐宗主凌空斗了一场,才把宫院长的尸身从他手里抢回来。彼时尸身已经有所损坏……"

官惟大惊:"徐宗主败了?!"

尉迟骁向左右瞟了眼,才压低声音道:"败了。"

关于应恺和徐霜策谁比较强的问题,玄门各家内部争了得有个二三十年,直到徐霜策破掉杀障、率先进入大乘境后期,才有了"天下第一人"的说法。但说法归说法,这两人从没翻脸打过,因此也不能真正分出胜负来。修仙界流传最广的坊间小报《开元杂报》偷偷举行过多次投票,徐霜策每次都以微弱优势胜出,不过直到死前一个月宫惟都还在坚持不懈地投应恺。

虽然一次胜负不足以论强弱,但徐霜策竟然会输,实在令人大跌眼镜。

官惟万万没想到为全天下解开这一谜团的竟然是自己(的尸体),一时不由为自己鞠躬尽瘁死而后已的奉献精神感慨万千,问:"那后来尸身落葬了吗?"

"传说是葬在岱山。"

"没被徐宗主挖坟?"

尉迟骁说:"当然没有,你脑子坏了吗小魅妖,哪位大宗师会跑去干挖坟盗墓的事情……不对,你那么关心这个干吗?警告你啊,回沧阳宗以后不准到处乱问,听见没有?"

不可能,既然他的遗骸还在岱山,那白太守是怎么流落在外的?

官惟思虑一转,刚要再旁敲侧击地打听打听,突然楼梯上传来脚步声。小二引着一个宽袍长衫、背影颇高的男子,请进了紧挨他们的隔间。

二楼雅座全靠一道道细珠帘隔开,连隔座人影都隐约可见,谈话声更是可以相通。官惟于是不再言语,心事重重地玩着筷子,突然只听楼下说书人"啪"地拍了声九方木:"上回说到那混沌妖兽为祸一方,每年都要吃一百个童男童女,方圆百里叫苦不迭。剑宗与它大战十八个回合，才斩下它半边翅膀……"

孟云飞笑道："又在传唱你家剑宗大人的话本了，元驹。"

"哐当"一声，尉迟骁差点儿撞翻桌子，竟然满面惊恐："不！叫他住口！"

当世求仙修道风气极盛，民间景仰仙门名士，经常传唱各位宗师斩妖除魔的事迹，因此衍生出了各种戏剧和话本。宫惟小时候下山玩儿，就听过应恺、徐霜策年少时清剿妖窟的《开岐山》，剑宗尉迟锐治水患的《渭水仙》，还有道经故事里家喻户晓的传说《鬼太子迎亲》，等等，深觉有趣。

但尉迟锐却从来不觉得有趣，总觉得自己天下第一的剑术被各路妖魔鬼怪碰了瓷，每次听到都要掀桌——"为何要打十八个回合？！""吾自一剑足矣！""呔！愚民！！"然后一脸屈辱地拂袖而去。

孟云飞说："你冷静点儿元驹，话本广传说明剑宗大人在民间受欢迎嘛，这有什么好生气的？须知这些民间说书人，你越禁他越爱写，所谓堵不如疏……"

尉迟骁："你懂什么？！这话本我听过！名字叫《霸道剑宗二月逃》！"

孟云飞："什么！！"

孟云飞瞬间风云色变，宫惟还没明白二月逃是什么意思，只听说书人眉飞色舞道："回了洞府之后，已是气息奄奄。便见那法华仙尊迎上前来，心疼气急交加，不由落下泪来……"

宫惟："噗——"

"造谣！乱讲！"尉迟骁从二楼探出头咆哮，"再说我把你摊砸了，换一个！"

宫惟悚然捂嘴呛咳，只听楼下众宾客纷纷指责："话本本来就是虚构的嘛，有什么造谣不造谣的？""街坊百姓喜闻乐见，你算老几？""这么较真儿就堵住耳朵不要听嘛！""就是就是！"

那说书老头儿脾气倒挺好："哟，公子是剑宗尉迟家的门生吗？恕罪恕罪，那小老儿换个别的本子讲吧。话说上月《开元杂报》刊出新话本，有一出唤《洞庭曲》，说的是玄门乐圣柳虚之，面如晓月，温柔风雅，各大门派莫不仰慕。某一日他游历洞庭湖，只见岸边一位修士身长八尺，英俊健硕，眉眼含笑，摘了莲子掷上扁舟……"

"砰"一声爆响，孟云飞突然徒手捏碎了青瓷杯。

"乐圣见之欣喜，忸怩道：'不知这位仙君是何名号，仙乡何处？'那修士笑道：'吾乃出身仙盟，号法华仙尊……'"

宫惟："噗——"

宫惟双手掐着自己咽喉狂咳，满脑子都是"英俊健硕"四个字，只见孟云飞

"唰"一掀珠帘："住口！吾乃乐圣大人座下弟子！放过我师尊！！"

底下群众连被打断两次，顿时民怨沸腾："你们这些修士怎么搞的哦！""一个两个有完没完？""老百姓听个话本碍着你们什么了，放平心态嘛！"

孟云飞抓着扶栏就要冲下去，被尉迟骁死活拉住了："堵不如疏，堵不如疏啊！云飞兄！"

那说书老头儿赶紧起身赔罪："仙君莫气，仙君莫气，是小老儿考虑不周，这就换这就换！"

宫惟好不容易把那根鸡骨头从气管里咳出来，颤抖着手拿起茶杯，还没来得及把气顺过来，只听说书人捋了捋胡须，说："这样，小老儿那日途经京城，有幸听了刚上的新戏，叫作《黄泉不老情》，与两位小仙君的师门绝无丝毫干系。说的是沧阳山徐宗主听闻众鬼作乱，于是千里迢迢，亲至地府，来到奈何桥下三生石边，见着了一道白衣黑发、出尘脱俗的少年身影，不由心中大恸……"

宫惟心中陡然升起一丝相当不妙的预感。

下一刻他听见那老头儿绘声绘色道：

"那少年含泪不答，转身便走。徐宗主上前一步，却是紧紧地拉住了他不肯放，问：'我有何处对不起你，你为什么要杀我？'又道，'我今日便带你回沧阳山，从此世间只有你我，再无沧阳宗主与法华仙尊！'……"

轰——

这次是真的千万雷劫当头而下，宫惟眼前发黑，大脑空白，神魂一缕幽幽出窍，眼见便要直奔黄泉。

为什么都是我？

什么气息奄奄、英俊健硕、出尘脱俗，我只是你们搞话本文学的一块砖，哪里需要哪里搬对吗？

恍惚间他听见对面孟云飞和尉迟骁惊慌的声音："向小公子！向小公子你怎么了？""冷静点儿小魅妖！话本都是虚构的！""放平心态，放平心态啊！……"

"不对不对，这话本太过杜撰！"这时楼下有客人出声抗议了，只见是几位蒙着面纱出来喝茶的女子，不知是富户人家的小姐还是当地门派的女修，纷纷不满道，"众所周知徐宗主对亡妻一往情深，沧阳山上至今还挂着亡妻的遗像，你们怎么能这样编派人家呢？这不是对逝者的不尊重吗？"

楼下原本听得津津有味的宾客也一愣，少顷纷纷道："说得也是。""有道理啊！"

"这……"说书老头儿第三次被打断，一时间不免张口结舌，"是、是小老儿信口开河了。那依几位姑娘所见，今儿个还说什么本子呢？"

众宾客议论半响，有人提议："索性就说说徐宗主与夫人的《念奴娇》吧！"

《念奴娇》乃是十多年前就流行过的话本，传唱多年，脍炙人口，只要不跑到沧阳山徐宗主眼皮子底下说，在哪儿都不会被人砸摊子。说书老头儿松了口气，心说这下总算该安全了，于是"啪"的一声拍下了九方木："这本传唱大江南北的《念奴娇》，说的是有一年徐宗主下山除妖，受了重伤，幸得一女子相救的故事。那女子美貌绝伦、聪慧善良，只可惜是个凡间农户。"

有人笑道："玄门仙女何其众多，堂堂沧阳宗主，怎么会娶一个农户之女呢？"

说书老头儿正色道："话可不能这么说。这世上有些人容貌绝俗，但心性凉薄，终究不是良配；有些人虽然貌丑，但心地纯善，得之宜室宜家。所以哪能一概而论呢？何况事实真相早不可考，我们讲的也只是话本嘛。"

满座纷纷称是，只有孟云飞奇道："元驹你怎么了？"

尉迟骁："……"

只见尉迟骁坐立不安，脸色诡异至极，半响咕咚咽了口唾沫：

"这本《念奴娇》是……宫院长死后，我叔叔深恨沧阳宗主，就……"

孟云飞："就？"

"就……花钱找人编的……"

宫惟那一缕出窍的神魂刚挣扎回来，险些又被这发九天神雷给活活劈出去。

"那女子虽然只是农户之女，却殷勤解语、细心照料，两人朝夕相对，很快情愫暗生。宗主心系天下苍生，在动身回沧阳山的前一夜，赠那女子一只金环，说道：'虽然我此去路远，但九九八十一天内定会回来，届时便向你提亲，你意下如何？'只见那女子盈盈一笑，接了金环——你们猜是怎么着？"

说书人故意卖了个关子，底下有宾客道："那一定是答应啦！"

又有人笑道："这换谁不答应？普天下怕是没有吧！"

说书人得意地捋了捋胡须，冲着满屋子抻着脖子的听众，绘声绘色道："只见那女子戴上金环，叫了声'宗主'，温柔款款地说……"

当啷。

明明是很细微的一声，就像谁不轻不重地把酒杯蹾在了桌面上。

但就在这瞬间，仿佛一只无形的手将时间暂停，所有宾客动作顿住，说书人嘴巴还滑稽地张着，掌柜倒了一半的酒凝固在半空，跑堂小二维持着上菜的姿势不动了。

"……"

宫惟眼睫一扑，意识从最初的恍惚中慢慢回过神来，登时心下骇然，顺着刚才发声的来源望去——

隔着一道细珠帘，隔壁雅座那男子一人独酌，此刻正从窗外满城纷飞的桃天上收回视线，一只有力的手还按在面前那只酒杯上。

宫惟无声无息地睁大了瞳孔。

——只见那男子拿起酒杯一饮而尽，随即站起身，易容法术终于从脸上褪去，露出了古井不波的真容。

是徐霜策。

第 11 章

酒楼的时间被静止了，众人的表情都定在脸上，说话的、大笑的、鼓掌的、筷子夹菜张口欲吃的……连流动的空气都凝固在所有人周围。

就在这可怕的死寂中，终于听见尉迟骁发颤的声音响起来：

"徐……徐宗主……"

徐霜策掀帘走出雅间，回头瞟了他们一眼。那双死沉死沉的黑眼睛里什么情绪都没有，但只要触到他这视线的人，都从骨子里生出一种惧意来。

"耳朵不用在正道上就割了。"他语气平淡地道。

没人敢吭声。

只见徐霜策目光转向宫惟，又在桌上那盘醉鸡上一瞥，并未有丝毫言语。随后他转身下楼，袍袖无风扬起，整个人已凭空消失在了木阶之间。

定住的时间遽然开始流动，安静只持续了眨眼的工夫。下一刻，谈笑的继续发出笑声，鼓掌的啪啪鼓掌，半空中的酒突然开始汩汩流动，稳稳当当落在了青瓷杯里，连一滴都没溅出来。

"刚才说到哪儿了？"说书老头儿一个愣神，随即释然笑道，"对。刚说到那鬼太子迎亲，娶的乃是一位刚飞升的美貌女仙，妖兽迎亲吹吹打打，花轿从碧落直下黄泉……"

下面听众有鼓掌的，有笑闹的，没有任何人从这既热闹又自然的场景中发现一丝不对。方才那些仙门名士之间的风流韵事，就像阳光下蒸发的水珠，从所有人的意识中无声无息消失了，连痕迹都没留下。

只有这雅间中一片安静，良久才听尉迟骁挤出几个字来：

"我竟然还活着……"

官惟伤感地把筷子一搁，心说：幸亏我只点了盘醉鸡，要是刚才没忍住把雅间窗台上那株漂亮的芍药也吃了，现在我的尸体怕是已经凉了。正这么想的时候只听孟云飞颤声道："待会儿我们还回客栈吗？"

"……"

三人同时陷入沉默，谁也不想回去面对徐宗主那张冰冷的脸。

尉迟骁一脸悔不当初："要是你没打断乐圣大人那段《洞庭曲》就好了。"

孟云飞问："你怎么不说要是你没打断《霸道剑宗二月逃》就好了？"

"我怎么会想到徐宗主那种大佬也会乔装易容出来听话本呢？"

"所以我们为什么不能只让他听那本《霸道剑宗二月逃》？"

官惟终于忍无可忍地打断了他俩："两位少侠，你们不觉得这几本话本的内容都不太正常吗？"

两人面面相觑，随即一同转向官惟，孟云飞恍然大悟道："向小公子，你年纪小没见过，听到这种话本别太当真，都是虚构的！"

尉迟骁说："是啊，主要是民间对徐宗主的过往比较感兴趣，难免有些牵强臆测。回沧阳山以后千万别到处跟人打听，命重要，明白吗？"

我为什么要跟人打听？我就是正主！

官惟深吸了口气，艰难地问："那么那位法华仙尊……是真的跟你们剑宗……还有那位乐圣大人……"

尉迟骁差点儿没跳起来："没有！"

孟云飞一手扶额，说："我师尊根本不是面如好女，而且与法华仙尊都不太熟，只是那帮写小话本赚银子的人牵强附会罢了。官院长身世诡秘且传说颇多，又仙逝得太早了，他走后民间便开始流传什么千年桃花成精之类的戏言。开始还勉强算正常，后来越发夸张荒诞，最终就演变成了各路话本。其实认真说起来，不过是仗着死人不能跳出来与他们计较罢了。"

官惟突然听见了一个无法忽视的可怕的词："'各路'话本……"

孟云飞说："哦，也还好，沧阳山徐宗主，武元尊应盟主，剑、医、钜三宗，四位玄门仙圣，六大世家尊主，八门派的各位掌门，鬼垣几位出名的大鬼修……主要也就这么多了。其实官院长与徐宗主之间的戏文不算多见，毕竟沧阳宗主悼念亡妻之事世人皆知。民间更喜欢听徐宗主与应盟主两人的各种话本，因为结局大多圆满，不少戏班都排过。"

尉迟骁："……"

官惟："……"

空气微妙地安静了一瞬，尉迟骁含蓄地道："云飞，你对这些真了解呢。"

孟云飞罕见地不太自然："也没有啦，哈哈。"

尉迟骁道："那个……云飞，我之前听过一个传言，说乐圣大人甚喜收集戏文话本，每次听人说书都抚掌大笑，心情喜悦……"

孟云飞立刻道："住口！至少我师尊没有花钱找人写什么《念奴娇》！"

宦惟："……"

宦惟再次深深吸了口气，起身有礼貌地道："两位少侠失陪，我稍后就回来。"然后头也不回地掀帘走出了雅间。

两人动作一致地扭头目送他出去，尉迟骁小声问："他受到的冲击好像有点儿大啊，你看都同手同脚了……"

孟云飞："毕竟是沧阳宗弟子——我就说不该打断最开始那个《霸道剑宗二月逃》吧！"

宦惟心中默念清心咒，下到楼梯尽头，招手叫来跑堂的低声道："待会儿告诉楼上那两位说我先回客栈了。"然后脚步一拐，径直出了酒楼的门，在车水马龙的大街上左右一望，果然只见街角有家书铺，便信步踱了过去。

那书铺虽小，但摆满了各色书籍、戏文，他背着手转了一圈，招来掌柜问："那些仙家名士的话本有吗？"

掌柜一脸了然道："有有有，请问小公子比较景仰哪位宗师呢？"

宦惟心说：原来你们都是以这种方式来表达景仰的。他用指关节揉按抽跳的眉心，道："其实我……我都不太了解，你有什么可以推荐的吗？"

"哎呀公子你可来对地方了！"掌柜的一下来了劲，"我们这里新出的本子特别全，法华仙尊古今全集都有，《黄泉不老情》你听说过吗？写沧阳宗主下地府平乱的，从京城传过来还不到半个月！上月《开元杂报》刚评出的《洞庭曲》戏文原本也有，不过价格偏高，因为宴春台乐圣大人已传令天下不准刊发印抄，以后怕是要成绝本啦！除此之外，我们还有《岱山拾遗》《忆桃妖》《应盟主秘史》……"

很好，柳虚之！你听别人的话本心情喜悦，轮到你自己的就传令禁抄！

宦惟强行打断滔滔不绝向他推荐《应盟主秘史》的掌柜，终于问出了自己此行最关心的问题："你们就没点儿正常的话本吗？医宗那么多女弟子，还有八大门派中琼花小筑的各位仙姝……"

掌柜大惊："那才是不正常吧，小公子，那可都是姑娘家啊！"

宦惟："嗯？"

"虽然大伙对话本有需求，但怎能坏人家姑娘的闺中清誉呢？"

066

官惟："……"

官惟在对面谴责的目光中陷入了沉默。

掌柜的不悦道："小公子你到底要不要啊？《应盟主秘史》不感兴趣的话，《黄泉不老情》其实也不错哦，万一哪天被沧阳宗禁了，你买下的本子就可以升值了，说不定还能当传家宝赠予子孙呢！你不考虑考虑吗？确定不考虑考虑吗？不然我把《应盟主秘史》价格给你折一成吧……"

官惟在掌柜连珠炮似的攻势中丢盔弃甲，又实在难以面对自己亲师兄横跨阴阳两界、妖魔鬼怪通吃、最终跟徐霜策携手归隐了的二十几段秘史，只得匆忙把那本《黄泉不老情》塞进袖子里，丢下银子便扶额走了。直到出了店门站在大街上，才打开那貌似平平无奇的线装本，一目十行浏览到徐霜策一边咯血一边亲手为他刻了个墓碑——上书"官惟之墓"几个大字——的那段，"啪"的一声合上书，心道：我的眼要瞎了。

以前徐霜策费了那么大心思要废掉他这只"妖异非人"的右眼，如今算是不费一兵一卒，轻轻松松就做到了！

他想把书丢了，环顾四周人来人往，不好意思往大路上丢，只得继续揣袖子里，雇了辆牛车慢悠悠往客栈走。一路摇晃无聊，又忍不住掏出来看，看了几行倍觉辣眼，"啪"地合上塞袖子里掩面长叹；叹了一会儿又忍不住掏出来继续看，看了几行更加辣眼，再"啪"一声重重合上，心说这书编得太过分了！

徐霜策这人，当年在璇玑殿作势要逗他一下就反应那么大，还拿不奈何剑刺我。他怎么可能握着濒死的我的手？

牛车晃悠悠地回到客栈，已是入夜时分。官惟把那本千里之外取人狗眼的书卷起来往怀里一塞，轻轻巧巧跳下车，"吱呀"一声推开紧闭的客栈门，迎面就是尉迟骁一声饱含怨气的："你上哪儿去了？"

官惟吓了一跳："做什么呢两位少侠？"

只见客栈大堂已被清空，只有中间长桌上点着一支阴烛，绿光幽幽闪烁。尉迟骁和孟云飞两人对坐在长桌两侧，各自被烛火映得一脸发青。

周围偌大的空间里用红线吊着一块块高高低低、大大小小的东西，形状或圆或方，都清一色蒙着厚厚的血红布，透不出半丝光。

官惟脑子一转就猜到了这是什么："水银镜？"

"别碰！"孟云飞赶紧阻止他，道，"徐宗主让临江王把全城的水银镜都收集起来挂在这里了，每块镜面上都画了禁锢符，只要鬼修利用镜术作乱，就会立刻

067

被禁锢在相应的镜中空间里。"

这周围蒙着血红布的镜子有上百块,在阴烛惨绿光晕中无风微动,每一块都从不同的方向对着他们三个人。周遭死寂无声,门外夜深如墨,客栈从掌柜到跑堂的所有人都被驱走了,安静得一根针掉在地上都听得见。

这场景简直跟阴曹地府有得一拼。

宫惟在浓厚阴气中打了个寒噤:"鬼修来时自然会有异响的,两位少侠为何不去楼上屋里等?"

尉迟骁硬邦邦地道:"这里凉快。"

宫惟诚恳道:"少侠您慢慢凉快。"说着抬脚就要上楼。

孟云飞掩口小声说:"徐宗主在楼上……"

宫惟那只脚硬生生悬空在台阶上方,少顷才从容不迫地收回来,整整衣襟袖口,赞同道:"果真楼下凉快!"说着走到长桌边,同他俩一样拉开个板凳坐下了,缩头耸肩不住哈气。

三人围坐在桌边面面相觑,时间在夜色中一点一滴流逝。上百块红布晃动时不住发出轻微的簌簌声,像是有无数个无形的人影在镜子中不断穿梭。

直至深夜都没有异动,阴烛散发出的寒气越发浓郁,似乎连脚下的地面都结了冰。宫惟终于受不了了,恭恭敬敬把孟云飞的斗篷还给他,又把尉迟骁的外袍也还给他,搓着手说:"两位少侠慢慢凉快,我上楼裹个被子下来先!"

孟云飞欲言又止:"徐宗主……"

宫惟斩钉截铁道:"徐宗主大人有大量,是断不会同我这非人之物计较的!"

尉迟骁立刻大力夸奖:"很好,有胆识!待会儿万一徐宗主要杀你的话千万记得喊我俩一声!"

宫惟不由生出一丝感动:"少侠你……"

尉迟骁微微一笑:"至少我俩能上去为徐宗主递把刀啊。"

宫惟拂袖而走,一脸冷漠地上楼去了。客栈里除了他们几个之外空空荡荡,木头阶梯上只能听见他自己噔噔噔的脚步声,直至到了二楼,突然听见走廊尽头天字号房里隐约有动静,是一道温和沉稳的男声:"那天你告诉我生死簿有误,我便亲自查看了一次,但鬼垣府万籁俱寂,铜门紧闭……"

宫惟猛地站住脚步,听出了那声音是谁。

仙盟盟主应恺!

师兄!救苦救难的亲师兄!

应恺是这世上除了尉迟锐以外最有可能把他从徐霜策手里捞出去的人，宫惟差点儿当场连滚带爬冲进去抱大腿，脚步一动又硬生生止住了，心说：慢着。

徐霜策投下大乘印封了临江都，应恺不会轻易闯进来，否则就是当着世人的面驳沧阳宗的脸，这里面的八成是传音符。

果然，下一刻他听见应恺担忧地问："霜策，你真的不需要我立刻赶去临江都吗？我知道你没有问题，但这次情况荒诞异常，甚至超出了你我的理解范围……"

徐霜策淡淡道："不用。"

宫惟心里就像有一百只狐狸爪子毛茸茸地挠，挠得他坐立不安，恨不能凑到紧闭的门边去贴着耳朵偷听。奈何他知道以徐霜策的境界，现在肯定已经知道他在门外了，哪怕再靠近两步那都是铁定的作死，只得一步三回头继续往楼上走，突然灵光一闪：有了！

他拔脚冲上楼，来到三楼同样的位置，蹲在墙角里摸黑扒了扒，果然角落里有个黑洞洞直通楼下的小孔——排水管。他又四处搜寻找了把长条扫帚，三下五除二把扫帚杆儿拔了，成一根中空的竹管儿，小心翼翼地顺着排水管插下去，竹管的上端贴在他耳边，下端用血画了个窃听法诀，从二楼排水管出口伸出来，鬼鬼祟祟地伸到了徐霜策紧闭的房门前，变换角度往门缝挤了挤，停住不动了。

如此一来，屋里应恺的声音便通过中空的竹管传上来，清晰了很多："十六年前宫惟上升仙台时，身边并没有佩白太守，他走后此剑亦不知所终。我亲自寻找多年未果，如今这把剑流落到任何人手里都有可能，被鬼修盗走也不奇怪……"

这竹竿的把戏是他在刑惩院的时候，医宗有几个淘气的小弟子偷听师尊壁脚，被抓住后统统送进刑惩院受教训，结果宫院长一听连赞机灵，不耻下问跟那几个小孩学来的。转头他跟尉迟锐两个就用这法子偷听应恺打呼噜，听完了还绘声绘色地互相学，两人都差点儿被应恺抄着竹竿打下岱山去。

想不到吧徐宗主，"妖异非人"也有妖异非人的智慧呢。

宫惟一肚子促狭，蹲在地上抻着耳朵，只听竹管那头不知道徐霜策说了什么，应恺突然止住话头，良久才缓缓道："虽然你是这样怀疑的，但我必须提醒你一件事。"

应恺很少有把不悦表达得这么明显的时候，宫惟好奇心起，只听他沉声道："十六年前鬼垣告诉过你宫惟已经魂飞魄散，就是再也回不来了。因此即便白太守出现在临江都，你也不能以此怀疑那四处杀人的鬼修就是法华仙尊。

"这种毫无依据的言辞与污蔑无异，你明白吗，霜策？"

第 12 章

应恺说得没错，如果宫惟已经在不奈何剑下神魂俱灭，那么他就算彻底消失于天地中了，是绝不可能十六年后再回来的。

屋里一片窒息的死寂，似乎连呼吸声都被压抑住了。良久宫惟才听见竹管那头的门缝里传来徐霜策低沉的声音："在宫徵羽身上什么都有可能发生，我比你更了解这个人。"

顿了顿他又道："或者说，不是人。"

没想到我都死了十六年，大佬还是这么较真儿！

宫惟扶额长叹，只听应恺也明显非常无奈："宫惟从小就三魂七魄俱全，而且已经去世了，他怎么可能不是……罢了，这个问题我们已经争论过很多次，再争论也毫无意义了。"

说着他长长叹了口气："我有时忍不住想起宫惟小时候，你俩明明那么好，'徵羽'这个字还是你为他取的。如果我当年能预料到今天这个结局，不让宫惟辅助你进入'千度镜界'幻世破杀障，如今这一切是不是就不一样了呢？"

骤然听他提起"徵羽"这个字，宫惟微微一怔。

还真是徐霜策为他起的。

那是他刚被应恺从沧阳宗捡回仙盟的时候，还没怎么学会说话，有一天徐宗主来仙盟办事，也不知道是从哪里得来的灵感，带了一柄小唢呐送给他。宫惟如获至宝，成天呜哩呜哩地吹，吹得岱山上下叫苦不迭；直到有一天深夜应盟主忍无可忍，从床上爬起来踹门而入，强行把小唢呐夺过来丢了，第二天专门发传音符去沧阳山，字字血泪地把徐霜策痛斥了半个时辰。

徐霜策在传音符里听完宫惟的吹奏后，沉默了很久，才道："此子将来及冠取字，以'徵羽'二字最为合适。"

应恺余怒未消："为什么？"

"五音之中只得三音。"

应恺嗤之以鼻，但宫惟听说之后却再次如获至宝，立刻开始到处用，字纸、习作甚至琴谱上都写满了鬼画符似的"宫徵羽题"。等应恺发现木已成舟的时候，他已经失去了给师弟正经起个表字的机会，全天下人都知道宫惟字徵羽了。

竹管那头静默片刻，才听徐霜策道："天命如此，不会改变，不用多说了。"

应恺道:"话虽如此,但这么长时间以来我还是耿耿于怀——二十年前在千度镜界幻世里到底发生了什么?宫惟生前只跟我说过,你被一镜中幻化的女子所迷,他怕你杀障完了再生情障,只能插手将那镜中女子诛杀,结果却被你给恨上了。霜策,宫惟解决问题的手段虽然一向简单直接,但那是他天性所致;何况镜中人只是幻化之物,根本不能算真人。宫惟走后我劝过你几次,你都不肯跟我明言,如今白太守再度现世,你多少该告诉我点儿内情了吧?"

应盟主不愧是个说教派,这一长篇简直苦口婆心,但徐霜策的反应却很平淡,道:"尉迟锐那本《念奴娇》里不是都写了吗?"

应恺:"你怎么知道是长——"

下半句话差点儿脱口而出,幸亏被反应奇快的应盟主生生吞回去了,尴尬道:"原……原来是长生找人写的吗?怎可如此胡闹,回头我一定发函去谒金门痛斥他!不过霜策,你有所不知,宫惟生前并未告知长生太多内情,因此那本《念奴娇》颇有臆造、歪曲之处,这么多年来我下令封禁过数次,亦并未将它当真……"

徐霜策冷淡道:"随他歪曲,不用理睬。你索性当真即可。"

应恺突然奇怪地沉默下来,半晌才小心翼翼道:"那个……霜策,你看过《念奴娇》吗?"

"没有。怎么?"

宫惟忍不住又把耳朵往前凑了凑,良久终于听对面传来应恺艰难的声音:"我不是很愿意相信……你丧妻后伤心过度……一怒之下……自宫了。"

空气骤然陷入死寂。

竹管那头的徐霜策:"……"

竹管这头的宫惟:"……"

应恺尴尬道:"霜策你……还好吗?长生我已经打过了,那个……要不你先坐下来喝口茶?我这就赶去临江都跟你会合?"

"临江都的事我自然会查清楚。"漫长的死寂过后,终于只听徐霜策一字字地道,"不论白太守真假,我都会将它带上岱山惩舒宫。你自去令尉迟长生守好谒金门的门匾即可。"

应恺慌忙劝架:"冷静点儿霜策,你还是先等我亲自从岱山赶过去,我实在怕你又——"

这时楼下陡然爆响,与此同时传来尉迟骁脱口而出的:"妈呀!!"

千万哗啦声响成一片,是水银镜接二连三爆了。徐霜策只丢下一句"回头再说"，便听应恺一声徒劳的："霜策啊你等等我——"

宫惟的第一反应是这鬼修胆子挺大，在徐大佬亲手布下的法阵中还敢现身，而且还敢发出如此响亮的动静；第二反应就是：机会！

他刺溜一下收了竹竿，夺路而出，直扑二楼，一头闯进刚才紧闭的那扇房门。果不其然徐霜策已经在大堂镜阵爆裂时立刻离开了，此刻并不在屋子里。

而传音法阵还没来得及完全消失，法阵中有一名深蓝葛衣白色罩袍、身形高挑挺拔的男子虚影，正是应恺！

应恺刚要下法阵，迎头只见一个不认识的俊秀少年撞进门，不由疑惑地愣了下。宫惟也来不及解释了，激动地扑上去就要抱大腿："师——"

"兄"字还没来得及出口，宫惟心中警铃大作，半空遽转。

一团缭绕的灰气正出现在半空中，随即幻化出兜帽、猩红光点和那柄镀了血膜似的剑，竟然是鬼修！

它竟然这么着急地赶来要杀自己！

宫惟意外之余，又本能地升起了一丝狐疑，似乎敏感地察觉到哪里不对，但这时候已经没时间细思了。他就地一滚缩进墙角，鬼影似乎顿了顿，才原地化作浓郁灰烟，下一刻又突然出现在他面前，指爪猛刺向宫惟的右眼。

应恺看不见鬼修，愕然道："屋里是不是有东西？"

"啪"一声脆响，宫惟劈头盖脸一耳光打翻鬼影，声泪俱下道："救命！是我啊师……"

那个关键的"兄"字又没出来，一道劲风当头而下，是不奈何剑鞘！

宫惟气得差点儿当场变厉鬼，只见徐霜策已凌空而至，一抬手将法阵挥灭了，应恺的身影顿时在淡淡金光中四下逸散。

与此同时，鬼影被迫放开宫惟，不甘心地退至数丈以外，原地迟疑数息后还是不敢跟徐霜策硬刚，半边身体无声无息地隐入了虚空。

"它要跑！"宫惟这人最是能屈能伸，果断换了抱大腿的对象，"师尊小心，那边！"

刚冲上来的尉迟骁闻言差点儿脚一滑摔下去，一把将宫惟拉到自己身后，低声警告："你要死了！一个外门弟子就敢攀关系叫师尊？"

宫惟斩钉截铁道："你懂什么，宗主在我心中无人能比，不是师尊胜似师尊！"

徐宗主回头扫了他一眼，被睫毛覆盖的眼梢看不出丝毫情绪，随即转身掐了个法诀。他们脚下的上百面水银镜同时爆响，千万碎片化作巨龙冲上来，闪电般裹住了还没来得及完全消失的鬼影。

难以计数的小镜片组成了一座微型镜宫，从四面八方罩住了它，霎时无数银光闪烁。鬼影猛烈一挣，竟然没挣开，被困了个严严实实！

它每挣扎一下，悬空的镜子囚笼就随之扭曲撞击，无数玻璃碎片挤压、摩擦，锐响刺耳欲聋。

"跑不掉的。"徐霜策神色不变，袖手道，"凡人之所以看不见你，是因为你既不存在于人世，亦不存在于鬼垣，只能在两界的夹缝里不断游走。你既不是人也不是鬼，是一种介于两者之间的东西。"

所有人都是一副学到了的表情，尉迟骁愕然问："那、那是什么东西？"

"镜通阴阳，因此不仅可以用作幻术的媒介，也是困住你最有效的办法。"徐霜策没有回答几个晚辈，望着镜子囚笼中无形的鬼影，终于问，"你是谁？

"鬼垣十二府告诉我法华仙尊已经神魂俱灭了，十六年后你却拿着白太守到处杀人，你到底是谁？"

宦惟再次心累扶额，没想到十六年不见，好好的徐宗主竟然多疑成了这样。他刚才还认定这鬼修就是法华仙尊，为此差点儿惹毛了老好人应恺，转眼又来逼问鬼修："你是谁？"

管它是谁都必须死，直接弄死不就完了，赶紧把白太守抢回来啊。

鬼影回答不了徐霜策，本应是脸的地方猩红光点乱闪，蓦地转向宦惟，那动作中露出了极其明显的杀意。

宦惟突然意识到它可能是没有七窍不能说话，灵机一动从尉迟骁身后探出头来，双手拢在嘴边大喊："师尊！它不是要到处害人，它在找的一直就是我啊！！"

徐霜策："……"

徐霜策明显不想搭理"师尊"这两个字，宦惟也不管，一鼓作气吼道："我来临江都之前它到处找命格重阴的人施展镜术，结果我来临江都那天晚上，明明没中镜术，它却立刻就出现了！还迫不及待要亲手杀掉我！我侥幸没死的第二天，它突然大白天出现在临江王府外大街上随意害人，完全不再挑选下手的对象——这说明什么！"

"没必要再挑了！它已经找到自己真正的目标了，就是我啊师尊！！"

这时孟云飞也渐渐回过味来："向小公子确实是万中无一的全阴命格，书上说适合作……作炉鼎，也适合……"

尉迟骁愕然接了下去："借尸还魂。"

徐霜策眉峰霎时重重跳了一下。

尉迟骁迟疑道："徐宗主，晚辈因为结道侣的事而看过向小园的四柱八字，他恰好生在……他生在十六年前……法华仙尊驾鹤西去的同一天……"

同日死同日生，四柱八字天时地利，确实是鬼修最合适的目标！

如果说以徐霜策的多疑，刚才还残存着一两分心思怀疑这鬼修到底是不是法华仙尊的话，现在这一两分应该也消失得差不多了。

宫惟不易察觉地松了口气，又往尉迟骁身后缩了缩，正盘算着怎么撺掇徐大佬现场宰了这鬼修，从此死无对证，自己就彻底安全了——这时却听徐霜策缓缓道："是吗？"

他的语气似乎有一点儿奇怪，但不熟悉的人绝听不出来。

"五感不全，七窍不足，是什么东西支撑你在两界游走？"他转向不远处半空中的镜子囚笼，并没有拔出不奈何，而是慢慢地抬起了一只手，"让我看看吧。"

鬼影似乎也意识到了什么，猛地剧烈挣扎，这时徐霜策已原地消失，出现在它面前——就在同一刹那，千万镜片齐齐爆开，鬼影不顾一切冲出囚笼，直扑宫惟！

清响穿过云霄，孟云飞五弦齐震，音波在鬼影身上迸溅出透明涟漪；尉迟骁趁隙一剑将它横斩，鬼影被迫再度幻化为烟，转眼出现在宫惟头顶，黑雾迅速凝成尖锐指爪，直直插向他天灵盖。

"砰"一声重响，尉迟骁飞起一脚把宫惟踹开，指爪擦脸而过！

宫惟是可以自己躲开的，但连话都来不及说就被瞬间踹飞，心内悲凉无以言表，眼角余光突然瞥见一柄血剑迎面刺来。正当这千钧一发之际，只听"锵"一声金属交击，不奈何白金剑鞘与血剑相撞，鬼影被硬生生阻住。

徐霜策挡在宫惟面前，一手握剑挡住鬼影，一手又打了个法诀。远处镜笼顿时化作洪流席卷而来，闪电般拧成数股，五花大绑将鬼影一锁！

这一切发生得太快太利落了，仰天平瘫在地上的宫惟差点儿鼓掌给他叫个好。鬼影被无数镜片化作的锁链死死定住，还没来得及拼死挣扎，只见徐霜策已经一手探进了它虚无的躯体，自胸腔中抓住了它的心脏——

鬼影如被电流打中，全身僵直，兜帽下所有流转的猩红光点全部定住。

徐霜策微微眯起眼睛："就是这个？"

他刚要把那"心脏"取出来，鬼影却突然转向他，发出一个低哑的声音，带着沙沙的回响，像是从非常遥远模糊的地方传出来的：

"……徐白。"

徐霜策动作一下停住了。

没人看见宫惟表情微僵，随即难以掩饰地露出了一丝惊疑。

——那两个字是如此熟悉，分明是他曾经的声音和腔调。

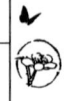

第 13 章

宫惟以前叫过很多声徐白,很正经的名字,从他那洁白的牙齿间慢慢地、拖长了音调地叫出来,却总有种漫不经心又不怀好意的味道。应恺曾经批评他这样没大没小,哪怕不叫徐宗主也该叫一声徐前辈,但宫惟这人从来是当面笑嘻嘻答应,转头就阳奉阴违,久而久之应恺也管不了了。

徐霜策倒是一直懒得管他喊自己什么,反正不管喊什么都是那一肚子冒坏水儿的味道。只有一次宫惟自己作死,偷偷潜到徐霜策身后,猛地跳出来喊了一声:"白将军!"——那是徐霜策刚从千度镜界回到现世后不久。后来宫惟一直觉得要不是那次逃得快,自己可能会被暴怒的徐霜策当场把头剁了喂狗。

总之宫惟绝不会听错,鬼修那声"徐白"完全就是从前自己的声音,他知道徐霜策也不可能听错。

"……"

徐霜策背对着人,让人看不见他脸上是什么表情。时间漫长得每一秒都像是毫无止境,过了不知多久,才听他冷笑了一声。

——那声音太低沉了,听不出里面到底是什么情绪。

紧接着,他毫不迟疑,硬生生把"心脏"从鬼修胸腔里掏了出来!

这动作何止冷酷利落,宫惟下意识觉得自己心脏也一疼,紧接着眼睛不由自主睁大。

只见徐霜策手里捏着的是一枚青铜碎片,半个巴掌大小,密密麻麻刻满了世所未见的铭文,只一眼宫惟就认出了那是什么。

千度镜界!

鬼修陡然向后仰,明明没有脸,却仿佛能让人看到它极端痛苦的面孔,紧接着它全身难以止住地化作血红色烟尘,用来束缚它的玻璃锁链如瓢泼般倾泻了一地。

大股烟尘在半空中汇聚成一个模模糊糊的人形,随即一股脑儿扎进了徐霜策手里的千度镜界碎片中,冲击力之强甚至让整栋楼都不住震动,砖瓦木屑从周围簌簌而下。

宫惟头一偏避过碎石,猝然意识到了什么,失声喝止:"小心——"

他来不及伸手把那青铜片从徐霜策手里夺下,便只见铜绿表面在吞噬鬼修之后,陡然光华闪烁、澄光锃亮,幻化为了一面纤毫毕现的镜子,端端正正映出了徐霜策的眼睛。

镜术！

这世上没人比宫惟更精通幻术，他当下就掉头往外冲，顺带一手拉孟云飞一手扯尉迟骁，只恨他们没有一人生出八条腿。但鬼修最后遗留下这道镜术发动的速度却极其快，他拽着两个累赘还没来得及跑出几步，只觉一股巨力从身后把他猛拽了回去，霎时一个趔趄，仿佛跌下了悬崖。

与此同时，徐霜策闭上眼睛，复又睁开。

周围景物像打翻了的颜料桶，光影交错变幻，拉着他整个人往下坠，镜术正迅速构建出一座庞大的、全新的幻境。

"想重现我最恐惧的记忆？"徐霜策轻声道。

他直视着手里那块千度镜界碎片，眼底流露出一丝冰冷的讥诮："但我已经没有恐惧这种东西了。"

最后一字落地，旋风平地四起。迷雾重重裹住周围，就像浓得化不开的毒瘴，随即呼地一清。

周遭景象已然彻底变样，脚下是一片肥沃松软的土地，远处是深邃宁静的山谷，炊烟正从后院袅袅升起。

——这是一座与世隔绝的桃源村。

扑通！

宫惟一屁股摔在地上，像是从八百丈悬崖上掉下来似的，疼得他险些当场背过气去。

半响他才抽着凉气，捂着仿佛裂成了八瓣的屁股爬起来，往四周一打量。只见远处是连绵不绝的青山，一条清澈的小河从山谷间蜿蜒而过，河岸边桃花盛开，鸡犬相闻，田埂两侧是水墨画一般风景秀丽的村庄。

他隐约觉得这景象有点儿眼熟，走了两步，突然如遭雷殛。

这是二十年前千度镜界里"白将军"养过伤的村子！

这是徐霜策的记忆！

镜术让每个人进入的幻境都不同，理论上说他应该看见自己最恐惧、最痛苦的幻象，但徐霜策的元神太强大了，不论是他还是尉迟骁、孟云飞都无法抗衡，估计被打包拉进同一个意识世界里。

宫惟："……"

宫惟额角青筋直跳，半响把两个袖子一捋，一手叉腰一手扶额，长长叹了口气，内心的滋味难以言喻。

徐霜策一生对抗过天灾，平息过战乱，清剿过魔境，还扫荡过无辜的鬼垣十二府；他最恐惧的回忆竟然不是一人面对末世天灾，也不是滚滚黄泉千万饿鬼，而是眼前这座貌似平静、祥和的小山村。

他在这里以凡人的身份待了半年，与那名从战场上救下他的好心"农家女"朝夕相处，养好了一身伤，启程回京城治疗失明的眼睛，临走前留下一枚金环作定情信物，请求将来回到这座村庄迎娶她。

"农家女"觉得特别新奇又有意思，并没有当回事，笑嘻嘻地答应了。万万没想到的是，一年后复明的白将军竟然真的履行诺言，带着全副迎亲仪仗回到了这座村庄，要求与她厮守终生白头偕老，一生一世一双人。

想不出任何理由能阻止这场完美的婚礼，事实上它也确实如期举行了。但白将军没料到，拜堂时变故横生，新娘当场殒命，死时连盖头都没掀开。

幻境在那一刻崩塌。

悲愤与暴怒唤醒了"白将军"沉睡已久的真正灵魂，也冲破了千度镜界能容纳的最大灵力极限。闯祸了的宫惟甚至来不及挽救一下，整个幻象构成的世界就天塌地陷，随着"新娘"的尸体化作了齑粉；九重雷劫当头劈下，徐霜策的魂魄强行挣脱幻境而出，回到了现世的身体里。

然后他干的下一件事就是提起不奈何，从沧阳宗一路挟怒而上岱山，劈碎了仙盟惩舒宫大门——

"宫惟！

"你杀我妻子，今日就令你偿命，宫惟——"

怒吼犹在耳侧，宫惟眨巴眨巴眼睛，情不自禁打了个战，突然觉得这山坡上的风实在冷。

但来都来了，迎风流泪三千尺也没用，不想办法破境是出不去的——幻境全凭境主的潜意识来构建，任何惊险诡异的突发状况都有可能出现。尤其像徐霜策这样一生不知道经历过多少生死关头的仙君，谁知道他脑子里都记着什么，也许待会儿半空中就要降下一座地狱活火山，喷出亿万厉鬼撕碎整个世界也说不定。

宫惟下意识抬头望去，随即惊恐地发现，高空中竟然真的撕开了一条裂隙，黑不见底、越裂越大，紧接着有什么东西掉了下来——

嘭！

嘭！

两道熟悉的人影一前一后，接连摔在山坡下，溅起了老高的烟尘。

宫惟："……"

很好，人齐了，整锅端。

宫惟拍拍袖口，背着手，顺着十余丈高、陡峭无比的山坡轻巧地跳下去，一路交错踩着凸起的岩石边缘和灌木枝梢，像只灵活的狐狸一般跃到了坡底。只见尉迟骁正扶着后腰艰难地从地上爬起来，那姿势与宫惟刚才一模一样："我……我的腰……"

孟云飞也咬牙死死按着自己的后腰，一边呛咳一边问："这是什么地方？"

你俩太要脸了，明明都摔的跟我是同一个位置，彼此坦诚一点儿不好吗？

宫惟无奈地望着他俩，正要招呼一声"我在这儿"，突然尉迟骁无意间一回头，视线正撞上他的，明显愣了一下。

紧接着尉迟骁神情大变，一把拽住孟云飞退了两步，铿锵一声勾陈出鞘！

宫惟还没明白是怎么回事，只见尉迟骁如临大敌，难以置信道："法……法华仙尊！"

宫惟："……"

宫惟的眼睛又眨巴了两下，慢慢向下看去，这才终于察觉到异常。

向小园年纪尚小，身量未足，体态削瘦单薄；而现在他的视线却比先前略高，袖口下露出的双手十指更长，皮肤是一种接近透明、不似真人的冷白。

身上的衣饰不知何时也变了，胭脂红外袍雪缎衬里，衣裾以金线绣枫叶，腰封绣云鹤纹，缀着两枚明光锃亮的小金币。

镜子能照出一个人最真实的模样，魂魄在镜术幻境中亦无法乔装，会现出真身。

所以他在徐霜策的幻境里，变回了前世的法华仙尊。

第 14 章

"等等。"突然孟云飞一把按住勾陈剑，"那不是真的法华仙尊。"

尉迟骁紧盯着宫惟一动不敢动："他是！你看他身上绣的是什么！"

黄金是钜宗冶炼各类机关的重要原材料之一，因此仙盟规定玄门各家不可私藏大量黄金，另外唯有"一门二尊三宗"——也就是沧阳山徐霜策、武元尊应恺、法华仙尊宫惟，以及剑宗尉迟长生、医宗穆夺朱、钜宗长孙澄风这六个人，才能用金线在门下弟子的校服上绣家纹来标识身份，还得是嫡系亲传的弟子才可以。

在此之下的四圣六家八门派，譬如乐圣嫡徒孟云飞，衣袍上绣的最多是银线。

这倒也不是硬性规定，再说除了正式校服之外，私底下穿什么衣裳其实并没有人管。但眼前这一身织金红枫实在太标志性了，就算没亲眼见过，也能从风靡民间大街小巷的各类法华仙尊小话本中听闻一二，除了宫惟大院长，再不作第二人想。

"不，我不是说你认错了。"孟云飞也紧盯着宫惟，咬牙低声道，"他是镜中人！"

一语惊醒梦中人，不仅尉迟骁，连宫惟都恍然大悟：是啊，这里是徐霜策的意识世界，我只是他记忆反射出的一道投影，完全说得通啊！

宫惟眨眨眼睛，立刻站住不动了，不动声色地望着他们。

"镜中人没有自我意识，只会按固定轨迹行动，只要不去招惹，不会主动攻击外来者。"孟云飞"哐当"一声把勾陈剑按回了鞘，强迫自己若无其事地转头，示意尉迟骁也挪开目光望向别处，"别盯着他看，别让他感觉到攻击性……很好，你看他已经不再注意我们了。"

尉迟骁眼角瞥去，果然只见"法华仙尊"在原地站了一会儿，默不作声地歪头思索着什么，然后也慢慢地踱开了几步，背对着他们站在河滩边，望向远处青烟袅袅的村庄。

这个时期的法华仙尊还没有留头发，细碎的发梢刚覆盖到脖颈，黑白一衬，后颈肌肤似乎都在微微泛光。民间传说法华仙尊夜晚行于月下，通身光华熠熠，似能与月色融为一体，现在看来也不完全是虚言。那深红色外袍搭着内里雪缎，勾勒出他削瘦轻灵的体态，有种难以形容的少年神采。

这其实是很违和的，因为法华仙尊的实际年纪没有那么小，玄门书卷上记载他第一次被应恺带进仙盟的时候，看着已经有十五六岁了。

他仿佛是个独自穿行在岁月中的存在，不论过去多少年，都像孩童般天真，充满好奇，又与尘世保持着一段非常谨慎、微妙的距离。

尉迟骁收回目光，尽管知道自己看到的只是幻影，但还是有种生死倒错的荒谬感，小声问："我们这是在徐宗主最恐惧的意识里？怎么才能出去？"

乐圣门下对幻术的研究相对比较多，孟云飞想了想道："一般破境只有两种办法，第一是设法让境主意识到这是幻境……不过比较难，也不知道上哪儿找徐宗主去。第二是化解幻境内核，比方说让原本注定要发生的灾难不再发生。只要境主意识到悲剧的发展和自己记忆中的不同，就能察觉一切都是虚幻的假象。"

说着他站起来拍拍灰尘，皱眉望向周围："可这村子看上去很和平，不像要发生任何灾难的样子啊。"

宫惟嘴角微微抽搐，心说：两位少侠有所不知，史诗级的灾难这会儿已经在半路上了……

"村子。"突然尉迟骁若有所思地喃喃道，抬眼望向远处的农户，蓦地醍醐灌顶，"村子！"

孟云飞："怎么？"

尉迟骁拔脚就往村头跑："这地方不对！"

孟云飞还没反应过来，下意识跟着他狂奔，到村头只见一座石碑立在桃花树下，赫然篆刻着三个大字，"桃源村"！

"坏了！"尉迟骁脸色大变，"《念奴娇》，这剧情是《念奴娇》啊！"

孟云飞还以为自己听错了，愕然问："就是徐宗主在桃源村遇到了农家女，一见倾心，再见钟情，缘定三生，非她不娶的那个《念奴娇》？"

尉迟骁双手捂脸点头。

"然后法华仙尊突然驾到，在婚礼上一剑杀了新娘，徐宗主悲痛欲绝，最后把自己给——给那个什么了的《念奴娇》？"

尉迟骁额角青筋凸起，又咬牙点点头。

孟云飞猛地回头，只见河对岸红衣人影迎风而立，宫惟一脸无辜地与他对视。

宫惟："……"

孟云飞艰难道："所以法华仙尊会出现在徐宗主的记忆里，因为他是来杀新娘的？"

尉迟骁一手掩面扭头，简直无法面对这个险恶的世界了。

周遭死寂良久，孟云飞终于发出了直叩灵魂的质问：

"不是说好了话本都是虚构的吗？！"

这时"吱呀"一声，远处一座小院落的门被推开了。

境主的意识世界开始运转，两人心下霎时一紧，同时向桃树后避了半步，避免再与镜中人直接照面。只见一名银铠白衣、侧影高挑的男子走出来，转到后院牵出了一匹马，顺着青石路刚走到院门口，又原地踌躇了片刻，扭头望向小屋，似乎有所不舍。

说是"望"，但实际上他双眼都被白布蒙住，只露出挺拔的鼻梁和一双薄唇，轮廓极是俊美——是徐霜策。

出乎意料的是，记忆中的他自己竟然多了不少活人气，看上去不像是那位高居尘世之上、万年坚冰般冷漠无情的仙君，倒像是个有着七情六欲的正常的男人了。

尉迟骁"啊"了声，疑道："他眼睛是怎么回事，受伤了吗？话本里没说这一节啊。"

只见幻境里的徐霜策站了一会儿，突然又松开马，走向小屋。他虽然不能视物，但行动无碍，也不知是不是有其他感知阴阳五行的法门，径直推门走了进去，背对他们站在了玄关处，轻声道：

"小桃。"

——传说中的徐夫人!

没人知道她叫什么,更没人知道她长什么样,但她是多年来名满天下、世人皆知的徐夫人!

孟云飞暗道一声"得罪",别过视线不欲再看,尉迟骁却没那么高的道德标准,"嗖"的一下立刻从树后抻长了脖子。奈何屋子里太暗,徐霜策的背影挡在玄关处,只隐约见到屋里一抹着绯红衣裙的身影,却看不清具体形容相貌。

"我昨晚说的话虽然唐突,却是出于真心。"徐霜策欲言又止,良久才道,"我也不知道为什么,从未亲眼见过你的模样,也没听过你的声音,但第一次相遇便有前世今生、等候已久之感。

"我知道你心里犹豫,因此不愿同我一起回京,但没有关系。我此去短则数月,多则一年;一年后不论能否复明,都一定带仪仗聘礼回来接你。"

他顿了顿,声音更加柔和了:

"此去万请珍重,来日再见时,便是夫妻了。"

树后一片死亡般的寂静。

良久尉迟骁终于忍不住问:"徐宗主真的不是被什么东西给附身了吗?"

屋里那位神秘的徐夫人不知为何没有出声,但绯红衣裙簌簌而动,好像是在徐霜策手上写了什么。少顷徐霜策轻声道:"好。"又不舍地站了站,这才出了屋,临走时又回过头向着屋里笑了一笑。

照理说这么俊雅好看的年轻男子,这样含情不语地微微一笑,令人何止怦然心动——然而这位是徐宗主。

孟云飞一个哆嗦捂住眼睛,尉迟骁五指"咔嚓"一声深深插进树干里,两人表情都扭曲得活像挨了发九天神雷。

只见不远处徐霜策转身跨马,疾驰而去,很快消失在了村庄尽头。

屋里窸窸窣窣,少顷一道婉约身影慢慢踱出门,站在石阶上眺望白马消失的方向。

她侧对着两人藏身的方向,头发又密又长,从修长的颈侧蜿蜒到胸前,遮住了面容。虽然从这个角度看不清脸,但身形少见地窈窕,光是看一道侧影,就令人油然生出心驰神往之感。

尉迟骁不由"咦"了声:"徐夫人并不像普通农家女子啊。"

孟云飞道:"虽说只是镜中虚影,但偷窥妇人多有不敬,还是别看了。依我看这个幻境颇有古怪，让徐宗主自行破境怕是困难，破解它的关键点还是落在徐夫人身上。只要我们确保徐夫人平安存活，再与徐宗主顺利成婚……"

这时远处那女子略转了个身，孟云飞话音突然顿住。

她还是没有露出脸，但这个动作露出了一段侧颈与手臂，手臂上戴着一只由三道金丝波浪首尾相衔的金环，肌肤冰白得世所罕见，日头下甚至给人一种隐隐泛光的错觉。

孟云飞心里突然生出了一丝怪异的似曾相识感，好像刚刚才见过类似的形容相貌，不由扭头望向河对岸的法华仙尊。

然而那里空无一人。

他眉心一跳，伸手拍拍尉迟骁："法华仙尊不见了，你看看周围——"紧接着他动作一僵。

掌心中分明是一段冰凉柔软的手腕。

"……"

孟云飞无声无息回过头，只见自己跟尉迟骁两人之间不知何时已经挤进了另一个人——法华仙尊正一手挡着日光，一手扶着树干，探头望向远处徐夫人的背影，那只血红右瞳中闪动着毫不掩饰的好奇。

下一秒，尉迟骁和孟云飞同时拔剑："他什么时候来的！！""拦住他！！"

轰然一声树干剧摇，宫惟抱头就地一滚，从勾陈与肃青双剑寒芒中钻了出来，起身轻巧一避，偏头躲过了勾陈雪亮的弧光。

法华仙尊确实如传说一般邪门，在身边没有剑也没有任何兵器符箓的情况下，不论任何攻势都能四两拨千斤地化解，被尉迟骁逼到任何绝境都能轻易逃脱，好似一尾游鱼在勾陈剑锋下轻盈游走。孟云飞知道只要让他杀死徐夫人，所有人都会立刻葬身在崩塌的幻境里，情急之下召出古琴，一拍落地，音波锵然而起！

宫惟只想趁机瞅瞅徐霜策心里的夫人长什么模样，没想把自己的三魂七魄给赔上，见状立刻往反方向溜。但尉迟骁岂能让他溜走，当即挽剑直逼上来，在琴音与剑光的双重夹击下宫惟终于没那么轻松了，双手捂着耳朵皱眉一闪，猛地被勾陈剑气狠撞出数步。

直接作用于魂魄的伤害让他喉头一甜、眼前一黑，紧接着脸色也黑了，咬牙把两边袖子一挥，徒手就去夺尉迟骁手上的勾陈剑——

孟云飞失声："元驹小心！离徐夫人远点儿！"

只见远处小院中，镜中女子像是终于听见了动静，扭头望向他们，终于露出了真容。

孟云飞一愣，尉迟骁呆住了，连宫惟的手都猛地僵在半空。

气氛凝固得可怕，三个人都完全无法把视线从那女子的脸上移开，半晌终于听见尉迟骁结结巴巴的声音："这……这是怎么回事？"

只见传说中的"徐夫人"面上空无一物，没有五官，没有表情，甚至没有任何轮廓起伏。

她没有脸。

气氛一下变得极其可怕，三个人都僵立在原地，与对面那张空白平滑的"脸"面面相觑。

紧接着宫惟突然反应过来——对，她确实不该有脸。

她"死"的时候徐霜策根本没来得及掀盖头，从头到尾他都不知道所谓的新娘长什么模样！

宫惟一时不知该好笑，还是该生出几分迟到的愧疚。这时只见那女子毫无反应地转过身，进了屋，反手带上木门，"咔嗒"一声轻响。

就在屋门关拢的那一瞬间，轻风由远而近，簌簌掠过树梢，满村桃花突然齐刷刷飞离梢头，刮起了漫天绯色的飓风。

宫惟瞬间意识到要发生什么，当即抽身飞退，尾随那女子进了小院。

尉迟骁心道不好，刚要追过去拦他，却被一道无形的禁锢生生钉在了原地。这时遮天蔽日的桃瓣陡然一散，漫山遍野枫叶金红，落叶随着溪水淙淙流下；下一刻他感觉有什么冰凉的东西落在了手背上，抬头只见天空中竟然飘起了雪花，纷纷扬扬盘旋而落，霎时整个村庄银装素裹。

白蒙蒙的北风带着雪雾穿过山谷，但两人还来不及感到寒冷，便眼睁睁看见冰雪迅速消融，转眼春回大地。黄莺婉转鸣叫着掠过草丛，几尾鲤鱼打挺跃出水面，溅起了晶莹的浪花；光秃秃的枝杈结起花苞，继而千朵万朵一齐绽放，连绵成绯云百里的盛景。

幻境光阴似箭，四季转瞬而过。

看不清面孔的村民们日出而作、日落而息，随着余晖渐渐隐没，喧闹的村庄归于静寂，远处的田埂间响起夜虫声声长鸣。

月光洒在村头长长的石径上，四下静寂空灵，远处山谷中突然传来了急促的马蹄声。

两人对视一眼，同时猜到发生了什么，孟云飞低声道："是徐宗主。"

幻境中的一年之期已过，徐霜策回来迎亲了！

第 15 章

马蹄声越来越近、越来越密,渐渐连大地都开始震颤,那阵势绝不是单枪匹马,倒像是来了一整支军队。尉迟骁不由"咦"了声:"难道徐宗主用情至深,带了大批沧阳宗弟子迎接夫人吗?但为什么不御剑呢?"

孟云飞突然道:"不对。"

"怎么?"

孟云飞脸色隐隐不太好看:"沧阳宗没记载过宗主双眼受伤,更没听说过大批弟子下山迎亲。我们现在所经历的幻境,到底是重演二十年前曾经发生过的事实,还是……"

话音未落,突然大地震颤一停,紧接着无数马匹:"嘶——"

战马纷纷被勒住,随即前蹄轰然落地,听动静是大批军队突然被拦了道。孟云飞话音顿止,两人同时凝神侧耳,只听远处士兵拔刀呵斥:"挡道者何人?!"

竟然没有传来回答。

山谷对面突兀地陷入了安静,没有叱问,没有交谈,甚至没有刀剑出鞘的一丝动静。

两人不由对视一眼,彼此都从对方眼底看见了不安。

——远处发生了什么?

是什么让刚才还在疾驰的军队突然陷入了完全的死寂?

清风掠过草丛,虫鸣长长短短,月华淡淡笼罩山涧,飘零桃瓣拂过夜空。一切都是那么平静,仿佛连根针掉在地上都听得见,巨大而不祥的预感却越来越沉重、越来越迫近——

就在这时,石径尽头突然出现了一道颀长的身影。

徐霜策从山谷深处缓缓而来,白衣宽袍广袖,发丝随风扬起,翩然如月下谪仙。他手中的不奈何反射着清寒华光,因为剑身血槽太满,血正顺着剑尖一滴滴往下淌,在他身后蜿蜒出了一条看不见尽头的血路。

尉迟骁终于找回了自己的声音:"徐……宗主……"

徐霜策神态平静,好似那场无声的杀戮只是错觉,与他两人擦肩而过,径直走到小院门前,才背对着他两人问:"你们在这里做什么?"

他竟然主动开口问话!

尉迟骁不假思索道:"宗主您中了镜术,这一切都是幻境,是您二十年前记忆的投影！现世的您正身处临江都，现在必须立刻醒来，我们才能——"

"你们是来观礼的宾客吗？"徐霜策打断他道。

尉迟骁戛然而止。

"来者皆是客。但明日才行婚宴，你们天亮再来吧。"

尉迟骁瞳孔骤然紧缩，但已经来不及了。徐霜策话音刚落，四面墙壁突然拔地而起，迅速建成房屋，将尉迟骁与孟云飞两人困在了里面，"哐当"一声关上门。

尉迟骁大怒："徐宗主！"冲上去就要将门劈开。

孟云飞喝止："别轻举妄动！"

只见屋外的徐霜策头也不回："半夜三更，来客为何喧哗？"

最后一字落地，一股无形的力量迎面而来，不由分说将两人提起，哐！哐！扔上两张床榻。紧接着透明的绳索当空而至，瞬间把他俩结结实实捆在了床板上！

尉迟骁："我——"

下一秒被施了噤术，猝然被迫消音！

孟云飞猛地扭头看向窗外，只见屋外夜色溶溶，徐霜策伸手推开院门，不疾不徐地走到了对面屋门前，站定脚步道："我回来了。"

不奈何剑上的血顺着台阶一路往下流，他的声音却非常柔和："我一直都非常想念你。"

与此同时，屋内，宫惟背抵着门板，瞳孔无声地放大了。

他面前的这座小屋已经变了模样——房梁墙壁披红结彩，床榻上贴着大红金字，靠墙设着一副描金紫檀妆奁，八盏大喜烛燃烧时发出噼啪轻响。镜屉前端坐着一名女子，身着嫁衣，戴红盖头，白如冰雪的双手交叠放在膝盖上。

一切都与记忆中别无二致，只除了一点。

当年坐在红盖头下的，是他自己。

白将军策马离开这座山谷的下一瞬，"农家女"就挥挥手把整个桃源村给收了，开开心心地尾随他到了京城。法华仙尊虽然能闯祸，但也有个好处，就是任何严肃交代下来的任务他都能不折不扣地完成：应恺再三嘱咐别让徐霜策的魂魄在幻境中受到伤害，他就充分确保了白将军平步青云、万事顺遂，甚至还偷偷跟着溜进皇宫，随便找了个太医附身，连夜读医书翻古籍，把他失明的眼睛都给治好了。

大功告成的宫惟拍拍手，松了口气，掰指头算算战场上的人头数，觉得徐霜策杀障其实破得差不多了，正琢磨着接下来要不要附到皇帝身上去酒池肉林骄奢淫逸玩儿几年，突然晴天一道霹雳咔嚓劈下——

复明之后的白将军点了亲兵，带了仪仗，准备动身回桃源村，去迎亲。

他竟然没忘记那个叫阿桃的"农家女"！

宫惟吓得魂飞魄散，立马冲回现世，三更半夜从镜子里爬出来把应恺硬生生晃醒了："不论幻世里发生任何事，回到现世后都不会保留记忆对吗？"

应恺说："只要是正常结束幻世回来的，通常都是这样没错……"

宫惟刚松一口气，只听他又严肃道："但有一件事绝不可以。"

"什么？"

"成亲。"

宫惟那口气瞬间就岔了。

"徐宗主修的是无情道，绝对不会对他人动心，若是在幻境中起了成亲的念头，那就必然是堕入情障了。情障于飞升有大碍，因此务必要防微杜渐，绝不能让他走上岔路，明白了吗？"

宫惟："……"

宫惟完全不知道这幻境是哪里出了错才让徐霜策堕入情障，思来想去束手无策，只能灰头土脸地回到千度镜界，发现自己已经被幻世里的村女们梳妆打扮好了，正端坐在新房里。

此时正是拜堂前夜，窗外清风徐徐，万籁俱寂。白将军的脚步在房门外徘徊良久，终于忍不住敲了敲门："阿桃？"

宫惟没敢吭声。

"这一年来我非常想你。"徐霜策姿态放得更低了，甚至有些柔和的意思，"我可以进来看看你吗？"

当然不能，绝对不能！

对千度镜界构建出的幻世来说宫惟属于外来者，白将军只要一看到他这张脸，或者听见他的声音，属于"前世"徐宗主的那一部分魂魄就会被唤醒，那幻境就立刻要土崩瓦解了。

宫惟把盖头一掀，对着镜子大眼瞪小眼半晌，突然灵机一动计上心来，用意念驱使门外一名村女上前拦住了白将军，轻声细语地解释说吉时之前新人是不能见面的，见了面兆头不好，尤其对新娘大不吉。

徐霜策平素是个很难改变意志的人，但那天不知道为什么，竟然被劝动了，于是又在门外站了会儿，叮嘱"阿桃姑娘"早些休息，然后才在夜色中离开了小院。

宫惟扒在门背后听他脚步远去，满脑子只有一个念头：这人是怎么堕入情障的？！我做的幻境明明没错，绝对是他自己道心不坚！

咚咚咚。

这时一阵敲门声打断了宫惟的思绪,只听屋外的徐霜策又唤了声"阿桃",语气同二十年前幻境中的一模一样:"你睡了吗?"

宫惟定了定神,猫着腰走到新娘身边,把盖头一掀,对着那张平滑无物、吊诡无比的面孔打了个响指。

下一瞬他眼前一黑,耳边风动轻响,再睁眼时已经取代了那名无脸傀儡,端端正正地坐在妆奁前,明晃晃的朱红蜡烛噼啪燃烧,镜中正映出他自己戴着盖头、身着喜服的侧影。

如果二十年前徐霜策推门而入,就会见到此刻的景象——根本没有什么农家女,他潜意识中的"阿桃"从最开始就没存在过。

穿着嫁衣坐在屋里的,只有骑虎难下的法华仙尊。

宫惟深吸一口气,知道能否破除幻境在此一举,猛地拂袖挥开了房门。

吱呀——

门缓缓打开寸许,夜风从缝隙间徐徐而入,清凉满室。

宫惟的视线被大红纱缎挡住了,借着门缝漏进来的月光,只隐约看见徐霜策伫立在中庭外,被门板挡住的半边身体在地上延伸出一道颀长的影子。

良久那影子终于一动,是徐霜策抬起手,缓缓地放在了门上。

他终于能进来亲眼看一看自己念念不忘的新娘了。

——只要他掀开盖头,看见十六年前早已死去的宫惟的面孔,便会立刻意识到自己眼前的世界全都是假的。下一刻境主元神归位,幻境土崩瓦解,所有人都会同时被拉回现实中的临江都。

屋内安静得可怕,宫惟整条脊椎都绷到了僵硬的地步。

这时却突然听徐霜策开了口,每个字都是说不出的温情:"还记得我说过下次再见时,便是夫妻了吗?如此真好啊。"

然后他似乎是微微笑着叹了口气。

"但吉时之前相见于新娘大不利,夜深了,早些休息吧。"

宫惟猝然一怔。

但他还来不及有所反应,只见门外那道衣裾摆动,徐霜策轻轻地关上门,转身沿着青石路走远了。

他竟然没进来!

宫惟已经做好了所有准备,连徐霜策勃然大怒、不奈何一剑劈下、所有人同时回到现世之后怎么夺路逃跑都想好了——结果他竟然没进来!

087

宫惟："……"

宫惟坐在那儿眨眨眼睛，半天才回过神，噌地从椅子上跳下地，盖头一掀袖子一挽就要追出去，却突然听见远处传来一阵悠长的曲调。

窗外山色空明，细碎的桃瓣在天穹下飞扬。远方星空璀璨，徐霜策的侧影坐在树梢，衣袖与发丝轻轻扬起，正专心吹一片竹叶。

那音色极清，婉转悠远，似喜又似悲，随着轻风化在了溶溶的月色里。

宫惟一时不由站住脚步，透过窗户怔怔地望向他，心想：上辈子的这时候他也是坐在那棵树上，等待着天明的吗？

徐霜策可真好看啊，可惜……

他的思维停滞在这里没有想下去。因为下一刻，那个与生俱来的、无比熟悉的意识再次从元神深处浮现出来，清晰响彻在耳边：

——可惜我必须要杀了他。

宫惟眨眨眼睛，遗憾地长长叹了口气。

他伸手推开窗，但人还没来得及追出去，远处竹叶吹的调子突然微微一变。

随着这变化，一股铺天盖地无法抗拒的困意从四面八方涌来，如潮水般瞬间淹没至顶，让宫惟眼皮一下变得很沉，不由自主地坐在了窗台边的小凳子上，只来得及吐出两个字："徐白……"

细细的、轻轻的尾音消散在夜风中，他头一歪倚在窗棂间，一截细白的小臂托着下巴，慢慢沉入了安稳的梦乡。

"吉时到——"

"上花轿——"

一声唢呐陡然划破长空，随即喜乐奏起，锣鼓喧天，宫惟猛地从睡梦中惊醒！

窗外已然天光大亮，全村男女老少都出动了，在大路上喜气洋洋地奔跑来去。宫惟心下一震，竟不知自己昨夜是如何睡着的，迅速起身就往外走。

然而脚尖刚落地，只听门被"咚咚"敲了两下，随即"呼"一声被推开，赫然进来两名身上披红挂绿、没有五官七窍的妇人。

虽然她俩平滑空白的"脸"上没有嘴巴，但沉闷的笑声却不断从咽喉里发出来，像是两只塞满了棉花的人偶，一个说："新娘子，吉时到啦！"

另一个说："新娘子，上花轿啦！"

她俩一左一右上前，不由分说地挽住了宫惟，架着他就往门外的大红花轿走去。

第 16 章

刹那间宫惟脑子里转过了许多念头,但表面上一声没吭,任由她俩给自己蒙上大红纱缎盖头,扶出了院门。

一乘华丽至极的八抬花轿正停在门外,透过盖头看不清细节,但光从织金满绣的红纱轿帷、云鹤浮雕的楠木轿框就能看出其豪奢。一名妇人端来朱红藤编的踏子,用血玉如意挑起门帘,笑道:"新娘子,上来吧!"

宫惟却站在原地没有动:"徐霜策呢?"

那妇人脖子里发出的声调纹丝不变:"徐霜策是谁呀?"

宫惟静了一静,又问:"白将军呢?"

妇人道:"新郎官与宾客们已经在祠堂里摆好宴席,只等新娘子啦!"

院门口围着一圈无脸人,有男有女,有老有少,都喜气洋洋地拍着巴掌,一张张空白无物的脸齐刷刷"盯"着"新娘"看,无比耐心地等着"新娘"上轿。

宫惟终于在那无数道无形的视线中吸了口气,一脚踩在踏子上,稳稳地钻进花轿,身后垂挂着三层珠玉的门帘哗啦一放,只听妇人们一齐瓮声瓮气地道:"起轿啦——"

"出门啦——

"新娘子今日嫁人啦——"

鞭炮一下轰然炸响,锣鼓唢呐直上云霄,所有无脸人载歌载舞,向着道路尽头的祠堂走去。

也不知道在徐霜策的意识里成个亲为什么要来那么多人,一路上就只见熙熙攘攘的人潮从两旁民居、各条岔路上拥来,越聚越多,密密麻麻,一眼望不到尽头。直到一炷香后来到祠堂大院门前,已经称得上人山人海,这架势比起皇后大婚昭告天下都不差了。

"落轿——"

无脸妇人再次挑开三层珠帘,躬身把宫惟扶出花轿,站在了祠堂大院门前,充满喜悦地道:"新娘到啦!"

透过红纱盖头,隐约能看见面前是一条宽阔的石路,穿过三重大门、九重台阶,直通尽头高旷古朴的祠堂。石路两侧设置了宴席,此刻满座宾客熙熙攘攘,从他们摇头晃脑的动作看应该都是十分激动的,可惜所有人的面孔都是一片茫茫空白。

九重台阶最高处,徐霜策负手而立,白底嵌金的袍袖在风中猎猎飞舞,腰侧佩不奈何剑。

哪怕于千万人中，沧阳宗主都是最强大而显眼的那一个。

他缓缓回头穿越人群望向自己的新娘，薄唇挑起了一丝弧度。

宫惟瞳孔微微缩紧，蓦然回头望向远处。只见天际不知何时连绵起阴翳，就像云端后一层铅灰群山环绕住整片大地，渐渐遮蔽日光，向这座村庄头顶上压来。

但人们无知无觉，就如二十年前一样。

两名无脸妇人一左一右扶着宫惟的手臂，像四把精钢铸造的钳子似的，声音中却充满殷切："新娘子，请吧。"

宫惟站着没动。

鞭炮锣鼓还在响，宾客鼓掌笑闹，无脸妇人等了片刻，笑着重复："新娘子，请吧。"

宫惟突然说："我不进去。"

"为何不进去？"

"我会死。"

妇人那层包裹着人皮的平板脸上毫无变化，连脖子里笑吟吟的机械音调都没变："怎么会死？为什么会死呢？不会死的。"

宫惟反问："你听过这山里有凶兽吗？"

妇人毫无反应。

"桃源山内有异兽，其状如虎，周身猬刺，喜食人肉，名曰穷奇。它被人间鼓乐声所惊动，于是裹挟阴云从天而降，将新娘抓回了洞穴中，引得新郎奋不顾身去救。"

"新郎虽然身为将军，但到底是凡人之躯，无法与穷奇这样的凶兽相搏。穷奇一爪按着新娘，另一爪悍然拍碎了大地，整座山林为之撼动，洞穴也晃动坍塌，千钧巨石当头而下，眼见就要把新郎同新娘一起埋葬在里面。"

宫惟缓缓道："然而新郎却死死地拉着新娘，不肯自己一人逃生。"

"徐……徐宗主，"尉迟骁坐在下首第一排来宾席中，看着不远处高台上的徐霜策，忍不住颤声道，"您快醒吧，这一切都只是二十年前灾难的投影，难道您真的想不起来了吗？徐夫人她马上就……马上就要……"

苍穹云山累积，天色越来越阴，风也越来越大。徐霜策像是根本没听见似的，只凝视着祠堂大门外那道着金红喜服的身影。

一股寒意从尉迟骁心头升起："现在怎么办？"

徐霜策最恐惧的记忆不外乎就是新娘死亡的那一刻。当那一刻来临时，镜术会将他的恐惧、愤恨和疯狂千百倍放大，崩塌的幻境会吞噬境主，同时所有外来者的魂魄都会葬送在里面，谁也跑不掉。

两人身边包围着难以计数的无脸人，孟云飞突然收回目光小声道："有一件事我想不明白。"

"什么？"

"法华仙尊为什么要杀死新娘？"

徐夫人的死因一向众说纷纭，有人说是病逝，有人说是被毒杀，种种阴谋论不一而足，幕后黑手十有八九都是法华仙尊——不然没法解释为什么徐宗主与官院长交恶了那么多年。

但官院长性格开朗，为人热心，民间声望颇佳。以他的行事风格来看，仅仅因为与徐宗主有矛盾就对另一名无辜女子痛下杀手，似乎也不太说得过去。

仙门规矩为尊者隐，晚辈对长辈的行事不好置评，更不能质疑。所以几十年过去后，新长成的一代都不太敢去刺探几位大宗师之间的恩怨情仇，更别提严格按世家规矩长大的尉迟骁了："这……"

孟云飞示意他看向远处的新娘，低声道："你看，徐夫人有了脸。"

尉迟骁猛地一顿，定睛看去，只见红纱盖头轻薄，"徐夫人"的面部竟然真的隐隐显出了起伏轮廓，尤其鼻梁突起清晰，甚至好似还在对身旁的两名迎轿娘子说话。

她的面部竟然不再是平滑一张皮了！

可她怎么会突然有了脸？

尉迟骁目光突然看见她嫁衣下露出的手，在华丽红绸的映衬下，那两只手白皙得简直像是透明的，且十指纤长斯文，好似隐隐辉映着光。

尉迟骁心头突然撞了一下，升起了一个几乎不可能的猜测，这时只听远处司仪第三次重复："新娘落轿——"

徐霜策面上不见丝毫不悦，缓缓道："为何还在耽搁？"

官惟话音收住了，原地默立少顷，终于呼了口气，在左右两名无脸喜娘如钢筋铁钳般的搀扶下跨过高高的门槛，踏上石阶，迎着所有宾客的注视一级级拾阶而上，终于停在了徐霜策面前。

然后他双手同时一凉，原来是被徐霜策伸手握住了。

徐霜策十指冰冷得可怕，似乎想说什么，但不知为何张开嘴又闭上了，只看着面前绣着金色云鹤纹的红盖头笑了一笑。

官惟自知伸头缩头都是一刀，终于深吸了口气，说："醒来吧徐白，徐夫人已经死了。"

徐霜策："……"

长久的静默后，徐霜策像是什么都没听出来似的，沙哑道："你没有死。"

徐霜策的神情不似有异，但如果有人敢靠近了仔细观察的话，就会发现他深深地、紧紧地盯着面前这位新娘，连瞳孔都不转一下。

宫惟知道他从表情正常言谈自如到一剑出鞘横斩万鬼连眨眼工夫都不要，哪怕疏忽半秒自己的项上人头都有可能飞出去，因此完全不敢分神，和缓地问："还记得上一次你像这样拉着徐夫人的时候，发生了什么吗？"

徐霜策皱起了眉。

宫惟说："那头穷奇跺碎了大地，巨石如暴雨而下，你不肯放开她独自逃命，所以你破不了情障。"

暴雨般的轰隆巨响穿越时空而来，二十年前幻世的妖兽洞里，"白将军"死死抓着新娘的手，而"新娘"整个人已经被发狂的穷奇按在了爪下，他根本拔不出来。

地动山摇，天昏地暗，宫惟俯在剧烈摇撼的黑暗中无法挣脱对面那只手，用尽办法都不能让白将军抛下自己独自逃生。这时头顶炸雷般巨震，巨大的山岩四分五裂，裹挟万吨之势砸了下来！

"阿桃，"白将军含着血气沙哑道，"今天我们就一道死在这里吧。"

宫惟脑子轰地一炸。

下一瞬，周遭幻境骤然静止，大大小小无数碎石悬停在半空，浑身浴血的巨大穷奇张口欲嗥，动作凝固；就在那完全的死寂中，宫惟神魂脱离出"新娘"的身体，白将军听见头顶传来少年轻灵的声音，似乎带着难言的困惑："为什么要死呢？"

白将军："……"

白将军的魂魄已经受到重创了，他昏昏沉沉，如同陷在一场漫长荒诞的噩梦中。

宫惟从身后伸出手，按在白将军紧攥着新娘不放的手上，语调里有一丝天真的怂恿："只要你逃走，就能破情障了。你不是一直很想飞升的吗？"

时空仿佛凝滞了，许久才传来白将军恍惚的声音："我不想破情障。"

"为什么？"

"我喜欢她。"

宫惟眨眨眼睛，没听明白："你喜欢她什么？"

"我不知道。"白将军喃喃道，"我从第一眼就喜欢她，我也……不知道为什么。"

可喜欢这种感情，到底算什么呢？

人真的有可能爱上一个自己看不见也听不到的对象吗？

宫惟更加困惑了，凝神思索片刻，越发肯定地道："所以你是真的堕入情障了。"

"是吗？"白将军疲惫地回答，"没关系，就让我们一起死在这地底吧，我已经觉得……没关系了。"

宫惟却不赞同地摇了摇头，把他伤痕累累、紧握新娘不放的手一点点硬掰开，说："虽然你有一天要死，但死在幻境里也没用呀。"

白将军没有反应过来那是什么意思，突然周遭静止的一切都开始动了——穷奇的咆哮伴随烈焰冲出喉咙，小山似的巨石当头而下。宫惟抓着他的手，力道坚决不容抗拒，干净利落向前一刺！

指尖陷入血肉的同时鲜血飞溅而起，映在了白将军瞬间紧缩的瞳孔里。

"不，"他猝然发出怒吼，"不！！"

宫惟死死攥着他的手，生生掏出了"新娘"的心脏，随即在被万钧巨石碾成肉泥的前一瞬飞身退后，拽着白将军退出山洞，狂风迎面而来，将两人手上的鲜血呼地扬起！

"你在干什么！"白将军发疯地挣扎咆哮，"你是谁！你到底要干什么！！"

半座大山塌了，大地在颤抖中龟裂，无数熊熊燃烧的石块冰雹般填进地底，将凶兽穷奇与新娘的尸体都永远埋在了里面。宫惟从身后攥着白将军的手臂，俯在他耳边认真道："'情'之一字，未必成障，但你喜欢上的只是个幻化出来的虚影而已。你杀障已破，醒来吧徐白。"

白将军僵硬地、慢慢地回过头，眼底如有风暴凝聚，那是属于徐霜策的那部分灵魂正从沉眠中尖啸着复苏。

"你是什么人？"他嘶哑地问。

远方天穹正块块塌陷，火焰从地底深处喷涌而出。徐霜策的魂魄掀起了巨浪般恐怖的灵力，甚至将千度镜界冲击得摇摇欲坠，幻世看就要塌了。

宫惟说："冷静点儿徐白，你根本不是喜欢她，你只是……"

轰隆！

天空终于碎裂，大地陷入硝烟，飓风将烈焰撕成暴发的洪流。白将军一掌钳住了宫惟的脖颈，整个世界终于在他的暴怒中坍塌：

"你到底是什么东西！"

"想起来了吗？"婚礼堂上张红结彩，宫惟在红纱下仰头看着徐霜策，认真地道，"徐夫人已经死了，她从来就没存在过，醒来吧徐白。"

天空已经完全黑沉了，无脸宾客们无知无觉，仍然在兴高采烈地摇头晃脑，与喧天锣鼓声一齐化作了诡异而渺茫的背景。

突然阴风夹杂着妖兽的气息从天边拂来，远处山林倒摧，树海翻腾，遮天蔽日的鸟群惊飞——

"吼！"

一头状若巨虎、钩爪锯牙、高达三丈的凶兽从山涧冲上高空，背上双翼掀起飓风，赫然正是穷奇，向着祠堂俯冲而来！

"是吗？"徐霜策淡淡道，"如果徐夫人从未存在过，那你是谁？"

宫惟不答。

徐霜策仿若对周遭的混乱毫无觉察，只看着面前华丽的盖头，加重语气又问了一遍："你是什么，嗯？"

"他是法华仙尊……"不远处终于响起尉迟骁的声音，他紧握勾陈剑站起身，艰难地道，"您还是快点儿从幻境里醒来吧，徐宗主。您面前这新娘……是法华仙尊啊！"

"轰隆"一声巨响，穷奇前掌拍碎山腰，闪电般顺着山岩攀援而上，身后无数巨石碎成齑粉摔进深渊。无脸宾客们终于迟钝地反应过来，四处惊慌窜逃，却纷纷在它的利爪下殒命。

一切都仿佛二十年前的场景再现，周身长满刺甲的凶兽一头撞翻祠堂屋檐，瞄准堂前的新娘，咆哮着张开巨口罩了下来！

"都是假的，徐白。"宫惟紧紧盯着徐霜策，"只要你现在醒来，万物终将消失，一切皆成泡影，还是来得及的。"

徐霜策闭上了眼睛。

从天而降的阴影越来越大，穷奇血腥的吐息已经喷在了宫惟后颈。就在那闪电间，徐霜策双眼一睁，瞳孔神光凝聚，不奈何拔剑出鞘——

寒光铺天盖地而来。

刹那间宫惟闭眼做好了以魂魄状态硬抗一击的准备，但下一刻，他头顶的穷奇被当空拦腰斩断。

鲜血瓢泼而下，暴雨般洒了徐霜策一身！

"我知道。"徐霜策转向尉迟骁，居高临下地道。

扑通！扑通！数声重响，穷奇几块沉重的残尸砸在台阶上，但没人能做出任何反应，周遭一片窒息般的死寂。

徐霜策一身白金衣袍被鲜血染透，看起来如同穿了件新郎的吉服。他一手收剑回鞘，另一手还牵着宫惟的手腕，眼神波澜不惊，连半点儿意外都没有："吉时已至，为何还不拜堂？"

第 17 章

完了，徐霜策这是气疯了。

宫惟一股寒气直冲脑顶，条件反射就要挣扎，但徐霜策捏着他的手突然一紧。

他冰冷的五指蕴力大得可怕，就像沉沉的镣铐一般挂在血肉上，把宫惟疼得抽了下，当即没能挣脱，只听尉迟骁愕然道："您是……从什么时候知道……"

徐霜策没回答，眼梢向他一瞥而过，目光深处竟然闪动着一丝半嘲不嘲的光芒，然后打了个手势。宫惟霎时只觉一股无形的力道压上了自己的后颈，如山海般磅礴沉重，压得他硬生生弯下腰——

一拜天地！

周围遍地是没有脸的宾客尸体，穷奇硕大猩红的内脏骨骼喷了一地。阴霾苍穹下弥漫着浓厚的铁锈味，而徐霜策一身鲜血染就的"吉服"，押着他在这里拜堂，这场景简直令人毛骨悚然。

宫惟用力挣扎："徐……"随即嗓子一堵，被迫消音。

徐霜策下了噤术。

"他从最开始就知道。"这时身后突然响起了孟云飞不悦的声音。

他脾气从来都很好，罕见有这么强压怒火的时候，说："徐宗主，您一直是清醒的，根本没有中镜术！"

徐霜策正躬身行礼至最低处，动作顿了顿，才直起身不咸不淡地道："哦？"

随着他这个动作，宫惟感觉硬压在自己后颈上的力道也消失了，立刻抽了口凉气站起来，只见孟云飞面色怫然："鬼修利用千度镜界神器才能游离于时空外，所以您将那块碎镜片从它心脏里掏出来的瞬间，其实就已经制服它了。之后您清醒自愿地进入幻境，因此元神从一开始就没有附在境主身上，造成的结果就是幻境中出现了一虚一实两个徐宗主。"

"等等，两个？"尉迟骁突然反应过来，追问，"那另一个呢？"

"还记得婚筵前夜消失在山谷里的迎亲军队吗？"孟云飞冷冷道，"他将幻境中的自己杀而代之了。"

尉迟骁猝然看向徐霜策，说不出话来。

"……"

祠堂高台上，徐霜策不动声色地对着他俩，良久只见那削薄的唇角微微一勾。

明明并不寒冷，彻骨的凉意却同时从两人心头升起。

"该结束了，徐宗主。"孟云飞一抬手，掌心下闪现银光，一把五弦古琴随着那光芒出现在了半空中，"只要境主不愿醒来，我们就不能离开这座村庄，但长久沉溺于幻境是可能会烧毁金丹的。"

他双手按在琴弦上，严厉地道："对我等后辈来说，后果将不堪设想！"

从四面深山中刮来的阴风渐渐森寒，祠堂上气氛剑拔弩张。徐霜策形状锋利的眼梢瞥着两名晚辈，面上看不出任何要发怒的迹象——但宫惟透过盖头下的缝隙向斜里一瞅，瞅见他握剑那一侧的拇指微微向上弹了下，登时心头猛跳！

"你也说了……"徐霜策缓缓道，"那是对你们。"

宫惟失声呵斥："还不快跑！"

不待话音落地，徐霜策化作白光出现在孟云飞面前——巨响与气流同时爆开，不奈何被勾陈剑硬生生挡住，尉迟骁怒道："徐宗主！！"

孟云飞琴音震响，强劲的灵力如尖刀般捅进脑海，徐霜策眉峰一挑："舜弦琴。"随即闪电般击退尉迟骁，一掌作势拍向孟云飞的天灵盖，肃青剑从身侧一挡，孟云飞在千钧一发之际飞身避开。

舜弦琴音如巨浪行船，逼人心神天旋地转，勾陈剑意又异常凌厉，以爆发之势步步抵挡不奈何。他们两人加起来都不是天下第一人的对手，但事关生死，都竭尽全力，一时间竟然有些棘手，徐霜策不由轻轻哼了声，剑意陡然一变，如天崩地裂直催眼前，首先将尉迟骁当胸横撞出去，随即拦腰斩向那把古琴！

昔者帝舜弹五弦琴、造南风歌，养中和正性，禁愤恨邪心。舜弦古琴乃太古遗物，对一切邪心都有压倒性的克制之效，眼见却要被徐霜策碎成齑粉。

孟云飞一手按琴一手执剑，眨眼间败退三招，"哐当"一声脊背撞上祠堂石柱，只见不奈何当头而来——

就在这电光石火之际，一道流火飞身而至，劈手夺走了他手中的肃青剑，锵！！

肃青凌空挡住不奈何，闪电般将徐霜策逼退半步，孟云飞定睛一看："法华仙尊？！"

法华仙尊婚服如血，连盖头都没来得及除去，瞬息间已与徐霜策斗了十余个回合。他招式与当世诸多修仙名家完全不是一个路数，每一步都从虚空中来、踏凌霄而去，于最细微处才显刁钻凌厉，与徐霜策刚极正极的剑风恰好相反，衣裾飘荡袍袖翻飞，每一剑都像紧贴在不奈何剑锋边缘，开出了大朵血红的莲花。

明明时机不对，尉迟骁却蓦地一恍惚，脑子里突然想起一个人——向小园。

紧接着他意识到这想法太荒唐了，明明长相、气质、修为和地位都天差地别，他怎么会突然想起那只小魅妖？

他甚至不记得自己曾见过小魅妖拿剑，为何会觉得似曾相识？

舜弦琴音调陡然刺入云霄，孟云飞灵力暴涨，滚滚音律如千万锁链向徐霜策当头套下："元驹！"

尉迟骁当即回神，振剑而上协助宫惟："前辈当心！"

徐霜策铜墙铁壁般的心神终于在三人夹攻中露出了一丝破绽，远方天穹轰然裂开一道百丈余长的黑腔——幻境塌了一角！

徐霜策眉头一皱，面上终于露出了明显的不耐烦，随即"当"一声亮响架住肃青、勾陈双剑，头也不回地用左手打出法诀，舜弦琴五弦同时凝起冰霜，咔咔数声冻起了坚冰。尉迟骁还没来得及回头去救，徐霜策那只劲瘦的左手隔空在他天灵盖上虚虚一按，烈焰焚身般的剧痛瞬间贯彻全身经络，顿时激出一口老血。

徐霜策淡淡道："老实当你们的宾客去。"

紧接着"当啷"一声，宫惟甚至没看清他是如何出招的，肃青剑被生生打飞了出去，轰隆穿过两三堵石墙后斜斜插进了地面！

啪！

他后颈一冷，被徐霜策掌心按住了。

徐霜策那只手似乎蕴藏着开山填海般无尽无绝的力道，这次宫惟连挣扎都做不到，便被死死地按着，同他一起向祠堂方向拜了下去——

二拜高堂！

风从远方天穹碎裂的黑腔后吹来，席卷天地，拂起徐霜策冰凉乌黑的鬓发。

"别动。"他淡淡道。

宫惟正想掀掉盖头，还没来得及动就被徐霜策提前捏住了。

穷奇浓稠腥臭的血从石阶上一级级流下来，黏糊糊地浸透鞋底，那触感不舒服至极，宫惟一腔委屈和恼火陡然冲上脑顶："我已经死了！"

徐霜策沉默片刻，才说："我知道。"

"我死都死了！"

"所以呢？"

宫惟竟无言以对，心说很好，徐宗主不愧是个戮尸泄愤的狠角，"人死债清"这四个字在他的字典里大概是不存在的。

"我进入幻境的时候，一睁眼就知道对方的镜术失败了，因为它根本不是我这辈子最恐惧的经历——尽管我一直催眠自己这就是。这天下很多人也以为它是。"

徐霜策顿了顿，神情出乎意料地平淡："直到你死后，我才渐渐对自己承认，其实我最恐惧的是在这之后发生的事情。"

在这之后？

宫惟长长的眼睫在红纱下眨了眨，想起在这场荒诞的婚礼之后到底发生了什么。

徐霜策的震怒将整座千度镜界幻境冲垮，随即魂魄回到现世沧阳宗，醒来后的第一件事就是提起不奈何，一剑杀上岱山仙盟，三更半夜劈开刑惩院的门，在惊天动地的巨震中把瑟瑟发抖的宫惟拎了出来。

徐宗主要杀宫院长为他夫人偿命，这事震动了半座岱山，根本不明白发生了什么的应恺匆匆披衣赶来，慌忙劝徐霜策放手。但杀心极盛的徐宗主什么都听不进去，宫惟被追得惊心动魄满大殿躲，有几次甚至被逼到了门柱后，那大概是他第一次离死亡那么近。

最终他抱着头躲在墙角，混乱中忘记确切发生了什么，只记得徐霜策一剑当头劈下，而他下意识抬手一挡。

——就在那瞬间，剑锋硬生生停在半空。

原本还在盛怒的徐霜策突然吐了口血，脸色煞白，呆立片刻后竟头也不回地走了。

所以那其实是徐霜策平生最恐惧的时刻？

"……"宫惟在盖头下瞪着徐霜策，心下怀疑自己听错了。

被追得东躲西藏并吓得嗷嗷了半晚上的分明是自己，完了以后徐霜策说那是他这辈子最恐惧的经历，大佬莫不是对"害怕"这两个字有所误解？

"宫惟。"徐霜策突然扭头看着他，缓和地问，"十六年前你为什么要杀我？"

盖头在阴霾血腥的风中一拂而起，喜服巨大的衣裾一层层绽开，就像是隔着生死的花在天幕下开放。

那道熟悉的身影对着他，微微歪头，如石像般没有任何反应。

良久徐霜策呼了口气："忘了。你只是幻境化物。"

他抬手按住宫惟温热的后颈，那劲力不可抗拒，但声音却一字字清晰而温和，说："夫妻对拜吧。"

宫惟全身都要炸了，寒战从脊椎一浪接着一浪直冲头皮，但魂魄状态的他根本毫无反抗之力，眼见就要被一寸寸压得低下头——

就在这时，远方天空陡然剧震，咚！

咚！！

天地犹如一枚鹅卵被锤头敲裂，苍穹轰然断开，巨大的斫口从地平线迅速蜿蜒，密密麻麻的龟裂布满山腰。

紧接着天空撕开无数条巨大的黑腔，飓风狂涌而入，千万金光破空而出，赫然是一把巨剑将幻境重重刺穿！

尉迟骁一回头，愕然道："叔叔？"

一道贯彻天地的剑光犹如巨龙降世，斩四海、裂八荒，幻界瞬间土崩瓦解！

每个人都被龙卷风掀飞了起来，宫惟感觉自己仿佛被无形的巨手扔到高空中，紧接着飞速下坠。

砰！

魂魄被重砸在地，摔得他头昏眼花金星直冒，半晌才强忍眩晕从地上爬起来，恶心欲呕半天，才勉强看清周围的景象。

只见他们已经从幻境回到现世，周围是已被夷为平地的荒郊客栈，残垣断砖硝烟袅袅。祠堂、山村、血红嫁衣与满地尸体都如潮水般退得干干净净，法华仙尊的本相也随之灰飞烟灭，他又回到了向小园的身体里。

不远处废墟中间，两把剑锋正死死相抵，发出尖锐可怕的摩擦声——其中背对着他的那个是徐霜策，另一人身着鹰背褐色箭袖衣袍、深金护臂轻铠，面容俊美、气势威重，眉眼间却戾气横生。

赫然是当世剑宗——尉迟锐！

"徐、宗、主。"尉迟锐一字一顿道。

从背影看不出徐霜策是什么表情，倏而只听他短促嘶哑地笑了声。

只有熟悉他的人才能听出这一声笑代表了什么，宫惟霎时睁大眼睛。

但就在这一触即发的当口儿，突然当空一人如利箭般御剑而来，厉声道："长生！住手！"

那人深蓝葛衣、棉白衬里，周身朴素平平无奇，走在路上不会有任何人因为打扮而多看他一眼。但他腰间束带上别着一枚不起眼的金钩，无声标识着他的身份，一开口气势强极盛极。

他落地后一收剑，只见佩剑较常人的稍宽一指，古朴厚重的青铜剑鞘雕刻山海云纹，这天下没人认不出它的赫赫威名——

与不奈何齐名的神剑"定山海"。

来人正是天下仙门盟主，武元尊应恺！

第18章

尉迟锐冷笑一声，纹丝未动，剑锋明晃晃映出他阴鸷的眉眼，一字一顿道："还元驹命来！"

哗啦！

这时远处小山般的废墟晃动了一下，紧接着破土而出一只手，有气无力地晃了晃："叔、叔叔……"

"哗啦"一声砖瓦滚落，从下面霍然坐起来一个人，狼狈不堪、呛咳不已，赫然正是尉迟骁：

"抱歉打断，我还没死呢，喀喀喀——"

"……"

尉迟锐眨眨眼睛，表情空白。

然后他"噌"的一下收了剑，从怀里掏出引魂灯、捕魂笼、转生风铃、渡灵符箓、移魄锁魂盒……叮叮当当一大串，不由分说全塞进了身后的应恺怀里，认真道："还你，谢谢。"

尉迟骁边咳边断断续续地说："你又又又以为我已经死了吗，叔叔？！"

又是哗啦啦一响，孟云飞也全身尘土从废墟底下坐起来，一边呛咳得惊天动地，一边费劲巴拉把他的琴和剑都从坑里拔了出来。

应恺一看大家都没事，才总算松了口气："霜策，这是怎么回事？"

徐霜策面上不见一丝表情，挥手抛出一物。

应恺接在手里一看，瞬间色变："千度镜界？！"

"鬼修并没有被彻底打散，只是被打断了一条穿梭于时空的栈桥，因此暂时回去蛰伏了。如果这世上存在其他碎镜片，它还是能回来的。"徐霜策扬起眉角道，"回去亲自彻查那座镜宫吧，应恺。从镜子破碎的形状来看，应该不止一块镜片流传到世间来了。"

应恺神情惊疑不定。

他紧握那块青铜镜，任凭锐利的边缘嵌进掌心，半晌突然问："对方为何专门捕杀命带重阴的男女？此事与已故的法华仙尊到底有什么关系？"

徐霜策沉默片刻，说："它在找人。"

"找谁？"

徐霜策没再回答任何问题。他回头向周围一扫，视线定在了远处的"向小园"身上。

四目陡然相对，宫惟脊椎一紧。

——师兄和尉迟锐都来了，时机千载难逢，要不要趁现在立刻袒露身份？

应恺和尉迟锐两人联手，从徐霜策剑下保住他一条小命应该是可行的，但万一他俩反应没徐霜策那么快呢？毕竟证明自己的身份需要费口舌，徐大佬一剑当头斩下来却是没有废话的，刚才那头穷奇可是眨眼间就被碎尸万段了……

就在内心挣扎的瞬间，宫惟头皮突然一炸。

徐霜策竟然向他迈出了一步！

千真万确被杀死过一次的恐惧呼啸而来，宫惟不敢轻举妄动，眼睁睁只见徐霜策缓步走来，那双半点儿尘埃不见的靴子停在了自己眼前的地面上："刚才进幻境的时候，你在哪里？"

宫惟："……"

徐霜策的语气加重了："问你呢，嗯？"

"弟子太过愚钝，修为低微，没能进入宗主的幻境……只觉得被人打晕了，还以为自己必死无疑，谁知再醒来时已经身在此处，请、请宗主恕罪……"

"向小园"吞吞吐吐地连头都没敢抬，良久才听徐霜策不喜不怒地重复了一遍，道："被人打晕了。"

反正幻境已经被尉迟锐彻底打碎，谁也没法求证这话的真假，宫惟盯着地面不吭声。

"连幻境都没进去。"徐霜策又轻轻地、逐字逐句地道。

"小弟子修为低微实属正常，没事的霜策。"应恺见势不好，赶紧息事宁人地劝，"再说他就算进了幻境也起不到任何作用，帮不了任何忙，何必追究呢？算了吧！"

师兄啊，我好歹是你亲手拉扯大的，你看着我难道就一点儿熟悉感也没有吗？连徐霜策都起码怀疑过我两次呢。

宫惟内心十分苍凉，这时却突然听应恺仿佛发现了什么，狐疑地"咦"了声："等等。你抬头我看看？"

惊喜从天而降，宫惟满怀希望把头一抬，两人对视半响。

宫惟："……"

应恺一拍掌，恍然大悟："这不是向小园吗！"

宫惟整个人一呆，只有尉迟骁敏感地察觉到了什么："应盟主，难道您之前也被这小子——"

以徐宗主的地位，不可能知道自己门下一个小小的外门弟子有什么逸闻怪癖，当下也蹙起了眉头，只听应恺笑道："也不是什么大事，只是前年我上沧阳宗办事的时候碰见过这孩子，下山时一不留神，被他尾随在身后跟出了二里地。问他话也不说，想送回去他也不肯，就这么走一步跟一步地纠缠了半日，好容易碰见个沧阳宗大弟子，这才给哄走了——当时我还疑惑这孩子为什么喜欢跟人，之后听众人说了，才知道这位就是传说中的向小公子。"

说着他好笑又无奈地摇摇头，道："霜策，这孩子有些呆性，但如今看来已经灵性了不少，还是别苛责他了吧！"

尉迟骁皮笑肉不笑地瞥着宫惟，说："是啊，他一贯是这样。"

如果说刚才宫惟只是表情空白的话，那么他现在就是眼前一黑了。

"一贯"是什么意思？跟你有什么关系？怎么你还跟着落井下石起来了？

徐霜策的脸色并不比他好看多少，只吐出两个字："起来。"

"向小园"战战兢兢："宗宗宗主……"

话音未落他喉咙突然一麻，像是被无形的硬块堵住，徒劳张嘴却再也发不出任何声音来——又被徐霜策下了噤术。

紧接着徐霜策单手把他后衣襟拎了起来，喝道："血河车！"

狂风从云端刮向地面，紧接着夜空中阴云破开，一驾庞大车辇从高空俯冲而下。只见车身冠盖赫奕，巨毂章灼华丽，缚在缰绳上驾车的赫然是帝江、毕方、灭蒙、蛊雕共四头禽鸟，降落时平地掀起气浪，"轰"一声向四面八方冲去！

徐霜策把宫惟往车里一扔，随即自己也坐了进去，应恺忙在身后招手："等等，霜策，那幻境里到底发生了什么？还有先前鬼垣府的异状……"

徐霜策淡淡道："去问尉迟家小儿吧。说不清楚的再去沧阳山问我。"

车门轰然关闭，他再也不看众人一眼，沉声道："走！"

四头巨禽同时展翅，车驾平地直起，宫惟扑通一下向后滑撞到了车壁上。少顷云气从窗外弥漫四起，这座豪华的巨车竟然真的腾云驾雾，如流星般划过夜空，向着沧阳山方向急速驰去。

车内空间平直宽阔，如同一座重叠三套的厅堂，起居摆设应有尽有。徐霜策端居正中打坐，发丝及地、袍袖严整，双目微合而神情肃厉；而宫惟则识相地缩在墙角里，尽量把自己蜷成一团，警惕地上下打量他，脑子里乱嗡嗡的。

千度镜界碎了？碎片是怎么流落到鬼修手里的？对方是什么人？

那个倚在溶溶月色下，在满天星子辉映中吹了一整夜小调的徐霜策，仿佛幻境中一道不真实的泡影，转眼就消失得无影无踪了。

已经过去了二十年，他还在生那场婚筵的气吗？

突然徐霜策双眼一睁："看什么？"

宫惟目光触电般避开，谦卑地低下头。

徐霜策说："过来。"

这车再宽敞总共也就这么大地方，万丈高空中根本无处可躲，宫惟只得硬着头皮站起来，蹭到金檀木案前。

"坐。"

宫惟："……"

宫惟谨慎地跪坐在地，一眼瞥见不奈何剑被横放在案上，心口顿时条件反射地抽疼起来，紧接着眉心一凉，被徐霜策冰冷的拇指摁住了，一股凶狠气劲直冲识海！

识海对修士来说是最致命之处，向小园这么脆弱的识海在徐宗主面前根本不堪一击，长驱直入就进去了，四下探查一圈，徐霜策问："尚未结丹？"

宫惟被迫维持着那个仰头的姿势："回禀宗主，弟子有一半魅妖血统，无法结丹。"

其实以宫惟的修为，想在小魅妖的识海内现结个丹很容易，有了金丹之后法华仙尊本身魂魄的力量便能完全发挥出来，也不用这么憋屈了。但临江都一行太匆忙，没时间避开尉迟骁的耳目去结丹，再者他一直想着把向小园的魂魄从地府捞上来换回这具躯体，怕万一自己的金丹与半妖之体不能融合，以后反而会损害原主，因此迟迟没有行动。

也幸亏他没行动，每个人能结出的金丹都独一无二，徐霜策这种等级的大宗师是可以辨金丹而识人的。要是他结了丹，现在怕是已经被摸出来真身了。

徐霜策一动不动盯着"向小园"看了半晌，才缓缓松开手，听不出任何意味地嗤笑了一声："半妖。"

宫惟谦卑道："弟子无能。"

徐霜策看着他不置可否，然后竟然又问了一遍："你刚才在看什么？"

看你啊，宗主。

宫惟眼角余光瞥着那把无时无刻不散发出强大压迫感的神剑，诚恳道："我见宗主英明神武、俊美非常，好似天神下凡，于是一时观之失态，恳请宗主恕罪！"

徐霜策一言不发。

头顶半晌没声音，宫惟想了想，迟疑道："弟子自幼听宗主的传奇事迹长大，对宗主的风采心向往之，不想有朝一日竟能亲眼得见，惶恐激动无以言表。万望宗主恕弟子不敬之罪！"

周遭仍然是一片死寂。

"……"

宫惟眼一闭心一横："宗主修为精深如江海之浩瀚，风采彰显如日月之丽天，令人观之自惭形秽，不由生出天地化物之叹！弟子心潮澎湃，难以平息，不由敬仰万分，目眩神迷！弟子——"

"是吗，"徐霜策不咸不淡的声音终于从头顶传来，问，"我在你心中真如此值得敬仰？"

宫惟铿锵有力："弟子无一字虚言！"

"那法华仙尊呢？"

很好。

大佬刚才逼着他溜须拍马大半天，现在要逼着他痛骂自己了。

宫惟心中默念"人为刀俎我为鱼肉"，然后深吸了口气："法华仙尊枉顾玄门法度，无视沧阳宗威名，竟然妄想刺杀宗主，罪行罄竹难书！法华仙尊平素为人轻浮，不堪为一代宗师，弟子为之而不齿！"

徐霜策问："你当真这么认为？"

"当真！"

偌大车辇一片安静，许久才听徐霜策悠悠道："宫徵羽，刑惩院大院长。"

他四根修长有力的手指在桌面上轮流叩动，发出如金叩玉般的声响。

"自幼年入仙盟，不曾修道、不曾筑基，根骨魂魄与凡人无异，一夜之间却遽然突破金丹后期，天下玄门莫不震动。上古三大幻术失传已久，全天下唯独宫徵羽一人通晓其二，其来历、背景、法力都深不可测，实力一度压过举世公认的第三人剑宗尉迟锐，仅屈居我与应恺之下。"

徐霜策顿了顿，略微俯下身来，轻声道："但我一直以为，如果宫徵羽露出本相，天下无人是其对手。"

他俩靠得太近了，宫惟不引人注意地向后微仰，下一刻徐霜策却从鼻腔里轻轻冷笑了下，冷冽的气息直直扑在了他耳侧："你说，堂堂的法华仙尊宫徵羽，怎么会看上向小园这个半妖呢？"

那瞬间两人几乎相贴，宫惟的头皮都快麻了。

"咣当"一声他站起来，退后半步，抱着徐霜策的手"扑通"就跪了下去，情真意切地朗声道："师尊！"

徐霜策动作一下定住了。

"弟子虽然身份卑微，但对沧阳宗忠心耿耿，日月可鉴！当年法华仙尊行刺师尊，其行为丧心病狂，令人齿冷，弟子誓与此人不共戴天！宁死也决不能把身体让给这种人！"

徐霜策："……"

宫惟低头跪地，声情并茂："请师尊明鉴！！"

徐霜策一动不动盯着自己那只被宫惟当救命稻草一样紧紧抱住的手。

空气像是冻结了一样，半晌他终于就着这个相连的姿势抬起手指，扳起宫惟的下颌："你管我叫什么？"

但凡脸皮稍微薄一点儿的此刻已经丢盔弃甲了，但宫惟斩钉截铁："师尊。"

徐霜策："……"

"宗主教化一方，全沧阳宗上下都是宗主的弟子，不是亲师尊，胜似亲师尊！"

徐霜策那双漆黑的瞳孔直直盯着他，良久突然古怪地一笑，说："好。"

好什么？

任凭宫惟脑子转得奇快也来不及揣测其意，这时巨禽接二连三发出尖唳，随即向下俯冲！

整座车身一斜，宫惟猝不及防松脱了徐霜策的手，哐当一下向前撞到了案上，紧接着整个身体顺桌案边缘向左一溜，啪叽撞上墙，再随着倾斜向右一溜，哗啦又撞上了立地大花瓶。车身陡然拉平，宫惟猝不及防向后仰倒，眼见要叽里咕噜向后顺地滚远，突然手腕一紧，被扣住了。

徐霜策面无表情地把他摁在原地，但冷不防这时巨禽又俯冲向下，惯性骤然改变方向，宫惟整个人以头抢地，额头"咚"一声磕在了徐霜策面前的桌案上。

轰隆——

四头巨禽平稳降落，车辇缓缓落地，不动了。

"……"宫惟保持着这个向徐霜策磕头拜年的姿势，内心苍凉，一动不动。

"平身吧。"徐霜策冷冷道，放开手站起身，整了整衣襟，径直下了车。

天光已然破晓，巨车降落在沧阳山首峰之巅，如同披着黄金般的朝阳。各位长老、真人已经带领各自的入室弟子在此恭候，放眼望去黑压压一片，齐齐顿首："恭迎宗主！"

众人的视线只能看见徐霜策鞋底踩在白玉砖上，向前走了几步，声音才从上方传下来："临江都之祸已解，但此事确认与法华仙尊有关，已交由仙盟处置。"

竟然真是法华仙尊！长老真人们纷纷色变，又齐齐顿首："宗主英明！"

"宗主，"最前列的静虚真人起身低声问，"桃祸将至，事关重大，不知您现在是先回璇玑殿稍事休息，还是召集各位长老上天极塔议事？我等也好……"

他的话没说完，只见徐霜策突然回头看向巨车。

正掀帘试图溜走的宫惟一下定在了半空。

场面仿佛完全静止了，众目睽睽之下，只见徐霜策伸手一招，平静道：

"过来，爱徒。"

第 19 章

如果说刚才的场面只是凝固的话，现在应该就是轰一下猝不及防，所有人都不能相信自己的耳朵。

"他是谁？"

"宗主叫他什么？"

"我的耳朵没听错吧？"

嗡嗡议论声迅速穿过人群，甚至连长老、真人们都不由自主地瞪大了眼睛，然而不论谁的惊恐程度都比不上宫惟："那个……宗主……"

徐霜策那只手停在半空，重复了一遍："过来。"

所有人瞠目结舌，视线都落在宫惟身上，而宫惟整条脊椎都在嗖嗖冒寒气，硬着头皮走上来，随即肩头一重。

徐霜策那只手落在了他肩上，就这么沉沉地按着，好似完全没注意任何人的表情，转向静虚真人："回璇玑殿。"

"宗主带回来那少年是谁？""向小园？向小园是什么人？""你说宗主叫他什么？你再说一遍？"

…………

沸沸扬扬的私语就像被风吹一样，半日间便传遍了整个沧阳宗。

而所有人议论的焦点——璇玑大殿此刻却空旷而安静，建筑高深壮丽，摆设、帷幔华光熠熠。徐霜策一掀衣袍坐在案后，言简意赅："脱。"

宫惟动作僵在半空，半晌才委婉道："宗主，这不太合适吧。"

徐霜策问："为何？"

"光天化日朗朗乾坤，弟子唯恐宗主清誉有损，个人名节倒是不大要紧……"

"喀——"远处石柱后两名守殿弟子同时被自己的口水呛住，随即一个寒战收声站直，喉咙痉挛却硬生生忍住了，半声不敢出。

徐霜策黑黢黢的眼睛盯着他，但出乎宫惟意料的是徐霜策竟然没有动怒叫他滚，半晌淡淡道："你我二人至亲师徒，不要紧的。"

宫惟立刻："弟子惶恐，弟子不敢！弟子只是区区一介外门——"

"本宗主教化一方，沧阳宗上下都是本宗主的徒弟，不是师尊胜似师尊，有这回事吗？"

宫惟："……"

宫惟哑口无言，强迫自己直视徐霜策，拱手真诚赞叹："师尊所言极是！"

他在对面极具压迫感的视线中慢吞吞伸手解下衣带，更加慢吞吞地脱下外袍，又仿佛剥葡萄皮似的磨磨蹭蹭脱下里衣；足磨叽了一盏茶工夫，直到上身完全暴露在空气中，他终于发现对面竟然还完全没有要叫停的意思。

难道要叫我脱光？

宫惟："……"

不管了，反正他又不知道我是谁，再说在徐霜策面前脱光了谁占谁便宜还不好说呢。

宫惟把眼一闭，咬牙抬手就去解裤带，冷不防却听对面传来一个字："停。"

只见徐霜策手里不知何时出现了一瓶药膏，冷淡道："为师只是想给你上药而已，不用着急脱裤子。"

宫惟："……"

不远处石柱后鸦雀无声，大概是守殿弟子因为惊恐而活生生吓岔气了。

宫惟用尽全身演技才绷住了表情，感激涕零地伸手去接："师尊大恩大德，弟子无以为报，区区小伤怎敢麻烦师尊？弟子还是自己……"

徐霜策拿着药膏的那只手略微一抬，道："过来。"

好吧，徐白今天兴致突发，要演师徒情深。

宫惟吸了口气，他最大的好处就是什么戏都能接，当下面色一正："谢过师尊！"随即恭恭敬敬地上前跪坐了下去。

他左肩被鬼修一剑贯穿的伤口已经开始愈合了，盖因在临江都时被医宗弟子抹水泥一样抹了半桶千金圣药——那药换成钱，能一比一打造一个真金的向小园。

但徐霜策手里这瓶药应当更加珍贵罕奇，也不知道那闪烁着珍珠光泽的药气是什么，刚沾上皮肤便一阵冰凉，紧接着创口疼痛完全消失，以肉眼可见的速度飞快干涸、结痂，内里筋骨生长带来难以言喻的麻痒。

"别动。"徐霜策突然抓住了宫惟忍不住要去抓伤口的右手。

徐霜策的手看起来就冷，实际上也确实很冷。他指节经络中蕴含着难以想象的强硬气劲，宫惟的右手一下就被握住了，不上不下定在半空，进退不得。

只听他平淡地吐出两个字："药贵。"

宫惟曾经在徐霜策面前脱光衣服玩水，但那是年幼不知死活时的事了，至少他被任命为刑惩院大院长之后就再没有过。眼下虽然只脱了上衣，但不知怎么宫惟还是非常尴尬，余光偷瞟了徐霜策一眼。

徐霜策的眼睛形状很锋利，因而垂着视线的时候，眼尾睫毛如同一片锐利而

107

有弧度的刀锋。可能是他一贯没什么表情的原因，那张脸给人的第一感觉往往不是俊美，而是无法忽视的、扑面而来的威压。

一丝寒意突然从宫惟心底蹿起。

"你……不能……这么对我……"他听见幻境中自己带着哽咽的喘息突然在耳边响起。

"你不能这么对我，徐霜策……我……"

为什么会有这种幻象？

什么时候发生的事？

宫惟跪坐原地一动不动，瞳孔却无声无息地缩紧了，视线不自觉落在徐霜策身上，顺着他手臂一路向上，着魔般定在了那近在咫尺的咽喉间。

他都那样对待我了——那道清晰的、充满了悲伤和绝望的声音再次从潜意识深处缓缓浮现。

这么近的距离，只要一伸手……

只要一伸手……

"怎么受的伤？"

宫惟蓦然回神，闪电般打了个战："什么？"

徐霜策瞥了他一眼，不动声色道："我问你怎么受的伤。"

宫惟如梦初醒，潮水般的后怕一层层从背后蔓延到脑顶，意识到自己刚才已经在生死线上走了一个来回。

但他来不及平定惊悸，瞬间已露出了一脸羞惭，俯首道："回禀宗主，弟子在临江王府外遭遇鬼修，实在惭愧修为低微，因此才……"

"不是有尉迟骁吗？"

"尉迟公子力战不敌，实在无奈，所以……"

"力战不敌。"徐霜策似有一丝嘲意地重复道。他终于上完药，掌心松开了宫惟的那只手，向后坐回原处。

两人之间的距离总算拉开了。

宫惟难以察觉地微出了口气，立刻披上外衣，杀意、遗憾和恐惧混杂起来的强烈情绪一阵阵冲击耳鼓，轰击着他平静的表面。

"尉迟骁名义上只是家主亲侄，但因为尉迟世家情况特殊，剑宗此生不敢有后。尉迟骁注定是谒金门的继承人，自年幼时便被剑宗亲自抚养教导。"徐霜策把手指沾的药膏慢条斯理擦在丝巾上，道，"如果连他都'力战不敌'，那么整个剑宗世家，大概也都是废物了。"

——你这打击面可真够广的。

徐宗主这目中无人的德行果然十六年没变，宫惟定了定神，俯身心悦诚服："宗主所言极是，剑宗世家如何能与我沧阳宗相提并论。"

"哦，"徐霜策话锋一转，问，"那依爱徒之见，是什么造成了剑宗家比不上沧阳宗？"

宫惟掷地有声："师尊法力冠绝天下，剑宗本人远远不及，故有此天壤之别，请师尊明鉴！"

哪怕是向小园本尊在这里，都不能把马屁拍得如此诚恳、坚决又真情流露。宫惟内心对尉迟锐连道了好几声对不起，心说谁叫你当年一剑劈碎了人家石碑，你看徐大佬这千方百计逼人骂你的架势，分明是还在深深地记着你的仇……

徐霜策道："尉迟锐，字长生，当年与法华仙尊交情极好，过从甚密。"

可能是宫惟多心，刹那间他感觉最后四个字里有一丝森然的戾气。

"尉迟家小儿大多桀骜不驯，眼高手低，不值得相交。离他家远点儿。"

宫惟心说这世上最桀骜的人难道不是你吗，徐霜策？一脸难以言喻地起身应是，但被徐霜策摆手制止了。徐宗主把抹完了的白玉药瓶丢给他示意收起来，突然问："刚才在路上的时候，你说你与法华仙尊不共戴天？"

宫惟正色道："法华仙尊竟然妄图刺杀宗主，实在令人发指，弟子生生世世忠于沧阳宗，绝不与其为伍！"

徐霜策道："你还说你宁死也决不把身体让给法华仙尊还魂？"

"决不！"

"很好。"徐霜策眼光向他一瞥，悠悠道，"但法华仙尊一代宗师，若是他强行夺舍，而你无法阻挡怎么办？"

"……"

好问题啊徐白，你不如去问被歹徒霸凌的少女如何自保名节好了。

宫惟在徐霜策似笑非笑的注视中欲言又止，开口又闭上，开口又闭上，重复数次后终于呼了口气，调整好情绪。

然后他拍案而起，凛然道："那弟子便杀身成仁！"

啪，啪，啪。

徐霜策缓缓拊掌，道："不愧是我沧阳宗弟子。"

宫惟从容作揖，心里把这姓徐的怨骂了十八遍。

紧接着徐霜策不疾不徐道："但你既然是为师爱徒，为师自然是不舍得你杀身成仁的。"

他一伸手，旋风凭空凝聚，裹挟着金光降落在他掌心，蓦然化作一卷通体乌黑、光泽温润、由青绳系起封印的玉简。打开墨玉简一看，里面是无数鲜红小字，密密麻麻，抬头赫然是三个字——《定魂注》。

"此为我沧阳宗秘藏，顾名思义，能将魂魄彻底定在躯壳内。你将此书内的道法融会贯通，任何人即便有通天之能，也不可能再把你的魂魄从这个身体里驱赶走了。"

宫惟心里一沉，面上却没显出异样来，一边恭敬地接过玉简一边问："即便弟子被人蛊惑，或被迫有心献舍，也是不能的，对吗？"

明明是个很简单的问题，徐霜策却不知何故停顿了一下，才避开目光道："是。"

"从今日起你便住在璇玑殿，不用再回外门弟子居所了，每日专修《定魂注》，由我不定时抽查。抽查不过必有重罚。"徐霜策扬手一拂，不欲再与他多谈，"退下吧。"

墨玉简冰凉彻骨，拿在宫惟手里却像是烫手山芋。一旦被这玩意儿把魂魄定住，将来怎么把原主的魂魄换回这具躯体呢？

宫惟站在偏殿窗前唉声叹气，突然只听门外有人冷冷道："何故在此惺惺作态？"

宫惟一回头："哟，师兄！"

徐霜策自己没收徒，但璇玑大殿门前有八位守殿弟子，受他亲自指教多年，在外人眼里看来与沧阳宗传人无异。二十年前从千度镜界幻世出来后，宫惟屡次来找徐霜策玩儿，都在璇玑大殿前吃了闭门羹，后来有一次宫大院长终于被惹恼了，亲手施法把这八名守殿弟子定在山门前，如棺材板一般直挺挺的，然后每人脑门儿上给贴了一张黄符纸，上面龙飞凤舞亲笔题着四个字：棺材瓢子。

来者正是八名外门弟子之首温修阳，如当年一样板着张拒人于千里之外的棺材脸，把食盒放在桌案上："奉宗主令，送饭。"

宫惟叹了口气，吃饭是他在这惨淡人世间最后的慰藉："师兄遣人叫我一声就行了，怎好麻烦你亲自……这是什么？！"

食盒里放着一个描银青瓷大海碗，海碗里是满满的清水煮白菜，半点儿油星不见，如镜面般映照出宫惟空白的表情。

温修阳道："宗主有令，参透《定魂注》之前需悬梁刺股，不可心有杂念，每日二两清水煮菜即可。"

宫惟嘴唇微微颤抖，半晌低声下气恳求："师兄我想吃点儿肉……"

温修阳长得其实并不像棺材，剑眉星目、身量颀长，甚至有几分翩翩少年郎的味道，奈何只要一开口，那棺材瓢子的冰冷死板就扑面而来："没有。"

"师弟我身受重伤，失血过多……"

"不行。"

"师兄……"

"在下并未如你一般，被宗主收为亲徒，'师兄'二字并不敢当。"

宫惟假装没听出他是什么意思："别那么固执嘛师兄。你看，宗主大人教化一方，全沧阳宗上下都是宗主的弟子，不是亲弟子胜似亲弟子！因此你是我的……"

"住口！"

温修阳终于受不了了，扭头就走。宫惟赶紧追了两步："给瓶肉酱也行啊师兄——"紧接着"砰"一声，房门被重重地关上了。

"小棺材瓤子。"宫惟悻悻然搓手，"脑筋如此死板，难怪排行榜上差尉迟骁一位。"

提起尉迟大侄子，宫惟不由陡生想念，原因无他——至少跟尉迟骁、孟云飞他们混的时候口水鸡可以随便吃。那时候嫌人家烦，谁料一朝沦落到住在徐霜策隔壁的地步，便突然觉得连尉迟大侄子都无比慷慨可爱了。

宫惟忧伤地坐在大海碗前，用筷子挑了两根白菜，长叹一口气又扔回碗里，突然手指碰到了一块温热但坚硬的东西。

玉佩。

他陡然来了精神，起身从袖中一掏，果然是尉迟骁的信物，麒麟血玉佩！

当初离开临江都时，他被徐霜策一手提溜着扔进车里，起飞那瞬间透过飘扬的车帘，看见外面尉迟大公子追了两步，冲着他示意腰间的玉佩，迅速做了一句话的口型："有危险叫我！"

但当时一切都太快，宫惟根本来不及回应。回到沧阳山后又疲于应对徐霜策，连一句话都要在心头掂量再三才敢出口，因此便没想起玉佩这回事。

"尉迟骁。"他摩挲着下巴，若有所思道。

各大门派世家都有给人随身佩戴的信物，多为玉佩、金环、吊坠等物，上面多附有秘传护身法咒，危急时刻能自动爆出法术，护主挡灾。二十年前徐霜策化身"白将军"进入幻世前，从沧阳宗带走了一枚金环护身，上面密密麻麻篆刻无数法咒符文，后来又赠给了"徐夫人"作定情信物。那金环就是这样的一件法宝。

不过麒麟血玉佩较之还更胜一筹，因为它附有另一道逆天的防护术——

当佩戴者濒临生死一线时，它能自动破碎替死。

出于这个缘故，麒麟血玉佩珍贵异常，拥有它便等同于多了条命。上一代剑宗临终时将这件法宝交给了幼子尉迟锐，尉迟锐继任剑宗后，又把它交给了自己亡兄的遗子、唯一的侄儿尉迟骁。不过三代人至今没遭遇过濒危必死的危机，因此也没机会让它发挥作用，否则现在已经成一地碎渣了。

"难怪你成天惦记着要讨回去。"宫惟百无聊赖，拎着玉佩晃了晃，"要是我哪天不小心把它给用了可多罪过呀，是吧大侄子？"

话音刚落，玉佩陡然焕发微芒，随即红光一闪！

宫惟一怔，只见玉佩竟然自动爆出了一个千里显形阵，阵法在虚空中纵横交错，紧接着显出了一道熟悉的人影——

尉迟骁两手撑地，满头大汗，上身没穿衣服，身材肌肉近乎完美，正目瞪口呆地看着他。

尉迟骁："……"

宫惟："……"

尉迟骁一骨碌爬起来，大惊失色地抄起勾陈剑："你怎么了？！"

宫惟一手捂眼："无事，莫慌！剑放下说话！"

"……"尉迟骁这才看清他身后的背景是沧阳宗璇玑殿，松了口气怒道，"没有危险你召唤我干什么？"

宫惟略松开一条指缝，从缝隙间露出半只眼睛："嘻，这不没事找你聊聊天嘛。"

尉迟骁顺着他的目光往自己身上一瞅，立马触电似的扔了剑，抓起练功房地上的衣服挡在怀里，面红耳赤地问："你在想什么？我只是在练功而已！你就是存心想偷窥我对吧？！"

"少侠想多了，偷窥你不如去偷窥徐宗主洗澡，还方便点儿。"宫惟笑嘻嘻托起腮说，"再说我也不知道你这信物上附着召唤法咒呀。"

"这不是信物！这只是我……不对，你不知道这玉佩上有召唤法咒？"

宫惟无辜地把两手一摊。

尉迟骁脸更红了，只不知道是气得还是什么："那你刚才一个人的时候，是不是管我叫了什么？！"

宫惟微笑道："自然是'英明威武、义薄云天的尉迟少侠'了。"

"胡说八道！要启动召唤阵，必须要先说出被召唤者的名字，再喊出两人之间真正的关系，再说一遍你刚才管我叫了什么？！"

"……"宫惟望着他大侄子气急败坏又通红的脸，终于悟了。

"看来连你家信物都认同咱俩真正的关系呢，"他温柔地回答，"我好欣慰呀。"

空气一片死寂。

尉迟骁吸气，呼气，再吸气，再呼气。如此重复数遍后他终于睁开眼睛，从齿缝间一字一顿道："下次见面时再不把玉佩还给我，就杀了你！"

然后他猛地挥手，白光一闪，千里显形阵化作千万光点消散于无形。

宫惟一手扶额，忍笑忍得肩头颤抖。

所有憋屈都在调戏尉迟大公子之后烟消云散，半晌他才长吸一口气平静下来，收起玉佩一转身，未尽的笑意瞬间凝固。

偏殿门不知何时已经开了，徐霜策逆光而立，一言不发俯视着他。

第 20 章

宫惟退后半步，笑意瞬间消散，规规矩矩道："弟子见过师尊。"

背光看不清徐霜策的表情，良久才见他一抬脚，跨过门槛，进了屋。

宫惟住的地方虽然是偏殿，但离主殿内室确实只有一墙之隔，格局布置悠然风雅，完全是徐霜策的个人风格——墨玉为栋、鲸骨为梁、碧纱鲛绡为帘，窗外竹林凤尾森森，风拂过传来簌簌的声响。

宫惟只见徐霜策那双不染半分尘埃的白色靴底踏在锃亮的桐木地面上，不紧不慢地绕了一圈，然后才在桌边坐下了，竟然像完全没看到刚才发生的事一般："让你背的书背完了吗？"

宫惟低头道："弟子愚钝。"

徐霜策好似没听见，道："背来听听。"

像《定魂注》这样的仙门卷宗，凡人是无法阅读的，因为每个符文都必须灌注灵力才能阅读，灵力不足者连对着卷宗原样诵读一遍都做不到，更遑论是背了。

宫惟镇定地背了开头两句，停下来想了想，才背出第三句。紧接着越往后越磕磕巴巴，直至四五句后他彻底顿住了，羞惭道："师尊见谅，弟子修为浅薄，只能背出这么多。"

"没有了？"

"没有了。"

徐霜策四根手指在桌面上轮流叩了两遍，好似在沉吟什么，突然道："过来。"

宫惟温顺地俯首上前，还没来得及抬头，突然下颔骨一凉，被徐霜策有力的手指硬生生扳起来，被迫撞上了面前那双黑沉的瞳孔："为师只让你学《定魂注》第一卷，而你却连第一段都没背下来，该如何责罚呢？"

宫惟纹丝不动："弟子愚钝，但请师尊问罪。"

"你真的愚钝吗？为师看未必吧。"

"回禀师尊，弟子多年不能结丹，全宗门上下皆知。弟子实在惭愧！"

徐霜策："……"

两人距离不过咫尺，连最轻微的呼吸都清晰可辨。

113

徐霜策突然道:"你跟我来。"

宫惟手腕一紧,跟跄着被拉出了门,径直往主殿而去。

徐霜策身高腿长步伐快,宫惟连走带跑才跟得上他,沿着百转千回的青石长廊走了足足一炷香工夫,视野陡然开阔,山风扑面而至,竟然来到了璇玑大殿正门前。

一排排宽阔的汉白玉长阶次第而下,徐霜策收住脚步,站在台阶最顶端,风呼然扬起他威严宽阔的白金袍裾:

"资质愚钝又不知努力,令为师满腔期望尽付东流,该当何罪?"

"向小园"嗫嚅半晌,眼眶一红,心说你这便宜师尊什么时候对我满腔期待了:"弟、弟子错了,求师尊饶恕,下次再、再也不敢了……"

徐霜策冷冷道:"为师当赏罚分明,绝不可轻易饶恕。"

——不可轻易饶恕?

宫惟余光瞟见徐霜策身后那一望无际的玉阶,气势恢宏,层层叠叠,尽头穿过桃花林,便是直通下山的路,心头陡然浮现出一个好到令人震惊的猜测。

"师……师尊难道要将弟子逐出师门?"

宫惟难以置信地摇着头,紧接着膝盖一软,扑通跪地,眼眶里迅速涌上逼真的泪水:"千万不要啊师尊!虽然弟子名声不好,亦不中用,庸懦偷懒,在外人人皆以为耻……但弟子是真心仰慕师尊威仪的!求您千万别把弟子除名赶下山去啊!"

徐霜策在宫惟充满希望的注视中垂下眼睛,表情无动于衷:"死罪可免,活罪难逃。"

然后他略一顿,道:"且罚你把这九层长阶打扫干净吧,扫帚在那儿。"

"……"

长久的静默后,宫惟颤声:"啊?"

半个时辰后,宫大院长拿着长扫帚面无表情地——

唰——唰——

璇玑殿大门外共有玉阶九段,每段九层,每层九级,莹白如雪无一丝杂色,如镜面般映着近在咫尺的天穹和苍茫巍峨的山巅。远处桃花浩瀚似海,一阵风吹来,便纷纷扬扬飘在檐角、长廊与他脚下。

徐霜策是天外飞仙,其寝殿也落英缤纷,不似人间。

于是宫惟唰唰扫了半个时辰,都没能把不停飘来的桃花瓣给扫干净。

"这里。"徐霜策示意自己脚下。

徐宗主竟然移了张桌案到大殿门口,坐在长阶顶端看书,在翻页与品茗的间隙亲自指导工作。他大概是习惯了当所有人目光的中心,不能忍受一丝一毫的疏远或轻忽;只要宫惟逐级而下扫出去三丈远,就会听到头顶传来一声惜字如金的:"这里——"

然后宫大院长的满怀怨气顿时像被戳破了的球,刺溜一声窜了个干净,提着扫帚乖乖凑到他身边,去打扫徐宗主尊贵的脚底。

徐霜策身上有种冬日初雪后冰晶覆盖着白檀木的味道。宫惟年幼时不懂事,经常凑过去闻,有一次徐霜策来岱山仙盟做客,被他两手吊在脖子上挂了半个时辰。徐宗主涵养、耐力惊人,其间一直该喝茶喝茶,该干吗干吗,挂件一般的宫惟最终被闻讯而来的应恺徒手硬撕下来了事。

这个人确实有着非同一般的耐性。那年他手把手教宫惟写自己的名字,反反复复教了十余遍,虽然要求严苛,但没有半点儿不耐烦。后来宫惟一直觉得徐霜策要是肯收徒的话,一定是个很耐心的师尊,可惜直到他死那年都没见到徐宗主收入室弟子。

"道侣。"徐霜策翻过一页书,突然开口道。

宫惟回过神来,心里一咯噔。

徐霜策淡淡道:"知道'道侣'是什么意思吗?"

宫惟迟疑片刻,谨慎道:"志同道合、缘法相济,可以结伴彼此见证大道,故称道侣。"

"那你知道什么样的人可以结为道侣吗?"

宫惟想了想,道:"灵根识海互补,四柱八字相合?"

徐霜策不语。

"灵力阴阳相济,修炼事半功倍?"

徐霜策还是不置可否。

不知道为什么,宫惟觉得他此刻眼神几乎是阴沉的,但仔细观察的话那张常年冰封般的面孔分明又没有丝毫变化。

"名门正派,门当户对?需征得师尊长辈同意?结道侣前需守礼守节,然后通报仙盟,再昭告天下?"

再说下去宫惟就要搜肠刮肚了,但漫长的沉默之后,只见徐霜策闭上眼睛,呼了口气。

"忘了。"他轻声道,"你根本不懂。"

宫惟皱眉回忆自己以前念过的道法经卷,完全不明白自己到底有哪里不懂——正当这时,只见徐霜策抬头看向他,话锋一转:"你知不知道方才为师为何没有把你逐出宗门,放归山下?"

终于不再讨论尉迟骁这个危险的话题了，宫惟立刻诚恳长揖："弟子不知，请师尊示下。"

　　徐霜策道："虽然你身为半妖，不能结丹，注定无法在漫漫仙途上更进一步；但为人师者当有教无类，厚德载物，诲人不倦。"

　　"师尊英明。"

　　"稚子贪玩不知勤勉，当小惩大诫。为师希望你能够以此为动力，从明日起既要劳逸结合，亦需一心向学，明白了吗？"

　　宫惟感动道："弟子明白了！"

　　徐霜策"嗯"了声，看着书一摆手。

　　宫惟立刻拖着扫帚倒退三步，低头开始扫台阶，瞬间扫出去了十丈远。

　　正当这时，远处长阶尽头突然出现了温修阳的身影，他大步流星登上雪白的玉阶，一边走一边向着顶端的徐霜策行礼："弟子拜见宗主！宗主，盛师弟他——"

　　温修阳的声音同脚步一齐戛然而止，满面震惊看着台阶上方正拿着扫帚埋头唰唰唰的宫惟，好似自己在做梦："你……你在干什么？"

　　宫惟毕恭毕敬深施一礼："师兄好，我见师尊这寝殿台阶脏了，我来为师尊扫扫地。"

　　温修阳："……"

　　徐霜策遥遥问："何事？"

　　温修阳赶紧上前，一撩衣袍跪下："回禀宗主，盛师弟他七日刑罚之期已满，是否可以从寒山狱中出来了？"

　　宫惟听见寒山狱，抽了口气。

　　大凡仙门名家，都有各种各样以极端严酷手法改造的刑罚之地，一方面惩罚犯了门规家规的子弟，另一方面在惩罚的过程中又能极大精进弟子修为，只是痛苦难熬罢了。沧阳宗所设"八狱"正是为此。

　　宫惟曾经被迫参观过"八狱"之一的寒山狱，那是"徐夫人"不幸身亡以后两人关系极度恶化的时期，徐宗主下令严禁宫院长踏上沧阳山半步，奈何狗胆包天的宫惟就是喜欢三更半夜跑来作死。有一天晚上他又来找徐霜策玩儿，正巧遇见徐霜策在借酒亲手画亡妻遗像；宫惟只不过客观评价了一下"画得不像"以及友善提出"需要我帮你画一张正面像吗"的意见，就被徐霜策大怒之下拔剑刺伤了眼睛。捂着右眼的宫惟还不死心，凑上来捉弄他，结果被勃然震怒的徐宗主一把拎起后脖子，一路御剑飞到寒山狱上方——要不是他溜得快，险些就被丢进去了。

　　宫院长如此修为，溜回仙盟后都打了半个月的喷嚏，可见要是有人真进了寒山狱待满七天,又会是个怎样的光景。

徐霜策又翻了页书,才道:"看看吧。"

温修阳立刻顿首,然后回手一扬,喝道:"起!"

一道显形法阵顿时在半空铺开,对面是阴森幽绿的寒山冰潭,妖风阵阵、万鬼哀号。一个面盖白霜、全身蓝色血管道道浮现的青年弟子仅着单衣,一见徐霜策立刻发着抖想爬起来,奈何双腿已然结冰,最终"扑通"一声踉跄跪了下去,哆哆嗦嗦道:"弟子拜、拜……拜见宗主!"

宫惟上下打量他几眼,心说这小哥真有点儿惨,寒气已入肺腑,虽然在极端痛苦的外界环境催动下功力必然精进,但未来相当长一段时间必然伤痛缠身,搞不好还得有几天生不如死的日子。他认出这人是八名守殿弟子之一,应该是个排位第七还是第八的年轻师弟,不由暗暗好奇:这得是犯了多大的过错才会被施以如此重罚?

徐霜策问:"你可知错了?"

年轻人舌头冻木了,连话都说不完全:"弟……弟子愚钝,一连三日不能背下整本《洗剑集》,辜负宗主厚望。弟子该罚!!"

宫惟:"……"

徐霜策道:"既知愚钝,更该勤勉。回去好好念书吧,三日后再行考校。如再不成,刑罚加倍。"

年轻弟子立马磕头,结果这一磕下去就硬是爬不起来了,被几名侍从赶紧上前架了出去,显形法阵随之消失。

徐霜策目光一转,不紧不慢地问:"爱徒,你怎么了?"

宫惟一脸青白地站在那儿,欲言又止。

半晌他终于深吸一口气,满面真挚俯身拜下,动情道:"师尊!弟子突然求知若渴,极想回去背《定魂注》,弟子觉得这次一定可以不负师尊重望!"

徐霜策皱起眉头:"爱徒缘何这样逼迫自己,不是才说要劳逸结合的吗?"

宫惟立刻:"不不,师尊对弟子恩重如山,弟子委实不敢辜负!"

站在一边目瞪口呆的温修阳:"……"

徐霜策这才"唔"了声,欣然地一摆手:"爱徒如此勤勉,为师心怀甚慰。去吧。"

宫惟不用他再多说一个字,拎着扫帚落荒而逃。

宫惟从小学任何东西都很快,他被应恺捡上岱山时连话都不会说,但后来修习仙门秘卷却能触类旁通,仿佛生下来就对玄门道法有种天然的亲切感。当年北陵有个邪修创立的"伏鬼门",秘密修行一道禁术,叫作"密通阴阳混沌大法咒"。应恺得知后亲自清剿抄家,那邪修狗急跳墙之下,竟然一把金火烧了整驾马车的禁术经卷,妄图以此毁掉证据。谁料宫惟当时闲极无聊,在起火之前偷看过所有竹简,过目不忘,转瞬成诵,回仙盟后拿笔一气呵成默写出了所有经文,以此为证据才定了那掌门的罪。

但他学东西快,不代表"向小园"学东西也快。

宫惟挑灯夜战,呕心沥血,辛苦诵读,余音绕梁。深夜的璇玑大殿空旷而安静,徐霜策在灯下默然写字,只听偏殿里抑扬顿挫的念书声远远传来,时高时低,时幽怨凝绝,时慷慨激昂,仿佛二百只青蛙在荷塘里扯着嗓子乱嚷;立于大柱后的温修阳咬牙忍耐半晌,终于忍不住了:"宗主,要不要弟子去——"

"不用。"

徐霜策侧影如剑锋般年轻挺拔,烛火中看不清神情,只听见狼毫着于纸端时沙沙的细微声响。

温修阳脑内默念静心咒三遍,奈何远处那叽叽呱呱的魔音一个劲往耳朵里钻,终于再次忍无可忍:"宗主,不如弟子……"

徐霜策眼皮一抬,目光冰冷彻骨:"何事?"

不知从何而来的寒意突然从心头蹿起,堵住了他即将出口的话。

"无、无事。"温修阳喉咙用力一滑,那数秒间绞尽脑汁,急中生智道:"就……就突然想起宗主仿佛不再随身佩剑了。"

头顶没有传来回答。

"好、好像从临江都回来之后就没见过不奈何了,不知宗主是将神剑奉于天极塔了吗?弟子只是想着……"

"是吗?"徐霜策打断了温修阳越来越干巴巴的解释。

而后他静默片刻,才道:"你要是听不下去就先走吧。"

温修阳哪敢再分辩,一言不发地行了礼,后退着出了高深空旷的主殿。

远处偏殿灯火通明,遥遥传来"向小园"情绪饱满、奋力朗读的念书声,这音量一人能抵一整座学堂,任谁来了都要忍着牙疼赞一声这孩子刻苦用功。温修阳顺着长廊走了会儿,不知怎么脑子里老是在想这些天来的一件件小事情,越想越有种说不出的古怪,好似水中望月、雾里看花,影影绰绰的,却什么都理不清。

他忍不住站定了脚步,向偏殿看去,目光突然凝住了。

月光下的重檐琉璃顶反射着青色光晕,汉白玉长廊边的一道道石柱由近而远。长廊尽头偏殿外,槛窗格透出模糊的灯火,映亮了门阶下一道沉沉的侧影。

是徐宗主。

徐霜策面对着虚掩的殿门，一声不吭立于阶下。月影中徐霜策的脊背、肩线乃至于下颌骨似乎都绷得非常紧，紧到让人突然生出一种非常怪异的感觉；但上半边侧脸却完全隐没在了暗处。

良久他袍裾终于动了动，缓步踏上台阶，伸手似乎要去推开殿门。

——这一动，他藏在阴影中的眼神终于落在了温修阳视线里。

当啷！

目睹这一刻的瞬间，温修阳悚然之下倒退半步，腰间玉佩撞在石柱上，徐霜策的动作霎时顿住。

温修阳："……"

世界仿佛都凝固了，温修阳瞳孔紧缩，脑海一片空白。

每根神经都在叫嚣着要他立刻避开，但事实是他连转开视线都做不到，只能眼睁睁看着徐霜策转过头来，那对黑沉沉的眼睛意义不明地望了自己一眼。

然后他就这么走下台阶，步伐从容，一言不发地转身离开了。

直到那背影完全消失在了长廊尽头，温修阳才猛然回过神来，又向后踉跄了半步才站稳。

深夜的庭院中只剩下他一个人，远处琅琅读书声还在继续。夜风吹来，温修阳骤然打了个寒噤，这才发现自己已经汗透重衣，撞碎的玉佩裂成几块落在脚边。

他俯身捡起碎玉，手指因为惊疑而微微发颤，脑海中不断浮现出刚才徐霜策向那虚掩殿门伸出手时的眼神——

若不是因为知道这是沧阳山，他甚至会以为堂堂的沧阳宗主被某种邪物附身了。那眼神仿佛是一头在囚笼中绝望到了极处，而濒临发狂的魔兽。

第 21 章

翌日清晨，一名白衣银甲、面如冠玉的年轻人站在璇玑大殿门外，剑眉深锁，似有憔悴，上前半步又退下，走了两步又站住，仿佛迟迟下不了决心。

守殿弟子终于忍不住了："您这是怎么了，温师兄？"

此人正是温修阳，闻言长长呼了口气，一咬牙说："没事。"随即表情僵硬地上前推开了门。

晨光穿过青翠竹林，透过黑玉雕花窗，映照在殿内相对而坐的两人身上。徐霜策不论什么时候都面无表情且身形端直，象牙白衣袍滚缀黑边，绣有金色的沧阳宗徽。他对面的少年十六七岁，侧脸在晨曦中透明得仿佛能泛出光来，正磕磕巴巴地背着书，正是宫惟。

温修阳不敢抬头，站定施礼道："宗主，弟子来当值了。"

徐霜策并未看他，只一摆手。

宫惟倒是从蒲团上爬起来要向师兄行礼，但他一动就被徐霜策拦住了："背你的。"

温修阳低垂视线退到大殿内石柱边，只听宫惟"噢"了声，坐下来继续背书。

大概是昨日徐师尊的深情厚望感动了上苍，天资愚钝的爱徒发奋苦读一晚上，竟然把《定魂注》第一卷背了个七七八八。虽然背诵中途时有错漏，但徐师尊只要眉头轻轻一皱，察言观色的爱徒便立马改口自动纠正。如此重复了个十八九遍，终于磕磕绊绊地背到了结尾，还剩最后两三句实在力有不逮，反复纠正拖拉了小半个时辰才终于背完，长长松了口气。

徐霜策道："虽能背诵，太过生疏。"

宫惟只是想拖延时间，并不想被他随手送进寒山狱关个三五天，马上道："弟子不敢辜负师尊的谆谆教诲，昨晚明明已经背熟了，只是眼下见到师尊便心情紧张，所以才顾此失彼。弟子回去再苦读两日，一定能把第一卷全篇流利背诵下来，请师尊明鉴！"

徐霜策皱眉问："为何紧张？"

宫惟郑重道："此乃宗主大人神威慑人之故。"

"但本宗主是你师尊。"

宫惟立刻："是。"

"所以你一见为师，便该心生亲近，为何会被神威所慑？"

宫惟："……"

徐霜策道："所以还是不够勤勉的缘故。"语气中已透出了一丝微微的不满。

宫惟："……"

宫惟僵立良久，竟无言以对。

"师尊慧眼如炬，弟子实在佩服！"半晌他猛吸了口气，叩首沉痛道，"弟子方才背诵生疏，确实是另有难以启齿的原因！"

徐霜策"哦"了声："什么原因？"

"弟子昨晚苦读整夜，一心只想着不能辜负师尊的辛勤教导和殷殷厚望，因此无心饮食，连早膳都没好好吃。弟子刚才不能流利背诵第一卷，盖因腹中饥饿难忍，只需回去用过午膳，保证就好了。请师尊明鉴！"

大殿一片安静。

徐霜策："……"

徐霜策定定看着宫惟，那张从来罕有表情的面孔不动声色，宫惟甚至能从他深井般的眼底里看见自己的倒影，半响才听他开口说："很有道理。"

如果刚才温修阳只是不敢出声的话，那么现在他胸腔中的心脏都要停跳了。

只见徐霜策一伸手，半空捏了个千里传物法诀，随即他面前的一只描银青瓷碟中蓦然闪现出绯光，整整齐齐出现了四只既大又圆的桃子！

"叮"一声轻响，他缓缓把瓷碟放在了宫惟面前。

水蜜桃果皮如玉，毫无瑕疵，散发着诱人的清香，一见即知并非凡品——当然不是凡品。徐宗主寝殿外桃林四季不败，全天下都知道那是怎样才养成的。

法华仙尊宫惟久久凝视这四个桃子，感动得不能直视，半响道："师尊，弟子满心惶恐，竟无言以对……"

徐霜策道："无须多言。吃吧。"

宫惟在对面压迫感极强的凝视下拿起一个桃子，颤抖着手咬了一口，感觉跟活吞自己血肉无异。

——不过仔细想来确实也无甚差别，反正只要他死而复生的事被徐霜策发现了，保不准下场比生吞自己血肉还惨，徐大佬绝对有一万种办法让他后悔自己为什么要活回来。

他囫囵啃完了四个桃子，发现自己鲜血滋养过的桃花结出来的果实竟然真的更好吃，内心不由更沉痛了，放下桃核道："师尊，我……"

一块银色丝绢裹着白檀气息当头而下，正巧盖住了他湿漉漉的手指。

徐霜策说："擦擦。"

宫惟捧着徐宗主的丝绢，如同捧着圣旨神谕，艰难地擦了手。

"饱了吗？"

要是不饱外面还有成千上万个桃子等着，宫惟立刻十分感动："饱了。"

"现在能好好背书了？"

"能！"

这次师尊的深情厚望不仅感动了上苍，也感动了爱徒，整第一卷《定魂注》背得是熟练无匹，中间虽有数次磕巴，但一个错都没犯，仿佛昨晚荷塘里的二百只青蛙重现人间。直到宫惟背完最后一个字，徐霜策终于"唔"了声，道：

"这次尚可。"

何止是尚可，对"向小园"来说简直是超水平发挥了。宫惟想起自己被他教写字，不论写得多好，得到的都是冷冰冰一句"尚可"，不由心想徐大佬夸人还是这么吝啬，必然是小心眼吧。

他微微睁大眼睛看着徐霜策,却见徐宗主沉吟片刻,似乎在迟疑什么。

"罢了。"他最终没说什么,只一摆手道,"去玩吧。"

宫惟心头掠过一丝微妙的异样,但他也说不清那是否就是人们所说的失望,于是低头应了个"是",起身倒退数步,又恭恭敬敬道了句:"师兄我走啦。"然后才掉头轻快地出了大殿。

风从远处而来,卷着几点绯红桃瓣,掠过巍峨如仙境般的璇玑殿。

少年轻巧地跃过门槛,他背着手,衣袖在徐霜策专注的瞳底扬起一道弧度,随即隐没在了白玉长阶尽头。

大殿内静默半晌,温修阳盯着自己脚下的地面,全身肌肉紧绷如弓,突然听见前方徐霜策淡淡道:"修阳。"

"是。"

"我看你似乎有话要说?"

殿外的风声不知何时静止了,温修阳感觉咽喉如同被无形的铁丝揪紧,半晌才听见自己干涩的声音道:"回禀宗主,弟子无话要说。"

"是吗?"

每一秒都漫长得像是永无尽头,温修阳背后的衣物被汗水一丝丝渗透。不知过了多久,徐霜策的声音终于再次从他头顶响了起来,一字一句缓慢清晰:"那我再赐你一枚玉佩,下次务必小心,不要再摔碎了。"

那口窒息的气终于从温修阳咽喉里猛然松了出来,但所幸被他屈膝"咚"一声闷响盖了过去,颤声道:"谢宗主!"

咚!

一枚石子在水面打了三个漂,完美荡开一圈涟漪。

宫惟是个实诚人,徐霜策让他自己去玩儿,他就真去玩儿了——不玩难道回去继续背那要命的《定魂注》不成?

璇玑殿大得可怕,他从没机会进来好好逛过,直到今天才发现它的内殿部分简直是座建筑群,亭台楼阁、轩榭廊坊全都有;历代沧阳宗主都不轻易入世,常年高居于山巅上也没事干,估计就整天琢磨着搞建筑设计了。

他一路走一路逛,一直晃荡了大半日才走到建筑群尽头,更远便是深深的山涧。一道栈桥连接天堑,通向另一端广袤无人的山脉,宫惟正打算原路折返,突然脚步一顿。

远处淡蓝色的群山中,隐约现出一道琉璃瓦白银飞檐,竟然还有建筑。

宫惟从不知道沧阳宗那么远的荒山中竟然还藏着宫殿，而且与徐霜策的居所遥相正对，隐隐呈现出匹配之势。他的第一个反应是历代宗主的陵寝，当即好奇心大起，心说我只知道徐霜策活着的时候住什么样房子，还没见过他死以后要睡什么样的墓，眼瞅周围空旷无人，便蹑手蹑脚地走上了栈桥。

他步伐远比一般人轻快，蹦蹦跳跳地走了大半个时辰，眼前豁然开朗。只见一座巨大的宫殿坐落在枯林掩映中，三面飞檐，龙沟凤滴，一望无际的白银拱顶在晦暗天穹下，越发静寂华美，却有种扑面而来的压迫感。

殿门虚掩着，像是很久都没有人来过了，周围山林安静得一声鸟啼都不闻。

宫惟背着手，仰头打量这座宫殿，心中陡然涌起一丝怪异的感觉。

这座建筑不像阴宅，但它的制式太压抑了，仿佛建造者想用它来死死地镇压住什么。

是哪一任宗主在此立殿的？

想用它来做什么呢？

他轻轻走上台阶，伸手推开殿门，一股轻风随之拂进殿内，将层层叠叠的绯色轻纱漫卷而起，犹如刹那盛开了无边的桃花。

宽阔的桐木地板向远处延伸，尽头是巨大鲸骨隔成的十二扇屏门，此刻正敞开着。

宫惟在屏门前站住了脚步，四下打量半晌，觉得似乎有哪里违和，但又说不上来。

他见过徐霜策睡的床，四方宽敞、又硬又平，就像其主人的性格一样严苛又冷硬；但这间内室却高床软枕，轻纱掩映，青玉案上摆着笔架宣纸，博古架上陈设着各色玩器，琳琅满目、极富趣味，与徐霜策的风格大相径庭。象牙白的墙壁上还装裱着一套十二幅古画，乃是玄门弟子开蒙时人人都听过的道经传说故事《鬼太子迎亲》。

这套图明显已经有年头了，整体都已经褪色泛黄，宫惟的目光落在中间第八幅上，眼皮突然一跳。

那图上画的是一头火红的小狐狸吹唢呐，憨态可掬，活灵活现，任谁见了都倍觉可爱。但画卷下角却被突兀地喷溅上了什么痕迹，星星点点，已经随着岁月流逝而褪成了暗红。

那是咯上去的一口血。

宫惟疑惑地站在那里，眼角余光突然一动，不寒而栗地看见了另一样东西——

那张图下的青玉案上，端端正正供着一把无比眼熟的短刀，刀锋至今淬着幽蓝色细碎的光芒。

是十六年前升仙台上没能杀死徐霜策的那把匕首！

大乘境宗师百毒不侵，唯独数十年前伏鬼门所创造的《密通阴阳混沌大法咒》，开篇就记载了一种专门炼制九重黄泉水的奇法，称为阴间圣药，对大乘期修士来说却是世间唯一见血封灵脉的剧毒。

伏鬼门早已被剿灭，其邪门禁术也被永久封存，但宫惟却是一支笔默写过所有卷宗的人。当年他用这黄泉剧毒刺杀徐霜策未果，其后匕首不知所终，原本以为它早已被应恺永久封存在了仙盟惩舒宫，谁料今天竟然猝不及防又看见了它。

这把至凶之刃，为何会在这里？

寒意从心底蹿起，宫惟退后半步，猛地抬眼张望四周，终于发现了违和之处到底在哪儿。

——这殿中房梁、屏门、窗棂乃至于卧榻上都雕刻着不明显的花纹，定睛一看却不是寻常装饰，而是禁咒符图，其数量之密、法力之深都堪称前所未有，一旦所有禁咒同时发动，连大罗金仙都能被困死在这里。

这大殿不是陵寝，是一座巨大的囚笼！

"谁在殿中？！"

窗外突然传来一声喝问，宫惟觅声回头——此地竟然有人！

他略一思忖，没有吭声，略向墙角让了两步。门外那声音没听见回答，再开口时陡然严厉起来："山下阵法已破，是否有人进了殿中？"

宫惟："……"

"此乃宗门重地，给我出来！"

宫惟心内惊疑，定在原地尚未动作，只见一道剑光唰地穿透窗棂间隙，迅猛劲疾无比，直向他面门斩来！

宫惟飞身骤退，那道剑光却如闪电般紧追不舍，转瞬逼出数丈。殿门已近在身后，宫惟眉头微跳，二指并拢捏住剑光，那毒蛇般的锋芒在指间仿佛突然被拔掉了毒牙，随即被他一绕——

狠厉的锋芒在那一绕间，便贴着他的手腕化为乌有。

紧接着"轰"一声殿门被撞开，宫惟毫不挣扎，当着来人的面直接顺台阶滚了下去。

"什么人？！"

宫惟刚仰天栽倒在地，便被一把剑的剑锋指住了鼻端。

来者是个神情凌厉的年轻人，白衣银甲、银冠束发，与温修阳同样装束，显然也是徐霜策钦点的八名守殿弟子之一。年纪看着比温修阳略小两岁，长相非常端正，只是脸色青白发灰，脖颈、手背处蓝紫色血管暴凸，明显是寒气深重尚未恢复的原因。

宫惟想起他是谁了，变戏法般脸色一变，激动而亲切地道："鸡兄！"

"……"

"你认不出师弟我了吗，鸡兄？！"

"……"

温修阳排行最末的亲师弟、玄门中号称"盛煞星"、被宫院长亲手贴条在脑门儿上的小棺材瓢子——盛博，昨天才从寒山狱里被放出来，浑然不知自己只是被杀给猴看的那只鸡。

他一脸空白瞪着宫惟，半晌狐疑道："你不是那个外门弟子向小园吗？你在这里干什么？"

发现不是歹人，盛博明晃晃的剑尖好歹移开了半寸，宫惟趁隙一滑便爬起来，双手一抹脸，瞬间变得泫然欲泣："师兄我迷路了，我也不知道怎么的过了个桥就来到了这里，里面好黑，我好害怕，一个人都没有，我不知道怎么出去……"

盛博不是好糊弄的："迷路能迷到这儿？"

宫惟可怜巴巴说："师兄你千万别告诉宗主，那个书我真的背不出来。宗主说晚上还要再检查，背不出来要罚关寒山狱，我就——我就——"

气氛凝固半晌，盛博难以置信道："你想躲起来？！"

宫惟掩面凝噎："嘤。"

盛博额角剧烈抽动，半晌才重重吸了口气，下一瞬破口大骂："胡闹！被宗主亲自检查功课那是三生有幸，怎敢推诿藏躲，还在宗门重地满山乱跑！你可知这里是什么地方？！"

宫惟动作凝住了。

他捂着脸的手松开一条指缝，从缝隙间更加委屈地偷看盛博，哽咽道："我、我听说是前任宗主的陵寝……"

"谁说的？这是二十年前宗主亲自督造的禁地，除宗主以外再没人进去过！"盛博语气十分凶狠，"二十年来人人皆知，擅闯此殿者，格杀勿论！"

第 22 章

——竟然真是徐霜策。

可他弄这鬼地方打算干什么？

还有人知道这不是什么宫殿禁地，而是牢狱吗？

宫惟心念电转，盛博却以为这以脑子缺根弦出名的小师弟被吓傻了，皱眉怒斥："起来！你擅闯禁地，还不随我回璇玑殿见宗主？"

"……"宫惟放下手，傻乎乎盯着他，少顷懵懂道，"盛师兄，对不起。"

"怎么？"

"你刚才那一剑我接不住，躲开了，剑光劈坏了宗主挂在墙上的《鬼太子迎亲》图。"

盛博："……"

"师兄的剑法好厉害！"宫惟一脸仰慕，啪啪用力鼓掌道，"墙上被师兄劈开了好大一条缝呢！"

盛博："……"

盛小煞星本来就青白的脸现在堪称毫无人色，瞳孔战栗半晌，终于一把抓住宫惟的手，颤抖着挤出强笑："什么剑光？什么《鬼太子迎亲》图？向师弟你糊涂了，你明明根本没进殿，如何知道殿中墙上挂着什么画？"

"但我——"

"擅闯禁地者死，师兄怎忍心见你被宗主赐死？从今以后万万不可对人说起这座禁殿，师兄也会替你保密的，明白了没？"

"可是——"

盛博抓狂摇晃他肩膀："没有可是！乱说话就会死！就当今天什么都没发生过，听明白了？！"

宫惟黑白分明的眼睛眨了眨，终于乖乖"哦"了声："听明白了。"

盛博松了口气，忙不迭把他拉起来："赶紧走，我送你下山！"

盛博在玄门中诨名极盛，然而再煞的星见了徐霜策都害怕，借他一百二十个胆子也不敢进殿去查看被劈坏了的画和墙，只得心惊胆战地把宫惟送过了栈桥，回到璇玑大殿地界内，又拧着耳朵再三警告，逼得宫惟赌咒发誓绝不把今天的事说出去，然后才一步三回头地走了。

宫惟悻悻揉着被揪红的耳朵，特地绕了一大圈避开徐霜策的主殿，回到偏殿自己的住处，一头倒在床上，脑子里不断浮现出今天在禁殿中所见到的一切。

那压抑到极点的穹顶，重重深锁的殿门，一笔笔刻下的成千上万的禁锢符咒，以及不似真切的满殿轻纱与高床软枕……都化作无数画面在脑海中盘旋远去，最终凝固成了那张喜庆的小狐狸吹唢呐图。

以及画上那口陈年的血。

不知道为什么，宫惟总觉得这次回来，徐霜策隐隐有哪里不一样了。

那张威严、疏远、居高临下的面孔下,似乎隐藏着某种暴戾的端倪,就像深潭水底足以撕裂一切的暗流。

但他不知道那是什么。

宫惟思来想去不得其法,这具身体撑不起他强大的元神,意识渐渐有些模糊了。恍惚中他仿佛出了这道门,魂魄在半空中飘飘摇摇,倏然来到了一座广阔的高台,脚下白玉宽砖不见丝毫杂色,铺得望不到边际;远处山川间矗立着一座巨大玉碑,龙飞凤舞地篆刻着三个大字——升仙台。

升仙台?

宫惟瞳孔瞬间缩紧,蓦然转头——

下一刻左胸剧痛,被一剑贯心!

"……"他死死抓住剑身,颤抖道,"徐霜策……"

徐霜策长身而立,高挺眉骨刻下浓重的阴影,让他根本看不清表情,只能看见平直的薄唇。

"我……"宫惟听见自己喘息的声音说,"你……你不能这么对我……"

——为什么痛苦和绝望都如此真实?

为什么镜术中已经历过一遍的幻境竟然会重演?

宫惟不由自主睁大了眼睛,他看见徐霜策终于微俯下身,露出了那双冰冷深黑、弥漫血丝的眼睛,在他耳边一字一顿道:"宫惟,你只是……"

狂风骤然轰鸣而过,淹没了他后面的半句话。

与此同时,宫惟视线越过徐霜策,愕然看清了他身后的惨况。

数十名宗师掌门浴血倒地,令整座升仙台化为血肉地狱,惨号呻吟不绝于耳,但更多人只是头破血流,倒在龟裂的地上、倚在血迹斑斑的金柱边,一动不动,生死不知。

不远处一人仗剑撑地,勉强站起身,只见腹部被利器贯穿,鲜血浸透了鹰背褐色的剑宗长袍,赫然是剑宗尉迟锐!

宫惟如同坠入了噩梦的旋涡里,他来不及去想是谁把好友伤成了这样,便只见尉迟锐咬牙拔剑,竭尽全力,如泰山压顶般的一剑浩荡劈来——

锵!

徐霜策头也不回,抬手一挡。

剑锋重砸上他的护臂,被硬生生架在了半空。

巨响回荡不绝,一口血自尉迟锐喉间喷出,当场飞溅在徐霜策缓缓飘落的袍袖上。与此同时,他耗尽了最后的力气,颓然跪倒在地:"不……不能……"

宫惟濒死喘息着,只见尉迟锐越过徐霜策看向自己,每个字都充满了绝望:

"不能……让他……"

不能让他什么？

那座升仙台上到底曾经发生过什么？！

宫惟头痛欲裂，蓦然双眼一睁，直直从床上坐起身，差点儿迎面撞上了面前一人的鼻子："啊！"

梦境唰地退去，只见窗外月色皎洁，桃花瓣随风拂过夜空，床角硕大的夜明珠正焕发着光辉。一道纵横交错的召唤阵出现在半空中，阵法中心是一个绝对不应该出现在此刻的人。

宫惟头痛欲裂地揉着额角："尉迟骁？"

尉迟骁僵在床边，大概是猝不及防遁走未遂，那张俊脸上表情难堪青红交错，少顷果断决定先发制人："为什么你做梦要叫徐宗主的名字？"

宫惟反问："为什么你半夜出现在我房里？"

"你刚才梦见什么了？"

"你专门站我床头偷窥我睡觉是吗？"

"我没有！"尉迟骁恼羞成怒，连耳朵都红了，"我只是突然想起一件事，顺带过来问一声，恰好看见你枕头底下有东西，一时好奇罢了。"

宫惟低头一看，玉枕下果然压着蓝封书册的角，他顺手抽出来定睛一瞧。

《黄泉不老情》。

封面是一位白袍金冠负剑、俊美如同谪仙的男子，正与面前苍白俊秀的少年对视，两人都面色悲苦，惟妙惟肖。

难以言喻的安静笼罩了整个房间。

宫惟顺手把这奇书塞回枕头下，镇定道："临江都带回来的，没找到机会扔而已。"

尉迟骁认真问："你知道这书要是被发现的话，你会被徐宗主亲手剐了喂狗，对吧？"

宫惟反唇相讥："你知道要是你半夜三更偷窥沧阳宗弟子睡觉的事被发现的话，你也会被剐了喂狗，对吧？"

"说了我没有！"

"那你就是来偷看这本书的！"

"纯属污蔑！"尉迟骁差点儿没控制好音量，立刻咬着牙压低，用只能两人听见的声音怒道，"我只是突然想起一件事，随便过来问一声罢了！"

"什么事？"

尉迟骁的表情看上去仿佛很想甩手就走,但某个困扰他许久的疑问又迫使他站住了,强忍片刻后生硬道:"你上次说……"

"嗯?"

"你说偷窥我不如偷窥徐宗主方便。"

宫惟:"……"

尉迟骁劈头盖脸训斥:"虽然你总是这样行为不检、品行不端、只要见了个相貌端正点儿的路人就走不动道——但沧阳宗外门弟子居所距离璇玑大殿甚远,偷窥方便是什么意思?你换地方住了?为什么?"

三更半夜一片安静,宫惟用一种全新的目光久久瞠视尉迟大公子,仿佛今天第一次认识他,良久才缓缓道:"你对我的殷切关怀真是让人刮目相看啊,尉迟少侠。"

"我没有!云飞说徐宗主对宫院长深恨已久,恐怕回沧阳宗后对你'恨屋及乌',反正你这小碎催死了也没人管,他叫我偶尔问一问你还活着没罢了!"

这才真是纯属污蔑,"小碎催"这三个字是这辈子都不会从孟云飞那种端方君子嘴里说出来的。

宫惟拖着长长的尾音"哦——"了声,微笑道:"多虑了少侠。本院……本碎催人见人爱广受欢迎,仰慕追随者数不胜数,是绝不会被人'恨屋及乌'的。而且从临江都出来后,徐宗主对本碎催慧眼识珠,不仅立刻让我搬进了璇玑殿,还亲自传授我沧阳宗秘卷,甚至许诺以后要收我为徒呢——意外吗?"

现在轮到尉迟骁用一种全新的目光久久瞠视宫惟了,仿佛今天第一次认识他一般,半晌说:"别玩了,认真点儿。"

宫惟一只手托着腮,狡黠地眨了眨眼睛:"谁跟你玩儿呢?小魅妖的命也是命,谁要是对不起小魅妖,总有一天会付出代价的。"

他说话经常是这么半真半假的,像是个玩心重的孩子。但不知为何,当听见这句话的时候,尉迟骁本能地竟然感觉到微许异样。

那异样感来得太快了,他还没来得及分清是不是错觉,只听宫惟巧妙地一转,笑嘻嘻道:"对了少侠。"

"怎么?"

"我上次听你说,要启动召唤阵必须先叫出被召唤者的名字,再说出两人之间的关系……"

尉迟骁猝然僵住。

"所以你刚才喊了我什么?"

尉迟骁："……"

空气仿佛冻结，宫惟一脸揶揄，尉迟骁表情凝固。

半响他结结巴巴地道："我、我就是，我只是……"

咚！咚！

突然殿门被重重敲了两下，恰好打断尉迟骁后半句话，紧接着有人不客气地推门而入。

宫惟、尉迟骁同时回头看去，紧接着两人心脏都停跳了。只见来者宽袍广袖抬脚而入，月光照出他俊美冰冷的面容，是徐霜策！

"三更半夜，何事喧哗？"

宫惟一个趔趄从床上滑下地，尉迟骁赶紧躬身："恭迎宗主！""晚辈拜见徐宗主！"

两人此刻唯一的感想是：这都能听见？

徐霜策站住脚步，没人能看见他的视线落在宫惟肩头上，并未给另一边的尉迟骁半个眼神。但片刻后他缓缓开了口，话却不是对宫惟说的："尉迟公子。"

"是。"

"深夜不告而来，有何要事？"

尉迟骁略一迟疑，道："回禀宗主，晚辈与贵宗弟子向小园一见如故，自临江都一别后，已大半月未通音信，因此——"

他话音戛然而止，瞳孔中映出徐霜策的动作。

只见徐霜策俯身探向宫惟腰侧，少年寝衣腰际缀着一枚血红色玉佩，他略一用力，便把丝绦拽断了。

"麒麟佩。"徐霜策淡淡道。

玉佩在月下发着微光，那是因为正响应着召唤阵。徐霜策神情不见喜怒，漫不经心地摩挲它片刻，才终于望向尉迟骁："小徒年幼，没心没肺，配不上谒金门剑宗家。"

尉迟骁表情一变。

徐霜策说："我看这契约就算了吧。"

尉迟骁猝然怔住，下一瞬脱口而出："怎么就这么算了？！"

一个月前他上沧阳山，言之凿凿坚决退约，当堂揭发向小园身为魅妖"非人之物"，当时也是这么火冒三丈。如今得偿所愿，却没有丝毫惊喜，反而是一阵阵羞恼止不住向头顶翻涌，口不择言道："徐宗主此举未免太武断，我二人结为道侣之事早已通报仙盟，如今就算要断，也不能如此轻率便由你——"

"我不能吗?"徐霜策反问。

尉迟骁霎时语塞,猛地看向宫惟。

宫惟正跪在徐霜策身后的地上,冷汗顺鬓发汩汩而下却不敢擦,一个劲儿对尉迟骁做"闭嘴快走"和"找人救命"的口型。

尉迟骁:"啊?"

"快走,回去搬救兵!"宫惟口型都快发出声音来了,"找你叔叔来救命!快!"

下一刻徐霜策视线瞟来,宫惟瞬间跪地僵立,只听他淡淡地问:"爱徒的意见呢?"

宫惟温顺道:"听凭师尊做主。"

尉迟骁当即色变:"徐宗主别开玩笑,你什么时候收的徒?连温修阳都……"

话音未落,只见徐霜策颔首道:"如此甚好。"

紧接着他拇指在麒麟佩上一拂。

玉佩上的微弱光芒霎时熄灭,与此同时半空中的召唤阵也随之消散。尉迟骁连话都没来得及说完,便化为无数光点,在风声中彻底消失了。

偌大偏殿恢复了昏暗,凝固的空气沉沉压在头顶,只有月光辉映出地上一站一跪的两道人影。

宫惟埋着头,少顷只觉下颌一凉,被徐霜策冰冷有力的手抬了起来,一字一顿道:"法、华、仙、尊。"

宫惟脑子里"嗡"的一声,心脏提上了喉咙口。

第 23 章

就在那几乎空白的死寂中,宫惟瞳孔缩紧到极致,只见徐霜策定定地看着他:"法华仙尊生前,与谒金门剑宗世家最为亲厚。

"你越与他生前喜恶相似,被夺舍的概率也就越高,明白了吗?"

血液霎时冲向四肢百骸,宫惟紧绷的脊背肌肉一松,再出声时除了沙哑与惭愧,没人能听出丝毫异样:"是,弟子明白了!"

徐霜策欣然点头,然而还是没放手。他每根手指都蕴藏着难以想象的强劲灵力,就这么不轻不重捏着宫惟的下巴,半晌突然话锋一转:"那你知道法华仙尊生前最厌憎的人是谁吗?"

"弟子不知。"

徐宗主嘴角略微一勾,但笑意完全没有出现在眼底:"自然是我。"

131

这普天下大概没人会觉得徐宗主与宫院长彼此不是对方最仇恨的对象，宫惟张了张口，不过什么也没说，又紧紧闭上了。

徐霜策道："为师好像对你说过，尉迟家小儿大多桀骜，不值得相交。"

宫惟诚恳道："师尊说的是。"

"那为何还暗通款曲？"

"暗通款曲"这个词用在这里实在太怪异了，宫惟一脸惭愧道："弟子一时鬼迷心窍，请师尊责罚。"

徐霜策却反问："责罚？"

宫惟白缎寝衣松松垮垮地披在肩上，露出脖颈与胸腹，只有腰间一段被拽断的丝绦勉强束了个形状。徐霜策的视线落在上面，昏暗中完全看不清神情，许久他才松开钳制宫惟下颌的手，一言不发拎起那寝衣袍襟，缓缓地、仔细地替他整理好了。

宫惟语气惶恐："弟子实在知错，请师尊……"

"我发现你不管当面答应得多好，一旦背过身去，还是会继续做令为师不快的事情。"

徐霜策将寝衣被拽断的腰带一丝不苟地系好。他俯着身，两人靠得极近，宫惟甚至能闻见他颈侧传来沉沉的白檀气息，与他语调一般不动声色："因此为师不辞辛苦，只能用一种办法来对付你了。"

"师尊——"

话没落音，只见徐霜策站起身，道："来人！"

这两个字传音入密，很快偏殿门外传来脚步声，值夜的两名弟子匆匆而来，正是温修阳与盛博。

宫惟眼睁睁看着徐霜策那线条凌厉的下巴向周遭一抬，轻描淡写道："收拾他的东西，搬去主殿。"

璇玑主殿！

那是徐霜策自己的起居之处！

宫惟表情一变，"岂敢打扰师尊起居"几个字还没出口，只听盛博脱口而出："可是宗主……"

紧接着他就被温修阳一把摁住了。

这位跟了徐霜策最长时间、沧阳宗年轻一代排行首位的大弟子神情紧绷，低头盯着地面："是。"

宫院长从前虽然喜欢偷溜进徐宗主的寝殿玩，但那真的只是为了玩儿，从来没想过有一天要住进去跟徐宗主同吃同睡,那满面逼真的惶恐终于有一丝不是假的了:"恳请师尊三思,弟子岂敢耽误师尊清修?我看还是——"

他的话再次被打断,只见徐霜策回头亲手把他从地上拉了起来,手如精铁般沉而有力,但话却完全相反:"爱徒不必受宠若惊。由为师亲自看顾,你便不会再有被夺舍之虑了,难道不好吗?"

"但师尊安乐才是弟子心头大愿,怎敢以卑微之躯打扰师尊起居?"

"你若是真被法华仙尊夺舍,为师才不得安乐呢。"

宫惟立刻肃容长揖:"弟子宁可杀身成仁,也绝不令其得逞!"

徐霜策冷冷地反问:"爱徒既然如此孝顺,为师怎忍心看你身死?"

"回禀宗主,"这时温修阳快步上来,低声道,"已经收拾妥当了。"

徐霜策锋利的眼尾向宫惟一扫,负手向外走去:"走吧。"

短短十余丈从寝室到殿门的路,此刻却变得无比艰难,好似人间通往地狱的不归途。

向小园的同门师兄弟倒也罢了,露馅儿可能性很低,且就算露馅儿也无所谓,但徐霜策可不同。宫惟深知自己只要跟徐霜策同食共寝超过三天,连底子都能被他那双波澜不惊的利眼看得清清楚楚,到时候恐怕连速死都能成为奢求。

宁愿去沧阳八狱,也决不能进璇玑主殿半步!

盛博抱着比他人还高的枕头床褥从身侧经过,宫惟深吸一口气,电光石火间忍痛做出了决定,在错身的刹那间伸脚一绊。

"——啊!"

盛博猝不及防一个扑地,稀里哗啦带倒了板凳,手里东西"咣当"撒了出来,一本深蓝色的书册贴地打旋,"哗啦"一声撞在了徐霜策脚边。

时间仿佛静止了,只见徐霜策低头望去。

"黄泉不老情"五个浓墨重彩的大字,以及封面上的徐宗主与法华仙尊,就这么光明正大地亮在了所有人眼底。

众人:"……"

死寂。

温修阳表情凝固,倒在地上的盛博眼珠险些夺眶而出。

"扑通"一声宫惟跪地,痛心疾首:"师尊饶命啊!我再也不敢了!"

徐霜策那张脸上什么情绪波动都没有,哪怕用矩尺来量,都不会见那雕刻般的眉眼、薄而冷淡的嘴唇有丝毫移位。他就这么定定地盯着脚下那本书的封面,良久才俯身把它捡了起来,拿在手里,翻了几页。

"师尊……"

"何处得的?"

宫惟诚恳道:"临江都买的。"

"为何买它?"

"弟子一时鬼迷心窍,误入歧途!"

"为何不扔?"

"……"宫惟露出了羞愧之色。

徐霜策点点头,不动声色地说:"看来是情节精彩,舍不得扔。"

盛博终于合上了因为震惊过度而不断战栗的嘴巴,拼命使眼色示意宫惟磕头认罪,但紧接着只见徐霜策抬手一招,说:"过来。"

他那只手简直跟招魂幡无异,盛博条件反射把眼一闭。

然而下一刻,预想中流血漂橹、尸横当场的画面却没有出现。

徐霜策那只手落在了宫惟头顶,还摸了摸,和声道:"稚子年幼,课业沉重,受旁人口中的奇闻逸事引诱也不为怪。"

宫惟一句"求师尊别把我关进寒山狱"就这么硬生生卡在了喉咙里。

"你背书太慢,正好应当多加练习。"徐霜策顿了顿,把《黄泉不老情》放到宫惟手上,"从明日起你便去熟读此书,每天背一章,每章大声背诵给为师检查。记得需字句顺畅、诵读如流、心领神会,明白了吗?"

如果说刚才只是死寂的话,那么现在就是地狱般可怕的窒息了。

所有人的喉咙都像被滚烫的石头生生堵死了,良久只见宫惟长吸了口气,再深深地、徐徐地吐出来,原地站定平静片刻。

他毕生的演技在此刻发挥到了巅峰。

"扑通"一声宫惟感激跪地,双手将书高举头顶,字字情真意切:"师尊用心良苦,弟子铭感五内,定谨遵师嘱!"

徐霜策淡淡道:"去吧,爱徒。"

与此同时,谒金门。

"已经快丑时了,少主上哪儿去?""少主!"……

殿外传来侍卫们声音的时候,尉迟锐正盘腿坐在宽大的桌案后看书。

当世剑宗尉迟锐,字长生,从外表看年不过二十许,多年来状态一直保持在最巅峰的时候。论长相尉迟骁与他颇有相似,但剑宗本人眉骨更高、鼻梁更窄,因此总给人一种冷漠桀骜,且不太好打交道的观感。

此刻他的深金轻铠已经脱了放在案边，一身鹰背褐滚金边长袍，威名赫赫的神剑"罗刹塔"静静立在身侧，无声地散发出巨大的压迫感。

他正一手拿书一手向前伸去，紧接着殿门就被"哐当"推开了。

——啪！

尉迟锐闪电般合上手里的书，《洗剑集》封面完美盖住了里面夹着的那本小册子——《开元杂报八卦特辑：当世宗师战力比拼之行走的炮台，剑宗尉迟长生篇》——面无表情一抬头，只见亲侄儿尉迟骁大步挟风而入。

"禀剑宗，"尉迟骁欠身作揖，肃然道，"弟子有要务在身，需即刻启程，特来请辞！"

尉迟锐："……"

尉迟锐头顶整齐地冒出三个问号，少顷一声不吭把那只伸向瓜子盘的手收了回来，镇定地"嗯"了声。

尉迟骁转身就走。

"别死了啊。"就在他一脚跨过大殿门槛时，身后突然传来了一句。

尉迟骁无奈地回过头："为什么从小到大每次我只要出门您都得提醒这一句，叔叔？"

剑宗头也不抬，右手一挥，示意他可以走了。

沉重高大的殿门"轰"一声再次合上，尉迟锐翻书的手停住了，良久低声道："因为人容易死。"

——二十年前岱山仙盟，惩舒宫外的河水淙淙流过青苔岩石，石头上那道熟悉的身影背对着光，盘腿垂钓，笑嘻嘻的声音却把小鱼吓得四散游走："对了长生，我昨晚又溜去沧阳山找徐霜策了，结果你猜怎么着？姓徐的竟然下了一道法令说法华仙尊与狗不得上山，真正气煞我也！"

年轻的剑宗垂着钓竿，冷静地说："不可能。"

宫惟道："怎么不可能？"

"狗又没有做错什么。"

"尉迟长生！"

尉迟锐一缩头躲过鱼钩，说："你这狗倒总有一天要被姓徐的弄死。"

"胡说八道，他死了我都死不了，信不信真打起来我未必会输给他？"

"你不会输。你最多被打死。"

"尉迟长生！"

…………

"你没事吧？"十六年前升仙台下，巍峨的惩舒宫隐没在无边云海里，尉迟锐终于忍不住偏过头问，"你的剑呢？"

仪式马上就要开始了，身侧的宫惟同他一样礼服隆重，胭脂色绣金枫叶的宽袍广袖，腰封上缀着两枚金光灿烂的小钱币。不知是不是腰封太紧的原因，他整个人看上去都有些反常地紧绷，侧颊如冰雪般苍白，一双眼睛却黑洞洞的，直勾勾盯着高处山涧中的升仙台。

"宫惟？"

"没事。"宫惟如梦初醒般，猝然别开视线，"没事。"

尉迟锐眯起眼睛，顺着他方才的视线方向望去，只看见远处高台上一道背影迎风而立，是担任这次仙盟盛会主祭的徐霜策。

"你俩最近不是休战了吗？"他狐疑地问。

这句话久久没有得到回答，尉迟锐一回头，却见宫惟一只手死死攥着袖口，似乎袖中藏着什么东西，用力到手背连青筋都暴了出来。

一丝不知从何而来的不安突然蹿起，尉迟锐压低声音："宫徵羽！"

宫惟突然问："你相不相信，这世上有些人生下来就是为了去完成某一件事的？"

"什么意思？"

宫惟："……"

宫惟在他的瞪视中张了张口，但什么也没说，突然仓促地笑了下："你说我会不会死啊？"

"死"这个字在他俩互相挖苦的时候出现过成百上千遍，但唯独这一次，尉迟锐眼皮无来由一跳："宫徵羽你这……"

"开玩笑的。"宫惟猝然打断他道。

少顷他又笑了笑，尽管看上去只是勉强勾起苍白的唇角，深吸了一口气："玩笑而已。"

"时辰到——"

"请法华仙尊——"

尉迟锐眼睁睁看着宫惟擦肩而过，走向云山雾绕中华美、广阔的高台，那深红色迎风扬起的衣袍渐渐消失在了寒风深处，再不留丝毫痕迹，就像很多年前他第一次毫无来由地出现在这世间一样。接下来一切都好像旋涡般的噩梦，细节和图像都在无数次的重复中渐渐模糊、夸张以至怪诞，最终被一道由远及近的嘶喊仓皇划破："禀报剑宗！台上惊变！

"宫院长已仙逝了！！"

那尖厉的尾音仿佛一声重锤轰然而下，将太乙二十八年的深冬、天下仙盟的局势乃至于很多年轻修士们对求仙问道的认知都砸得四分五裂。

也就是从那时起很多人才意识到，哪怕自己能修炼得呼风唤雨、移星转斗甚至是手眼通天，最终也都是会死的。

旦夕祸福，大道无常。

生死与离别都只在一瞬间。

谒金门大殿静得一根针掉在地上都听得见，良久尉迟锐站起身，刚向"罗刹塔"剑伸出手，突然半空中——嗡！

桌案上一道传信令牌突然自动飞起，爆出纵横交错的千里显形阵，一个深蓝布衫、腰挂金钩的男子立于其中，青铜剑柄上刻着"定山海"三个古朴的篆体字，竟然是应恺。

三更半夜有何要事？

尉迟锐一句"干吗"还没出口，只见应恺"锵"一声重重用剑撑住身体，喘息道："千度镜界没有损坏。"

尉迟锐眉梢一跳："什么意思？"

紧接着他看见应恺左手举起一物，半个巴掌大小，密密麻麻刻满了奇特的铭文，正是徐霜策在临江都时从鬼修心脏里硬生生掏出来的青铜镜片。

"我回仙盟打开了禁地镜宫，千面幻镜无一破裂，证明这块镜片不是从千度镜界流传出来的。"

尉迟锐莫名其妙地眨眨眼睛，然后一指他手里那块镜片："长得一样。"

应恺似乎非常疲惫，喘得很厉害："我知道，通过对比铭文我甚至找到了这块碎片理应所属的那面镜子，但它是完好无损的，因此我只能想到复制品这一种解释。但千度镜界本身是太古神器，绝无可能被任何人复制出——"

咚！咚！

咚！！

对面突然传来声响，由远及近且越来越重，打断了他的话。

尉迟锐疑道："你在干吗？"

应恺仓促地回了下头，但通过显形阵看不清他身后到底有什么，只能隐约分辨出他周围环境极其黑，震动让地面也渐渐开始摇晃。

"徐霜策说临江都的鬼修与宫惟有关，而我不相信。我想下来亲自验证这一点。"应恺喉结上下一动，应该是吞了口唾沫，"不过今晚大概是八字走背运了。"

尉迟锐提起剑："你到底在哪儿？"

咚！

137

咚！！

地面猛烈一震，只见应恺转身将右手按在了剑柄上，回头道："如果十二个时辰后我还是没消息，按照仙盟律令，传沧阳宗主代行盟主权责，'三宗'共同从旁协助。"

尉迟锐喝道："应恺！"

话音未落，应恺决然一挥，显形阵应声而散——

尉迟锐的身影同法阵一起化作千万光点，随即迅速消失。地宫中恢复了伸手不见五指的黑暗，应恺只能听见自己的呼吸，成了周遭浓郁到化不开的尸臭中唯一的气流。

咚！

像无数重物同时砸地，近了。

咚！！

更近了。

咚——

地面骤然剧震，随即恢复死寂。

"晚辈应宸渊，不巧打扰各位前辈。"应恺瞳孔压紧，轻声说，"得罪。"

下一刻定山海出鞘，剑光唰地炸起，瞬间映亮了周遭无数双浑浊腐败的眼睛——

黑暗中一张张青白面孔已逼近应恺身侧，全都直勾勾地盯着他，膝盖僵直不能弯曲，放眼望去密密麻麻。

那竟然是揭棺而起的无数死尸。

第 24 章

"彼时法华仙尊尚且年幼，见了如此俊美伟岸之奇男子，不由心向往之，便探头远远张望。旁人道：'此乃天下第一人，沧阳宗主是也。'忽见那沧阳宗主似有觉察，驻足回头向他一笑。法华仙尊蓦然见此情景，内心震动，不由——"

殿内静默半晌，徐霜策一根手指敲了敲书，道："不由什么？"

璇玑主殿晨光清明，紫楠书案两侧，师徒二人端坐，笔墨玉简井然有序。

如果忽略宫惟那只当自己已经死了的表情，这情景真当得上一句"良师高徒，教学相得"。

"不由……"宫惟顿了顿，麻木道，"羞红了双颊。"

殿外一片安静。

徐霜策将书翻过一页，问："然后呢？"

"当啷"一声桌椅撞响，只见宫惟起身长拜："禀告师尊，然后弟子没背下来。"

"为什么？"

"弟子不忍看那些市井刁民胡言乱语编派师尊，心中气愤，五内俱焚！"

"是吗？"徐霜策又自顾自翻了一页，"但你之前看完了还压在枕头底下，也没见扔啊。"

宫惟："……"

"再说既是市井流言，自然不必当真，更不必气愤了。"徐霜策将书合上，"啪"的一声轻轻丢在宫惟面前，说，"拿回去继续背，午膳后需将第一话《初识篇》背完，否则便当着为师的面大声诵读百遍。去吧。"

少顷，"吱呀"一声，殿门开了。

台阶上的盛博觅声回头，只见宫惟面色苍白，神情恍惚，慢悠悠地跨过了门槛，腋下还夹着那本令人闻风丧胆的奇书。

盛博忍了忍还是没忍住："你没事吧？"

宫惟摇头不语，站定在台阶上。

他一只手搭在额前，眯眼望向头顶广阔的天空，只见乌黑的长发与绯色衣袍临风翻飞，面容素白而眉眼沉静。盛博即便明知道眼前这人其实一肚子草包，刹那间也不由转开了视线，不自然地呵斥："你，你还不去背书，站在这儿干吗？"

"你看那鸟真活泼啊。"

盛博莫名其妙望去，只见远处殿顶上停着两只麻雀，蹦蹦跳跳，憨态可掬。

"等到冬天就要死了。"宫惟和蔼道。

盛博："啊？"

"你看那庭前的花多好看啊。"宫惟又赞叹。

盛博顺着他的视线，只见洁白的大殿远处，山道上开着星星点点的小花。

"不到冬天就要死了。"宫惟柔声道。

盛博："喂！我说你——"

"你看那天边的云多奇妙啊。"

远方天际几朵微云慢悠悠飘过。

"待会儿风来就……"

"要死了！"盛博怒道，"你到底有完没完！我看你再不背书才是真的要死了！"

宫惟终于收回目光，直勾勾地盯了他半晌，突然古怪地一笑，竖起食指来摇了摇："不用背，我知道下面说的是什么。法华仙尊对沧阳宗主无比仰慕。然而天有不测风云，法华仙尊毕竟是一位与各大宗师都有着各种传说、各大名门都流传

139

着他不同版本故事的奇人，上有仙盟盟主，下有乐圣柳虚之。终于有一天连谒金门剑宗尉迟长生也看上了这朵惊世奇葩，于是百般施计、从中挑拨，听信了传言的沧阳宗主愤恨之下吐血三升……"

盛博："停！停！别说了！！"

"法华仙尊含泪拉着沧阳宗主的手道：'霜策，难道你真的相信我是那种人吗？'沧阳宗主忍痛道：'徵羽……'"

"停下！停下！！"盛博双手捂耳惨叫，"向师弟！你是我亲师弟！不，我喊你师兄行了吧！！"

官惟残忍地道："于是两人相看泪眼，法华仙尊道：'霜策，你只需记住你是我唯一……'"

"我杀了你！！"盛博最后的理智终于"啪"一声崩断，丧心病狂地扑了上去。

官惟转身就跑，下一瞬间盛博后领被生生拎了起来，温修阳不知何时出现在他身后，皱眉道："大呼小叫，成何体统？"

"师兄！"盛博如见救星，涕泪横流，"师兄救我，快！把他赶出去！"

温修阳冷冷道："你为何不把这话对宗主说？"

盛博立马一个哆嗦不敢吭声了。温修阳把他放下，又看向官惟，沉吟片刻没有说话。

"师兄？"盛博一边瞪官惟一边问，"你怎么这个时候上来，今天不是不当值吗？"

温修阳说："前边出了点儿事。"

"什么事？"

温修阳仿佛在斟酌什么，神情有些微的怪异，少顷才道："你先回去吧。"

盛博一脸莫名其妙，但温修阳立威极深，他还是顺从地抓着剑离开了璇玑主殿前，临走还一步三回头好奇地往这边瞅。直到他完全消失在了宽敞的白玉长阶尽头，温修阳才转向官惟，上下打量片刻。

于是官惟只能问："前面发生什么事了，温师兄？"

温修阳开始不答，只看着他，突然毫无来由地问："你觉得宗主是个怎样的人，向师弟？"

这个问题可真是太新鲜了。

一向都是别人苦口婆心劝他说"徐宗主不是你想的那种人"——就像"官院长不是你想的那种人"这句话也曾经高频率出现在徐霜策耳边——但谈话以提问句开场，对官惟来说还是第一次。

"宗主英明神武，天人之姿，令世人拜服！"官惟肃然长揖，掷地有声道。

温修阳不由默然："我问的不是世人，是你如何觉得。"

宫惟维持着那个长揖的姿势："弟子当然也是这么觉得的。"

"是吗？"

"字字发自肺腑，绝无一字虚言！"

温修阳不知是被他斩钉截铁的态度镇住了还是怎么，半晌才说："你起来吧。"

宫惟直起身，谦逊地整了整袖口。

"真奇怪。"温修阳似乎有些迷惘，喃喃道，"你明明跟法华仙尊一点儿也不相似，完全不一样……但为什么呢？"

宫惟心说我跟那位家喻户晓、人见人爱的法华仙尊还真没什么相似之处："什么为什么？"

温修阳不答。

"温师兄？"

温修阳站在那里，仿佛在看他，又仿佛透过他看到了更晦涩久远、更复杂难言的往事，半晌轻声说："我曾经为十六年前升仙台上的结果感到庆幸，近年却越来越觉得，那其实是个可怕的错误。"

宫惟眉头一跳。

"还不如一切都尚未发生的时候。"

他是什么意思？

宫惟来不及细思，只见温修阳已经越过他，走上一级级白玉台阶，直至大殿紧闭的正门前，才俯身长拜了下去，沉声道："禀告宗主！"

下一刻宫惟终于明白了温修阳让自己留下的原因："谒金门尉迟骁携剑而至，求见宗主，请您示下！"

片刻安静后，殿门突然大开。

徐霜策迎风跨出高高的门槛，面色看不出丝毫情绪，伸手向宫惟一招。

宫惟此刻的心情难以形容，简直跟当年准备上升仙台时差不多。他深呼了口气，顺着白玉台阶一级级行至顶端，情真意切道："师尊……"

突然他肩头一沉。

徐霜策一手按在宫惟肩上，似有千钧重量，但又好像只是那么轻描淡写、从容不迫地一搭，随即拉着他按在了自己身侧。

两人就这样比肩而立，然后徐霜策转向温修阳，声音也是不疾不徐的："所为何事？"

温修阳低着头，对这一幕视若无睹："他说，他来送礼。"

141

第 25 章

"听闻徐宗主收徒，乃是沧阳宗后继有人的大喜事，因此特来道贺，略备下了几样薄礼。"

尉迟骁放下茶盏，一招手，堂下四名谒金门弟子立刻低头上前，为首一名佩剑弟子躬身将紫檀木礼盒呈到了案上。

沧阳宗外门前堂，几位真人面面相觑，少顷一贯为人和气的静虚真人终于咳了声，委婉道："尉迟大公子怕是有些误会，我们徐宗主从未收过入室弟子。且宗主收嫡徒，代表为门派立下继承人，是一经确定便天下皆知的大事，怎么会无声无息地传出流言？我看这礼物你还是带回……"

"是徐宗主亲口告知晚辈的。"

静虚真人的话音戛然而止。

尉迟骁伸手打开紫檀木礼盒，不疾不徐道："真人将晚辈的贺礼呈上璇玑殿，不就自然见分晓了？"

那竟然是一道深红绣金线的腰封。

那腰封折起后宽窄仅二尺，以金线绣云鹤纹，虽然已经旧了，但质地光滑，精细至极。整个仙盟中敢在衣袍上绣金线的人屈指可数，所有人第一反应都觉得这是谒金门哪位嫡系女眷的东西，当下有人勃然作色："尉迟大公子这是何意？竟将自家女子旧物充作贺礼，简直是——"

"开玩笑"三字未出，那人却被静虚真人一把拦住。

静虚脸色非常不好看，但不知为何竟然强行克制住了："如此，就请大公子稍坐片刻吧。"

那人愕然："静虚你？"

但尉迟骁完全无视了众人的反应，微笑道："那就麻烦真人了。"

这幸亏来的是谒金门少主，三宗嫡系开罪不得。否则哪怕换作六世家八门派的掌门宗师，此刻都已经被毫不留情地送下山去了。

出乎意料的是静虚真人竟然没去多久，堂上半炷香未尽，只见他从璇玑大殿方向遥遥御剑而回，将那华贵的礼盒原样放回案前，客客气气一拱手："大公子，完璧归赵。"

尉迟骁眼皮一抬。

"宗主说，旧衣旧物当年极多，时常在各处遗漏，不足为奇。"静虚真人抬手做送客状,"请回吧。"

这话是什么意思?

在座的几位真人资历不如静虚,此刻都一头雾水。却见尉迟骁并不动弹,甚至好像也不惊讶,只"哦"了声:"真人别急,晚辈不止准备了这一件贺礼。旧衣旧物当年极多,那么这一件呢?"

又一名谒金门弟子手捧礼盒上前,只见这次盒子较小些,"咔嗒"一声打开之后,里面竟然是两枚金光灿烂的小钱币。

尉迟骁也很客气:"烦请真人再去问问,如果连这件旧物也不需要,那我就一并带回去销毁了。"

——那两枚小金币由一条深红丝绦系着,非常精巧,像个腰坠,但从静虚真人的眼神来看,跟两张浸透了剧毒的催命符也没什么分别。

静虚的脸色已经阴沉至底,但毕竟是前辈元老,还是涵养太好了些,只重重哼了声,拿起礼盒拂袖而去。

这次却比刚才足足等了多过一倍的时间,尉迟骁泰然自若,低头喝茶,堂上几位前辈却不由心下微沉。正当气氛渐渐凝固之时,远处璇玑殿方向终于有人御剑而来,但这次除了静虚真人之外还有另一道身影。

堂外众弟子一时涌动,响起压低的惊呼:"啊,温师兄?"

来者正是温修阳!

守殿弟子在沧阳宗内地位极高,几位真人纷纷起身见礼。然而温修阳顾不上还礼,一落地便大步上前,"当"的一声响,将礼盒按在了尉迟骁面前:"大公子。"

尉迟骁拱手:"温兄。"

温修阳冷冷道:"宗主说,这两枚钱币当年是他亲手所赠,但并无任何特殊之处,只是普通黄金铸成的罢了。沧阳宗内库中这类金币尚存许多,大公子若是想销毁这两枚,拿回去销毁便是,请吧!"

堂上一片安静,除静虚外其他几位真人都不明所以,紧张地来回盯着他俩。

却见尉迟骁若有所思地点点头,少顷,突然问:"徐宗主原话当真这么轻描淡写?"

温修阳反问:"不然呢?"

"没什么,只是单纯好奇而已。"尉迟骁顿了顿,哈哈地笑了起来,"真这么轻松写意,怎么最后是身为守殿大弟子的温兄你亲自把东西送出来?"

温修阳怒道:"你!"

温修阳克制地闭上眼睛呼了口气,才俯身靠近,每个字都冰冷得像是从齿缝间出来的:"我不清楚昨晚到底发生了什么,但也能猜出个大概。尉迟大公子,向小园生死都是我沧阳宗的弟子,劝你见好就收吧。再拿那位仙尊生前之物出来发疯,我可不保证你今天还能——"

"温兄息怒。"尉迟骁笑着打断了他,说,"最后一件贺礼,是徐夫人的。"

只见他当空一招手,那是个千里传物的法诀,紧接着白光一闪而过,第三个一模一样的紫檀木盒出现在了桌案上!

温修阳久久地瞪着他,半晌终于道:"话本看多了吧,尉迟兄,你梦里的徐夫人?"

"《念奴娇》传遍大江南北不假,但我也是从临江都幻境里出来之后,才大概明白了贵宗主多年来的心境,实在是佩服。"尉迟骁向后靠进椅背里,做了个请的手势,"温兄只管呈上给徐宗主看,是与不是自见分晓,请。"

从温修阳的表情来看,他应该是很想强行端茶送客的,足足数息后才终于勉强按捺住了:"那你就等着吧!"

说着也不等尉迟骁回答,便拿着最后那个紫檀木礼盒御剑而起,转瞬工夫便越过茫茫沧阳山脉诸峰,至桃林边落地。按宗门规矩,一进桃林地界便不可御剑而行,然而温修阳修为深湛,脚程也快,一盏茶工夫便来到璇玑大殿前,跪地呈上木盒:"禀宗主,尉迟骁献上最后一份贺礼,称是徐夫人遗物!"

宫惟一口茶水瞬间呛进了气管里。

师徒二人于大殿上对坐,但从刚才令温修阳将那两枚小金币退还回去之后,徐霜策就再没开口说过一个字。

从宫惟的角度,只能看见他纹丝不动的嘴唇和下颌,线条冷硬,让人不敢抬头看他此刻是什么眼神。

幻境中根本不存在的人,能留下什么遗物?

宫惟先前长居岱山,但每年冬天会去谒金门避寒,衣袍腰封等物到处乱丢是正常的——就像尉迟长生从小被送给应恺管教,岱山惩舒宫同样准备着小剑宗的各种起居用品。那串小金币腰坠也好解释,宫惟差不多知道自己死后下葬的流程,应恺他们不论如何也找不到白太守剑,只能将他随身物品保存好,以期将来从中找到神剑下落的线索。

但"徐夫人"能留下什么?

"你觉得尉迟骁今日前来,所求为何?"徐霜策突然问道。

宫惟一脸胆怯说:"弟……弟子不知。"

这倒不全是演技,他确实不知道。昨晚他虽然对尉迟骁做出了"找你叔叔来救命"的口型,但并没指望对方能懂,更没想到第二天没等来天降神兵的剑宗尉迟长生,倒等来了天降神经病的尉迟骁。

世人皆知法华仙尊是沧阳宗主的死对头,连提名字都不行,更遑论是把他的遗物一样样往徐大佬眼前送。尉迟大侄子今天像犯了病一样跑来疯狂挑战底线,以宫惟那贫瘠的想象力,只能怀疑他是今早起床发现自己得了绝症,特地跑来拿命碰瓷,好从徐霜策手里讹一笔丧葬费。

"尉迟大公子想必是昨夜练功走火入魔,今早起来精神错乱了。"宫惟小心翼翼低头说,"师尊,不如我去当面劝劝他,赶紧把人送下山……"

"那为师不就遂了他的愿了吗?"

宫惟愣了下,心说徐霜策这是什么意思,难道他觉得尉迟骁作一番大死就是为了见自己一面?

徐霜策冷声道:"拿上来!"

温修阳这才快步进殿,躬身奉上那精巧华贵的紫檀方盒,意义不明地瞥了宫惟一眼。那视线隐蔽而又复杂,似乎混杂着居高临下的审视、微妙难言的怜悯以及一丝难以言喻的厌恶,但宫惟没心思去细想了。他只见徐霜策伸手打开礼盒,下一刻手背青筋寸寸暴起。

宫惟眼皮遽然狂跳起来——

那是一只他们都无比熟悉的金环。

半个时辰后,沧阳宗前堂,一道流星似的白光划破山涧,稳稳降落在大堂前。

众弟子齐齐行礼:"温师兄!"

温修阳持剑在手,快步走上前,开门见山第一句话就是:"你想要什么?"

尉迟骁从容不迫地放下茶杯,抬头问:"金环呢?"

堂上几位真人的视线都随之转向温修阳的手,这才赫然发现这次跟前两次不同,礼盒竟然不见了!

温修阳重复了一遍,语气更加重了:"你到底想要什么?"

尉迟骁却不答反问:"沧阳宗不是从来没存在过徐夫人吗?"

"尉迟骁!"

温修阳这一声几乎称得上是疾言厉色,静虚等人同时惊疑不定地站了起来。

但数息之后温修阳又强行按捺住了。

虽然不知道那个金环代表什么意义,但刚才璇玑殿上宗主大人那足以令人胆寒的眼神还历历在目。他将那画面强行驱逐出脑海,然后咬牙放低声音,一字字问:"你今日前来,到底所求为何?!"

145

尉迟骁略微靠近了些，用同样低的音量轻轻道："我只想让徐宗主记起，死了的已经死了。"

众人："……"

周遭一片静默，半晌尉迟骁挑眉道："温兄不愧是跟随徐宗主时间最长的弟子，竟然完全不惊讶啊。这么多年来已经有所觉察了，对吗？"

温修阳直起身冷冷道："我只惊讶你竟然这么执着于找死。"

"你想多了。"尉迟骁毫不留情道，继而向后靠进椅背，环视周遭众人各异的表情。

"既然宗主收下了我的贺礼，那么就请答应我另一个不情之请。我曾经在贵门派留下一枚玉佩，乃是谒金门代代相传的血麒麟，但昨晚被宗主大人收走了。传家至宝不容有失，可否劳烦各位，将它归还？"

众人都不由诧异，他闹了这么一大圈，竟然只是要求这个？

静虚真人松了口气："那玉佩是当初为结道侣而赠予的信物，如今既然要解除契约，信物自当归还。我这就……"

尉迟骁却打断了他："真人别急，我话还没说完。当初这块血麒麟是怎么给出去的，如今我就要它怎么被还回来，明白吗？"

静虚疑惑丛生："什么意思？"

温修阳立刻道："尉迟骁，我最后劝你一次，不要找死！"

然而尉迟骁置若罔闻，只见他嘴角一挑，那分明是个冷笑："既然当初那信物是赠予贵宗弟子向小园的，如今我就必须让向小园亲手当面还回来。没有其他目的，只是临江都同生共死一场，我要亲眼见证他回到沧阳宗之后仍然安全，没有遭遇任何不测。我说得够不够清楚了？"

人在沧阳山，能遭遇什么不测？

静虚真人迟疑道："向小园自然安全无恙，只是他如今有幸被宗主亲自教导，肯定不能随便出来见你，因此……"

尉迟骁嘲道："教导？"

"尉迟大公子！"温修阳原本不想提这一茬，但现在显然动了真怒，"当初是你亲自上沧阳山，言之凿凿，坚决毁约，如今你又想做什么？！"

尉迟骁针锋相对："什么也不想做，只是确认朋友安危罢了！"

"你——"

"徐宗主号称天下第一人，权势滔天，无人敢言，但也不能无视人伦，为所欲为。温兄觉得我说错了吗？"

温修阳咬牙盯着他，半晌终于一字一句道："向小园绝不可能出来见你！"

尉迟骁说："那就请宗主把刚才徐夫人的遗物还回来吧。"

"做什么？"

尉迟骁同样一字一顿："于沧阳山下，就地销毁！"

与此同时璇玑殿，徐霜策霍然起身，大步流星走出殿外一伸手，不奈何从遥远的天极塔方向转瞬而来。

"师……师师师尊！"宫惟顾不上随着不奈何迫近而突然发作的心绞痛，连滚带爬追出去，"冷静啊师尊！"

下一瞬，徐霜策拔剑出鞘。

远处山门前堂上的尉迟骁猝然回头，一道划破天穹的剑光映在眼底，摧枯拉朽向他扑来！

天地被白光笼罩，仿佛突然陷入静寂。

数息后，巨响才迟迟降临，将所有人掀飞了出去！

尉迟骁人已被推至数里之外，勾陈剑魂被催发到极致，才将铺天盖地的剑光堪堪拦在身前寸许，剑身却发出岌岌可危的颤抖声。远处几位真人御剑疾驰而来，在强烈震动中发出让人听不见的焦急吼叫，但徐霜策没有给任何人求情的时间——

第二道更加磅礴可怕的剑光当头而来、转瞬即至，这天下几乎没有任何仙剑能挡住它史无前例的威势。

尉迟骁脑海一片空白，如炮弹般被撞飞出去，在暴雨般的巨石中一路劈开树海，整个人轰然砸上峭壁，千尺岩壁应声而裂！

山峰化作齑粉，大地剧震不绝，方圆百里遮天蔽日。

璇玑殿前，徐霜策面色丝毫不动，第三次抬起剑锋。

但就在这时身后"扑通"一声。

宫惟多年后第一次亲临不奈何出剑，再也忍不住撕心裂肺般的胸腔绞痛，单膝一软跪倒在地，冷汗泪泪而下，几乎用尽了全身力气才勉强保持住镇定神色："师……师尊息怒……"

徐霜策的目光落在他头顶，看不清神情。

"师尊威势冠绝天下，若不奈何再出一剑，恐怕会伤及人命……"

紧接着他被徐霜策两个字打断了："待着。"

宫惟话音戛然而止，连阻止都来不及，只见徐霜策已凌空而起，霎时没入了剧烈震荡的天地间。

远方前山，几位真人脱口而出："宗主大人！""宗主！"

尉迟骁顶着无数尘砾碎石从碎裂的峭壁中爬出来，刚哇地吐出一口血，还没来得及擦，抬头便见徐霜策迎风而来，袍袖猎猎，居高临下停留在半空中："贤侄。"

他语气没有任何变化，但不奈何耀眼的寒光，却映在了所有人惊恐的眼底。

"下辈子记住，已经送出去的，不能再要回来。"

所有人连挡一下都来不及，徐霜策已亲身而至，不奈何剑锋饮血无数，瞬间映出了尉迟骁致命的咽喉——

千钧一发之际，赤金剑光如巨龙从天而降。

有人脱口而出："罗刹塔？！"

剑宗尉迟长生于千万里外挥出一剑，横跨九州十六城，惊天动地挡下了这一击！

"尉、迟、锐。"徐霜策微微眯起眼睛。

罗刹塔撕裂苍穹，此刻剑势已尽，随着不奈何一发力，霎时散成了千万赤金光点。就在那辉煌光晕的风暴中，不奈何再一次指向了尉迟骁。

这次剑宗哪怕有通天之能也来不及阻挡了，然而不奈何还未一剑斩下，远方突然爆发出一道极其强烈的光柱，霎时贯穿天地，映亮了所有人惊惧的面孔。

徐霜策动作停住，眼底第一次出现了类似于意外的神情，轻声道："应恺？"

只见巨大的保护罩从遥远的岱山方向拔地而起，如四方城墙，直冲九霄。紧接着剧烈燃烧到近乎白金的大字出现在苍穹下，赫然是个"应"。

应恺突然投下大乘印，封了整个仙盟！

"那、那是岱山？"

"应盟主亲自投印？！"

"仙盟这是发生了什么？！"

…………

恐慌如星火燎原，向四面八方迅速扩散，连徐霜策的脚步都停住了。

应恺是整个仙盟的定海神针，从不轻易投下大乘印。少时他与徐霜策两人结伴游历，每逢凶险时也都是徐霜策投印封城，怕的就是盟主大乘印一旦出现在苍穹下，便会引发全天下的恐惧和不安。

是什么让应恺突然不顾一切，当着天下人的面封死了仙盟最重要的中枢——岱山？

"宗主！"远处有沧阳宗弟子御剑飞驰而至，白衣银铠，正是守殿的盛博，"启禀宗主！岱山仙盟有使者到！急求一见！"

徐霜策并不回答，伸手一招。不多时两名天青色衣袍的修士御剑前来，正是惢舒宫门下装束，但此刻已风尘仆仆，见面立刻躬身长揖："此刻已十万火急，请沧阳宗主速回璇玑殿中！"

徐霜策眉峰略微压紧："为何？"

"回禀徐宗主，昨夜起仙盟突发惊变，应盟主身陷其中，剑宗大人营救未果！"

"一旦盟主身遭不测，须由沧阳宗主代行权责。请宗主依仙盟律令镇守沧阳，绝不可亲涉险境，即刻速回璇玑殿中！！"

尉迟骁失声道："叔叔？！"

徐霜策扭过头，天穹下熊熊燃烧的白金大乘印映在他眼底："应恺被困在何处？"

一名修士抬起头，可以看见他喉结剧烈地滑动了下，才颤抖着沙哑道：

"定仙陵。"

——定仙陵，仙盟各门派世家墓葬之陵。

可惜已经逝去的宗师亡魂们没被定住，乱起来了。

第26章

气氛僵持已近凝固，才听徐霜策"唔"了一声，说："知道了。"

然后他转身向尉迟骁迈开脚。

"徐宗主？"仙盟使者不明就里，还以为他要离开，焦急道，"按仙盟律令，为防群龙无首，盟主与沧阳宗主两者中必须有一人镇守后方，绝不可同涉险境，您此刻万万不能离开沧阳山啊！"

徐霜策向尉迟骁走去："我知道。"

"那宗主您——"

使者的声音像被噎住了似的，目瞪口呆地看着徐霜策一拔剑，杀意勃然而出，猛然指向尉迟骁咽喉。

这次不会再有任何人来阻挡，剑气令尉迟骁动弹不得，有刹那间他甚至产生了自己已经被一剑穿喉的错觉。

我这是已经死了？

但紧接着，他感觉到冰凉锋利的剑尖缓缓移到了自己侧脸上，不轻不重地拍了两下，一丝鲜血顿时顺剑槽溢出。

尉迟骁在刺痛中发着抖，一睁眼，正对上了徐霜策居高临下、充满嘲意的目光。

静虚真人颤声道："宗、宗主……"

就在这时，一块传令牌突然从尉迟骁袖中自动飞出，砰地爆出了千里显形阵。赤金光线纵横交错，剑宗尉迟长生出现在阵中，手持神剑罗刹塔，一步稳稳挡在了不奈何剑锋前。

"徐、霜、策。"他冷冷道。

众人迟了一步才反应过来，慌忙行礼："拜见剑宗！"

尉迟骁虚脱得仿佛整个人被冷汗洗了一次，脱口而出："叔叔！您怎么样？！"

徐霜策上下打量尉迟长生，从那冷淡的面容上完全看不出他在想什么，少顷，才在周遭众多紧张的注视中，不动声色地将不奈何剑锋一收。

所有人吊在喉咙里的那口气终于松了。

尉迟长生向身后的侄儿偏过头："回谒金门。"

"您也陷在定仙陵里了？！"

剑宗加重语气："回谒金门！"

尉迟骁却撑着勾陈剑站起身："我这就去……"

"哗"的一声风响，只见剑宗霍然转身，法阵原本就所剩不多的灵力因为这个动作而剧烈波动，霎时尉迟骁错愕地睁大了瞳孔。

剑宗金铠处处龟裂，脖颈、胸膛、前腹伤痕累累，左臂有一道尺余长的斫口，袍袖已经被鲜血浸透。

只听他一字字道："回谒金门，保住自身，别来定仙陵。"

紧接着法阵蓦然爆裂，无数光点随风飘散，消失在了灰烟袅袅的半空中。

徐霜策转身，收剑回鞘，不再看尉迟骁一眼："温修阳。"

温修阳立刻俯身："在。"

"送他下山。"

"是！"

徐霜策连头都没回，于高空中负手向璇玑殿方向走去，衣摆袍裾随风扬起，很快消失在了山涧中。

开裂的山峦和硝烟越去越远，渐渐消失在了身后。

无尽长风迎面而来，徐霜策没有御剑，一步步走向连绵不绝的山岭。流云在他脚下聚而复散，远处寂静无人的山林间竟坐落着一座大殿，隐隐显出琉璃碧瓦、白银飞檐的壮观轮廓。

丁零！

那只三道螺旋绞成的金环，与不奈何剑鞘碰撞，发出清脆的回响。

丁零——

他仿佛听见回廊深处风铃轻撞，重重纱幔随风轻摆。惩舒宫春日的午后，一个削瘦幼小的身影蓦地从墙顶冒出头，自上而下地偷觑他，自以为很隐蔽。

"徐宗主莫见怪，那是我们盟主半月前带回来的小公子，似是神智不全，不能说话……"

徐霜策站住脚步，向墙头伸出一只手。

那身影唰地一缩，只露出两只警惕的眼睛。

但徐霜策没有动，定定地维持着那个掌心向上的姿势与他对视，少顷，只见那双眼睛一眨，右瞳赫然变成殷红，再一眨，又变回常态，充满了怀疑和犹豫。

徐霜策收回手探进袖中。随着这个动作，墙后那身影又忍不住探出了寸许，却只见沧阳宗主从怀里摸出两枚小金币，用一根丝线穿了，随手一晃，叮当作响。

少年的眼睛一下睁大了。

叮当！

叮当！

日头穿过回廊纱幔，映得小金币熠熠生光，又会作响，少年好奇的眼睛随之不住左右摇晃。

叮当——

余音未尽，疾风掠过，徐霜策只觉眼前一花，手里竟然空了。

少年溜走的背影如绯云飞卷，转瞬已去数丈之外，细白的手指还攥着那丝线穿着的两枚小金币。他攥得那么紧，仿佛生怕丢了，随着急促的脚步叮当叮当一阵乱响，消失在了曲折幽长的回廊尽头。

仅余风动，错身而过，久久不息。

"宗、宗主切莫见怪！小公子神智不全，年幼无知，绝非有意为之……"

徐霜策突然低沉地笑了一声，惩舒宫弟子戛然而止，还以为自己听错了。

"跑得倒快。"他说。

惩舒宫弟子拿不准他是喜是怒，嗫嚅不敢言。

"挺好。"沧阳宗主如此评价，"跑得快的人，至少活得长。"

也许是巧合使然，那几年里徐宗主需要亲自去仙盟出席的场合突然变得很多。

那个被应盟主捡回来的少年一天天地长大了——虽然"长大"对他来说是个伪概念，因为岁月自始至终没有在宫惟身上留下一丝痕迹。

他只是逐渐开始知道人事，或者说，学习得比较像人了。

徐霜策教他念道经开蒙，手把手教他写字。惩舒宫春末时节，凋谢的桃花随风飘过窗棂，徐霜策端坐在案前握着他的手抄《洗剑集》；宫惟人虽然坐得还像样，但笔尖却永远是歪的，怎么扳也扳不直，写了一会儿就忍不住回头去摸不奈何，问："这是什么字呀？"

他其实很少开口说话，大概是心里也知道自己还没学像，口音平仄总发不准。

徐霜策说："不奈何。"

"什么意思呀？"

"鬼神不奈何。"

宫惟完全没明白，但若有所思地点了点头，少顷又问："为什么你们都有剑呀？"

徐霜策仍然握着他的右手，目光落在纸上："还有谁有？"

宫惟说："师兄。"顿了顿又补充，"尉迟长生。"

尉迟锐和他差不多大，几年前两人刚见面时打了一架，尉迟锐把宫惟打哭了。嗷嗷哭的宫惟爆发，一脚把尉迟锐从亭子里踹到了山崖下，应恺出来急寻时，只见尉迟锐正被树枝晃晃悠悠地悬吊在悬崖边，一脸迷茫。

徐霜策淡淡道："等你长大也会有的。"

宫惟问："怎么样才能有呀？"

玄门中仙剑的来源无非两种途径，第一是长辈遗物传承，第二是师尊帮忙淬炼。宫惟这种情况，理应由应恺帮他淬炼出一把属性相合、灵力相融的兵器——但那势必要等很久以后了。因为修士在进入金丹期之前，是不被允许拥有自己的仙剑的。

没人跟宫惟解释过金丹这个概念，毕竟他话都说不利索，连筑基都是很遥远的事情。

因此徐霜策只道："长大后自然就有了。"

宫惟又是完全没听懂，但仍然若有所思地点了点头，过了会儿仿佛突然做好了某个决定，扭回头仰望着徐霜策的下巴："徐白。"

徐霜策说："你今天话很多。"

宫惟维持着那个姿势，眼巴巴地看着他，郑重道："我就在意你一个。"

笔尖蓦然顿住，悬在半空。

室内安静得一根针掉在地上都听得清清楚楚，窗外树梢晃动，风声如潮。

良久徐霜策才低声斥道："胡言乱语。"

宫惟不服气地要争辩，这时窗外却传来噔噔噔的脚步声，紧接着一道人影蹿上来开始狂拍窗户，正是尉迟锐："宫惟！来帮忙！我把应恺养的鱼钓光了，他要揍我！"

　　发小儿要挨揍了，世间还有比这更重要的事吗？

　　风声倏然而过，徐霜策身前已经空了。

　　下一秒只见宫惟激动地跳窗而走，连头也没回，两名少年兴奋万分，横冲直撞地消失在了惩舒宫方向。

　　室内慢慢恢复沉寂，早蝉在枝头上一声声鸣叫，随风渐渐远去。

　　徐霜策没有动，也没有表情，半晌才缓缓地放下笔，坐在那里，瞳孔深处映出空气中安静的浮尘。

　　"胡言乱语而已。"他一字一顿地从牙关里道。

　　那时岁月貌似还很漫长，他们都以为宫惟还需要很多年才能筑基，然后结金丹，即便最终上不了大乘境，也起码能得到一把说得过去的仙剑。

　　谁也没想到仅仅数年后，白太守便在众人都始料未及的情况下横空出世，随即一战威动四方。

　　宫惟这一生，走得比任何人想象的都更远，也比任何人想象的都更短。

　　但那是后来的事了。

　　徐霜策负手走下云端，凌空降落在大殿前松软的土地上。

　　白银拱顶宽阔巨大，在天穹下反射着苍白的光。周围安静极了，殿门上方巨大的银牌上刻着一个龙飞凤舞的字，乃是沧阳宗秘传咒文写成，勾画繁复，外人难以辨识——

　　"禁"。

　　沧阳禁地，擅入者杀无赦。

　　徐霜策仰头望着门匾，与那个字久久对视。

　　人人都知道，刑惩院院长曾经是沧阳宗主此生最厌恶的对象。

　　那是二十年前，徐霜策刚从千度镜界幻世醒来的那个深夜，他御剑冲出璇玑殿，一路杀上岱山仙盟，在惊天动地的巨响中劈碎了刑惩院大门。瑟瑟发抖的宫院长还来不及连夜收拾包袱逃跑，就被徐霜策一把抓住后领，生生拎了出来。

　　尽管后来发生的一切被后世越传越曲折、越编越离奇，但那个夜晚至少有一处细节是确凿无疑的。因为当时半座惩舒宫的弟子都听到了徐宗主那句怒吼："你敢杀我妻子，今日就让你偿命！"

"宫惟！"

宫惟一路号啕逃命，徐霜策却紧追不舍，几次差点儿把他脚给剁断。整个岱山都被惊动了，连应恺都半夜惊醒披衣而来，连滚带爬地追在后面："霜策住手！那不是你真正的妻子，那只是幻境啊！"

"师兄救命！师兄救命！！"

"我知道你对宫徵羽偏见极大，但这次入幻世他尽心尽力，他只是帮你破障啊霜策！！"

"救命！救命啊啊啊！"

"霜策住手！来人，快来人，拉住徐宗主——"

所有转折都发生在同一瞬间。

宫惟一头撞进墙角，再也走投无路，下意识抱着头伸手一挡。

不奈何剑锋猝然停在了他手臂前。

——只见剑锋下闪烁着一星微光，那是宫惟抬手时袖口滑落，露出了手肘上一只无比眼熟的金环，直直撞进了徐霜策眼底。

"啪"的一声裂响，那是不奈何剑尖深深扎进地砖，徐霜策跟跄向后退了半步。

"我从记事起就佩戴它，已经忘了是从哪里来的。"幻世中白将军沙哑的声音还响在耳侧，带着只有他自己心里才知道的思恋和倾慕，说，"如今想把它赠予你，聊表感谢。

"我也不知道为什么，从未亲眼见过你的模样，也没亲耳听过你的声音，但初次遇见你时，便有前世今生之感。

"感觉好像已经等了你很久，喜欢了你很久……

"阿桃，你也会觉得前世曾经见过我吗？

"来日相见时，愿能成夫妻。"

…………

来日相见时，愿能成夫妻。

幻境种种言犹在耳，每一幕、每一句话都像是残忍的利爪，一把揭开了多年来自欺欺人的真相——

哪怕幻境法力再强，他又怎么可能爱上一个从未见过、从未交谈过的对象呢？

原来自始至终都跟那只妖异的右眼无关，跟任何非人的伎俩也无关。

所有的前世今生，所有的似曾相识，所有重逢般的喜悦与再难自欺的思慕，都在此刻得到了答案。

"宫院长没事吧？！""快快把人扶起来，把徐宗主拉住！""没事了没事了……"

吼叫、嘈杂和混乱都化作了白茫茫的背景。徐霜策直勾勾盯着宫惟，他正被一群人簇拥着，躲在石柱后望过来，目光惊惶又疑惑。

"霜策啊霜策，你怎能如此冲动，如此恩怨不分？"应恺气得口不择言，还在边上不停地训斥他，"我知道你一直对徵羽心怀偏见，说他行止妖异，所属非人，总有一天会为天下带来大祸……但多年来他一直兢兢业业，除你之外没人觉得他有任何妖异的地方！这次进入幻世也只是为了帮你破杀障！你们素来有仇怨，可冤家宜解不宜结，我决不允许你再对宫徵羽动手！……"

"应恺。"徐霜策沙哑道。

"你怎能因为幻境里不存在的'妻子'，就差点儿砍了你亲眼看着长大的宫徵羽？你简直……你怎么了？！"

应恺惊恐地看着徐霜策，却见他脸色煞白恍惚，仿佛完全没听见那些唠唠叨叨的训斥，只直直盯着远处的宫惟。

"要是那年我没跟你一起去那片桃林就好了。"他喃喃地道。

"要是我从没遇见过这个没心没肝的东西就好了。"

应恺瞳孔骤缩，只见徐霜策一手紧捂住嘴，猛然咯出了一口热血！

"霜、霜策！"

…………

那个无比混乱的深夜就此结束，所有人都在安慰惊恐号啕的宫惟，却没人注意到徐霜策不告而别。

他的灵魂仿佛已经抽离了身体，悬浮在高处，冷眼看着行尸走肉般的自己御剑而回，直至沧阳山巅，那口血已经在掌心凝固成了狰狞淋漓的形状。

"宗主！"

"宗主回来了！"

"宗主您这是、您这是怎么了？！"……

徐霜策游魂般站在那里，他如以往一般神情冷淡、面无波澜，但眼神深处却是涣散的。

"这里该有一处禁地。"突然他低声道。

离他最近的温修阳一愣："宗主，您说什么？"

"在这里修一座禁殿。"徐霜策终于长吁了一口带着血腥的气，站直身体，说，"修好后我亲自题写禁咒，从此任何人不准靠近，违令者杀无赦。"

众人皆是一头雾水，但不敢发问，忙躬身："是！"

155

沧阳宗这座禁殿起于二十年前，坐落在人迹罕至的深山，所用材料性皆极阴，每一块砖、每一面墙上都被徐霜策亲自刻下了法力暴烈的禁咒符图。

世人都说当年沧阳宗主与刑惩院院长交恶，却没人知道从那一天起，宫惟变成了徐霜策最恐惧的噩梦。

而这里，就是他准备锁住自己梦魇的地方。

——禁。

徐霜策终于收回目光，抬脚向前走去，靴底在厚厚的落叶上踩出细微声响。

"吱呀"一声，他推开雕花门，跨进了大殿。

十二扇鲸骨屏门大敞，雕梁画栋，高床软枕，绯云般的纱幔无风而动。他取下手腕上那只金环，轻轻放在床榻边，这时殿外传来了脚步声，谨慎地停在窗下没再靠近，是今日在此当值的守殿弟子："拜见宗主！"

徐霜策问："向小园呢？"

弟子大概有点儿意外，愣了下才道："应当还在璇玑殿上。"

"带来。"

"是！"

徐霜策深深地吐了口气，望向周围熟悉的摆设。

微尘在阴霾的天光中悬浮，博古架在地上投下一道道竖影，青玉案上叠着几摞小说图本。墙上裱着一套《鬼太子迎亲》连环画，二十年岁月已经让纸质泛黄了，但笔触活泼有趣，玄门世家非常多见，乃是哄小儿开蒙之用。

他的视线落在中间第八幅小狐狸吹唢呐图上，半晌没有移开，仿佛陷进了某些悠远而柔软的回忆里。

"禀宗主——"

就在这时弟子御剑而回，快步行至窗下，急道："奉宗主之命召向师弟，但遍寻不见踪影，刚听守山人说师弟已离山，跟尉迟大公子一道御剑走了！"

徐霜策锋利的眉角慢慢地压紧了。

第 27 章

一刻钟前。

温修阳在石阶尽头站定脚步，做了个请的手势："大公子，恕我就送到这里了。"

尉迟世家子弟出了名地耐打，尉迟骁硬挨了不奈何两道剑光都没死，吐了几口血之后竟然还能爬起来，刚抬脚往东边走，突然又停住了："温兄。"

"怎么?"

尉迟骁似是掂酌了片刻,才道:"徐宗主位高权重,外门低阶小弟子确实如蝼蚁般微不足道。但法华仙尊已逝,谁都不该成为逝者的替身,所以今后我还是会尽力阻止此事的。如果温兄有机会的话,也劝一劝吧。"

温修阳却冷笑了一声:"劝?"

他突然话锋一转:"我看你这架势是要直奔定仙陵,对吧?"

尉迟骁反问:"不然呢?"

"但如果我没记错,剑宗大人刚才明明是让你回谒金门,闭门不出,保全自身的啊。"

尉迟骁没好气道:"换作你家徐宗主出了事,你能安心回沧阳宗闭门不出吗?"

"我能。"温修阳挑眉盯着他,说,"大公子,我不知道尉迟世家是如何管教子弟的——你这性格若不是从小众星捧月估计也养不出来。但在沧阳宗,我等弟子绝不会对宗主的任何决定有一丝质疑,哪怕天塌下来也是如此。"

尉迟骁简直被他气乐了:"你这人可真是……"

"再说已经迟了,从十六年前开始就注定谁也劝不动了。"温修阳淡淡道,"如果真要怪,就怪那向小园为什么要跟法华仙尊沾上关系吧!"

尉迟骁哑口无言,半晌只得摇头道:"我与温兄真是话不投机半句多,以后上沧阳宗再见吧。走了!"

他转身拂袖而去,温修阳在身后扬声道:"大公子若想找死,以后尽管来便是!"

尉迟骁此刻只想赶紧去定仙陵,已经准备御剑飞走,但闻言还是忍不住回过头:"温修阳你简直……"

下一刻他愣住了。

温修阳身后的树上,正无声无息吊下来一道身影,头朝地脚朝天,左手一个劲对他做噤声的手势,右手里抄着块板砖。

正是宫惟。

尉迟骁:"……"

沧阳宗大弟子何等机敏,刹那间疑窦丛生,正要回头向后看去,尉迟骁脱口而出:"温兄!!"

温修阳下意识一顿。

两人面面相觑,尉迟骁急中生智:"温兄你……你喜欢吃什么?"

从温修阳的表情来看他大概以为自己的耳朵出毛病了:"你说什么?"

"我……我问你喜欢吃什么?"尉迟骁脸上都不知道怎么做表情,口不择言道,"温兄你看,你我相识已久,见面三分情,礼多人不怪,下次上沧阳宗的时候我给你带点儿见面礼……"

温修阳大概真是涵养好到了极点才没当场翻出个白眼来:"神经病。"然后转身回过头。

尉迟骁:"不!"

温修阳:"嗯?!"

所有惨剧都发生在那一瞬间。

官惟原本抡圆了板砖准备砸头,此刻呼啸而至,再收不住,一板砖当脸把温修阳砸飞了出去。

"嘭"一声惨绝人寰的巨响,温修阳飞出去数米,仰面朝天倒地,鼻血哗地奔涌而出,脸上浮现出了一块清清楚楚的砖头印。

啪!板砖从官惟手中直直掉在了地上。

尉迟骁:"……"

官惟:"……"

气氛如葬礼般凝重,两人彼此瞪视,表情都一片空白。

紧接着,地上的温修阳抽搐般一弹。

"哈哈哈……温兄你别送了,就到这儿吧,咱俩回头再约喝酒啊!!"尉迟骁一个箭步冲上去,抢起剑鞘"咣"当头一砸,生生把温修阳打得飞弹起来,终于不动了。

尉迟骁心惊胆战问:"死死死……死了吗?"

官惟颤颤巍巍地试了下呼吸:"没、没死。好歹是金丹后期呢,怎么可能死?"

徐霜策外门首徒、沧阳宗大弟子温修阳,就这么不省人事地"横尸"在地,仰面朝天、四肢大张,一方红印不偏不倚,正烙在他那张昏迷不醒的俊脸上。

两名行凶者面面相觑,然后一齐把目光投向地上安静的金砖,尉迟骁咽了口唾沫:"这、这是什么神器吗?"

官惟心虚地说:"啊,在徐宗主寝殿里掰的,哈哈哈。"

那一刻他几乎能看到尉迟骁脑子里在想什么:寝殿里随便撬出来一块金砖都蕴藏着如此深厚的灵力,徐宗主本人得厉害成什么样啊?!

这时远处传来人声,竟然是几名巡山弟子:"刚才是什么声音?""温师兄不是说一刻就回的吗?""宗主大人好像在召向师弟过去呢。"……

尉迟骁的第一反应是拔腿就跑,官惟瞬间风云色变,扑上去死死拖住他:"少侠且慢!带我一个!"

尉迟骁手忙脚乱："找死吗你？我这是去定仙陵！"

"你我至亲，怎能不生死相随？！"

"谁跟你至亲？！"

"不然你专门跑来见我干吗？！"

"谁要见你！我只是——"

"哎？"一名巡山弟子突然发现了端倪，"那边好像有人！"

两人如遭雷劈，瞬间凝固。

下一刻树丛哗啦晃动，是巡山弟子向这边走来："啊，向师弟！你这是……"

话音未落，只见尉迟骁一把抓起宫惟，御剑直起，屁股着火般冲上了天空。

"啊！温师兄！"身后地上乱成一团，远远传来弟子的惊呼，"温师兄你醒醒，你没事吧？！""快来人！""救命啊！！"

…………

混乱越去越远，直到化为一个小点，尉迟骁和宫惟才同时收回伸长了的脖子，满脸余悸未消，然后瞪着对方异口同声："你来干吗？"

宫惟怒道："不然呢？待在璇玑殿等死吗？！话说你为什么跑来沧阳宗发疯？！"

尉迟骁脱口而出："还不是因为……"紧接着戛然而止。

宫惟狐疑道："因为什么？"

尉迟骁的脸色非常古怪，仿佛想要说出什么，但又欲言而止。

少顷，他别开目光，突兀地问："这几日徐宗主对你的态度可有任何奇怪之处？"

宫惟心说少侠你可真了解徐宗主，他的态度何止是奇怪，简直就没有一分一秒正常的时候："还好吧，怎么了？"

尉迟骁立刻否认："没什么。"

紧接着他顿了顿，又忍不住问："那徐宗主有没有说过，他觉得你跟法华仙尊有点儿像，或者有没有把你当成过法华仙尊的……那个……替身？"

最后两个字他说得极其艰难，说完还赶紧打量了下宫惟的脸色，不知是担心他没听懂，还是更担心他听懂了。

宫惟目瞪口呆，指着自己问："替身？"

尉迟骁小心翼翼点点头。

宫惟用一种全新的、如同看见癔症病人一般的目光盯着他，半晌终于发自内心地问："那他还能让我活到现在？！"

整个仙盟都知道徐宗主杀人戮尸的光辉战绩，因此宫惟还是忍了忍才没把真心话说出口，其实他心里想的是：那他还能让我留一具全尸？

"不是这么回事,其实从桃源村回来之后我就觉得……"尉迟骁又顿住了,仿佛不知如何措辞,良久用力"哎"了声,挥挥手,"算了,你不懂反而是好事。"

宫惟心说如果现在年轻后辈的思维都跟你差不多,那我不懂可能还真是一件好事。

"但既然你已经出来,现在就绝对不能再回沧阳宗去了。"尉迟骁想了想,说,"我现在必须赶去定仙陵支援剑宗大人,谒金门只有弟子留守,即便派人把你送回去也没用,怕是挡不住徐宗主上门追索——只能回头再安排你的去向了。我看还是先找个山洞把你藏起来吧,不管怎么说,在徐宗主自己把这事想明白之前,务必离他远一点儿!"

说到这个宫惟立刻来了精神:"少侠放心,刀山火海我都跟着你!"

尉迟骁断然否决:"也不准跟着我!说了定仙陵非常危险!"

"你不是去定仙陵找剑宗吗?"

"我找谁关你什么事?"

"当然关我事了!"宫惟一把攥住尉迟骁的手腕,情真意切道,"你我至亲,你叔叔就是我叔叔——不,比亲叔叔还亲啊!我怎么能眼睁睁看着咱俩的叔叔陷入危险而不救呢?"

尉迟骁面红耳赤:"谁是你亲叔叔!谁是你至亲!"

两人在勾陈剑上扭打来扭打去,你撕我脸我掰你牙,这时突然前方光芒大盛,以至于两人眼前同时一白,尉迟骁猛然回头望去。

只见一座四四方方、如城墙般磅礴巨大的大乘印法阵近在眼前,不知为何与刚才的形态已经不同了,此刻就像四面流淌着耀眼金光的透明墙,亮得极度跋扈,矗立在天地之间,笼罩住了万里连绵的岱山山脉。

仙盟到了!

宫惟一看那百年难见的大乘印法阵形态,立刻道:"快改变方向!切不可……"但他的话不及尉迟骁的动作快。

"硬闯"两个字还没出口,尉迟骁趁机挣脱,啥都没来得及听清楚,便飞起一脚把宫惟踹下高空,催动勾陈剑就往岱山冲去。

"嗖——"一声拖长了的风响,宫惟自由落体向地面坠去,表情空白地望着远处尉迟骁冲向那法阵。

然后他惨不忍睹地抬手捂住了眼睛,不忍看接下来注定的血腥场景。

这时身后突然有人如流星般赶来,当空伸手稳稳一捞,便准确地抓住宫惟,把他带到了另一把仙剑上。

以宫惟的角度，只能看见来人玄色袍袖随风飘展，紧接着把他牢牢按在了身前，同时传来一道少年关切又温润的声音："你没事吧？"

这声音竟然有两分熟悉，宫惟内心"咦"了声，还没来得及回头看来者是谁，只见前方尉迟骁驾驭勾陈剑，如一道赤金焰火般冲向岱山地域，接下来不出所料，只听惊天动地的——

嘭！

大乘印法阵不知何时竟然变成了固若金汤的墙，本应直接穿进去的尉迟骁当头狠撞，结结实实，连人带剑飞弹了出去。

"……"剑上的宫惟和来人动作一致地扭头，眼睁睁望着尉迟骁划出一道高空抛物线，飞过头顶，"轰隆"一声摔进远处的山林，哗啦啦惊飞了无数鸟群。

半响宫惟才挤出一句："没死吧？"

身后来人的声音充满了不确定："可能吧。"

宫惟终于有机会回过头来，看清了对方的形貌，却在下一刻怔住了。

那是一个容貌非常秀美、看上去十八九岁的少年人，眉间有种镇静从容的神韵，白衣黑袍，气度柔和，乌黑的长发用一根雪白丝带束起。

这通身衣着极其简素，但发带末端却绣着一枝低调的、不起眼的月桂叶，玄门百家见者色变——因为是纯金线。

校服带金，必为三宗以上，嫡系至亲。

宫惟终于想起自己为什么会对这个人有印象了。

那是他临死前半年的事，某天弟子们窸窸窣窣的议论声传遍了整座惩舒宫："喂，喂，听说了吗，钜宗竟然把自己的亲弟弟送进刑惩院了！""这得捅了多大的篓子啊？""据说是虐待家奴，手段残忍至极，惹得众人都非议不已……""等等，不就是一个家奴吗？"

…………

"白霰是我的奴仆，我自然想怎么对待，就能怎么对待。"

刑惩院前堂上，一个黑衣紫带、面孔苍白的英俊少年负手站在众人的视线中，意态慵懒得好像只是来信步闲游一样，顿了顿又懒洋洋地道："虽然不用外人多嘴，不过，既然连刑惩院都惊动了，那么退一步也无妨。"

他回过头，笑道："白霰，他们要我放你走呢。"

逆光中跪着一道清瘦的侧影，伶仃得好像一阵风都能吹折，深深地、恐惧地低着头。

"你不是发誓宁死也不离开我的吗？"

众目睽睽之下，那跪着的身影战栗起来，肉眼可见的绝望几乎要随着颤抖满溢而出："请不要……不要赶我走，二公子……"

但那高高在上的少年笑起来。

他五官十分立体深邃，这一笑换作平常时，足以让无数仙门少女羞红了脸，但此刻却有种气定神闲、让人毛骨悚然的残忍和戾气。

"是吗？"他就这么笑着说。

"那你就把心脏剖出来给我看看吧。"

…………

宫惟垂下视线，无声地呼了口气。

"你是沧阳宗弟子吗？太胡闹了，为何会来这里？"那少年人口音很软，因此连责备都带着和气，随即又望向远处灰烟袅袅的山林，"此处危险不能久留，快随我来。"

说着他掉转仙剑方向，正要向下，却只见身前的宫惟抬头问："你是谁？"

少年人愣了愣，这才想起自己情急之下还未自通名号。他竟然完全不介意对方一介外门小弟子如此对自己说话，谦卑地双手作揖行了个平辈礼，歉然道：

"在下钜宗门人，名为白霰。"

——钜宗。

世人说一门、双尊、三宗，剑宗以毫无疑问的强横实力位列第一，其次是资历深厚的金船医宗穆夺朱，再次就是以兵人、土木、机关术冠绝于世的钜宗长孙澄风了。

钜宗与剑宗相似的地方在于，都是先祖出了超绝一时的大宗师，然后将自家带到了仙门六家的位置上。成为世家之后再广收门徒、天材地宝，砸也能砸出不输先祖的后人，如此才将"三宗"的名号在自己的家门里代代传承下去。

长孙世家不愧为一方豪雄，见到大乘印现世后立刻派了大批人马赶来，在岱山脚下驻扎了一片营地。宫惟跟着白霰御剑落地，只见尉迟骁已经被长孙世家子弟恭恭敬敬从山林中请回来了，这座人间炮台真不是吹的，先硬扛徐霜策两道剑光，后硬撞应恺的白金大乘印，都这样了竟然还没死，一边揉青紫的额头一边有气无力问："大乘印只是个标记罢了，怎么会把我弹出去？"

一个年纪看上去跟尉迟长生差不多、肩头随便搭了件黑色滚金边衣袍、面相俊朗气质和善的男子站在边上，双手揣在宽大的袖口里，唉声叹气道："贤侄啊，不是我说你——大乘印的意义不就是昭告天下说这地方老子承包了，责任老子也担了,闲杂人等不得入内吗?你明知道定仙陵出事,你还往里闯,你真是……"

白霰上前深深俯身,双手将仙剑平举过头顶:"钜宗大人。"

此人正是长孙澄风。

尉迟骁一眼看见宫惟,迅速双手捂面背过身去,可惜已经迟了。宫惟目瞪口呆地盯着他半晌,终于忍不住谨慎地确认:"少侠,你刚才以脸着陆时撞上砖头了是吗?脸上这印痕跟刚才砖拍温修阳的英姿很像啊。你看这有棱有角的……"尉迟骁怒道:"砖拍温修阳的明明是你!不要栽赃!"

"哎呀,我就说这剑还是你拿着用嘛。"长孙澄风亲手把白霰扶了起来,然后转向宫惟,一见他身上的校服颜色,当即大奇:"这位不是沧阳宗的高徒吗,你俩怎么会在一起?温大公子已经被灭口了是吗?"

尉迟骁还没来得及说话,宫惟却在以前深深感受过长孙澄风的为人,果断否认:"实不相瞒,钜宗大人,我俩其实丝毫关系也没有,此事说来话长……"

"我懂,我懂,不用解释。"长孙澄风善解人意地道,"徐宗主与尉迟剑宗一向不和,怎能容下你二人交好?因此你们灭口温修阳,逃出沧阳宗,走投无路,举目无亲,只好来到天下最危险的地方,正当绝望之际,刚巧碰见了如神兵天降一般的我……"

尉迟骁已然惊呆了。

宫惟斩钉截铁:"不,钜宗!没有这回事!"

白霰忍不住道:"钜宗大人,我也觉得事情不是这样的呢……"

然而这时话音未落,远远一名长孙世家子弟快步前来,高举一张红色法符:"禀告钜宗!沧阳宗主于千里之外发来传音符,言事关重大,请即刻拆阅!"

宫惟跟尉迟骁还没来得及有反应,长孙澄风却已迅速进入了角色,先替他俩深深倒吸了一口凉气。

然后他一挥手,法符于半空中爆开,下一刻不卑不亢的声音响起,却是守殿弟子盛博:"禀钜宗,我沧阳宗走失一外门弟子,名向小园,乃是被谒金门尉迟骁拐带。如在岱山附近碰见,请立刻擒获归还沧阳宗,尉迟骁可就地斩杀。"

宫惟:"……"

尉迟骁:"……"

长孙澄风目瞪口呆地回过头,眨巴眼睛瞪着他俩。

宫惟变戏法般幡然变脸,立刻诚恳作揖,声情并茂地道:"是的钜宗大人,就是你猜的那么回事。我二人身家性命只能拜托给你了!"

长孙澄风的内心顿时被正义感涨满了,怒道:"徐霜策怎么能这样,他以为他

163

是谁！难道身为大宗师，就可以为所欲为了吗？"

宫惟感动拊掌："钜宗说得太对了！"

尉迟骁轻声说："你这见风使舵的速度真令人叹为观止啊向小园。"

长孙澄风向白霰一伸手，不满道："把我的传声符拿来。告诉徐霜策，这世上很多事是不随他左右的，不要以为自己成了大宗师就能随意命令别人了！反正他现在被关在沧阳宗，也不能来岱山，就说这话是我说的……"

这时只听法符中又传出盛博的声音："另外……"

他顿了顿，语气平静："徐宗主说，如果钜宗大人有异议，半个时辰内他亲自来岱山找您面谈。"

长孙澄风的动作僵在了半空。

一片死寂过后，只见长孙澄风回过头来，双手揣在袖口里，满面真诚慈爱："两位贤侄，还是听我一句劝吧。徐宗主之所以反对一定是有他的道理的。不如你俩先各回各家，各找各妈，由我亲自来把向贤侄送回沧阳宗……"

尉迟骁脱口而出："你那正义感消失得也太快了吧大人！"

长孙澄风面子上立刻挂不住了："我并不是害怕徐霜策，这跟那是两码事……"

"完全是一码事，您就那么怕徐宗主找上门来吗？！"

长孙澄风："我不是，我没有……"

"其实你内心也觉得徐宗主就是能为所欲为对吗？！"

长孙澄风半张着口，半晌终于自暴自弃地"嗐"了声，痛心道："你们这帮不知天高地厚的年轻人！谁不怕徐宗主，你还见过这世上有第二个大宗师这么丧心病狂，不仅杀人还戮尸的吗？"

一阵难以言喻的安静顿时笼罩了这片空地。

良久只听宫惟幽幽道："竟无法反驳呢。"

"所以，"长孙澄风一手来回指着他俩，斩钉截铁道，"你们赶紧回沧阳宗跟谒金门，不准再靠近这里。应盟主既然祭出了铜墙法阵，就说明里面情况已经很危险了，待会儿医宗穆夺朱会赶来跟我一起守住岱山外围的。明白了吗？"

远处岱山绵延千里的地界已经被金光铜墙笼罩得严严实实，完全看不清里面到底是什么情况。尉迟骁急道："不行，我必须立刻进去，我叔叔还陷在里面……"

"绝对不行！定仙陵是各世家门派的墓葬之地！"长孙澄风不由分说打断了他，"再说如果连应恺跟尉迟锐都搞不定，你俩进去能有用吗？你得相信一下前辈，剑宗尉迟锐是什么人？他不会那么容易死的——"

轰隆！

突然一声巨响从岱山传来，仿佛大地爆然开裂，山林剧烈摇撼，所有人顿时踉跄。

无数鸟雀疯狂惊起，长孙澄风趔趄着扶住白薇，震惊地望向那磅礴到几乎要燃烧起来的铜墙法阵，良久凝重道：

"吧……"

尉迟骁简直听不下去了，抄起勾陈剑，只见赤金一道御风而起："走！"

"等等！"长孙澄风回过神，一把将他拦了下来，硬生生挡在半步以外，"再耐心等等，绝对不可以进去！"

尉迟骁出离愤怒了："为什么？我知道定仙陵是墓葬之地，但活人不比死人重要？！"

长孙澄风定了定神，似乎有点儿犹豫不决，但片刻后还是叹了口气。

"十五年前应恺倡议各大门派共建定仙陵，在最深处的第九层镇压了四具黄金棺椁。

"如果太多故人相聚，那四具棺椁中的一人就可能会因为过分欣喜而突然醒来。"

第 28 章

与此同时。

定仙陵地宫，第九层。

外面那声轰隆巨震响起的同时，重逾千吨的玄铁石门终于合拢，将墓道上密密麻麻的群尸挡在了门后。只听"锵"一声亮响，尉迟锐一剑插进青铜地面，才勉强在剧烈的震动中支撑住身体，精疲力尽呼出一口血气。

"你刚才说什么？"他终于有机会开口问，"这一层有四具棺材？"

应恺顺着巨石门滑坐在地，衣袍已经在厮杀中浸透了血，被群尸撕咬得破破烂烂，狼狈不堪。有好一阵他也说不出话来，须臾才重重咯出几口血沫，摸索着点燃了一支火折子。

"没事。"尉迟锐刚要阻止，只见他疲惫地摆了摆手，示意无妨，"这点儿火不会惊动它们。待会儿闻不到活人的气息它们自然就散了，我们再找机会杀出去。"

震动渐渐平息，墓道内不大的空间被火折子映亮。他们后方一道黑色的玄铁石门挡住了群尸，前方则是另一道更加宏伟壮观、纯金浇铸且高不见顶的巨门，静静矗立在黑暗里。

应恺久久凝视着那道巨门，一手握着铿亮森寒的定山海剑，半晌苦笑了声：

165

"你知道为什么当年我要倡议各世家门派共同出力建造定仙陵吗，长生？"

尉迟锐想都不想道："扬玄门之威，令天下拜祭。"

应恺却摇了摇头："不，原因就在那背后。"

尉迟锐顺着他的目光望去，眼底映出了黄金巨门大片暗沉的光。

"当世修仙者不知凡几，能筑基的已经很少，能结丹的更是幸运至极，能跨越大乘境、位列大宗师的堪称屈指可数。即便成了大宗师，古往今来也几乎没人能迎来天劫，顺利飞升。

"因此那些没能飞升的前辈修士们不管活多少年，最终都会像凡人一样经历生老病死，溘然长逝。

"——问题是，有些前辈并不是真正死了。"应恺顿了顿，说，"他们介于活人和死人之间。"

尉迟锐已经得到了答案，望向隐隐传来群尸惨叫声的巨石门："会诈尸？"

"确切形容是'惊尸'。"应恺说，"霜策与我少年时经常结伴出游，发现一些世家大派出现过'惊尸'的情况——后辈下墓拜祭时，活人气息涌入墓中，尸体当即撞棺而起，将血亲后辈活活撕咬致死。不过因为只有宗师级修士才会惊尸，所以这个秘密才得以在极少数世家高层内部守住，直到十六年前。"

"升仙台的……那一年？"尉迟锐皱眉问。

应恺说："对。那年深冬第一场大雪后，岱山深处发现了一具被遗弃的巨型镜棺。"

尉迟锐神情微微发生了变化。

"那具镜棺高达半丈，重逾千钧，通体六面都是嵌合的碎镜片，完全无法窥视其内。没人知道它是从何处来的，但它偏偏就出现在了人迹罕至的深山老林里，棺盖上用血字刻着棺主的姓名和一道古老的封印符，已经磨得斑驳不清，只能隐约辨认出半个'曲'字。"

尉迟锐疑道："曲？"

应恺说："是，但玄门各大家里根本没有姓曲的。正当我秘密追查镜棺来历时，情况又出现了新的变化。"

"什么？"

火折子的光映在应恺俊朗的脸上，神情有些黯沉。

"镜棺现世后的第七天，仙盟惩舒宫一位真人圆寂，落葬时惊尸，撕咬死伤者达十余人之众。又过半月，长孙世家子弟夭折，头七未过深夜惊尸，被长孙澄风亲手拿下。

"自此，玄门百家但凡有人亡故，不论长幼必然惊尸，无一例外，死伤惨重。"

墓道内安静良久。

尉迟锐两眼放空,似乎在认真思索什么,片刻后坚定地道:"我家没有。"

应恺无力道:"长生,那是因为当年你家没有人死,好吗?"

尉迟锐点点头,然后傲然重复:"我家没有。"

应恺一手扶额,半晌长吸了口气,明智地决定不跟他计较。

"总之,各家惊尸之灾已经到了我一人难以掩盖的地步。如果这种丑闻传出去,不仅玄门内部将恐慌大乱,民间百姓也必然将修士视为洪水猛兽,将求仙视为妖魔邪道。

"因此与钜宗长孙澄风秘议过后,我提议各世家门派将所有先祖前辈的遗体都迁葬到岱山,修起定仙陵,再施以厉法重重封锁,严令禁止活人入陵。若是有人一定要下墓,则最好一人、最多两人,尽量避免群尸惊起的风险。

"在陵墓最深处的第九层,我浇筑了这座纯金重门,并亲手送进了四具棺椁。"

"镜棺在里面?"尉迟锐立刻问。

"是的,第一具便是那邪门到了极点的镜棺。"应恺缓缓道,"铜水浇铸,黄金封死,由我亲自祭拜后送入门内,永远不见天日,各家惊尸之灾戛然而止。"

尉迟锐若有所思地点点头,又问:"其他三具呢?"

应恺反问:"你小时候听过《鬼太子迎亲》的故事吗?"

当然听过。《鬼太子迎亲》是道经启蒙故事里的一篇,其流传之广,大概跟民间小儿开蒙念《三字经》《百家姓》差不多。

相传上古时期,鬼垣势力强大,鬼王对众神多有不敬且作恶多端,有一位东天上神因此被触怒,降下了天劫将鬼王打得神魂俱灭。鬼垣太子为了报仇,施法在人间掀起无数战乱,一时之间流血漂杵、万里焦土,甚至连众神都惊动了。

这位东天上神据说非常慈悲,怜悯世人饱受战乱之苦,遂再次出手,神、人、鬼三界的战局因此而渐渐倾斜,僵持不下的鬼太子只能向众神求和。恰逢这时,一位大宗师于战场上横遭兵解,立地飞仙,传说是位美貌绝伦的女子,与鬼垣太子甚为匹配。于是鬼太子便送出大批价值连城的聘礼,百兽精怪的迎亲队伍从黄泉直上碧落,敲锣打鼓将新娘接回了九重地底。

传说中的结局是两人从此情深意笃,琴瑟和谐。且从那以后,鬼太子便永居黄泉深处,再也没有人见过他。

当然这只是荒诞的故事,所谓"鬼太子"指的可能是哪位判官,而玄门从未记载过什么"东天上神",更没听说鬼垣敲锣打鼓迎娶过太子妃。

尉迟锐狐疑问:"所以呢?"

"惩舒宫密室内有一座青铜棺，历任盟主代代秘藏，没人知道里面到底是什么，但有传说是鬼垣太子妃兵解飞仙时留下的遗骨。"应恺缓缓道，"谨慎起见，同样被我熔金水封死，葬进了这地底。"

尉迟锐："……"

尉迟锐有种儿时睡前故事与现实交错的荒谬感，半晌一脸震惊道："不会吧？"

应恺哑然失笑。

"第三具呢？"尉迟锐忍不住又问。

这时哪怕应恺说第三具是神话传说里的鬼垣太子，他都不会有任何惊讶了。谁知道这个问题话音刚落，就只见应恺那一丝笑意渐渐消失，良久才抬起满是血丝的眼睛，平静地说："不是。

"是宫徵羽。"

刹那间尉迟锐所有言语都卡在了喉咙口。

"怎么能把宫惟放在那里！"他突然唰一下站起身，失声道，"宫惟不可能会——"

"他会。"应恺的语调疲惫但平稳，"身为大宗师，含怨而死，死后不腐，已经具备了惊尸的一切条件。天下公认宫徵羽镜术第一，而那座邪气冲天的镜棺偏偏在他死后同年现世，哪怕是我都不敢担保此事与他绝对无关，你明白吗？

"我把镜棺的存在隐瞒下来，就是因为怕玄门百家因此认定宫徵羽怨灵作祟，连累他身后声名。定仙陵建成后，我将他遗骨改葬黄金棺，当时他尸身依然未腐，伤口仍能渗血，且面容栩栩如生。"

应恺望向地底深处的那座巨门，轻声说："长生，如果这世上有一个人一定会惊尸，那么这个人十有八九是宫徵羽。我只奇怪为什么这么多年他都没有惊。"

尉迟锐沉默下来，良久突兀地道："他生前很喜欢热闹。"

应恺说："我知道。"

宫惟生前不仅喜欢看热闹，还喜欢制造热闹。这么活泼好动的人，最终却被孤零零埋葬在最深、最黑暗的地底，镇压封死，不见天日，他会怎么想呢？

会失望吗？

还是怨恨呢？

"宫徵羽被改葬在定仙陵最深处的事，全仙盟只有我、徐霜策、长孙澄风等极少数人知道。将这三具最危险的棺椁送进去后，本来我打算将巨门封死，从此再也不让任何活人踏足这门后半步……"应恺深吸了口气，才道，"谁知这时又迎来了第四具棺材。"

尉迟锐皱眉问："谁？"

应恺挪开视线，眼底映出跃动的火苗，半晌低沉道："徐霜策。"

尉迟锐愕然半晌，第一反应是自己听错了："谁？！"

"十六年前升仙台上，宫惟临死前对徐霜策说了对不起。他说，你永远都飞升不了，你这辈子的修为就到此为止了。"应恺定定地望着烛火后一望无际的黑暗，轻声说，"之后的那几年，我一直沉浸在自责、愧疚、悔恨和痛苦交织的情绪里，并没有心力去仔细思索这句话背后的意义……直到某天深夜，惩舒宫大殿，徐霜策突然带着一具空棺踏月而来。"

"我近来独自修行，毫无进境，只觉厌倦。有时午夜梦回，想起那年升仙台上宫徽羽留下的话，仿佛冥冥之中竟自有定数……"

一轮弯月映照在大殿前，庭院如积水空明。应恺双手微微发抖，但徐霜策的神情和声音都平淡到了极点，仿佛在叙说他人毫不相关的事情。

"我此生无法飞升，总有一天会命丧黄泉。到那时我心有不甘，执念不散，一旦尸变必定遗患百年。所以你先将这具空棺送进定仙陵第九层，未来大限将至时，我将自行入陵封死墓门，卧棺静候。或许那一天也不会太远了……"

应恺咽喉仿佛堵上了酸涩的东西，良久才颤声道："对不起，其实都怪我。如果我早点儿发现你们之间的摩擦不可调和，如果我早点儿察觉徽羽心里的不快和杀意，如果我能早点儿开解他、制止他……"

出乎意料地，徐霜策竟然笑了一下，尽管非常短暂："不。"

"你最大的心障便是强自为难，为自己揽下太多责任。"他突然问，"还记得那年我曾经说，我后悔曾跟你一起进入那片桃林，要是这辈子从没遇见过宫徽羽就好了吗？"

应恺看着他，一个字都说不出来。

他当然记得，他还记得徐霜策从肺腑里激出的那一口热血。

"我现在不后悔了。"徐霜策轻轻地说，"我只觉命当如此。"

…………

生为宿敌，死同一葬。

应恺长长地呼了口气。

"墓门终于关闭时，里面埋葬着四具棺椁。此后十余年间，尽管偶有活人入陵洒扫拜祭，但定仙陵里的上千具棺椁从来没有发生过异变，玄门百家也再没发生过惊尸的丑闻。"

玄铁巨门外群尸尖嚎声已经远去了，拖着沉重的脚步渐渐消失在亘古岑寂的

169

陵寝深处。狭窄的墓道内，只有一豆火星在燃烧，随着应恺的叹息而陡然摇晃，带着四周墙上的投影也微微晃动。

"直到昨夜，我发现那块作祟的千度镜界碎片是复制品，实在无法解释这一切……只得亲自打开了陵墓的门。"

尉迟锐默然良久，才问："你想看这事跟宫惟有关系没？"

"全天下最精于幻术的人是宫徵羽，最熟悉千度镜界的人也是宫徵羽。我必须来亲自看看他的灵魂是否还安息。"应恺声音发涩，深吸一口气压抑住了，"如果当真跟他有关系，至少下一块镜片现世时，我可以亲自赶去……处理。"

谁都没想到，宫惟还好好躺在定仙陵里，倒是这么多年都没动静的上千具棺椁齐刷刷惊尸了。

"它们走了。"尉迟锐望向玄铁石门，耳朵敏锐地动了动，"走吧。"

两人都是当世立于巅峰的大宗师，尽管彻夜厮杀损耗惨重，但经过这番休整后至少恢复了点儿元气。应恺用定山海剑支撑着站起身，刚要转身往外走，又迟疑了下："你受伤了吗？"

尉迟锐："还好啊。"

"那你喘这么厉害？"

尉迟锐："没有啊。"

两人突然同时僵住了。

喘息从伸手不见五指的黑暗中传来，一声比一声清晰，一声比一声沉重，仿佛近在耳边。应恺蓦然望向尉迟锐，两人都从对方眼底看见了自己苍白的脸色，然后同时慢慢转向身后那座巨大的黄金墓门。

战栗从脚底升起，但那不是因为恐惧，而是因为——地面在震。

震动越来越大，越来越剧烈，左右墓道上碎石尘土簌簌而落，紧接着巨门边坚固的石墙突然爆出一声清脆的——

咔嚓！

仿佛虚空中无声的警报，应恺面色骤变，只来得及飞身推开尉迟锐："长生让开——"

话音未落，黄金墓门整扇爆裂，千钧门板呼啸而至，将应恺当胸撞飞。

紧接着他整个人飞出去砸塌墓道，金块碎石如冰雹当头而下。

尉迟锐："应恺！"

但巨震淹没了这一声咆哮。

应恺被重重压在上千吨巨门下，瞬间喷出一口血，耳朵里迅速漫出血腥的热流。过了好几秒,他才在剧烈震荡中感觉到神识内有什么东西一松。

那是大乘印。

笼罩在岱山千里范围内的保护法阵,在此刻颓然龟裂了。

光幕碎成千万片,汇聚成洪流冲上云霄,随即连最后一丝光都消失得无影无踪。汇聚在山下的所有人不约而同抬起头,尉迟骁脚步僵住,长孙澄风半张着嘴说不出话,惊骇如无数条毒蛇般在人群中嗖嗖蔓延。

岱山上空苍穹阴黑,映在了宫惟震惊的眼底。

下一刻,那浓厚到如有实质的尸气爆发式扩散,以迅雷不及掩耳之势席卷而来!

山下的修士们根本连躲都来不及,便接二连三被黑暗所笼罩,紧接着连喊叫和惊呼都被浓墨般的雾气所吞没了。长孙澄风闪电般拉住身侧的白霰,同时扭头喝道:"都别乱动!别乱跑!"

尉迟骁第一反应是伸手去抓宫惟,随即却感觉那细长冰凉的手在自己触及的刹那间一滑,消失得无影无踪。

"向小园?"尉迟骁愕然道,四处摸索却只碰到滑腻腥湿的尸气,"你上哪儿去?!回来!"

前方伸手不见五指的黑暗中,宫惟静静站在峭壁之巅,仰望着远处定仙陵的方向,面色苍白凝重。

随即他袍袖一振,飞身掠向山涧。

"喀喀喀……"陵墓深处,尉迟锐竭力把剑刺进地面稳住身体,在猛烈晃动的墓道中沙哑道,"应恺?你怎么样,应——"

他的声音突然顿住。

金属摩擦的声音从黑暗深处传来,仿佛有什么危险的东西正缓缓滑开,随即在一声尖锐擦响后戛然而止。

尉迟锐的瞳孔颤动起来,他已经意识到了那是什么——

棺盖。

"回去。"他难以置信地喃喃道,"回到那个世界里去,你们明明已经……"

但可惜迟了。

墓道已成废墟,两侧残墙上的阴烛突然一支接着一支自动燃了起来,映亮了地宫第九层巨大的空腔。只见前方青铜地面上,有一座直径长达数丈、雕刻森严繁复的圆形法阵,四具庞大沉重的黄金棺椁呈环形摆放,其中一具棺盖赫然大开。

光晕森寒幽绿,一道僵直的背影坐起身,缓缓转过脸来。

尉迟锐满耳都是自己难以控制的急促喘息，他下意识向后退去，终于艰难地叫出了那个名字："……宫惟。"

第 29 章

罗刹塔铿锵一声森寒出鞘，但他紧握剑柄的手却微微发着抖，声音中带着一丝连他自己都没发觉的悲哀和恳求："别过来，宫惟……别再过来了。"

话音刚落，只见那尸身爬出棺椁，因为动作僵硬而"砰"一声单膝跪地，然后慢慢站了起来。

那青白而没有丝毫表情的面孔就这么直直对着尉迟锐。

法华仙尊从小就不喜欢戴冠，乌黑的头发随手一束，有种轻衣胜马的散漫和从容。哪怕只是待着什么都不做，他周身那种生动的气韵和神采也都仿佛在不停流动，就像轻松的音符在空气中跳跃；当他愿意亲近什么人的时候，他就像一团甜蜜的梦，快快活活地包裹住这个人的整个世界。

但现在他完全静下来了。

他紧闭着双眼，面容死白，每根发梢都散发出无形的沉重和僵冷。

尉迟锐尽量不发出任何声音，缓慢地一步步向后退，这时却突然听到一声轻微的"咔嗒"！

一块碎石在他脚后跟下应声而裂。

仿佛虚空中无形的弦猝然断裂，那尸体蓦地抬头，紧"盯"着尉迟锐，下一刻突然原地消失。

换作一般人可能反应不过来，但尉迟锐跟他过招太多次了，瞬间瞳孔紧缩，拔剑转身，只见法华仙尊的尸身犹如鬼影般当空而下，"当"一声亮响挥手打开剑锋，一掌抓向他咽喉！

尉迟锐怒道："宫惟！"

他仰头避过指爪，尸身五指紧擦下颌而过，如刀切豆腐瞬间没入青铜实心墙。尉迟锐趁隙抽身迎战，罗刹塔神剑所至，铜墙铁壁皆作齑粉，整片墙的砖块如暴雨打冰雹般坠落，但那惨白的面孔却始终如影随形，甚至无法拉开丝毫距离。

"哐当"一声巨响，尉迟锐抓住他后颈一把掼向敞开的棺椁，电光石火间手中一空，再回头时却只见白色殓衣倒挂直下，尸体脚站在墓道砖顶上，刹那间与他来了个脸对脸。

尉迟锐心下骤沉，飞身退后，脱口而出："剑出法随——"

剑魂骤然唤醒，尖啸直上九霄。

赤金光晕四散爆发，刹那间为他披上层层战甲，千钧一发之际挡下了心脏前尖锐的指爪。

尸体动作一顿，半条手臂霎时被灼得焦黑。

其实惊尸是没有痛觉也不会恐惧的，不管受到任何伤害都只会疯了一样攻击活人，但不知为何，在这一顿之后尸身却突然放弃了攻击，掠过尉迟锐冲向墓道口。

决不能让它出去！

情急之下别无他法，尉迟锐一剑斩向尸身后颈，眼见着就要身首分离，法华仙尊却突然一回头，侧脸被剑锋映得雪亮。

——那面容纤毫毕现，熟悉得仿佛昨天才分别。

尉迟锐剑锋猝然一顿，止不住的战栗从指尖直上脑顶。

下一刻，闪电般的剧痛与清脆"咔嚓"同时发生，他腕骨被法华仙尊一掌生生剁折，罗刹塔当啷落地。

痛呼尚未出口便被打断，尸体泛着血光的手掌死死钳住了他咽喉。

尉迟锐："……"

尉迟锐发不出声，双目充血，紧盯着这张近在咫尺的脸。年少时无数岁月都像散碎光点一般闪烁在眼前，但很快就消失发黑，连成排望不到尽头的阴烛都看不清了。

"宫……惟……"

他喉骨咯咯作响，没断的左手攥着尸体的手腕，但无济于事。

就这一瞬，突然——咔！

尸体的头无力垂向一侧，颈骨竟然被人从身后折断了。

尉迟锐顿时挣脱，新鲜空气从受创的喉管一涌而入，呛得他剧烈咳嗽眼前发黑，勉强看清了来人竟然是应恺！

"呼……呼……"应恺全身浴血，因为牙关咬得太紧，连喘息都带着破音。他扭过头紧闭着双眼，又是闪电般咔咔两声，干净利落折断了尸体的双臂。

然后他才发着抖松开手。

尸体像断了线的木偶，"扑通"一声倒在了地上。

墓道一片死寂，只听两排阴烛噼啪燃烧。良久，应恺终于吐出一口带着颤音的血气，说："把棺椁封好，我们要走了。"

"……"尉迟锐说不出话来，点了点头。

玄铁石门早就被应恺生生地砸塌了，远处又接二连三响起了拖长的脚步声，是游荡在这陵墓深处的惊尸又在聚拢。应恺亲手抱起法华仙尊的尸体，托着他因为颈骨断裂而不自然歪着的后脑，低头看了一会儿，小声喃喃道："对不起，徵羽……是师兄对不起你。你好好地睡吧，好吗？"

尸体毫无生气，无知无觉。

应恺的五脏六腑像是被烧红了的烙铁烫着，烫得痉挛发抖。他深吸了口气，托着尸体站起身，蹒跚走向不远处那具黄金棺椁。

尉迟锐没有勇气跟上去，甚至没力气站起来，颓然半跪捡起罗刹塔剑，突然只听身后一声轻微的——

扑哧。

他全身一震，简直不相信自己的耳朵，一寸寸僵硬地回过头，只见应恺的背影定在棺椁前，后背肋骨下刺出一只贯穿腹部的血淋淋的手掌。

那是法华仙尊的手。

紧接着，尸体从他怀中滚落在地，站起身后脖颈、双臂仍然弯折着，但随着"咔嗒咔嗒"数声脆响，奇迹般地恢复如初，还仿佛调整似的扭了扭头。

"应恺？"尉迟锐做梦般问道。

应恺喷出一大口血，再支撑不住，遽然跪倒在地。

"应恺！"

尉迟锐怒吼出声，起身冲上前，然而这次法华仙尊的动作更快。也许是厌倦了纠缠，在罗刹塔剑锋破空而至的瞬间他一睁眼，右瞳赫然殷红如血，正正中中映出了尉迟锐紧缩的瞳孔——

风声、脚步、声音、光亮……世间万物突然凝固。

幻境犹如深渊巨网，温柔又残忍地覆面而来。

无边无际的岑寂中，尉迟锐只能听见心脏在胸腔内扑通扑通地搏动，但那声音也越来越慢，越来越微弱，直至被扑面而来的喧杂所淹没。

"听说剑宗大人一夕暴毙，气海空空荡荡，灵力全然枯竭……""怎么会这样？！""是诅咒啊，是以剑证道带来的诅咒啊！"

…………

"都是你！"他听见灵堂上母亲歇斯底里的叫喊，那么多人都拉不住她，"为什么你要有那么高的天分？都是你害死了你父亲！都是你！！"

"不是我，"他一遍遍告诉自己，"不是我。"

小小的尉迟锐蹲在灵堂墙角，紧抱着头，全身发抖，一个魔鬼般细细的声音总是不失时机地从心底响起——真不是你吗？

如果你没出生，或者你生来并非天赋异禀，那个令亲父惨死的诅咒还会应验吗？

时光斗转星移，草木荏苒冬春，老剑宗夫人殉情时放的那把火已经熄灭在了众人的记忆里。尉迟家再度迎来婴儿的啼哭时，已经是很多年后，谒金门子弟又一次穿麻戴孝，上下都挂满了白幡。

"谁想到连着两代克父，造孽啊！"灵堂外有人交头接耳地唏嘘，"当年老剑宗至少还撑了好几年，这一个却是刚出生就吸干了亲爹，真是孽障啊！"

"他们家老剑宗为了求道飞升，修炼的路子就不对，此后每一代子孙都与亲父灵脉贯通，天赋越高就会越早把亲父的灵力活活吸干……"

"真是儿子越好老子就死得越早，修炼怎么能走捷径呢！""是啊是啊！……"

尉迟锐站在棺椁前，注视着棺中兄长苍白平静的脸。
——其实是有点儿陌生的，毕竟当年父母去世后，他就被送到岱山惩舒宫去了，这么多年来都没怎么回过这名义上的家。

"剑宗大人。"随扈小心翼翼地抱来褓褓，低声道，"这是大公子。"

哭声唤起了他的注意，尉迟锐慢慢地回过头，只见灵堂微弱的烛光下，刚出生没几天的婴儿正声嘶力竭地扯着嗓子，小脸涨得通红，还不太能看出尉迟家男子常有的深眼窝、高鼻梁等相貌特征。

"挺好。"尉迟锐突然答非所问地道。

"天生灵脉已经长成了，我出生时也是这样的。难怪和我一样。"

随扈不敢细想"和我一样"这四个字背后的意义，膝盖一软跪了下去，半个字不敢吭。

尉迟锐却没有更多表示。他弯腰想抱起婴儿，但动作生疏笨拙，尝试几番后只能单手拎着褓褓，像提布袋似的提起来，怔怔地站在棺椁前小声说："不怪你。"

"呜哇——"

"不是你的错。"

婴儿回之以更加响亮的哭号。

"不是你自己选择要出生的，"尉迟锐恍若未闻，喃喃地道，"他们擅自把你带到这个世界上来，怎么能怪你取代了他们？"

"轰隆"一声闷雷响起，灵堂外大雨瓢泼，数不清的白幡如长蛇般在风中摇曳。

"你真是这么想的吗？"那个魔鬼般诱惑的、充满恶意的声音突然再一次出现，"你一出生就害得亲人家破人亡，真的这么问心无愧吗？"

怀中婴儿的哭声不知何时变细变长，拖着不怀好意的尾调，就像无数鬼影幸

175

灾乐祸在耳边细语:"你这剑宗的地位明明是靠克死了亲人才得来的啊!

"要是生来平庸一点儿不就没事了,其实你偷偷庆幸过吧?

"你怎么好意思还活着?"

…………

"砰"一声尉迟锐重重跪倒在陵墓地上,双手用力捂住耳朵,一字字硬挤出浸透了舌尖血的齿缝:"住口,你只是个幻境,你给我住口——"

鬼影们一齐哄笑起来:"幻境才能让你听到心底最真实的声音呀!"

"把耳朵戳聋吧!"

"你死了就听不见了。你怎么还不死?"

…………

"住口!给我住口!!"

魍魉鬼魅影影绰绰,就像千万鬼爪拉扯着他的元神,向幻境最致命的泥沼深处坠去。尉迟锐好似在无边业火中挣扎沉浮,极度痛苦却不论如何也无法彻底醒来,恍惚中看见一张熟悉的面孔居高临下注视着自己,是法华仙尊。

然后那惨白的尸体闭上眼睛,转身离去,消失在了墓道深处。

阴风卷着呜咽声越来越近,是刚才走散了的群尸再度聚拢,三三两两出现在墓室周围,渐渐聚成了环形的尸墙。

它们生前都是各大世家门派的前辈宗师,身着不同制式的殓衣,腐烂的眼眶无法闭合,从四面八方直勾勾盯着墓中的两个活人。

"应恺,"尉迟锐剧烈喘息着,幻境与真实交织的撕裂感让他站立不稳,战栗着握紧罗刹塔剑,"你还醒着吗?"

身后不远处,应恺倒在棺椁前,无声无息。

尉迟锐重重闭上满是血丝的眼睛,片刻后猛然睁开。寻常修士此刻早已神志混乱走火入魔而亡了,他只能靠紧咬舌尖来勉强维持意识,"锵"一声罗刹塔出鞘,牙缝中一字一顿道:"来吧。"

仿佛被活人的气味刺激,尸体们接二连三发出尖啸,拖着僵硬的步伐同时拥上前。

——就在这剑拔弩张之时,墓道尽头传来了一阵轻快的小调。

它来得太突兀了,就像浓郁尸气中突然吹来了一阵清风。尉迟锐的第一反应是听错了,但紧接着墓道中真的闪现出了一道身影,体态削瘦还未长成,双手背在身后,好奇地左顾右盼,像个刚下学堂哼着小曲的少年。

是幻觉吗？

只有在幻觉里才能出现这么难听的歌声吧？

其实曲调本身对尉迟锐来说是十分熟悉的，但来人实在太五音不全了，以至于从头到尾没有哪怕一个音在调上，可怕的是他还偏偏哼得很认真很努力——越努力就越荒腔走板。尉迟锐本来就元神受了重创，此刻听了这仿佛小狐狸上吊一般揪人心肝的歌声，刚才还能苦苦支撑的一口气顿时被刺激成了热血直冲天灵盖，当场扑通跪地，哇地喷出了一口老血。

紧接着，疾速逼近的僵尸们竟然停下了，接二连三立在原地，仿佛突然进入了梦游状态。

发生了什么？

尉迟锐的神志已经不足以支撑他思考，只见密密麻麻的僵尸突然迅速向远处退去，少顷竟然潮水般散了个干干净净。

宫惟一个箭步冲上前，终于停下了那堪称鬼哭狼嚎的可怕唱腔，一把扶住尉迟锐，激动得热泪盈眶："阿锐！是谁把你伤成了这样？！我师兄呢？师兄！师兄你怎么了？"

宫惟连滚带爬去查看应恺，突然手臂一紧，被尉迟锐死死攥住了。只见他双目通红湿润，视线涣散模糊，却在强烈的本能驱使下硬是挤出了几个字："太、太难听了……"

宫惟冷冷道："尉迟锐，十六年不见，别逼我一见面就抽你大耳刮子。"

尉迟锐分不清眼前是不是另一重幻境，跟跄倒在了地上。

尸体刚才施放的幻术强大到足以致命，哪怕换个金丹修士来也立毙了。尉迟锐指甲深深刺进掌心肌肉里，鲜血顺指缝横流，才能勉强保持最后一丝意识："快，快去叫人……"

"宫……法华仙尊……"

宫惟正忙着从废墟中拖出应恺，气喘吁吁道："是，是我。待会儿再抒发你那久别重逢的喜悦之情好吗？"

尉迟锐又呛出一口血，断断续续补完后半句："法华仙尊……诈尸……跑了……"

宫惟简直以为自己听错了，动作猛地顿住，良久匪夷所思地回过头。

远处黄金法阵中，环形排列着四具暗金色巨大的棺椁，其中第三具赫然大开，内里空空如也。

宫惟难以置信："那个诈尸的是我自己？"

宫惟慢慢将目光投向地上惨不忍睹的师兄和好友，终于升起了一丝迟到的罪

177

恶感。

"对不住，对不住。"他心虚地搓着手，讪讪地道，"我这就把自己弄回来摁进棺材板里，放心吧。"

第 30 章

天下玄门的中心——岱山仙盟惩舒宫，此刻已沦为尸毒与瘴气横生的修罗地狱。最先一批冲上山来的大多是惩舒宫门下修士，救人心切又缺少防备，很多人还没抵达定仙陵便猝然中招，将剧毒的瘴气吸入了肺腑。所幸钜宗长孙澄风带人及时赶到，指挥弟子将中毒的修士抬下山去紧急救治，又唰地打出一道法诀，猛一振袖，千里清风平地起，瞬间将浓厚到几乎让人伸手不见五指的黑色尸瘴逼得一退。

这么一退，周遭视线终于清晰了些许，但也只是从完全摸黑前进到勉强能看见十步以外景物的轮廓罢了。

身后众弟子纷纷让路行礼："白前辈！"

长孙澄风回过头，只见白靆快步上前，俯身行礼："大人……"

长孙澄风一把就把他给扶起来了："怎么？"

白靆仍然谨慎恭敬地低着头，道："回禀钜宗，前面就是定仙陵了，请让我先进去探探路。"

白靆没有任何防护，但在尸瘴横行之地来去自如。长孙澄风略一沉吟，还没来得及想出理由来反对，突然尉迟骁一眼瞥见数步以外灌木丛间的什么，快步上前一看，霎时神情微变。

是一小片衣角，被尖锐的枯枝钩住剐了下来。

"这是……"

"向小园。"

长孙澄风惊道："向贤侄没和你在一起吗？"

尉迟骁眉峰紧锁，望向远方黑沉的浓瘴，凝声道："他抢先一步去定仙陵了。"

长孙澄风还以为自己听错了："他去那儿干什么？！"

是啊，他一个低阶外门小弟子，去那最危险的定仙陵里做什么？

尉迟骁心中有种说不上来的怪异，似乎重重迷雾后隐藏着某个若隐若现的秘密，但不论如何伸手都触碰不及。

他突然想起自己第一次见到向小园时的情景，那个木讷的小魅妖站在沧阳宗前堂上，就那么傻呆呆张着嘴听自己言辞激烈要求退约，然后突然向后翻倒晕了过去；又想起退约后不久，原本注定这辈子都不会再见面的两人却一同来到了临江都，协力对抗鬼修、并肩出生入死。世事境遇变化之大，有时让他根本无法把眼前这一举一动皆有妙处、嬉笑怒骂收放自如的向小园，与当初那个晕过去的小魅妖联系到一起。

冥冥之中总有种割裂感，让他觉得当初两人在临江都时，自己的记忆仿佛缺失了一段，细节处隐藏着微妙的不合理。

但到底缺失了哪里呢？

"那是什么？""有人在那儿！"

突然周围弟子呼喝起来，长孙澄风抬头一看，只见不远处突然影影绰绰地出现了几个人影，都穿着宽敞破烂的白色衣袍，脚步蹒跚拖沓，直到十步以外才晃悠悠地停住了。

紧接着，一股更加浓郁的尸臭随风飘到了近前。

"是守陵人吗？""守陵人还活着？"

弟子们纷纷猜测，有心急的已经忍不住大步上前询问："兄台，惩舒宫还好吗？应盟主与剑宗大人怎么样了？你们这是……啊！！"

长孙澄风和尉迟骁突然同时脸色一变："回来！"

话音未落，长孙澄风猛一挥袖，手臂上暴蹿出一条长达数丈的白金机关臂，瞬间将那惨叫的弟子当空夺回，风刃将黑幕般的尸瘴绞得一退，刹那间露出了那几名"来人"的真面目——

它们面部腐烂，双眼浑浊，身着殓衣，赫然是游荡的死尸。

"退后！集中！"长孙澄风破口大骂，"定仙陵惊尸了，不要乱闯！"

这时他身侧突然一道厉风掠过，他定睛一看："尉迟大公子？！"

尉迟骁一剑荡平惊尸，赤金色的环形剑光破开了十余丈黑雾。借着这光亮，众人才惊骇地发现不远处已隐藏着不少惊尸，清一色面目狰狞，都对准了活人的方向。

长孙澄风吼道："回来！前面太危险了，你一人不能——"

话音未落却被尉迟骁扬声打断："这里就托付您了！"

最后一字已然远去，只见他面色森然，御剑直扑定仙陵。

与此同时，地宫。

宫惟一手一个，拖着昏迷的应恺和尉迟锐，如同拖着两个大号口袋，气喘吁吁地转过了拐角。

长长的石梯螺旋向上，两排阴烛散发着幽幽的绿光，映出前方阴影中几道惨白的人影。宫惟这具尚未结丹的身体本来就没有什么灵力,到这时已经快耗完了,只得又把那诡异的曲调有气无力哼唱了几句。

那些人影慢慢向后退去,但可能因为法力不够,仍然不怀好意地徘徊在周围。

"去。"宫惟脸色一变,用那诡异晦涩、无人能懂的语调严厉道,"为我擒来法华仙尊,我把他的金丹赏给你们,快去!"

幸亏这定仙陵中众多灵力高强的宗师都差不多被应恺和尉迟锐一夜鏖战摆平了,剩下的普通惊尸们并不十分棘手。

僵尸们一阵轻微耸动,这才慢慢退散开来,消失在了尸气浓郁的黑暗深处。

"应恺……"尉迟锐被拽着后领在地上拖,晕晕乎乎地说,"我好像中幻术了……"

应恺昏迷不醒,不能给他回答。

这倒不是因为伤势过重,而是道家一种高深的法门——在重伤时自动进入"抱元守一"状态,将五感暂时从外界完全抽离,以强大的元神迅速修复受创的灵脉。

全天下世家门派中,唯有寥寥几位前辈大宗师能到达这一境界,其中又以应恺在这方面的修为最深厚精湛,哪怕再重的伤都很难置他于死地。当年连徐霜策都说过,应恺从最开始入门筑基时就已经奠定下日后大宗师的气象了,若论灵力运转绵长不绝、生生不息,全天下无人能出其右。

"活该,早跟你说过别直视别人的眼睛。"宫惟费劲巴拉拖着他俩前行,头也不回地问,"幻境里看见什么了?"

尉迟锐"大"字形摊着,被一级级顺着青铜台阶往上拖,气息奄奄而满怀恐惧地说:"我……我好像听见了宫徵羽唱歌……"

宫惟沉默须臾,温柔道:"长生,再给你最后一次活命的机会,自己把握。"

尉迟锐立马陷入了安静。只听衣料在台阶上摩擦窸窸窣窣的声响,少顷才传来他特别小的呢喃:"我看见了我父亲。"

幻境里看到的一般都是自己最恐惧的记忆,宫惟错愕道:"什么?竟然不是当年因为功课没完成就把你吊起来毒打的徐霜策?"

他们经过的阴烛微微摇曳,带得影子也在石墙上晃动,形状庞大而怪异。尉迟锐没有吭声,他的元神还沉浸在虚浮而痛苦的幻境里,半晌才嘶哑道:"真是我害死的我父亲吗,应恺?"

宫惟大大咧咧地说:"嘁,瞎想什么,这不是老剑宗自己投机取巧走了修炼的歪路子吗?早说了飞升没有捷径可走,该吃吃该喝喝过好这辈子就完了。"

尉迟锐双眼紧闭神情痛苦,不知是听进去了还是没听进去。过了会儿他又仿佛想起什么，微微挣扎起来，像是竭力想从深深的幻境中挣扎出水面："法华仙尊……"

宫惟只能安抚："知道，知道，法华仙尊诈尸跑了，这就把他抓回来啊。"

但尉迟锐充耳不闻，喘息着问："应恺，你说宫惟到底为什么……为什么要杀徐霜策？"

宫惟把他俩拖上青铜台阶的最后一级，终于直起身来，精疲力尽地抹了把汗。"因为必须如此呀。"他叹了口气轻声道。

这时他们已经来到了台阶的尽头，转过拐角便是一条长长的墓道。宫惟喘过一口气，刚要继续拖起他俩往前走，脚步却突然收住。

只见墓道当中赫然出现了一道高大的背影，鹰背褐色战袍、赤金铠甲护臂，气势凌厉而肃杀，箭袖下露出两只干枯成酱黑色的狰狞的手，正觅声缓缓向活人回过头。

阴烛火光碧绿，映出了头盔下那张腐烂殆尽的脸。

宫惟无声无息地退后半步，颤声道："你可真是说什么来什么啊，长生。"

——那竟然是尉迟锐的亲生父亲，上一代老剑宗。

咔嗒！死尸转过身，殉葬铠甲碰撞发出尖锐的声响。

宫惟冷汗唰地就下来了，回头一把拽来尉迟锐，薅着他头发把脸露出来："剑宗大人留步，我们不是故意打搅您长眠的，您看这可是您亲生儿子……"

咔嗒！尸体沉重的铠甲再次撞击地面，又前行了一步。

"我们这就走，只要您放我们过去保证一炷香内我们拖家带口地走。您看这位就是传说中的应盟主，威震天下铁骨铮铮一言九鼎……"

咔嗒！咔嗒！咔嗒！

死尸举剑大步而来，宫惟唰地把应恺、尉迟锐同时塞回身后，灌注了最后灵力的尖厉吟唱脱口而出。

就在这时，身后蓦然伸出一只手，死死捂住了他破音的尾调。

紧接着死尸一剑斩下，就在厉风扑面的刹那间，来人拔剑"锵"一声结结实实挡住了。

是尉迟骁！

宫惟这一下可如见救星，毕竟谒金门的老祖宗由谒金门的后人自己来收拾最适合不过了。只见尉迟骁如流星般俯冲出去，只一发力便将死尸双手紧握的剑打飞了出去，"哐当"重重撞上墓道石墙，又摔落在地；死尸正欲回头去捡，却被尉迟骁闪电般反手一剑柄，重重砸在后颈上。

——咔嚓！

赤金铠甲竟受不住这力破千钧的一击，当即龟裂破碎，腐朽的后颈骨应声而断。

尸体头颅以极不自然的姿势歪在一边，紧接着在轰隆巨响中扑倒在地，终于不动了。

"……"

墓道安静数息，宫惟啪啪啪鼓起掌来，真心诚意赞叹："少侠威武！干得漂亮！"

尉迟骁淡淡道："我祖父仙逝时已经气海断绝，不剩什么灵力，只要下得了手都能制服他。"说着收起勾陈剑，上前来迅速检查了他叔叔和应盟主两人，见都没有性命之危，才松了口气，问，"你是在哪里找到他们的？下面发生了什么？"

宫惟隐隐觉得对方态度似乎有点儿怪异。

但凭他对世事人情的学习和了解，又不懂到底怪异在哪里，想了想便信口胡扯："我也不知道这是什么地方，嗯，我乱走迷路了，非常害怕，一进来就看见应盟主和剑宗大人倒在门口……"

尉迟骁突然一抬手打断了他，扛起应恺、扶住尉迟锐，不容置疑道："此处危险，边走边说。"随即大步向前走去。

他身高腿长，步子比宫惟大得多。宫惟赶紧一溜儿小跑跟上去，聪明地把刚才在地底最深处看见的四具黄金棺椁和"法华仙尊"诈尸跑了的事都略去不提，颠颠地问："你是怎么找到我们的？钜宗大人呢？这里到底是什么地方呀？"

尉迟骁说："这是定仙陵。"

"外面那些人……那些尸体为什么都在跑呢？"

尉迟骁脚步不停，道："这叫惊尸，原本是罕见的，我也是第一次遇到。"

宫惟恍然大悟一般长长地"哦——"了一声。

"定仙陵内光修士就埋葬着上千位，我刚才入陵时，一路看见众多惊起的宗师都已被二次斩杀在墓道里，看痕迹皆是神剑'定山海'所为。"尉迟骁顿了顿，道，"想必是应盟主昨夜不知何事入陵，不巧引发了连环惊尸，匆忙中只能拔剑突围；剑宗大人又赶来营救，结果两人一起陷进来了吧。"

宫惟拍着胸口真诚道："原来如此！真是太吓人了！"

尉迟骁不答，拖着一个扛着一个大步流星冲上墓道尽头的青铜台阶。

宫惟连奔带跑跟在他后面，内心感觉越来越摸不着头脑，似乎从没见过这样的尉迟大公子。但他对人心的了解有限，对旁人各种幽暗、微妙的情绪变化没什么感知能力，只能凭借本能去生硬地理解，想了想便没话找话问："应盟主与剑宗大人没事吧？"

尉迟骁简短道："抱元守一，不会有事。"

他始终健步如飞且目视前方，连个多余的眼神都没有给。宫惟一身戏骨憋得无处施展，只得道："不知道两位前辈是遇上了什么，竟然能被重伤成这样，恐怕这陵墓中还潜伏着好多惊尸……"

　　"法华仙尊吧。"尉迟骁突然打断道。

　　"啊？"

　　宫惟微怔，只听尉迟骁平静道："以应盟主与剑宗的本事，能在顷刻间放倒他俩的人整个道门史上都没出过，哪怕飞僵现世都做不到。唯一一种可能，便是那故人的遗骨令他俩无论如何都不忍还手，而满足这一点的，全天下只有法华仙尊。"

　　宫惟愕然须臾，疑道："不忍还手？"

　　尉迟骁反问："不然呢？"

　　"但那已经是尸体了啊。"

　　尉迟骁终于在前行的间隙瞟了他一眼，虽然是奇怪的目光："正因为是亲近之人的遗骨，所以才不忍下手屠戮啊。"

　　"……"

　　宫惟心说你们可真奇怪，明明人死了就什么也没有了，尸身不过一摊肉而已，却有人把它当活人一样不忍还手，还有人感情丰富仇恨到要戮尸，实在是不能理解。

　　不过这么一想，他又回忆起自己还很小的时候，徐霜策第一次当众训斥他，好像就是因为他被大人带着参加哪家葬礼，结果闲极无聊，跑去跟那葬礼上的尸体玩儿。当时连应恺都勃然大怒，把他一路拎出灵堂，徐霜策还问他到底是什么东西——这么看来大概世人都一样，对尸体有着异乎寻常的强烈爱憎，连徐霜策都不能免俗。

　　正这么琢磨着，只听尉迟骁平淡道："话说回来，你这一路走来竟然没撞上法华仙尊，实在是命大。"

　　宫惟随口说："我也不知道，我就这么一通乱走……"

　　他话音顿止，心中雪亮，终于明白了尉迟骁态度奇怪的地方在哪里——

　　从见面到现在，他半句都没主动问过自己是怎么找到这陵墓的。

　　他已经察觉到什么了吗？

　　宫惟抬眼望去，尉迟骁仍然大步走在身前，光从背影看不出丝毫异样。

　　他眼睛一眨，右瞳泛出一丝殷红，再一眨，又变回常人般的黑色，似有些拿不准主意，半晌试探道："少侠？"

　　尉迟骁道："怎么？"

　　"你回个头呗。"

183

尉迟骁置若罔闻，但声音仍然是稳稳的："做什么？"

宫惟的眼睛又一眨，这下右瞳彻底变成了宝石般澄澈的殷红，狡黠地笑起来道："你不回头看我，只能我去看你啦。"

尉迟骁脚步猝然一顿。

但宫惟还没来得及有所动作，就在这时，前方台阶上突然传来凌乱的脚步声，紧接着一群修士疾奔而来，为首赫然是钜宗长孙澄风。

宫惟的右瞳瞬间恢复成黑色，只见长孙澄风已疾步而来，一向非常随和的面容前所未有地严肃，上手就从尉迟骁那里接过了昏迷不醒的应恺："这是怎么回事？下面发生了什么？"又令弟子扶起尉迟锐，一皱眉道，"剑宗大人这是中了幻术？"

尉迟骁道："大人，怕是法华仙尊惊尸了。"

长孙澄风当场顿住。

但在那稍息之后，他立刻恢复了冷静，低声吩咐弟子："立刻将盟主与剑宗护送出陵。医宗穆夺朱大人派遣门下弟子前来照应，已经到定仙陵外了。"

两名弟子迅速领命离去，长孙澄风又转向尉迟骁，轻声道："贤侄，实不相瞒，惊尸乃是罕有人知的玄门丑闻。且这地宫中的惊尸一旦外逃，恐将伤及无数性命，因此事不宜迟……"

他的意思是想让谒金门少主协助自己清理众多惊尸，但向来十分得力的尉迟骁却一反常态，毫不犹豫地打断了他："钜宗大人的意思我明白。只是我谒金门老剑宗现曝尸在外，请待我先将祖父收敛归葬后，再赶回来协助您清剿定仙陵内的惊尸吧。"

长孙澄风连婉言劝说都来不及，便只见尉迟骁转过身，向宫惟一招手："过来，愣着做什么？"

宫惟正默默缩在角落里降低存在感，闻言一呆。

众目睽睽之下，只见尉迟骁一挑眉角，那脸色竟有几分严厉："你是我未来道侣，你不同我一起收敛祖父尸骨，还等我来请你不成？"

宫惟："……"

宫惟哑口无言，在周遭众多视线中拱了拱手，赔笑道："是，是。"

长孙澄风哑口无言的程度比宫惟还甚，但千言万语死人为大，的确不好拦着别家晚辈收敛祖宗遗骨，只得再三叮嘱："那两位贤侄注意安全，务必快去快回啊。"

宫惟一手掩面，尾随尉迟骁沿墓道折返。

他们刚才走了一炷香工夫才与钜宗等人会合，眼下却是轻装上路，速度更快，不到一刻钟便顺着青铜台阶回到了下一层地宫里，转过拐角便是当时遭遇老剑宗惊尸的那条墓道了。

尉迟骁突然止住脚步，打了个手势，轻声说："你听。"

怎么了？

宫惟下意识向他所指的方向侧耳，却并未听见任何异样，茫然回头道："我没有……"

他动作蓦然僵住。

勾陈剑锋正抵在他咽喉间，稍微一动就可能血溅三尺，如同身后尉迟骁的声音一样寒意逼人："你到底是谁？"

宫惟眼睛微微张大了。

"刚才遭遇老剑宗惊尸时，你对着尸体唱了一句咒词，见我赶到突然就止住了——那句词我听过，是专门用来与死人对话的道家至高禁术之一，《密通阴阳混沌大法咒》。

"你不是那个胆小怕事的低阶弟子。"尉迟骁紧绷的声音从头顶传来，问，"你到底是什么人？"

第 31 章

——《密通阴阳混沌大法咒》。

大部分的道家密卷都年代古老，这本大法咒却是几十年前才现世的。

它最初是北陵一个叫"伏鬼门"的小宗派为了研发禁术而弄出的成果，后来为了掩盖罪证，那掌门一把火将全部经卷都烧光了。但谁都没想到的是，当时年纪尚小的宫惟因为闲极无聊，早已偷偷看完了整车的竹简，并且过目不忘转瞬成诵，回头把几万字的经卷又给洋洋洒洒默写了一遍。整个伏鬼门因此被定罪下狱，而这本大法咒也被应恺整理成册，束之高阁，列为仙盟仅有少数世家知晓的、最高等级的禁术之一。

法华仙尊从小好动，疯玩儿起来能跟着小剑宗把怹舒宫拆了，但静坐下来的时候也能认认真真钻研整本经卷。他破译了很多远古失传的道家秘典，却又从未收徒，只因为好玩儿跟尉迟锐分享过一些。十六年前升仙台上他一死，玄门百家等于失去了一本活字典，很多密藏经卷从此彻底失传了，其中就包括这本《密通阴阳混沌大法咒》的所有音谱。

宫惟眨眨眼睛，说："你听错了。"

他刚想回头，喉间却猝然一刺，是勾陈剑锋贴上了致命的喉管，迫使他分毫移动不得。

"向、小、园。"尉迟骁在身后轻轻地、一个字一个字地道,"你是想在这里同我说清楚,还是想让我把你押回沧阳宗去,当着徐宗主的面说清楚?"

徐霜策。

宫惟一听见这三个字,脊椎顿时蹿起寒意,话音里那一丝挥之不去的狡黠都没了:"你真的听错了,什么密通大法咒?我只是因为迷路偶然闯进来……"

"法华仙尊真的惊尸了?"

"什么?"

尉迟骁略低下头,在他耳边轻轻地、从牙缝里道:"应盟主与剑宗之所以失手,真的是因为故人惊尸,还是因为遇到了看似丝毫无害、实际连阴阳禁术都了如指掌的你?"

从尉迟骁的角度只能看见宫惟半边侧脸,只见少年面容仓皇,似是天真软弱,急急地一张口想要辩解什么——但紧接着就卡壳了。

宫惟:"……"

两秒安静后,宫惟无奈地叹了口气,表情随之放松下来。

"算了,其实连我都想不出说辞了。"他伤脑筋地道,"要不你想听什么,你告诉我,我说给你听吧。"

尉迟骁神情微变,紧紧握住了剑柄:"密通阴阳的禁术你是从哪里学的?"

宫惟说:"我在沧阳宗时偷看了典籍——反正你也不信。"

"这定仙陵惊尸的事,跟你到底有多大关系?"

宫惟懒洋洋道:"你觉得能跟我扯上关系吗?你说能就能呗。"

"你——"

尉迟骁握剑的手背青筋凸起,却只见身前的少年笑了起来,那黑白分明的、长长的眼尾斜里一瞥,有一丝风流与无辜糅杂起来的奇异感,说:"少侠,我要是你,我就不会这么问。

"我会先把'向小园'卸了四肢关节,带到众人面前,最好是有长孙澄风在——长孙澄风专擅机关兵械,钜宗门下新奇残忍又不留痕迹的刑具非常多。然后把平生最恨幻术的徐霜策请来,有徐宗主在座,三堂会审严刑拷打,哪怕是个铁人都一定能被撬开嘴。

"我不会像你现在这样,特意把所有人都引开,然后才把剑抵在嫌疑犯脖子上,还小心翼翼生怕划破了点儿皮。我不会问'禁术在哪儿学的''惊尸跟你有关系吗'这种温柔的、迂回的问题,因为那实在太软弱了。"

宫惟微笑着转过头,因为这个动作,脖颈皮肤终于沾上了锋利的仙剑,鲜血瞬间一涌而出，映在了尉迟骁猝然收缩的瞳孔里。

他笑道："我会一针见血地问，你还是那个沧阳宗外门弟子向小园吗？或者已经——"

尉迟骁失声："你做什么！"

他劈手要松剑，却被官惟一把攥住定在咽喉间，拉锯中尉迟骁竟然争夺不开，只听少年就那样轻柔而残忍地微笑道："——或者已经被夺舍，从此变成了那位传说中的刑惩院院长，宫徵羽？"

锵！

剑柄撞上墓道，尉迟骁终于把官惟鲜血淋漓的手硬生生掰开，厉声打断："我说了住口！"

"你太软弱了，尉迟大公子。"官惟自下而上地瞅着他，眼神怜悯，"你甚至都不敢先砍我一只手，或捅我两剑，那你还希望我给什么回答呢？"

一丝丝隐蔽的猩红正如旋涡般从他右瞳深处浮现，但尉迟骁没注意到。少年侧颈的伤痕就像碎裂了的白瓷，一滴滴鲜血顺着脖颈线条蜿蜒而下，色调对比惊心动魄，直至没入深深的锁骨窝。

尉迟骁也不知道自己的狼狈和愤怒从何而来，直烧得他太阳穴都在突突地跳，口不择言地喝道："你以为我是不敢吗？！我只是不——我——"

铜墙两侧阴烛跳跃，突然墓道尽头闪过一道身影，被他用余光下意识捕捉到。

尉迟骁心脏猛地一突，怒吼戛然而止。

多少年来出生入死的本能在这一刻救了他。尉迟骁没有直接抬头看，而是条件反射横剑一反，剑身立刻映出了来人的倒影。

它静静立在那里，白袍殓衣，身形单薄，只比向小园略高些许。虽然面无表情，但那微微歪着头的姿态，不知怎么就有种丝毫不沾世俗一般的懵懂和天真。

尉迟骁："……"

尉迟骁的手微微战栗，他尽量不发出声音地将剑锋再偏斜一分，明晃晃映出了它的眼睛——

那右瞳是如血一般的红色。

"怎么了？"官惟已经察觉到异常，维持着刚才那个回头向后的动作轻声问。

尉迟骁喉结剧烈地上下一滑："你走吧。"

"别发出声音，不要回头，不要用眼直视它。"尉迟骁手掌挡住官惟的双眼，沙哑道，"我挡不了太久，你立刻回上面找钜宗，快去！"

然而不知道为什么，官惟没有动："是法华仙尊吗？"

剑拔弩张的气氛已经说明了一切。

若是魂魄夺舍转世，尸身就不该会惊起了，尉迟骁刚才的逼问自然得到了答案。但现在说什么都已经来不及，尉迟骁紧紧盯着剑身上的倒影，连眼睛都不敢眨：“怎么还不走？！”

官惟问：“他的眼睛红了吗？”

“什么？”

官惟加重语气：“他的眼睛红了吗？”

尉迟骁从牙关里挤出几个字：“是，怎么？！”

世人皆知法华仙尊的幻术法门在右眼上。法力尚在，说明金丹仍在，哪怕变成了枯骨都绝不是一具好对付的枯骨。

官惟叹了口气说：“好吧。”

他抬手拂开尉迟骁挡住自己眼睛的手掌，回头笑道：“应盟主与剑宗不忍屠戮故人遗骨，我却是'很忍'的。”

身后尉迟骁悚然一惊，但来不及阻止，掌心剑柄已然一空。

官惟手提勾陈剑，霸道至极的灵力迫使剑身爆发出赤金光芒，映出他秀美而冷酷的面容。

下一刻他纵身而至，身影如鬼魅，一剑当头斩向法华仙尊。

——铮！

铜墙爆裂，剑光如瀑。尉迟骁见到了自己这辈子都想象不到的场景，"向小园"每一剑都挟起洪流般的金光，法华仙尊竟不敢直撄其锋，眨眼间退至墓道尽头，被勾陈剑当头斩下，身后长长的青铜台阶轰然爆开。

铜块碎铁如瓢泼暴雨，打得尉迟骁冲势一顿。

尸体转瞬坠入下一层地宫甬道中，而官惟杀性已起，飞身而下，半空中五指一把钳住了尸体苍白的面孔，笑道：“奇怪……”

这天下人人都知道沧阳宗主余恨不消，法华仙尊死后遭戮。按徐霜策生平之手狠，官惟还以为自己的尸体能拼出个囫囵整块就不错了，却没想到如今还栩栩如生、手脚俱全，那么徐霜策到底是戮什么了？

他还没来得及细思，已从半空砰然落地。下一刻尸体猛然抬手，官惟闪身避让，只见黑暗中一道寒光破空而来，竟然是一把佩剑。

"啪"一声亮响，剑柄被尸体牢牢抓在了掌中，随即劈头斩下。

两剑重重相撞，发出惊天动地的巨响，整条墓道随之剧震。

这一剑之威堪称铺天盖地，尉迟骁在剧烈的震荡中一跃而下，失声喝道："向小园！"

灵力狂卷如千万利刃，硝烟遮蔽了全部视线。哪怕是修为稍弱一点儿的人都绝对没法从这里活下来，甚至可能会被飓风般的剑光千刀万剐。

一股无来由的恐惧从尉迟骁心底冲向四肢百骸，霎时他什么都忘了，纵身疾冲上前，这时硝烟却唰地一清。

只见宫惟手持勾陈，硬生生架住了法华仙尊那石破天惊的一剑，周遭铜墙已尽成齑粉。

尉迟骁瞳孔收缩，刹那间他还以为自己在做梦："向小园？"

——紧接着，他看见"向小园"盯着法华仙尊的尸体，唇角一勾。

这少年不愧是江湖公认的容貌无伦，仿佛直到这一刻，那令人畏惧的美貌才终于从皮相之下浮现出来。

"你算什么东西？"他轻柔地对尸体问。

话音未落，他右手掌剑而左手如电，响亮"啪叽"一声响，两指并拢挖出了法华仙尊的右眼珠。

鲜血喷射，四下喷溅，明明没有痛觉的尸体却猛地弓下身。但宫惟没有丝毫怜悯，手指发力一挤，硬生生将那血红的眼球捏碎了，随手一甩。

血液与残渣随着他的动作飞溅上墙，画出一溜弧线。

尸体仿佛被迅速抽干了灵力，颓然松手跪下，那不知从何召来的佩剑"当啷"落地。随即宫惟连半点儿停顿都没有，勾陈剑弧平地暴起，法华仙尊的人头带起血线，直直地飞了起来。

砰！

人头打着旋儿滚落在地，无头尸身兀自摇晃了两下，才重重倒在宫惟脚边，发出一声闷响。

第 32 章

"……"

场面仿佛静止了，只有尸身溅起的尘烟，缓缓飘回宫惟脚下的地面。

"呼。"他如释重负地松了口气，随手将勾陈剑槽中满满的血一甩，"还真挺难缠。"然后转向尉迟骁，笑问："你有没有被吓到呀？"

他说话的语气和神态都跟平常毫无两样，坦坦荡荡的，带着友好的亲昵。

但法华仙尊的头颅并没有滚远，就在他身前不远处。断颈飞溅出的几滴血从少年侧颊上缓缓流淌下来，鲜红刺眼，把他那原本就不似常人的肤色衬得更加妖异，肌理间仿佛焕发着细微的寒光。

尉迟骁看着他，脊椎升起一丝毛骨悚然。

他没有回答，宫惟也不介意，看向脚下的尸身："这惊尸好像不太对劲，还知道要召唤别人的佩剑来御敌，惊尸都是这么聪明的吗？不是说只会撕咬攻击活人的吗？"

"向小园，"尉迟骁沙哑道，强迫自己的表情冷静平缓，同时走近了一步，"把勾陈剑还给我。"

宫惟蹲在地上，闻言抬头瞅向他，黑白分明圆溜溜的眼珠一转，笑嘻嘻把勾陈剑往身后一藏："不给。"

他身上有种奇异的吸引力，让人既生出对未知的恐惧，又无法将目光移开。

他就像一场虚幻而甜蜜的梦，每个靠近的人都会忍不住深深陷进去，但不知道下一刻梦境会不会突然翻转，露出它狰狞的真面目，继而变成最险恶的梦魇。

尉迟骁深吸了口气，仿佛怕惊醒什么，声音放得更加缓和了："把勾陈剑给我，不要玩了。"

"不给，你会砍我的。"宫惟促狭道，又蹲着往后面挪了挪，"小心点儿，这具惊尸好像不太对。你没事干的话就先把那个头上的左眼挖给我吧。"

"你说什么？"

大概是尉迟骁尖厉的尾音没压住，宫惟想想又改变了主意："算啦，你还是站在边上别过来了。先等我一会儿，等我处理完这具尸体再来处理你吧。"

他说这话的时候竟然还能笑嘻嘻的，尉迟骁没来得及细思那"处理"是什么意思，震惊和错愕就在下一幕到达了巅峰——只见宫惟左手提起无头尸身，往脊椎上一摸，好像突然发现什么惊喜似的"咦"了一声。

他右手四指沿着脊椎比画了两下，紧接着指尖锐光一闪，似乎要生生破皮取骨似的，直接就划了下去。

"你干什么！"

这画面直接突破了人能承受的心理极限，尉迟骁疾步上前一把按住宫惟胳膊，颤声道："向小园！你到底是什么——"

宫惟一抬头，视线刚好越过他身后，看见法华仙尊的头骨碌一个翻转，早已没有生命迹象的左眼幽幽盯着他们。

宫惟霎时色变，一把推开尉迟骁："小心！"

数根几乎难以察觉的透明细丝从尸体断颈飞射出来，又急又厉穿过刚才尉迟骁所站的地方，擦着宫惟的肩背、颈侧，带起数道飞溅的血线。

那丝线不知是什么做的，见血的瞬间宫惟只觉双膝一软，尉迟骁下意识把他反手推到自己身后，同时一个圆形的物体擦肩飞过——是那断掉的头颅。

"咔嗒"一声颈骨脆响，细丝准准把头接回头躯，拼接精确、毫无瑕疵。

旋即尸体站起，从尉迟骁手里抓起宫惟，指尖不知何时缠上了透明细丝，那丝线直接从他颈侧伤口里钻了进去！

"啊！"

宫惟根本来不及挣脱，全身灵脉剧烈抽搐，半声惨叫戛然而止，全身止不住地痉挛起来。

尉迟骁从没见过小魅妖这样，那半声惨叫仿佛利刃在他耳膜上血淋淋刺了一刀，当即面色剧变："放开他！"

法华仙尊的尸体却极其灵活，闪电般纵身就走，仿佛对整条墓道甚至错综复杂的地宫都非常熟悉，几次紧贴勾陈剑锋闪避而过。尉迟骁紧追不舍，连发出信号示警都来不及，只能一路重下死手，每当剑锋紧擦尸体而过时都发力猛砍下去，沿途青铜墙壁连环坍塌。

巨响轰然不绝，半座地宫都随之震动，果然引来了地宫中的其他修士。身后很快传来嗖嗖御剑声，接二连三有人惊呼："怎么回事？""是尉迟大公子！"

有金丹修士一眼认出了惊尸，当即骇然出声："法、法华仙尊？！"

尸体拂袖而去，沿青铜台阶飞身直上。但尉迟骁爆发得更快，刹那间勾陈剑已迫近面门："还回来——"

如果这生死追逐的场景定格，可以看见尉迟骁一手伸向尸体怀中，霎时指尖几乎已经触到了宫惟惨白的脖颈。

但就在这千钧一发之际，几丝不易察觉的细线从尸体指间射出，绕宫惟咽喉一缠。

尉迟骁霎时心神俱震，还来不及收手，身后一道身影御剑而来，啪一下紧紧抓住他手臂，赫然是钜宗长孙澄风：

"贤侄不可硬来，那是傀儡丝！"

尉迟骁遽然落地止步："什么？！"

这时远处青铜台阶尽头传来脚步声，只见是白霰带着钜宗门下众修士赶到，堵住了法华仙尊的去路，尸体掐着宫惟猝然顿住，前后顿时成了包抄之势。

长孙澄风明显已经与众多惊尸一番恶斗，此刻的状态略显狼狈，但气度还是

191

很稳重的:"你们是怎么回事?向贤侄怎么了?傀儡丝从哪儿来的?"

尉迟骁全身的血液都在一下下撞击太阳穴,嘶哑道:"他……他是为了推开我,才……"

在那千钧一发的时刻,宫惟冒死将他一把推开,躲过了致命的丝线;而他却没能及时做出反应,以至于让惊尸轻而易举地,就把负伤流血的少年从手里抓走了。

尉迟骁的五脏六腑仿佛被绞紧,连呼吸都带上了血气。刚才激战中惊尸召唤佩剑、以退为进的诡异表现,此刻都一幕幕地浮现在了眼前。

"是傀儡丝。"他咬牙道,"法华仙尊这具尸身已经被人控制了。"

长孙澄风失声:"你说什么?"

"应盟主与剑宗以为法华仙尊只是惊尸,因此不忍下死手,但其实尸体从棺内爬出来之前就已经被人种下傀儡丝了,所以应盟主的伤是从前腹部贯入的——他根本没想到惊尸能有偷袭的神智。正常惊尸都行动僵硬,除了攻击活人之外没有任何本能,但法华仙尊却目的明确,从刚开始就一直在往外冲,甚至知道要挟持人质。

"我们不是在阻拦惊尸,我们是在阻拦那个施法遥控了尸体的人。"尉迟骁喉结上下一滑,尾音微微不稳,"他真正的目的,是从这陵墓里……是从这定仙陵里把法华仙尊的尸骨带走。"

"尉迟元驹!"长孙澄风一贯非常随和的面容已经完全沉下来了,甚至有几分严厉,"你知道自己在说什么吗,那可是定仙陵第九层!你想说这事是谁干的?"

是啊,定仙陵第九层,金水封棺,黄金铸门,有资格进去的人全天下屈指可数,是谁把傀儡丝夹带进去的?

这仅有几个能进去的大宗师里,谁是这场祸乱的幕后黑手?

尉迟骁勃然大怒:"我亲眼看见傀儡丝把法华仙尊的头颅和身体联系在一起,向小园体内也被种进了那丝线!现在该怎么办?我不关心第九层不第九层,我现在必须把向小园弄回来!"

长孙澄风的脸色微变:"你说向贤侄被种进了傀儡丝?"

他这语气不同寻常,尉迟骁心内一紧:"是,怎么?他会怎么样?"

长孙澄风扭头看去,随着他的目光,只见宫惟在尸体的钳制下急促喘息着,看不清是否还有神志,因为极度的痛苦而一阵阵地轻微抽搐。

"会死。"长孙澄风艰难道。

宫惟的视线因为痛苦而模糊不清,他全身每一寸骨骼都仿佛在被利刃狠狠刮擦,那其实是傀儡线。

那尸骨的手还钳在他咽喉上——其实是非常诡异的，因为那曾经是他自己的手，连关节的弧度和力度都非常熟悉，只是如今熟悉的力道作用在了自己的命脉上。

连喘气都变成了一种负担，他勉强积蓄起力气，终于从牙关里吐出三个字："是你吗？"

尸体没有反应。

它理应不会有任何反应，毕竟已经是尸体了。

官惟的全部灵力都在与体内不断延伸的傀儡丝抗争，犹如一场你死我活的激烈绞杀。但这具身体实在太弱了，根本支撑不住这么急剧的灵力消耗，他咬着牙一点点回过头，这轻微的动作差不多耗尽了所有力气，微红的眼梢紧紧盯着尸体的面孔。

他的眼神极冷，仿佛透过这张面孔看见了千里之外的另一道影子——那个曾经降临在临江王府之上，无头无脸、灰袍裹身、手持白太守剑的厉鬼。

"是你吗？"他第二次一字字地问。

尸体终于动了动，略微低下头，垂眼与他对视。

紧接着，它被傀儡丝控制的面孔上，缓缓浮现出一丝笑容。

周遭人声喧杂，众修士不断举剑逼近，但又始终不敢上前。尉迟骁好像在失态地对人怒吼什么，但官惟并没有注意，他就这么死死盯着自己被控制的尸骨，像是盯住了无数条傀儡丝之后遥远的鬼影，突然喘息着笑了一下："你拿着我的白太守……

"不太顺手吧？"

对方还没反应，他突然转身发力，迅猛无伦，一手探向尸体脊椎。

没人想到他在这种境地下还能积攒出孤注一掷的爆发力，众人骇然惊喊响起的同时，官惟指尖已探到了尸体的颈椎骨。

在那须臾间，尉迟骁如离弦的箭一般飞身而至。

但勾陈剑尖未到，幕后者已经做出了反应。只见尸体抬手勾丝，坚韧如钢丝般的傀儡线瞬间切进官惟脖颈，血箭爆出的同时他膝盖一软颓然跪地；尸体一手抓住官惟后颈，另一手当空一召。

这熟悉的动作让尉迟骁失声喝道："把剑握紧！"

——根本没有用，法华仙尊这具傀儡的战力即便比不上活着的时候，也绝不是一般修士所能抗衡的。

最近几名金丹修士完全抵挡不住，仙剑纷纷松手飞出；随即尸体振袖一挥，飓风骤起，十余把仙剑齐齐向上，把墓道坚固的青铜砖顶重重砸塌。

大块穹顶落下，地面震动不休，所有人措手不及趔趄退后。尉迟骁与长孙澄

193

风两人同时拔腿就追,但只见尸体挟着宫惟,瞬间消失在了地宫上层,仅余殓衣下摆在铺天盖地倾倒的阴烛照耀中一闪即逝。

长孙澄风悚然:"不好,它要出陵!"

巨大的九层地宫坍塌震荡,连带整座山体都微微撼动。

陵外地面上,医宗弟子纷纷抬头,愕然望向不远处的定仙陵。

"盟主?""盟主大人别动!"

昏迷不醒的应恺突然睁开了眼睛,面上还带着失血的苍白,一抬手挡住争先恐后前来搀扶的医宗弟子,动作礼貌但态度坚决。他咬牙起身打坐片刻,一丝丝浅淡的白金光芒流过贯穿腹部的血口,受损的肌肉和皮肤竟然渐渐地愈合了。

"是、是抱元守一!"带着惊叹和欣羡的议论声从人群后响起,"不愧是应盟主,受损的灵脉这么快就能恢复!""不愧是武元尊啊!"……

众弟子窃窃私语声还没落,突然脚底颤动的山岩又一个巨震。

无数龟裂顺地面向前延伸,犹如天幕下裂开了一张巨大的蛛网,而蛛网中心就汇聚在定仙陵地面建筑巍峨的大殿内。所有人都在惊惧中不约而同退后数步,唯有应恺骤然睁眼,瞳底光华流转,沉声道:"定山海。"

远处插在地面上的青铜剑破空而来,如流星缀着夺目的神光,被应恺握在掌中,铿锵出鞘。

与此同时,地底深处的震动终于冲破地面,定仙陵大殿在众人目睹之下轰隆垮塌了。

"什么、什么东西出来了?""法……法华仙尊!"

只听四周惊喊不绝,一道身着雪白殓衣的人影冲出定仙陵,面容僵白、右眼已损,赫然是法华仙尊的尸身。

紧接着两道剑影从垮塌的大殿中追出来,是御剑疾行的长孙澄风和尉迟骁——钜宗面色难看至极,双袖一扬,数道金光璀璨的符箓如刀片般飞出。随即他啪地打了个法诀,符箓凌空爆裂化作数道人影,"嘭""嘭"几声落地横刀,眨眼间便从各个方向死死拦住了法华仙尊的去路。

那几名由符箓化作的人影身着金铠、五官皆无、迅猛悍利异常,但人人都能一眼认出它们是什么——

钜宗秘术名动天下,那就是传说中以一当百的机关兵人。

长孙澄风落地收剑,持"不器"在手,厉声喝止了刚要上前的应恺:"盟主留步！惊尸已被傀儡丝控制，它手里有人质！"

傀儡丝？

应恺的反应同长孙澄风当时一模一样："你说什么？！"

随后他就一个字都说不出来了，因为尸身落地后，殓衣一层层落在地上，霎时间所有人都看见了它手中紧紧钳制着的少年——

宫惟垂着头，生死不知，咽喉处鲜血纵横，致命的傀儡丝只要再卡紧半寸便能将喉管彻底切断。

"别……都别动！"应恺声音罕见地尖厉起来，身后拔剑上前的众修士都被镇住了，只听他咬牙道，"那是沧阳宗弟子，绝不可伤及人命！"

有人颤抖道："现、现在可怎么办？"

法华仙尊的尸体被制成了傀儡，不畏痛不惧死，而它手里的人质是个活生生的重伤濒死的少年。

惊尸是绝不能被放出岱山的，一旦惊尸现世，人间祸患无穷。

现在还能怎么办？

尸瘴尚未完全退去，阴霾如黑锅般的天幕下，只见尸体手一招，又一名修士的剑被凌空夺走。

它将剑柄握在掌中，抬脚向前迈了一步，然后又是一步。

那简直是做噩梦也想不到的场景，所有修士都随着它的前进而不断后退，有人因为过度惊恐甚至握不住手里的剑，"当啷"一声掉在了地上。

"你到底是谁？"应恺盯着面容僵硬的法华仙尊，颤声道，"你到底想干什么？想把宫徵羽的遗骨带到哪里去？"

尸体置若罔闻，一步步向悬崖走去，直到众人退无可退，才见它突然扭头冲应恺一笑。

法华仙尊生前是个非常开朗又爱热闹的人，所有人都对他那笑嘻嘻的表情非常熟悉——完全不像现在这样，眉头挑起，笑容森寒，充满了难以描述的阴邪之气。

那不是他的表情，是不知躲在何处操纵着傀儡丝的幕后者的。

应恺牙关骤紧，却只见尸体在露出这个笑容之后，突然一手御剑而起，越过众人头顶直向天穹冲去；同时另一手臂钳住"向小园"，冰冷锋利的手指伸到了他紧闭的右眼上。

它要当场挖出那少年的右眼珠。

应恺登时暴怒，心知此时无法再瞻前顾后，闪电般御剑冲向尸体："住手！"

——就在这个时候。

另一道更加磅礴迅猛、山崩地摧般的火流从高空而降，竟是燃烧到了极致的灵力暴流。傀儡丝即刻在宫惟颈间收紧，但千钧一发之际，便被来人过于强大的灵力硬生生熔成了飞灰。

惊呼从地面响起："徐——"

傀儡丝一断，失去桎梏的宫惟顿时从高空摔向地面。剧痛令他神志恍惚，狂风中只见眼前白金袍袖一展，随即他如落鸟般撞进了来人臂弯里，清冽的白檀气息扑面而来。

"徐宗主！"

徐霜策凌空落地，面色如冰，一言不发将宫惟拢在怀中，有力的手紧紧按住了他流血的侧颈。

宫惟的视线其实已经涣散了，冰凉的嘴唇动了动，将"徐白"两个字咽了回去，轻轻地道："师尊……"

徐霜策淡淡道："不怕。没事了。"

第 33 章

"霜策！"应恺御剑而来，神情紧绷看向徐霜策怀里的小弟子，"怎么样？"

按理说徐霜策是不该来岱山的，但现在这个境况，已经没人计较这个了。

定仙陵地面上的大殿已然半塌，尸瘴如浩瀚的黑雾从地面笼罩天穹，成群结队的惊尸游荡出来，从荒野的四面八方聚拢，拖着蹒跚的步伐一步步靠近修士们。

不远处法华仙尊的尸身御剑半空，被长孙澄风、白霰和尉迟骁三人前后堵住，但看模样堵不了很久。

尉迟骁一面紧盯法华仙尊，一面不住看向这边，神情焦虑又难以言喻。徐霜策松开了紧按宫惟咽喉的手，只见狰狞的切痕已经止血，但伤口仍然狰狞开裂着，看上去触目惊心。

"没事。"他不动声色道，终于把目光从宫惟苍白的脸上移开，看了眼应恺，不知为何又扭头望了眼远处被医宗弟子紧急救治的尉迟锐。

"不能让惊尸遁走。"他突然开口道，顿了顿又催促，"这里交给我，你快去追那傀儡吧。"

应恺与他年少时同游天下，自然知道徐霜策出手可定江山，便一点头："好！"但刚要御剑而走时，又意外地发现了什么，"不奈何剑呢？你没带吗？"

徐霜策说："没带。"

"那你……"

徐霜策不答，随意冲最近的医宗弟子一招手。那年轻修士立刻上前，满心惶恐还未行礼，只见徐宗主伸手抽走了自己的腰间佩剑。

"金船医宗"穆夺朱门下弟子专修医药，剑术平平，因此这把佩剑本身也极其普通。但徐霜策将剑柄一握，霎时霸道至极的灵力烧遍整把剑身，爆发出强烈的寒光，连那修士本人都被吓得连连退去数步！

徐霜策说："你走吧。"

情势已经容不得迟疑，应恺只得一咬牙："澄风过来，留在这里协助徐宗主，切记不可放走任何惊尸。"然后又转向徐霜策："一切当心！"

言罢他御剑冲向远处，法华仙尊被控制的尸身瞬间向岱山外飞掠，应恺与尉迟骁等人紧追不舍地跟了上去。

周围黑雾中人影晃动，那是惊尸们在蹒跚逼近。定仙陵中强大的前辈宗师都已被应恺与尉迟锐两人逐一放倒归葬，但仍有许多修士惊尸无暇处置，法阵一破便趁隙而出，甚至连摇晃的殓衣和腐败的面孔都清晰可见了。

那年轻的医宗弟子被剑威压得膝盖发软，强撑着颤声道："宗……宗主，请将患者交给我等尽全力医治……"

但徐霜策却仿佛没听见。

他右手仗剑而立，从剑身上散发出的可怕压迫感让空气都似乎熊熊燃烧起来，左手将宫惟往怀里又带了带，头也不回道："退后。"

医宗弟子发着抖退后半步，只见眼前光弧闪耀，那是徐霜策扬起佩剑，重重一挥——

环形的剑光如飓风般扫向四面八方，前排惊尸只迎面一碰，便被绞杀得四分五裂。更多惊尸被血气激得咆哮扑来，但在场修士根本来不及抵抗，它们便在肆虐的剑锋下纷纷化作残骸。

那简直是一场单方面的彻底屠杀。

徐霜策迎着尸群，稳步向前，每一步都在脚边留下无数残骸；到第七步落地时，最后一道剑光将惊尸斩杀殆尽，尸骨化作碎块轰然垮塌，头颅"砰砰"滚了一地。

徐霜策转身，右手一收，挡住了怀里的宫惟，从天而降的尸骨与鲜血顿时洒在了他的袍袖上。

周遭荒野已化为可怖的地狱，人人噤若寒蝉。阴风卷着尸瘴呼啸而过，一名弟子不由自主地颤抖道："这、这些可都是前辈啊……"

确实，这些惨遭兵解的碎尸可都是各大世家前辈，如果应恺在的话，是绝不敢也不会如此血腥而迅速地处理它们的。

徐霜策锋利的眼梢向那弟子一瞥。

长孙澄风心下骤紧，还没来得及开口呵斥那弟子，只见徐霜策剑光已至面门。

简直太快了，连长孙澄风都来不及操纵兵人回护，霎时弟子心跳骤停，瞳孔中已映出了森寒剑锋——

但下一刻，那强悍的剑弧从众人头顶一掠向上，生生绞碎浓厚黑雾，方圆数丈内的尸瘴被灵力逼得一清。

扑通！

数名弟子腿软跪地，冷汗涔涔，半天没爬起来。

徐霜策随手把佩剑丢还给先前那年轻医宗修士，随即再不看众人一眼，大拇指按住了宫惟眉心，低声道："放开。"

他的声音里带着无可抗拒的力量，宫惟身体一阵阵痉挛，闻言无力地放开了识海。

一线灵力顿时从徐霜策指尖灌入他眉心，从识海流向四肢百骸，紧紧锁住了灵脉中不断涌动的傀儡丝。

哪怕是医宗本人前来，都未必能比徐霜策此刻的手劲更稳、操作更细密妥当。宫惟身体不可控地僵直上弓，徐霜策左手紧紧扣着他，让他丝毫无法挣扎，右手径直抬起，一丝闪着光的傀儡线仿佛被灵力缠在了徐霜策指尖，随着这个动作被缓缓抽离宫惟体内，越来越长、越来越细微，足足半丈还凝聚未断。

有医宗子弟不由惊道："这、这竟然都不死……"

傀儡丝入活人体，便会大量消耗宿主的血肉灵脉，时间越久就延伸得越长，因此被种进傀儡丝的修士十有八九都活不过一刻。而这个沧阳宗低阶弟子竟然能撑到这时，痛苦有多剧烈可想而知。

"喀喀！"长孙澄风皱眉示意其他人不要乱说话，尴尬道："向小公子不愧是徐宗主爱徒，实在命大啊。"

所有人听到这话的第一反应都是：沧阳宗主收入门嫡徒了？这么大的事怎么没人知道？

众目睽睽之下，徐霜策置若罔闻，但也没否认，只对宫惟道："别动。"

不知道是不是宫惟的错觉，这两个字轻柔而低沉，竟仿佛带着微许温度。他茫然睁大眼睛想看清楚，但眸光已经很涣散了，尽管近在咫尺，也只能勉强看清徐霜策的侧面轮廓。

徐白还是很好看啊,恍惚间他突然冒出这个念头。

很多年前惩舒宫,那一个个被手把手教写字的午后,窗外浓荫蝉鸣声声,他也是这样抬起头来仰望徐霜策不动声色的面容。

那时候他年纪还很小,盘腿坐在徐霜策身前的软垫上,向后一倒就能靠进他怀里。徐霜策衣襟间传来雪后青松一样冷冽清淡的味道,他有时会忍不住扭头去闻,闻着闻着徐霜策会把他的头扳正,说:"好好写。"

他的声音也是低沉而缓和的,让宫惟耳朵尖感觉发热。

只是那温度并没有维持很久。

因为一转眼间宫惟就长大了,他长成了徐霜策最不喜欢的模样。后来再回忆徐霜策的声音时,他首先能想起的只有冷酷、严厉和毫不留情的教训。

宫惟昏沉的意识中泛起一丝委屈,他嘴唇微弱地张了张,然而只发出几声气音。

徐霜策却注意到了,一手指尖仍然缠着那道发着光的傀儡丝,同时低下头在他冷汗涔涔的额头上贴了一下,道:"就好了。"

话音落地,他猛然抬手扬起,傀儡丝从宫惟眉心间彻底被拔除,尾端猝断。

"啊!"

宫惟沙哑尖锐地叫了声,剧痛让他濒死挣扎,被徐霜策有力的臂膀一把扣住。同时傀儡丝疯了似的爆发出光芒,还想顺着宫惟的血气往他灵脉里探,徐霜策神情肃杀,指尖陡然蹿出纯金真火,迅速一烧。

整条傀儡丝被金火烧遍,终于在噼啪炸裂声中无力地垂直落地,失去了最后一点儿灵力。

周围神情紧张的医宗弟子同时松了口气。

然而那口气没有松完,有人狐疑道:"咦,那是怎么回事?"

只见火焰渐渐散去,被烧灼透的傀儡丝竟然没有灰飞烟灭,而是仍然一动不动地垂落在那里,只是通体变成了可怕的血红,在周遭青灰色的空气中反射出毒蛇般诡丽的光。

那血色光泽映在徐霜策眼底,沧阳宗主的脸色终于变了。

与此同时,宫惟鼻腔中突然缓缓渗出一道鲜红的血,随即猛地呛出一大口血沫。

"长孙澄风!"徐霜策霍然起身。

几步以外的长孙澄风表情空白,简直不敢相信自己的眼睛。下一刻只见徐霜策凌空抬手,手背青筋凸起,钜宗整个人不受控制地踉跄飞来,被他一把抓住衣襟，生生拽到了面前。

徐霜策一字字道："这不是普通的傀儡丝，是兵人丝。"

——毒性犹胜傀儡丝千万倍，长孙世家代代嫡传的绝杀之物，双元神兵人丝。

长孙澄风被迫近距离盯着眼前长长的血线，如果仔细观察的话，能看见他连瞳孔都在急剧地战栗。

"钜宗，"徐霜策冰寒的眼底带上了明显杀意，他说，"给我个解释。"

"喀——"

又一股热血从官惟咽喉里直喷出来，小魅妖虚弱的身体终于承受不住这巨大的损伤，急剧衰败下去，闭上了眼睛。

周围众人惊慌失措，惊呼叫喊不绝，钜宗仿佛在失态地吼着什么，但官惟其实什么都听不清了。他只能感觉到徐霜策的手按在自己眉心间，浩瀚如怒海般的灵力源源不断灌进体内，不计一切代价强行维持住了越来越弱的心跳。

"你不会死的。"徐霜策紧贴在他耳边低沉道。

局势那么混乱，但他的声音却仍旧稳定有力，每个字音带起的吐息都拂动鬓发。

徐霜策说："睡一觉吧。"

最后一个字带走了官惟的意识。

周遭一切都在飞快旋转、离他远去，元神失重般坠向深渊，尽头闪烁着微渺遥远的光芒——

紧接着，时光尽头的风扑面而来，惩舒宫春末的阳光穿过树荫，斑斓照进敞开的雕花窗。

少年充满好奇地趴在窗台边，伸手接住一片飘落的桃花瓣，刚要送进嘴里，却被书案前的另一道人影探身拂掉了，皱眉道："怎么又吃？"

官惟天生脾气好，完全不恼，笑嘻嘻地一头钻回到徐霜策身前。这时他还没完全学会说话，仰着头含混不清地道："亲……亲。"

徐霜策下颌向后微仰："什么？"

官惟盯着他，坚定重复刚学会不久的新词："亲……要亲。"

第 34 章

"要亲。"官惟认真且尽力地把字音发清楚。

徐霜策的脸色其实已经有点儿沉了，但因为他一贯表情都不明显，以官惟这种懵懂的心智并不能察觉，只听他问："跟谁学的？"

宫惟茫然看着他，不明所以。

根本没法追溯这个词的源头，因为宫惟在鹦鹉学舌这一点上太迅速了，任何出现在他视线范围内的新东西都有可能被随机记住，然后哪天突然理直气壮地大声说出来，吓所有人一跳。

徐霜策不动声色地放缓一丝语气："为什么要亲？"

宫惟笑起来，一个劲往徐霜策面上贴。

但他这时候还有点儿矮，还没贴上就被徐霜策二指并拢抵着眉心按了回去，说："不能亲。好好写字。"

宫惟手里又被塞回了笔，然而还是不肯继续好好抄《洗剑集》，挣扎着扭头问："为什么？"

徐霜策没有回答。

"为……为什么不……不能亲？"

这个时候的宫惟能憋出一句整话都少见，可见是真的不罢休了。但徐霜策不为所动，从宫惟的角度只能看见他的下半边脸，清晰的下颌骨隐进阴影中。

宫惟生气了。那天徐霜策告辞回沧阳宗的时候，忙完了一天事务的应盟主出来送，宫惟从长廊尽头噔噔噔地跑过来，当着徐霜策的面一个纵扑，"吧唧"就在应恺脸上响亮地嘬了一口。

"……"应盟主目瞪口呆，反应跟徐霜策是一样的，"跟谁学的？！"

宫惟一扭头，笑嘻嘻对徐霜策做了个鬼脸。

但他没想到的是徐霜策既没出声，也没有表情。他只静静站在那里盯着宫惟，眼神疏离，继而转身就走。

宫惟呆住了，一丝不知从何而来的害怕突然升起。他还没想出来该怎么办，就已经慌乱地拔腿追了上去，抓着徐霜策的手臂不让他走，却被徐霜策毫不留情地推远："放开。"

宫惟慌极了，又抓他袖子用力贴上前，徐霜策呵斥："放开！"

应恺一头雾水地站在远处，根本没反应过来发生了什么。

宫惟跟跄了一下险些绊倒。他从来没被任何人如此严厉地训斥过，整个人都被未有过的恐惧所笼罩，但不论如何都无法阻挡徐霜策拂袖离开；混乱中他拉住了徐霜策的衣襟，迫使对方略微俯身看着自己，战栗的眼睫一眨，右瞳赫然变得血红。

徐霜策瞳孔紧缩。

世间一切都仿佛在此刻静止。

宫惟急迫地踮脚凑上去，但只差分毫便要挨着时，一股更加磅礴可怖的灵力从徐霜策元神中自动爆发出来，在意识坠入幻境之前把他硬生生拔了出来，洪流般的冲击把宫惟狠狠推出去了好几步。

"扑通"一声，宫惟后腰撞在栏杆上，被疾步而来的应恺一把扶住了，惊道："怎么回事？"

徐霜策厉声道："你用这种非人的伎俩对付我？"

应恺脸色也变了，猝然回头看向瑟缩的宫惟，却见他右眼已经变回了正常："对……对不起……"

"宫惟！"

徐霜策声音中的灵力震得空气撼动，宫惟连滚带爬过来要抓他腰带，却再一次被震得趔趔退开。

应恺赶紧分开他两人，怒道："做什么！"

周遭空气异常紧绷，只见徐霜策在原地闭眼稍立数息，终于长长吐出一口气。他睁开眼睛冷漠道："我先走了。"

应恺想教训师弟，但宫惟眼底泪水已哗地夺眶而出；想劝说好友，徐霜策却已召出不奈何，头也不回御剑而去，很快消失了踪影。

那天之后宫惟就被教训了，应恺怕他从今往后不懂事见人就亲，只得干脆利落地一刀切，令他那张嘴从此除了讲话和吃东西以外什么都不准做。

宫惟心中很不服气，但又无可奈何。他不知道徐霜策为什么生气，只能从对方的反应中得出一个简单的结论，"亲"这个行为是长大以后才可以的。

——但我长大之后徐霜策就该要死了，我来不及怎么办？

宫惟很想找人问问，然而这么长的一句话超出了他当时的语言表达能力，只得作罢。

谁都没有发现，从那天起，宫惟成长的速度似乎稍微变快了那么一点儿。

刚被捡回仙盟的时候，他连用双脚站立都不会，观察应恺好几天之后学会了一本正经地走路、站立和端坐；后来谒金门老剑宗仙逝，其幼子尉迟锐被送来惩舒宫教养，宫惟跟这个新来的小伙伴一见如故并臭味相投，迅速学会了漫山遍野疯跑、一言不合打架、吃饱了饭没事干就联手拆家。

尉迟锐来之前，徐霜策手把手教了半年都没能让宫惟学会默写《洗剑集》。尉迟锐来之后，某天宫惟发现尉迟锐竟然会背《洗剑集》整本，当即大为惊讶。

于是马上他也会了，谁也不知道他是怎么突然就做到的。

这个身世来历不明的少年，似乎一直在好奇地观察周围的世界，用自己能接触到的每个人作为度量衡，不断调整、校准自己的行为和表现。

照着这样的速度下去，他可能很快就能达到自己认知中"长大"的标准。

但他没想到，矛盾演化的速度比长大还要快，在他学会掩饰之前就现出了裂痕。

由头是老钜宗羽化仙去了。

羽化其实只是仙盟礼节中好听的说法，其实就是飞升不成而过世了。老钜宗出身了仙盟六大家中的长孙世家，身后遗留二子，长子长孙澄风年不过二十许，下令后事简素避免大办，因此只有惩舒宫、沧阳宗、谒金门等名门大派出面登门吊唁。应恺这人极守礼节，想着宫惟最近似乎长大了很多，不再像个心智懵懂的孩子了，因此决定把他也带去长孙家行礼祭拜，叮嘱他不准乱跑、保持安静，尤其不许吹唢呐，还临时教了他几句应对之词才放心。

谁料应恺百密一疏，灵堂祭拜完之后丧家将贵客请到前堂喝茶，一个眼错不见宫惟就溜了。少顷有长孙门下子弟匆匆来报，带着哭腔道："求盟主主持公道！宫小公子正亵渎钜宗大人的遗体呢！"

应恺当场失手摔了杯盖。

只见徐霜策霍然起身，眉头紧锁，大步出了前厅。

应恺赶紧跟上去，一行人还没进灵堂，远远就看见厚重的棺椁盖已经打开了。宫惟独自坐在地上，老钜宗的遗体坐在他对面，两人中间放着张棋盘，宫惟正百无聊赖地用灵力操纵遗体跟自己下棋玩儿。

徐霜策面色骤变，应恺一个箭步冲上前，伸手就把宫惟硬生生拽出了灵堂："怎可如此无礼，你给我站好！"

宫惟吓了一跳，疑惑地来回看着他俩。

应恺呵斥："生死大事，当严肃以待。况且逝者亲友满腔哀思，却见你一副戏谑之态，心中如何自处？"

宫惟："……"

宫惟嘴唇翕动几下，茫然说不出话，只得把求助的目光投向徐霜策。

徐霜策冷冷道："到那边墙角去，原地规矩站好。"然后对应恺示意不远处一脸复杂的长孙澄风，道："我同你一起去说吧。"

应恺余怒未消，但也只得提脚回去道歉，收拾那摊子，然而两人刚一转身，只听身后传来一道生涩但清晰的少年嗓音：

"生亦可欢，死亦可喜，自然轮回而入天地，随世间万物永生不朽，为何要悲伤？"

203

两人又同时转回来，应恺愕然道："你说什么？"

官惟道："凡人生死于世间，如蜉蝣旦夕于天地，小事耳。何足挂齿？何须啼哭？"

尽管发音别扭、磕磕绊绊，但他从没说过这么长的话，应恺简直惊呆了："你到底在说什么呢宫徵羽？你我皆是地上凡人，怎可作此言语？"

他从来没有这么声色俱厉过，官惟本能地瑟缩了一下，但还是忍不住争辩："我……"

应恺怒道："给我去那边站好！"

"岂有此理！""应盟主师弟怎么这个样子？""没有教养，没有教养！"……

周围小声的指责越来越多，越来越压不住。官惟在四面八方的敌意中微微发着抖退后半步，最后一次把求救的目光投向徐霜策，但对方的神情却像是一桶冷水冲他当头浇了下来。

徐霜策俯视着他，不易察觉地眯起眼睛，视线中仿佛隐藏着某种审视。

官惟牙关发颤，突然结结巴巴地道："生死有命，荣枯有时，此为道法自然。若是凡人之死都要哭啼不舍，那为何没人为春去冬来而感伤，为花叶荣枯而悲喜？"

他提高声音："这两者又有什么不同？"

窃窃私语声一下"嗡"地响亮起来，人人的视线都震惊得仿佛看见了怪物，应恺大怒，一把拽起官惟："你跟我回去！"

官惟拼命挣扎："我不要，我没错！我……"

突然徐霜策冰冷的声音从头顶响起："你真的是人吗？"

官惟猝然一僵，胆怯地抬头看去。

远处所有人各异的神色都在他眼里化作了模糊的背景，只有徐霜策既冷又沉的瞳孔盯着他，像是打量某个陌生的东西："你这种非人的想法是从哪里来的？"

"你到底是什么，宫徵羽？"

那是徐霜策第一次把这句话问出口。

虽然后来官惟已经对这句话非常习惯了，但第一次听见的时候，心头还是突然紧紧地蜷缩了一下，好像被什么尖锐的东西扎进去了似的。

后来官惟想，那应该是所有裂痕的最开端。

那天是怎么离开长孙世家的，后来官惟已经忘了。他只记得回到惩舒宫后被一个人关在偏殿里反省思过，满心惶恐惊惧，不知什么时候抽着发酸的鼻腔慢慢睡着了。

被饿醒来的时候天色已晚，大半个偏殿都被笼罩在黑暗中，唯有书案上一星烛光幽幽映出徐霜策沉静的面容。他正笔直地端坐着看书，手边放着一个满满的描银瓷碟。

"醒了？"他像是什么都没发生过似的，合上书道，"吃吧。"

那竟然是一碟鸡肉酥皮卷。

宫惟心智毕竟还小，睁大眼睛一下翻身坐起来，谨慎地看看点心，又看看徐霜策，还在犹豫要不要伸手去拿的时候，徐霜策已经用指尖拈了一个酥皮卷送到他嘴边，用眼神示意他可以吃。

宫惟："……"

宫惟犹犹豫豫地就着他的手咬了一口，食物熟悉的香甜一下盈满了口腔。

徐霜策经常穿一身象牙色暗绣镶金纹的宗主长袍，玄色贴身内甲，肩背显得十分挺拔，暖橘色烛光中和了他五官中过于凌厉的细节，只余下俊美和端正，尤其侧面从鼻梁到嘴唇、下颌的线条像是雕塑般清晰。

宫惟盘腿坐在榻上，一边就着他的手吃东西一边瞅他，挪不开眼睛。大殿外夜风呼啸，烛光映照出的这一方小小空间却私密而温暖；白天时残余的最后一丝恼恨都在不知不觉间淡忘了，想要亲近的本能再一次占据了上风，他情不自禁又往前挪近了些，听见徐霜策问："还要吗？"

宫惟摇摇头。

徐霜策拿出一枚化食丹，宫惟又低头就着他的掌心吃了。

宫惟的皮肤还是有种微妙的剔透感，但在烛光渲染下并不清晰，眉眼间天生有种懵懂的、经过了小心收敛的好奇。只要那只妖异的右瞳不出现，他看上去就跟仙门同龄的小弟子没有太大差别。徐霜策静静注视着他，眼底涌动着一丝晦涩难言的情绪，半晌才低声道："不要把我白天的话放在心上。"

宫惟茫然抬起头来。

"我以后不会再那么说你了。"

两人近距离对视，须臾宫惟眨眨眼睛，亲昵地凑上前来。

就在这个时候，殿门被"吱呀"一声推开了，应恺探头小声问："他醒了没？"

如果仔细观察的话，这时徐宗主的脸色几乎可以说是不自然的，但那变化实在太细微迅速了。下一刻他便向后仰身端坐，垂下眼睛喝了口茶。

浑然不知发生了何事的宫惟一探头，视线越过徐霜策的肩膀望向大殿门口："师兄！"

应恺咳了声推门而入，手里竟然也端着一碟点心，结果走到近前一看，奇道：

"吃过了？"随后赶紧把瓷碟放到身后，"那就不准再吃了，以后还要辟谷呢，不然难道一辈子都靠吃化食丹吗？"

宫惟笑嘻嘻的，又清亮地叫了声："师兄！"

应恺坐在榻边，板起脸问："知错了吗？"

宫惟一厌起来那是什么马屁都敢拍，一高兴起来也是什么甜言蜜语都敢说，当即毫不犹豫："知错了！"

应恺问："你错在哪儿了？"

宫惟说："为人者当从众。大家都在啼哭，我也应当啼哭，不该跟老钜宗大人下棋。"

应恺闻言哭笑不得："不是这么回事。你不仅不哭还扯歪理，你简直……"

宫惟立刻满口答应："我下次一定哭。"

应恺问："哭不出来怎么办？"

"装着哭！"

真是逻辑自洽毫无瑕疵，偏偏还很有理——没人比应恺更明白各大世家举丧时，到场拜祭的别家晚辈们都是些什么情状。很多年轻子弟迫于礼节要求，都是互相帮忙施法术装哭的，否则哪儿来那么多情真意切的眼泪去哭自己这辈子连面都没见过的逝者？

应恺无法，只得又好气又好笑地教训："下次不准再犯了啊。"

宫惟郑重点头："嗯！"

徐霜策突然问："还吃吗？"

这个问题他刚才明明已经问过一次了，但宫惟的注意力还是立刻被吸引回来，摇摇头示意不吃，然后笑眯眯地看着他，似乎眼前这榻边围坐的和睦气氛让他非常放松，眼底里亮晶晶映着烛火的微光。

徐霜策低声问："笑什么？"

宫惟满心满眼都被惬意涨满了，小声说："徐白。"

应恺探身伸手欲打："怎么叫徐宗主的？"

但宫惟一偏头就躲了开去，仍然抬脸眼巴巴仰视徐霜策，讨好地说："等你死的那天，我一定真哭。"

徐霜策蓦然凝住。

空气仿佛刹那冻结，应恺张了数次口，才挤出声音："你说什么？"

宫惟半边侧脸辉映烛光，另外半边却隐没在阴影中，高兴地向徐霜策更凑近了些，一字一句清楚地说：

"等你死的那天，我一定真哭。"

第 35 章

短暂的死寂后，应恺突然反应过来，呵斥道："不准乱说！徐宗主是要得道飞升的人，怎么可能会死？"

这天下已千年未曾有人飞升了，但应恺的话却并没有夸口。徐霜策是当世第一个突破大乘境的修士，也是这么多年来公认最接近"神境"的大宗师，甚至比应恺还略高半筹。如果连徐霜策都飞升不了，那应恺肯定也不能，这天下就没有哪个修士能了。

怎么可能有人认为徐霜策会死？

宫惟的视线从应恺身上转回徐霜策身上，没人发现他视线有些恍惚，似乎意识突然陷入了某些零碎而混乱的片段。

……他会死，那个与生俱来的、清晰强烈的意识再一次从心底深处浮起。

他得死。

不然我来到这世上的意义是什么？

宫惟系着宽松的白色寝衣，神情一丝不动，烛光只能映照出他半边侧影，另外半边则完全隐入了大殿幽深的阴影。有一刹那徐霜策突然腾起一种极其怪异的感觉，仿佛眼前这少年其实不属于这个世界，他只是某个遥远的地方投来的一道虚影，看似真实存在，却难以伸手触及。

徐霜策紧盯着他，声音微微不稳："宫徵羽。"

宫惟没有反应。

"你在听什么，宫徵羽？"

宫惟突然惊醒了。

他似乎都没发现自己已经做出了侧耳倾听的动作，迷茫仰望徐霜策片刻，突然肯定地道："会的。"

徐霜策看着他的眼睛："会什么？"

"霜策。"应恺心惊胆战地站起身来拉他，"我们走吧，霜策，宫惟睡迷糊了，他不是那个意思……"

徐霜策纹丝未动："会什么？"

宫惟笑了起来，说："你会死。"

仿佛无形的巨石砸进深水，无声的飞瀑冲天暴溅。应恺和徐霜策都同时失去了声音和动作，大殿内只听见蜡烛燃烧发出轻微的噼啪声响。

"……"

四周静得可怕。突然应恺反应过来什么，陡然柳暗花明，一手按住宫惟肩膀急道："那我呢？我也会死，对吗？"

宫惟不知是没反应过来还是什么，呆呆地盯着他想了半天，才点头道："会。"

"长生呢？"

"会。"

"你今天看到的长孙澄风……"

"会。"

吐出这个字后宫惟顿了顿，说："所有人都会。"

应恺仿佛心头巨石落地，释然松了口气："没关系霜策，他只是不懂。他今天去了长孙家的灵堂，第一次接触到生死的概念，而且也不懂什么叫飞升，就觉得大家迟早有一天都会……"

"那你呢？"徐霜策突然打断了他，紧盯着宫惟问。

"你会死吗，宫徵羽？"

应恺蓦地顿住了。

只见宫惟眼睛直勾勾看着徐霜策，连瞳孔都一动不动，也没有回答这个问题，良久才清晰地开口道：

"你得最先死。"

徐霜策："……"

徐霜策缓缓站起身，脸上第一次出现这种神情，以至于让宫惟终于感觉到一丝异常，疑惑地睁大了眼睛。

大殿内安静得可怕，良久才听应恺艰难地道："你一定只是睡迷糊了。"

应恺也不知道自己为何声音发颤，一只手用力攥着徐霜策的胳膊把他往外拉，说："宫徵羽，回去睡觉，不准再出来了。"

宫惟坐在原处，愕然望着应恺强拉着徐霜策踉跄退出偏殿，重重带上了殿门。

"哐当"一声撞响，连空气中的浮尘都仿佛被震荡了下，随即再度恢复安静。良久才听殿外远处传来应恺急促的声音："你不能把他当正常人看，他心智一直都不健全，根本还是个孩子，小孩子就是这样，什么都有可能乱说出口的……"

话音越来越远，直到快要消失在长廊尽头时，终于听见徐霜策沉沉地打断了他：

"你真的从来没怀疑过吗，应恺？

"一丝怀疑也没有？"

外面骤然恢复沉寂，没有传来应恺的回答。

宫惟收回神识，歪头望着大殿中安静的空气，一丝丝猩红在右瞳中变幻不定，像是在仔细捕捉和琢磨刚才的一幕幕画面，须臾眉心蹙了起来："这是恐惧吗？"
他似乎有些明白了。
面对死亡的时候，人心并不会感觉喜悦，而是会非常悲伤。大家对带来死亡的人或事物都充满敌意，而且死亡尚未来临时是不能提这个字的，只要提起便会引起恐惧、反感甚至是厌恶。
这些都不是宫惟喜欢"看"到的情绪。
"好吧，"他释然地想，"既然徐白不喜欢，那我下次不提了。"

那天深夜离开惩舒宫后，徐霜策很久都没有再来过仙盟。
可能因为反正都已经在长孙世家说了很多话的关系，宫惟终于允许自己成长到了一个新的阶段——讲话越来越流利、发音越来越准确，同时他也忍不住越来越爱说。短短数月间，他就从自闭转变成一个成天叽叽不停的小话痨，甚至某天在跟尉迟锐日常互相羞辱时获得了第一次胜利，把尉迟锐哽得无话可说，于是又把他打了一顿。
宫惟挨了揍，只能一边叽叽歪歪，一边"饭遁"，决定等回头见到徐宗主的时候再狠狠告尉迟锐一状。
除了告状之外，他还准备了很多话想偷偷地跟徐霜策说，然而还没把徐霜策等来，他自己倒先遭遇了一件大事。
有人要刺杀他。

太乙十八年，初春升仙台，应盟主登台祭天地，宫惟作为师弟侍奉在侧。
仪式到一半时，十二名刺客破地而出，同时凌空拔剑冲向应恺。

升仙台分阴阳两面，每年都是应恺上高台主祭天地，徐霜策下地宫副祭鬼神。祭祀人按礼是不佩刀兵的，也没人想到这么大的典礼上能搞出刺杀，那瞬间所有人第一反应都是极度震惊，紧接着十二柄剑锋就同时刺到了应恺眼前。
眼见就要血溅三尺，应恺徒手一掌，当空推出。
灵力暴流排山倒海，如金龙降世般狂啸着冲出去，十二名死士的颅内金丹霎时被震得粉碎。
刺客同时飞震出去摔倒在地，远处医宗穆夺朱、钜宗长孙澄风等人齐齐起身。

但还没来得及御剑上前，只见这十二名刺客竟然接连自动爆体，以升仙台为中心化出了一道长宽各九丈的妖异法阵。

众人当场一个急刹，唯独尉迟锐反应稍慢，"哐当"一头撞在法阵上，全身顿时爆燃起青色火焰。穆夺朱抢身上前，一张符箓死死按住了翻滚的尉迟锐，厉声道："是鬼修的以命换命阵，去请徐宗主！快！"

以命换命，密通阴阳。

应恺突然想到什么，瞬间心道不好，回头果然只见第十三名刺客已经从虚空中破出，拔剑刺向身后——

这场刺杀真正的目标竟然不是应盟主，是宫惟！

所有变故都发生在闪电间，应恺想都没想，飞身徒手抓住剑锋："徽羽快走！"

鲜血从应恺掌心喷薄而出，映在了宫惟近在咫尺的瞳孔里。

应恺以为他吓呆住了，伸手要推，但仓促间竟愕然发现自己身体一麻，灵脉封绝，顿时意识到不妙。

剑锋上淬了剧毒。

大乘期修士百毒不侵，普天之下唯有一样例外——前不久被剿灭的邪修门派"伏鬼门"，钻研出一部《密通阴阳混沌大法咒》，开篇就记载了一种炼制九重黄泉水的剧毒，号称是阴间圣药，哪怕对大乘期宗师都有见血封灵脉的奇效。

托宫惟过目不忘的福，伏鬼门上下都被定罪下狱，唯有几名邪修尚自脱逃在外。电光石火间应恺已经明白了这场仇杀的来龙去脉，当胸一脚踹开刺客，厉声道："宫惟！还不快躲开！"

然而他身后没有传来回答。

紧接着，应恺感觉自己的袖子被人拉住了，只见宫惟抓着他鲜血横流的手，眼睛一点点睁大，好似见到了什么新奇的东西。

良久他疑惑道："这是血吗？"

应恺脑子嗡地一炸，猝然意识到一件事：今天是宫惟这辈子第一次看见血。

他常年生活在惩舒宫，能接触到的只有自己、徐霜策和尉迟锐，从未见过任何人受苦甚至受伤，他上哪里去见血？

应恺心头突然涌现出一丝冰凉的预感，好似冥冥中有什么极端恐怖的事即将在眼前发生。梦魇从虚空中盘旋而下，血腥、沉重的阴影已无声降临在所有人的头顶，但那却与眼前这场刺杀无关。

它来自身后的少年。

"你不喜欢我。"宫惟扭头望着刺客,声音轻柔又充满怀疑。

随即他又闭上眼睛仔细感受了片刻,睁眼肯定地道:"不,你恨我。"

"宫惟,"应恺声音微微不稳,说,"宫惟,回来。"

但少年已经松开了他的手,一步步向刺客走去,若有所思道:"你想让我死。"

第十三名刺客被应恺拍中心脉,呕了口血艰难地从地上爬起来,法术退去后终于露出了狰狞的真容,正是前不久脱逃的伏鬼门掌门。

他不知跟多少厉鬼做过交易,全身种满了可怕的鬼垣毒咒,眼下已经半入魔了,怨毒的视线死死盯着宫惟:"是你偷看了《密通阴阳大法咒》,是你毁了我毕生的心血……你为什么不去死?你为什么还不去死?!"

——你为什么不去死?

宫惟瞳孔微微放大了,望向远处十二具血肉模糊的尸体,以及暗无天日笼罩住升仙台的高大法阵。

——你为什么还不去死?

远处尉迟锐全身阴火已被扑灭,医宗弟子们在急促地叫着什么,而他极度痛苦地把全身蜷缩成一团。

宫惟呼吸急促起来。

他看见对方心中刻骨的恨,以及恨不能把自己食肉寝皮的杀戮欲。无数种负面情感从四面八方疯狂地包围上来,让他无法得到片刻喘息,火热的烧灼感从右瞳一路延伸冲向四肢百骸。

好难受啊,他想。

一模一样的杀戮欲从心底燃烧上来,像剧毒的火焰冲击着太阳穴。

真的好难受啊。

"我要吃你的肉,喝你的血,我要把你活剐了,"伏鬼门掌门咬牙爬起来,抓起那剑柄,掌心猛地蹿出阴火将剑身熊熊燃烧,厉声怒吼,"我要让你去死——"

尾音尚未落地,他已经像厉鬼一般拔剑而至,然而剑锋猝然定住。

颤抖的剑尖离那血红眼珠仅毫厘之距,但再也无法移动半分,少年瞳孔中映出了邪修因为惊愕而空白的面孔。

"原来你们都有剑。"宫惟伸手抚摸邪修的剑锋,轻声地喃喃道。

——徐白有剑,应师兄有剑,玩伴儿尉迟锐有剑。这台下的每一个人都各自佩着仙剑,甚至连想要杀他的刺客都有。

少年终于发现了自己与人的不同。

他恍然道:"那我不能没有。"

宫惟抬起右手,风云于掌间聚集,远方天穹上赤星一闪。

随即星辰爆发出璀璨的血光,万顷雷电当空而下,轰然击碎了鬼修法阵;高空中的升仙台剧烈震荡,所有人在暴雨般坠落的巨岩中仓促御剑退后,应恺抓起先前死士手里的剑,重插在地稳住身体,在轰鸣中发出连自己都听不见的怒吼:"宫惟!!"

瀑布般燃烧的灵力飓流中,少年以凌虚为柄、天地为鞘,一寸寸抽出了那把属于自己的神剑,所有人都看见剑柄上铭刻着三个血光氤氲的篆字——

白太守。

下一瞬,宫惟双手握剑,毫不留情贯穿了邪修的头颅。

死亡来临前的最后一瞬,邪修在那血红瞳孔里看见了自己难以置信的脸,他曾经无数次幻想过怎样让这少年脑浆迸裂、尸骨不全,却万万没想到对方会用这一模一样的方式杀死自己。

"轰"一声闷响,是剑锋自眉心而入、后脑贯出,凌空飞出数丈后将尸体重重钉在了地上。

宫惟单膝跪地一手握剑,从尸体上缓缓直起身,但对方残存的仇恨和杀欲还在他心底疯狂叫嚣着,不肯平息。

还不够,要食其肉寝其皮。

要吃他的肉,喝他的血。

惊呼从远处响起,只见宫惟面容平静,右手"扑哧"一声硬生生刺进邪修的胸腔,将血肉滚烫的心脏掏出来举到了眼前。

升仙台下,疾步而来的徐霜策蓦然顿住。

他看见宫惟视线正对上了自己,少顷露出一个天真坦荡的笑容,然后提起那颗心脏,任凭滚滚鲜血顺指间流淌,张嘴接饮了一大口。

第 36 章

"你那天太吓人了。"尉迟锐聚精会神地举着钓竿,望着水里的浮标说道。

惩舒宫外水潭中,宫惟脱了鞋光着脚,盘腿坐在一块长满了青苔的岩石上,一手垂钓一手托腮,懒洋洋地说:"我是为你跟师兄报仇,知不知道好歹啊?"

"那你也不能喝他的血啊。"尉迟锐不满道,"多恶心啊,你怎么想的?"

怎么想的？

宫惟顿住了，似是不知道怎么答。半晌他眼珠一转，亲亲热热地说："我没怎么想，就是觉得这样可以震慑住其他宵小，反正没人能在我面前伤害师兄！"

尉迟锐震惊得差点儿丢了钓竿："你竟然这么有良心？"

宫惟笑嘻嘻地托着腮。

正巧这时高空中掠过一辆庞大的车辇，驾车的赫然是四头巨禽，带着长长的白金尾光扑向远处惩舒宫方向，宫惟立马光着脚跳起来："啊，血河车！徐白来了！"

他蹚着水就往岸边跑，急急忙忙穿上鞋要溜。尉迟锐阻止不及，只见快上钩的肥鱼哗啦四散惊走，当场心痛如绞："小浑蛋！你上哪儿去？！"

"徐白还没看过我的剑呢！"

"徐白总有一天非弄死你不可！"尉迟锐回头怒吼，只见岸边一骑尘烟袅袅，宫惟已经兴高采烈地溜了。

宫惟抱着剑，风一样掠过长廊，远处经过的惩舒宫弟子莫不肃容停步，纷纷投来尊敬和畏惧的目光，表情复杂地目送他远去。

宫惟没有注意到这段时间别人微妙的态度变化，或者说看到了也不太在意。他"噔噔噔"狂奔至书房门前，刻意放轻脚步屏住声息，轻手轻脚地想推门给徐霜策一个惊喜，却没想到书房里传来"哐"的一声响，是茶杯蹾在桌面上的声音，徐霜策冰冷地道："我不同意。"

他们在说什么？

宫惟推门的手一顿，从门缝中向内望去。只见应恺和徐霜策两人面对面站着，不知为何空气中飘浮着一丝剑拔弩张的味道，应恺不快道："有什么好不同意的？"

"那场刺杀表面上是伏鬼门对宫惟报仇，实际上怎么回事你我心里都清楚。为什么偏偏选在宫惟陪我登台祭祀那天？为什么刺客能潜入防备严密的升仙台？为什么事后严查却线索全无？黄泉剧毒、阴阳法咒无一不是伏鬼门的东西，但十二名死士却全都用以命换命阵毁去了尸身容貌，为何多此一举？"

"因为这背后跟各大名门世家有着千丝万缕的关系！"应恺一字一句道，"各大宗师无一不是竭力提携自家子弟，天材地宝、修行功法全都砸在嫡系晚辈身上，导致唯有世家能出宗师、宗师也只护持本家。钜宗名号被巨鹿城长孙家传承三代，剑宗名号也在谒金门尉迟家传了两代，就这都还算家风传承比较正派的——其他各家划地而治、争抢资源，种种自私之举不一而足，寒门散修只能依附他们麾下，否则绝无出头之日！仙盟动摇了世家大派的利益，自然也会受到他们的集体仇视，这次

213

刺杀即便没有他们的参与，也必定得到了他们的默许！长此以往，公平何存？"

徐霜策却平淡道："对这世间凡人来说，为人长辈护持子孙本就是常情。人性善恶皆是道理，随它去罢了，你为何非要从一开始就悖逆它？"

应恺被哽得说不出话来，半晌道："你到底是不同意我成立刑惩院，还是不同意我任命宫惟做院长？！"

师兄要让我当院长吗？

宫惟立刻新奇地睁大了眼睛。

徐霜策沉默下来，背对的角度看不清他什么神情，良久才听他道："此子不可现于人前。"

应恺皱眉道："什么意思？刑惩院自然是我亲自监管，任命宫惟不过是一道名义而已。我只是想有了这个名义，他便可以跟在我身边学习历练各种事务，接触更多同龄子弟，交上三五知己好友，对他的心智成长只有好处……"

"他不该再长了。"徐霜策突然打断了应恺。

顿了顿之后他又道："别让宫惟再跟任何人接触了。"

从应恺的表情来看，他仿佛觉得自己的耳朵出了问题："你在说什么？"

徐霜策没有回答。

"宫惟的天分绝不仅仅如此，只要善加引导，他将来的修为未必在你我之下，难道你还想把他一辈子关起来不见人不成？"

最后一句明显是反问，但徐霜策没有回答，只定定地直视着他。

宫惟屏住了呼吸。

他还是看不见徐霜策的面孔，但他知道徐霜策神情一定显出了什么，因为应恺的目光渐渐变得非常震惊，半晌才难以置信地轻声道："徐白，你疯了吧？"

应恺是个非常守礼节的人，很少对任何平辈直呼其名。

徐霜策却置若罔闻："你不觉得他的天分可怕？"

应恺艰难道："徐白，你当年仅仅结丹就引动了百年不见的九天雷劫，我定山海剑第一次出鞘时山海共鸣，也没人说咱俩可怕啊。"

"你真觉得自己可以对他善加引导？"

"当然可以。宫惟本性天真单纯，他只是个……"

徐霜策第三次开口反问，语气里带上了一丝冷笑："你真觉得他本性天真单纯？"

宫惟仿佛坠入了一个荒诞不经又令人恐惧的幻境里，他不明白眼前正发生什么，但本能的刺痛从心底陡然蹿起，直刺咽喉。

不要说了，他呼吸急促起来。

不要再说了，徐白。

"宫徵羽绝不可能是人。"徐霜策背对着门口道，声线不带任何感情，"我知道你是怎么想的。妖魔邪物即便化出人形也修不出三魂七魄，拥有第七魄的必定是人。如果不是人，那就只能是比你我更高等、更虚渺，或者说更接近'天道'本身的存在了。"

"你觉得宫徵羽有可能就是这样的一种存在？"

应恺一言不发地站着，既没有肯定也没有否认。

"但应恺，你认为天道至善，我却认为天道混沌。天道对你我这种修仙之人可未必是善意的。宫徵羽现在待人百般好，那是因为他眼下能接触到的人都待他百般好，想要维持现状你就得把他灵脉封掉，关在禁地，除了你我与尉迟锐之外任何人都不准见。将来尉迟锐长大了，把他也隔离在外。

"要是做不到这一点的话，应恺，"徐霜策说，"记住我的话，宫徵羽现在甜得像个梦，以后也会恶得像个梦。总有一天你会后悔。"

宫惟的瞳孔因为刺痛而急剧缩紧。

随着角度变换，他终于看见了徐霜策的侧脸，那张俊美的面孔从未像现在这样生冷无情，仿佛他口中正提及的不是个熟悉的人，而是某种妖异、不祥、亟待从脚边清理掉的异端。

四面八方的负面情感呼啸而来，如潮水般没过头顶。

最后几丝对徐霜策的亲近让他想控制自己，但更加强大的天性占据了上风。一模一样的敌意发自内心升腾起来，仿佛毒焰烧灼五脏六腑，连骨髓都因为剧痛而吱吱作响。

不要再说了，他在混乱中想。

我真的好疼，你们不要再说了——

应恺被激怒了，他在急促地指责什么，语调严厉充满愤怒。徐霜策毫不动摇，争执声越来越大、越来越激烈，最终应恺重重将镇纸拍在桌上："徐霜策！我看你才是被魔住了吧！"

"那年我们从沧阳山桃林里捡回来的根本不是个人，那只是天道的一个异端。"徐霜策一字一句清晰刺骨，"我们把这异端捡回来了，总有一天他会把毁灭带给这世间所有人！"

215

"咔嗒"一声门被推开了。

两人同时回头，宫惟站在门外，直勾勾地盯着徐霜策。

应恺失声道："宫惟……"

刹那间徐霜策的神情其实是很奇怪的。他似乎是强迫自己把目光挪开了半寸，但随即又顿住了，略微抬起头吸了口气，沉着地站在那里。

"你不喜欢我了吗，徐白？"宫惟轻轻地问。

徐霜策不回答。

应恺简直是强迫自己从绷紧的喉咙里挤出两个字："宫惟……"

宫惟固执地问："你以后会一直讨厌我吗？"

没有人看见徐霜策肩臂线条绷得极紧，双手指尖深深刺进掌心肌肉，一丝温热的液体正顺着掌纹缓缓溢出来。

他张了张口，似乎想要说什么，但良久的死寂过后又把嘴巴紧紧地闭上了，一言不发疾步向外走去。

应恺急道："徐……"

话音未落，徐霜策手臂一紧，原来是错身的刹那间被宫惟拉住了，少年抬起头来直勾勾地看着他。

——杀了他，元神深处那个与生俱来的意识再一次清晰地响起。

"宫惟……"徐霜策沙哑道，"我说过别把这些非人的伎俩用在我身上。"

少年的右瞳浮现出一丝丝猩红，如妖异的花朵在另一个世界盛开。

徐霜策略微用力抽了下手："宫惟！"

徐白必须死。

徐白必须最先死。

一个都不能走。徐白最先死。

宫惟闭上眼睛，须臾猝然睁开，右瞳已变成浓郁纯粹的血红。

徐霜策面色微变，闪身一避，但刹那间已来不及。白太守惊天动地出鞘，裹挟巨大气劲当面而来，灵力呈环形向四方扫荡，地板瞬间爆出千万龟裂，门窗轰然碎成了齑粉！

——锵！

金石剧撞，震耳欲聋。

徐霜策死死按住不奈何剑柄，仅凭剑鞘挡住了这杀机深重的一剑，金属摩擦发出可怕的尖响。

白太守雪亮剑身近距离映出宫惟的双眼，眼梢闪动着一星微光。

他就这么用力盯着近在咫尺的徐霜策，眼睛睁得很大，仿佛这样就能将那微光硬生生憋回眼眶里。但那最终还是失败了，一行水痕滚滚而下，"啪嗒"打在了杀意未消的剑锋上，瞬间被切成无数细小的水光。

徐霜策："……"

徐霜策松开剑柄，伸手抹去了宫惟脸颊上的水迹，低声问："想杀我？"

他略微俯身在宫惟耳边，道："你不会再有这样的机会了。"

这时身后"锵"一声亮响，应恺拔剑厉声喝止："霜策！"

徐霜策站直，收剑，不再言语，擦肩而过向外走去。

但就在他跨出门槛的刹那间，宫惟猝然转身挥剑，剑光一路破开虚空，徐霜策反手一挡，袍袖唰地撕裂。

他掌心的血终于飞溅出来，在地上甩出一道星星点点的弧线。

但徐霜策没有回头，他稳稳地跨出门槛，走了出去。

巨大的动静已经惊动了大半座惩舒宫，门人纷纷闻声赶来，又不敢接近，远远地躲在大殿前的白玉高台下。徐霜策恍若没有看见，他一人负手穿过长廊，风从天地尽头席卷而来，撕裂的袍袖在身后扬起；数年前也就是在这个地方，春末的日头穿过重重绯纱，一道瘦削幼小的身影蓦地从墙上冒出头，看着他手中两枚叮当摇晃的小金币，睁大的眼睛里充满了好奇。

叮当，叮当。

徐霜策没有停步。

他看见虚空中的少年一跃而下，在错身而过的瞬间"呼"一声抢走了小金币，紧紧攥在细白的手里，仿佛生怕一不小心就弄丢了，衣袂如流云飞卷般消失在了回廊深处。

风在耳畔飘荡不息。

叮当，叮当。

明明无情道顶，应是道心至坚，隐秘的抽痛却不知从何而起，犹如一层层细密的丝，层层叠叠裹住了胸腔里那颗早已冷硬如铁的心脏。

一定是因为被那只妖异的眼睛蛊惑了吧，他想。

徐霜策的手指甲深深刺进掌心血肉里，抬头走向连绵山峦，仿佛只要坚持不回首，就能走出那场绮丽甜蜜的梦，走出那年春末流水般令人深深沉溺的时光。

太乙十八年的长风掠过重叠宫檐，碧穹漫天桃雪。

沧阳宗主背手负剑，独自走下岱山壮丽的长阶，将虚空中越来越远的叮当声抛在身后，一步步走向远方红烛喜筵、血光乍现的未来。

卷二 · 兵者詭道

第1章

"兵人丝会绞死灵脉，他全身的灵脉几乎都碎成片了……""医宗大人现在怎么办？！""把还生丹化水灌进去，不要停！""脉搏如何？脉搏开始恢复了吗？"
……………

此起彼伏的人声好似很近，又忽而变得很远，渐渐消失在了混沌的意识深处。

宫惟竭力睁大眼睛，恍惚间他似乎变得很小，连用双脚站立都没有学会，只能战战兢兢地把身体蜷缩起来，伏在水雾朦胧的桃林深处。他右瞳是血一样鲜艳浓烈的绯红，看见那个叫应恺的人半蹲在自己面前，伸手耐心地拍抚自己的发顶；随即视线一转，又看见另一名冷漠而俊美的年轻男子抱剑站在不远处，投来审视的目光。

不知道为什么，在看到那男子的一瞬间，贯彻心脏的剧痛陡然从他左胸腔升起，与生俱来的巨大悲伤和喜悦亦如洪流般吞没了全部意识。

紧接着脑海深处有个清晰的声音，自然而然浮现出来——

那就是徐霜策。

我必须要杀掉的徐霜策。

"别怕，你躲在桃林里多久了？想不想出去？""他在观察我们，他在学怎么当人。"……

徐霜策说话的声音真好听，长得也真好看啊，宫惟在左心的疼痛中断断续续地想。

我好喜欢他，我能待在他身边不走吗？
……………

"我带他去医宗请穆兄看看吧。"两人一番争论后，应恺终于做了决定，微笑着向他伸出手，友善地问："我带你出去，好吗？"

梦境在这一刻突然停滞。

宫惟睁大眼睛，望着自己面前应恺的掌心。

冥冥中他已经想起了事情接下来是怎么发展的——他眼巴巴地看着无动于衷的徐霜策，终于胆怯地握住了应恺的手，从此被带离沧阳山，在仙盟成立刑惩院；之后的数十年间恩怨纠缠、生离死别，直至升仙台上一剑贯心，再也没能回到这最初的桃花林中来。

如果这次从一开始就偏离既定的轨道，结局会不会有所不同？

一股发自本能的、强烈的冲动从内心深处陡然升起。

在那不知不觉间，剧痛的胸腔仿佛涨满了不曾有过的勇气，宫惟强迫自己扭头转向另一侧，向那个居高临下、眼神疏远的男子竭力张开双手："要……要抱……"

他太小了，还没学会说人的话。他只记得自己来到这人世间的第一个感觉便是悲伤，但不知道为什么。

他只能磕磕绊绊发出带着哽咽的声音，徒劳地重复："要抱……"

梦境陡然转变。

下一刻他像落鸟般从高空摔了下去，但还没来得及感觉到恐惧，便落进了一个充满白檀气息的怀抱中。有人紧紧地、安全地保护着他。

"你不会死的。"那人低沉的声音说。

"睡一觉就好了。"

…………

"灵脉暂时只能修补到这个地步，接下来就要看他自己的造化了。"

一名二十来岁的年轻男子指尖凝聚着细丝般的幽幽紫光，从宫惟眉心间收回手。他生得一脸斯文俊秀，一身仙风道骨，雪青色蝉翼纱袍腰间缀挂的却不是玉佩，而是一把淡白金铸的小刀，形状弯细颇似柳叶。这人只要闭上嘴，那通身的气派可称是出尘脱俗，可惜一开口就暴露了本性："啧啧啧，多亏他命好遇到我堂堂医宗大人亲自出手，否则这么个人不人妖不妖的小东西，又碰上钜宗手里最毒最狠的兵人丝，早就啧啧啧……"

此人正是当世三宗之一——金船医宗穆夺朱。

床榻上宫惟蜷缩侧卧着，双眼紧闭、面容苍白，神情似乎非常不安。他两手紧紧抱着徐霜策一只手不放，徐霜策也就这么垂手站着没动，问："他为何这样？"

穆夺朱正色道："此乃昏迷中亦不忘尊师重道之故。"

徐霜策："……"

两人对视半晌，徐霜策那双生冷无情的黑眼睛直直盯在穆夺朱脸上，医宗很快就撑不住了："好吧，其实是因为患者现在情况特殊，灵脉空虚至极，便会自发向身边灵力最为强大的人或事物依靠，好比饥寒交迫之人渴求热食一般。要解决也很简单，只需向患者气海灌注大量灵力即可，不过那样终究稍嫌缓慢。其实还有个更快见效的法子……"

徐霜策道："何法？"

穆夺朱眨眨眼睛，忽地往后退了一大步，肃容郑重道："双修。"

房间安静得吓人，徐霜策面无表情地盯着他，连眼珠子都不转。

穆夺朱小碎步向屋外迅速平移，上半身稳稳当当纹丝不动，若无其事地微笑道："徐宗主莫介意，我开玩笑的。不过话说回来，那天我仿佛听见门下弟子议论，说徐宗主在定仙陵外一剑惊人，为尽快解决事态不惜将各家前辈当场碎尸，真不愧为天下第一大宗师。令人震惊的是徐宗主对爱徒的态度截然相反，十分——嗯，怎么说呢？十分怜惜弱小，爱重呵护……"

徐霜策垂于身侧的右手拇指在阴影中微微一动。

穆夺朱瞬间闪出屋外，"咣当"一声重重关上门。

数息后，"咔嗒"一声门又开了。医宗大人探出半个头，争分夺秒叮嘱："诊金切记要付！"

然后不待徐霜策回答，他"哐"地关上门溜之大吉了。

屋内恢复了安静，徐霜策伫立片刻，才回头看向床榻。

宫惟在睡梦中都不自觉地皱着眉，仿佛有许多说不出的委屈和不安，像遇到了救命稻草般紧紧抱着徐霜策的左手，额角还一个劲往手臂上蹭，绸缎一样的黑发蜿蜒铺在床榻间、袍袖上。

徐霜策："……"

徐霜策终于动了动，缓缓坐在榻边。

随着这个动作，他的左臂从垂直变屈起，宫惟立刻就势抱得更紧了。

修士灵脉空虚到了一定程度是致命的，求生欲让宫惟连上半身都贴到了徐霜策的左臂间，脸颊贴在臂弯里，只要一低头就能看见少年长而柔软的眼睫，因为贴得过紧而揉乱在宗主白金色的衣袍上。

一丝丝空气无声地升温，就像滚烫、细密的针不断刺激着神经，但徐霜策平静的脸上仍然看不出丝毫变化。

他就这么垂着眼睛，不动声色看着宫惟近在咫尺的脸，良久才抬起右手，食指在他眉心气海间略微送进去一丝灵力，而后一触即分。

徐霜策："……"

宫惟发出难耐而含糊的呢喃，因为这稍纵即逝的灵力而更加焦急起来。他仿佛陷在一个混乱而黏稠的梦里，想要摆脱却又挣扎不得，想要清醒却神志恍惚，下意识用两只手抓住了面前的衣襟，竭力仰起头。

少年凑得实在太近了，连呼吸都清晰可闻。

徐霜策微低着头，床帏阴影交错，看不清他的神情。他像是在耐心地等待着什么发生，食指微微一抬，宫惟便仰脸把眉心凑上前；再一抬，又执意地追上来。隐秘的追逐如此重复数次，徐霜策的背渐渐向后靠去，床头因为承受两个人的体重而发出了轻微的吱呀声。

"不……"

一丝一丝的、断断续续的灵力被灌注进气海，但那远远不够。

宫惟仿佛陷在了轻软温暖的云海里，连拖长了尾音的抱怨都轻飘飘的："嗯……"

仿佛终于理解了他的不满，徐霜策两指再次落在他眉心，汹涌纯粹的灵力立刻冲向四肢百骸。宫惟全身灵脉都骤然放松了，就像久旱逢甘露一般不自觉地仰起头，鼻尖几乎碰到了徐霜策的下巴。

但紧接着，徐霜策指尖再次轻轻一抬。

宫惟彻底地急了。

刹那间气息交错，就在徐霜策手背挡住自己下颔的刹那间，宫惟抓着他衣襟急迫地挨上去，冰凉的下颔终于落在了徐霜策的掌心里。

仿佛亲昵又讨好。

咚咚咚。

屋外走廊上，尉迟骁敲了几下门，静候数息，扬声道："医宗大人，盟主请您上甲板议事！"

门后没有传来回音。

治疗已经持续了好几个时辰，难道到现在还没结束？尉迟骁本来就悬着的心一沉，手上不由自主加了劲，"咚咚咚"又敲了几下："医宗大人，可是治疗不顺？我……"

屋内传来一道不紧不慢的声音："进来吧。"

那分明是徐宗主。

尉迟骁神情一变，蓦地推门，迎面只见房间宽阔雅致，但烛光昏暗，床帏垂落，空气中飘浮着药气和檀香混杂起来的隐秘的味道。一只有力的手掀帘而起，随即整个人翻身下榻，赫然正是徐霜策。

"……"尉迟骁像是突然失去了语言的能力，猛地把目光投向重重丝绸床帏内，隐约可见宫惟侧卧蜷缩在榻上，身上裹着一件眼熟的白金色衣袍。

那分明是沧阳宗主的外衣！

徐霜策仅着玄色修身内甲，整了整衣襟，平淡道："何事？"

换作别家子弟这时可能已经心胆俱裂了。尉迟骁张了张口，才听见自己挤出干涩的声音："徐宗主与弟子内室独处，衣冠不整，不太合礼数吧？"

徐霜策动作微顿了下，扭头向他一瞥，那目光似笑非笑。

他问："这就不合礼数了？"

一股寒意如闪电般顺脊椎蹿上脑顶，尉迟骁眼神骤变。

但所幸徐霜策没有说出后半句话。

他放下两边床帏，动作和声音都不疾不徐，仿佛刚才的对话没发生过："你来做什么？"

医宗施救时不允许外人靠近，尉迟骁是特地半路拦下了传话的弟子才过来的。他原本想打听向小园恢复的情况，但知道现在已经什么都不用再问了，几乎是强迫自己欠身道："钜宗已经上船，盟主来请各位宗师前去，共议定仙陵兵人丝之事。"

一言蔽之，要开始找钜宗算账了。

徐霜策不置可否："带路。"

两人出了屋，沿着长而宽阔的走廊直至尽头，两旁路过的医宗弟子无一不快步避让、垂首行礼。长廊尽头是一座盘旋向上的白玉阶梯，尉迟骁退了半步，做了个请的手势："徐宗主，先请。"

徐霜策一撩袍裾，稳稳地先行而上。

传说徐宗主与应盟主是同年生的，那么他今年少说也有近百岁了，但从外貌上其实根本显不出这一点，因为徐霜策看起来还非常年轻，有种带着凌厉感的俊美，脱去外袍之后完全显出了劲瘦挺拔的身形。尤其从背后这个角度看去，行止间隐约能看出衣服底下流畅的背肌轮廓。

他没有佩不奈何。但即便不佩剑，徐霜策周身那种可怕的沉着和稳定感也不会减少半分。

"尉迟骁。"突然他头也不回地道。

"是……"

徐霜策漫不经心地问："向小园是怎么中兵人丝的？"

那瞬间尉迟骁脑海中掠过了很多东西——被挖出来的右瞳，带着一弧血线抛飞起来的头颅，断颈处喷出来的血溅在少年侧脸上，顺着雪白冰凉的皮肤缓缓往下流淌……所有画面最终定格，他看见那少年的细白咽喉被勾陈剑锋抵着，但却毫不在意，任凭手掌心里的鲜血一丝丝洇进剑槽，回头时长长的眼梢挑着毫不掩饰的狡黠。

"你想让我给你什么回答呢？"他笑嘻嘻地问。

"你太软弱啦，尉迟大公子。你甚至不敢先砍我一只手，或捅我两剑——那你还希望我给你什么答案？"

…………

尉迟骁垂下视线，喉结明显地滚动了一下。

"晚辈遭遇法华仙尊惊尸，力战不敌，未能保护好向小公子，才让他受到波及中了招。晚辈惭愧交加，请徐宗主责罚。"

"哦，是吗？"徐霜策尾音平平地道，"仅仅如此而已？"

尉迟骁平稳地道："仅仅如此而已。"

这时两人一前一后，顺着盘旋的白玉台阶到了尽头，眼前是一条雕梁画栋的室内回廊。

徐霜策踏上最后一级台阶，突然转身道："贤侄。"

尉迟骁随之站定脚步："宗主请讲。"

远处有医宗弟子经过，见两人一前一后、一高一低，彼此相对峙立在楼梯上，都遥遥垂首站住了，不敢上前。

徐霜策说："小徒自临江都回来后，左肩负伤，伤势甚重，言说是在王府门外遇到了鬼修，因贤侄力战不敌才导致的。此次下定仙陵，回来被种进了兵人丝，灵脉破碎，伤势更重，言说又是贤侄力战不敌，才受了池鱼之殃。"

尉迟骁一个字都发不出来。

徐霜策缓缓道："贤侄还需勤学苦练啊。"

他话音里没有丝毫起伏，好似只是平静地陈述一个事实。尉迟骁却仿佛被人迎面重重打了一拳，耳朵里嗡嗡响，好半天才听见自己咬牙道："宗主教训得是。"

远处人影一闪，是穆夺朱拢着手从回廊尽头走来，见状奇道："做什么呢这是？"

徐霜策并不回答，径自从袖中取出一物，只见其色鲜红如火，赫然是之前从宫惟身上收走的那枚麒麟佩。

"此物能玉碎替死，殊为珍贵，小徒担当不起。"他将玉佩递还给尉迟骁，居高临下道，"贤侄，收回去吧。"

穆夺朱浑然不知发生了什么，眼睁睁只见谒金门少主脸色变得极其难看，但又什么都说不出来，只能接过那枚玉佩攥在手里，向后退着下了一级台阶。

他本该要告退转身，但不知为何又站定脚步，吸了口气。

"徐宗主。"他抬眼直视着徐霜策，声音十分清晰地问，"晚辈与向小园出生入死，情谊深厚，见他受伤卧病在床，十分挂心。晚辈可以去探望他吗？"

真是非顶级世家嫡系子弟，断不能有这种勇气和底气。徐霜策定定俯视着他，眼底闪动着不明的神色，不知是欣赏还是嘲弄，半晌竟欣然道："去吧。"

尉迟骁欠了欠身，转头向下走去。

他的身影很快消失在了盘旋白玉阶尽头，穆夺朱满心疑窦，刚要问什么，却听徐霜策轻声道："看不到别人教训的人，只能见了棺材才掉泪。"

穆夺朱诧异道："什么？"

徐霜策不答，转身向回廊尽头紧闭的大门走去，拂袖挥开了回廊尽头的雕花铜门。

新鲜的风从瓦蓝天穹尽头扑面而来，远方山川连绵起伏，都城村庄小如沙盘；徐霜策举步踏上汉白玉阁楼，从高台尽头的栏杆向外望去，阁楼之下是金碧辉煌、庞大坚固的甲板。

这赫然是一艘航行在高空中的黄金巨船。

堂上已经列席设座，东首两把紫檀木扶手椅，应恺已居其一，一手扶额心累不语；应恺左手下侧是剑宗尉迟锐，因为幻术后遗症，此时还蔫蔫的提不起精神，右手握神剑罗刹塔，左手正从怀里掏出几个五香花生往嘴里丢。

徐霜策走到东首另一张紫檀扶手大椅上坐下，穆夺朱亦在他下首掀袍坐定。众人视线都投向大堂正中的那把椅子，齐齐对上了长孙澄风。

"……"

钜宗百口莫辩，向后重重靠在椅背上，长出了口气，情真意切道："我与此事，当真无关，各位仙友明鉴！"

第 2 章

"我与此事，当真无关，各位仙友明鉴！"

"……"

应恺那只撑着眉角的手放了下来，表情似乎更心累了："澄风，你知道巨鹿长孙世家之所以出了三代钜宗，主要就是靠举世无双的机关兵人，对吧？"

长孙澄风诚恳有加："我知道。"

"你也知道这世间只有你才能控制兵人，因为仅长孙世家嫡子才具备炼制兵人丝所必需的双元神,对吧?"

长孙澄风推心置腹:"我更知道。"

应恺指向身侧,他跟徐霜策两座之间的茶几上放着一块巨大的千年玄冰砖,袅袅寒气托着冰砖上的精钢捧盘。盘中结满了白霜,结结实实封冻着一段比蚕丝还细、泛着幽幽暗红辉光的血线。

那正是从法华仙尊尸骨内提取出的兵人丝。

应恺问:"那你还有什么话想要对我说?"

机关兵人水火不惧,百毒不侵,寻常仙剑刀枪不入,可高达数丈亦可形如灵猴,不论结阵作战还是单打独斗都勇悍无比,玄门百家闻之色变。兵人的制造材料及机关图谱一向是长孙世家代代秘传,只有一样必需品是众所周知的——兵人丝。

寻常傀儡丝已是阴毒罕见,但若是与兵人丝一对比,就仿佛拿普通金丹修士与应恺、徐霜策对比,根本不可同日而语。

世间不知多少炼金修士梦寐以求炼出一段兵人丝,但终究都是徒劳,盖因炼制兵人丝必须具备一个条件——阴阳双元神。

就像人不可能长出两个脑袋,哪怕是应恺、徐霜策这样的大宗师都不可能凭空修出两个元神来,长孙家嫡子却生来就有这种天赋。在炼制过程中,钜宗自身保留阳元神,将阴元神注入每一寸兵人丝中,因此每一座机关兵人都与钜宗元神相连、息息相通,无须操纵便能自发护主。钜宗在则兵人在,钜宗死则兵人死。钜宗要通过兵人丝控制傀儡,也不需要耗费太多灵力,心随意动即可。

徐霜策从"向小园"灵脉内抽出来的确定是兵人丝无疑。除了长孙澄风,还有谁能控制这毒辣强悍至极的武器?

四位大宗师分别从四个不同的方向对着钜宗,甚至连嗑花生的尉迟锐都抬起了眼皮,冷冷地盯着他。

"……"

长孙澄风僵坐半晌,终于叹了口气,说:"我与法华仙尊往日无怨、近日无仇,连交集都甚少,实在没理由费这么大干戈去侮辱他仙躯。"

他顿了顿,又艰难地道:"但……如果硬要找出一个嫌疑人,我心里倒也不是没有怀疑。"

尉迟锐立刻问:"谁?"

长孙澄风没有立刻回答,而是起身向应恺深深行了一礼。

"应盟主,兵人丝确属我们巨鹿长孙家独有,抵赖不得。但此事非同小可,

227

请给我七天时间擒住真凶，七天后我将亲自上岱山惩舒宫负荆请罪，绝无脱逃。可否？"

这话里的意思分明是已经下定了某种破釜沉舟的决心。应恺皱眉道："你怀疑谁？"

长孙澄风维持着那个低头长揖的姿势，态度却毫不动摇："七天之后必见分晓。"

"……"

一门二尊三宗，除去已逝的法华仙尊，活着的只有徐霜策、应恺与尉迟锐三人是大乘境。穆夺朱资历极深且金船医宗威望重，比长孙澄风又更加有分量一些。

长孙澄风性格温和，吊儿郎当，经常嘻嘻哈哈地跟小辈打成一片，因此总给人一种相对弱势还很好说话的错觉——但实际上这种弱势是仅限于堂上其他四人而言的。他毕竟是三宗之一，长孙家又是六世家之一，不论哪种身份都是首屈一指的显赫，轻易开罪不得。

堂上几位宗师互相对视一眼，应恺皱眉思忖片刻，心知他不存在任何畏罪潜逃的可能性，态度便有所松动："既然如此……"

这时却只听徐霜策的声音从身侧响起：

"你曾经有个弟弟。"

钜宗有弟弟？

众人都没反应过来，穆夺朱脱口而出："难道是民间话本里传的那个吗？"

应恺："……"

尉迟锐："……"

"上次去宴春台撞见柳虚之听民间戏班子排那个鸩杀亲弟强夺弟媳的话本，"穆夺朱迅速端起茶盅挡住了半边脸，在长孙澄风震惊的视线中声音越来越小，"情节曲折，感情真挚，颇为……催人泪下。"

堂上一片死寂，尉迟锐花生送到嘴边都忘了嗑，用一种士别三日当刮目相看的全新眼光上下打量长孙澄风。

钜宗张了好几次口，才斩钉截铁道："我确实曾有一亲弟，但民间话本中这一事，纯属子虚乌有！"

应恺："喀喀！"

应恺重重地清了好几下嗓子，端起茶杯喝了一口，才抬头道："穆兄有所不知，长孙家二公子并非钜宗所杀。他是因为犯下重罪，早在近十七年前就被流放到北疆冰原极寒之地，从此再没有音讯了。"

极寒之地，生命禁区，自古以来从未有过任何修士活着从那里走出来的记载。因此流放冰原其实就等于一去不回，只比处死稍微好点儿。

穆夺朱诧异道："他到底干了什么？"

长孙澄风刚才其实差不多扳回了局面，谁料徐霜策一句话，局面又被扳了回去。眼下自曝家丑，实在难以启齿，他在所有人的视线中默然良久，才不得不叹了口气："此子随母姓度，名叫度开洵。

"度开洵年纪比我小很多，因为家母早逝，家父管教不严，从小冷血扭曲至极。他当年曾经虐待白……虐待家中一名弟子，手段极其残忍，被送进刑惩院时甚至当着所有人的面，用咒术言灵强迫这名弟子自行剖心，险些成功。之后他被关在刑惩院，原本指望他洗心革面，但谁知没过两个月就本相毕露，竟然偷偷翻阅禁书《密通阴阳混沌大法咒》，从中学得一种黄泉剧毒，下在法华仙尊的茶水里，想要……想要剖走仙尊的右眼。"

这件事既然发生在近十七年前，那就应该是宫惟在升仙台上送命的前不久。

尉迟锐立刻问："我怎么不知道？"

长孙澄风道："实在惭愧，此事当年极为隐秘。因为牵涉世家，法华仙尊宽宏大量，并未张扬，只报给了应盟主一人。"

他顿了顿，再开口时语气已有冷意："其实按我的意思，这孽畜活着还不如死了，应盟主当时也同意将他交还于我随意处置。但仙尊到底还是太仁慈，竟看在这小畜生尚未及冠的分上高抬贵手，只判了流放北疆万里雪原，终生不得回神州半步。"

"他现在在哪儿？"尉迟锐追问。

长孙澄风说："不知。北疆雪域极寒之境，连你我这样的境界都未必敢轻易踏足，且自古以来从没听说过有人能活着回来。因此我一直当他已经死了，十七年来从未试图找过。"

应恺沉吟片刻，问："既然如此，你凭什么确定如今的事跟度开洵有关呢？"

长孙澄风的神情看上去颇难启齿，足足半盏茶沉默之后，才听他咬牙道："度开洵……天赋举世罕见。"

"家父学会用双元神炼兵人丝时已年近四十，我承继家学教诲，是二十六岁。

"而度开洵十八岁那年，就炼出了平生第一条兵人丝，并用它做出了一具强大、完美到不可思议的机关兵人。他将前两代钜宗的毕生所学都踩在脚下并付之一炬，为此，险些气死家中好几位老前辈。"

世族家丑大多一床锦被盖过，恨不能盖得越严实越好。因此所有人都是今天第一次听见这事，堂上一时安静得诡异。

"这件事过后，我不得不下令严禁度开洵再制作任何兵人，同时亲手封住了他能够用来凝聚兵人丝的阴元神。本想等他长大成人、洗心革面后再考虑解开禁制，谁知第二年他又犯下了虐待家中弟子、毒害法华仙尊等一系列骇人听闻的重罪。此人丧心病狂且无可救药，当年法华仙尊留他一命，实乃过于心慈之失。"

长孙澄风再次俯身长揖。他有着非常温和又俊朗的面相，脸上一向常带三分笑，如今却严肃得可怕："定仙陵兵人丝之事，必定与度开洵有关。不论此人是如何从极寒之地逃回中原作乱的，这次我一定将他亲手擒住，送上岱山，将这罪大恶极之人交由盟主发落！"

满室寂静半晌。

应恺定定望着长孙澄风，似乎沉吟了半晌，才终于缓缓地道："澄风，如今天下一门二尊三宗，都已在这大堂之中。如果你肯当着我们所有人的面发誓，七日内定将度开洵擒获，亲手押送到我们面前的话……"

这时只听"叮"一声轻响，首座上的徐霜策放下茶盏，终于说了他走进这道门以后的第二句话："不必麻烦，他已经死了。"

应恺："……"

连应恺都戛然呆住，长孙澄风下意识问："什么？"

徐霜策那双黑沉的眼睛里什么情绪都没有，语气也平淡从容，像是在陈述一件无关紧要的往事："十七年前，我听闻下毒剖眼之事，便追至千里之外极寒之地，在一处冰川上亲手结果了他。

"尸首分离，一剑贯心。死透了。"

第 3 章

堂上陡然陷入死静，半晌才见长孙澄风难以置信地盯着徐霜策，问："你说什么？"

"你从沧阳山追到了北疆？"应恺整个上半身都从扶手椅上转了过来。

徐霜策说："是。"

"杀了度开洵？"

"杀了。"

应恺："……"

从沧阳山到北疆根本不止相去千里，实打实的万里还差不多。所有人都目瞪口呆地看着徐霜策，无法想象十七年前他曾独自追杀到万里外，在那极寒之地、冰川之巅，一剑贯心肺、一剑取人头，这是怎样深沉浓厚的杀机？

应恺震惊道："为什么？"

长孙澄风足足张了三四次口，才颤声问："你还记得他是长孙家的人吗？"

徐霜策没有回答应恺，略微探身对着钜宗。他那张脸在上百年漫长的光阴中不曾有丝毫改变，当他从高处投来视线时，有种摄人心魂的冰冷的锋芒："所以呢？"

长孙澄风："……"

长孙澄风没说出一个字来。穆夺朱拿起茶杯咳了声，岔开话题问："所以度开洵死后，这世上能操纵兵人丝的又只剩下钜宗一人了，是这个意思，对吧？"

事情绕了一圈又回到了起点。

长孙澄风为人随和，从没有架子，经常跟小辈打成一片，在玄门百家内声望颇佳。要说他是幕后黑手，说出去谁都是不信的，连应恺都知道这堂上所谓的"公审"其实很难有什么结果。但眼前的情况偏偏就没有第二种解释了，何止一个"邪门"了得？

应恺皱眉道："澄风，定仙陵地官内路线复杂，尤其是最深处的地下第九层，走进过那座黄金墓门的人全天下屈指可数。而你作为设计整座地官的人，恰好在那屈指可数的几个名字里……"

长孙澄风也是万万没想到自己亲弟弟十七年前就死透了，这会儿当真是百口莫辩："诸位仙友明鉴，你们真觉得我是如此丧心病狂之徒吗？"

没有人说话，都一言不发挪开了目光。

从表情看，长孙澄风大概是在内心问候了"诸位仙友"全家，无奈地换了个方向："法华仙尊已仙去十六年，定仙陵完工封闭也已经过去十五年了，即便要动手又为何等到现在？再者，我大费周章盗他的遗体做什么，带回家供起来吗？要知道仙尊尸骨何其危险……"

"血红瞳。"徐霜策打断道。

自众人落座开始，徐宗主只要开口，必在三五字间扭转战局，以至于现在一听他出声所有人都下意识一激灵。长孙澄风道："什么？！"

"法华仙尊死时金丹完好，灵力尚在，那只生来妖异的红瞳应当还能用。即便因为死后法力有损，他的右眼也仍然是绝世兵器，'可以用来打造最完美的机关兵人'。"

徐霜策顿了顿，道："你弟弟死前，是这么告诉我的。"

长孙澄风胸膛起伏，一脸难以言喻的表情瞪着他。应恺探过身来压低声音问：

"你不仅杀他,还特地审他了?!"

徐霜策:"……"

"他弟弟临死前还有没有说什么?"

徐霜策仍然不答,向后靠在扶手椅背上,窗外远空传来的风声轰鸣,拂过他毫无波澜的面孔。

犹如十七年前冰川上刺骨的寒风,也是这样将度开洵濒死的声音刮得断断续续:"你不是……憎恨那个宫徵羽吗?世人都说堂堂沧阳宗主看不起宫院长,他们知道……知道你为了他跑来这万里冰原……知道你私底下是什么面孔吗?!"

长孙世族的二公子当时不过十九岁,五官英俊颇似其兄,但眼底天生有种疯狂、阴鸷的东西,像是被困在囚笼里走投无路而充满戾气的猛兽,总是伺机从人皮下爆发出嗜血的本相。

徐霜策居高临下地站在他面前,一手持不奈何剑,鲜血一滴滴从剑尖上落进雪地。

"你也不是什么好东西,徐霜策。"那少年捂着汩汩流血的伤口,俯在雪地里恶毒地喘息道,"你真正的欲望困在那张皮下,永远解脱不了,永远都别想解脱得了……"

风雪将徐霜策的神情淹没在阴影里,良久他右手抬了起来,冲天血光飞溅而起。

…………

堂上人人神色各异,尉迟锐已经不嗑花生了,向前探身认真地冲着钜宗问:"就是你干的吧?"

长孙澄风无奈问:"你能别跟这儿添乱了吗?"

应恺向自己身侧那寒气氤氲的冰盘扬了扬下巴,说:"你现在必须想个办法证明你自己,澄风。要么你证明自己无法操纵这段从法华仙尊尸骨内提取出的兵人丝,要么你证明这兵人丝与你弟弟有关……"

长孙澄风愕然道:"应兄你这不是为难我吗?我只能证明我可以操纵自己的兵人丝,可我怎么证明自己操纵不了别人的兵人丝呢?不然我唤它一声,你看它应不应?"

应恺淡淡道:"那我就只能把你请回岱山惩舒宫暂住一段时间,直到我与徐宗主查明真相后,再还你一个清白了。"

长孙澄风简直不相信自己的耳朵,立刻指着徐霜策难以置信地问应恺:"他想还我一个清白?我怎么觉得他只想把我钉死成幕后黑手呢?"

穆夺朱瞧瞧徐霜策毫无反应的脸,忍不住咳了声:"各位仙友,金船上是严禁斗殴的，待会儿如果徐宗主翻脸对钜宗拔剑的话请务必拦住他啊。"

…………

"报！"就在这你一言我一语的当口儿，门口有身着浅紫纱袍的医宗弟子匆匆来到，先是依次拜了应恺、穆夺朱、徐霜策三人，又拜了尉迟锐和长孙澄风，低头道，"长孙世家白霰白真人御'不器'剑在外，请上金船拜见盟主与徐宗主！"

"什么？"谁料一听这话，长孙澄风蓦然回头，"别让他上来！"

这一声堪称严厉，众人都愕然望向他，穆夺朱迟疑道："钜宗，人家不是来见你的……"

长孙澄风断然道："我是他道侣，为何不能阻止他？白霰与此事无关，何必横生枝节！"

首座传来徐霜策平淡的声音："你还不是他道侣吧。"

长孙澄风："……"

穆夺朱看了眼钜宗的表情，又忍不住道："各位仙友，金船上是严禁斗殴的，待会儿如果钜宗翻脸对徐宗主拔剑的话也请大家拦住他好吗？"

"且白霰与此事并非无关。他是你弟弟的仆从，亦是你弟弟被你送进刑惩院的原因。"徐霜策顿了顿，毫不在意地迎着钜宗越发难看的脸色，说，"他是你弟弟生前最亲近的人。"

周遭一片静默。

应恺深深呼了口气，探身向穆夺朱，低声道："让人请白真人进来。"

医宗弟子立刻领命而去，稍等片刻后高高的花屏门被推开了。

一道颀长身影稳步而入，身着长孙世家墨色校服、白缎对襟内衬，乌黑的长发由一段白色绸带束在颈侧，全身除黑白外唯有发带末端绣着一枝小小的金线月桂叶，眉目镇静柔和。

正是白霰。

应恺不是个很喜欢看别人对他弯腰下拜的人，没等白霰行礼便挥手示意免了，开门见山地道："白真人来得正好。先同你说一事，十七年前徐宗主手刃度开洵于北疆冰川，我已经知晓并同意此事了。你还有什么其他话要对我说吗？"

白霰似乎怔了下。

但那只是刹那间的事，随即他轻轻地"啊"了声，说："竟是如此吗？"

所有人都以为他没有其他话可说了，谁知下一刻只见白霰转向徐霜策，深深拜了下去："二公子恶行累累，罄竹难书。宗主不远万里奔赴冰原，将之斩杀于剑下，实乃高义之举，晚辈铭感五内。"

他这一拜毫不含糊，直接就拜到了底，紧接着话音一转："但度开洵此人，怕是未死。"

徐霜策略微眯起眼睛："——哦？"

应恺不由扭头与徐霜策对视了一眼，又转向白霰问："你有任何实证吗？"

"有。"

"在何处？"

白霰深吸一口气直起身，迎着堂上所有大宗师的视线："在这里。"

他声音不高，但莫名有种击金断玉般的质感，那瞬间长孙澄风好似突然预料到了什么，霍然起身喝止："你别——"

话音尚未出口，白霰左手指尖一动，闪现出匕首寒光，紧接着向右手一剁而下。

那简直是闪电般的果断，离他最近的穆夺朱都没反应过来，便只见右腕齐根斩断，断手"砰"一声落在了地上！

场面骤然僵住，四下鸦雀无声。

所有人齐齐盯着他的手腕，只见那断腕上一丝血也没有，只散发出微白的辉光，一线灵光熠熠的细丝从断口连接到他脚边那只苍白的手上，赫然是兵人丝！

长孙澄风闭上眼睛，不再言语，缓缓向后坐回了扶手椅里。

"在下兵人白霰，吾主名度开洵，而并非当世钜宗。"

虽然痛苦不如常人剧烈，但肌体受损还是让白霰脸色微微发白。他紧紧地咬着牙，另一手指向桌上那个寒冰盘——只见盘内被封冻住的暗红色兵人丝竟突然开始活动挣扎，如同突然被注入了生命，严寒冰霜寸寸断裂，声音清清楚楚地传进了在场每一个人耳中。

"用来制造我的兵人丝，与定仙陵作乱的兵人丝共奉一主，因此能互相呼应。"

白霰尽力站直，从牙缝里喘息道："这就是度开洵还活在这世上的证据。"

病榻上，宫惟缓缓地睁开了眼睛。

灵脉寸寸断裂后的剧痛，此刻已经变成了懒洋洋的钝痛和酸楚。一股陌生的灵力在四肢百骸周旋游走，不动声色地安抚着刚受到重创的元神，但他不记得曾经发生了什么。

有人救了我吗？

宫惟头晕目眩地坐起身，突然感觉身上触感不对，低头定睛一看，熟悉的丝质象牙白织金嵌黑边外袍霎时映入眼帘。

宫惟的第一个反应是：我把徐霜策衣服扒了？

我还活着吗？

他整个人瞬间清醒，赶紧上下摸了摸确定自己手脚都在，紧接着昏迷前最后的记忆慢慢从脑海深处复苏。兵人丝在全身灵脉内蜿蜒的剧痛、尸骨被人做成傀儡的惊怒、被挟持时的恐惧和恍惚……直到千钧一发之际，熟悉的灵力暴流从天而降，将他咽喉间致命的兵人丝硬生生熔成飞灰，急速下坠的失重感在触及那怀抱时戛然而止。

"别怕。"他感觉到徐霜策的手紧紧按在自己流血的颈侧，声音从容而有力。

他说："睡一觉吧，没事了。"

…………

接下来发生了什么？

宫惟不由自主地摸了下嘴唇。

他感觉自己似乎忘记了什么重要的细节。战栗的、微妙的涟漪再次泛上心头，但不论如何都想不起这异样到底从何而起。

重伤和疲惫让他脑子里拉锯似的疼，恍惚间好像做了很多梦，但醒来后除了悲伤，什么也想不起来。

宫惟不知所措地抿了抿唇角，似乎这样就能逃开残存的异样感。足过了半晌，他才迟钝地掀开床帷望向四周，呆愣片刻，认出了这是什么地方——金船。

当世医宗穆夺朱，关于他的医术和为人有很多传说，但最出名的永远是这艘翱翔天际、周游四海的金木巨船。

当年宫惟刚被应恺从桃林捡回仙盟的时候，金船途经岱山，应恺便带着他上船请医宗检查身体，想知道他是天生神智不全，抑或是后天魂魄有损。穆夺朱也没见过宫惟这样神奇的病例，亲自出手扎了他一脑袋的针，扎得宫惟嗷嗷哭，从此就落下了深重的心理阴影。

后来有一年盛夏他拖着徐霜策在惩舒宫玄冰池里玩水，年幼无知一味贪凉，三更半夜发起了烧。徐霜策只得一手抱他一手找医宗看诊。结果晕晕乎乎的宫惟一见金船，当场吓得魂飞魄散，又踢又蹬百般挣扎无果，还大哭着往徐霜策脖颈上狠狠地咬了一口。

宫惟生性记打不记吃，对自己害怕的地方都印象深刻，隔着十里八乡他都能顺风闻见这艘金船上特有的药味儿。

兵人丝入灵脉，必然伤势惨重，一定是徐霜策送他上来的。

那么徐霜策现也在这艘金船上吗？中了幻术的尉迟锐和伤势未愈的应恺呢？

他的尸骨，是否也冰存在这金船上的藏尸阁里？

宫惟想起自己藏在尸骨中的那件东西，心中不由微动。

巨船平稳前行，屋里的摆设纹丝不动，唯有雕花玉帘在窗棂漏进的风中微微摇晃，屋外的走廊上十分安静，半点儿人声不闻。

宫惟深吸了口气，终于轻轻下床，光脚踩在桐木地板上，打开屋门向外望了一眼。

第4章

与此同时，天空阁大堂。

徐霜策突然似有所感，闭目探知片刻，睁眼望向大门外。

白霰当堂断手这一幕把众人都镇住了，只有坐在徐霜策下首的穆夺朱眼角瞟见，下意识问："怎么？"

徐霜策没回答，沉吟片刻后收回了视线。这时只见应恺诧异地看着白霰，终于艰难道："你不是人？"

机关兵人以丝为筋，以黄金为骨，身躯外壳皆为精钢，关节处由螺钉铜楔控制弯曲。兵人的面部无须五官，只是一片打磨平滑的青铜，靠灵核探知阴阳五行，行动全由钜宗灵力控制，换句话说，就是战斗力提高了千百倍的精钢傀儡。

白霰却明显拥有灵智，光从外表看也是千真万确的血肉之躯，他怎么可能是人造出来的？

"是。"白霰平静道，"我皮肉之下，皆为机关，的确不算活人。"

难怪说度开洵十八岁那年便将前两代钜宗的毕生所学踩在了脚下——白霰这样的兵人，根本不需要比拼战力，光是他的存在就已经颠覆了整个长孙世家。度开洵制作机关兵人的能力何止旷古绝今，简直就是神乎其神！

穆夺朱愕然道："澄风，你弟弟到底是如何……"

钜宗笔直地坐在扶手椅里。他天生有种散漫随意、对任何事都不太认真的气质，哪怕是刚才面对众位大宗师的诘问时，那种气质都仍然存在，但此刻已经完全不见了。天光映照不到他那轮廓深刻的侧面，只见鼻梁与唇角投下浓重的阴影，眼角隐约闪烁着细微的寒光。

他略微仰起头，冰冷地吐出两个字："邪法。"

众人一时都不知道该说什么，半晌应恺迟疑道："所以十七年前度开洵被你送进刑惩院，并不是因为他欺凌长孙门下弟子，而是因为虐待他自己制造出来的兵人？"

长孙澄风冷冷道："对我来说，白霰与活人没有区别。"

——对他来说是没区别。

但六大世家尊主，堂堂当世钜宗，其道侣竟然是一具制造出来的兵人，传出去何止是笑话，简直是要轰动天下的丑闻。

"你真是兵人？"突然只听徐霜策问。

白霰谦卑道："是。"

"但兵人无心。"

白霰答道："是，兵人无需五脏六腑，我确实……"

话没说完，只见徐霜策从首座上站起身，随即原地消失。

满屋子人一怔，下一刻只见沧阳宗主竟出现在白霰面前，左手五指蕴含着冰冷气劲，便毫不留情向他胸腔刺去："那十七年前度开洵令你当堂剖心，剖的又是什么？"

白霰瞳孔紧缩，连退后都来不及，刀刃掏心般的压力隔空而至。

但就在那千钧一发之际，不远处钜宗霍然起身——锵！

不器剑出半鞘，硬生生挡下了那只伸向他心脏的手，只见长孙澄风刹那间拦在徐霜策面前。

应恺霍然起身喝止："霜策！"

尉迟锐和穆夺朱也同时站了起来，剑拔弩张的气氛霎时一触即发。

"……"

长孙澄风那张脸上最后一丝和善的面具都消失了。不器剑锋寒光闪烁，清清楚楚映出他瞳孔深处的凶狠，如同退潮后才现出的岩石狰狞的棱角，他一字一顿轻声道："徐宗主，凡人皆有逆鳞。"

徐霜策盯着他，微微眯起了眼睛。

"晚辈并非有意欺瞒，万请宗主见谅……"

僵持中响起白霰沙哑的声音，只见他从长孙澄风身后退了半步，俯下身艰难道："晚辈胸腔之中确实有心。因为晚辈并非生来如此，而是二公子由活人炼化而成的。"

吱呀——

房门被推开了，尉迟骁站立片刻，才深吸一口气，跨过了门槛。

床帏层层垂落，泛着流水般的华光，挡住了病榻上的情形。尉迟骁站定脚步，鼓起勇气轻声道："向小园。"

床帏之内没有传来任何反应。

应该是还在昏睡吧，他想。

温热的麒麟血玉佩紧紧硌着掌心，硌到了指骨都发痛的地步。尉迟骁想起自己第一次见到那个小魅妖的情景，那少年呆愣愣躲在沧阳宗前堂屏风后，黑白分明的眼睛偷偷瞧着自己，瞳底全是胆怯和懵懂；转瞬间那双眼睛又映在森寒刺骨的勾陈剑身上，眉角眼梢狡黠带笑，丝毫不在意咽喉被剑锋划出血丝，鲜血与皮肤的色调对比惊心动魄。

真的是容貌无伦，甚至到了令人目眩神迷的地步。

——你真的只是个魅妖吗？

哪怕只是稍微一动念，都有近乎麻痹的酸苦与回甘从心底里蔓延上来，让尉迟骁微微恍惚。

"是的，一定是。"他在心里告诉自己。

"这肯定就是传说中的魅妖吧。"

尉迟骁闭上眼睛，少顷才用力睁开，从怀中取出一根丝绦仔仔细细穿过血玉佩。他不用丈量便知道怎样的长度可以正好从少年的腰上垂挂下来，直到系好之后，才用力握了握它，似乎从那坚硬硌手的触感中获得了某种刺痛的勇气。

然后他终于伸出手，指尖带着细微不可察的战栗，用力掀开床帏——

他的动作突然停住了。

床榻上只有沧阳宗主那件外袍，被窝凌乱，已经空了。

"向小园？"尉迟骁愕然环顾周围，疑惑地转过身。

"向小园？"

同一时刻，宫惟从走廊尽处的拐角探出头。

这艘金船巨大无比，船上亭台阁榭俱全。靠近船尾的甲板上专门建有一座小阁楼，入口与船舱相连，名曰冰阁，是为藏尸所用。

阁楼入口处笔直地站着两名佩剑医宗弟子，身姿挺拔如长矛，目不斜视地望着前方。

宫惟暗自摇头，伸手"啪"地打了个响指。

两名弟子甚至都来不及反应，瞬间目光呆滞全身入定，直勾勾望着前方没动静了。

医宗弟子守门，确实守不守差别都不大。宫惟开开心心地踱出长廊拐角，两名被定住的医宗弟子视若无睹，毫无反应地任他推开冰阁大门，闲庭信步地溜了进去。

藏尸阁的四面墙壁与地板夹层都贮存着千年玄冰，宫惟以前送妖物尸体上船时来过，当时灵力充沛且身体皮实，完全不觉得冷，眼下却一进门就结结实实打了个寒战。

阁楼一层圆形大厅中笼罩着淡紫色的法阵，法阵正中光芒汇聚之处，用上百块不曾雕砌的玄冰精石垒成了一张冰床。一道熟悉的人影静静躺在冰床上，全身不着寸缕，仅盖着一层雪白的殓衣外袍；脖颈锁骨正中正抽出一丝血红光线，如有生命般汩汩流动，汇聚在冰床边寒雾缭绕的精钢捧盘里。

那正是抽出来的兵人丝。

换作常人看见自己的尸体，肯定会心潮起伏、情绪复杂，多多少少还会有些惆怅。宫惟虽然对那惆怅从何而来百思不得其解，但为了做到与常人一样，还是象征性地肃容闭目，礼貌地默哀了片刻。

然后他一睁眼，心情激动雀跃，正准备把尸体翻过来抽脊椎骨，随即动作却谨慎地停住了。

只见两道灌注了灵力的紫金丝线正从冰床两侧延伸而来，紧紧绑缚着尸体的双手腕，但被挡在殓衣之下极难发现。只要尸体一起，丝线便会随之移动，从而直接惊动穆夺朱的元神。

宫惟没想到穆夺朱还有这一招，一时倒愣了，比画良久都没想到如何在不惊动穆夺朱的前提下解开尸体双腕的紫金线，颇感挫折地收回了手。

难道今天出师不利，脊椎里的东西又是取不出来了？

他退后半步，却又不甘心立刻就走。

玄冰棺光芒璀璨，晕染着尸体全身，本来就透明的皮肤更是完全剔透，仿佛一整块冰雪雕出来的人形；断颈处已经被医宗用透明的紫金线缝合了起来，不凑近细看的话，头颅与脖颈仿佛完全是一体的。

宫惟上下打量尸体平静的面容，心里突然涌现出一丝好奇。

都说徐霜策在沧阳山戮尸，血溅桃花终年不败，应盟主亲自上门将遗体夺回归葬时，在山下等待的剑宗尉迟锐与其他人皆亲眼见证尸身损坏。其后一传十十传百，全天下都知道了徐宗主余恨未消、残忍戮尸的"光辉战绩"，只是这么多年从未有人敢放到台面上来说而已。

因此以宫惟的想象，自己就算没有被大卸八块，也该是皮肉皆毁了。但在定仙陵短兵相接时，他却发现自己的尸体面容完好，身体上也没见明显的外伤。

所以徐霜策到底戮哪儿了？

宫惟一直是个不太在意生死，更不在意任何身后事的人。但不知道为什么，这个疑惑一旦升起就挥之不去，还隐隐约约带着些莫名的难受。

他为什么会因为宿敌这理所当然的举动而难受？

他也不知道。

宫惟屏息向后看了看，外面没有传来任何动静，两名守门弟子也没有察觉丝毫异常。他又转头面对着尸体，干涩得咽了口唾沫，终于小心翼翼地伸手捻起殓衣一角。

——尸体身无寸缕，向内望去一览无余。

当年不奈何贯穿胸膛留下的伤口已经变成青白色，创口干净利落到残忍的地步，只边缘泛着细碎灰白的、凝固的血肉。除此之外躯干完整，没有任何被屠戮的痕迹。

宫惟："……"

宫惟放下衣角，疑窦丛生。静立片刻后突然心内又一激灵：他是不是把我手脚给砍断，下葬前又被穆夺朱缝起来了？

越想越有可能，宫惟忍不住又掀起殓衣检查双手双腿。谁料几个大关节都没有被斩断缝合的痕迹，直到他目光触及双臂时，才突然定住了。

尸身果真有损，在左右手肘上分别有一处惨不忍睹的钳痕，而且是各自向着相反方向的。

他的右臂上是一道清晰完整的手掌印，骨头略微弯曲，好似争抢时被内力生拽脱臼过；即便后来将关节推回，钳制者强劲的内力仍然在手臂骨骼上留下了微许弯折。

而左臂骨骼完好如初，未有丝毫内力损坏的迹象，仅有五道指印深深没入血肉，甚至留下了强行拖拽后长长的抓痕。

宫惟视线落在那抓痕上，瞳孔渐渐睁大，耳边响起临江都酒馆里喧杂的声响。说书老头儿在楼下绘声绘色念着什么，尉迟骁神神秘秘地压低声音："法华仙尊仙逝后，应盟主从岱山一剑驾临，亲自冲上璇玑殿，与徐宗主凌空斗了一场，才把宫院长的尸身从他手里抢回来。彼时尸身已经有所损坏……"

"徐宗主竟然败了？"

"败了！回沧阳宗后切记莫要乱问！"

…………

徐霜策败给了应恺，十六年转瞬即逝。

尸身手臂上那五道划痕却依然鲜明惨烈，弧度由深而浅直至消失，好似两相争夺时无可奈何的放手。

第5章

"唉，谁知道那妖兽会突然从笼子里扑出来，要不是那孩子扑上去把二公子推开……"

"手脚俱断，肺腑碾碎，右半边身体完全毁了，造孽啊！"

"不知道那仙药吊命能吊多久？"

"真可怜，明明长得那么漂亮……"

床边高高堆积着染透了血的绷带，散发出难以言喻的气味。年幼的白霰窝在床上，被褥下的右侧身体奇怪地塌陷进去，好似已经没有了腹腔，本该是右臂和腿的位置屈折着，弯成了触目惊心的形状。

"不管是什么仙丹妙药，只要能维持住生命我都会让人上的。谢谢你救了我弟弟的命，如果你还有什么心愿的话，可以现在就告诉我……"

年轻的钜宗站在病榻边说着什么，但白霰没有在听。孩童眼角还残留着因为痛苦而蒙上的泪水，懵懵懂懂地睁大眼睛，视线移向站在钜宗身后的那个少年。

长孙世家二公子——度开洵。

他并不比白霰大两岁，但比瘦弱的白霰高得多，也结实得多。天生的疯狂和残忍并不能从英俊的五官里泄露分毫，光从外表看的话，他那明亮有神的眉眼和深邃鲜明的轮廓甚至十分招女孩子喜欢，已经显出了日后翩翩少年郎的模样。

大概是触碰到白霰胆怯的目光，他嘴角一勾，笑了起来。

钜宗道："我让人去问了，说你三年前大饥荒时进长孙家，父母家人都不在了。不知你还有什么其他心愿？不管是什么我都可以……"

"没关系。"白霰小声地说。

他在钜宗的注视中低下头，竭力想蜷曲起来，但幼小的、残破的身体却无法做到这一点。

"是……是二公子给了我吃的，不然我就……就饿死了。"

他咽了口唾沫，想说什么却又不敢，半晌只能固执地重复了一遍："没关系。"

从跨进长孙世家大门的那一刻起，他的性命就不再属于自己了，哪怕是粉身碎骨，被妖兽碾成肉泥也没关系。

长孙澄风陷入了沉默，半晌抬手轻轻摸了摸小孩柔黑的发顶，低声说："好好休息吧。"

门开了又关，充满浓厚血腥和药味的房间终于安静下来。

白霰独自躺在床上，睁着大大的眼睛呆呆望着床帏。

吱呀——

这时推门声突然再次响起，光带从门缝中延伸向屋内。度开洵去而复返，在白霰蓦然亮起的视线中钻进屋，背着手绕病榻踱了一圈，才停下脚步笑吟吟道："别听我哥的。"

"二公子……"

"你活不了啦。"度开洵毫不留情地打断了他。

也许是早已心知肚明，白霰并没有太大反应，只是眼底的神采渐渐黯淡下去，半晌抿起苍白幼嫩的嘴唇。

度开洵找了张椅子坐下来，居高临下地观察着他，似乎透过那残缺不全、狼狈不堪的外表，发现了内里更加有趣的东西，突然问："你想活下来吗？"

白霰茫然抬起头。

"你为了我，什么都可以做吗？"

白霰眼睛里尚未断绝的光，又一寸寸地亮了起来。

度开洵的笑意更深了。他探身贴在白霰耳边，仿佛玩伴儿之间分享不得了的秘密，尾音中带着兴奋的战栗，轻轻地、一字一句地说："等我凝出兵人丝，就把你炼成兵人吧。

"这样你就不会痛、不会死，永远陪伴在我身边，对我忠心耿耿。

"你会一直忠于我，永世不变。"

…………

绝不能违背，就如同主人对兵人的命令一般至高无上，永世不变。

"你不是忠于我，发誓永远也不离开我的吗？"

刑惩院前堂上，阳光惨白得耀眼。已经长大成人的度开洵身材轮廓更加舒展，但笑容中的戾气却更加难以掩藏，他背着手在众目睽睽之下踱了一圈，在白霰惊骇的注视中停下脚步，笑道："那你就把心脏剖出来给我看看吧。"

所有人都惊呆了，东首座上刑惩院宫院长起身喝止："度开洵！"

"怎么了？"度开洵俯视着白霰毫无血色的脸，笑容中带上了越发凶戾的暴躁，"让你把心脏剖出来，没听见吗？"

不要这样，求求你不要这样。

心脏是我最后的血肉，剖出心来我会死，求求你不要这样——

然而命令代表着绝对控制，代表着无从抵抗。白霰眼睁睁看见自己的手一寸寸举了起来，颤抖着伸向左胸腔，巨大的绝望和难以置信让他耳朵里嗡嗡响。恍惚间他听见堂上有人在喝止、有人在呵斥，官院长大步流星而来，一把攥住他要掏自己心脏的手，但竟然无法完全阻止，白霰的手仍然在角力中一点点伸向胸腔。

"一定是言灵！"有人明白过来，"这小子敢对家奴用咒术言灵强迫他挖心！"
"太过分了，怎能如此过分？！""不行的官院长！得想办法让那姓度的小子停下！""快快！"

有修士再顾不得许多，拔剑直指被众人按倒的度开洵："还不快解开？！"

但下一刻度开洵笑起来，他就这么任由咽喉对着好几把森寒的剑尖，仿佛这一幕激发了他更加疯狂的嗜血欲。

"不，我就是要看他的心脏。"度开洵一字一句笑着说，"杀了我也没用，来啊。"

四周人声仿佛炸翻了的油锅，愤怒的指责与吼声几乎掀翻了房顶，然而白霰什么都听不见了。官惟光凭蛮力无法掰开他的手，也不敢用灵力直接震断骨头或干脆一刀砍断，用力之大甚至指甲缝里都渗出了血丝，回头急道："过来帮我把他的手掰开，快！"

我不值得您弄伤自己，官院长。

没有用的。

白霰指尖已经压进胸腔皮肉，最后一点力气只能让他苍白地翕动了几下嘴唇。就在这时只听——哐当！

大门轰然洞开，一道熟悉的身影御剑而入，强大的气劲将众人震得纷纷趔趄，有人失声："钜宗！"

白霰觅声望去，瞳孔蓦然缩紧。

年轻的长孙澄风面色肃寒，落地收剑起身，来不及多说一个字，便快步而来揾住白霰，一手指尖灵光闪烁，探进机体如探进虚影，直接没入了他后脊椎。

刚才还游刃有余的度开洵突然意识到了什么，猛地挣开众人："住手！"

但话音未落，所有人都只见长孙澄风手腕一转，与此同时，从白霰体内后心处发出一声清脆的——咔嗒。

度开洵暴怒："不！"

仿佛某个禁制的开关终于被闭合，白霰应声松手，颓然向后倾倒，滚烫的泪水终于夺眶而出。

度开洵还在大怒咆哮着什么，周遭人声鼎沸，都退成了遥远的背景。

他闻到钜宗怀抱里清淡的木香，脑海中突然特别安静，就像大雪后茫茫的平原，整个世界都从身侧越去越远，直至化作渺茫而不清晰的光点。

"你不再属于他了。"长孙澄风温和沉定的声音从耳边响起。

"他不配。

"你跟他再也没有任何关系了。"

白霰睁开了沉静的眼睛。

金船天空阁大厅，镜面般的地板广阔锃亮，将巨大的紫光法阵映得瑰丽无比。他盘腿入定于法阵之上，不远处长孙澄风立刻大步上前，皱眉问："如何？"

穆夺朱正将最后一缕用来探测的灵力从白霰后颈处收回，直至那浓紫色光芒凝成的细线完全消失后，才起身道："白真人体内所有灵脉、骨骼、关节处的兵人丝都完好无损，且数量无缺。看来法华仙尊尸骨内抽出的兵人丝与白真人无关，应当是后来又炼制出来的。"

他不由皱起眉，狐疑道："那个度开洵竟然真没死，此事甚为古怪。"

长孙澄风望向面前的白霰，表情复杂。

"应盟主等人还在外头等结果，那我先去了。"穆夺朱客客气气地一拱手，"白真人，今日多有得罪，切勿放在心上。"

白霰礼貌地一欠身。

穆夺朱离开后，天空阁的大厅里恢复了静寂。圆形法阵散发出盈盈辉光，将钜宗的神情映得昏暗不清，良久他终于长出了口气，单膝跪在白霰面前，捡起他身侧垂落的那只右手。

那只手仅剩一根丝线与断腕连接，长孙澄风亲手将它接了回去。断口处传来细微的机械运行声，破损的皮肤上仅剩下一条浅淡的红色印记，少顷那红痕也渐渐消失了。

伤害没有在兵人表面上留下任何痕迹，只要闭上眼睛不去看、不去想、不去回忆，就好像那千刀万剐的惨烈往事都不曾发生过一样。

"下次别再损伤自己了。"长孙澄风低声道，"我不是帮你制作这具躯体的人，没法将骨骼机体完全复原。"

白霰静静地望着他，一言不发。

长孙澄风俯身捡起地上的外袍，就着这个单膝半跪在地的姿态，仔仔细细披在白霰身上，神情温柔、认真而专注，像裹住了某件稀世的珍宝："不要害怕，白霰。"

顿了顿之后他又道:"我不会再让你受到任何伤害了。"

白霰轻轻地说:"没关系的……"

淡紫色的光芒飘散微渺,如梦似幻。白霰秀丽的面容在这辉光中仿佛不真切,就这么深深地望着长孙澄风,好似透过他看见了更加久远和渺茫的岁月。

"没有关系,是我自己想要这么做的。"

他闭上眼睛,聆听着自己心脏在胸腔中一下下跳动的声音,小声道:"钜宗大人。"

"白真人体内兵人丝完好无缺?"应恺加重语调又确认了一遍。

穆夺朱拱手道:"确实如此。白霰除一颗心脏尚是血肉外,骨骼关节、灵脉肺腑已经全都兵械化了,全身兵人丝没有半寸短缺。看来种植在法华仙尊遗体内的兵人丝,确实是度开洵后来才炼制出来的。"

他转向徐霜策,神情带上了三分揶揄:"万里赴冰原都没弄死一个度开洵,徐宗主?你竟然也有失手的时候?"

谁料徐霜策没有回答他,应恺也没有。

金船缓缓前移,天台风声呼啸。两位大宗师凭栏而立,应恺皱起了浓密的眉角,缓缓道:"身首分离,一剑贯心,绝不会有生还的机会了,哪怕他把自己炼成兵人都不可能。"

说着他顿了顿,问:"霜策,你还记得临江都那名鬼修吗?"

徐霜策问:"怎么?"

"你把度开洵的头扔下了悬崖,那鬼修兜帽之下便没有头;度开洵生前想要宫徵羽的右眼、死后想要宫徵羽的尸骨,而临江都的鬼修也是到处杀戮与法华仙尊有关、能够为他提供身躯的人。"应恺眉头皱得越发紧,"种种联系,实在蹊跷,已经不能简单用'巧合'二字来解释了。——你觉得有没有可能是度开洵死后,把自己炼成了临江都的那名鬼修?"

穆夺朱讶异道:"鬼修?"

谁知徐霜策沉默片刻,却摇了摇头:"唯有生前境界高深,死后才能炼成鬼修。此子虽天赋惊人,但死时不及弱冠,炼成鬼修的可能性不大。反倒是……"

他突兀地停下了话头,穆夺朱问:"反倒是什么?"

徐霜策默然不言。

应恺有点儿无奈:"我明白你的意思,你仍然坚持临江都那名鬼修是法华仙尊还魂,是吗?"

这番争论从他们离开临江都之后就发生过一次，徐霜策坚持认为鬼修与宫惟有关，为此应恺还专门下了一趟定仙陵去检查宫惟的遗体，因此引发了后面群尸惊变的灾祸。

但从现在的情况来看，正如应恺所言，度开洵身上的嫌疑已经比法华仙尊要大得多了。

徐霜策沉默片刻，突然问："应恺。"

"怎么？"

"你觉得宫徽羽生前，会不会有善与恶两个魂魄？"

应恺与穆夺朱都愣住了，随即同时失笑。医宗笑着摇头道："且不说这种事就像一个人生来便有两个脑袋，就说你、我与应兄三人在法华仙尊幼年时便亲手检查过他的魂魄，如果有任何异样，难道数十年前我们都发现不了吗？徐兄，你即便不相信我们俩，也该相信你自己吧？"

徐霜策并没有回答穆夺朱。他那双眼睛乍看仍然黑沉冷静，但如果仔细打量的话，就会发现瞳孔深处有些涣散，像是突然陷入了某个冗长的梦境里。

应恺不由疑道："霜策？"

徐霜策："……"

徐霜策的视线像是正盯着空气中某个飘忽不定的点，半晌突然轻声道："我有时会想……会不会自宫徽羽死后，我们都陷进了一个巨大的幻境里？"

两人齐齐一怔，应恺皱眉问："你为何会这么觉得？"

徐霜策一身玄色内甲，天光下他那张俊美淡漠的面容更加冰冷，那双黑眼睛就像是两口幽幽的深井，薄唇紧抿一言不发。

"这应当是不可能的，霜策。"应恺沉吟片刻，放缓语气道，"世间三大幻术中唯有'镜通阴阳'可以借助千度镜界神器的力量构建出一座全新的幻世，但绝没有能力将我们所有宗师都囊括在其中。况且要分辨现实和幻境是很简单的，难道你不记得那条铁则了吗？——幻境之中无幻术，除非是构建幻境的人。

"譬如你当年在千度镜界幻世，只有宫徽羽一人能使用幻术，而镜中众生皆不知有幻术存在；你看现在玄门百家幻术仍在，便可知这个世界并非幻世，而是真实的。话说回来，你为何会有这般怪异的想法？"

两人都紧紧盯着他，却见徐霜策好似完全没有在听，突然又问："那我们会不会是在梦里？"

应恺奇道："什么？"

"会不会是我做了个梦，这天下人都只是梦境造物而已？"

穆夺朱终于听不下去了，抒起袖子活动了下手腕，彬彬有礼地道："徐兄，若是你真有此困惑，在下愿以雷霆之势助你一掌，相信你的困惑立马可解……"

应恺赶紧把他给拉住了，追问徐霜策："你当真作如此想？"

徐霜策："……"

"你近年越发爱在沧阳山闭关不出，也许是因为进境凝滞，不免多思了。待兵人丝之事了结后，你不妨来惩舒宫小住一段时日，我与穆兄帮你梳理灵脉，如何？"

徐霜策没有答言。半晌，只见他垂下眼睫，呼了口气，说："不用。是我多虑了。"

应恺少年时与徐霜策游历四海，深知好友意志坚定极难说服，有时甚至有固执己见之嫌，只得暂且按住忧急，勉强点了点头。

这时有弟子从阁楼内掀帘而出，快步上前欠身："医宗大人，冰阁里使人来报，说法华仙尊遗骨内的兵人丝已抽出九成，再过半个时辰就该抽净了。您有何示下？"

倘若度开洵真的想要法华仙尊遗骨，又有众人尚且未知的办法潜入定仙陵，那么最好的办法自然是将仙躯移至惩舒宫，由应恺亲自照管才是——应恺刚要开口说什么，这时却听天台与阁楼间的珠帘一掀，长孙澄风抬脚跨了进来：

"诸位仙友稍等。敢问仙尊遗骨可是正封存在冰阁里？"

穆夺朱"啊"了声："钜宗有何高见？"

长孙澄风身上那针锋相对的凶狠已经消失不见，随和友善再次回到了那张俊朗的脸上。他双手笼在袍袖中，笑眯眯地道："我有一法，殊为凶险，但或许可以追踪到度开洵目前所藏身的地方。"

应恺疑道："何法？"

冰阁，藏尸大阵。

宫惟站在冰床上自己的尸骨边，心内茫然，若有所失。

他脑子里非常乱，无数个念头纷乱杂呈，似乎本能中悟到了什么，但仔细去想却又什么都捉摸不到，怔怔的一片空白。

过了不知多久，藏尸阁里刺骨的寒意终于慢慢冻醒了他。宫惟僵直着手把殓衣重新盖回尸体，心烦意乱，不再多看一眼，自己也说不清那莫名的逃避欲望从何而来，转身就要从这大厅里出去。

谁料正当这时，门外却突然传来了几道脚步声，应恺的话音由远而近："澄风，你说此法凶险，到底凶险在何处？"

有人来了！

宫惟脚步一顿，霎时还没想好是待在原地还是冲出去叫师兄，就在那短短数息间便听几道脚步来到了藏尸阁大门外。幸而两名守门弟子已经恢复神智了，纷纷见礼："拜见盟主，拜见徐宗主！"

徐霜策？！

宫惟手一抖，自己都没反应过来，身体已经先行一步扭头四下张望。偏生这圆形大厅空空荡荡，连个藏身的屏风都没有，远处墙角有一扇雕花窗，宫惟飓风般冲过去一看，锁死了！

怎么办，躲还是不躲？

门外弟子连续拜见了五六声，这天下所有大宗师竟然全聚齐了。情急之下宫惟脑子里乱糟糟的，突然回头一扫，目光蓦然定住。

玄冰床底部与地板间，赫然有一道隐蔽而狭窄、不到半尺的缝隙。

"吱呀"一声门开了，几双脚鱼贯而入。

"虽然不知道度开洵是怎么把兵人丝种进黄金棺的，但他本人混进定仙陵的可能性不大。"长孙澄风走到玄冰床前站定，看了眼兵人丝抽出来的情况，回头道，"也就是说他不能近身操纵自己的傀儡，很可能是事先通过兵人丝，为法华仙尊的仙躯种下了一套清晰完整的行动指令。"

"比方说'到我这里来'吗？"应恺皱眉问。

"我猜测是。同时应当还有自己藏身的具体方位。"长孙澄风道，"因此只要我们弄清他授意法华仙尊去做什么，便能知道他所图为何，以及当前的藏身之处了。"

冰床底下，"向小园"罕见的重阴体质完美融进了这冰天雪地的藏尸阁，宫惟屏声静气贴着地板，目光紧紧盯着身侧一双白面黑底的丝质靴子。

那是徐霜策。

不知是不是他的错觉，沧阳宗主似乎站得离玄冰棺更近一些，甚至给了他一种近在咫尺的压迫感。

应恺问："怎样才能知晓他授意宫……授意这尸骨傀儡去做什么呢？"

"历任钜宗都可将元神灌进机关兵人体内，通过兵人丝来感知兵人曾经拥有过的意识。若法华仙尊尚且在世，此法简单易行，我自当义不容辞；但如今凶险之处在于，法华尊已然仙逝，贸然用元神感知死人风险极大，与硬闯鬼垣无异。

"因此，现需由一名境界极为高深、元神极其强盛的大宗师，用灵力灌注进法华仙尊体内的兵人丝，以自身元神为我'开道'，我便能为各位展示出度开洵留存在仙尊意识里的画面是什么。"说到这里长孙澄风话音一顿，环顾众人，"在下无能，尚不足大乘境，不敢贸然强闯生死边界。哪位大宗师愿意替我承担这元神受损的风险？"

元神直接横跨阴阳，哪怕稍有受损，都与濒死无异。

众人你看我我看你，穆夺朱踮着小碎步向后退了一丈远，客客气气道："在下怎敢在各位大宗师面前班门弄斧？"

尉识锐一直在看着冰床上的尸体，目光有点儿难过。此时他正从袖中摸出自己常吃的五香花生，想轻轻地往尸体手边放几个；闻言动作一下顿住，茫然抬头眨巴两下眼睛，突然指向徐霜策："他为什么不去？"

其实从走进这座藏尸阁后众人就一直在暗自提防徐霜策突然出手毁尸，但出乎意料的是徐霜策一直默然垂首不语，没有任何反应。

直到被尉迟锐点了名，他才终于抬头呼了口气，淡淡道："我来吧。"

然而尉迟锐一向坚持的准则是跟徐宗主作对——徐宗主支持的我反对，徐宗主反对的我支持；徐宗主要做的事我偏抢着做，徐宗主不做的更是休想骗我去做。于是他见此情景立刻又改主意了："不行，还是我来。"

长孙澄风："……"

穆夺朱："……"

应恺扶额叹了口气："长生，大乘境初期修士不可贸然涉险。"然后在尉迟锐不服气的瞪视中又转向徐霜策，道："你不是有个爱……有个小弟子被种进了兵人丝，灵脉寸寸破损，需要每日灌进大量灵力吗？"

众人纷纷侧目，而徐霜策面不改色："如何？"

"若是你元神受损，岂不耽误了弟子的治疗？因此还是我亲自来最为稳妥。"应恺回头转向钜宗，语调温和但不容拒绝："澄风，你尽管施展身手，就由我的元神来为你开道吧。"

"什么？"尉迟锐手一松，抬头反对，"这怎么行？"

他手里三四颗花生顺着冰床边缘，滴溜溜滚到尸身头部一侧的角落，然后从冰砖之间细小的缝隙掉了下去。

啪嗒，啪嗒，啪嗒。

平趴在众人脚下的宫惟面无表情，眼睁睁看着五香花生不停从头顶漏出来，一个接一个掉在了面前的地面上。

"澄风做事一向稳妥，不会有太大风险，我看此事就这么定了。"应恺终于忍不住压低声音呵斥，"——长生，你吃的又掉在地上了！"

长孙澄风道："虽有风险却也无计可施，眼下只能行此险招了。"他也忍不住叹了口气,"族中出了如此孽障,确实是我治家不严,难逃其咎——唉!若是十七年前徐宗主未曾失手,当真将度开洵彻彻底底斩杀于极北之地,何来如今这大不幸!"

冰床之下,宫惟眼皮蓦地一跳。

十七年前徐霜策曾经去杀度开洵?

极北之地与沧阳山相距万里,他为何要这么做?

他正胡思乱想,突然头顶传来穆夺朱冷冷的声音:"剑宗?请问你在干什么?"

地下的宫惟和地上的尉迟锐同时僵住了。

"金船上严禁遗弃秽物,你知道上次柳虚之来扔了四个葡萄皮,他弟子孟云飞上门赔了四千两白银才把他赎回去吗?"

周遭霎时陷入安静,少顷应恺颤声道:"穆兄,你这也未免太黑了……长生还不快捡起来!"

尉迟锐闷闷地"哦"了声,这才发现花生全从冰砖缝隙掉了下去,于是二话不说,趴在地上就向冰床下伸出手去捡。

空气凝固了。

宫惟:"……"

尉迟锐:"……"

两人一个躺在棺材下,一个趴在棺材边,面面相觑,表情空白,刹那间来了个大眼瞪小眼。

第6章

"既然如此,请应盟主万事小心,我这就要开始施术了。"长孙澄风率先站到玄冰棺上方位置,道,"请各位仙友环形围绕在法华仙尊身边,不要距离我太远……剑宗大人?您还没捡完呢?"

趴在地上的尉迟锐:"……"

宫惟全身冷汗唰地又下来了,奈何大脑完全空白,嘴里无法出声,下意识指着自己右眼玩命地做表情,看上去仿佛突然抽了筋。

尉迟锐面露疑色。

"是我!"宫惟一个劲冲他做口型,"是我!宫徵羽!"

"长生?"应恺正按照长孙澄风教的,将手虚虚放在法华仙尊尸身眉心前半寸处,回头问,"你需要帮忙吗?"

——完了。

宫惟简直眼前一黑，眼睁睁看见连穆夺朱的脚都退后半步，看样子就要弯下腰来："你没事吧剑宗，你这花生是不是……"

就在那千钧一发之际，尉迟锐伸手掏走几颗花生，然后脱离了宫惟惊骇的视线。

他迎着众人的目光站起身，面无表情摊开手："捡完了，你数数。"

穆夺朱："……"

长孙澄风哭笑不得的声音从棺椁上传来："好了，请大家按照我说的围绕在这里，以我为中心形成一个通神阵法。应盟主，我打出法诀的时候请您将元神全部送进法华尊的仙躯内，务必遵循我的指示来行动……"

尉迟锐终于发现了？他有没有认出我？

宫惟躺在棺椁底下，内心激动又忐忑，但一声都不敢出。他在有限的空间内尽力向四周望去，只见众人都集中在棺椁周围，不知是不是错觉，徐霜策仍然站得比所有人都近一些。

——兵人丝真的跟十七年前被流放的度开洵有关？

徐霜策曾经专门远赴极北冰原去杀他，只是失了手？

无数念头充斥了宫惟的脑海，他还没来得及理出个头绪，只听长孙澄风轰然打出一张符箓："形识随我，元神贯通——起！"

在场所有人同时感觉自己被重重往前一扯，那其实是元神迅速进入了通神阵中。而法阵中心棺椁下，宫惟知道自己不可能躲得过，只来得及闭上眼睛咬紧牙关，下一刻神识全黑！

…………

仿佛过了无数年又只是一瞬间，他缓缓睁开眼睛，剧烈的震荡与轰鸣从四面八方扑面而至。

这是度开洵通过兵人丝强行传授给傀儡的一段意识。但出乎意料的是，这段意识并不像众人预料的那样揭示了他自己的藏身之处，甚至也不是中原大地上大家所熟悉的任何一块版图。

这是一片焚烧着战火的平原。

大地四分五裂，硝烟遮蔽苍穹。远处陌生的都城被熊熊烈焰所笼罩，城墙坍塌、人仰马嘶，燃烧的砖块如暴雨般坠下，将四散哭喊奔逃的百姓纷纷压成了肉泥。

几位大宗师立于高空阴云中，飓风猎猎、袍袖飞扬。应恺一睁眼便见这地狱般的惨状，下意识就要拔剑："这是怎么回事？！"

长孙澄风却将他拦住："应兄莫急。这是度开洵的意识，而你我只是外来的旁观者，不信你看。"

　　只见他一伸手，远远飞来尚带火苗的碎石穿掌而过，犹如穿透了不真实的虚影，转瞬又飞走了。

　　"我们只是灵体，改变不了意识世界中已经发生的事，也救不了这里曾经死去的人。"说着长孙澄风皱起眉，喃喃道出了所有人心中的疑问，"可这……这到底是什么地方？我竟一点儿也认不出来。度开洵到底想控制法华仙尊的尸骨去做什么？"

　　与此同时，在远处，宫惟小心躲藏在一处山丘之后，只见半空中尉迟锐屡屡回头，目光四下搜寻，似乎想找自己，但因为战火燎原浓烟遮蔽，愣是没看见百丈远外宫惟伸出来挥舞的手。

　　"剑宗？"穆夺朱奇道，"你找什么呢？"

　　尉迟锐迅速回头，一脸漠然："没什么。"

　　穆夺朱："……"

　　医宗好奇地回头看去，除了平原上燃烧的村庄和龟裂的丘陵之外什么都没看见。他正满心疑惑，突然前方都城中传来——轰隆！

　　轰隆！！

　　大地剧烈震动，脚步越来越近。紧接着，一座顶天立地的巨大人形黑影出现在都城之上，伸手重重一挥，飓风凭空刮起，将硝烟唰地扫清。

　　应恺讶道："那是什么？"

　　——只见硝烟散尽之后，那黑影终于露出了它的真容，竟然是一座机关兵人！

　　世间从没人见过这么大、这么可怕的兵人。

　　它高逾百丈，是真正意义上的头顶天而脚立地，全身精钢铠甲，双手紧握两把燃烧着熊熊金火的长刀，远望如同一座移动的山丘。兵人面部五官齐备，但眉目生硬刻板，巨大的眼珠犹如两轮太阳，俯视着脚下蝼蚁般逃命的人群，仿佛高高在上的神祇一般生冷而威严。

　　"救命啊！""快、快跑！""娘，娘！"……

　　兵人高高抬起脚，毫不留情地重重踩下，无数百姓顿时被活生生踩死。

　　"澄风？"应恺颤声道。

　　长孙澄风连尾音都变了调："闻所未闻，我发誓从未见过！"

　　穆夺朱脱口而出："它是要把这所有人都杀光吗？！"

　　仿佛对他的话做出回答，兵人抬手交叉双刀，凌空挥出。刀身上的金火顿时将大半座城池淹没在火海里，爆裂的房屋冲上了天空。

冲击令高空云层哗散，狂风甚至将几位大宗师都推得后退了好几步。长孙澄风好容易稳住身体震惊道："这是哪年的事？我从未在家史上看到过！应兄呢？"

何止是巨鹿城长孙家史，整个仙盟都没记载过如此骇人听闻的灾祸。应恺握着剑柄的手筋骨凸起，皱眉道："我亦不曾从任何典籍上见过此事。这到底……"

这时只听徐霜策突然道："有人来了。"

众人同时觅声望去，却见兵人那恐怖的长刀再次全力挥出，两条火龙呼啸扑向群众，眼见就要将无数人化为烧焦的尸骨——

就在这千钧一发之际，一道白金剑光自人群中平地而起，其势凶暴悍利至极，于半空将火龙一斩而断！

这一剑的冲击足以震动整片平原，连剑宗尉迟锐都不禁神色微变："什么人？"

剑光冲上天空，金火一散而尽。只见远方的最后一座城楼顶端，滚滚硝烟中出现了一道颀长侧影，毫无畏惧地直面着巨型兵人，迎风而立、袍袖翻飞。

来人年纪还很轻，侧脸非常秀丽文静，但此刻因为从额到颊都被鲜血染透，平添了几分突兀的狠厉和威严。他在风中飘舞的发绳与衣带都是金线所绣，白衣处处染血，伤势已经非常严重，脊背却挺直，未有丝毫弯折。

握在他右掌中的长剑泛出璀璨光焰，剑形极为眼熟，靠近剑柄处赫然刻着两个古体篆字——

长孙澄风诧异地念了出来："不器！"

所有人不由自主望向长孙澄风手里一模一样的不器剑，穆夺朱指着那道背影："难道……难道是哪一任钜宗吗？"

话音刚落众人都意识到了一件事：钜宗名号已在长孙家传了三代，这位年轻宗师却显然不是长孙家的先人。

度开洵种进法华仙尊体内的这段意识，到底是发生在多少年以前，又是从何处得来的？

总也打不死的老对手再次出现，兵人顿时被完全激怒了。它那两轮燃烧的巨大眼珠陡然烧得更旺，平地直扑上来，百丈身躯竟然迅猛到令人不寒而栗的程度，一刀剁向那位宗师头顶。

然而年轻的宗师反应更快，仿佛全身重伤完全不影响速度，眨眼间飞退至城外平原。他应该是想用自己当诱饵为百姓逃难争取时间，只见兵人果然弃城池于不顾，瞬间追杀上来，两柄长刀疯狂劈砍，翻腾的金焰如千万座火山齐齐喷发。

这末日般的地狱场景足以令任何人胆寒，但年轻宗师却铮铮铁骨丝毫不退，刹那间硬扛了破千招，气劲贯彻天地，甚至将高空云层都撕得四分五裂。

长孙澄风心神俱慑，喃喃道："想是我辱没了不器剑，它竟也有如此锋芒盖世之时……"

应恺亦是紧盯着战场挪不开视线："澄风不必自惭，这位前辈已是大乘境极晚期了。"

"极晚期？"

"怕是不输——不。"应恺话音一顿，改口道，"怕是能与霜策旗鼓相当。"

几个人都不由看向徐霜策，却见沧阳宗主微微蹙起剑眉，轻声吐出两个字："可惜。"

长孙澄风："可惜什么？"

"……"

应恺和徐霜策都没吭声。这时只见双刀劈开苍穹斩下，年轻宗师咬牙横剑硬挡，地震般的重击冲向四面八方，脚下平原瞬间龟裂。

"知道他为什么没有召唤不器剑魂吗？"应恺长叹了口气，说，"因为受伤已经太重，金丹早被烧毁了。"

金丹被毁是所有修士最绝望的噩梦，哪怕对宗师来说都是如此。但大乘期金丹强大坚固、举世绝伦，人在则丹在，人亡丹都不一定亡，这名宗师是承受了多么可怕的重击，才会连金丹都毁了？

又是怎样惊人卓绝的毅力，让他金丹毁而人不死，还能拼着最后一口气，站起来继续挡在这机关巨人的面前？

众人一时都愕然，应恺突然皱眉："不好。"

只见机关兵人双刀都被一剑生生架在半空，巨眼中的怒火已经烧到了无以复加，突然张口对天深深吸了口气，连方圆百里内的黑云都被它一口吸进了腹中。

紧接着它低下头，一口喷出遮天蔽日的金火。

那一刻仿佛地狱大开黄泉倒灌，火龙当空降临人间，壮观骇人难以形容。宗师根本无处可避，瞬间就被爆裂的冲击一把掀飞，箭一般撞进数十里以外的山丘，山崖绝壁应声轰塌。

倾盆而下的万吨巨石霎时把他完全埋葬了。

强震撼动四野，成片成片的山林如积木般接连倒下。机关巨人猛一举刀，面向天穹，发出了压倒一切的怒吼：

"苍生刍狗，兵人灭世！"

"苍生刍狗，兵人灭世！！"

这次再也没人能够阻挡，它缓缓掉转身躯，面向平原尽头的那座都城，又朝天猛吸了一口气，数百颗利齿在大张的巨口中交错。

城中千万黎民同时意识到了末日的来临，在绝望中排山倒海般跪下，眼睁睁望着巨人咽喉中再一次闪现出了恐怖的黄金烈焰。

穆夺朱失声："不好，这座城完了！"

"不。"应恺的语气微微沙哑，说不清是惊骇还是敬佩，"还没完。"

顺着他的视线望向兵人身后，只见远方塌陷的山壁突然一动，巨石纷纷破开。

那年轻宗师全身浴血地躺在坑底，手脚皆折，全身骨骼寸寸碎裂。但那双秀美的眼睛仍然睁着，流云苍穹尽在眼底，苍白的脸上神情平静。

紧接着，他唯一还没有折断的左手一抬，血色丝线弹指而起，在半空中延伸、拉长，瞬息没入自己的全身。

仿佛有股无形的力量将他的身体平平托着悬浮起来，咔！咔！数声骨骼脆响，断成几截的脊骨拼合，扭曲到极致的手脚拉直，躯干四肢恢复原状；他像是被砸碎的人偶被强行修复好，软绵绵站立起来，紧接着又是响亮的"咔"一声，折断的脖颈也被扳回了原样。

远处不器剑化作流星飞来，"啪"一声被紧紧握在了右掌中，随即只见他抬起头，灵力最后一次从脚底腾起笼罩全身，瞳孔深处映出远方平原上正蓄势待发的机关巨人。

"兵……兵人丝……"长孙澄风颤声道。

"他……他把自己做成了最后的兵人傀儡……"

大乘境极晚期，已经是世间修士能攀登上的至高巅峰。一旦到了这个境界，天劫随时都有可能突然降下，只要扛过雷劫便可立地飞升，羽化成仙。

世间百年无其一、千万人中无其一，只有真真正正的天选之子才能达到这个境界，离成神只有一步之遥。

然而这位年轻的宗师烧毁金丹、铁骨尽断、百年道行灰飞烟灭，仙缘神位一笔勾销，最终连全尸也不给自己留下，彻彻底底沦为了一具不朽的战斗傀儡。

——苍生刍狗，兵人灭世。

末日已然降临，他还能做什么？

强光将整个世界笼罩，那毁天灭地的烈焰金龙终于从机关巨人口中喷出，咆哮扑向大地。

无法用言语形容这灭世般的盛景，金火所到之处，山脉树林摧枯拉朽，尽数崩塌化作齑粉；千里平原沦为盆地，万顷长河当空倒灌，无数民众眼底同时映出迫近的火龙。

时间在此刻凝固。

一道更加璀璨、更加夺目的身影化作光箭由远而至，重重挥出一剑，光幕铺天盖地。

火龙一头撞上剑光，轰然化作了冲天的洪流。

"钜、钜宗……"

不知是谁开始发出颤抖的声音，随即传遍大地，无数人跪倒在地涕泪横流，排山倒海般磕头："大宗师！""大宗师！"……

"钜宗！！"机关巨人的怒吼震动荒野，"钜、宗——"

宗师双手持剑，当空而立，将所有毁灭性的冲击拦于身前。鲜血如涌泉般从他全身汩汩而下，但全身被兵人丝控制的骨头即便碎成齑粉，也没有丝毫弯折，血污之后的双眼仍然亮得可怕。

"苍、生、刍、狗……"他一字字地开口道。

他为人如此狠硬，声音却奇异地轻柔，每个字都带着压倒一切的力量：

"苍生刍狗，大道终灭。

"凡人之道长存。"

凡人长存。

机关巨人从未被如此完全地激怒过，蓦然发出撕心裂肺的咆哮，音波震撼摧城拔寨，随即第三口苍金巨焰与一双长刀同时当头斩下。

——这史无前例的磅礴之力，犹如九天神祇降怒，足以将世间任何存在都彻底撕碎。

天地在强光中唰地雪白，所有人都眼睁睁丧失了一切视力。因此没人能看清最后一刻来临前，那位宗师回过头，望了一眼身后的苍茫大地与千万黎民。

然后无尽的金光从他全身爆炸而出。

那简直是超越了凡人的力量，所谓"近神"不过如此。空间、时间、整个世界都好似发生了逆转，倒灌冲向城墙的洪流悬空，坠向人们头顶的巨石回头；奔腾肆虐的火龙被无形巨力生生堵回兵人之口，两把恐怖的巨刀寸寸熔断，化为乌有。

机关兵人发出不甘的怒吼，但此刻已经没人能听见了。

就在那神明创世一般的震荡中,它终于被一剑掀出,四肢数百万计的机关零件爆了漫天,仅剩山峦般的躯体从高空坠下,重重砸穿平原陷成的盆地,在强震中劈开了一道长达数百丈的裂谷。

——它眉心钢板中插着一把剑。

宗师最终没有松开剑柄,他就像惊世的流星,将元神与三魂七魄一同自爆,以魂飞魄散、永世不入轮回为代价,最终与这灭世巨人同归于尽,共同葬进了万丈地心。

"……"

不知过了多久,浓烟渐渐散去,高空云层终于恢复了流动。

没有人说话,甚至没有人动作。足足一炷香时间的静默后,长孙澄风终于虚脱般长长地呼出了一口气,嘶哑道:"我竟无言以表……"

应恺略偏头向徐霜策,问:"你能做到吗?"

徐霜策摇了摇头:"我做不出来。"

应恺喟然长叹:"我竟不知道自己能否做到,也不知自己能否做得出来。"

他望着脚下已经全然变了模样的巨大盆地,视线投向远方陡峭的大裂谷,道:"这位前辈不知是哪朝哪代的钜宗,这样高不可及的修为境界,若是连他都不能飞升的话,古往今来怕是没人有资格飞升了。可惜这样高山仰止的前辈最终没有活下……"

应恺的话音戛然而止。

他跟徐霜策同时抬头望向天际,两人的神情都突然变了,长孙澄风诧异道:"怎么了?"

紧接着他就得到了答案。

——黑云层叠奔涌,雷电隐隐闪现。万里长空渐渐开始无风自转,天劫当空一触即发。

这位宗师确实有资格飞升。

于是在他死后,九重天劫降下来了!

长孙澄风惊道:"难道人还没死透?这怎么可能?这……"

应恺突然一睁眼:"不好,最后一魄还没全散。"

话音未落,他已闪电般冲了出去,但脚步再快也快不过天劫。众人还没赶到裂谷边,只见当空巨雷磅礴而下,第一道雷劫便如毒龙般钻进深渊,其势凶狠暴戾无比,炸得整片盆地如油锅般爆了起来。

"怎么可能?!"连应恺都被迫一手挡住头脸,失声喝道,"这样的大宗师,怎么会迎来这种——这种——"

徐霜策望向高空,瞳孔微缩:"极恶劫。"

渡劫之人仅余最后一丝残魄,上天降下的却是史无前例、闻所未闻的极恶大劫。

这位宗师即便活着也不可能顺利飞升,这分明是要让他神魂俱灭、万劫不复,连死后尸体都要被鞭成齑粉。

应恺怒而拔剑,但根本无济于事。在这个意识世界中他们只是灵体,既不会被天雷所伤,亦没有丝毫改变外物的力量,只能眼睁睁看着第二道天雷当空而降,仿佛裹挟着无穷的痛恨与暴怒,巨鞭一般抽向深渊底部那伤痕累累的身躯——

这一下不仅要将残魄彻底撕碎,还要将尸体身首分离、四肢斩断。

但就在那惨状发生的前一瞬,旋涡状的劫云中心突然闪现出一丝绯光,紧接着越来越近、越来越清楚。

应恺愕然:"那是……"

那竟然是一方明光澄澈的双面镜。

它瞬间悬停在深渊上方,第二道雷劫轰然而至,顷刻间撞上了这无坚不摧的守护神。电流向四面八方爆溅出绚丽的瀑布,丝毫漏不进深渊以下。

"怎么回事?"穆夺朱被刺得挡着眼睛,扬声问,"是天上有东西下来为他护法吗?是什么东西?"

传说如果渡劫之人功德盖世,是会有仙人降下为其护法的,但那终究只是传说,古往今来从没有过任何史料记载。况且如果上天认定这位钜宗当真能飞升,降下的为什么是极恶劫?

这撕开劫云下来护法的,到底是什么呢?

徐霜策的表情突然变了。

那只是一瞬间,快得几乎就像错觉——他看见镜面中似乎有人影一闪,根本看不清形貌,只凭感觉像是个深红袍袖的少年,迎着九重恶雷毫无惧色地挥出了一剑。

磅礴剑光从镜面冲上天穹,第二道巨雷被当头轰然击碎,壮丽的强光甚至将千顷劫云都一把撕裂。

——战场至此,才终于超脱了人的范畴,是真正的"天"与"天"之间的对决。

第 7 章

  这一击已经超脱了人的范畴，是真正的"天"与"天"之间的对决。
  雷电的光柱由深渊直至天穹，自下而上寸寸粉碎，继而完全爆炸开来，数不清的耀眼枝杈密密麻麻布满荒野。遮天蔽日的厚重劫云为之一清，从缝隙间隐约露出了天穹辉煌的光芒。
  那就是传说中的上天界。
  数百年来都没有过飞升的详细记载，更没人见过真正的成仙是什么样。连徐霜策都不禁极目望去，视线穿过变幻不定的云层，却突然心有所感，眉尖一跳。
  ——道经中所描述的上天界清净、祥和、虚无而极乐，但此刻他却隐隐感觉到厮杀征伐的气息，正从劫云流动的缝隙间泄露出来。
  难道上界的众神此时也在激烈厮杀？
  为什么？

  裂隙转瞬即合，厚厚的黑云再次迅速盖住苍穹，挡住了徐霜策的视线。紧接着第三道天雷以更快、更惊人的速度打下来，直接击中了那方双面镜；镜中人竟然丝毫不示弱，反手又是一道更加吞噬天日的剑光劈了回去，整个世界都被四散的惊雷所吞没了。
  几个人都无法再身处风暴中心，被迫退到了旷野之外。雷劫一道比一道凶残、一道比一道酷烈；但镜中人的回击也一剑比一剑狠厉、一剑比一剑强劲。九九八十一道极恶大劫劈到最后，深渊已被倒灌的江海吞没，平原尽数陷为沼泽；最后一道毁天灭地的巨雷狠狠对上惊世剑光，猝然爆出天地共鸣。
  所有人的耳朵都暂时听不见了，触目所及全是白茫茫的亮光。
  不知过了多久，漫长得仿佛熬过了数年，脚下震荡的大地才渐渐在轰鸣中勉强平息。
  众人麻痹的五感终于一点点恢复，穆夺朱痛苦地扶着太阳穴，沙哑道："那是什么？"
  只见铅云散去，天光四射，史无前例的浩荡雷劫终于过去了，但深渊上空那明光澄澈的双面镜仍然没有消失。
  它虽已裂纹密布，却并没有碎，缓缓旋转着放出千万层温柔绚丽的绯光，如轻纱般飘向四面八方。
  那其实是一道强有力的守护法阵。

大宗师还没来得及散尽的最后一丝残魄，就在那法阵的保护下，缓缓从深渊中升了上来。其他早已消散在天地间的三魂六魄也奇迹般被法阵重新聚拢，璀璨光芒汇聚，重塑出了完整的法身元神，正是那位大宗师生前的模样。

他悬浮平躺在半空中，有些迷茫地睁开眼睛，望向面前的双面镜。下一刻镜中绯影一闪，那看不清面貌的镜中人再次出现，友善且毫无保留地向他伸出手。

不知道为什么，刚才看到那面镜子几乎粉碎的时候，徐霜策心中突然浮现出了一股难以控制的不安和焦躁，几乎想立刻扑上去查看。直到镜中身影再次完好无损地显现出来，那焦急的情绪才稍微有所缓解，咽喉里的心脏落回胸腔。

紧接着，他脑海中突然涌现出一丝针扎般的怒火。

这刺痛来得隐秘又无缘无故，徐霜策还当那是错觉，随即发现那不由自主的强烈怨意既不是针对自己，也不是针对镜子——竟然是针对虚空中那位死而复生的大宗师。

怎么会产生这种感觉？

这只是刹那间的事，快得让他来不及分清。下一刻，只见大宗师的元神没入镜面，随即金光四射、天门开启，双面镜载着那渡劫成功的元神，向传说中的上天界飞升而去。

一个金丹全毁、元神自爆、魂飞魄散的大宗师，竟然在余魄散尽前的最后一瞬奇迹般渡过了九九八十一道极恶大劫，立地兵解，飞升成神，简直是有史以来前所未见的场景。

徐霜策抬头望去，只见镜子越升越高，直至快要没入上天界那道神光四溢的门里时，门内却突然黑影一闪，紧接着竟然有一道黑袍嵌银、手持神剑的人影冲了出来。

从这个角度根本看不清来者的面容，但徐霜策心头猛然一撞，强烈而又难以言喻的熟悉感占据了全部意识，刹那间他脑海中只有一个念头：我认识他。

他到底是谁？为什么我会这么熟悉？

没有人发现徐霜策神情像是被冻结了，微微紧缩的瞳孔里映出高空中那不可思议的一幕——黑衣人影周身爆发出神祇一般惊人的威压，手中神剑裹挟天地飓风，暴怒地刺向镜面。

他要撕碎那刚飞升的宗师的元神。

就在那一时刻，飓风从地平线席卷整个世界，城池崩裂、旷野倾覆，天地如一口巨锅倒转过来，周遭一切都被无形的洪流瞬间卷走。

——支撑这段画面的意识终于走到了尽头。

所有人同时被卷进虚空，随着轰隆一声振聋发聩的巨响，大地粉碎化为尘土，将万物淹没至顶。

徐霜策蓦地睁开眼睛。

他正站在金船藏尸阁大厅中，眼前是冰床上面容平静的尸体，周遭应恺、长孙澄风等人正接二连三醒来，因为五感冲击过于巨大而纷纷向后趔趄。

他们的元神回到了现实。

尉迟锐只觉天旋地转，痛苦地捂着额角："我们怎么出来了？"

长孙澄风一手扶着冰床稳住身体，脸色并不比他好看多少："应当是度开洵植入兵人丝中的意识到这里就结束了吧。"

应恺扶额唏嘘："幸好。幸好那位前辈最终重塑元神，应当是顺利飞升了吧。"

徐霜策慢慢地回过头，问："顺利飞升？"

只有熟悉他的人才能听出这话音调不太对，应恺抬头诧异道："你怎么了？"

徐霜策原本就冷淡的脸此刻更像是被冻结了，眼神直勾勾望着他，半晌沙哑道："你没看见最后上天界出来的那个人吗？"

应恺莫名其妙："什么人？那位前辈的元神不是直接往天门去了吗？"

"……"

徐霜策环顾周围，视线从每个人一头雾水的脸上掠过，又重复了一遍："你们都没有看见？"

穆夺朱、尉迟锐、长孙澄风都不知该如何作答，应恺疑道："你是看见什么了吗，霜策？我只看到法器载着那位前辈飞升而去，应当是顺利渡劫了啊。"

"那镜中人呢？"

应恺愕然问："镜中？有人？"

没有人看见镜中那一剑抗天劫的身影，更没人看见最后那位黑袍银铠、手持利剑扑向镜面的神祇。

徐霜策闭上眼睛，面色微微苍白。

"你没事吧，霜策？"应恺担忧起来，"你是不是看到了什么？"

为何只有我一人看见？

那深入元神的熟稔和一模一样的愤恨，又到底是从何而来？

沧阳宗主一贯疏离平稳的面具盖住了他脑海中所有的惊涛骇浪。少顷，他睁开眼睛，平淡道："没什么，应当是我看错了。"

"我们刚才看到的情景是真实的吗？"穆夺朱一手揉按着自己的太阳穴，皱眉道，"而且度开洵是从何处见到这段画面的？我阅遍仙盟典籍，怎么从未在任何史书中见过？"

穆夺朱年岁较应恺、徐霜策还略长，如果连他都闻所未闻，那么其他人更是毫无头绪了。

应恺道："其实数百年以来，玄门百家一直没有迎来天劫的前辈，圆满飞升只存在于道经典籍和神话传说里。十六年前的升仙台……"

说到这里时他话音猝然一顿，别开目光，才道："按照仙盟一贯的规矩，本应是盟主上高台祭天地，沧阳宗主下地宫祭鬼神。然而我与霜策临时更换了位置，便是因为我想借这个时机，亲自下地宫叩问鬼神，为何多年来诸位前辈皆无法迎来天劫？是否飞升之路已被阻绝？"

确实自古以来都是盟主上升仙台祭天地的，十六年前是应恺第一次与徐霜策换位置。但他万万没想到的是，自己还没来得及叩问诸神，外面就传来了法华仙尊暗刺徐宗主不成，被不奈何一剑反杀的惊天之变。

应恺心神俱震，祭祀被迫中断。当他冲出地宫奔上升仙台时，只见到白玉高台一地鲜血，徐霜策已经在众目睽睽之下扼着宫惟的尸体，千里御剑回沧阳宗了。

十六年时光并未完全消解应恺对宫惟之死的心结，他不愿再提及往事，只道："当年未能问出百年无人飞升的答案，如今却在度开洵的意识中亲眼得见前辈钜宗飞升，此事颇为蹊跷。再者，那机关所制的灭世巨人更是超乎常理、闻所未闻，实在让我非常忧虑……"

忧虑是必然的，虽然刚才那丧心病狂的机关兵人已被深埋地底，但万一它还能修复，或者现实中再出现一个，岂不是要把应恺、徐霜策、尉迟锐等大宗师排着队填进去？

长孙澄风却道："我看未必。"

应恺问："怎么？"

长孙澄风又恢复了他那有点儿随便的神态，双手揣在袍袖中道："冶炼者授意给兵人的意识不一定非得是自己的记忆，也有可能只是臆想出来的情节——我那孽障弟弟死时不过十九岁，绝无可能从任何地方亲眼得见这段画面，即便死后成了鬼修那可能性也不太大。因此刚才诸位仙友所见，搞不好只是度开洵自己生造出的幻境而已，如何验证真假呢？至少我就从没在中原大地上见过幻境里的那座都城啊。"

应恺沉吟着点点头，转头问："穆兄呢？"

"金船常年周游四方，确实也未曾见过。"穆夺朱迟疑了下，艰难道，"但……那灭世与飞升之景，委实太过真实，倒不太像生造出的幻境……"

局面一时有些僵持，应恺不由望向尉迟锐，却见尉迟锐牢牢盯着自己脚底，好似突然对这冰床下的岩石地面产生了浓厚的兴趣，对周遭一切都充耳不闻。

再看徐霜策，神情淡漠、阖目不言，甚至不知道他在不在听。

应恺心累，叹了口气道："既然如此，我有一个验证真伪的办法。"

长孙澄风立刻："什么？"

应恺说："找出幻境中那场景发生的确切地点。"

话音刚落，徐霜策眼皮一抬，瞥了过来。

但余下几人都犹自不解，长孙澄风奇道："这要如何去找？"

应恺并未直接回答："我需要一片开阔的空地。跟我来。"

他转身走向藏尸阁大厅的正门，众人不明所以，都纷纷跟了上去。只有尉迟锐磨磨蹭蹭地在冰床边不走，应恺跨出门槛时回头一看，诧异问："长生？你怎么了？"

徐霜策亦随之站住脚步，回过头来。

尉迟锐："……"

众目睽睽隔空对视，徐霜策波澜不惊的目光投向冰床底。

"啊！"突然尉迟锐蹲下身，恰好挡住徐霜策的视线，面无表情地在地上摸索，"东西掉了！"

徐霜策："……"

应恺："……"

应恺一手掩面不语，穆夺朱艰难道："又……又是花生吗？"

尉迟锐冷静自若不答。

穆夺朱扭头不忍再看这画面："既然如此，那就请剑宗大人赶紧捡完了出来吧。"

尉迟锐镇定道："好！"

徐霜策收回目光，并无言语，随众人跨出了门槛。

"哐当"一声冰阁大门关上，巨大的圆厅再次恢复安静。

空气仿佛凝固了数息，紧接着尉迟锐迅速回头，形如猛禽，伸手探进冰床底，闪电般薅住了宫惟："你是谁？！"

263

从幻境出来的时候所有人元神都受到了极大震荡，没有金丹的宫惟受害程度最深，一直半昏迷到现在才慢慢醒过来，平躺在地上虚弱道："原来你刚才竟然没认出我吗？"

尉迟锐狐疑地眯起眼睛："我记得好像有个人把我跟应恺从定仙陵拖出来，是不是你？"

一提起这个宫惟就满腔辛酸："不是我还有谁？"

尉迟锐薅得更紧了："你分明是沧阳宗弟子，如此示好意欲何为？是否包藏祸心？！"

宫惟："……"

宫惟维持着这个被紧紧薅着胳膊的姿势，从冰床底下艰难地挣扎出来，然后翻身一把揪住了尉迟锐的衣襟，怒道："才十六年你就认不出我了？！"

冥冥之中似乎有某种熟悉的危机感涌上心头，但尉迟锐还没来得及阻止，下一刻只见宫惟闭上眼睛，全情投入地唱了句小调，歌声如一头狐狸狠狠扒开尉迟锐的脑壳往里惨叫，第一句就是《密通阴阳混沌大法咒》。

尉迟锐全身的血冲上脑顶，霎时目眦欲裂，捂住耳朵连蹬带爬往后退了三丈："宫惟？！"

第 8 章

金船甲板尽头，天高云阔，万山皆小，缓缓向后退去的城市与村落尽收眼底。

应恺深邃的眼底映出千里地平线，掌心平平向上一抬，深蓝袍袖霎时迎风飘展："万神召回！"

其余几位大宗师都站在靠近船头的甲板上，只见应恺话音刚落，远方地平线隐隐闪现出了一层不明显的金光。

紧接着，无数光点从神州大地的各个角落升起，化作大大小小的流星，从四面八方划破长空，向金船疾射而来。

长孙澄风退了半步："这是……这是万神定山海？"

"应兄当年即位盟主时立誓，将以自身元神供应仙盟一切灵气不足、逢妖易乱之处，因此将自己的大部分灵力都分散到了四海八荒，以一己之力而定天下山海。"穆夺朱抬起头，眼底映出千万璀璨流星，叹道，"我们现在所看到的，才是真正的应宸渊啊。"

一时之间天地恢宏，只见那数以千万计的元神终于归复于应恺一身，犹如笼罩着无形的滚滚烈焰，强大的威压直冲九霄。

轰——

整座船头轰然下沉，龙骨发出不堪重负的巨响，所有人不由自主向前倾去。

徐霜策向后疾退数步，环形气劲从身周平地而起。

龙骨再度发出轰响，倾斜的船身被一寸寸强行拉平。甲板上众多弟子不由前后踉跄，惊叹和叫喊席卷船舱，这座航行于天空的庞然大物被压得急坠了十余丈。

应恺闭目不语，发丝袍袖当空飘扬。从神州大地回归的元神在意识深处唰地铺开一张地图，山川河流、森林峡谷尽在其中，缓缓旋转，历历在目。

沦为盆地的平原、江河倒灌的城池、埋葬了灭世兵人的地底裂隙……这些特征与他元神守护范围内的陆地一一对应，半炷香后应恺眼睛一睁，瞳底神光璀璨，抬手一挥。

那强大到难以想象的元神再度化作流星，壮丽恢宏一如来时，飞向他脚下辽阔的山川大地，隐没在了地平线尽头。

应恺向众人转过身，袍袖随风落在身侧。

刚才那爆燃到让人睁不开眼的灵力威压已经散去，他衣着朴素、面容平和，定山海剑青铜古朴，腰带仅佩一枚不起眼的金钩，他又恢复成了平时稳定、温和、毫无凌人之势的应盟主。

"找到了。"他眼底带着笑意道。

"快点儿快点儿。""没人！赶紧过来！""这间！"

屋门被呼地推开，宫惟、尉迟锐同时你推我搡地挤进来，生怕晚一步就会被随机路过的医宗弟子逮个正着。紧接着尉迟锐探头向外迅速一瞅，确定走廊上一个人都没有，才"砰"一声关上门。

两人同时松了口气，宫惟瘫坐在椅子上，精疲力尽道："总之就是这样。我一醒来就发现自己在金船上，剩下的事你都知道了。"

尉迟锐站在门边一转身，剑眉紧拧面色沉重，指着宫惟："向小园？"

"是。"

"魅妖？"

宫惟纠正："半妖。"

"徐霜策的爱徒？"

宫惟顿时打了个结巴："你……你说什么？"

尉迟锐面无表情："徐霜策在定仙陵亲手为你抽兵人丝，这事全仙盟都知道了。"

"他……他那是为了救我的命！向小园是他沧阳宗的人！那是他的职责！"

265

"徐霜策说要节省时间，把跑出定仙陵的惊尸都砍碎了，这几天有十来个门派捧着灵位去惩舒官排队哭诉。"

"徐霜策不一直这么心狠手辣吗，他什么时候变过！你忘了你小时候还被他吊起来……"

"他还愿意为你付一万两银子诊金给穆夺朱。"尉迟锐冷静道，"已经签字画押了。"

"吊起来……什么？"官惟终于艰难地挤出声音，"一万两？！"

尉迟锐凝重点头。

两人面面相觑，一阵死寂般的沉默后，尉迟锐总结陈词："你敢冒充他爱徒，他一定会杀了你的。"

官惟几次张口都没挤出声音来，脑子里乱哄哄的，终于颤声道："瓜子给我一把。"

尉迟锐翻翻口袋，只剩下带壳花生，官惟也不嫌弃抓了一大把。两人各自坐在圆桌对面一个接一个地剥，"咔嚓咔嚓"声不绝于耳，半晌官惟终于冷静下来，说："就算我不冒充他爱……他弟子，他要是知道我活过来了，八成也不会让我好过。"

尉迟锐"唔"了声："冒充爱徒罪加一等。"

官惟问："你能别提爱……你能别提那个词了吗？当务之急是要弄清楚谁冒充我在临江都装神弄鬼，还有谁种下兵人丝操纵我的尸体，到底打算干什么。"

尉迟锐两根手指一搓，花生壳便整个掉下来，再一搓，红皮儿也完整地脱落，明显十分有经验："不是度开洵就是长孙澄风。"

"长孙澄风先不提，度开洵有可能。但他为什么要在临江都杀那二十八个命带重阴的人？没理由啊。"

尉迟锐回以澄澈、安定、坦然的目光，意思是我也不知道。

不知道也不奇怪，哪怕换应恺甚至徐霜策过来也不可能理出个头绪。官惟长长叹了口气，暂且放下了这一茬："还有一件事，你能找师兄商量商量，想办法帮我把向小园的魂找回来吗？他这个身体我保存得很好……好吧，也不是很好，但起码还能用。说不定还有机会把向小园塞回来？"

尉迟锐茫然道："那你怎么办？"

官惟心说当然是办完我该办的，就该上哪儿去上哪儿去了。不过他没把这话说出来，只道："我死都死了，当然不能占着别人的身体不还。实在不行你问应恺要个能附魂的容器，以后就把我装在里面呗。"

尉迟锐花生送到嘴边，动作一下停住了，脑海中浮现出自己把宫惟的魂魄装进小罐儿里挂脖子上走哪儿带哪儿的情景，脸色变得十分一言难尽，半晌道："可是鬼垣现在已经进不去了。"

宫惟讶道："什么？"

"徐霜策跟应恺说鬼垣异变，应恺就下去了一次，铜门紧锁没有鬼影。从临江都回来后他俩又结伴下去了一次，不奈何没劈开黄泉的门。"

强闯鬼垣乃是逆天改命，即便是三宗四圣这样的当世大能，十次里能成功一两次也属侥幸。有记录能劈开黄泉再全身而退的也就徐霜策与应恺两人，如果连他俩都被拦在生死结界之外，那确实其他人都束手无策了。

"应恺说可能是生死簿出了问题，鬼垣为了掩盖，强行阻拦不让人来查。等定仙陵事了，他要跟徐霜策一起再下去查清。"尉迟锐一摇头，道，"这都过去多久了，恐怕早找不到了。"

宫惟愣住片刻，想起如今这局面的始作俑者，登时一股恼火直冲心头："都怪你大侄子！他……"

正巧这时门被"咚咚"敲了两下，传来尉迟骁的声音："叔叔，您在吗？"

"叔叔"二字顿时戳中了剑宗最敏感的那根神经。

尉迟锐瞬间从椅子上弹起来，迅速收拾好满桌花生壳，熟练地从怀里抽出《洗剑集》摊开往桌上一放，劈手夺走宫惟刚剥好送到嘴边的花生，把他拉起来就往屏风后撵："在！"

"应盟主正派人四处寻您，说有要事找您商议！"

尉迟锐："等等！"

宫惟反手揪住尉迟锐，用只有他俩能听见的声音咬牙道："你侄子跟我有契约。"

"啊？"

"他妈跟沧阳宗定下道侣之约，四柱八字都算过了，信物都给了，结果他嫌弃向小园是魅妖，一点儿面子不给就当堂退约，把人家气得回去就走火入魔了。还有，你看我这里，"宫惟指着自己的脖子，咽喉上被勾陈剑划破皮的伤口还贴着膏药，"这也是他划的，要不是我逃得快估计又得死一回！"

尉迟锐震惊："怎能如此？"

"是啊，谒金门少主又怎样，就可以这么看不起小魅妖吗？"宫惟怒道，"对了，他还骂我，他骂我是'非人之物'——上一个这么说的人你还记得是谁？"

尉迟锐不假思索："徐霜策！"

话音刚落他就被自己给惊呆了。

堂堂谒金门少主,好的不学坏的学,竟跟那沧阳宗姓徐的如出一辙,这如何使得?

一簇名为"同仇敌忾"的火苗终于在剑宗心中熊熊燃烧了起来。

两人互相一对眼神,尉迟锐郑重点了点头,转身整了整衣襟袍袖,然后才咳了声清清嗓子,大步上前打开了屋门。

尉迟骁果然站在门外,低头抬手行礼:"剑宗大人……"

"我正要找你。"

尉迟骁愣了下:"何事?"

谒金门少主已经很高了,但剑宗站直的时候比他还高点儿——可能是少年时代被吊起来抻长了的关系。他眼窝较眉骨更深,因此板起脸来的时候看上去更加严厉,甚至有些威势迫人的意味。

他道:"我听说你要跟沧阳宗退约。"

尉迟骁动作顿时僵住。

"天地以万物为刍狗,一人一木一花一草,皆有开谢悲喜,亦有生死荣枯。苍天以自然为道法,魅妖与众生为一体,因此与你我有何分别?"

尉迟骁全身像被定住一般,良久喉结才用力一滚,似是将酸热的悔恨硬生生咽了下去:"之前是我谬误……"

尉迟锐威严道:"你当堂退约,态度高傲,害得魅妖走火入魔,此等行径实在令人不齿!"

屏风后宫惟一拊掌,心说骂得好!

"眼下大错已然铸成,你尚不知悔改,还管无辜魅妖叫'非人之物',种种所为实在愧对谒金门数百年声威。你简直——"

尉迟锐还待搜肠刮肚想词,突然只见他大侄子深深一拜,沙哑地打断了:"先前种种狂妄之态,如今想来悔恨难言,叔叔教训得对。"

当世剑宗从小信奉君子动手不动口,没想到自己难得动口一次就有如此威信,欣然道:"你知错了?"

"知错了。"

"你待如何?"

尉迟骁维持着那个躬身长拜的姿势,对地面一字一句道:"当日毁约只是口头所言,并未将此事公告仙盟。侄儿愿意仍旧履行契约,与向小园同求大道,从此再不口出恶言,亦不再自恃身份轻视这世上任何非人之精怪。今日所言句句发自肺腑,天地共鉴!"

尉迟锐欣慰之情油然而生，回头得意地向宫惟挑了挑眉，口中道："知错就好。既然如此那你就挑选良辰吉日……"

他话音戛然而止。

宫惟："……"

尉迟锐："……"

两人从屏风缝隙间对视，彼此脸上都是一副如遭雷殛的表情。

"不行！"尉迟锐失声怒道，"你不能跟向小园履行契约！"

尉迟骁还以为自己听错了："为什么？"

"向小园他……他……"剑宗一下卡了壳。

尉迟骁诚恳道："剑宗大人不必介怀门第之别，向小园虽然只是沧阳宗外门弟子，但品貌兼具，心地善良，智慧过人。且有一事还未禀报于剑宗知道：若不是他舍身及时将侄儿推开，此刻身中兵人丝的就是我了。侄儿每思及此都五味杂陈，心中愧悔难言。"

说到这儿他深吸了口气，似有千言万语却不知如何开口，一咬牙道："总之请剑宗大人放心。侄儿已经知错，以后一定不再轻视魅妖，请您成全！"

尉迟锐艰难道："绝对不行。"

尉迟骁愕然抬头："为什么？！"

叔侄四目相对，可怜剑宗大脑一片空白，张嘴闭上重复数次，终于结结巴巴地憋出了几个字："因为他是……他是魅妖。"

第9章

"我当年接任盟主时，便将大部分元神分散到仙盟各地贫瘠荒凉之处，用来补足稀薄灵气、维持阴阳运转，以免当地被妖魔厉鬼等侵袭。因此我除非发生大事不敢轻易收回元神，刚才也是匆匆对比，才得出了这几处可能的地点……长生？你来了？"

天空阁大堂上，应恺止住话音，只见医宗弟子毕恭毕敬掀开珠帘，剑宗跟他侄子一前一后走了进来，不知为何两人神情都不太对，像是刚争执过似的。

应恺奇道："这是怎么了？"

天之骄子、谒金门少主那张俊脸是黑的，尉迟锐虽然一贯面无表情，但熟悉他的人却能从眉梢眼角看出一丝丝微妙的心虚："没什么。"

徐霜策不动声色的目光在尉迟骁脸上一瞥，随即闭目沉吟，似乎在元神内探查什么，少顷睁开眼睛转过了目光，并不言语。

应恺一头雾水，只当是谒金门家主训侄子了，便岔开话题道："长生来得正好。我刚在和大家说，幻境中那场兵人之战发生的地点可能有三处，分别在天门关、漠河山和砂海大裂谷。霜策想要亲自出马逐一去探，但这三处都遥远难行，我看不如大家分头寻找，如果能找到被掩埋在地心的机关巨人，或许便能顺藤摸瓜得到度开洄的线索了。"

毕竟事关飞升，各位大宗师急着追查是正常的。但徐霜策竟然也这么急，不知道是因为当年没除掉度开洄而耿耿于怀，还是幻境中的景象引起了他的兴趣，实在是一反常态。

尉迟锐多年来一直坚持跟徐宗主唱反调，刚条件反射要说不行，但转念一想这个建议于情于理都没有能反对的地方，当时就卡了壳："啊？"

穆夺朱那轻柔语调说什么话都给人一种客客气气的错觉："我可不敢让法华仙尊的仙躯在金船上保存太久，应兄还是赶紧把他送回惩舒宫落葬吧。且定仙陵修复之事恐日久生变，实在耽误不得，我看你还是别往外瞎跑了。"

应恺："……"

"至于漠河山，正好在金船航线以南的方向，便由我前去一探；砂海裂谷在巨鹿城西北，对钜宗大人而言正是顺路，调遣门下子弟也方便。诸位仙友作如何想？"

穆夺朱目光投向长孙澄风，钜宗也赞同颔首："此事既然与前代钜宗有脱不了的干系，在下自当义不容辞，这就启程去砂海裂谷。"

应恺自继任盟主之后便诸事繁忙，少年时代游历天下的冲劲与豪情再也不复，整个人被沉重公务生生地压在了惩舒宫。原本这次还挺心动，想要亲自出山，结果又被穆夺朱一句话给按了回去，只得叹了口气，无奈道："如此便只剩下了天门关。此处尤其遥远难行，而且不能御剑，所幸与乐圣宴春台邻近。我这就传信给虚之……"

"我去吧。"徐霜策突然道。

应恺还没来得及说什么，穆夺朱委婉道："徐兄，你爱……你弟子伤未痊愈，每日还需要灌注大量灵力呢。若是你走了，怕是只能把人留在金船上给我照看，那每日的诊金……"

"诊金"二字一出，人人闻风丧胆，长桌周围咳嗽声响成一片。

徐霜策波澜不惊："他跟我走。"

这姓穆的奸商好歹还剩最后一点儿良心，肃然道："徐兄万万不可！人至今重伤昏迷不醒，绝不能万里颠簸，否则——"

尉迟锐拍案而起："对！不行！"

穆夺朱："噗！"

穆夺朱平生没受到过如此热烈的支持，一下差点儿被茶水呛到。所有人同时齐刷刷望向剑宗，只听应恺愕然问："长生？"

尉迟锐在众人惊愕的视线中咽了口唾沫，镇定道："我要带向小园回谒金门。"

这话一出尉迟骁还以为自己听错了："叔叔？"

应恺也以为自己听错了："长生，向小园虽然不能下船，但他毕竟是沧阳宗的弟子，怎能跟你回谒金门？"

徐霜策坐在一旁，神情半嘲不嘲，缓缓道："向小园是我沧阳宗弟子，怎能跟你回谒金门？"

尉迟锐："……"

可怜不善言辞的剑宗再一次被无助笼罩了。他迎着四面八方的瞪视，大脑一片空白，半响才强行挤出一句话："因为他……他跟我侄子有契约，要回去履约。"

周遭静默良久，尉迟骁发自肺腑地颤声问："叔叔？！"

应恺也是被打了个措手不及："霜策，可真有此事？"

徐霜策眼底那看戏似的微妙终于完全收了起来，淡淡道："不真。"

尉迟锐简直被逼急了："徐霜策你……"

"临江都事发前半月，谒金门少主亲自上沧阳宗退还命契八字，此为第一次退约。定仙陵事发前夜，小徒将信物麒麟佩呈交于我，并由我再转交回谒金门，此为第二次退约。"

徐霜策端起茶盅，道："名门子弟结为道侣，当先征得师长许可，再呈报仙盟惩舒宫。今日当着应盟主的面，我便做主把这道侣之事取消了，且作第三次退约。从此之后我爱徒向小园与谒金门再无瓜葛，一言既出，覆水难收，诸位宗师皆是见证。"

说罢他扬手一泼。

半盅残茶洒在桐木地上，映在了所有人瞳底。

徐霜策站起身，居高临下道："我有事发信同温修阳商量，先回避片刻，稍后就来。"

众人都没反应过来，只见徐霜策径直走向大门，似乎是真有什么要事，也不用医宗弟子匆匆赶来，自己抬手一掀帘，便消失在了长廊外。

应恺莫名其妙地转回头："长生，你们这是……"

话音未落，尉迟锐箭步上前，一把抓住了他的手："我有事跟你说。"

"啊？"

尉迟锐仿佛没看见其余两人如见怪物的目光，坚定而凝重地加强了语气："让他俩赶紧走，我有事单独跟你说。"

穆夺朱："……"

长孙澄风："……"

应恺再次挤出来一个字："啊？"

徐霜策快步疾行穿过游廊，直至转过拐角，身影蓦然消失在虚空中。

下一瞬，他出现在了船舱内病房所在的那一层，收住脚步，站在空空荡荡的白玉台阶上不轻不重地——

"喀。"

是徐霜策！

宫惟元神一动，蓦然睁开眼睛，脊背上的汗毛都竖了起来。

按照计划他一直躲在剑宗屋里，等着长生带师兄来解救他，但没想到等了半天，长生没把应恺这尊大佛搬来，倒是徐白先一步回来了，天空阁里到底发生了什么？

难道应恺他们紧随在后头吗？现在应该怎么办？

紧急关头容不得多想，宫惟冒险捏了个窃听法诀，对面隐约传来天空阁里的声音，正是钜宗不紧不慢道："既然如此，我就带白霰告辞先去砂海了，如有任何发现再传音符联系……"

怎么大家还议着事，徐霜策倒先回来了？

眼下哪怕夺路狂奔都来不及，徐霜策已经把船舱这一层通往天空阁的唯一要道给扼住了，而且正不紧不慢地向台阶下走来。

宫惟内心感觉无以言表，起身迅速推门而出，脚步轻得像是片被随风刮走的羽毛，眨眼间便熟练地穿过了好几条错综复杂的走廊。徐霜策身影出现在长廊尽头的同一时刻，他已经赶回了自己醒来时的那间屋，推门直接冲了进去，脱衣蹬鞋一气呵成，直接上床拽过外袍把自己兜头裹住了。

沧阳宗主衣袍上清淡的白檀香霎时扑面而来。

这时"咔嗒"一声，徐霜策推门而入，走进了房间。

宫惟全身都缩在那件白底黑边镶金的宗主衣袍里，看不见外面的情形，只感觉徐霜策走到床边，站定不动了。

扑通，扑通。

他只能听见自己的心脏在喉咙里跳,好似一张口就要直接蹦出来似的,每一瞬息都突然变得无比漫长。

可能人紧张的时候反而好胡思乱想,就在近乎窒息般的空白中,无数刚才来不及细思的杂念突然都一股脑儿地冒了出来,纷纷扬扬地出现在宫惟脑海里。

徐白为什么要去杀度开洵呢?

徐白为什么没有戮我的尸骨?

徐白怎么突然对一个低阶弟子小魅妖这么好,只是因为不想看向小园死吗?

那要是他知道了我不是向小园,他还会不会……还会不会想杀我呀?

没人能看见衣袍之下,宫惟的手指紧紧攥着一边袍角,用力到指关节发白。他眼前似乎再次浮现出自己尸身手臂上那鲜明惨烈的抓痕,一个埋藏在意识最深处、仿佛假装看不到就可以若无其事的念头,终于难以遏制地浮出了脑海——

徐霜策没有屠戮我的血肉遗骨。

那璇玑大殿前的桃花海,到底为什么十六年不败呢?

突然宫惟整个人一僵,感觉一只熟悉的手隔着衣袍覆在了他的鬓发上,顺侧颊一滑而下,动作轻柔又不容拒绝。

周围安静得可怕,他听见徐霜策俯身在耳边,隔着那层衣料温和地道:"爱徒。"

"为师已经替你退了谒金门道侣之约,从此你就不必担心任何外人再来纠缠了。"

宫惟呼吸停住,连闭拢的眼皮都紧绷到了极致。

不过下一刻他便不自觉放松了。

徐霜策的话音里仿佛蕴含着某种魔力,伴随着最后一字落音,难以抵御的睡意突然铺天盖地袭来。

他最后一丝意识是感觉自己好像身体腾空,贴在一个有力的怀抱中向门外走去,随即便什么都不知道了。

半刻钟前,甲板。

应恺蹙眉问:"白真人何必行此大礼?"

甲板尽头藏尸阁外,白霰深深俯首,额头触地,对着冰存法华仙尊遗体的方向拜了下去。起身后再度一丝不苟顿首触地,直至三拜九叩礼毕,才站起身呼了口气。

"十七年前刑惩院中,宫院长为阻止我剖心,曾力竭而受裂指之伤。此后我欲登门拜谢,奈何缘悭一面,直至阴阳两隔。"他低下头道,"我内心一直愤懑,如今才终于夙愿得偿。"

从刚才起尉迟长生就寸步不离跟在应恺身后，几次欲言又止想憋出来什么，但所有人都没理他。应恺嚯然道："细枝末节而已，白真人不用太过介怀。"

"白某此生，唯有钜宗大人与仙尊二人为救我这微末之躯而流过血，恩德永志难忘。"白皭顿了顿，轻声道，"奈何好人没得好报。"

这就等于是在明着谤议沧阳宗主了。

众人一时都神情各异，只见长孙澄风眼神微闪，咳了声拱手道："既然如此，我就先带白皭去砂海裂谷了，如有任何发现再传音符联系。"

应恺有些黯然，也向他与白皭拱手回礼作别。

钜宗与白皭这边一御剑离开甲板，那边尉迟长生立刻拽住应恺的袖子，甚至不顾远处一众医宗弟子目瞪口呆的视线，直接一掌推开藏尸阁大门，把应恺推进去，反手"砰"地把门一关。从这番动作来看，他真的已经要被憋崩溃了："我必须要把向小园……"

应恺厉声训斥："长生！大家今天已经忍你几次了！刚才还对医宗与钜宗如此无礼，你怎能——"

尉迟长生："宫惟他回来了！"

话音未落，应恺脸色剧变，定山海应声出鞘，他回头看向圆形大厅正中冰床上的尸体。

尸体一动没动，周遭安静无声。

"他就是向小园！"这时尉迟长生才来得及补上后半句话。

应恺一寸寸转回头，表情仿佛正怀疑自己是否在做梦："你说什么？"

尉迟长生："向小园走火入魔，被宫惟占据身体，醒来已有月余，徐霜策还不知道！不能让他去天门关！"

剑宗高度凝练的总结就像火炮，每个字都轰得应恺头晕转向，半晌他终于挤出了发自心底的质问："为何不早说？！"

尉迟长生满心震惊："明明是你们几个……"

应恺不待他说完，推门就冲了出去，招手叫来一名医宗弟子："快去请徐宗主，就说我突然有急事与他相商，让他赶紧——"

"应兄？"这时穆夺朱正巧走来，疑道，"你要找徐兄吗？徐兄刚给我发了张传音符，说他已经携爱……携弟子下船去天门关了，你是有什么急事？"

应恺："……"

应恺慢慢回过头，与尉迟长生面面相觑，两人都一副遭了雷击的表情。

第 10 章

"来不及了，宫惟。"

"你就要来不及了。"

半梦半醒间宫惟的意识仿佛被放置在烈焰上炙烤，昏昏沉沉中他不舒服地动了一下，紧接着就被脑海深处更强大的神识强行压平了。一个遥远而熟悉的声音从灵魂深处响起，越来越急迫、越来越洪亮，直至震荡响彻四方——

"杀死徐白。"

"很快就要来不及了——"

"什么来不及了？"尉迟锐奇怪地问。

谒金门会客的小花厅外，红枫掩映，流水淙淙，小火炉上煮的茶散发出袅袅清香。宫惟蓦然回过神来，轻轻地"啊"了声："什么？"

"你刚才说什么来不及了？"

宫惟似是没反应过来，怔忪片刻才问："有吗？"

"你最近没事吧？"尉迟锐皱起眉头打量他半晌，说，"怎么老自言自语的，应恺也说你心神不定，走火入魔了？"

宫惟懒洋洋地笑起来："你走火入魔我都不会走火入魔。"他站起身长长地伸了个懒腰，笑道，"刑惩院今晚有事，走了！等你家那盆墨梅开了我再来找你玩儿！"

尉迟锐简洁有力回答了他一个字："滚！"

宫惟大笑而去。

来不及了。

不知从何时开始，虚空中仿佛出现了一瓶沙漏在簌簌流动，那细沙粒粒坠落的声响始终回荡在耳畔，但宫惟并不知道倒计时的流沙还剩多少，也不知道当时间走到尽头时会发生什么。

无形的压力每一分每一秒都在叠加累积。

他在等一个答案，但他也说不清自己是希望那个命中注定的时间早点儿来，还是希望这一刻就此静止，不再向前。

初冬深夜，一轮白月映进高高的窗棂，如风将皎洁的薄纱拂进大殿中。床榻上宫惟蓦然睁开眼睛，仿佛感应到什么似的起身望向殿外，随即披衣下床，推开了雕花窗。

他没有穿鞋,柔软的双脚踩在竹林中,发不出任何声音。不知走了多远,他才停下脚步,只见远处大殿兽首飞檐,檐角上伫立着一道挺拔人影,于月下越发生冷疏远,正从高处投来视线。

极北冰原遥远的风雪气息尚未在他袍袖间散尽,风吹来不奈何剑身隐隐的血气。

宫惟笑起来,仰着头问:"你是来找我玩儿的吗,徐白?"

那身影没有回答。

"你是不是刚杀了人呀?"

少年的面容是那么天真,身上柔软的白缎寝衣反射着月华,又被剔透肌肤辉映得黯淡无光。

徐霜策终于开了口,淡淡道:"宫惟。"

"嗯?"

"世间百年无人飞升,两个月后升仙台祭祀,应恺准备叩问天道,以求重启天门。"

宫惟的神情微微变了。少顷,他才问:"徐白,你要飞升了吗?"

世间修道求仙,概以沧阳宗主为首。如果飞升之路当真能开启,第一个能羽化登仙的显然是徐霜策,不会是别人。

但徐霜策没有回答。

这个时候沧阳宗主与刑惩院院长之间的矛盾已经很尖锐了,全天下都知道他们是不能共存的宿敌。没有人能想到他们会在这样一个冷月高悬的深夜遥遥相对,言语平和,秋毫无犯。

也没有人知道徐霜策袍袖之下还凝固着万里之外冰川之巅,度开洵人头飞起那一刻溅上的血。

"如果有一天……"徐霜策猝然道。

这话来得非常突兀,他顿了顿,才又道:"如果有一天,我不在了。"

宫惟眼睛一眨不眨看着他,似乎在等待着下面的问题。

不论是谁被宫惟这么看着的时候,都会产生一种仿佛自己正被全心全意地关注、被完完全全放在心里的错觉。他天生就像一团又轻又软的美梦,快快活活地包裹着你往下坠,虚幻、甜美、漫长而无尽头。

但那只是错觉。

徐霜策的话音止住了,良久突然说:"算了。"

他转身欲走，但就在这时，身后地面上传来宫惟清亮的声音，说："我会哭的！"

徐霜策停下脚步回过头。

只见少年笑意盈盈地踮着脚，一手拢在嘴边，抬头补充了一句："真哭！"

出乎意料的是徐霜策长久地俯视着他，既没有说出任何刻薄的言语，也没有再一剑斩来弄伤他的眼睛。徐霜策挺拔的鼻梁将侧脸隐没在了月光之后，眼底似乎微微闪动，但看不清是什么神情，半晌削薄的唇角才勾起一丝冷笑，说："做梦。"

然后他没有再给宫惟任何说话的机会，闪身消失在了广袤的长空中，一瞬就不见了。

宫惟笑意渐渐消失，踮起的脚跟放下了，血红色如旋涡般在瞳底旋转。

就是从那一刻起，他终于看清了命运从脚下延伸出去的路，尽头通往两个月后苍穹之下的升仙台，元神深处那个与生俱来的声音一遍遍回荡以至轰响——杀死徐白。

那是你降临于这世间的唯一意义。

杀死徐白。

虚空中那个无形的沙漏终于轰然翻转，流沙飞扬迸溅，时间走向终点。

杀死徐白，在那无可挽回的结局发生之前——

宫惟蓦然睁开双眼。

空虚的灵脉让他虚脱昏沉，惊醒刹那间甚至不知自己身在何处。他下意识地从床榻上坐起，发现身下竟是高床软榻，紧接着感觉到身侧躺着其他人，扭头一看，竟然是徐霜策！

月光从高高的窗间洒进璇玑大殿，夜空桃瓣飞扬，层层纱幔轻卷。徐霜策仅着玄色修身内袍，一动不动倚靠在外侧床头，从平静的侧脸和沉缓的呼吸来看他应该是和衣睡着了，白皙的双手交叠在身前。

宫惟："……"

我不是在金船上吗？怎么会回到沧阳宗璇玑殿？徐霜策怎么会躺在这里？

宫惟神志一时清楚又一时恍惚，视线如同被蛊惑般落在对方咽喉上，梦境中尚未退却的杀意再度从心头涌起，那个声音清晰得仿佛就在耳畔——

杀了他。

十六年前你已经失手了，必须尽快杀了他——

宫惟着魔般伸出手，悬空在那毫无防备的脖颈前，指尖微微颤抖。

"十七年前徐宗主远赴千里，将欲毒杀法华仙尊的度开洵斩杀于极北之地……""世人皆知法华仙尊死后遭戮，血入桃花，否则是什么支撑着璇玑殿前的桃海终年不败？""徐霜策在定仙陵前亲手为你抽兵人丝，这事全仙盟都知道了！……"

一个前所未有的、颠覆性的念头突然浮现出来，几乎诞生的刹那间就占据了宫惟的全部心神。

他想："如果我不杀徐霜策，会发生什么？"

十六年前徐霜策未死，但冥冥中毁灭的结局也并没有到来。

如果就放任这世界走到最后一秒，命运会迎来什么？

没人能看到一丝丝猩红在宫惟眼底散而复聚，在这静寂隐秘的深夜里，每一瞬都漫长得没有尽头。过了不知多久，他锋利的指尖终于向后微微一收。

但就在这时，仿佛被一根冰凉的针刺穿了神经，他突然意识到了周围景象与身下床榻的异状——这不是真实的沧阳宗璇玑大殿。

这是幻境！

说时迟那时快，宫惟心念电转，正向后收回的手捻起被角，似乎非常自然，毫无异状地披到了徐霜策胸前。

而就在被角落下的同一时刻，徐霜策双眼一睁，沉静的视线直直看进了宫惟眼底。

——两人对视那瞬间，窗外桃海被呼啸狂风掠走，层层纱幔卷起化为无形；周遭所有幻境都如潮水般退去，终于露出了现实的场景。

他们并不在沧阳宗璇玑殿，而是一间高阔的客栈房间，破晓时青灰色的天光正从窗棂中露出端倪。

徐霜策和衣而起，平静道："爱徒，这是作甚？"

"拜见师尊！"宫惟起身双膝跪在床榻上，正色俯首道，"弟子看师尊衣着单薄，恐夜深受凉，故此斗胆为师尊披被，万望见谅！"

床榻一侧与墙壁相抵，昏暗掩盖了他已被冷汗浸透的寝衣后背。

仿佛过了漫长的几个时辰，但实际只是短短数息间，他终于感觉到一只手抬起了自己冰凉的下颌，徐霜策乌黑的眼睛似笑非笑："是吗？"

宫惟就着这个被迫抬头的姿势，诚恳道："弟子惊醒师尊，弟子有罪。"

这场景简直太怪异了。凌晨天光微亮，客栈床榻宽深，他仅着寝衣跪在靠墙那一侧，徐霜策半靠外侧的床头；也许是脱了外袍的原因，从宫惟这个角度看去，徐霜策肩宽而腰窄，里衣勾勒出完美的上半身线条，隐隐散发出一种难以言说的压迫感。

宫惟仓促地垂下了眼睫。

"爱徒身中兵人丝，现灵脉寸寸断裂，每日需为师往气海内灌注大量灵力养伤。"徐霜策略微探身靠近，在宫惟鬓发边轻声道，"爱徒要少玩闹，多静养，明白了吗？"

宫惟沙哑道："弟子明白。"

徐霜策微微一笑，收手翻身下了床榻。

仙盟各地都有专供修士入住的客栈，房间看上去除了格外雅致宽阔些，倒也没有其他不同。沧阳宗主衣袍被挂在靠窗的衣架上，徐霜策泰然自若地走上前披上外衣，只听宫惟在身后终于忍不住颤颤巍巍地问："师尊，您这是……"

徐霜策道："去天门关。"

宫惟明显错失了这一段信息："啊？"

天门关是三处可能地点中最遥远难行的一处，靠近极北冰川，气候诡谲多变，且过了宴春台之后就灵气稀薄，往下的路程便不能再御剑了。

按宫惟对徐霜策的了解，别说地裂中埋着一座灭世机关兵人，哪怕埋着大罗金仙说不定他都懒得去找，更何况还得徒步走去。他正想着是不是应恺拿盟主印来逼徐霜策就范了，却听徐霜策道："关于你体内的兵人丝是何人所种，现已初步有了线索，可能是钜宗的弟弟度开洵。"

宫惟已经听尉迟锐转述了天空阁里那场审问，但还是配合地愕然道："什么？"

"钜宗用应盟主的元神开路，看到了幕后黑手授意给法华仙尊的一段记忆，乃是一座灭世巨人屠杀城内百姓，而不知哪一任的前代钜宗于战场上自爆元神，与那机关兵人同归于尽。因为这杀身救世的功德，钜宗兵解之后迎来了天劫，就在被雷电劈得魂飞魄散前一瞬，有一面镜子突然从上天界降下护法，为他击回了九重极恶大劫。"

徐霜策站在窗前，说到这儿时话音一收，回过头来定定地看着宫惟。

在幻境里时宫惟生怕被发现，离得很远，但隐约也看到了那面挡住雷劫的镜子。他茫然道："啊？"

不知是不是错觉，说接下来的话时，徐霜策的视线紧紧锁定在他脸上，像是每一丝表情、每一点儿变化都不放过，似乎要穿过面皮看进他大脑里去："但就在镜子载着宗师的元神向上天界飞升的时候，一位黑衣人突然持神剑而出，状似愤恨已极，想要刺穿镜面，撕碎那宗师的魂魄。"

宫惟："……"

徐霜策缓缓地、一字一字地问："爱徒作如何想？"

宫惟心说我能怎么想，那黑衣神祇突然从天门里降下来，但在刺中镜面的前一刻幻境就走到头了，我也不知道那倒霉钜宗最终到底飞升了没呀。

——徐霜策紧盯着他，但未从少年脸上看出丝毫诧异。

他的神情微微变了。

"弟子愚钝，"宫惟想了又想，硬着头皮道，"那……那位天神为什么要阻止钜宗飞升呢？"

徐霜策好似想要更加确认似的，加重了语气："你对那位天神，有什么看法吗？"

宫惟被他看得有点儿虚，下意识地"啊"了声："弟子人微言轻，不敢妄议上界仙神，师尊恕罪！"

屋子里安静得可怕，不知为何头顶半天都没传来任何声音。

宫惟还坐在床上，壮起胆子偷偷抬眼一瞅，只见徐霜策背对着客栈窗户，逆光中看不清他的表情。

"……是啊。"良久他终于慢慢地开了口，每个字都异常沉缓，"虽然不知他人如何作想，但为师在幻境中看到那位天神现身时，内心也十分忧惧不安。"

徐宗主说他忧惧不安？

宫惟内心竟不知是荒谬还是好笑，抱着被子偷偷向床角挪了挪，才小心翼翼道："既然是幻境，那师尊更不用忧虑了，说不定只是编造出来虚假的景象，根本就不是历史上发生过的真事呢。"

出乎意料的是，徐霜策却道："不，应当是真的。"

这话语气太笃定了，宫惟没反应过来："为何？"

"战场兵解，立地飞升，传说中确实有这么一个人。只是年月漫长而传言失真，细节或许有所偏差。"

徐霜策顿了顿，道："便是道经开蒙故事第一篇——鬼太子妃。"

第 11 章

宫惟想：没错啊，反正谁也不知道神话传说背后到底发生过什么。只是同样被世人传迎亲，徐霜策有自己跑前跑后帮忙渡杀障，鬼太子就未必有那运气了而已。

不过人人皆知的道经故事陡然与现实相交,还是让宫惟生出一种荒谬感。他坐在床上拥着被子思索半天,才突然反应过来,赶紧"啊"了声:"原来师尊看到的是一位女钜宗吗?"

徐霜策不咸不淡地瞥了他一眼,似乎连答都懒得答。

宫惟讪讪道:"弟子愚钝。弟子还是不明白师尊为何忧惧,莫非是那位天神长相十分可怕吗?"

徐霜策道:"我并未看清对方面目形容,想必凡人想要看清一位神祇的长相也是需要法力的,我只是突然想起了一件事——那幻境里的机关巨人说'万物刍狗,兵人灭世'。"

这话宫惟自然也听见了,毕竟当时兵人饱含愤怒的狂吼惊天动地。"那师尊认为……"

徐霜策突然陷入了沉默,好似接下来的话连他都不太知道如何开口。

半晌他才吸了口气,缓缓道:"有没有可能,那机关巨人本身就是某位神祇派遣下来灭世的呢?"

宫惟心说这话实在太荒谬了,难道这"某位神祇"就是想让地上众生都去死不成?

"若是如此揣测,宗师渡劫时降下的极恶大劫便可以解释了,因为那原本就不是想让渡劫人飞升,而是碎尸万段的惩罚。其后镜中灵物将九重天雷击回,并载着宗师的元神飞升上天,亦是违背了这位天神的意志,因此他才会勃然大怒地出现并降下神罚。"

如果仔细分辨的话,说这话时徐霜策声调罕见地略微不稳,甚至尾音带着一丝沙哑。

他道:"如果我推测为真的话,那么这位神祇,应当是一位恶神了。"

世人都知道徐宗主寡言少语,宫惟也没见过他一次性说这么多话,尽管他越听越一头雾水,却不敢追根究底去问,只得道:"可是……可是师尊,神话中鬼太子妃最终顺利飞升了呀。"

徐霜策道:"是,飞升了。"

"那您所见的那位天神岂不失败了吗?"

窗外天光渐渐破晓,终于将昏暗暧昧的房间映出一丝光亮,只见徐霜策立于窗棂前,半身逆光没入阴影,眉目如画一般清朗,眼睫下却好似遮住了难以言说的阴霾。

"是啊……"他声音很轻,仿佛在回答宫惟又仿佛在自言自语。

"这位犯下恶罪的神，失败后去了哪里？是否被贬谪为人了呢？"

宫惟下半张脸藏在被子后，只露出一双眼睛小心地盯着徐霜策。沧阳宗主那深水般平静克制的外表之下，似乎有种隐隐的暴戾和烦乱呼之欲出，让他有点儿紧张，但又不知道异样从何而来。

"师尊把这些推测和应盟主说了吗？"半响他警惕地小声问。

出乎意料的是徐霜策看了他一眼，淡淡道："没有，反正只要寻出幕后黑手就能得到答案，因此为师只告诉了你。"

宫惟："啊？"

徐霜策身上那烦闷躁郁的感觉没么重了，应该是他暂时将思绪撇到了一边的原因。他回头推开客栈窗户，道："所以如果这世上再有第三人知晓，便一定是你说的了——"

清晨的风将他不紧不慢的两个字轻轻吹到宫惟耳梢："爱徒。"

明明是很正常的称呼，可能是因为仅着寝衣的关系，宫惟窝在宽大的床角里，不自然地摸了摸耳朵。

徐霜策转过身，似笑非笑："起身吧，爱徒。今日便可到宴春台乐圣处，你不是还认识一位好朋友在那里吗？"

仙盟在各地设立专供修士休憩疗养所用的客栈，不接受民间铜钱银票，只能记入门派账上或直接使用黄金。他们下来退房的时候宫惟已经做好了引发轰动的准备，小心翼翼把自己完全藏在了徐霜策身后，谁料他二人穿过大堂时，来往修士均面貌如常，没有丝毫讶异，仿佛完全没认出堂堂沧阳宗主一般。

徐霜策平静道："不用担心，为师已经施了障眼法。旁人眼见你我时，看到的只是一名普通沧阳宗修士罢了。"

宫惟满脸钦佩拱手："师尊英明！"

紧接着他突然反应过来：一名普通沧阳宗修士？

"师尊，那我呢？"

徐霜策眼角向他轻轻瞟来，眼神深处似乎闪动着一丝揶揄，然后施施然上前结账去了。

宫惟僵立原地，下意识摸了摸自己的脸，心想：他把我变成了什么？

但担心也没用，除非找到水银镜施术，否则他也看不到自己在别人眼里是什么模样，总不能随便逮着个路人就问："喂，请问我是什么？"

宫惟只得按捺住直觉中隐隐的不妙，向周围环顾了一圈。

因为修士大多辟谷的关系，仙盟设立的客栈里很少提供饮食，即便有也只供给刚筑基的小弟子，多是热粥、包子一类的简单主粮。客栈厨房传菜的窗口正开着，一笼热气腾腾的包子正下屉，掌勺的拿起一个包子随手掰开，宫惟眼一下直了，只见那里面赫然是个硕大的鸡肉香菇丸子。

香味随风飘来，宫惟"咕嘟"咽了口唾沫，伤感突然涌上心头。

吃饭对他来说虽然不是必需，但也是人生最大的乐趣之一了。抛去沧阳宗那几顿白水煮青菜不提，上一顿正经饭已是月余之前，孟云飞请的醉鸡，当时他人还在临江都……

这时只见那大厨突然探头向外望了望，见徐霜策背对着他们，便鬼鬼祟祟地向宫惟一招手。

宫惟不明所以，颠颠地凑过去，胖大厨用纸包了那包子塞到他手里，一腔慈爱简直要满溢出来："趁那道爷没回头，你赶紧吃，快！"

宫惟惊呆了："可、可我没有钱。"

"哎呀，要什么钱。拿去拿去！"

"不行，我不能白拿东西……"

"快拿着，可怜见的。"大厨不由分说地小声催促，"别怕，我帮你盯着那道爷，赶紧吃吧！"

宫惟猝不及防地被肉香汁多的大包子塞了一嘴，慌乱中一边回头瞅徐霜策一边赶紧直着脖子往下咽，食物充盈的香甜和大厨强烈的慈爱简直把他包围了。一个包子吃得迅猛仿佛打仗，大厨从窗口抻着半边身体帮他挡住徐霜策，还眼明手快又拿了个包子掰开，用筷子夹出馅儿来低声道："这个也是鸡肉馅儿的，来，把馅儿吃了！"

那鸡肉香菇丸子把宫惟嘴塞得满满的，同时脑海也被一个突如其来的疑问充满了：您怎么知道我喜欢吃鸡肉馅儿？

这时不远处只见徐霜策退后半步，随即传来掌柜充满笑意的声音："客官慢走，客官下次再来啊！"

大厨："快，他回头了！"

咕咚！宫惟用力把吃的咽了下去，一边匆忙抹嘴一边赶紧叮嘱："我下次会带钱来的！"

大厨洋溢着一脸光彩，依依不舍挥手作别，宫惟迅速给嘴边和手指施了个洁净法术，在徐霜策转身的刹那间已奔回了客栈门口，双手背在身后，仰头一脸无辜，全然毫无异状。

徐霜策："……"

四目相对，清风掠过。

徐霜策上下打量了宫惟一眼，不知为何宫惟觉得他虽然面色疏离，但目光中总藏着一丝若笑非笑的神情。

他一拂袖，抬脚跨过门槛，淡淡道："走吧，爱徒。"

徐霜策腿长步子大，宫惟连跑带颠地跟在后面，偷偷回头冲那胖大厨感激地挥了挥手。

乐圣柳虚之长居宴春台，而宴春台正巧卡在去天门关的必经之路上，离他们所在的遂城不过一百多里路。宫惟本以为按徐霜策的性格，根本就不会在中途停留，直接御剑三刻便可上宴春台；谁知徐霜策完全没有把不奈何召来的意思，就这么空手不负剑，闲庭信步在城中逛了起来。

遂城地处边关，自然不像临江都那么繁华，但清晨早市出摊时也十分热闹。宫惟重伤在身，灵力已经被最大限度地压制了，走起路来没有徐霜策那么快，跌跌撞撞地跟在后面，只见路过的城中百姓十有八九都含笑侧目来看他，不由疑窦丛生，心想徐霜策到底把我变成了个什么？

正巧这时路边有人卖早点，用大勺从锅里捞出热腾腾的鸡骨架，大声吆喝："刘氏鸡肉面！货真价实鸡腿肉！瞧一瞧看一看嘞！"

宫惟情不自禁觅声望去，却见那卖早点的立刻捕捉到了潜在的商机："客官要尝尝吗？不好吃不要钱！"

宫惟伤感地想：就算好吃我也没钱，徐霜策根本就不是那种会给弟子发零花钱的师尊！谁料正当这时那卖早点的一看他要走，立刻改了口，热情招手道："别走别走，今日免费赠送一碗鸡腿肉，先到先得！切勿错失良机！"

宫惟惊得险些一个趔趄，前方的徐霜策突然站住了脚步，回过头来，淡淡道："怎么了？"

宫惟哪敢提"鸡"这个字，赶紧颠颠奔过去，低眉顺眼道："回禀师尊，没什么。"

徐霜策俯视他片刻，突然伸出右手。

宫惟不敢轻举妄动，一时僵在那里，只听徐霜策道："拉着。"

拉着……

宫惟非常识趣地用两根手指捏住了徐霜策的袖子，赔笑道："师尊真是体贴弟子，弟子受宠若惊……"一言未尽只见徐霜策抬起左手，往他手腕处一点，宫惟雪白的手腕内侧顿时出现了一个浅金色闪烁着微光的字，赫然是个"徐"。

"你既然走得慢，就别东张西望。有了这个记号，不论你身在何处，为师便都能知晓了。"

宫惟咬牙想：你竟然还给我做个记号。面上老老实实诚恳告罪："弟子知错。"

徐霜策欣然道："否则若是被人拐带，岂不耽误了行程？"

"师尊教训得是，弟子一定……拐带？"

宫惟第一次听见这个词出现在自己身上，结合刚才大厨过分慈爱的表现，脑子里陡然生出了一个可怕的猜测："师尊，您是把我变成了小丫鬟吗？"

徐霜策居高临下瞟了他一眼，并未作答，举步向前走去。

我真是小丫鬟吗？徐霜策不至于那么捉弄人吧？

宫惟赶紧拔腿跟上去，内心丛生的疑窦简直要把他给淹没了。所幸这次徐霜策步伐慢了下来，不至于让他连跑带颠地追，大约一炷香工夫后突然停住脚步，宫惟抬头一望，眼前竟是个酒馆。

"道爷快请！往里请！"跑堂小二充满热情奔出来，极有眼色地把徐霜策往楼上雅间领，殷勤地问，"您要吃点儿什么，喝点儿什么？"

徐霜策掀袍落座，漫不经心道："你不是想进食吗？"

——不愧是徐宗主，"吃饭"这么美好的词在他口中竟然只是"进食"。

宫惟连日来备受惊吓的心顿时又提到了喉咙口，心想从前那些逼他辟谷的人里徐霜策也有份儿，怎么想也不可能突然好心要领自己来吃东西——难道是看出了端倪，准备诈他？

这么一想宫惟更不敢把"醉鸡""烧鸡""口水鸡""香菇鸡肉包子"等直接与死亡挂钩的字词说出口，一咬牙忍痛道："弟子不敢。弟子理应辟谷以求大道，怎能贪恋口腹之欲？"

徐霜策连眼睫毛都没抬："无妨。为师今天心情甚佳，想吃什么都给你买。"

宫惟躬身而拜："既然如此，就请师尊赐予弟子一碗白水煮青菜吧。"

徐霜策："……"

徐霜策的动作停了。少顷，他问："为何？"

宫惟神情郑重："弟子出门日久，十分想念沧阳山上师尊赐予的饮食，故此只愿吃白水煮青菜来时时铭记师恩。师尊英明！"

雅间里的空气仿佛凝固了。

宫惟维持这个毕恭毕敬低头的动作，良久才听徐霜策一字字轻声道："但为师记得当日在临江都时，你可是毫不见外，主动让乐圣门下那个孟云飞请了一餐醉

285

鸡，还言谈甚欢啊。"

为什么这么久了徐霜策还记得那倒霉醉鸡？

宫惟掷地有声，道："当日弟子放松过度而一时犯戒，保证以后不再犯了！"

雅间里的温度像是骤然降了下来，只听徐霜策一字字地重复："放松过度。"

他眼底像是结了层薄冰，良久缓缓道："果然爱徒只有与那姓孟的弟子结交才愉悦放松，难怪那天胃口大开，还言笑晏晏呢。"

宫惟心想他竟然这么看不惯我吃醉鸡，于是面上更加忏悔："师尊……"

"给他白水煮青菜。"徐霜策冷冷道。

那小二赶紧脚底抹油跑了，不多时传菜进来，果然是巨大一海碗跟沧阳山上的极为类似的青菜汤，不见半点儿油星的水面亮得能当镜子，明晃晃照出了宫惟伤感的眼神，就这样他还得故作感激地拜谢徐宗主："师尊厚爱，弟子铭记于心！"

刚才还"心情甚佳"的徐霜策此刻却连一个字都没有搭理他。

雅间门一关，便只剩下了他两人相对而坐。宫惟连头都不敢抬，正哑巴吃黄连般一根根叼那青菜，突然徐霜策腰间一块传信玉牌亮起，自动飞到半空中，弹出了一个千里显形阵，法阵光芒中心正是应恺。

"太好了霜策，你总算肯接我的显形牌了！昨晚我一直在尝试联系你，但怎么也联系不——"应恺急切的话音在看到宫惟时戛然而止。

宫惟："……"

应恺："……"

刹那间仿佛天雷勾动地火，宫惟委屈得差点儿当场扑上去号啕：师兄！你看到我如今这低声下气食不果腹的惨状了吗！你还不赶紧来解救我！

"是吗？"这时只听圆桌另一侧的徐霜策从容道，"此地偏僻，灵气稀薄，兴许是法阵显形不畅之故吧。"

应恺："……"

应恺眼睁睁看着十六年没见的师弟，尽管他已经尽全力了，但任何熟悉他的人都能从那僵硬的表情中看出"强颜欢笑"这四个字来："霜策，这就是你带走的那个小弟子吗？哈哈，怎么变成这副模样了？"

第 12 章

宫惟心里只有一个念头：所以我到底变成了什么？

这时只听"当"一声轻响，徐霜策不轻不重地放下了茶杯："小徒懵懂不知事，吾心甚为不悦。你有何事，应恺？"

——我现在心情很不好，不想跟你侃天说地，有什么正事你赶紧说。

应恺本来就不是个巧言善辩的人，事先背了八九遍的稿子立马全被憋回去了，在紧张中也没来得及组织好词句："没……没什么，那个，穆夺朱帮你小弟子调配了一种迅速补充灵力的药，我想亲自给你送去……"

徐霜策连坐姿都没动一下："小徒不敢以卑动尊，事了后我亲自上金船去拿吧。"

他这不动如山的姿态让应恺更心虚了："那怎么行，人命关天，要不我还是让长生给你送去……"

"堂堂剑宗事务繁忙，这人情还是不承了吧。"

"但你这小弟子的身体情况……"

"我每日灌注大量灵力为他固元补损，因此如今已经迅速好转，连胃口都大有起色了。"徐霜策一扭头轻描淡写，"你看。"

应恺刚想说怎可能这么快就大有起色，紧接着视线便落在了宫惟面前满满一碗白水煮青菜上，那海碗大得能把应盟主半个头埋进去。

应恺："……"

宫惟在应恺震惊的目光中缓缓抬手捂住了脸。

"小徒承蒙关心，不胜感激。待事了回仙盟，一定令他自己去惩舒宫请安拜谢。"徐霜策话音一转，"应兄还有什么事吗？"

"令他去惩舒宫请安"这句话生生把应恺从失去理智的边缘救了回来。他艰难地把视线从那盆青菜上移开，"强颜欢笑"四个字已经不足以形容应盟主的表情了："暂时……暂时没有了。既然如此，霜策你务必快去快回啊，我在惩舒宫等你，好吗？"

徐霜策欣然道："那是自然。"

应恺爱操心的天性决定了他忍不住要唠叨，但又怕关心过多反而引起徐霜策的怀疑。扭扭捏捏、欲语还休地拉锯了几个回合，临走前想再看小师弟一眼又没敢，心酸地收回了显形法阵。

酒馆雅间里光芒顿消，徐霜策靠在扶手椅里，慢慢地喝着茶不说话，面上表情不见喜怒。

他越是这样，宫惟心里越是没底，一个字都不敢吭，只敢假装专心地直着脖子往下咽青菜。但那青菜原本就是他最讨厌的东西，越是硬往下咽就越是食不知味，越是食不知味就越是如鲠在喉。此刻他突然无限思念起亲切好说话的孟云飞和他请的那只醉鸡，整个人都要被委屈和难过淹没了。

正当他魂都要飞向宴春台的时候，突然"当"的一声，是徐霜策重重放下了青瓷杯。

他冷冷道："既然不喜欢就别吃了。"

宫惟一激灵，连筷子都来不及放下："弟子不敢！这碗青菜乃是师尊亲赐，弟子怎能不……"

话音未落，只见徐霜策一拂袖，风声哗然而过，宫惟面前连菜带汤消失得干干净净，碗底锃亮，光可鉴人。

"去宴春台。"

徐霜策面如寒霜，往桌上拍了一块烙着沧阳宗徽记的指肚大的黄金，转身大步掀帘而出。

我明明在努力吃青菜，徐霜策为什么又生气了？

宫惟既委屈又莫名其妙，但再借他个胆子也不敢问，只得赶紧追了出去。这么一眨眼工夫徐霜策就已经消失在了长街尽头，宫惟灵力不足步伐慢，一边在后头追一边努力从人群中寻找徐宗主身上独特的白檀气息，突然没注意踩了个空，差点儿踩进台阶下的积水里，脱口而出："哎呀！"

那个"呀"还没落音，时间突然静止了。

叫卖的摊贩张着嘴，乱窜的家犬僵着舌头，大街上一根针掉在地上都听得见，所有行人的动作都凝固在半空。

宫惟的脚尖悬空在了那摊积水之上。

一道颀长挺拔、宽衣广袖的身影穿过人群，面容冷漠，一言不发，稳步走来抓住了宫惟的手腕。

——下一刻时间猝然恢复流动，鼎沸人声与热闹谈笑从四面而起，宫惟借力一个趔趄踩在青石阶上，站稳了身体。

没有人注意到刚才发生了什么，家犬"汪汪"摇着尾巴钻过了大街。

"师尊……"

徐霜策薄唇紧抿而一言不发，刀裁般锋利的眼梢垂落着挡住了神色。

他这辨不出喜怒的模样让宫惟心里十分害怕，手腕被紧攥到有点儿疼的地步，但不太敢挣扎，期期艾艾地小声说："我下次一定牢牢跟紧师尊一人，再也不东张西望了。"

可能是他的错觉，因为听见这句话之后徐霜策的呼吸似乎停了下，然后才抬眼看着他："当真吗？"

宫惟赶紧点点头："嗯。"
徐霜策："……"
徐霜策的眼神晦涩幽深，似乎要看透到宫惟心里去。仿佛过了很久又像是一瞬间，他突然别开视线笑了声，尾音短促而讥讽。
他说："我不相信。"

这有什么好不相信的？
宫惟一头雾水，但徐霜策没有给他更多时间。他就这么抓着宫惟的手腕，于闹市中迈出了一小步——仿佛百里之地缩于方寸之间，顷刻间车水马龙的大街和鳞次栉比的房屋都齐刷刷向后退去；宫惟只觉眼前一花，当徐霜策那只脚落地时，他们已经来到了城门之外的山坡上。
缩地成寸！
法术造成的强大惯性把宫惟往前一推，下一刻清冽的白檀气息扑面而来。
徐霜策似乎早预料到会有这一扑，落地时已转身伸手，臂弯把宫惟接了个满怀。
"师尊恕罪，我……"
徐霜策转身淡淡道："走吧。"
他就这么攥着宫惟的手腕，沿着城门外石子路向前走去。
宫惟懵懂不知又不敢挣脱，那只被抓着的手腕又热又不自在，恍惚间竟然有种被牵着的奇异感。这么手牵着手与徐霜策并肩而行真乃人生中第一不可思议之事，更不可思议的是徐霜策完全没有再用法术的意思，堂堂天下第一人，竟然真的就这么沿着城郊小路，如凡人般徒步走向百里之外淡蓝色的群山。
直走出一里路，宫惟终于忍不住懦弱地咳了声："师尊？"
"怎么？"
"师尊怎可亲自踏足这尘世之路，为何不御剑呢？"
徐霜策平静道："大凡天下法术，以逆转时间消耗灵力为最，其次便是缩地成寸，盖因其违背自然。"
宫惟赶紧恭恭敬敬地"哦"了声。
"过了宴春台，前路便未知深浅，此刻应以保持灵力以备不测为上佳。"
宫惟心想：可是你仍然没解释为什么不御剑啊？
他不由从眼角偷瞄徐霜策腰侧，外袍中露出玄色内甲黑缎腰封，空空如也，并未负剑。
这么一想他似乎已经有很久没看到不奈何了，徐霜策是忘了带吗？

宫惟的心被好奇百般折磨，很想问问"师尊你为什么不佩剑了"，但又怕提醒了徐霜策，他一抬手就能把不奈何召出来。这么胡思乱想了一路，忍不住又从眼角向斜里偷瞄，谁料正巧撞上徐霜策的目光，霎时从那双黑沉的眼睛里看见了自己的倒影。

宫惟心脏提到喉咙口，立刻垂下了视线。

"看什么？"徐霜策缓缓地问。

宫惟专注盯着自己脚下的石子路，谦卑地低着头："看……看师尊英明神武，玉树临风，恍若天神下凡……"

身侧的脚步突然一停。

宫惟立马识趣地闭上嘴巴站住了，感觉身侧那道专注看着自己的视线良久才移开，轻风中徐霜策低沉的声音拂过耳际，似有些温和："看那边。"

宫惟茫然抬起头，顺着徐霜策的目光向天穹望去，只见城郊青地连绵无际，天际线上掠过两个小黑点，定睛一看才知是两只云雀彼此追逐着，一会儿是这只追那只，一会儿是那只回头绕这只，最终并肩而行，亲亲热热地隐没在了遥远的高空中。

"看见了吗？"

两只比翼鸟而已。宫惟不确定地道："啊？"

徐霜策几乎无声地呼了口气，但他什么都没有解释，只问："你累吗？"

宫惟赶紧摇摇头。

徐霜策不再多说什么，就这么牵着他继续向前走去。

宫惟嘴上说不累，数里路之后还是越走越慢了，于是徐霜策让他在路边凉亭里歇了半个时辰。如此走走停停反复数次，宫惟越来越脚酸撑不住，简直要忍不住往一直抓着自己的徐霜策身上歪；如此磨蹭了一顿饭工夫，也不知道徐宗主是不是终于被磨蹭得烦了，才大发慈悲又开了缩地成寸，把面露疲色的宫惟带到了山脚下。

高处金云缭绕、仙光罩顶，山巅上隐约矗立着大片壮观的建筑，奇禽仙鸟盘旋不去，发出阵阵清越的鸣叫，正是乐圣柳虚之常年居住的宴春台。

大概是应恺已经知会过柳虚之，此刻乐圣门下弟子已经一路排成长列，沿途等候恭迎，沿着长长的石阶从山巅盘旋蜿蜒直至半山腰。队列尽头处有一道熟悉的身影着银灰色衣袍，戴冠负剑，英姿俊秀，正在宽阔的石阶上来回踱步，明显已经等待良久了。

隔老远宫惟就一眼认出了这位兄台，正是临江都一别后就再没见过的孟云飞。

徐霜策停下脚步，冷冷道："那不是你的朋友吗？"

宫惟一点儿也不傻，他虽然不知道孟云飞为什么得罪徐宗主了，但徐霜策这话里的不喜谁都听得出来，立刻毫不犹豫正色否认："弟子自幼生长在沧阳宗，满门上下都是朋友，而孟公子只临江都一遇，从此再没见过。师尊明鉴！"

徐霜策道："人家在等你。"

宫惟斩钉截铁："定是在恭候师尊！"

徐霜策不置可否地看着他，突然伸手打了个法诀。

百丈以外半山腰上众人的谈话声顿时清清楚楚响在了他们耳边，只听一名弟子笑道："孟师兄亲自在此等候一上午了，沧阳宗的那位至交怎么还不到？为何不捎个传音符来？"又一弟子笑着打趣："孟师兄命人备的一席点心都要重做三回了，谁来心疼心疼厨房那窝鸡啊！""孟师兄再踱下去，这青砖都要被磨掉三寸啦！"

孟云飞终于忍不住了，但他是个斯文人，连生气都不会大声："别瞎说，此乃待客之道，你们知道什么！"

"孟师兄脸红啦！""哈哈哈哈……"

厨房那窝鸡。

"师尊！"宫惟眼前一黑，当机立断俯身长揖，一脸逼真的痛心疾首，"弟子当真是一时糊涂才破了戒，却不想给外人留下了贪恋美食的印象，弟子保证下次不——"

话没说完，徐霜策突然伸手把他一寸寸硬生生地扶了起来。

从这个角度，宫惟一抬眼就能看到徐霜策比平时更加清晰收紧的下颌线。

不知为何他觉得徐宗主这一路上只要提起宴春台就心情不愉，这种不愉尤其以此刻见了孟云飞为最，甚至到了可以被称作"低落"的程度。但相反的是，他不仅没有解释自己为何低落，还仰起了头，看上去甚至有一点儿孤高。

他吐出两个字："抓紧。"

随即宫惟的左腕被他换成左手抓住了，空出来的右手按住了宫惟的肩膀，蓦然纵身腾起。

"那是谁？""徐、徐宗主？！""徐宗主来了！"

半山上的乐圣弟子无一不惊呼仰头，眼睁睁只见徐霜策带着宫惟飞身直上，袍袖翻飞，数百丈距离一息而至，直接一脚踩在了山巅。

狂风呼啸、云雾四散，宫惟只来得及瞅见半途中孟云飞讶异的脸，下一刻便腾云驾雾直升顶峰，落在了宴春台四十九级青玉长阶的顶端。他猝不及防站稳身子，感觉肩膀上徐霜策的右手一松，但随即冰凉的五指转而抓住了他左手腕，就这么强迫他与自己并肩站在乐圣大寝殿门前。

华丽的殿门紧闭，门缝中正传出绘声绘色的说书声：

"只见那法华仙尊对沧阳宗主……"

宫惟此时唯一的想法，就是挣脱徐霜策的手，转身从宴春台上跳下去。

这时一道斯文儒雅的声音打断了说书先生，叹着气怅惘道："这《黄泉不老情》字字细节、常听常新，真乃民间传奇话本问鼎之作！只可惜——"

说书人赶紧问："乐圣大人，为何可惜？"

乐圣柳虚之又叹一口气，比刚才更沉重了："今日徐宗主要来宴春台做客，算算时间应该已经到山脚了，换一本吧！"

宫惟："……"

宫惟一手掩面不语，只听里面柳虚之突然又来了兴致："对了，上月《开元杂报》可刊出了什么最新佳作？"

说书人："有有有，一篇写的是《投命司少主师徒》，另一篇是《应盟主秘史》续作，讲应盟主少年时代与徐宗主同游天下……"

"哎，我自己也为人师尊，知道那些师徒话本尽是瞎扯。"柳虚之想了想道，"要么就《应盟主秘史》吧，可信度高一些。"

话音刚落，门外徐霜策面沉如水，蓦然拂袖——轰隆！

两扇沉重殿门呼啸横飞出去，惊天动地砸在大殿墙上，砸出了两个巨坑。

碎石横飞、尘烟袅袅，只见一道身影闪电般从躺椅上弹跳起来，整个人足弹了半丈高，随即一把捞住惊呆了的说书人，如离弦的箭冲进内殿，快得连鞋都没来得及穿。

徐霜策钳着宫惟的手，一脚踏进满地狼藉的正殿，缓缓道："柳、虚、之。"

第 13 章

身后传来纷沓脚步声，乐圣门下的弟子忙不迭赶到了，为首的正是从半山腰上御剑而来的孟云飞，失声道："师尊！"

柳虚之在民间传说中是个少见的文弱秀气美书生，盖因他热爱风雅，厌憎动武，平生最爱便是对月吟诗、葬花流泪、曾因后山梨花一夜尽谢而哭到差点儿晕厥。后来他因为实在不忍见诸芳凋谢，于是终年燃烧灵力，迫使整座高山四季如春，取名宴春台——蓬莱春宴聚文星，大殿即取名曰"蓬莱"，"文星"自然是指琴棋书画诗酒花无一不精、无一不绝的他自己。不过现在看来，文星可能也包括被请上宴春台的各位民间说书人和戏班子。

眼下这蓬莱仙地已然半塌,徐霜策另一只脚也跨进了大殿,平静的声音中蕴含了一丝丝可怕的灵力:"出来。"

话音刚落,内殿珠帘被一只青纱袍袖中的手掀开了。

一名身长九尺、形如座钟、面黑无须的大汉缓缓踱出内殿,青纱衣袍飘飘欲仙,笑容文雅使人如沐春风。如果不是脚上还没来得及穿鞋,丝毫看不出跟刚才光脚狼狈逃窜的是同一个人:"竟不知故人自远方来,有失远迎,恕罪恕罪!云飞,还不快命人为徐宗主看茶?"

"……"

大殿内外一片尴尬的安静,良久只见孟云飞一手掩面,另一手往身后摆了摆,众弟子终于如蒙大赦地赶紧退下了。

大殿内外只剩下了他们四人,徐霜策并未看孟云飞一眼,只对柳虚之平淡道:"应恺已经和你说了,收拾东西走吧。"

柳虚之一脸逼真的糊涂:"徐兄这是何意?应盟主说了什么?"随即不待徐霜策回答,又讶然环顾四周,仿佛刚刚才发现寝殿塌了一半,"这是怎么回事?寒舍年久失修,如何能待贵客!"

紧接着他一振袖。

一阵清风向四面八方而去,只见四分五裂的殿门飞回原位,濒临断裂的大梁"轰隆"还原,满地砖石各自呼啸飞回龟裂的墙壁与半塌的石柱,所有尘埃一扫而空。

整座蓬莱殿焕然一新,翻倒的香炉重新燃起了袅袅青烟。

"文弱书生"柳虚之那张黑脸膛上满是笑意,欣然吟诵:"山不在高,有仙则名……斯是陋室,惟吾德馨!"

宫惟心想,把描写乐圣"面如晓月、色如春花"的《洞庭曲》话本给禁了大概是柳虚之平生仅存的最后一丝自知之明。

"这位就是徐宗主新收的爱……小弟子吗?"柳虚之打了个磕巴,但丝毫不影响他一脸欣喜,随手从袖中褪下一串白玉珠就要往宫惟腕上戴,还要弯腰摸他头顶,"徐兄有教无类,高徒亦钟灵毓秀,可赞可叹!看这可爱的耳朵……"

耳朵?

宫惟还没反应过来,身侧的徐霜策却蓦然伸手,拦下了柳虚之那能盖住人整个头顶的蒲扇大掌,然后把那串能顺着宫惟胳膊一路戴到肩膀的白玉珠退了回去,

293

冷冷道："柳虚之。"

这是他自上山以来第二次连名带姓称呼乐圣，柳虚之整个人立刻清醒了。

"严师高徒，甚好，甚好！"柳虚之马上收手站起身，慈爱的神色半点儿不变："云飞，你不是特意准备了酒席点心招待朋友吗？快领向小公子玩儿去吧。"

酒席点心。

宫惟在听到这四个字的瞬间又是两眼一黑，不待孟云飞快步上前，就立刻向徐霜策身边紧靠了过去，欠下身郑重道："弟子以随侍师尊为己任，怎能随意溜走偷懒？孟前辈的好意心领足矣！"

孟云飞伸来拉他的手顿时僵在了半空："啊？"

"只要时时刻刻守在师尊身边，弟子便心满意足，孟前辈见谅！"

宫惟紧紧倚靠着身侧的徐宗主，感觉跟主动紧挨着一座随时可能爆发的火山没什么两样。

尽管内心忐忑到了极点，但他知道此刻万万不能抬头去观察徐宗主的表情。少顷他感觉徐霜策动了动，终于放开了他一路上紧攥没松过的手腕，然后在他头顶上轻轻拍抚了两下，语调少见地温和："你也累了，不要总守着我，自去玩吧。"

徐霜策竟如此通情达理？

他这是被讨好了吗？

宫惟仿佛开辟了新天地，一时不敢确定，犹豫道："可弟子怎能离开师尊……"

徐霜策刚才低沉的情绪全消失了。他瞥了眼孟云飞，眼神中似有种不动声色的高傲，然后又转回来缓和地对宫惟道："为师与乐圣有事单独相商，稍后就来接你。去吧。"

宫惟向后退了半步，内心充满难以置信，一步三回头地跨出了大殿，殿门关闭的前一瞬还望见徐霜策双手笼在袍袖中看着他，目光沉定而专注。

宫惟心里突然升起一丝无来由的异样，他感到此刻徐霜策瞳孔中一定满满映着他的影子。

但紧接着孟云飞合上了殿门。

"向小公子……"

宫惟强行驱散心里那丝隐隐约约的不自在，意识到自己还有更重要的事要做。

他一把拽住孟云飞的袖子，"噔噔噔"冲下四十九级青玉台阶，直到确保蓬莱殿里的徐霜策听不见了，才停下脚步正色道："孟前辈。"

孟云飞是个正经人，从来不跟人拉拉扯扯，已经不好意思地微红了俊脸："在下已备好酒席，犹记得你最喜爱吃醉鸡——"

"我在你眼里是什么？"宫惟无情地打断了他。

孟云飞陡然陷入了可疑的沉默。

"孟前辈？"

孟云飞："……"

只见孟云飞别开目光，脸更红了，伸手用隔空取物的法诀拿出了一面水银镜，又施了个破解障眼的法术，一声不吭地递过来示意他自己看。

下一刻宫惟终于明白了为什么客栈里的厨子觉得他被道士抓住了很可怜，以及为什么柳虚之盛赞他的耳朵很可爱——因为确实很可爱。

镜中的他竖着两只毛茸茸的尖耳朵，身后一条蓬松火红的大尾巴，玲珑讨喜，憨态可掬。

徐霜策把他变成了一只刚学会化形的幼年狐狸妖。

"故友自远方来，吾心不胜欢喜，蓬荜生辉！来徐兄，尝尝我特意为你准备的百年金酿杏花酒，再尝尝这个明前银针梨花茶……"

徐霜策掀袍坐定，一句话冻结了满大殿来回殷勤端茶倒水的柳虚之："应恺说伏羲琴能探测地底无形之障，让你随我一同去天门关。"

柳虚之凝固半晌，终于笑不出来了："徐兄，我平生长居宴春台，最恨的事便是出门。"

徐霜策一言不发地盯着他。

"我已经有十多年未曾出过门了。"

徐霜策连姿势都没有改变。

"当啷"一声，柳虚之手中的酒坛落在桌上，他整个人也随之弱柳扶风般歪倒进椅子里，花梨木顿时发出了不堪重负的响亮"吱呀"声。

"徐兄，我真的不想出门！"柳虚之泫然欲泣地伸出手来，哀哀切切要去拉徐霜策的袖子，"天门关靠近极北冰川，一年四季风雪交加，既遥远难行还时时地动，我真的不想离开宴春台！徐兄你行行好，你……"

他的手还没碰到沧阳宗主的袍袖边，只见徐霜策二指并拢悬空一压，无形的气劲便把柳虚之活生生钉在了那里，指尖半分前探不得。

徐霜策剑眉微蹙，居高临下地靠近了些许，问："天门关时时地动？"

柳虚之可怜地道："是啊。"

时时地动说明地层深处有东西，但仅凭这一点说明不了什么，地底魔气涌动或暗藏妖泉的地方也一样会经常震。"

徐霜策眼底的光芒晦暗不明，半晌问道："应盟主和你说了度开洵的事了，对吧？"

柳虚之好容易挣脱，赶紧坐起身把那双精心保养过的蒲扇大手收了回来，不敢再碰沧阳宗主的半片衣角："是，应盟主说地底深处可能埋藏着一座灭世兵人。"

徐霜策问："天门关一带有过类似的传说吗？"

大凡民间传说，多不是空穴来风，往往隐藏着很多年前不为人知的隐秘事实，只是在流传的过程中越发夸张怪诞，才反而把真相的端倪掩盖住了。

像徐霜策、应恺这种玄门大宗师，法力移星转斗，闭关不知日月，与尘世隔着一段遥远的距离，唯独柳虚之是个例外——乐圣性喜收集各类民间古籍，还派弟子下山去各地打听志怪异闻，再回宴春台来装订成册，因此他堪称是各类传说故事之集大成者。

"如果是灭世兵人，还真是闻所未闻，我确定在普天之下都没听过类似的东西。"柳虚之略一思索，道，"不过天门关可能是因为太偏远了，当地确实有个传说故事，与我们中原大地广为流传的说法都不同。"

徐霜策紧盯着他："什么？"

"《鬼太子迎亲》。"

又是《鬼太子迎亲》。

周围空气仿佛渐渐沉凝下去，徐霜策向后坐去，不动声色道："何解？"

柳虚之道："鬼太子的故事连开蒙小儿都知晓，无非就是他在人间搅起战乱，被东天上神出手平息，鬼垣只得求和并迎娶了刚兵解飞升的女仙。但天门关一带流传的说法中，引起战乱的却不仅鬼太子一人，还有另外一位——北垣上神。"

"北垣上神……"徐霜策自言自语般低声重复。

"这位北垣上神原本的职责是守护凡间秩序，避免屠杀和战乱，但他本身偏又十分冷酷无情，觉得凡人都肮脏渺小如猪狗蝼蚁，为了惩罚凡人犯下的种种罪恶，便索性要把自己的信众全都屠杀光。这位上神与鬼太子一拍即合，于是二者联手对人间降下了巨大的灾祸，造成万里赤土、焦骸无数，无数城池都被烽烟战火所笼罩了。"

幻境中四分五裂的大地、燃烧烈焰的都城、无数被活生生碾压成肉泥的民众，都再次浮现在眼前。

徐霜策的手指略微捏紧了座椅扶手，良久，他低声问："这巨大的灾祸就是机关巨人吗？"

柳虚之说："这倒不知。但传说中东天上神为了阻止北垣上神，与他打了个赌——若是凡间有人刀斧加身而不倒、碎尸万段而不死，且同时经历过人间最高不可攀的顶峰与黄泉最暗无天日的地底，那么灾难就可以破除，同时必须降下天劫，令此人飞升，取代北垣上神的神位。"

什么样的人能刀斧加身而不倒、碎尸万段而不死？

——临死前把自己做成了战斗傀儡，四肢百骸寸寸尽断，但仍然能靠兵人丝站起来的钜宗。

只有那位死战到底的大宗师满足了两位神明打赌的条件，因此机关巨人永葬地底，极恶天劫瞬息而下，黑衣天神向大宗师的元神刺出了暴怒的一剑——因为这个凡人渡过天劫，就是来取代他的。

殿内静默片刻，才听徐霜策沙哑地问："……那位被取代了的神，后来去了哪里？"

"传说中鬼太子回到黄泉深处，而北垣上神的恶灵被东天上神封在了地底。"柳虚之给自己倒了杯茶，道，"因此天门关才会时时地动，都是那位上神的怨恨和恶念千年不息，每隔一段时间便要作祟的缘故。"

"那他除恶灵以外其他的部分呢？"

"什么？"

柳虚之一抬头，只见徐霜策紧盯着他："这个神总不至于全是恶念，他难道就没有一丝一毫善处、一丝一毫被人感念的地方？"

这话与徐宗主惯常冷淡的语气大相径庭，听着甚至有点儿急促，几乎像在做自我辩解。柳虚之不由奇道："徐兄为何对那北垣上神这么感兴趣？"

徐霜策转开视线，淡淡道："好奇而已。"

柳虚之摇头笑道："既然这位北垣上神能做出如此冷酷无情之事，即便魂魄中仍然残存好的一面，怕也是少得忽略不计了。兴许那部分魂魄已遭贬谪投胎，转世成为凡人了吧——徐兄，你怎么了？"

如果仔细看的话，徐霜策的面孔似乎比平时更加发白，衬得两个眼珠越发黑，紧紧地、一动不动盯着空气中飘浮不定的某片尘埃，像是冻结住了。

柳虚之微感不妙："徐兄你……"

"无事。"徐霜策突然道。

他闭上眼睛，少顷长长出了口气，低声道："原来那位……那位北垣上神竟如此冷酷嗜杀，即使转世为凡人，怕是也杀障深重吧。"

柳虚之完全不明白此话何来，便打了个哈哈："是啊，这么多年都该转世投胎好几次了。不过这杀障不消磨好几辈子，怕是也消除不掉吧！"

徐霜策置若罔闻，不知在想什么，少顷突然问："还有一事。那传说里可曾提起过一位镜中人？"

"镜中人？"

"鬼太子妃飞升之时，已刀斧加身、碎尸万段，传说中可曾提过她是如何渡过天劫的？"

柳虚之有些诧异，想了想道："徐兄这么一说，好像确实曾听闻过那位仙女飞升时，东天上神降下了一件法宝为其护体。但百姓对仙家法宝向来是异想天开，什么宝葫芦镇妖塔、金龙鞭铁铠甲，那是五花八门应有尽有，我还曾听说过什么金光万丈狼牙棒……一时也想不起有没有说法宝镜的了。"

他小心瞅瞅徐霜策的神情，笑道："徐兄，神话传说大多牵强臆测，且在口耳相传间越来越歪曲，实在不必当真。都是虚妄之言罢了。"

——虚妄之言。

徐霜策瞳孔中映出窗外越来越黯淡的天光，面色生硬僵冷。

世人皆知鬼太子迎亲一事中共有三位神灵出场，东天上神平息战乱回到了天界，飞升的仙女下嫁去了鬼垣，鬼太子最终隐居黄泉不再出现。

然而没人知道的是，神话传说的背后还隐藏了两位主角无人知晓，一位犯下了重罪的恶神与一位活在镜中的灵仙，他们的名字在代代相传中被刻意遗忘了。

是谁手眼通天，掩埋了这段血腥的真相？

现在又是谁，要把那尘封的历史翻出来？

徐霜策的手指在袍袖中紧紧握住座椅扶手，指关节青筋暴凸。

如果那位黑衣恶神得以转世，曾为保护凡人而与之一战的镜仙会不会也随之而来，在生生世世的轮回中时刻紧跟，如影随形，每一世都防备着杀障再现？

无数念头如魑魅鬼魅般在脑海中闪现，怀疑、犹豫、心惊、恐惧、憎恶……彼此挣扎撕裂，足以将元神拖进混沌的深渊。这世界在虚假和真实中交错构建，他突然很想抓住一点儿实实在在的、能让灵魂安定下来的东西。

徐霜策呼出一口战栗的气，霍然起身道："我要去找我徒弟。"

柳虚之慌忙跟着站起来："哎，不急嘛徐兄。我徒弟把你徒弟引为知己念念不忘，眼下正是久别重逢的好时候……"

徐霜策充耳不闻。

"哎，徐兄你听我说！"柳虚之追在后面，"两个年轻人秉烛夜谈，我们又何必去打扰呢是不是……哎呀徐兄！"

仿佛一根尖针猝然刺穿灵魂，为内心压抑许久的重重杀机找到了出口，徐霜策蓦地驻足望向乐圣。

但就在这时，他眼角余光越过兀自叨叨不停的柳虚之，突然看见大殿深处有一面立地水银镜。

镜中正凭空映出一道模糊的人影。

它全身灰袍，连身体也仿佛是灰烟凝聚空无一物，正匆匆转身好似要从镜子中离开，刹那间徐霜策意识到了那是什么——

临江都的鬼修。

"今日天色已晚，不如就在寒舍下榻……徐兄？！"

只见徐霜策闪电般伸手，拔出乐圣腰间青藜剑，面沉如水、剑光破空，巨大的水银镜被一剑爆成了千万碎片。

第 14 章

一刻钟前，宴春台金灯阁。

孟云飞看着桌面上摇摇欲坠的鸡骨头山，小心地探头问："向小公子？还要再来一只醉鸡吗？"

鸡骨头山巨大的阴影下，"向小公子"整个人显得如此纤细而弱小。他瘫在青云纱软椅上，仰面朝天，一脸餍足，眼底泛着梦幻般的光，喃喃道："我已经好久没吃上一顿饱饭了……"

孟云飞闻之心酸："在沧阳山也吃不上饭吗？想是徐宗主待弟子严格，定要你即刻辟谷？"

宫惟心说他何止是要叫我辟谷，他简直连口鸡汤都不让我喝，连吃朵花都不能忍，好像只要我跟别人有半点儿不一样都能立刻戳了他的肺管子。但抱怨还没出口，突然想起刚才退出蓬莱殿时徐霜策那凝定专注、满心满眼看着自己的目光，不知怎么就哽在喉咙口了，只得哼哼唧唧地道："那也没有，今早他还带我去了酒楼，让我想吃什么自己点。"

孟云飞好奇问："那你点了什么？"

宫惟道："白水煮青菜。"

孟云飞："……"

"我不会上当的，"宫惟肃然道，"师尊最喜我吃白水煮青菜，身为沧阳宗弟子，怎能不知那只是师尊故意给我的考验？"

孟云飞心道徐宗主果然严苛至极，虽然拜在大宗师门下是世人求也求不来的机缘，但以向小公子柔弱的秉性，若是长期待在沧阳宗，是福是祸还真不好预料。

这么一想他不由更加忧心，旁敲侧击地问："那……向小公子不是与谒金门有约吗，到底什么时候……"

宫惟顺口："那个契约？师尊已经帮我退啦。"

"何时的事？！为何退了？！"

宫惟说："早就退啦。"

既然退了，那他岂不就能……

孟云飞心内震惊，震惊中又不由自主地生出了一丝丝难以察觉的欣喜。但当他察觉到自己这隐秘的情绪后，自责和内疚如潮水般淹没了心头。

向小公子一直很喜欢与尉迟元驹打闹，只是元驹不懂得他的好。眼下被退约了，向小公子一定大受打击，我应当尽力安慰他才是，怎能心怀窃喜？乘虚而入之事岂能是正人君子所为？

宫惟莫名其妙望着一脸自责的孟云飞，心说他这么一副罪孽深重的样子做什么。但退约一事确实赖不着人家孟云飞，明明是尉迟骁闲着没事跑去沧阳宗作死讹诈丧葬费，把徐霜策惹恼了的缘故。于是他"嗐"了声，安慰道："这里头没有孟前辈的关系。道侣之事当遵师命，既然师尊不喜谒金门，那退了就退了吧。"

孟云飞竟罕见地有一丝魂不守舍，欲言又止半响，才脸色微红道："向小公子……嗯，活泼可爱，钟灵毓秀，日后一定还是可以觅得同道的……"

同道？

宫惟瘫在那儿漫不经心地想：这世间除了徐霜策还能有谁？毕竟徐霜策又强又好看，而且我那么……等等？！

他整个人被雷劈中一般哗啦坐起身，孟云飞愕道："你怎么了？"

为什么我会想起徐霜策！

我是中邪了吗？！

宫惟颤抖着摆摆手，想要掩饰自己发烫的脸："我没事，我……"

这时远方蓬莱殿方向似乎传来一声异响，好似什么巨大的东西被打碎了。两人同时扭头望去，孟云飞站起身疑道："是师尊吗？"

"徐兄？"柳虚之被吓得不轻，"你怎么了？"

水银镜瀑布般碎了满地，徐霜策提剑而立，眉宇紧压，缓缓环视四周，蓬莱大殿中的每一寸地面、每一个角落都映在他瞳底，但没有丝毫异样。

鬼影消失了。

它是专门藏在镜子里听他们对话的？

它现在去了哪里？

徐霜策的心往下一沉，蓦然扭头看向大殿外的金灯阁方向——

"师尊不会和徐宗主起争执了吧？"

孟云飞皱眉快步走到窗边，打开窗子向外一望。隔着灯火通明的宏伟高台，蓬莱大殿正矗立在夜空之下，犹如云雾缭绕中的仙境。

趁着他转身的工夫，宫惟赶紧把冰凉的手背贴在脸上，但不知为何总有种做贼心虚感，觉得自己现在面红耳赤。他环顾周围一圈，突然看见之前孟云飞递给他的那把水银镜，便探身拿来举到眼前，想偷偷摸摸看看自己的脸是否还发烫。

下一刻，一张鬼面凝聚在镜中，巨大兜帽下闪动着无数猩红的光点，与他来了个面面相觑。

孟云飞回过头："许是无意间摔碎了什么……"

镜中一道鬼手闪电般伸向宫惟的右眼瞳，但宫惟动作更快，劈手扔出镜子，"哗啦"一声在墙上溅得粉碎！

孟云飞失声："怎么了？！"

宫惟厉喝："临江都那鬼修！——剑来！"

肃青剑铿锵出鞘，从孟云飞腰间自动飞向宫惟，被他"啪"一声紧紧握在掌中。与此同时镜子里的鬼影愣了下，似乎也没想到正好能被宫惟撞见，紧接着从无数碎片中缓缓飘起灰烟，凝聚成了袍袖飘飞的身影。

它仍然没有面孔，而且连身躯都比上次淡了一些，手中铮然拔出白太守剑。

孟云飞根本来不及搞清楚状况，当机立断单手一压："伏羲！"

古琴召之即来，光华闪现。孟云飞仍然看不见那鬼影，但左手拨弦亮出破空的示警，右手疾扫荡出劲的音波；涟漪般的灵力向四面八方散去，道道波纹在虚空中撞上鬼影，赫然勾勒出了它的形状。

音波如怒涨的狂潮，被激怒的鬼影劈手一剑斩向孟云飞，霎时已至天灵盖——锵！

宫惟纵身而至，肃青剑死死挡住了白太守剑锋。

说时迟那时快，两人配合紧密无隙，孟云飞调子一转变成了凶悍的《甲光》；宫惟瞬息间拆解数十剑将鬼影逼退，猛地发力远远挑飞了白太守。

"咣"一声重响，神剑没入墙壁，直至剑柄。

宫惟一剑横劈得鬼影灰飞烟灭，同时飞身去夺白太守。谁料下一刻，消失的鬼影再度出现，而且这次紧紧挨在他身侧，手中一柄血红的妖剑无声无息刺来。

——坏了。

宫惟无法闪避，右臂一凉，血红剑尖生生刺穿了他的胳膊。

但奇异的是，剑锋贯穿后既没有鲜血溅出，也没有任何疼痛，仿佛被刺穿的不是血肉而是幻影，鬼影与宫惟都同时一愣。

淡金色的"徐"字在宫惟左腕内侧光芒一闪。

鬼影似乎突然意识到了什么，向不远处地上的白太守一伸手，神剑顿时化为烟尘消失，再度出现在它掌中。宫惟来不及细思，伸手便要去夺剑，但鬼影竟然完全不再恋战，眨眼间呼啸着消失在了半空中。

与此同时，蓬莱大殿。

一只朱砂勾画的小狐狸突然从徐霜策右手背上自动浮现，寥寥几笔，生动有趣，血红熠熠，光芒闪烁。

紧接着，徐霜策右上臂血光暴起，被虚空中无形的剑锋捅了个对穿。

柳虚之失声："徐兄！"

徐霜策猛地一手捂住右臂，鲜血从指缝间喷涌而出。柳虚之扑上来迅速施了个止血法术，简直不相信自己的眼睛："这符咒是……是以身相代？"

徐霜策一抬手拦住他："度开洵可能已经来了。"

"什么？！"

"立刻集中宴春台上下所有水银镜设置镜珑法阵，红布罩严，不可透光。严令所有人即刻起不准目视镜面，让孟云飞奏伏羲琴设下天地音障，法阵设好后再派人来叫我。"

柳虚之追在后面："徐兄你上哪儿去？！"

徐霜策道："它在找我徒弟。"

几滴血溅在他脸颊上，面色更加冷峻森白，但他一丝犹豫都没有，转身冲出殿门掠向金灯阁，眨眼间就消失了踪影。

柳虚之忙不迭追出大殿："徐兄使不得！你的伤……"

——就在这时，柳虚之身后地上，无数被打碎的镜片中突然冒出了袅袅灰烟。

谁也看不到的灰烟于半空中渐渐聚集，赫然显出了灰袍鬼修。它兜帽下无形的面孔直直"盯"住乐圣，无数猩红光点闪烁明灭，好似渐渐浮现出了一个诡秘的笑容。

然后它无声无息，直扑而来。

柳虚之似有所感，刹那间回头转身："什——"

他话音戛然而止，视线穿过鬼修无形的身体，正正撞上了它胸腔中半块灵光暴射的千度镜界残片。

神器镜术瞬时发动，随即鬼修凌空而至，一头撞进了柳虚之身体里。

柳虚之："……"

柳虚之像被冻结住了，僵硬地站在那里，眼珠直勾勾望着前方，一动不动。

哐当！

金灯阁的门被重重推开，徐霜策提剑而入，衣袍翻飞而面目肃杀，右臂上触目惊心的血迹同时映入了孟云飞和宫惟眼底。

孟云飞愕然："徐宗主你……"

"那东西呢？"

孟云飞赶紧道："似是已消失了，到处都寻不见——快来人！立刻为徐宗主疗伤！"

但徐霜策置若罔闻，疾步上前一手按住了宫惟肩膀，迅速上下检视他全身。直到确认宫惟身上并无明显血迹，徐霜策紧绷到极致的肩线才好似松了微许，但紧接着目光落在了他脚踝上，蹙眉道："这是什么？"

宫惟刚才因为太过放松而脱了鞋，变故陡生时来不及穿上，柔软的脚就这么踩在地面，脚踝被水银镜摔碎时飞溅的碎片划伤了。

宫惟："……"

宫惟直直盯着徐霜策衣袖上的大片鲜血，脑海一片空白，耳朵里嗡嗡作响，明明答案近在眼前却不敢相信自己的眼睛，半晌才艰涩地挤出两个字："师尊……"

徐霜策一膝屈起，大拇指抹了下他脚腕上的那处血痕，面色如寒霜。

然后宫惟忽觉天旋地转，被他打横抱了起来，疾步向外走去。

宫惟整个人都僵了，孟云飞张口却一个音都发不出来，下意识追了两步，才难以置信道："徐、徐宗主？！"

徐霜策头也不回，声音冷得渗冰："去蓬莱殿找柳虚之，即刻设置镜珑阵。"

乐圣门下众弟子被孟云飞之前的示警琴音招来，早已如临大敌包围了金灯阁，此刻纷纷惶恐地向两边让出了一条路。但徐霜策谁也没有看，他就这么抱着僵直的宫惟，一步而过百丈余远，脚步落下时已经远离蓬莱大殿，周围是一大片空旷的高台。

灵力汇聚成狂风，突然拂起他宽广的袍袖。

紧接着，巨大的环形法阵以徐霜策为中心向四面八方扩张，眨眼间高楼拔地而起，迅速搭建出一座雕梁画栋的九层建筑，赫然是沧阳山上的白玉楼。

五鬼运筹术！

徐霜策一脚跨进门，下一瞬直接出现在楼中卧房里，把宫惟放在了宽大的卧榻上。

屋里象牙白墙、墨玉雕梁、鲛绡碧纱，陈设风雅且无比熟悉——整栋建筑都是徐霜策施法直接从千里以外沧阳宗搬来的。夜明珠一盏又一盏接连亮起，光芒明亮柔和，让大卧房中灯火通明，徐霜策眼里的阴霾也终于在此刻一览无余。

他坐在床榻之侧，一手捞起宫惟的脚踝，冰凉五指仿佛蕴含着无穷的气劲，只轻轻一拂，那碎镜片划出的血痕便完全愈合了，丝毫痕迹都没留下。

徐霜策的侧脸在明珠辉光中俊美凌人，有种令人不敢靠近的清冷气质，但宫惟却挪不开视线。他心跳得非常快，仿佛一张口就要跳出来，只敢从唇缝里小声吐出三个字："对不起……"

徐霜策冰冷地反问："你对不起我什么？"

宫惟："……"

宫惟用力咽了口唾沫，目光落在他右袖的血迹上，良久才终于鼓起勇气："师……师尊，我替你疗伤吧？"

屋子里一片安静，徐霜策没有动，但也没有拒绝。

心脏跳得越发快了，每一下跳动都将血流压到颅顶，连耳朵都轰隆作响。宫惟昏头昏脑地半跪在床榻上，直起上半身，把那件象牙白黑边镶金的外袍从徐霜策肩上褪了下来，然后又探身去解他的内甲，因为手指颤抖而半天才解开。

徐霜策还是纹丝不动，宫惟感觉他的视线正垂下来，紧紧盯在自己脸上。

——他此刻是什么表情呢？混乱中宫惟突然冒出这个念头。

两人之间的距离太近了，连彼此的呼吸都清晰可闻。徐霜策那薄唇抿得紧紧的，因为失血而微微发白，形状凌厉优美；对面传来的强烈的压迫感，让他不敢抬头看徐霜策此刻的表情。

他呼吸战栗不稳，只能闷头去褪那修身内袍，但过于板直的肩膀却卡住了衣襟，试了好几次都徒劳无功，反而卡得上下不得，稍微一用力，就猛地拉扯到了衣料下那血迹狰狞的伤口。

宫惟像被电打了似的一松手。

针扎般的委屈和恐惧突然从五脏六腑升起，瞬间汇聚成热流冲上了鼻腔，尽管他也不知道这复杂又强烈的情绪从何而来："对不……"

徐霜策终于动了动。

他仿佛大发慈悲一般，抬了下那条受伤的右臂。

宫惟晕头涨脑地反应过来了，赶紧去扒下那件玄色内袍，被鲜血浸透的衣服无声无息落在床榻上，露出了徐霜策大半片赤裸的上半身。

徐霜策的肌肉线条极其紧实明显，他身体机能一直维持在二十多岁的巅峰状态，肩膀宽而挺拔，腹肌流畅清晰。右上臂被贯穿的那道狰狞血洞完全展现在了宫惟眼前。

那是他用自己血肉之躯设下的伤害转移术，亦是宫惟最万全的屏障。

第 15 章

宫惟双手微微战栗，轻碰了下血肉翻起的伤口，小心翼翼把灵力浸润进去。

以身相代可能是从古至今全天下最冷僻、最罕有人知的法术了，不仅所需灵力极大、符箓复杂几近失传，还必须由承受伤害的人心甘情愿亲自施法。一旦法成，被保护者所受到的所有严重伤害都会被转移给施术者，哪怕神魂俱灭或一剑穿心亦然。

这法术一旦起效，一个时辰内符箓就作废，再用必须重新画。所以宫惟手腕内侧那个淡金色的"徐"字稍后就会消失，但滚烫的温度却已经侵入了血脉，四肢百骸都被烫得发抖。

极度的恐惧和悲伤仍然如针扎般，刺得他太阳穴都一抽一抽地疼。

为什么我这么难过？他想。

乱七八糟的念头涨得脑子发晕，过了会儿他终于迟钝地反应过来，那不是他自己的情绪，而是徐霜策的。

——徐霜策竟然在深深恐惧他这个假冒的"向小园"会死！

仿佛被飓风卷走了全部心神，宫惟头脑空白地僵在那里，突然感觉到一根手指抵住了自己眉间，登时狠狠打了个激灵，一下抬起头。

徐霜策面容平静，从外表看不出丝毫端倪。他大拇指腹按着宫惟眉间气海，将汹涌澎湃的灵力灌注进去，纯粹、温暖而强大的力量顿时洗刷了宫惟全身受损的灵脉。

"师尊……"

两人挨得极近，徐霜策低声问："你在想什么？"

官惟的五脏六腑都像是被对面传来的强烈感情炙烤着，他怔怔看着面前这双深不见底的眼睛，少顷才不知所措道："我……我感觉害怕。"

徐霜策问："怕什么？"

我感觉你害怕我死，这是官惟不假思索得出的答案。

但紧接着，他又觉得不对。

他不是没有亲眼看到过死亡，也不是没见过死者亲属崩溃恸哭，但那痛苦对他来说像是隔着层纱，隐隐约约地"看"不真切，也就更加不懂。

直到此刻他坐在徐霜策身边，亲眼看到自己手上画着以身相代符，亲手触碰徐霜策炙热的血肉，一种更加深沉、厚重、溺水般窒息的情感漫过心头，每一丝剧痛都清晰可辨。

那并不是对死亡本身的畏惧。

"你害怕的是什么？"徐霜策略微加重语气。

某个答案隐隐从两人对视的目光中呼之欲出，官惟感觉心在喉咙里跳得厉害，张了张口却挤不出一个字，半晌仓促地移开视线，沙哑道："我……"

他咽喉不自觉动了下，才掩饰地长吸了口气，说："我怕师尊……受伤了。"

徐霜策静了片刻。

每一丝等待都极其漫长，良久他才听徐霜策平静道："小伤而已。"

"但我从来没见过师尊受这么重的伤。"

"更重的伤是看不见的。"

官惟并不完全明白，但又好像明白了什么，怔怔地坐在那里。

"刚才我看见那鬼修了。"徐霜策默然片刻后，突兀地转移了话题。

官惟："……"

"它能穿梭于虚实之间，靠的是数块千度镜界碎片，因此实力受到了极大压制，但仍能看出原身武力极高，且境界非凡……甚至能与三宗抗衡。

"你在沧阳山的时候它不敢进璇玑殿，从定仙陵出来后它不得上金船，应该是这些地方法力绵延上千年，对它来说仿佛一层天然屏障。但宴春台是柳虚之用数十年时间从荒山改造而成，它丝毫不忌惮乐圣，又恰逢你离开了我身边，这个空隙对它来说值得铤而走险。

"——它想杀你。"徐霜策顿了顿，低头看向宫惟，"非常迫切。"

宫惟脑子里嗡嗡的，他只想这样坐在徐霜策身边，满心里分不出其他念头，半响才轻而短促地"啊"了声，勉强道："是吗？但我不想让师尊再受伤了，我……"

突然面颊仿佛被微风掠过，那是徐霜策的目光顺着少年的眉梢、眼角乃至下颌一滑而落。

"你不会死的。"他低声道，不知是对宫惟说还是对自己。

远方隐约响起喧哗，随即外面传来急促的脚步声。数名乐圣弟子穿过走廊奔至屋外，并不敢上手叩门，"扑通"跪下急道："禀报徐宗主！"

徐霜策眼梢瞥向屋门。

"蓬莱殿事变，急求徐宗主救人！"

半刻钟前，蓬莱大殿外。

"把宴春台上下所有水银镜集中起来，准备红布严密盖好，严令众人不准直接目视镜面，一旦发现任何人中招立刻来禀报我。"孟云飞脚步匆匆穿过高台，边走边吩咐手下各位大弟子，"传令众弟子各守其位，不可吵闹，切忌慌张。徐宗主在临江都用镜珑法阵擒住过鬼修一次，无甚可怕！莫要自乱了阵脚！"

"是！"

几位大弟子迅速得令奔走，孟云飞一提袍角，快步登上七七四十九级青玉石阶，"咚咚"叩了几下殿门："师尊？"

门里没有反应。

"师尊，徐宗主命我即刻来协助您，您在吗？"

远处宴春台上下灯火通明，人声穿透夜色遥遥传来，但大殿里却仍然没有任何动静。

孟云飞心里一沉，果断推开殿门："师尊，是我，徐宗主命我即刻来……师尊？"

柳虚之侧立在外殿正中，一手仗剑，另一手紧捂眼睛，身躯半弓，面露微许痛苦之色。

孟云飞疾步上前扶住他，回头向殿外喝道："来人！师尊受伤了，请徐宗主！！"

突然一只手死死攥住了他的手臂，只见柳虚之终于抬起头，赫然露出了一双血丝密布的眼睛，粗喘道："我……脑子里……好像……有个人……"

最后几个字已经非常模糊，孟云飞愕然道："师尊说什么？"

"有个人……他……在抢我的……"

"师尊？！"

柳虚之眼珠突然定住了。

他一动不动，整个人像凝固了的石像，直勾勾地盯着阴影中的空气。

孟云飞惊疑不定，刚想回头疾声唤人，紧接着却只见柳虚之长长吁了口气，像是陡然活过来了一般，放松地直起身道："无事了，不用叫人。"

"师尊？"

不知怎么孟云飞心中惊疑不减反增，只见柳虚之若有所思地摸了摸下巴，仿佛在回忆什么似的："原来伏羲琴能探测地底一切无影之障……怪不得徐霜策天门关这一行，得先来宴春台借琴。"

然后他一扭头问孟云飞："伏羲琴现在谁手里？"

孟云飞下意识道："您不是传给弟子了吗？"

话音落地那一刻，他突然意识到不好。

"来人！"孟云飞闪电般飞身向殿外疾退，尾音罕见地破了调，"请徐宗主！！师尊他已经被——"

"扑哧"一声剑锋入体，他只觉胸腔一冰，热血漫天泼溅。

柳虚之已形如鬼魅般贴到他身前，青藜一剑贯胸，透体而出。

孟云飞半跪在地，紧接着口喷鲜血，颓然摔倒在了冰凉的地板上。

"芷兰孟家的小公子，原来最后拜在了宴春台。"他看见对面那人影慢条斯理地拔出剑，从胸中带起一泼血弧，笑道，"不过没想到，再过十六年你会打败所有人继承伏羲琴，看来合该是你命中有此一劫。"

他在说什么？

汹涌而出的鲜血让孟云飞眼前发黑，意识混乱。他用尽全力都无法起身，一股股热血不断涌出喉咙，只见面前那个人再一次举起青藜剑，这次直向着他的头斩了下来，笑道："送你先走一步吧，很快就能结束了——"

"孟师兄！"

这时几名大弟子匆匆赶到，正冲上殿门，一见此景魂飞魄散，为首者下意识掷出飞剑打偏了青藜剑锋。

"柳虚之"一眯眼睛，反手挥剑，剑光瞬间将那为首弟子削成了两半。其他弟子同时爆发出尖厉的惊叫，有人连蹬带退向殿外怒吼："师尊中镜术了！""请徐宗主！师尊中镜术了！！"

"柳虚之"似乎也感觉有点儿棘手，不悦地"啧"了声，蓦然闪身上前再度挥剑，又一名弟子的手臂高高飞起，再一名转身欲逃的弟子从背后被一剑穿胸；大殿门前几级台阶顿时成了血肉横飞的修罗场，又几名弟子召出武器欲奋力一搏，但不及反抗，青藜剑锋便裹挟强大气劲，迎面直至咽喉。

这分明是要把几个年轻的头颅都一剑卷走。

但就在千钧一发之际，身后陡然——叮！

伏羲琴音奏响，清越直上云霄。

"柳虚之"猝然停手回头，只见孟云飞竟在垂死之际召出了伏羲琴。

他根本无法起身，鲜血不断从口里涌出，但琴音却凶暴狂悍如滔天怒潮，将那几名走投无路的弟子瞬间推下高台，甚至逼得"柳虚之"都退了半步。

但那一剑分明已经贯穿了他全身灵脉中枢，这灵力是从哪儿来的？

"柳虚之"定睛一看，果然只见孟云飞全身隐隐金光闪现——分明是凭着最后一口气自爆了金丹。

自爆金丹与自绝生路无异，再往下一步就只能自爆三魂七魄，永世不入轮回了。撕心裂肺的痛苦让孟云飞全身都在剧烈发抖，但伏羲琴音却一拨更强于一拨，逼得"柳虚之"连退数步，眼前阵阵发黑，咬牙笑道："你们这种人……"

他表面咧着嘴在笑，冰冷隐秘的震怒从心底燃烧起来，一字一句轻柔道："果然你们这种人，都这么不识相。"

铮然一声刺耳青藜剑鸣，他纵身扑向孟云飞，一剑自背穿腹把他钉在了地上。

孟云飞喷出一大口浓血，十指重弹五弦，《定魂》第一音如尖锥刺入脑髓——

锵！

鬼修原本就不稳固的魂魄当头剧震，一把拔出带着破碎血肉的青藜剑，再次重重穿腹而过，血如瓢泼的同时琴弦迸出《定魂》第二音——

锵！

伏羲入耳破魔，孟云飞十指尽裂。鬼修原本就残缺不全的魂魄再强也难抵挡，几乎被一音击散。

滔天之怒终于不再掩饰地从它眼底露了出来，冷冷道："既然你也这么想魂飞魄散，那就满足你。"

随即它毫不留情地拔出青藜剑，向着孟云飞后颈连接脊椎处直刺而下，但这时孟云飞咬着被血浸透的牙关，迸出了声裂云霄的第三音——

锵！！

大音希声，定魂绝响。

乐圣真正的魂魄终于挣脱桎梏，从元神深处发出了悲愤的长啸。

鬼修一手猝然掐住眉心，握剑的手筋骨凸起。它无声地喃喃了句什么，硬扛着乐圣魂魄迅速反噬之痛，咬牙一寸寸将青藜剑刺向孟云飞颈椎，剑尖已没入皮肤。

——但就在身首分离的前一瞬，强悍灵流从鬼修身后降下，徐霜策一掌把"柳虚之"的身体轰飞了出去。

"徐宗主！"

"是、是徐宗主！"

柳虚之的身体一路掀飞地砖，在轰隆巨响中狠狠撞塌了整面砖墙。

徐霜策衣袍飞扬，当空落地，一手放开怀里的宫惟，随即原地消失；眨眼后他出现在数十丈以外，从残垣断壁中单手拎起柳虚之，当头一掌打得他口鼻喷血。

柳虚之慢慢扭过头，布满血丝的眼睛直勾勾盯着徐霜策，瞳孔极度放大。

他的魂魄刚夺回这具躯体，此刻仍然极度不稳，好像正看着徐霜策，又好像透过徐霜策看到了记忆中更加恐怖的画面，嘶哑地粗喘道："杀……了……"

这是跟临江都那些人一样中了镜术，徐霜策眯起眼睛。

紧接着柳虚之面孔极度扭曲起来，愤怒和恐惧几乎要破皮而出："徐……霜策……杀了……"

徐霜策神色微微发生了变化："我杀了什么？"

"不能……让他——"

徐霜策喝问："你看见了什么？"

柳虚之濒死的尖音戛然而止。

他像是被某种极度恐怖的幻境完全控制了，灵力突然完全爆发，强行挣脱徐霜策的钳制，双臂袍袖一振。

三层八组六十五座青铜钟拔地而起，气劲撼动整座大殿，正是乐圣的征铭乙大编钟。

"师兄撑住啊！""孟师兄！""师兄！！"

…………

孟云飞恍惚间听到很多哭声，但他的耳朵其实已经被血淹住了。他感觉自己好像被搬出蓬莱殿，平放在了青玉台阶下的空地上，夜空满天星子璀璨，但眼前人影幢幢，是围在身侧哭泣的师弟师妹们。

那几个被他在最后一刻拼尽全力推下高台的师弟都扑了上来，哭得声嘶力竭，满脸是泪。

"别哭。"他喃喃道，实际每个字音都被淹没在了满口血沫中，没有人能听见。

"别伤心……别哭。"

一个穿绯色衣袍的瘦削少年跪坐在身侧，黑白分明的眼睛盯着他，眸中满是忧伤。那是宫惟。孟云飞很想对他说什么，然而强撑到此时已经连这点儿力气都没有了，他只能竭力摸索着，把紧攥在掌心中沾满鲜血的一物塞进宫惟手里。

是肃青银色的剑穗。

多遗憾，他想。

直到生命的最后一刻，都没能说出口。

他看到宫惟怔怔盯着手里的剑穗，然后抬头望向自己，面色苍白而迷茫。他很怕自己现在狼狈的模样会把那少年吓到，想安慰却再也开不了口了，只用最后的一丝力气向他笑了一下。

那其实是个十分干净温和的笑容，只是他自己无从知道。

他的眼睛慢慢闭上，停止了呼吸。

好似不相信眼前这一幕似的，有人喃喃道："师、师兄？"

数息后，尖锐的号啕终于响了起来："师兄——"

很多人扑上去徒劳地抢救，周围痛哭响成一片，包围了茫然跪坐在地的宫惟。

刚才在徐霜策身上感受到的某种情绪，再度从四面八方包围上来，仿佛潮水般淹没了每一寸感官。

"师兄你怎么能抛下我们？师兄你快醒醒啊！"

"师兄没有走，一定能救的！一定还能救的！"

…………

宫惟低头望着手里那凝固着鲜血的银白剑穗，热血温度尚未冷却，剑穗上残存的强烈情绪扑面而来，尽皆映在了他殷红的瞳底——

"我不想死。"

我喜欢这人间，留恋这世上的诸多人，我不想死。

"生亦可欢，死亦可喜，自然轮回而入天地，随世间万物永生不朽，为何要悲伤？"很多年前老钜宗灵堂前，他自己稚嫩生涩的声音突然再次从耳边响起。

"师兄是为了救我们啊！"身旁那小弟子哭得喘不上气，泪水成串地挂在腮边,"他拼命地拖延时间,只是为了救我们啊!"

年幼的宫惟理直气壮地对应恺、徐霜策发问:"凡人生死于世间,如蜉蝣旦夕于天地,小事耳。何足挂齿?何须啼哭?"

"我没有师兄了,我再也见不到孟师兄了,他怎么能就这样抛下我们!"

"生死有命,荣枯有时,此为道法自然,凡人之死与春去冬来花叶荣枯又有何不同?"

"师兄你再睁眼看看我们吧!"几个刚入门的小孩儿趴在尸身边,哭喊撕心裂肺,"你答应过年就带我们下山,你答应给我们写对联,怎么可以就这么走了呢?你回来吧,你看看我们吧——"

"你害怕的究竟是什么?"灯火中徐霜策的声音问。

宫惟蓦然闭上眼睛,再也无法回避的答案从心底浮现,越来越清晰,于虚空中掀起振聋发聩的轰响:

——我害怕再也见不到你。

我恐惧的不是死亡本身,而是无可挽回的失去,和永无止境的绝望。

一朵花凋谢,一片叶枯萎,来年还有更多相似的花朵绽开,绿树成荫,但一个人走了就是走了。天道以万物为刍狗,寰宇以众生为蝼蚁;然而蝼蚁彼此维系着独一无二的情感,因此都是这天地间不可替代的存在。

所以,如果徐霜策死了,世上就再也不会有一个徐霜策了。就像独属于我的那朵桃花谢了,来年春天开再多一模一样的桃花,也都不是我的那一朵了。

史无前例的、强烈的悲伤突然从灵魂深处升起,仿佛飓风席卷四肢百骸。

宫惟睁开眼睛怔怔望着孟云飞的尸身,视线慢慢从每一张悲伤的面孔上掠过。恍惚间他仿佛看到徐霜策倒在血泊中,再也不会对他低声说话或轻轻皱眉;他仿佛看见周遭每一张悲泣的脸都是自己的脸,尖锐的哭声直上云霄。

他喃喃道:"我明白了。"

身边一名小弟子已经哭木了,怔怔地跪在那里掉眼泪,闻言下意识道:"你明白什么了?"

宫惟说:"我知道为什么徐白以前老生我的气了。"

"你……"

小弟子茫然吐出一个字,突然发现宫惟眼底一丝丝旋涡般的殷红迅速凝聚,继而右瞳澄澈血红,千万层温柔绚丽的绯光以他为中心蓦然放大,如轻纱般飘向四面八方,仿佛做梦也想象不到这样的奇景。

所有人都止住哭泣，震惊至极地望向四周，那是一道起死回生的守护法阵。

宫惟似乎根本没注意到自己身侧壮丽的盛景。他笑望着那惊骇已极的小弟子，但眼神涣散没有聚焦，好似正对着虚空一般，高兴地道："既然如此，那就让他们回到这人世间吧！"

——最后一字出口，如苍穹下无形的法槌轰然落定。

天地交界处的风呼啸回返，仿佛世间生死法则逆行，带着尚未完全离散的灵魂一片片凝聚、重塑，眉心正中蓦然金光四射，凝聚成了一颗完整的金丹；紧接着，孟云飞腹部三道恐怖的血洞被千万绯光温柔抚平，魂魄从半空徐徐降落在了他体内。

"喀、喀——"

孟云飞上半身猝然抽搐，喉间呛出一口血块，紧接着爆发出剧烈的呛咳。

"师兄？""孟、孟师兄？！"

众弟子疯了似的扑上去，这时远处同样传来惊呼，其余几名被鬼修杀死的弟子亦纷纷呛出咽喉中凝固的冷血，在其他师兄弟的欢呼和哭喊中活了回来。

"你……你是谁？"周围一张张面孔上混杂着欣喜、惊疑和恐惧，小弟子颤声道，"你到底是什么人？"

宫惟的灵魂仿佛被抽走了刹那，完全没意识到刚才发生了什么事情。他闭上眼睛又睁开，右瞳赫然血红，然后开开心心把那染血的剑穗往孟云飞手里一塞。

"对不起。"他就这么笑着说，"我要去找徐白认错啦。"

触及那血红瞳的刹那间，所有人意识都出现了一瞬的空白。

但宫惟恍若不觉，他高兴地挥挥手，毫不留恋地跨过地上的孟云飞，从没有丝毫反应的人群中挤出去，如风一般奔向了远处交战中的蓬莱大殿。

第 16 章

一刻钟前。

岱山，惩舒宫。

金船静静悬停在高空，从船舷向下望去，岱山千里山脉仙云缭绕，惩舒宫犹如云巅缥缈遥远的城郭。

"咔嚓"一声冰裂清响，法华仙尊殓衣严整的遗体从玄冰床上悬浮起来，轻轻

313

落进了早已准备好的黄金巨棺里。随即层层棺椁发出参差有序的震动，逐一严密合拢，将他平静苍白的面容完全封在了里面。

应恺笼袖立在棺椁边，伤感地叹了口气："明天我找个由头把你派去宴春台，想办法把宫徵羽给接回来，否则迟早要露馅儿。唉，也不知道他这阵子受了多少苦，我看他都饿瘦了……"

尉迟锐正用牙嗑核桃，闻言疑道："有吗？"

然而在应恺眼里，自打几十年前尉迟锐跟宫惟长大离开惩舒宫开始，每次只要他俩回来，他俩都肯定瘦了，一个是累瘦了，另一个饿瘦了。后来尉迟锐跟宫惟都觉得，他俩要真像应恺形容的这个频率瘦下去的话，早该变成两架骷髅了才对。

应恺更伤感了："十六年前宫徵羽犯下大错，乃是我管教不严失职之故。这次把他接回来后，我一定要严加申饬，令他闭关思过，没个三年五载绝不准出来！更不允许去找霜策报复！"

尉迟长生心说：得了吧，不被徐霜策抓去又死砌进璇玑殿的墙就好了，就他还报复？

这时藏尸阁的门被叩了叩，还待叨叨的应恺顿时闭上了嘴，只见穆夺朱推门而入，客客气气道："应兄好了吗？惩舒宫弟子派人来请，说定仙陵已经打扫齐备，可以入葬了。"

应恺忙拱手见礼，穆夺朱打量他半天，关切地问："应兄这两日怎么瘦了？"

"噗！"尉迟锐顿时从没忍住，核桃仁差点儿呛进气管里。

应恺哭笑不得地摸摸脸，问："有吗？"

穆夺朱却没有笑，皱眉道："应兄这两日眼下青黑，神光晦暗，灵气凝涩，怕是元神损耗得非常厉害。如果有哪里不舒服的话还是尽早告诉我，尽快配药休养才是。"

这么一说应恺倒突然想起一事，但迟疑了片刻，才道："那天元神进入度开洵通过兵人丝昭示的幻境时，起初没觉得什么，后来却连续两夜多梦不安，且频繁惊醒。我总觉得似乎梦到了什么挺要紧的事，但醒来却不论如何想不起梦见过什么……这两日确实屡感力不从心，许是当初还是托大了的缘故吧。"

当时进入幻境是他用元神开道，等于是单凭魂魄强闯生死界限，留下些后遗症也不奇怪。穆夺朱道："既然如此，应兄不如先移步，待我帮你诊治探看之后再下船吧，至少也求得一个安心。"

应恺习惯性推辞："不用不用，穆兄费心，澄风先前说过这种情况休息半月便是，所以我……"

"应兄不用担心诊金。"

应恺还以为自己听错了："什么？"

穆夺朱郑重道："可以先欠着。"

应恺："……"

应恺哭笑不得，正待说什么，突然藏尸阁大门外传来急促的脚步声。紧接着一名紫衣弟子疾步入内，甚至来不及一一行礼，直接俯身："宴春台传法阵急报！临江都邪祟突然显形伤人，乐圣大人身中镜术神志不清，方才剑毙了嫡徒孟云飞。"

三人齐齐色变，穆夺朱道："什么？！"

应恺突然感觉元神不受控制般震动数下，仿佛有股无形的巨力钳住了他的魂魄，正重重向外拉。

这感觉几天来已经发生过数次，没有一次像现在这么剧烈、这么明显。但此时他顾不得异样，勉强定住心神问："徐宗主与一名弟子正拜访宴春台，两人有没有传来消息？"

紫衣弟子垂首："徐宗主一臂负伤，此刻正力战乐圣于蓬莱殿！"

应恺拔腿就向外走，沉声吩咐："派人通知沧阳宗，上芷兰孟家报丧，穆兄带人备棺随我去宴春台。长生坐镇岱山仙盟，通知惩舒宫准备开定仙陵，万一柳虚之有个长短……怎么了？"

其余几人都愕然地盯着他，穆夺朱颤声道："应兄，你？"

应恺站住了脚步，下意识一摸鼻子，满手鲜红。

暗红的血从他鼻腔、耳朵、双眼中流淌出来，滴答落在地上。紧接着一口闪着丝丝金光的心头血猝然喷出，他只来得及趔趄了下，随即一头栽倒。

"应兄！"

穆夺朱与尉迟锐两人同时冲上前把他扶住，只见应恺双眼紧闭，气海就像烧灼了的海面一样狂暴沸腾，穆夺朱伸手一探，紧接着神情剧变："不好，他的元神非常不稳……"

话音未落，尉迟锐突然抬手打断了他。

"剑宗？"

尉迟锐神色冷峻，目光锐利，与平常的模样大相径庭。穆夺朱心口一提，只见他转向身后不远处那巨大的金棺，一手慢慢按在了腰间神剑罗刹塔上。

穆夺朱难以置信地用口型问："又是……"

尉迟锐脚步无声地向后一转，把所有人挡在自己身后，轻声吐出一个字："走。"

穆夺朱不用他吩咐第二遍，迅速架起应恺并带弟子退出藏尸阁，脚步刚出大门的瞬间，只听身后金棺中突然爆发出一声沉闷的——

彭。

紧接着，整座金船剧烈一震，所有人随地面急剧下沉。

轰隆！！

两声巨响相隔千里，却在此刻完全重合。

宴春台上，三层、八组、六十五座大大小小的青铜编钟依次震动，尖声如利锥，重音如山裂，参差交叠、长短密集，犹如暴风雨中咆哮的巨浪，铺天盖地淹没了蓬莱殿。

徐霜策身处旋涡正中，一摆手设下了法阵，在音波冲出大殿的前一刻牢牢将其锁在了蓬莱殿中。紧接着青藜剑光当头而来，柳虚之已经冲到眼前，眨眼间连出上百剑，均被徐霜策闪电般避了过去。

"徐霜策……杀了……杀……"

徐霜策一掌当头拍下："柳虚之！"

柳虚之天灵盖结结实实受了这一击，"哇"地喷出一口血，但布满血丝的眼睛仍然直勾勾盯着虚空："千万……不能……让他……"

"当啷"一声，徐霜策掌挥开青藜剑，拎着柳虚之衣襟："你看到了什么？"

他的每个字都蕴含着强大的破魔之力，但柳虚之已经完全被自己最恐惧的幻境所控制了，蓦地怒吼一声召回青藜剑，猛一振袖。

重逾千钧的青铜大镈钟轰然巨响，音波如狂潮直催元神，青藜剑光终于在徐霜策胸前带起一弧血线。

幸亏徐霜策身法快，然而胸前衣襟仍然被横着划破了尺长的裂口。

右臂伤未痊愈，一味闪躲于事无补，这样下去蓬莱殿迟早要塌。徐霜策剑眉一蹙，眼底映出殿外刚才宫惟离去的方向。

他终于做了决定，在柳虚之再次冲上来前一抬手，沉声道："不奈何。"

——耀眼的流星破开虚空，卷起冲天磅礴气劲，"啪"一声被徐霜策稳稳抓在手里。

下一刻灵力从剑柄顺剑身暴燃，熊熊烈焰当空斩下，满大殿六十五座青铜巨钟崩塌爆裂，一剑将柳虚之重重掀飞去了数十丈外。

柳虚之的身体砸穿十余座石墙，半座大殿在剧烈震动中轰塌，暴雨般的残垣断砖霎时把他整个人埋在了下面。

徐霜策提剑上前，再一次从废墟中单手拔出柳虚之。

乐圣已经无力反抗，但还是不住抽搐。他眼白几乎完全变成了血红色，视线涣散毫无神光，瞳孔内部又出现了一个针尖般的小瞳孔——是元神被幻术控制已深的标志。

"徐霜策……杀……你杀……"

"你到底看见了什么？"徐霜策低声问。

柳虚之置若罔闻，翻来覆去只重复着那几个字。他仿佛在幻境中跟什么人拼死一搏，愤恨、惊怒和恐惧让他整张脸都在微微扭曲。

徐霜策终于呼了口气，道："既然你不说，只能我自己进去看了。"

他灵力催动指尖，指缝中生生泅出血来，蘸鲜血在柳虚之满是冷汗的额头上画了个无比复杂艰涩的符箓图案，笔走龙蛇一气呵成。

就在符箓最后一画落定的刹那，柳虚之全身猛地一抽，元神被无形的巨掌生生钳死；与此同时徐霜策分出一魄离体，从半空中冷漠地打量乐圣片刻，一头扎下。

仿佛整个世界都沉入黑暗，数息后，视线再度亮了起来，呼啸而来的长风拂起鬓发。

徐霜策站在幻境中央，缓缓睁开了眼睛。

眼前是一座白玉广铺、金柱林立的高台，深冬苍茫的风掠过远方山林，阴灰苍穹泛着隐隐血色。六世家八门派的各位宗师横七竖八倒了一地，有人头破血流，有人生死不知；幻境中的柳虚之全身浴血倒在他身边，不甘心地兀自抽搐，然而无济于事。

望不到尽头的白玉地砖寸寸龟裂，裂纹尽皆被鲜血染红，犹如天幕下铺开了一张血淋淋的巨网。

竟然是升仙台。

——是谁干的？

答案隐隐呼之欲出，这时徐霜策听到身后传来了熟悉的脚步声，他一寸寸僵硬地回过头，看到了自己。

幻境中面容冷酷的沧阳宗主与他擦肩而过，没有丝毫停顿，径直走向前。徐霜策目光随之而去，看见"自己"正走向升仙台正中，而那里竟然还站着一个人，是宫惟！

但那已经不是徐霜策所熟悉的宫惟了，至少在他的印象里，宫惟从来没有这么狼狈、这么摇摇欲坠过。

他全身绯红衣袍已经被染成深红，白色里襟亦浸透鲜血，左臂已断，腹腔穿透，仅靠右手持剑勉强站立；他似乎连呼吸都很困难了，但仍然固执仰头看着幻境中那位沧阳宗主，即便隔着这么远的距离，都能看清他眼底绝望和乞求的光。

徐霜策瞳孔猝然缩紧。

他看见自己手起剑落，毫不犹豫，一剑刺进了宫惟左心！

徐霜策的脚刚离地就被无形的力量死死束缚住了，这里是柳虚之的幻境，他无法离开境主身周三尺以外。

血从宫惟胸腔中一下冒了出来，映在徐霜策战栗的瞳底，他看见那少年终于颓然地跪了下去，但双手仍然紧紧抓着不奈何剑身，大颗泪水一下从眼眶中涌了出来。

为什么只是哭？

你不是一直想杀我吗，为什么不反击？

徐霜策双手十指掐入掌心，热血滚滚顺掌缝而下，最后残存的一丝理智在疯狂警示着让他不要再看，但实际上他连移开目光都做不到，眼睁睁看见少年对着幻境中的自己说了句什么，颤抖的口型清清楚楚——

"徐霜策，我……我……

"你不能这么对我……"

刹那间仿佛被不奈何一剑贯心的是自己。

徐霜策站在了原地。

他的大脑几乎空白，但从背影中看不见幻境中的自己是何表情。这时只见远处一人勉强起身，竟然是重伤在身的剑宗尉迟锐，用尽最后的力量一剑劈下，却被那个沧阳宗主轻而易举抬手一挡。

"当啷"一声清响，神剑罗刹塔仅将护臂斩得四分五裂，然后尉迟锐颓然喷出一口血，无力地跪在了地上：

"不……不能……让他……"

不能让他什么？！

徐霜策无法听清后面的话，因为他看见幻境中的自己再无阻拦，发力将不奈何对着宫惟的心脏刺了进去——

天旋地转如坠深崖，徐霜策神识剧震，魂魄摔回了自己的身体。

砰！

蓬莱大殿一片狼藉，随着徐霜策一松手，神志全无的柳虚之重重跌落在了废墟上。

徐霜策："……"

震动已经停了，周遭窒息得可怕。远处大殿外的人声正穿过夜空遥遥传来，呼喊、哭泣、来回跑动的脚步都隐隐听得清楚。

没人看见在这狭小的角落中，沧阳宗主半跪在地，一手撑着碎裂的地砖，耳边只回荡着自己嘶哑可怕的喘息。

"你不能这么对我……"——仿佛深水下渐渐浮出阴影，幻境中含血的乞求声再次从意识深处响起。

不可能，你明明只是想杀我。

你根本不知道什么叫感情！

"你怎能如此屠戮于我，徐霜策？"

"咔嚓"一声清脆龟裂，五指同时按进地砖，徐霜策一手死死按住额角。

他就像走投无路的困兽，内心突然生出一个荒谬到极点的念头：会不会那幻境中的一切都曾经发生过？

他故意那么说，只是为了看我此刻被千刀万剐，只是为了给他自己报杀身之仇？

吱呀——

这时殿门突然被推开了，一个熟悉又轻快的脚步跨过门槛："有人吗？"

霎时徐霜策面容剧变，猝然回头。

沉重的殿门被用力推开了一条缝，漫天月华之下，"向小园"正背着手跃过断裂的地面。少年身形总有种轻盈到了极致的韵律感，他向四周好奇张望了一圈，蓦地看见徐霜策，眼底神采一亮："师尊！"

黑暗完全掩盖了徐霜策此刻的表情，宫惟看不见，开开心心地奔上前："师尊果然英明神武，已然力挽狂澜，弟子钦佩至极！弟子担心师尊，所以就来……"

阴影中传来徐霜策压抑的声音，冰冷刺骨："站住。"

第 17 章

"站住。"

这两字好似当头一桶冰水泼下来，宫惟一怔。

他停下脚步，这才发现徐霜策缓缓从阴影中站起身，紧握不奈何剑的右手似乎微微不稳，目光死死地盯着自己。

宫惟下意识站住脚步："师尊？"

少年微仰着头，那姿态迷茫无辜，与刚才幻境中断手断腿、鲜血满身的画面重合在一起，全然不知将要遭到怎样的屠戮。

"别过来，"徐霜策向后退了半步，没人能听清他的尾音紧绷，"别靠近我。"

"师尊？你怎么……"

哗啦！

徐霜策仓促退后，撞翻了废墟中的茶几，但他没心情去顾及了。他紧握着烙铁般的不奈何，视线一时清楚又一时恍惚，看见那少年就这样带着满面信任和乞求，迎接自己一步步靠近，然后被自己手起剑落刺穿了心脏。

直到最后一刻，他都难以置信地紧紧抓着不奈何剑身，眼底满是泪水。

"你怎能如此对我？"

宫惟不明白发生了什么，但惯性的信任却清清楚楚写在眼底，充满讨好地向前伸出手："师尊，我……"

无形的力量当胸而来，猝不及防把他推了出去。

嘭！

宫惟撞翻桌椅，趔趄摔倒在地，茶碗瓷器砸落在地摔得粉碎。

他仿佛被人迎面重重扇了一耳光，整个人都是蒙的，茫然而又难以置信地坐在地上，眼睁睁看着徐霜策猛地上前半步，但又硬生生止住了，生硬的表情大半隐没在黑暗中，就这么居高临下盯着他看了片刻，突然转身拂袖而去。

"师、师尊？"宫惟一下从迷茫中惊醒了，毫无来由的恐惧突然涌上心头，爬起来就跟跄着追上去，甚至连靠近不奈何造成的心脏剧痛都没顾上，双臂从身后仓促环住了徐霜策的腰，"师尊对不起，我错了，我以后一定改！……"

他不知道自己为什么会被丢下，就像他小时候赌气当着徐霜策的面亲了一口应恺，然后徐霜策也是这样一言不发转身就走，连一个眼神都没留下；还有那次他满心欢喜地保证如果徐霜策死了自己一定哭，但徐霜策神情一下就变了，然后起身拂袖而去，很久都没再来惩舒宫看他。

他从来都不知道自己错在哪里。

但如果徐白生气的话，他又下意识觉得一定是自己做错了什么。

徐霜策胸腔急促起伏，抓住了少年紧搂在自己腰腹部的手，吐出两个字："放开。"

但宫惟用力地贴着他身后不肯放："师尊我不是故意的，我下次再也不敢了……"

"放开！"

"师尊，师尊不要把我一个人丢在宴春台！"

徐霜策长吸一口气，竭力压下幻境残存在自己意识中的惊疑、悔恨和针扎般的恐惧。他想抓着少年的手把他掰开，但不知为何却无法狠下心来，连试了几次都没掰开；这个动作更加刺激了宫惟敏感的神经，他以为自己又要被摔出去了，混乱中口不择言地大声道："我不要你施法以身相代了！我以后保证小心不会再受伤了！"

徐霜策再也无法忍受，猛一拂袖，不奈何剑霎时化作流星消失在了掌间。

剑灵消散于无形，始终压迫宫惟心脏的威势随之一松。徐霜策捏着他的手迫使他放开自己，转身扳着宫惟的下颔，嘶哑道："你是回来报仇的，对吗？"

——很多年前当你我还未变成传说的时候，我曾经对人间降下灭世之灾，而你拼死击回雷劫，守护着钜宗的灵魂升上天界，迎面遭到我从天而降的屠戮。

多年后你我转世成人，在某个不为人知的时空中，你曾经站在血海中那样伤痕累累地乞求我，紧握着不奈何的手几乎被剑锋完全切开，但最终还是被一剑贯穿了心脏。

如果那些乞求和鲜血都是真的，那么所有与生俱来的杀意和无法解释的仇恨，终于都在此刻找到了缘由——

从这一世你突兀地出现在沧阳山桃花林，从你我初见的那一刻开始，你就是回来找我报仇的，对吗？

幻境遗留的恍惚让徐霜策心神混乱，他在宫惟瞳孔中看见了自己困兽般狼狈的眼神，但宫惟只仰头看着他，疑惑又恐惧："什么？"

徐霜策扳着少年下颔骨的手指泛出青白，正在这时，一枚红色显形令牌从他袖中自动滑落，在空中弹出了数十道红光交错的千里显形法阵。

徐霜策看都不看，甩手就要挥灭那令牌，但尉迟长生已经出现在了法阵中央。他看上去竟然比徐霜策更加狼狈，根本顾不得看宴春台这边发生了什么，冲口第一句话就是："应恺出事了！"

宫惟脱口而出："什么？"

徐霜策这才回过头来，眼底隐隐泛着血丝。

"应恺七窍流血，突然昏迷，医宗正全力施救。"尉迟长生开口半个字废话没有，"同时法华仙尊开棺起尸，现已经逃下金船，失踪了。"

321

仿佛一道晴天霹雳，陡然打在了半塌的蓬莱殿里。

只见尉迟长生半跪在地，一手持剑一手捂头，额角下正源源不断冒出鲜血浸透手掌。他身后的藏尸阁已近废墟，地面完全塌陷，巨型金棺一半陷在地底，沉重的棺盖赫然被撞飞卡在了墙壁中。

徐霜策终于放开宫惟，站起身沙哑问："尸身内那根兵人丝难道还未抽净？"

那一根兵人丝贯穿法华仙尊所有灵脉，已经在长孙澄风和穆夺朱两人的互相见证下抽干净了，不然不会重新入棺安葬归陵。如果尸身还有异变，难道是他两人一起作了假？

尉迟长生却一摇头，指了指自己胸口："这里还剩最后一段，藏在心脏贯穿处，因此未被发现。"

兵人丝只存在于灵脉中，除非血肉有破口，否则是不可能钻进去的，而法华仙尊的心脏偏偏还真有破口——十六年前被不奈何贯穿，留下了血肉淋漓的洞。

徐霜策的神情好似突然被冰凝住了。

"盟主遭遇暗算，当前生死不明，我已签发剑宗诏令让所有门派宗师立刻入惩舒宫。"尉迟长生语调平直，但每个字都带着金戈铁戟般的语气，"天亮之前未应召者，一律以疑犯论处。"

少顷，徐霜策才闭了闭眼睛，一挥手，拂灭了显形法阵。

宫惟满心都是乱糟糟的念头：应恺怎么会被人暗算？到底发生了什么？现在情况还能不能救回来？

突然他只觉胳膊一紧，被徐霜策铁钳似的手抓住了。徐霜策另一手向内一招，随着他这个动作，残垣断壁中的柳虚之和远处殿外的孟云飞同时飞了进来，两人都昏迷着，一动不动悬浮在半空。

从徐霜策的神情中看不出他到底还在不在生气，宫惟偷觑他半响，才鼓起勇气小声问："师尊要回仙盟吗？"

盟主生死未明时，由沧阳宗主代行权责，同时为防天下动乱，所有世家门派尊主都必须立刻上岱山为质，直到盟主转危为安或是找到凶手为止，这是应恺早年定下的铁律。但宴春台地处边陲，他们光是来就花了好几天，带着两个昏迷不醒的大活人回去岂不更耽误行程？

徐霜策没有回答，向殿外沙哑道：

"血河车。"

夜空中陡然掀起一阵狂风，刮得地面砖块碎石向两边分开。少顷，一辆由帝江、毕方、灭蒙、蛊雕四头神禽驾驶的巨车轰然落地，在殿外众弟子的惊呼中冲破殿门，惊天动地停在了两人面前。

宫惟："……"

宫惟的疑惑迎刃而解，心里只剩下了一个想法——这一路上徐霜策又是投宿客栈又是徒步踏青到底为了什么，怕累着了他的鸟？

徐霜策手又向外一挥，柳虚之与孟云飞便接连飞进了大敞的车门中。随即他就这么抓着宫惟的胳膊跨进车内，两人刚坐定，四头巨禽便齐齐展翅鸣叫，破窗而出冲上了高空。

宫惟被冲势推得向前一倾，险些撞进徐霜策怀里，被他抓着手腕一把拉住了。

血河车内部堪称巨大，乐圣师徒二人被直接留在了外间，仙鹤金楠木纸门一关，宽敞的内室中只剩下了他们俩。宫惟赶紧扶着桌案坐直，想收回自己的手，用了下力却又没能挣脱，只听徐霜策突然毫无预兆地问："这个世界是真的吗？"

宫惟愣住了，抬头正撞见对面那双锋利黑沉的眼睛。

徐霜策又重复了一遍："这个世界是真的吗？"

宫惟刚被他抓上车的时候，还挺自我安慰地想一定是自己认错态度到位，徐白的气已经消了。但紧接着听到这个问题，刹那间又有种耳朵出了问题的荒唐感："师尊？"

难道徐白的气其实并没有消？

宫惟是真不知道自己错在哪儿了，然而还没来得及绞尽脑汁组织词句再次道歉，只听徐霜策突然道："十六年前升仙台事变发生后，有个疑问我耿耿于怀了很多年，始终无法让自己释然。"

他又提起十六年前。

宫惟的心刹那间漏跳了一拍。

徐霜策直勾勾盯着他，说："我想知道宫徵羽为什么要杀我。"

其实宫院长想杀徐宗主这件事，对仙盟各家来说都是意料之外、情理之中，毕竟他俩之间的各种矛盾已经太剧烈、太不可调和了。况且如果十六年前升仙台上真能把飞升之路打通，那么以当时徐霜策的修为，真是随时有可能降下天劫立地飞升，那么以后宫院长就算再恨他，也没机会下手了——总不能找到上天界去寻仇。

所以升仙台是宫院长最后的机会，所有人都能想通这个道理。

唯独徐霜策不能。

"我不明白为什么宫徵羽想让我死，所有人都说那是因为他恨我，但我不肯相

323

信。他心里一定有些不为人知的原因，只是我还没猜到。"

徐霜策略微俯身，看着宫惟睁大的眼睛，轻声说："直至今天我终于给自己找到了另一种可能。"

宫惟完全不知道刚才徐霜策身上发生了什么，但他敏锐地察觉到了不安："什么可能？"

车厢微暗，但徐宗主那双锋利的眼睛却异常明亮。可能就是因为太亮了，隐隐有种怪异的偏执："如果我曾经在某一世轮回中犯下过重罪，残忍滥杀，屠戮无数世人；然后在不知何处的另一座升仙台上大开杀戒，令仙盟几乎无存，甚至将他也一并刺死……"

这荒谬绝伦的言辞却被他说得如此清晰、冷静，强烈的反差让人不由悚然，他自己却直勾勾盯着宫惟，仿佛丝毫不察。

"那么十六年来所有的耿耿于怀终于都得到了答案，至少我是罪有应得，未来死在他手上的时候也能让自己释怀。

"你觉得呢，向小园？"

车厢安静得吓人，一种荒唐到极点的惊惧从宫惟心头陡然升起，想用力挣脱手腕，徐霜策五指却像镣铐般又冷又沉："并没有这回事，师尊你只是思虑过重了，你……"

徐霜策深邃的轮廓几乎被阴影吞没，唯独眼角亮得瘆人："思虑过重？"

"我不知道你在说什么，你先放开……"

"只是思虑过重吗？"

"我真的不知道，放开我！"宫惟用力想从越来越紧的桎梏中挣脱出去，他的手已经被掐得青筋暴起，腕骨痛到发抖，"你弄疼我了！"

徐霜策蓦然松劲，宫惟一把抽回手，腕骨上赫然已留下了四个青红交错的指印。

宫惟："……"

宫惟用力捂着手腕，只用眼角愕然打量徐霜策，不知道为什么自己突然被拽进了这个离奇的噩梦里。屋里的空气好像凝固了，不知过了多久，徐霜策身周那隐约涌动的暴戾终于慢慢退了下去，他闭上眼睛呼了口气，再睁开时除了不明显的血丝，已经看不出太多异常。

他摊开手掌低声道："给我。"

宫惟骨裂般剧痛，迟疑了一下，才慢慢把受伤的手腕再次放到了他掌心。

但徐霜策没有灌注灵力抚平那青紫的痕迹，也没有消除任何一丝的疼痛。他只是握着，大拇指指腹轻轻摩挲着那段手腕，眼睫垂落着，神情专注到令人不由心惊的地步，良久后指尖突然在宫惟左手腕内侧一按。

一个泛着淡金色光芒的"徐"字霎时闪现，随即隐没在了肌肤之下。

又是以身相代术！

"师尊？！"

"有了这道符，哪怕被一剑贯胸，刺穿的也是我的心脏。"

刚才混乱的余韵终于完全从徐霜策身上退了下去。他在灯下沉默片刻，才极轻微地笑了笑："也许到那一天，所有'思虑'都总算能结束了吧。"

在宫惟的认知里，笑代表愉快和喜悦，但不知为何他看到徐霜策眼底那丝笑意时，却感到一种扑面而来的悲凉。他本来高高兴兴奔向蓬莱殿时满心都想要亲口叫一声"徐白"，然而此刻空气中无端的沉重又把那冲动硬生生压了回去。

"不会有那一天的。"他近乎无声地道。

那尾音实在太轻了，徐霜策问："什么？"

这世上只有一个徐白，我不会让你有被一剑穿心的那一天。

宫惟摇头没有回答，只小心摸摸手腕上被铭刻了"徐"字的地方，抬眼喊道："师尊。"

徐霜策的视线从他脸颊一滑而下，疲惫地回应了一句："爱徒。"

第 18 章

岱山，惩舒宫。

"咣当"一声重响，终于有人耐不住摔了茶盅，怒道："应盟主明明是在金船上遭了暗算的，凭什么大半夜的把我们所有人都'请'来岱山？！"

偏殿满满当当坐了二十来位宗师，高矮胖瘦男女老少皆有，仙盟数得着的掌门家主大半都在这里了，还有一小半迫于剑宗威势，正在赶来的半路上。

等了大半夜总算等来出头的橼子，好几位心怀不满的世家尊主迫不及待开口附和："我这刚歇下，突然就被谒金门少主亲自登门'请'来惩舒宫了——知道的知道是盟主出了事，不知道的还以为仙盟明火执仗抄我家呢！""不是我说，即便应宸渊真出了事，仙盟也不能把我等当犯人拘在此处对吧？""就是！谁知道他们到底在搞什么鬼！万一有人趁机挟持盟主利用我等也有可能！"……

东首端坐的长孙澄风今夜第三次重重放下茶盅："喀喀！！"

325

然而事不过三,虽然第一次第二次的威慑力都堪称显著,但第三次就没有那么立竿见影了。嗡嗡议论声只停了数息,随即变本加厉响起来,一名从外表看年纪已知天命的家主拍桌而起:"不行,我等必须立刻出去见盟主!否则万一被哪个奸人挟持,我等岂不被白白利用了?!"

他是六大世家之一的段家尊主,身份贵重,立刻得到了周遭好几人赞同:"说得是!""让我们出去!"

四五个人同时起身就要往外走,那架势明显就是去看应恺死没死的。周遭闹哄哄一片,长孙澄风一拍桌起身正要呵斥,突然只听——

砰!

神剑罗刹塔没入地砖,地面霎时遍布龟裂,一道金铠褐袍的挺拔身影挡在门前,散发出迫人威势,正是剑宗。

尉迟家男人都天生高眉骨,尤其尉迟长生的眼睛形状殊为锋利,就像把刀子。所有人都在他那阴沉锐利的注视中一个激灵,连六世家尊主都下意识噤了声,寒意自脊椎而起。

他冷冷道:"能过此剑者,请。"

周遭无一应声,所有蠢蠢欲动的脚步都隐蔽地退回了各自的座位。

就在这时,夜空突然破开了一道流星,透过尉迟长生身后大敞的殿门,只见那流星越来越近、越来越大,赫然是四头神禽拉的巨车,缀着绚丽的尾光向惩舒官疾速俯冲,随即轰隆一声在环形气劲中稳稳落地。

"沧、沧阳宗主!"

殿中众人立马都清醒了,纷纷赶紧站起身。只见车门向两侧大开,徐霜策大步走下台阶,一名削瘦的绯衣少年跟跄跄着他,左胳膊赫然被他紧紧抓在手里。

众人慌忙:"徐宗主!""拜见徐宗主!"……

徐霜策身上已看不出丝毫异样,仍是那个气势凌人的沧阳宗主。他站定脚步,目光越过尉迟长生的肩头,从大殿里每张恭敬惶恐的面孔上一一掠过,眼底似有嘲意。

但出乎意料的是他并没有吭声,亦未搭理在场的任何人。众人只见他回头对着那少年,低声道:"为师去看望应盟主,你在此稍等片刻。"

——不论是他低沉缓和的语气还是"为师"这个自称,都像是当头扔了枚重磅火炮,顿时把殿中所有人震得惊呆了。

官惟不敢看四面八方震惊的视线,温顺地点点头,徐霜策这才松开了他的胳膊,一拍他肩膀:"自去玩吧。"

尉迟长生："……"

宫惟："……"

徐霜策在周遭无数视线中转身，鬓发袍袖扬起，沿着长廊走向惩舒宫内殿。

半响尉迟长生的目光终于慢慢投向宫惟，他脸上一贯缺少表情，但此刻睁圆了的眼睛里分明写着一个大大的"蒙"字。

宫惟一手掩面，虚弱道："乐圣跟孟公子重伤在车内，你们要不要……先请人来看看？"

内室的门被"吱呀"一声推开，穆夺朱侧身道："事情的经过就是这样了。目前还能勉力控制三魂七魄，但我委实查不出他元神突然剧震的诱因在哪儿……若是真被人下暗手所致，想必那人的水平已超出了我作为当世医宗的所修所学，实在难以想象。"

徐霜策跨过门槛，收住了脚步。

应恺平躺在床，七窍流出的血已经被擦净了，但即便在昏迷中都紧蹙着眉，似乎正忍受着某种痛苦。

"钜宗自觉解释不清，已经将砂海大裂谷那边的诸多事务交予门人，前来仙盟自愿为质，直到应盟主醒来指认凶手为止。"穆夺朱叹了口气，"但此事到底有没有凶手还不好说，我竟也一筹莫展……"

"知道了。"徐霜策顿了顿，说，"你去吧，尽快诊疗柳虚之。"

穆夺朱识趣欠身："就交予徐宗主了。"

言罢他退出屋外，轻轻关上了内室的门。

"咔嗒"一声轻响，内室中只剩下了昏迷不醒的应恺和徐霜策两人。

突然出现在宴春台的鬼影，接连遭到重创的乐圣与其嫡徒，七窍流血、猝然昏迷的应恺，明明随时能走但偏要等到此刻才突然发难的尸体傀儡……接连发生的所有变故都隐隐指向同一个答案。

其实幕后黑手已露出端倪，但最关键的真相还缺少一块拼图。

——应恺生死尚悬，现在不是去找那块拼图的时候。

徐霜策出了口气，将沸腾了一路的思绪暂且按下。

他先抬手在自己右臂上一拂，那道被捅穿的伤口便随灵力愈合，只在衣底皮肤表面留下了一道不明显的疤痕；然后他才两指并拢按在应恺眉心气海，尝试将灵力灌注进去。

谁知就在此时，应恺眼皮一颤，竟猛地睁开了。

327

连徐霜策都意外地一顿，还没来得及开口询问，只见应恺不顾眩晕坐起身，布满血丝的眼睛直勾勾看向他，嘶哑迸出一个字："徐——"

徐？

徐霜策眉心一跳，那瞬间他分明从应恺的眼神中看见了陌生、敌意和惊惧。

屋内死寂半晌，徐霜策终于迟疑道："应恺？"

仿佛被这一声突然唤醒，应恺打了个激灵紧闭上眼，数息后再睁开时已经恢复了正常，长长吐出一口带着血腥味的热气，沙哑道："霜……霜策。"

徐霜策紧盯着他："你怎么了？"

应恺似乎正处在非常混乱的状态里，视线游离神情恍惚，少顷才说："我好像做了个梦，我——"

他的声音戛然而止，徐霜策紧盯着他追问："梦见什么了？"

应恺："……"

应恺喉结明显滑动了一下，咽了口唾沫。

"很多……很多血，死了很多人，我喊什么都没人听见。然后周围变得很热，仿佛被业火炙烤了很久很久。"他精疲力尽地抬起头，"这些都不是真的，对吗？"

——很多血，死了很多人。

难道是柳虚之中镜术后最恐怖的记忆，升仙台？

为什么相隔千里的两个人会在同一时间看见它？！

徐霜策心脏仿佛坠入了某个寒冷的深渊，但面上却没有显出任何异样。他正面迎着应恺的目光，外表看不出内心的丝毫惊疑，冷静道："梦当然不会是真的。"

"可是……"

徐霜策的语气平淡而不容置疑："梦只是梦而已。"

应恺下意识点点头，沉思了一会儿，终于释然地叹了口气："你说得对。"

顿了顿之后他又自言自语道："梦只是梦而已……我应该听你的。"

没人看见徐霜策袍袖下的指甲正深深切在指腹中。

是啊，他们少年结识，同游天下，生死至交——只要徐霜策断然否定，应恺怎么可能不信？

应恺抚了抚额角，道："我这次晕倒事发突然，也不知到底是被人暗算还是自身原因，还梦见了一些……一些荒唐的景象。"

他含糊回避了那"荒唐的景象"究竟是什么，抬头看向徐霜策，刚醒来时的陌生和警惕已经完全消失，挚友之间习以为常的信任和熟稔又回来了："此事殊为怪异，你有任何头绪吗，霜策？"

徐霜策却回避了他的目光："法华仙尊尸身逃走了，心脏里藏着一段兵人丝。"

应恺瞬间把对梦境的最后一丝纠结完全抛到了九霄云外："你说什么？！"

他一掀被子翻身就往外冲，但徐霜策动作更快，一把将他拉住了："不可出去。"

"为何？！"

应恺平生最惧的便是惊尸之秘走漏，不仅为祸人间，还会牵连天下仙门，搞不好从此在世人眼中求仙问道就要变成妖魔外道了。他一挣便要往外跑，但徐霜策钳着他的力道却稳定不放松，声音也是冷静的："此事已有头绪，很快就能水落石出，但需要你稍作配合。"

应恺愕然："配、配合什么？"

半个时辰后，门被推开了。

萎靡不振的柳虚之被两名医宗弟子咬牙扶着，亲自把穆夺朱送出房门，镜术残留的元神损伤让他说话还有点儿发飘："辛苦穆兄，辛苦穆兄。小徒能捡回一条命真是多亏你了，待他醒后一定登门致谢，大恩大德无以为报……"

穆夺朱面带疲色："悬壶济世医者仁心，恩德就不必提了。"

柳虚之顿时大为感动："穆兄实乃吾辈楷模！"

穆夺朱谦虚道："那是自然。诊金两万付清即可。"

——啪嗒！

柳虚之手一松，折扇应声掉地，半晌才艰难道："为何比去年又涨了五成？"

"什么，五成？"

柳虚之："……"

穆夺朱比他还讶异："去年是白银，今年是黄金，如何只涨了五成？"

"扑通"一声重响，医宗弟子惊恐地扑上去："乐圣大人！""乐圣大人您还好吗？！"……

穆夺朱斯文地拍拍袖子，昂首阔步，背手走开。

这时远处长廊尽头内殿的门突然"吱呀"一声开了，一道象牙白袍的身影跨出门槛，正是徐霜策。穆夺朱顿时心神一凛，再顾不得诊金，快步迎上前疾声问："徐兄！应盟主如何了？"

连悠悠醒转的乐圣都觅声望来，却只见徐霜策略一摇头，平淡道："元神稳定，尚未醒转。"

穆夺朱面色顿时变了："还未醒转？"

按仙盟律令，盟主若是遭到暗算，在他醒来指认凶手前，这些各自割据一方的名门世家尊主们是不能轻易离开岱山惩舒宫的。但对穆夺朱来说这倒不是重点，关键是连徐宗主出手都没能把应恺救醒，那接下来还能怎么办？应恺的生死就听天由命不成？

徐霜策向远处偏殿方向一扬下颌，淡淡问："众人反应如何？"

穆夺朱愁眉苦脸道："只有钜宗尚算自觉，另几位女宗师都通情达理，其余那些养尊处优的老头儿都多多少少不太配合。几位叫嚣最响的，全靠剑宗一力弹压……"

"通知剑宗，所有人不得离开惩舒宫半步，违者一律按疑犯处置。"

穆夺朱连忙答应，只见徐霜策脚步一转，径直向外走去，忙追在后面："徐兄去哪儿？我也——"

徐霜策回头向他一瞥，那黑沉的眼珠好似结了寒霜，穆夺朱立刻闪电般停了脚步。

"穆兄，我去寻我爱徒，你也去寻我爱徒不成？"

穆夺朱："……"

穆夺朱屏声静气，眼睁睁看着徐霜策背着手，沿着青石长廊走远了。

宫惟虽然被允许随便去玩，但他其实无处可去。柳虚之和孟云飞被医宗弟子们急急忙忙抬走施救去了，尉迟锐要留在偏殿看守那帮身份贵重的世家尊主，剩下他一人空担心应恺，偏偏帮不上忙，想找个地方歇息，却又满脑子心思，便索性爬起来趁着夜色瞎溜达。

顺着惩舒宫熟悉的回廊栈桥乱走一气，不多时他一抬头，远处月夜下露出一座广阔的建筑，竟然来到了刑惩院。

宫惟满心里无数纷乱思绪，此时都突然忘却了，只呆呆望着那熟悉到极点的深红大门，内心怅惘不知是何滋味。

良久他终于拾级而上，轻轻推开了门。

刑惩院在他死后就被废弃了，垂花拱门安静寂寥，偌大院落人去楼空。雪白的桃花在月下簌簌飘落，落了一院子都是，宫惟沿着一间间空旷的屋舍走去，月光将他的身影拉长，仿佛幽灵般穿过长廊边的一根根青石柱。

想是应恺令人定期洒扫，屋檐下那个被他玩儿过无数次的风铃依旧静静悬挂着，白银表面仍然光亮，反射着清冷的月华。然而宦惟踮脚伸手摇了摇，却发现它已经不会响了，仔细看又不知是哪里出了问题，兴许是内里机括坏了的缘故。

毕竟已经十六年了，太久了。

他怅惘地叹了口气，正准备转身离开，突然身后拂来清冷的白檀香。

紧接着一双手越过他颈侧，握住那串风铃，将其中某个白银铃铛缝隙间一片小小的薄片往外一拨，清脆的声响顿时摇曳开来。

"卡住了。"身后响起徐霜策平静的声音，"每次都要往外拨一下。"

"师……师尊？"

徐霜策眉目如雕琢刻画，在月下恍若谪仙，静静地望着那白银风铃。

宦惟心知无法解释自己为什么会乱走到这里，但出乎意料的是徐霜策也什么都没问。铃声渐渐安静下来，宦惟终于忍不住含蓄地咳了声，若无其事地转移话题道："师尊怎么这么快就来了，盟主他……盟主大安了吗？"

"没有。"

"啊？"

宦惟心口一下提起来，徐霜策的视线这才离开那风铃，瞥了他一眼："醒了。莫与任何人说。"

宦惟疑道："为何？"

徐霜策没有回答这个问题，转身走下长廊台阶，宦惟不由自主地跟了上去。

庭院如积水空明，竹影交错微微晃动。这里太安静了，月光青纱般覆盖着旧日房舍，回廊幽深看不到尽头，往昔繁华与笑闹旧影都像落花流水，从虚空中一瞬淡去，归于沉寂。

徐霜策的袍角拂过青石宽阶，站定在庭院中，倏而把手向后伸来。

宦惟："……"

宦惟迟疑片刻，才把左手递到那摊开的掌心，随即被徐霜策冰凉有力的手指紧紧握住了，被拉得上前半步，站定他在身侧。

两人就这么并肩立在月下，徐霜策的指尖摩挲着他手腕内侧那个淡金色的"徐"字，良久毫无预兆地问："知道这是什么地方吗？"

"刑惩院。"不待宦惟回答，他又轻声道，"法华仙尊死后，我经常来这里。"

宦惟心中不由微微一动，扭头望向屋檐下那串静静悬挂着的风铃。

紧接着，仿佛感应到他注视似的，那银铃竟然无风自动起来，发出"叮当叮当"清脆的声响。虚空中传来"噔噔噔"的脚步声，一道深红袍裾的少年身影从回廊深处疾奔而来,腰间两枚小金币叮咚作响,不知从何处传来侍从的疾呼:"仙尊!仙尊您可别摔着了!"

是回溯术。

在死者生前经常活动、停伫的地方,若曾留下强烈的情感印记,便有很小的可能通过回溯法术,来重现当日的情景。

宫惟回头看向徐霜策,却见徐霜策专注望着廊下的少年仙尊,面容平静无波,眼底仿佛闪烁着一丝类似于柔软和忧伤的微光。

"徐白怎么还不来看我呀?"宫惟听见从前的自己说。他托腮坐在栏杆边,两根手指轻敲风铃,让它一晃一晃地发出声响。

侍从的脚步追到近前,但因为没有强烈感情波动的关系,不能在回溯术中留下身形,只听见劝解的声音欲言又止:"仙尊……"

——沧阳宗主不会来的,所有人都心知肚明。那天在惩舒宫书房里短暂而激烈的争执已经传遍了仙盟,刑惩院成立当日所有名门世家都送来了贺礼,但沧阳宗却没有丝毫动静,徐宗主连面都没露。

徐霜策已经与他决裂了。

全天下都知道,除了宫徵羽自己。

少年细白的手托着腮,黑白分明的眼底映着一轮弯月行过中天,终于下定了决心,从栏杆上轻盈地跃了下去。

"徐白一定是太忙了。"他高高兴兴地道,"还是我去找他吧!"

夜风卷着桃瓣掠过中庭,法华仙尊的身影呼啸消失,回溯中的画面悄然变换。

一团绯云掠过刑惩院墙头,无声无息落在了地上。做贼般的少年还向左右警惕看了看,确定四周无人后才呼了口气,把散落的鬓发掠去耳后:"沧阳宗竟然不准我上山,忒小气!"

他伸手一拂便从半空中拉下一张泛着银光的卷轴,上面写着半个"正"字,被他用手指规规矩矩又画了一笔,自言自语道:"今天是没有见到徐白的一天,明天再去。

"今天徐白也没有陪我玩儿,他说他在忙,什么意思?

"今天被温修阳那小混账赶走了!过分!

"今天进了璇玑殿,但徐白他不在……为什么这么晚他都不在呀?"

…………

"正"字越来越多,被添加的频率却越来越低。更多的时候少年被一群修士子弟簇拥着，热热闹闹地来，热热闹闹地走；偶尔他也会独自坐在月下，瘦削的侧影被拉长，随着斗转星移由西向东。

"今天也是见不到徐白的一天呢。"他托着下巴，轻轻地道。

终于有一天，当法华仙尊从墙头翻进来的时候脸色冻得发青，右眼下被不奈何剑气划了一道明显的伤口，干涸的血凝固在面颊上格外触目惊心。他迅速给自己施了个活血暖身的法咒，抱着手臂发了半天抖，才勉强暖和过来："沧阳山的寒冰狱可真是名不虚传啊，幸亏我溜得快！"

月光下他衣袍歪歪斜斜的，满把黑发垂散过半，显得有点儿狼狈。他第无数次从空中拉出那张卷轴，指尖刚要再次落下一笔，被冻开裂的手指却又停在了半空，眼底映出大半页密密麻麻的"正"字。

良久他终于想到了什么似的，沙哑地叹了口气，自言自语道："徐白真的不想见我吧。"

"我这样又有什么意思呢？"

他意兴阑珊地随手一挥，举步向寝殿走去，不再回头看一眼，身后卷轴的银光彻底消散在了空气中。

那张写满了"正"字的卷轴从此再也没有出现过。

从那个深夜开始，法华仙尊的容貌身量发生了微妙的变化。他个头儿开始长高，渐渐脱离了少年的范畴，有了一些介于少年和青年之间的气质；他仍然活泼、喜爱热闹，但眉眼不再跳脱稚弱，好似时光终于在他身上沉淀出了一丝丝稳定和沉郁。

时光荏苒，斗转星移。

人来人往的庭院中四季交替，渐渐归于虚空，阒寂无声。

法华仙尊醉倚在桃树下的青石桌边，外袍搭在肩头，左肩下的绷带中隐隐透出血迹。他刚从遥远的北地斩杀妖兽回来，身上血气未消，面容犹带倦意，杯中荡漾的桃花酒已经斜斜地洒了大半，细长的手指被酒浸透，反射出微渺清寒的月光。

宫惟突然感觉自己的手腕被死死地抓紧了。他扭头看去，只见徐霜策钳着他，五指用力到微微战栗，紧盯着庭院中那个斜倚在月下的身影。

"唉——"那道身影深深叹了口气，尽管刚出口便消散在了纷飞桃瓣中。

"我想徐白啦。"

徐霜策向天仰起头，闭上眼睛一言不发。

回溯境中，十七年前的法华仙尊将冷酒一饮而尽，踉跄起身，袍袖拂过满地

333

残红,渐渐消失在了回廊深处。

夜凉如水,万籁俱寂。
宫惟怔怔地站在原地,陌生而巨大的伤感漫过了心头。
他不知道这感觉是从何而来,亦不知是因何而起,只能茫然地仰望着徐霜策,天下第一人的侧影在月夜下生硬僵冷,鼻梁在脸颊上覆盖出一片阴影,看不清为何那么用力地紧闭着双眼。
回溯之境沙沙而远,那一抹剪影再也没有出现过。
良久后徐霜策终于动了动,睁开双眼慢慢地低下头,凝视着宫惟。
宫惟:"……"
四目对视间,宫惟突然升起一丝奇异的冲动,很想喊一声"徐白"。
他觉得哪怕被发现了也没关系,徐霜策可能会不高兴,但……但不会杀他。这种愚蠢荒唐的自信不知怎的就盈满了胸腔,甚至让他猝然地一张口,那熟悉的称呼险些就要脱口而出——
徐白,你为什么知道那风铃的拨片卡住了呢?
你想过我吗?
你……你还恨我吗?

"……"宫惟久久对着面前那双黑沉的眼睛,咽喉终于滚动了一下,仓促别开视线。
"师尊。"他听见自己压抑的声音轻轻道。
抓着他手腕的五指似乎更紧了,徐霜策目光灼亮得吓人,薄唇紧紧抿成一线,似乎在隐忍着什么。他们就这么并肩侧对而立,时间仿佛过去了漫长的数年又好似短短刹那间,徐霜策总算收回视线,深深吐出一口带着血腥味的滚烫的气。
他低低地应了一声,说:"走吧。"
宫惟感觉自己被钳制的手腕上松了些,但并没有被放开。徐霜策就这么拉着他的手,穿过岑寂空旷的庭院,走向深夜暗红色的大门,同时一拂袖要挥灭虚空中的回溯法术。
这时,宫惟眼角余光突然瞟见了什么,忽地站定脚步远远望去。

徐霜策也随之站住了,顺着他的视线望向庭院深处。只见那是一排白墙黛瓦的房舍,应该是被送进刑惩院的世家子弟的临时居所。回溯法术浅白的微光尚未散去,十七年前的那个深夜所有门窗都合拢着,唯独一扇窗后露出了一张苍白、英俊但阴鸷的面孔。

徐霜策神情微变。

那是度开洵。

他每次离开都太仓促了，这是第一次注意到远处竟然还有这个细节。

宫惟扭头看向他，意思是非常好奇想去看看，徐霜策便牵着他举步落下，缩地成寸瞬时近前。透过雕花菱格的窗棂，只见那屋子干净而简陋，除一张卧榻外什么都没有。十七年前的度开洵直挺挺站在窗前，盯着窗外那轮森冷的白月，眼神仿佛带着钩，像阴冷处暗色的石像。

宫惟踮脚趴在窗棂上，眼对着眼打量一番，轻轻地"咦"了声："他在做什么呀？"

回溯境的生成条件是很苛刻的，必须当时当场出现并留下了强烈感情印记，才有可能被捕捉记录下来。法华仙尊之所以留下那么多画面残影，是因为他稚子心性，不论什么感情一冲动都很强烈，但度开洵呢？

他只是在发呆吗？

徐霜策上下打量他，倏而心中一动，从这不同寻常的神态中察觉到了一丝熟悉。

这恍若游离于现实之外、脱离了周遭世界，好似在"看"、在"听"半空中无形之景的神情，他从另一个人身上也见过——宫惟。

宫惟年幼时常常突然静止，凝定发呆，与此刻的度开洵一模一样！

这时度开洵突然状态一变，整个人仿佛从梦中惊醒过来那般，趔趄向后退了数步，弯下腰。他双手撑在膝盖上埋头大口喘息，全身开始不由自主地发抖，半天才从战栗中挤出几个字："为什么……为什么会这样……"

他看见了什么？

徐霜策眉头紧蹙，少顷只听屋子里响起清晰的"咯咯"声，竟然是度开洵牙关里迸发出的，刺耳刻骨充满恨意："不属于我的……"

他一寸寸抬起头，面容极度扭曲，阴影中只见眼角寒光闪烁，一字字咬牙切齿："不再属于我的就让它碎了，让它碎成血泥！"

伴随着最后一个字，他灵力震破指尖，在空中猛地画了个生僻复杂的符咒。

徐霜策一发力把宫惟拉得退了半步，抬手虚虚挡在他面前。

但不知为何那符咒被蘸血一笔画完后竟然没有亮，度开洵牙咬得更紧了，指

335

尖涌出更多鲜血，笔走龙蛇一气又画了八九遍，都没有亮。

宫惟诧异道："那是什么？"

这符咒之冷门怪异，连徐霜策都从未在任何道经秘卷中见过，完全不知道度开洵是从哪里学来的。只见他动作越来越快、神情越来越阴狠，简直像头疯狂噬人的困兽。鲜血在空气中留下一道道纵横交错的光痕，但都转瞬即逝，不论他怎么暴怒癫狂都无济于事。

哐当！

度开洵重重跪地，一拳砸在地上，指骨崩裂留下四个清晰的血印。

不甘和绝望就像黑色的潮水吞没至顶，让他大脑撕裂般剧痛，双耳雷鸣般轰响。他死死瞪着膝下的地面，双目眦裂全身剧战，一滴混着血色的眼泪"啪嗒"掉在了龟裂的地板上。

——就在此时，他头顶半空中，那个符箓终于亮了。

血红的恶咒同时映在徐霜策宫惟两人的眼底，阴邪不怀好意，足足亮了数息，才渐渐泯灭消失，仿佛从未出现过一般。

但低着头的度开洵毫无觉察。

他额头用力抵着地板，剧烈发抖的身体很久才勉强平息下来，似乎沸腾的海面终于被一种更加苍凉黑暗的绝望覆盖住了，流着血的双手握拳贴在耳际，慢慢地松开。

"我的……"他悲哀地含混道。

"是我的……"

呜咽终于如破冰般渗出空气，很久他都没有抬起头来，直到回溯境的微光渐渐淡去，十七年前的残影亦随之消失，冷月当空高悬，陈旧的房屋重新恢复了空旷和安静。

"……"

回溯法术完全消失，他们又回到了现实中的刑惩院。

风掠过树梢发出簌簌声，远处屋檐下的风铃叮当作响。他们两人并肩站在那排屋舍前，宫惟好似还沉浸在刚才的一幕中，半响才回过神来："什么意思？"

徐霜策隐隐觉得似乎有什么东西呼之欲出，但此刻诸念繁杂，怎么也理不出头绪，沉吟片刻后拉了拉宫惟的手："先回去吧。需得去看看柳虚之，天门关一事还用得着他。"

宫惟被他拉得走了两步，却还是不断回头望，那经年老旧的小屋静静伫立在浓墨般的夜色中，十七年前愤恨的血泪和诅咒都仿佛是一场转瞬即逝的梦，未曾醒来便湮没在了时光中，连正主都未曾知晓。

"是什么碎了呢？"宫惟边走边忍不住琢磨，"已经碎了吗？"

徐霜策道："恶咒已然灵验，想必是碎了。"

宫惟问："那如果一件东西碎了，为什么没人发现？"

"许是因为……"

徐霜策的回答突然和脚步一起定住。

为什么一件东西破碎，却始终不曾被发觉？

自然是因为有人抢在被发现之前就将它修补好了。

定仙陵，宴春台，天门关，突然出现在蓬莱殿的鬼修，掀棺而起的法华仙尊傀儡，深埋在地心的灭世机关巨人……

最后一块拼图终于轰然合上，诡谲的碎片在此刻被串成一线。幕后黑手的关键原来就落在十七年前那句话上——

"不属于我的，就让它碎成血泥！"

"师尊？"宫惟疑惑道。

徐霜策："……"

徐霜策突然轻声说："我知道那幕后黑手是怎么回事了。"

宫惟顿感诧异："怎么回事？"

但他没有立刻得到回答，只觉肩上一重，被徐霜策的手按住了，环形气劲从两人脚边平地而起："我们必须带上柳虚之立刻回天门关，帮那幕后主使做一件事，做完后真相自然水落石出。"

帮忙做什么事？

宫惟完全没反应过来，却只见徐霜策伸手环住了他的肩，带着他向前一步，缩地成寸——

周遭景物如风般向后掠去，霎时他们已经回到惩舒宫。二十来位世家尊主仍然被拘在偏殿中，老远就听到嗡嗡议论声："马上天都要亮了，这到底何时是个头？""应宸渊还没醒吗？有没有人能来告诉我等现在到底怎样了？"

…………

徐霜策一步落地，风声瞬止，有力的臂膀环住了向前俯冲的宫惟。

紧接着他一抬头，眼底映出前方被苍青天光微微映亮的偏殿建筑，声音震动整座惩舒宫大地，炸响在所有人耳际："柳——虚——之——"

第 19 章

"什么，连我也不能进？"蔫蔫的柳虚之被医宗弟子扶着，站在应恺卧房门口，袖中揣着本《应盟主秘史》，失望道，"吾未见应兄羽扇纶巾之英姿久矣，心向往之，念念不得——真的连我也不能见？"

守门弟子心说万一盟主待会儿一醒来就看见您在边上津津有味看话本，怕是能当场吐血再活活气晕过去："乐圣大人，徐宗主刚才离开时留下过话，盟主醒来前谁都不准进去，甚至连医宗大人都被拦在了外面……"

柳虚之失望地叹了口气，正不甘心想再试试，突然自己的名字炸响在耳边："柳虚之——"

被点名的乐圣："嗯？"

紧接着，一股难以抗拒的巨力把他整个人提了起来，腾云驾雾般穿过几道长廊，凌空飞出偏殿大门，只见徐霜策站在巨大的血河车边，手里拎着把眼熟的五弦古琴——赫然正是伏羲琴。

"我说徐兄你……"

柳虚之连话都来不及问，就被他一拂袖"送"进了巨车，随即徐霜策拉着宫惟也踏进车门，四头神禽同时发出一声响亮的鸣叫。

偏殿中的名门世家尊主纷纷觅声而来，惊道："徐宗主怎么自己走了？！""他不是令我等留守不准出岱山的吗？""难道定宸渊醒了？！"……

尉迟锐追出殿外，一脸空白看向车内的宫惟，宫惟亦隔着车窗一脸空白与他对视，两人眼底都写着个大大的"蒙"字。这时徐霜策蕴藏灵力的声音以血河车为中心传向四面八方，震断了所有人的议论："盟主重伤未醒，而定仙陵惊尸之乱已有线索，吾将赴天门关查清真相。但凡擅离岱山半步者，以嫌犯论处！"

最后一字余震不断，四头神禽已冲天而起，将华丽的巨车带上了高空。

可怜柳虚之被冲势往后一推，整个人砸在茶几上，还没来得及爬起来就只见车头向北一转，让他猝不及防滚到了茶几底下，稀里哗啦半天没爬起来。

而宫惟已经很有经验了，两手紧紧地抓着桌案边缘，上半身还是跟着一摇一晃："师尊刚才说定仙陵之乱已经有线索了？什么线索？"

徐霜策端坐挺拔不动如山，伸手按住了宫惟一只手背，道："定仙陵之乱，乃是临江都鬼修所为，目的是寻找幻境中的灭世兵人。"

他另一手的五指按着桌案上的伏羲琴，这琴是刚才上车前问孟云飞"借"来的——其主并未表示任何反对，盖因至今昏迷不醒。

"鬼修显然知道灭世兵人埋藏的具体地点，但仍需要大费周章，控制法华仙尊的尸骨逃出定仙陵，再让尸骨千里迢迢去替他起出机关巨人——这应当是他自己能力受到了极大限制，或是起出兵人需满足一定条件的缘故。"

宫惟疑道："什么条件？"

徐霜策略沉默片刻，才道："也许只有与它产生过联系的人，才能将它再次唤醒吧。"

这可太扯了，能与那恐怖巨人产生联系的莫过于创造它的人、毁灭它的人，最多再加上曾与之一战的人。宫惟确定自己连见都没见过那玩意儿，为何徐霜策认为他的尸骨能够把巨人从地心起出来？

"鬼修在临江都四处追杀你，因此当他出现在宴春台时，我以为他的目标仍然只有你，但实际我错了。"徐霜策眼尾向不远处四肢大张、虚弱平瘫的柳虚之一瞟，"伏羲琴音波可以探测地底无形之障，因此鬼修令柳虚之身中镜术，又马不停蹄赶去屠戮孟云飞。如此除掉世上仅有的两个可以弹奏伏羲琴的人，自然也就断了我们找到那灭世兵人的途径。"

宫惟意外道："所以兵人真的埋在天门关？"

徐霜策道："如此看来应该是。"

宫惟突然意识到一件让他脊椎发凉的事，勉强笑了笑："但师尊，即便我们找到兵人，也无法把它从地心深处起出来吧？我们……并没有谁与那灭世兵人……产生过任何联系啊。"

车厢微微摇晃，夜明珠的光晕朦胧不清。徐霜策的侧影没有动，半晌才只见他垂下眼帘，淡淡地吐出两个字："未必。"

一股寒意直冲宫惟咽喉，刹那间他还以为徐霜策下一句话是：你的尸骨都能起出兵人，你本人不更能了？

但出乎他意料的是，徐霜策一言未发。

他就这么静静盯着自己搁在琴弦上的手，宫惟充满疑惑地看着他，突然荒谬地生出一丝心有灵犀——徐霜策想说的人是他自己。

他竟觉得自己跟那灭世兵人存在着某种联系？

这更不可思议了，徐霜策觉得自己算创造它、毁灭它或是曾与它一战的三种人中的哪一种？

宫惟既诧异又迷惑，却见徐霜策吸了口气，突兀地话锋一转："应恺于此时遭遇暗算且生死未卜，按仙盟律令，所有名门世家尊主都必须立刻赶往岱山惩舒宫，我也不例外。而法华仙尊的尸身偏偏在此时逃脱，必定是要趁此机会，去天门关寻找那灭世兵人。"

"姑且不论他是用什么手段让应恺中招的，对方这一系列调虎离山的安排堪称严密，目的便是要抢先我们一步找到兵人。如果我们此刻还待在岱山，那便是耽误时机，正中对方下怀了。"

宫惟若有所思地点点头，只见不远处柳虚之有气无力地撑着地板，感动道："我从未听徐兄一次性说过这么多话，如今直抒胸臆，想是心境开朗才致健谈，可喜可贺！可赞可叹！那依徐兄之见，幕后黑手想要得到灭世兵人去做什么呢？"

徐霜策："……"

"开朗健谈"的徐霜策垂目而坐，面容俊美冷淡，薄唇紧闭。

车内一片安静。

"喀喀！"宫惟尴尬地清了清嗓子，佯装无事道，"之前听师尊说那灭世兵人已经被完全摧毁了，那如今鬼修想把它从地心里挖出来去做什么呢？"

徐霜策一摇头道："不知。"

柳虚之张着嘴："……"

"不过不用急。"徐霜策掀开车窗玉帘，轻声道，"等我们帮他做完那件事情，真相自然就见分晓了。"

血河车当空时，车内外时间流逝不同，他们已经离开中原腹地来到了边关附近。只见窗外日头已过中天，但黑蒙蒙的竟不见亮，遥遥地面上的山川丘陵好似被一层白雾覆盖了。更远的地平线上，一道绵延千万里的寒潮如有生命般，正隐隐冒头涌动。

"呀，"柳虚之忘了刚才被无视的疑惑，凑上来皱眉道，"不好，天门关常年气候反常，怕是又赶上异象了。"

这里只有久居天门关附近的乐圣对当地天象比较了解，宫惟问："地动吗？"

"天穹至暗寒潮来，不是地动。"柳虚之睐眼对日头观察片刻，道，"算算这个时节，可能是黑虹贯日。"

黑虹贯日天象不祥，但天门关靠近极北冰川，出现什么都不足为怪，只能说运气不那么好罢了。

徐霜策的手终于从伏羲琴上移开了，淡淡道："柳兄，请。"

柳虚之摊上这档子事可算是倒了血霉。他突破金丹后已在合虚期停滞多年，自知这辈子都未必能突破大乘，对飞升更是不感兴趣，平生只想安稳待在宴春台赏月弹琴、流泪葬花，做个风流文雅之士，顺带听听各位仙友不怎么文雅的小话本。奈何此番遇上徐霜策之后,他先是身中镜术,又砍伤了嫡徒,欠下穆夺朱两万两黄金,最后还被迫来到这千里之外寸草不生的极寒之地弹琴卖艺,真是何止一个"惨"字了得。

然而徐宗主在此,他再不情愿也没用,只得长叹一口气取过琴来,弹指一拨——当!

灵力震响骤起,宫惟突然被拉进了一个熟悉的怀抱,耳朵被人从身后伸手捂住了,顿时外界声响一丝不闻。

他扭头向后看去,正遇上徐霜策眼睫低垂,两人的视线轻轻一撞。

一连串长长短短的音符以血河车为中心,从高空向四面八方扩散,组成无形的海浪没入大地。柳虚之闭目侧耳似乎在倾听什么,一刻钟后疾风暴雨般的十指陡然一停,睁眼道:"有了!继续向北四百里处,冰川尽头有一处地裂!"

镜术遗留的伤害极大,眼下他灵力更加枯竭了,一边喘气一边擦拭额角的冷汗,疲惫而欣慰:"柳某人幸不辱使命,徐兄,你可不可以放我回……徐兄?"

徐霜策在柳虚之震惊的视线中收回手,放开了宫惟的耳朵。

宫惟忙不迭从他怀里起身爬到另一边坐垫上,神情自若。

柳虚之:"……"

片刻安静后柳虚之恍然大悟,抚掌赞叹不已:"徐兄对弟子尽心尽力、无微不至,当真是吾辈楷模!回想我之前为人师尊真是多有疏忽,惭愧惭愧!"

徐霜策置若罔闻,视线直接越过了他:"降。"

随着他这一声,四头神禽同时长啸,猛地向下俯冲而去。

柳虚之还没来得及坐稳就"咣当"一声栽倒在地,与此同时徐霜策稳稳按住了宫惟的手。巨车如利箭劈开两侧汹涌寒雾,约莫半盏茶工夫,轰然一声降落在了地面。

随即车门打开,风雪立刻尖啸着涌了进来。

此时已至天门关,天地严寒且灵气稀薄,断然不能再御剑了。宫惟按着扬起的鬓发跨出车门,重伤造成的灵力空虚无法护体,立马结结实实打了个寒战,紧接着被兜头裹上了一层温暖的外袍。

只见徐霜策展开衣袍把他紧紧搂在身侧,风雪丝毫侵袭不进,白檀气息扑面而来。然后他另一手按住了瑟瑟发抖的柳虚之,站在雪地中抬起一脚——

周遭裸露着黑岩的冰天雪地都唰地后退,脚步落下时,他们已经来到了山坡下背风处。

宫惟从外袍缝隙间向上一望，他们离刚才起步的山坡不过相距十余丈。看来此地确实灵气贫瘠，连天下第一人的武力都被压制到了极限，换作旁人来估计十成里都剩不下一成。

徐霜策温声问："还能支撑吗？"

柳虚之忙不迭诉苦："徐兄你可知，我已经在宴春台住了数十年，那里终年四季温暖如春，我已经完全不能适应……徐兄？"

柳虚之目瞪口呆地看见徐霜策正低着头，神情平稳温和，与缩在沧阳宗主外袍里的小爱徒四目对视。

宫惟面颊微热："谢师尊庇护。"

徐霜策微一颔首："支撑不住时告诉为师。"

柳虚之："……"

柳虚之愕然张嘴半晌，突然又悟了。

"难怪徐兄方才开朗健谈，定是如今收了小弟子，胸中块垒一扫而空之故。"柳虚之欣然释怀，拊掌赞扬，"看来'教学相长'这句话诚不我欺，今日真是从徐兄身上受益良多！"

徐兄再一次并未理会他，缩地成寸的法术气劲从周围腾起。

从此处徒步走到柳虚之所说的裂谷，中间相隔四百余里，几乎就已经进入极北之地的范围了。

自古以来极北都是流放罪大恶极之徒的不归路，长孙澄风说"连你我这样的大宗师都未必能全身而退"并不完全是夸张——连天门关都如此难行，真正的极北怕是有过之而无不及，再遇上黑虹贯日这样的不祥天象，委实恶劣到难以想象的地步。

宫惟被徐霜策搂在衣袍中，面颊紧贴着他坚实的肩窝，被刻意忽略的怅惘和迷惑再一次涌上心头。

极北之地荒凉贫瘠，天地全无一丝灵气，任你是沧阳宗主还是大乘宗师，自身灵力都未必能发挥出百分之一，不异于在身上背着万钧的镣铐去爬山。

——而十七年前徐霜策万里奔袭，守在度开洄流放必经的冰川之巅，将其一剑杀之，拂衣而去，多年来并未告知任何一人。

那时他心里是怎么想的？

这时众人脚步一停，徐霜策道："到了。"

宫惟这才从温暖的臂弯中好奇地探出头，只见前方不远处，冰川赫然出现了一道绵延不见尽头的大裂谷，好似上天降下神鬼莫测之力，在大地表面留下的巨大㫄口。

滚滚阴寒几乎凝成黑色的实质，正从那深渊上腾空而起，直上天穹。

几乎在同时，宫惟元神深处掠过一丝荒谬而清晰的感觉——那深渊下好像真的有什么。

他怎么会产生这种感应？

宫惟来不及思索，只听徐霜策轻声道："深渊下有东西。"

"徐兄，徐兄你看我们已经走到这里了，不如接下来我就待在上面等你们吧……徐兄！"

可怜柳虚之话没说完就被噤声术堵了喉咙，被无形的力量踉踉跄跄拉到断崖边，紧接着脚下一空："啊——"

柳虚之竭力当空展袖，尽量以一个天外飞仙般优美文雅的姿势，呼啸着向深不见底的地心坠去。

紧接着宫惟身体腾起，竟然是被徐霜策抄了起来："抱紧。"

宫惟下意识双手抱住徐霜策结实的脖颈，两人一同跃向冰寒刺骨的深渊。

风声呼啸向上，如利刀擦刮双耳。下坠的过程足足持续了半刻钟，旋即急剧减慢，直至稳稳停住。

徐霜策双足离地尚存半尺，袍袖与鬓发翩然拂落，紧接着身侧传来：砰！

宫惟觅声望去，只见柳虚之如火炮般重砸在地，万尺高度瞬间让他砸出了个深坑。

宫惟："……"

半响才见乐圣大人灰头土脸地从坑里爬出来，捂着后腰咬牙叹道："徐兄，若是你定要让我跳的话我是会跳的，下次能否先知会我一声再……徐兄？你这是？！"

只见深渊底部光线昏暗，但一丝风声皆无，奇异的热力正隐隐从脚下岩石传来。徐霜策的脚终于稳稳落在了地上，亦将怀里的宫惟放了下来，低声吩咐："此处奇诡，小心跟着为师，不要乱跑。"

然后他略微俯身把宫惟散乱的发绳紧了紧，又为他整了整衣襟，才起身举步向前走去。

柳虚之眼睁睁看着这一切，恍然大悟地吸了一口凉气，心悦诚服向宫惟拱手："师徒情深，令人动容！从此我也要学着这样好生待云飞！"

宫惟："……"

宫惟在他感佩的目光中欲言又止数次，才委婉道："最好还是先问过孟公子的想法。"

冰川裂谷深达万尺，抬头向上望去，只见两侧冰壁崎岖相叠，冰层被天光折射千万次，映照出大片深蓝、幽蓝、浅蓝交错的荧光，瑰丽奇异非常。

脚下是裸露的黑色岩石，原始地貌错综复杂，犹如巨型妖兽体内的无数道血管，蜿蜒通向前方未知的黑暗。

柳虚之又奏响伏羲琴数次，但这种世所罕见的险恶之地灵气趋近于无，连当世乐圣都无法奏出凝聚灵力的音波，并不能探测前方深达数百里的地底空间。徐霜策便让他收了伏羲琴，凝神片刻后仿佛感应到什么，牵着宫惟的手向某条不起眼的石径走去。

柳虚之大奇，亦步亦趋地跟在后面："徐兄怎知这路如何走？难道大乘境宗师有独特的法门，亦能在这黑暗中感知辨位？"

徐霜策不答，脚下一转："那边。"

确实是他所说的方向，连宫惟的感觉都越来越明显了。前方仿佛有什么无形的力量在牵引着他的元神，吸引着他一步步向既定的方向走去。

但他不明白为什么。

在他有限的记忆里，自己与那传说中的灭世兵人毫无关联，只在幻境里远远地见过一次。徐霜策自然也是如此。

难道这就算与它产生过联系了吗？

柳虚之用所剩无几的灵力勉强燃了张照明符，尽量拣着平坦的地方保持文士仪态，又忍不住问："徐兄，应盟主之前传话于我时，说灭世兵人被摧毁的地方是一座有着山脉与城郭的平原，为何如今我们却在这万丈冰川之下？"

徐霜策淡淡道："沧海桑田，便是如此。"

柳虚之不由愕然："那得多长时间才能把平原丘陵变作极寒冰川？你们看到的灭世之战，难不成是上千年之前的景象了？"

徐霜策突然停下脚步。

借着照明符的光，隐约可见前方道路陡然断裂，黑暗中只觉断口高度怕是有数尺。徐霜策松开宫惟的手，衣袍翩然一跃落地，然后才转身示意宫惟也跳下来，稳稳地用双手接住了他。

柳虚之也跟着跳了下来，这才听黑暗中徐霜策简洁地道："是。"

柳虚之诧异摇头而叹，但断口之下的这段路较之刚才的更加黑暗崎岖，连他也没了说话的心思，只得低头向前跋涉。宫惟一只手被徐霜策牵着，穿过一条宽度仅容一人侧身而过、伸手不见五指的甬道，摸黑前进了两刻钟之久，前方才终于亮起了些微的光。

这时他元神突然明显地感应到了什么，好似三魂七魄都被人拎着往上一提。

就在前面。

宫惟不敢表露出丝毫异样，只步伐加快了几分。然而这里实在没有半寸平地，他冷不防踩在石块上绊了一下，还没来得及站稳身子，便感觉徐霜策丝毫未停地大步向前而去。

宫惟手腕还被他拉着，不由趔趄了两步才跟上，走着走着突然感觉到什么，心里微微一沉。

他道："师尊？"

徐霜策头也不回地"嗯"了声。

宫惟小心翼翼说："师尊，我脚崴了。"

徐霜策步伐稍微放慢了些，但仍未回头："就快到了。"

宫惟："……"

宫惟望着他的背影，瞳孔微微放大。

就在这时，冰川底部错综复杂的羊肠小道终于到了尽头，徐霜策脚步陡然一拐，眼前豁然开朗。

阴风呼啸扑面而来，山体内部竟出现了巨大的空心穹隆。

同一时刻，数十丈外。

柳虚之失声道："地底竟然还有这般景象！"

只见天光从他们头顶的千仞冰壁映照下来，脚下则是深不见底的地层断崖。滚滚阴风从那断崖中呼啸而上，犹如地狱厉鬼千万年不曾停息的哭号，汇聚成声势浩大的黑龙沿冰壁冲上天穹。

换作旁人必然已心惊胆裂，甚至连柳虚之这样的大宗师都不由胆寒："若我是不曾修道的凡人，怕会以为这下面就是民间所说的阴曹地府……"

徐霜策站住脚步，眼底映出脚下黑不见底的深渊："就在这里了。"

他平直的语调反而让柳虚之更加毛骨悚然："那灭世兵人就沉在下面？"

"是。"

"那……那徐兄现在打算怎么办？"

柳虚之满心疑问，却只见徐霜策回头向他瞟了一眼，然后目光投向手里牵着

345

的宫惟，微微一笑，杀意清晰透骨："爱徒，为师说过让你不要乱跑的。"

柳虚之大惊之下来不及阻止，只见徐霜策出手如电，在鲜血四溅中一掌贯穿了宫惟的胸腔。

宫惟胸腔起伏，艰难地挤出两个字："师尊？"

他想要挣脱前面那人紧抓着自己的手，但此刻为时已晚了。

只见灵力的旋涡从"徐霜策"脚边平地而起，如黑烟般覆盖全身，数息后哗然消散；待灵力散尽之后，钳住他胳膊的已经不是沧阳宗主，而变成了一道灰袍兜帽的高大背影。

"啊，"它轻而低沉的声音从兜帽下传来，"被发现了？"

"扑通"一声重响，"宫惟"大睁双眼倒在地上，在黑烟中化出了原形——一座通体乌黑阴邪的小石人。

柳虚之难以置信地瞪圆了眼睛，却只见徐霜策猝然转身振袖，单手打出一道如剑气劲，灵光一举斩断深渊上空滚滚黑气，周遭视线霎时一清。

数十丈距离外，深渊地裂另一侧。

一道鬼魅般的灰袍虚影同样立在断崖边，兜帽垂下看不清面容，烟雾般的指爪紧紧钳着少年的手——那才是真的宫惟。

柳虚之神情剧变："这、这就是临江都那鬼修？它是何时混进来的？！"

徐霜策目光闪动，并未作答。

但紧接着柳虚之脑海中闪过刚才的一幕幕画面，自己反应过来了："啊，就是刚才你先跳下去，又转身接住你弟子的时候——"

在那陡然下坠的断口处，徐霜策短暂放开他爱徒的手，然后转身稳稳接住跳下来的宫惟。就在那错身而过的黑暗瞬间，宫惟竟已被人无声无息地调了包，而他们就牵着这么个小石人走了一路。

普通障眼法或替身术都不可能瞒过大宗师的眼睛，更不可能出现刚才人死之际鲜血迸射的景象。柳虚之与地上那面目阴冷的石头人互相对视，这才真正感觉到不寒而栗了："这是从何处来的阴邪法术？"

徐霜策望向对岸钳制着宫惟的灰袍鬼影，冷冷吐出两个字："鬼、垣。"

十余丈外断崖另一侧，鬼影终于从兜帽下发出了声音："徐霜策。"

它声音很轻，但每个字都像是直接响在了旁人的脑子里，而且音质极其怪异，仿佛是从很遥远的地方传来，带着沙沙的回音，完全听不出男女老少。

　　柳虚之常年接触音律的耳朵本能地动了动，感觉到一丝形容不出的熟悉。

　　只见鬼影抓着宫惟的手，力道冷酷凶狠，语调却似乎十分轻柔："把深渊底下那件东西取来给我，否则你嫡传弟子今日就要死在这里。"

　　"……"

　　一阵比一阵强烈的不适涌上宫惟心头，却并非来自身侧的鬼影，而是来自脚下——万丈深渊中仿佛潜伏着某个巨大的物体，凶邪、怨恨，充满恶念，正随着他们的到来而慢慢苏醒，一下比一下更加清晰地牵动着他的元神。

　　不要过来，宫惟望着远处断崖边的徐霜策想。

　　深渊底下的东西极度危险，不要过来，不要唤醒它——

　　"魂身替死。"徐霜策突然凝视着鬼影道。

　　柳虚之："什么？"

　　鬼影似乎凝定了一瞬。

　　"黄泉鬼修的一种替身秘法，当被迫困在某处时，可将魂与魄撕裂开，天、地、人三魂附在傀儡替身上，这样傀儡便完完全全化作本尊，连血肉心跳都毫不作假；其余七魄则随时可以逃逸而出。"

　　徐霜策眯起眼睛："但这么做要付出代价，便是失去三魂后，其余七魄所依附的身体无法维持稳定形态，大多数时候都只能化作鬼魅般的虚影。只有当傀儡替身化作的本尊被杀死时，那天、地、人三魂才能于千万里之外回归而来，令虚影恢复成本尊。

　　"'魂身替死'从未出现在任何仙家典籍中，即便在鬼垣十二府内部都已失传百年，不想今日得以亲见。"

　　徐霜策抬起一脚悬空在深渊之上，二指挟一张灵光闪烁的千里传音符竖在唇间，锐利的视线盯着鬼影，声音轻而狠："他跑不掉了，应恺。"

　　与此同时，万里之外岱山仙盟，紧闭的房门突然"哗"地被拉开。

　　"盟、盟主？""盟主！"

　　众弟子纷纷失声，却见应恺面沉如水，大步流星，衣袍翻飞穿过长廊，一掌轰开偏殿大门，在二十来位世家尊主震惊的目光中拔剑而入，定山海神剑之威扑面而来——

　　鬼影霎时似有所感，尖厉长啸飞身后退，五个指尖同时刺进了宫惟侧颈。

但此时徐霜策已如利箭当空，以身相代法咒发动，脖颈飞出一弧鲜血洒进深渊。

惩舒宫中，定山海剑出如长虹，众目睽睽下一剑贯穿了钜宗眉心。

血淋淋的剑尖从后脑穿出，钜宗连反抗都来不及，尸身兀自摇晃了两下，才"砰"一声栽倒在地。

紧接着在周遭难以置信的惊叫声中，那"尸体"迅速被黑烟笼罩，数息后烟雾散尽，才显出了金铠为躯、青铜为面的真身。

有人失声："兵、兵人？！"

傀儡已死，三魂归来。千仞冰川最深处，鬼影像是被无形的神剑贯穿，整个头颅折断般猛地向后，全身骨骼爆发出可怕的锐响。

徐霜策飞身落地，一把夺回宫惟按进怀里，咽喉上鲜血滚落浸透了衣襟。

柳虚之也匆忙凌空赶到，只见鬼影终于在那利刃穿脑的剧痛中恢复了本尊，面色苍白冷汗涔涔，赫然正是当世钜宗。

柳虚之张了张口，做梦般挤出两个字："澄风？"

长孙澄风的面相一向是非常斯文俊朗的，但此刻因为三魂遭受定山海重创，已经全然没了那种闲适洒脱的气度，显得有些狼狈。

但即便如此他面上仍然带着笑影，只是有点儿唏嘘："原来应兄早就醒了。你俩唱这一出双簧，就是为了把我钓出来吧？"

说着他忍不住咯了口血，转向宫惟问："你是怎么发现我不对的？因为刚才你险些摔倒，'师尊'却没有立刻停下脚步查看吗？"

宫惟只觉得徐霜策把自己按在怀里的双手用力奇大，按得他肩胛骨都有点儿疼。半晌徐宗主才终于缓过一口气似的，稍微放松了些许，让宫惟得以回头露出一只眼睛，上下打量长孙澄风。

"不好意思，魂身替死之后再用化形术对灵力的消耗太大了，撑两刻已是极限，实在没时间扮演徐兄这等爱徒如命的好师尊。"长孙澄风不知是嘲弄还是感叹地摇摇头，又转向徐霜策："那你呢，徐兄？你又是从何时开始怀疑我的？"

徐霜策简短道："金船上。"

长孙澄风颇感意外："这么早？那为何当时你没有……"

"当时无法确定，直到所有人被召回岱山惩舒宫。为请幕后主使入瓮，只得与应恺配合出此下策。"徐霜策顿了顿，道，"你还有什么话说吗？"

长孙澄风终于喘过了那口气，从地上起身，板正地坐直。

"是我的错，徐兄。"他诚恳道，"度开洵被流放后，我终于有机会看到了他留下的诸多手稿，大部分关于鬼修邪法的钻研和记录都骇人听闻，全然不知是从何处学来的。我特别注意到有一页提起极北冰川的地裂之下，埋藏着一座威力足以灭世的机关兵人。我对那强大的力量动了心，多年来一直想将它据为己有。"

说着他自嘲地一晒："我身为钜宗，对绝世兵人的狂热追求并不亚于当年企图偷盗法华仙尊右眼的度开洵。手段卑劣，实在惭愧。"

此番说辞十分诚恳，然而徐霜策无动于衷："既然十七年前便已看到手稿，为何至今才来寻找兵人？"

"其实当年我千辛万苦来找过一次，就在升仙台之变前不久——算算时间那时度开洵应该已经被你杀了。"长孙澄风摇了摇头，"但实不相瞒，无功而返。"

柳虚之终于从震惊中回过神来，忍不住问："为何无功而返？"

"不是谁都有资格从万丈深渊中将上古兵人唤醒的，柳兄。"长孙澄风向徐霜策一瞟，"不信你问问你身边这位徐宗主，是不是这样？"

柳虚之一头雾水顺着他的视线看过去，却见徐霜策面色如冰，不置可否。

"直到十七年后我才终于找到机会，利用钜宗身份之便将兵人丝带进定仙陵，控制住了法华仙尊的遗骨。本想请法华仙尊为我起出这深渊中的兵人，却未想惊动了徐兄你亲自驾临岱山，不仅快刀斩乱麻砍碎了所有惊尸，还发现了仙尊尸身内的兵人丝。

"在金船上被各位仙友公审时，我心里其实是很惊慌的。"长孙澄风长长叹了口气，道，"所幸还有一个孽障弟弟可以为我顶缸，也算是尽了他最后的一点儿价值。"

柳虚之终于将事情的前前后后串联起来，顿时一股怒火直冲心头："在蓬莱殿令我身中镜术的人是你？"

长孙澄风道："抱歉，柳兄。"

"屠戮我数名弟子，险些令云飞丧命的人是你？！"

长孙澄风："……"

长孙澄风神情顿了顿，才低头道："实在抱歉，柳兄。其实我也不想那么做的。"

柳虚之勃然大怒，铿锵一声青藜出鞘，但还没来得及上前，就突然被半空一道强硬气劲挡住了："徐宗主？"

徐霜策左手略微抬起，并未看又惊又怒的柳虚之，只盯着地上的钜宗："十七年前度开洵被流放后，你曾隐瞒所有人，独自一人来到此地？"

明明是刚才他自己亲口说过的话，长孙澄风的眼神却微微闪烁，片刻后吐出一个字："是。"

徐霜策说:"原来如此。"

——原来如此什么?

柳虚之满头雾水,却见徐霜策薄唇微勾,现出一丝冷笑:"十七年前独自前来寻找兵人的长孙澄风,就是在这里被你杀而代之的吗,度开洵?"

图书在版编目（CIP）数据

剑名不奈何 / 淮上著 . — 广州：广东旅游出版社，2024.7
ISBN 978-7-5570-3246-3

Ⅰ . ①剑… Ⅱ . ①淮… Ⅲ . ①长篇小说—中国—当代 Ⅳ . ① I247.5

中国国家版本馆 CIP 数据核字 (2024) 第 050898 号

剑名不奈何
JIAN MING BU NAI HE

出 版 人：刘志松
责任编辑：陈　吉
责任技编：冼志良
责任校对：李瑞苑

广东旅游出版社出版发行
地址：广州市荔湾区沙面北街 71 号首、二层
邮编：510130
电话：020-87347732（总编室） 020-87348887（销售热线）
投稿邮箱：2026542779@qq.com
印刷：嘉业印刷（天津）有限公司
（地址：天津市静海经济开发区北区银海道 48 号）
开本：700 毫米 ×980 毫米 1/16
字数：416 千
印张：22.5
版次：2024 年 7 月第 1 版
印次：2024 年 7 月第 1 次印刷
定价：55.00 元

【版权所有 侵权必究】

如发现图书质量问题，可联系调换。质量投诉电话：010-82069336